Klaus D. Biedermann

Das Erbe von Tench'alin

Klaus D. Biedermann

Das Erbe von Tench'alin

Romantrilogie
Band 3

EchnAton Verlag

Alle Namen in diesem Buch, auch die von Unternehmen,
sind rein fiktiv.

Romantrilogie von Klaus D. Biedermann:

Steine brennen nicht
ISBN: 978-3-937883-08-3 (Print)
ISBN: 978-3-937883-52-6 (E-Book)

Die Siegel von Tench'alin
ISBN: 978-3-937883-38-0 (Print)
ISBN: 978-3-937883-53-3 (E-Book)

Das Erbe von Tench'alin
ISBN: 978-3-937883-39-7 (Print)
ISBN: 978-3-937883-83-0 (E-Book)

1. Auflage: Mai 2016

© EchnAton-Verlag
Diana Schulz e.K. Ramerberg
Alle Rechte vorbehalten. Das Werk darf –
auch teilweise – nur mit Genehmigung des
Verlages wiedergegeben werden.
Lektorat: Angelika Funk
Gesamtherstellung: Diana Schulz
Covergestaltung: HildenDesign, München
Druck und Bindung: CPI books GmbH, Leck
Printed in Germany
ISBN: 978-3-937883-39-7

www.echnaton-verlag.de

Meinen Großmüttern

Kindern erzählt man Geschichten,
damit sie einschlafen –
Erwachsenen, damit sie aufwachen.

Ich danke meiner Verlegerin für ihre Geduld und dafür, dass sie an mich geglaubt hat. Meinem Lektor Gerold Kiendl für seine freundliche Aufmerksamkeit. Renate und Vicky für ihr Feedback, das mich ermuntert hat, am Ball zu bleiben.

Ich danke der Familie Mouzakitis, die mich während meines Schreiburlaubs im Winter 2015 in Korfu so liebevoll umsorgt hat. Dino Louvros für einen warmen Schreibplatz in seinem Haus in Kavadades an kalten Wintertagen und Christian Heumader für die unglaublich gute Verpflegung während meiner Aufenthalte in der Finca auf Gran Canaria. Ohne euch würde es dieses Buch nicht geben.

Noch ein Wort:
Sollten Sie Band 1 und Band 2 nicht kennen – was ich sehr bedauern würde – oder Ihre Erinnerung auffrischen wollen, so finden Sie die Vorgeschichte im Anhang (Seite 452). Außerdem finden Sie dort ein Verzeichnis der wichtigsten handelnden Personen.

Die Prophezeiung

>> Die Zeit entwickelt sich und kommt zu einem Punkt, an dem sie sich wieder erneuert ... zuerst gibt es eine Zeit der Reinigung und dann eine Zeit der Erneuerung. Wir sind schon sehr nah an dieser Zeit der Erneuerung. Man sagte uns, wir werden sehen, wie Amerika entsteht und vergeht. Auf eine Art ist Amerika schon am Sterben ... von innen, denn sie hielten sich nicht an die Bestimmungen, wie man auf dieser Welt zu leben hat.

Alles kommt zu einem Punkt, an dem die Prophezeiungen wahr werden, dass die Unfähigkeit des Menschen, auf spirituelle Art und Weise zu leben, zu einer Wegkreuzung mit riesigen Problemen führen wird. Wir, die Hopi-Indianer, glauben, dass es keine Chance gibt, wenn man nicht spirituell mit der Erde verknüpft ist und nicht versteht, dass man mit einem spirituellen Bewusstsein auf dieser Erde leben sollte.

Als Kolumbus hier ankam, begann das, was wir als Ersten Weltkrieg bezeichnen. Das war der wahre Erste Weltkrieg. Denn nach Kolumbus kam halb Europa hierher. Nach eurem Zweiten Weltkrieg gab es in den USA nur noch 800.000 Ureinwohner ... von den ursprünglich ungefähr 60 Millionen. Man hatte uns fast ausgerottet.

Alles ist spirituell, alles hat einen Geist in sich. Alles wurde durch den Schöpfer hierher gebracht. Manche sagen Gott zu ihm, andere Buddha, andere Allah. Wir sagen Konkachila zu ihm, Großvater.

Wir sind nur einige Winter auf der Erde, dann gehen wir in die Spirituelle Welt. Die Geistige Welt ist wirklicher, und viele von uns glauben, dass sie sogar alles ist.

Über 95 % unseres Körpers besteht aus Wasser. Um gesund zu bleiben, musst du gutes Wasser trinken. Als die Europäer und Kolumbus hierherkamen, konnte man aus allen Flüssen sauberes Wasser trinken. Hätten die Europäer die Natur so behandelt, wie es die Indianer machen, könnten wir immer noch das Wasser aus den Flüssen trinken. Wasser ist heilig, Luft ist heilig. Deine DNA ist dieselbe, die der Baum hat. Der Baum atmet ein, was wir ausatmen, wir atmen ein, was der Baum ausatmet. Wir und die Bäume haben dasselbe Schicksal. Wir leben alle auf dieser Erde. Und wenn die Erde, das Wasser, die Atmosphäre verschmutzt werden, dann wird das Folgen haben, Mutter Erde wird reagieren. Die Hopi-Prophezeiung sagt, dass Fluten und Stürme schlimmer werden. Für mich ist es nichts Negatives zu wissen, dass es Veränderungen geben wird. Das ist nicht negativ, es ist Evolution. Wenn du es als Evolution betrachtest, ist es Zeit. Nichts bleibt, wie es ist.

Ihr solltet lernen zu pflanzen. Das ist die erste Verbindung. Ihr solltet alle Dinge als beseelt behandeln und verstehen, dass wir eine Familie sind. Das geht nie zu Ende. Das ist wie das Leben. Es gibt kein Ende des Lebens.«

(Hopi-Ältester Floyd Red Crow, 2007)

Kapitel 1

M arenko Barak liebte Fisch – keinen gegrillten, keinen gekochten, sondern rohen Fisch. Seitdem er vor ein paar Jahren bei einem Besuch in *Suizei* zum ersten Mal in seinem Leben Sushi gekostet hatte. Eine entfernte Verwandte hatte dorthin geheiratet und der Bürgermeister von Verinot, der für seine Neugierde bekannt war, hatte die Reise gerne auf sich genommen, um nach dem Rechten zu schauen, wie er im Kreise seiner Freunde kundgetan hatte.

Seine Frau Sara hatte ihn nicht begleiten wollen. Vor der Abfahrt hatte sie noch zu ihm gesagt:»Du kennst Isabel doch kaum. Du hast sie nur zweimal gesehen, als sie noch ein Kind war, und jetzt musst du unbedingt dorthin? Du willst dir wirklich diese lange Reise antun? Dir ist nicht mehr zu helfen …« Und hatte noch mit einem Lächeln hinzugefügt:»Du Neugiernase.« Sie wusste genau, dass sie ihren Mann nicht aufhalten konnte, und in diesem Fall passte es ihr auch gut, denn so würde sie Zeit haben, die Inneneinrichtung des Hauses umzugestalten, ohne dass er ihr ständig hineinredete. Ihre Geschmäcker waren in dieser Beziehung sehr verschieden.

Sie hatte kürzlich in einem Möbelgeschäft eine Couchgarnitur entdeckt, die es ihr auf den ersten Blick angetan hatte. Die sollte es sein, hellbraun und aus weichstem Maroquinleder, einer Ziegenart aus den südlichen Steppengebieten. Außerdem waren gerade wieder bunte Tapeten angesagt. Alle zwei bis drei Jahre renovierte, strich, kaufte oder stellte sie Möbel um – immer dann, wenn Marenko auf Reisen war. Der beschwerte sich zwar bei seiner Rückkehr, weil er angeblich seine Sachen nicht wiederfand, freundete sich aber nach einiger Zeit mit den neuen Umständen an und schließlich lobte er sogar den Ideenreichtum seiner Frau. Sara zweifelte nicht einen Moment, dass es diesmal genauso sein würde.

Suizei mit seinen weit mehr als 100.000 Einwohnern wurde fast ausschließlich von den Nachkommen der Menschen aus dem ehemaligen Japan, China und Korea bevölkert. Sie hatten ihrer Stadt, die nur ein kurzes Stück vom Meer entfernt lag, einen kaiserlichen Namen gegeben. *Kamu Nunagawamimi no Mikoto* hatte Japan in der Zeit von 581–549 v. Chr. regiert. Der zusätzliche Name *Suizei* war ihm posthum verliehen worden. Die Existenz dieses Kaisers wurde zwar von vielen Seiten bezweifelt, aber vielleicht wurde die Stadt gerade aus diesem Grunde nach ihm benannt.

Die Menschen hier pflegten sehr genau die alten Traditionen ihrer Vorfahren und so heiratete man normalerweise auch keine Fremden. Isabel war eine der wenigen Ausnahmen. Sie war sehr herzlich in der Familie aufgenommen worden, sicherlich auch, weil sie sich gründlich auf die Sitten und Bräuche der Gemeinschaft ihres künftigen Ehemannes vorbereitet hatte. Deren Wurzeln reichten zurück bis zum Volk der Ainu, die bereits im Altertum die nördlichen Gebiete der japanischen Hauptinsel Honshu besiedelt hatten. Dieses nordostasiatische Urvolk hatte sich mit dem bereits dort lebenden Urvolk vermischt und daraus war dann die spätere japanische Rasse entstanden. In Harukis Familie war man stolz auf seine Geschichte.

Das junge Paar hatte sich vor zwei Jahren durch einen glücklichen Zufall kennengelernt. Nach dem Studium war Isabel ein halbes Jahr lang mit dem Rucksack durch den Süden gereist. Sie wollte, bevor sie ihre Stelle als Lehrerin antrat, Land und Leute kennenlernen. Eines Morgens hatte sie in aller Frühe eine berühmte Tempelanlage besichtigt. Vor dem Betreten musste man seine Schuhe neben dem Eingangstor abstellen. Ein paar Männerschuhe, die bereits dort standen, hatten ihr signalisiert, dass sie an diesem frühen Morgen nicht die erste Touristin war. So lernte sie Haruki kennen. Schon drei Monate später war sie zu ihm nach *Suizei* gezogen.

Isabel hatte sich sehr über den Besuch aus der Heimat gefreut und ihren Gast stolz durch das geräumige Haus geführt, das die Familie ihres Ehemannes in nur einem halben Jahr in altem japanischen Stil für das junge Paar errichtet hatte. Das einzig Moderne war eine Solaranlage.

»Komm, Onkel, ich zeige dir jetzt noch den Garten, dort können wir uns vor dem Essen noch ein wenig die Beine vertreten. Das tut dir sicher gut nach der langen Fahrt.«

»Gerne, liebe Isabel, zeige mir nur alles. Deswegen bin ich ja schließlich gekommen.«

»Das ist ein Zengarten«, hatte Isabel erklärt, »ich weiß nicht, ob du schon mal einen gesehen hast. Bei uns zu Hause gibt es so etwas ja nicht.«

Marenko hatte verneinend den Kopf geschüttelt und war bereits staunend in der Betrachtung dieses seltsamen Gartens versunken gewesen.

»Solche Gärten sind bis ins letzte Detail geplant. Um sie vollends zu verstehen, ist es nötig, sie richtig lesen zu lernen, und das ist eine Wissenschaft für sich. Harukis Onkel Akira ist ein sehr berühmter Gartenbauer. Der Name bedeutet übrigens der Strahlende.«

»Akira, so hieß, glaube ich, der Adler von Jared Swensson, dem Farmer aus Winsget. Wahrscheinlich kennst du ihn.«

»Den Adler?«, hatte Isabel gelacht.

»Nein, Jared natürlich«, hatte Marenko das Lachen erwidert.

»Wer kennt Raitjenland nicht? Aber dass er mal einen Adler hatte, wusste ich gar nicht.«

»Da warst du auch noch nicht auf der Welt, Isabel.«

»Das Anlegen dieses Gartens – du wirst gleich sehen, wie groß er ist – hat dreimal so lange gedauert wie der Bau unseres Hauses. Für Liebhaber sind ihre Gärten viel wertvoller als ihr Haus, na ja, und mein Mann liebt seinen Garten sehr.«

»Ich hoffe, er liebt ihn nicht mehr als dich«, hatte Marenko gelacht und seiner Nichte zugezwinkert, um sich anschließend mit einem großen Taschentuch Schweißperlen von der Stirn zu wischen.

»Nein, Onkel, da kannst du ganz beruhigt sein, ich habe den besten Mann der Welt … aber komm weiter, es gibt viel zu sehen. Ich hoffe, es ist nicht zu anstrengend für dich?«

»Es geht schon, es geht schon, mach nur weiter, es ist alles sehr interessant bei euch.«

»Ein Zengarten ist so angelegt, dass Besucher ganz entspannt viele Entdeckungen machen können. Schau einmal hier.«

Isabel hatte mit einem Arm in eine Richtung gedeutet und ihre Erklärung fortgesetzt. Es hatte ihr sichtlich Vergnügen bereitet, ihrem Onkel ihr Wissen zu demonstrieren.

»Meistens führt ein Blick aus einer anderen Perspektive zu einem ganz neuen Eindruck. Das wird durch eine asymmetrische Anordnung erreicht. Wie du bald bemerken wirst, sind auch unebene Wege sehr beliebt. Das soll es für den Besucher noch interessanter machen, durch den Garten zu gehen. Gerade Wege wie dieser, auf dem wir stehen, werden nur angelegt, um den Blick in eine bestimmte Richtung zu lenken. Statt herumzuschlendern, kann man sich an einer Stelle niederlassen, den Garten betrachten und auf sich wirken lassen. Daher die kleinen Bänke hin und wieder. So wird die Fantasie auf eine wundervolle Weise angeregt. Onkel, schau, du kannst in die verschiedenen Elemente dieses Gartens viel hineininterpretieren. Egal ob du sie einzeln oder als Kombination betrachtest. Trotz der genauen Planung eines solchen Gartens gibt es aber keine strenge Vorgabe bei der Deutung. Komm, lass uns ein wenig ausruhen, hier ist einer meiner Lieblingsplätze.«

Sie hatten sich auf eine kleine Bank gesetzt, die fast gänzlich von Bambus umgeben war, der von einem leichten Wind sanft bewegt wurde. Marenko hatte die Einladung nur zu gerne angenommen. Er hatte einen Moment die Augen geschlossen und dem leisen Rascheln des Bambus gelauscht.

Nach einer kleinen Weile hatte Isabel ihn sanft in die Seite gestoßen.

»Sieh mal, in unserem Garten kommen besonders die vier Elemente Stein, Moos, Wasser und Baum vor. Die letzten beiden jedoch nur in symbolischer Form«, sie hatte auf einige Bonsais in der Nähe gezeigt.

»Steine symbolisieren beispielsweise Tiere, das Wasser steht für Seen oder Ozeane, die auch Göttern gewidmet sein können, die der alten Sage nach über das Meer zu uns kommen. Komm mit, ich zeige dir jetzt das Wasser«, hatte sie sich mit einem Lächeln bei Marenko untergehakt. Und dann hatte sie auf ein rechteckiges, mit einem niedrigen Holzrahmen eingefasstes Kiesbett gezeigt und war stehen geblieben.

»Um Wasser darzustellen, wird Sand oder dieser spezielle Granitkies verwendet. Der verweht nicht so schnell. Die geharkten Linien symbolisieren Wellen. Die großen Steine, die dort überall in scheinbarer Unordnung liegen, können als liegende Hunde, Wildschweine oder als Kälber, die mit ihrer Mutter spielen, aufgefasst werden.«

Langsam waren sie während Isabels Erläuterungen weitergegangen. Marenkos Blick war auf ein niedriges Rundhaus gefallen, das von mehreren zierlichen Laternen umgeben war.

»Weißt du, dass du der Erste aus der Familie bist, der mich hier besuchen kommt?«, hatte sie gefragt, als sie sich in dem Teehaus niedergelassen hatten. Vor ihnen stand eine Kanne duftender Jasmintee. Isabel hatte das Gebräu langsam in die zarten Porzellantassen eingeschenkt, woraufhin süßer Duft den Raum erfüllt hatte.

»Nein, das weiß ich nicht ... sogar deine Eltern waren noch nie hier? Ihr hattet doch immer ein sehr enges Verhältnis, soweit ich mich erinnere. Bist du nicht ihre einzige Tochter?« Marenko hatte vorsichtig von dem heißen Getränk gekostet.

»Ja, das stimmt alles, aber Mama geht es nicht so gut, seit sie sich vor zwei Jahren bei einem Reitunfall eine Wirbelverletzung zugezogen hat, und Papa reist nicht ohne sie. Sie braucht immer noch einen Stock.«

»Dann sollte sie mal zu dem Schmied in Seringat gehen ...
ich werde ihr den mal empfehlen, wenn ich wieder zurück
bin.«
»Zu einem Schmied?« Isabel hatte die Stirn in Falten gezogen. »Was soll sie denn bei einem Schmied?« Dann hatte sie
lachen müssen. »Sie braucht doch keine neuen Hufe, Onkel
Marenko.«
»Ich weiß, ich weiß, keine Angst. Er heißt Soko Kovarik
und ich kann dir versichern, gerne auch schwören, dass er heilende Hände hat. Schon zwei meiner besten Pferde hat er wieder hinbekommen. Beide hatten sich die Hüfte ausgerenkt,
was bei meinem Gewicht ja nun wirklich kein Wunder ist«,
lachte er kurz auf. »Zwei kurze Griffe und sie waren wieder
wie neu ... unglaublich, sage ich dir. Aus der ganzen Gegend
bringen sie ihre kranken Pferde, Rinder, Hunde ... eben einfach alles, was Hufe, Pfoten oder Federn hat, zu ihm. Soko
schaut sich immer auch den Besitzer sehr genau an und wenn
er bei diesem ein Hinken oder auch nur einen Anflug davon
entdeckt, was oft der Fall ist, heilt er den gleich mit. ›Wie der
Herr, so's Gescherr‹, sagt er dann und lacht. Ein wirklich
bemerkenswerter Bursche, dieser Schmied. Ein Versuch ist es
allemal wert, liebe Isabel ... ich werde es deiner Mutter sagen.
Wäre doch wirklich schade, wenn deine Eltern das hier nicht
sehen könnten.«
»Na, wenn das so ist«, hatte die Nichte geantwortet, »dann
bin ich gespannt, ob er ihr helfen kann.«
Marenko hatte sich verrenken müssen, als er wenig später
zu Tisch gebeten wurde, denn er war es nicht gewohnt, so niedrig zu sitzen. Ächzend ließ er sich auf einem der breiten,
kunstvoll bestickten Kissen nieder. Das Essen hatte ihm unerwartet gut geschmeckt, obwohl er zunächst einmal die Nase
gerümpft hatte, als er erfahren hatte, dass es sich vornehmlich
um kalten Reis und rohen Fisch handeln würde, der in Algenblätter eingewickelt war. Die Bemerkung, ob kein Geld mehr
für Stühle übrig gewesen war, hatte er sich verkniffen, denn er

hatte die Menschen auf Anhieb gemocht und wenn er ehrlich war, hätten Stühle auch nicht zum restlichen Stil des Hauses gepasst. Hoffentlich würde seine Frau nicht eines Tages auf die Idee mit Sitzkissen am Esstisch kommen. Besser er erzählte ihr von dieser Einrichtung hier nichts.

Harukis Familie hatte ihn freundlich aufgenommen und als er sich einen ganzen Löffel Wasabi in den Mund geschoben und daraufhin in Husten und Tränen ausgebrochen war, hatten alle nur gelächelt und sich bei ihm mit vielen Verbeugungen dafür entschuldigt, ihn nicht besser aufgeklärt zu haben. Als er sich wieder erholt und die richtige Dosierung gefunden hatte, hatte er gar nicht genug bekommen können, was seine Gastgeber auf das Höchste erfreute. Die gereichte Suppe sowie das in dieser Stadt gebraute Bier hatten ihm ebenfalls vorzüglich geschmeckt.

»Isabel, du musst mir unbedingt zeigen, wie diese Speisen zubereitet werden, das werde ich alles gleich zu Hause meine Frau ausprobieren lassen. Ich bin sicher, sie wird ebenso begeistert sein wie ich, ach was, alle werden begeistert sein. Weißt du was? Wir werden ein Sushi-Restaurant in Verinot eröffnen ... die werden staunen, das sag ich dir.« Marenko hatte sich den Bauch gehalten vor Lachen und alle hatten höflich eingestimmt.

»Lieber Onkel, ich fürchte das geht nicht einfach so mal eben auf die Schnelle«, Isabel hatte auf ihren Schwager Hiro gedeutet. »Weißt du, wie lange Hiro in der Lehre war, bis er solche Köstlichkeiten herstellen konnte und durfte? Sieben Jahre hat seine Ausbildung gedauert. Inzwischen führt er eines der bekanntesten Restaurants der Stadt und zur Feier des Tages hat er nur für uns gekocht.«

»Sieben Jahre?«, hatte Marenko gestaunt. »Dann muss er jemanden zu uns schicken, der es auch kann. Er wird ja nicht der einzige Sushikoch in dieser Stadt sein. Ich bin mir sicher, dass ein solches Lokal für Verinot eine Bereicherung wäre ... na ja, und ich müsste nicht jedes Mal eine solch weite Reise machen.«

Da hatte sich Hiro eingemischt.:»Verehrter Marenko, ich kann dir in den nächsten Tagen zeigen, wie du das Gericht, das wir Sashimi nennen, herstellen kannst. Es ist ganz einfach, wenn du ein gutes Messer hast. Scharf muss es sein ... sehr scharf ... Weißt du was? Ich werde dir eines schenken, weil es mich so freut, dass du mein Essen magst ... und weil du ein Onkel unserer Isabel bist. Sojasoße wirst du ja bei euch auch bekommen, mehr braucht es dafür nicht ... außer guten Fisch natürlich ... aber ihr lebt ja ebenfalls in Meeresnähe ... und deine Lieblingszutat hier«, er hatte lächelnd auf die Schale mit dem Wasabi gezeigt,»können wir dir in regelmäßigen Abständen schicken.«

Hiro hatte mehrere kleine Verbeugungen gemacht, und der Rest der Familie hatte vor Begeisterung in die Hände geklatscht.

»Lieber Onkel, bei meinem Schwager hast du einen großen Stein im Brett!«, hatte Isabel ausgerufen.

Marenko hatte die Verbeugung zwar etwas ungelenk, aber nicht weniger ernsthaft erwidert.

»Ich danke dir für dieses großzügige Geschenk, verehrter Hiro. Ich hoffe, auch dich eines Tages in unserem schönen Verinot begrüßen zu dürfen. Ich freue mich jetzt schon auf dein Urteil über unsere Küche. Auch wir haben da mit einigem aufzuwarten, was durchaus der Beachtung wert ist.«

Beim Abschied hatte seine Nichte ihm ins Ohr geflüstert:»Es ist eine große Ehre, wenn ein Koch eines seiner Messer verschenkt ... er muss dich sehr mögen, lieber Onkel. Ach, es war so schön, dass du hier warst, komm bitte bald wieder ... und bringe deine Frau mit ... und dann bleibt ihr aber länger, versprochen? Du hast noch nicht alles gesehen. Sie haben hier sogar einen alten japanischen Kaiserpalast nachgebaut. Diese Gärten solltest du erst mal sehen.«

»Versprochen liebe Isabel, versprochen ... aber nach *eurem* Besuch bei uns in Verinot.«

So war Marenko nach vielen Verbeugungen und guten Wünschen ein paar Tage später mit einem wertvollen Geschenk und vielen neuen Ideen gut gelaunt in seine Heimat zurückgekehrt.

War Marenko früher zum Fischen gegangen, weil er seine Ruhe haben wollte, so hatte er jetzt einen Grund mehr. Seitdem er des Öfteren Sashimi aß, hatte er sogar einiges an Gewicht verloren, was seiner Gesundheit sehr zugutekam. War er im letzten Jahr bei der Versammlung in Seringat noch heftig ins Schnaufen und Schwitzen gekommen, bloß weil er ein paar Stufen zum Rednerpult emporgestiegen war, so konnte er jetzt längere Spaziergänge mit seiner Frau unternehmen und hatte sogar wieder Spaß am Reiten gefunden, was wiederum seiner Figur guttat.

An diesem Morgen des 9. Oktober, es war ein Sonntag, war er gut gelaunt aufgebrochen. Er hatte *Lando*, seinen fünfjährigen Apfelschimmel gesattelt, das Angelzeug eingepackt und war an die Küste geritten. Für den nächsten Abend hatte sich seine Schwester nebst Mann zum Essen angekündigt und da sollte es Sashimi geben. Er saß bereits seit geraumer Zeit auf seinem Stammfelsen in einem bequemen Klappstuhl und döste mit tief ins Gesicht gezogener Mütze.

Er hatte zum wiederholten Mal seine Angel mit dem Spezialköder, einer Mischung aus altem Käse und Madenmehl, ausgeworfen, aber außer ein paar kleinen Makrelen hatte er noch nichts gefangen, was der Rede wert gewesen wäre. Seine Laune drohte in den Keller zu rutschen.

Beim nächsten Mal werde ich das Boot nehmen und einen Thun holen, schmeckt eh am besten, dachte Marenko trotzig. Er hasste Misserfolge.

Die Sonne stand bereits hoch am Himmel. Er würde sich bald auf den Rückweg machen müssen, wenn er pünktlich zur Ratssitzung zurück sein wollte. Außerdem wurde ihm allmählich zu warm auf seinem Felsen. Dieser Oktober versprach wirklich golden zu werden. Heute wollte er verkünden, dass er bei der nächsten Wahl zum Bürgermeister nicht mehr zur Verfügung stehen würde. Sollte mal jemand anderer die Arbeit machen. Er war mehr als zehn Jahre im Amt gewesen und sein Bestreben war es jetzt, in den Ältestenrat der Kuffer gewählt zu werden. Diesen Beschluss hatte er auf der letzten großen Versammlung in Seringat gefasst. Jelena hatte damals einen sehr gebrechlichen Eindruck auf ihn gemacht, außerdem hatte sie die 90 längst überschritten. Lange konnte es nicht mehr dauern, bis ihr Platz frei werden würde.

An Bord der U-57 wandte sich der Erste Offizier an seinen Kapitän. »Sir, wenn dieser Angler nicht bald zusammenpackt und verschwindet, haben wir einen Zeugen ... sollen wir ihn ...?«

»Nein, Officer, lassen Sie mal, unsere Passagierin müsste bald da sein. Sollen ihm vor Staunen ruhig die Augen aus dem Kopf fallen. Was soll so ein Hinterwäldler schon machen? Wahrscheinlich glaubt ihm sowieso niemand diese Geschichte.« Der Kapitän blickte auf einen Bildschirm und lächelte. »Soll er vielleicht seine Angel nach uns auswerfen?« Er lachte über seinen Witz und Fin Muller stimmte ein.

»Es war gut, Sir, dass Dennis unseren anderen Gast schon am frühen Morgen an Land gebracht hat ... bevor dieser Angler da war. Frau Ferrer dürfen wir ja mit offizieller Genehmigung dieses Weltrates an Bord nehmen, was immer das auch für ein Rat sein soll. Dennis müsste jeden Moment zurück sein. Er hat sich eben gemeldet. Er hat lange suchen müssen, bevor er eine geeignete Stelle gefunden hat, sagt er. An der vorgesehenen Stelle seien zu viele Fischerboote unterwegs gewesen. Aber Sisko ist letztendlich unentdeckt an Land gegangen.«

»Nun, wenn der Angler Sisko gesehen hätte, dann hätten wir sicherlich handeln müssen.«

»Frau Ferrer sollte eigentlich jeden Moment da sein ... na sehen Sie, Sir, kaum spricht man vom Teufel ... Dort oben, am Waldrand, da ist sie ja.« Fin Muller zeigte auf einen anderen Bildschirm.

Das Wiehern eines Pferdes riss Marenko plötzlich aus seinen Gedanken. *Lando* konnte es nicht sein, denn der hatte sich eben noch in der Nähe lustvoll schnaubend im Sand gewälzt. Das Wiehern war aus einer anderen Richtung gekommen. Vorsichtig spähte er um die Felsenspitze herum, um zu sehen, wer dort oben auf dem Hügel unterwegs war.

Da laus mich doch der ..., dachte er bei sich, nachdem er einen Blick durch sein Fernglas geworfen hatte. *Die beiden Turteltäubchen aus Seringat kommen dahergeritten ...was die wohl hier wollen? Jedenfalls müssen sie sehr früh aufgebrochen sein ... einige Stunden brauchen sie bis hierher.*

Er hielt es zunächst einmal für ratsam, in Deckung zu bleiben, auch weil er die beiden nicht stören wollte. Außerdem sagte ihm sein Bauchgefühl, auf das er sich meist verlassen konnte, dass hier gerade etwas Ungewöhnliches vor sich ging. Er holte seine Angel ein und justierte sein Fernglas nach. Seine Neugierde war nun vollends entfacht. Er sah, wie die beiden von ihren Pferden abstiegen und am Waldrand stehen blieben. Sie umarmten sich lange und küssten sich. Dann schulterte Nikita einen Rucksack und nahm einen großen braunen Umschlag aus einer Satteltasche. Ohne sich noch einmal umzudrehen, begann sie, den Pfad zum Strand hinabzulaufen. Effel blieb mit den Pferden zurück.

Weint sie etwa? Jetzt wird es interessant, dachte Marenko. *Bin mal gespannt, was sie hier zu suchen hat. Nach einem Picknick sieht es jedenfalls nicht aus, eher nach einem Abschied. Moment mal, sie hat diesen braunen Umschlag ... sie wird doch nicht wirklich die Pläne bekommen haben ... und jetzt geht es wieder in die Heimat? Will sie etwa nach Hause schwimmen?*

Dann sah er, dass Nikita winkte, aber nicht zu Effel zurück, sondern zum Wasser hin. Noch vielleicht hundert Fuß trennten sie jetzt vom Strand. »Was ist denn hier los?«, murmelte Marenko. Und als er sich umdrehte, um zu sehen, wem Nikita da zuwinkte, sah er zunächst nur etwas Längliches aus dem Wasser ragen.

Ein Seeungeheuer, war das Erste, was ihm durch den Kopf schoss, aber kurz darauf identifizierte er es als Periskop. In der Schule waren früher genügend Kriegsfilme gezeigt worden. Deswegen war er auch nicht überrascht, dass der Turm folgte, der allerdings größer war als alles, was er bisher gesehen hatte. Kurz darauf tauchte etwas auf, das den Schiffen aus den alten Filmen zumindest ähnelte. Vielleicht 500 Fuß entfernt lag ein riesiges U-Boot ganz ruhig in der sanften Dünung.

Marenko stockte der Atem.

»Das war es wohl für heute mit dem Fischen«, murmelte er, nachdem er sich von seinem ersten Schreck erholt hatte.

Fast im gleichen Moment bog von seiner linken Seite her ein Schlauchboot um den Felsen. Es musste von einem starken Außenbordmotor angetrieben werden, wie man an der Bugwelle erkennen konnte. Zu hören war der Motor aber nicht. Ein Mann in Uniform steuerte es. Er ließ es geschickt auf den Sandstrand gleiten, stieg aus und salutierte vor Nikita. Die beiden begrüßten sich jetzt per Handschlag und sie bestieg flink das Boot.

»Da laus mich doch … sie holen sie tatsächlich ab«, murmelte Marenko.

Er schaute durch sein Glas zum Waldrand zurück. Dort sah er Effel noch einen Moment ganz ruhig dastehen, aber kurz darauf konnte er ihn mit hängenden Schultern, die Pferde am Zügel führend, langsam im Wald verschwinden sehen. Er wollte gerade das Glas absetzen, als er eines Schattens gewahr wurde, der sich gerade von Effel wegbewegte.

Hmmm, komisch, war da jetzt noch jemand oder nicht? Da war doch gerade die Silhouette einer Frau gewesen … aber vielleicht war es auch bloß das Schattenspiel eines Baumes, kann sich ja nicht in Luft aufgelöst haben, falls da jemand gewesen sein sollte. Na, jedenfalls hat Nikita bekommen, was sie wollte, und jetzt wird sie abgeholt ... einfach so? Wie gemein. Dann hat der Rat der Welten ihr also die Erlaubnis erteilt ... das hätte ich nie gedacht. Der Junge da oben tut mir leid, hat sich wohl richtig verknallt in sie. Aber woher kam der Mann in diesem kleinen Boot? Es kam von dort drüben, nicht direkt vom U-Boot. Was hat er dort gemacht? Zum Angeln war er sicher nicht dort. Er wird doch hoffentlich nicht noch jemanden abgesetzt haben? Ähnlich sehen würde es denen ja. Wenn das der Fall sein sollte, wird es mit der Ruhe hier vorbei sein.

Er schirmte mit einer Hand seine Augen vor der Sonne ab und schaute sich um. Von seinem Platz aus wurde er Zeuge, wie Nikita über eine herabgelassene Leiter auf das U-Boot kletterte. Auf der Brücke wurde sie von zwei Männern empfangen, die ebenfalls vor ihr salutierten. Einer der beiden trug eine schneeweiße Uniform mit goldenen Schulterklappen. Kurz darauf waren alle durch die geöffnete Luke im Inneren des Schiffes verschwunden. Inzwischen musste der erste Mann sein Boot irgendwie dort untergebracht haben, denn er war nicht mehr zu sehen.

Kurze Zeit später war das Meer glatt wie zuvor. Marenko hatte nicht das leiseste Geräusch eines Motors gehört. Wenn er das Gehör eines Emurks gehabt hätte, hätte er ein dumpfes, dunkles Wummern wahrgenommen. Er rieb sich die Augen.

Wenn ich es nicht selbst gesehen hätte, würde ich es nicht glauben ... na, da gibt es was zu erzählen heute Abend.

Eilig packte er sein Angelzeug zusammen, nahm die Satteltasche, bestieg sein Pferd und schlug den Weg nach Verinot ein.

Fast die ganze Strecke war er im Galopp geritten und als er vor seinem Haus abstieg, waren sowohl er als auch sein Pferd nass geschwitzt. Um ein Haar hätte er ein Kind über den Haufen geritten, als er in die Straße eingebogen war, in der sein Haus lag. Seine Frau kam herausgelaufen.

»Wer ist denn hinter dir her?«, rief sie. »Du tust ja, als sei dir der Teufel auf den Fersen. Ich habe dich schon von Weitem gesehen. Weißt du, was passiert wäre, wenn du den kleinen Jens umgeritten hättest? Du selbst rufst doch immer zur Vorsicht auf.«

»Vielleicht ist es auch der Teufel, der hinter mir her ist, aber dann ist er bald hinter uns allen her. Wenn meine Vermutung stimmt, ist er vor ein paar Stunden an unserer Küste an Land gegangen«, keuchte Marenko, noch immer außer Atem. »Das mit Jens tut mir leid, aber er ist ja mit einem Schrecken davongekommen. In Zukunft wird er sicherlich vorsichtiger sein. Komm, lass uns hineingehen, dann erzähle ich dir alles, aber zunächst brauche ich eine Dusche ... und etwas zu trinken.«

»Es steht noch alles auf dem Tisch, ich habe heute spät zu Mittag gegessen. Wenn ich gewusst hätte, dass du so bald heimkommst, hätte ich gewartet. Geh du nur schon nach oben, ich versorge *Lando* erst einmal. Das arme Tier ist ja vollkommen erschöpft. Wenn du dich später noch hinlegen möchtest, bevor du zu deiner Versammlung gehst, zieh ja deine Schuhe aus, sonst ruinierst du mir die neue Couch.«

In diesem Moment wurde ihr bewusst, dass ihr Mann, seitdem er in Suizei gewesen war, im Haus immer seine Schuhe auszog.

***

Kapitel 2

Jared Swensson hatte die Rauchsäule ebenfalls gesehen. Sie hatte ihn allerdings nicht beunruhigt, denn es kam hin und wieder vor, dass es in dem Berg rumorte, sicherlich drei- bis viermal im Jahr. Von heftigen Ausbrüchen vieler Vulkane, zu denen es vor einigen hundert Jahren nahezu zeitgleich auf der ganzen Welt gekommen war, konnte man in den Chroniken lesen. Die Asche von Flaalands einzigem Vulkan war bis weit über Raitjenland hinaus niedergegangen und die Farm lag immerhin gut vier Tagesmärsche entfernt. Die Fruchtbarkeit des Landes war gewiss auch diesem Ereignis zu verdanken. Der Himmel soll für viele Wochen verdunkelt gewesen sein, bis ein kräftiger und lang anhaltender Sturm wieder für Klar- heit gesorgt hatte. In anderen Regionen der Erde hatten die Menschen die Sonne mehr als ein Jahr lang nicht gesehen. Danach war die Welt verändert.

Warum sollte der alte Knabe auch gerade jetzt ausbrechen ... obwohl es zu meiner Stimmung passen würde, hatte Jared gedacht.

Das letzte Mal, dass ›Großvater Gork sich ein Pfeifchen angesteckt hatte‹, wie es hier scherzhaft hieß, war vor zwei Jahren gewesen. Die kleine Aschewolke hatte der Wind schnell zerstreut. Mehr war aus dem Vulkan nicht herausge- kommen. Der Farmer hatte damals – es war ebenfalls im Herbst gewesen – mit seinen Jagdfreunden gar nicht weit von *Angkar Wat* sein Lager aufgeschlagen. Es war eines der sel- tenen Male gewesen, an denen Vincent, der sich sonst lieber mit seinen Freunden die Zeit vertrieb, mit von der Partie gewe- sen war. Jared hatte ihn regelrecht beknien müssen mitzukom- men und es war letztlich seiner Frau Elisabeth zu verdanken gewesen, dass Vincent sich der Jagdgesellschaft angeschlossen hatte. Sie hatte ihren Sohn zur Seite genommen und ihn fast schon angefleht. »Nun tu deinem Vater doch den Gefallen, mir zuliebe. Du weißt, wie wichtig ihm seine Jagdausflüge sind. Es gibt kaum eine bessere Gelegenheit, bestehende Geschäftsverbindungen zu festigen und neue zu knüpfen. Zeige deinem Vater, dass dir die Farm nicht egal ist. Außerdem wird es dir guttun, mal wieder aus deinen vier Wänden herauszukommen. Du bist blass wie ein Käse. Ein wenig Farbe würde dir gut stehen.«

Dieser Appell an seine Eitelkeit und ein Kuss auf die Wange hatten schließlich gewirkt. Mit den *vier Wänden* hatte sie die Wirtshäuser in Winsget und Seringat gemeint, in denen Vincent gewöhnlich viel Zeit mit seinen Freunden verbrachte. Ein Stubenhocker war er gewiss nicht gewesen, aber für die Geschäftsbeziehungen seines Vaters hatte er sich stets einen Dreck interessiert, wie er selber gerne sagte. Er würde die Farm sowieso einmal vollkommen anders führen, vielleicht sogar verkaufen, hatte er mehr als einmal im Kreise seiner Freunde großmäulig verkündet. Er hatte lustlos seine sieben Sachen gepackt und war mitgekommen, in der Hoffnung, bald wieder zu Hause zu sein.

Damals hatte Jared einen kapitalen Hirsch, von dem noch lange erzählt wurde, mit einem einzigen Blattschuss erlegt. Er erinnerte sich gerade daran, dass sein Sohn nur sehr verhalten applaudiert hatte, während seine Jagdgefährten ihrer Freude über das Jagdglück begeistert Ausdruck verliehen hatten.

Ich hatte eben nie wahrhaben wollen, dass du so ganz anders gestrickt warst, als ich, dachte er wehmütig, *und das tut mir jetzt leid. Ich hoffe, deine Mutter wird mir das einmal verzeihen.*

Das prächtige Geweih mit seinen vierundzwanzig Enden zierte neben vielen anderen Jagdtrophäen die Eingangshalle des Haupthauses seiner Farm. Der todbringende Bolzen hing, hinter Glas und gerahmt, darunter. Jetzt würde er liebend gerne darauf verzichten, wenn er diesen Sonntagsschuss hätte

aufheben können. Lieber hätte er genüsslich dabei zugeschaut, wie das Ungeheuer, das seinen Sohn auf dem Gewissen hatte, langsam verblutet wäre.

Er konnte ja nicht ahnen, dass *Nornak* Vincent getötet hatte. Als Wächter des Tales hatte der nur seine Pflicht erfüllt. Er
hätte sich ihm sicherlich auch nicht so dargeboten wie der
ahnungslose Hirsch. Wahrscheinlich hätte er den Spieß eher
umgedreht – und dafür noch nicht einmal eine Armbrust
gebraucht.

Jared setzte die Suche nach Vincents Kopf fort. Bei dem
Täter konnte es sich seiner Meinung nach nie und nimmer um
einen Menschen gehandelt haben. Niemand hatte die Kraft,
einem anderen den Kopf abzureißen. Sein Verdacht war deshalb auf einen Bären gefallen, der so etwas mit einem einzigen
Prankenhieb hätte getan haben können. Wenn er den Kopf
seines Sohnes finden würde, hätte er Gewissheit. Bisher hatte
er allerdings noch keine Spuren eines Grizzlys entdecken
können und auch nicht die eines anderen Raubtieres. Eines
Pumas, Luchses oder Vielfraßes, von denen es in dieser
Gegend wahrlich genügend Exemplare gab.

Für die Lachse ist es auch mindestens zwei Wochen zu früh,
dachte Jared, als er langsam weiterging.

Auch nach einer weiteren Stunde intensiven Suchens hatte
er immer noch keinen Hinweis gefunden. Normalerweise
wäre er, wie in jedem Jahr, bald zum Fischen in die Agillen
gekommen und hätte dabei wieder die geschickten pelzigen
Jäger bewundern können. Der Indrock, der viele Meilen weiter breit und träge dahinfloss und auch seine Farm mit ausreichend Wasser versorgte, hatte hier in diesem Gebirge seinen
wilden Ursprung. Die Lachse mussten in kraftraubenden
Sprüngen zahlreiche Hindernisse überwinden. Dabei wurden
sie von den Bären einfach mit dem Maul aus der Luft
gegriffen. Die erfolgreichsten unter ihnen fraßen nur noch die
fetten Bauchstücke der Fische und ließen die Reste für Raben,
Füchse und andere Aasfresser liegen.

Sein Blick war meist auf den Boden gerichtet. So entging es ihm, dass Jesper stehen geblieben war. Der große Hund, der gerade hinter einem wilde Haken schlagenden Hasen her gewesen war, hatte abrupt gestoppt, seine Schnauze in den Wind gehalten, sich flach auf den Boden gelegt und ein leises, angstvolles Winseln von sich gegeben. Erst als der Farmer mit einigen aufmunternden Worten bei ihm war, erhob er sich vorsichtig und lief mit eingeklemmter Rute bei Fuß. Der Hase war ebenfalls mitten im Lauf um sein Leben stehen geblieben. Auf seinen Hinterkeulen aufgerichtet schaute er sich nach allen Seiten sichernd um, wobei seine Löffel nervös in ständiger Bewegung waren. Dann aber, nach ein paar Sekunden, sprang er sichtlich entspannt weiter, als wenn nichts geschehen wäre. In der Nähe stieß ein Eichelhäher mehrere durchdringende Warnlaute aus. Ein Signal, dem der Jäger unter anderen Umständen seine ganze Aufmerksamkeit geschenkt hätte.

»Brav, Jesper, brav … wir werden den Mörder schon finden, nicht wahr«, lobte Jared seinen Hund. Dann tauchten vor seinem geistigen Auge erneut die schrecklichen Bilder auf und Tränen traten ihm in die Augen. Mit dem Handrücken wischte er sie weg.

»Wir werden ihn seiner gerechten Strafe zuführen, nicht wahr, mein Guter? Wenn wir ihn haben … Gnade ihm Gott!« Jesper wedelte zaghaft mit dem Schwanz.

»Hey, ein wenig mehr Zuversicht hätte ich schon von dir erwartet«, lächelte Jared müde und tätschelte seinem Hund den Hals. Dann suchte er mit dem Fernglas zum wiederholten Male die Berghänge ab und beobachtete dabei einige Gämsen, die in großen Sprüngen panisch dem Tal zustrebten.

»Vor wem laufen die denn weg? Wollen doch mal schauen«, murmelte er und schaute durch sein Fernglas. Aber er konnte keinen Verfolger ausmachen.

Nachdem Scotty vor zwei Tagen den Heimweg angetreten hatte, hatte Jared sich in dem Tal noch genauer umgeschaut. Bevor er nach Haldergrond aufbrechen würde, um die Äbtissin um Rat zu fragen – ein Schritt, den er sich vor einer Woche nicht hätte vorstellen können, ohne sich selbst für verrückt zu erklären –, musste er dieses Tal erkunden. Ohne einen brauchbaren Hinweis auf das Schicksal seines Sohnes wollte er diesen Ort nicht verlassen. Das war er seiner Frau Elisabeth schuldig, deren Reaktion auf die Nachricht über den Tod ihres einzigen geliebten Sohnes er sich nicht ausmalen wollte.

Er hatte Vincents bestem Freund einen Brief mitgegeben, in dem er ihr in möglichst schonenden Worten die Nachricht übermittelt hatte. Dabei war ihm klar gewesen, dass es dafür keine schonenden Worte geben konnte. Der Junge würde Elisabeth hoffentlich in Begleitung seiner Mutter, die ebenfalls mit der Familie Swensson befreundet war, diesen schweren Besuch abstatten. Er hatte in dem Brief auch zu erklären versucht, warum er nicht selbst der Überbringer dieser traurigen Botschaft sein konnte. Davon, dass Elisabeth ihn nicht für feige hielt, konnte er allemal ausgehen, denn das hatte er ihr im Laufe ihrer langen Ehe mehr als einmal unter Beweis gestellt. Er wusste, dass sie ihn in seinem Verlangen verstehen würde, die Umstände dieser unfassbaren Tragödie aufklären zu wollen.

Er hatte sein Zelt unweit des Sees in der Nähe eines Walnussbaumes aufgeschlagen. In der ersten Nacht hatte er in den kurzen Phasen des Schlafes noch wirr geträumt. Inzwischen hatte sich die Ruhe des Tales auf ihn übertragen. Für Jesper war *Angkar Wat* ein wahres Paradies. Ständig jagte er Kaninchen und Hasen hinterher oder scheuchte gackernde Hühner auf, die zwischen den Ruinen nach Futter suchten. Besondere Freude bereitete es ihm, Schafe zu erschrecken und auseinanderzutreiben. Jared, der ihm das sonst nicht erlaubt hätte, hatte ihn gewähren lassen.

Er hatte zum zweiten Mal die Brigg durchsucht, die den Emurks als Schulschiff gedient hatte. Für die war das ein Segen gewesen, der sich zwar erst nach 300 Jahren ihrer Verbannung als solcher herausgestellt hatte, aber von der Weisheit der Alten dieses merkwürdigen Volkes Zeugnis gab. Hier hatten einerseits die Kinder lesen und schreiben gelernt und andererseits hatten sich die älteren männlichen Emurks das gesamte theoretische Wissen über die Seefahrt angeeignet. Und davon hatten sie wahrhaft profitieren können, als sie vor Kurzem die Erlaubnis bekommen hatten, mit der restaurierten Flotte ihrer Vorfahren in die Heimat zurückzukehren.

Während Jared das Innere des Schiffes in Augenschein genommen hatte, war Jesper auf einen kurzen Befehl hin draußen geblieben. Er würde jeden unliebsamen Besucher sofort melden. Sowohl das Schiff als auch das Gebäude mit der gepflegten Rasenfläche mitten im Gebirge zeugten von Sachverstand, enormer Baukunst und Liebe zum Detail und – dieser Gedanke war ihm schon einmal gekommen, als er mit Scotty hier gewesen war – einer großen Begeisterung für die Seefahrt.

Auf die Galionsfigur des dickbauchigen Seglers hatte sich Jared allerdings keinen Reim machen können. *Da hat aber jemand seinen kühnsten Fantasien freien Lauf gelassen,* hatte er gedacht, nachdem er den Bug mit der geschnitzten Gestalt von allen Seiten genau betrachtet hatte. Er konnte nicht ahnen, dass er hier ein Abbild des Mörders seines Sohnes vor Augen hatte.

Vor Kurzem noch war das sicherlich 100 Schritt lange und 50 Schritt breite eingeschossige Holzhaus mit den kunstvoll geschnitzten Säulen, die das mit Bambus gedeckte Vordach trugen, die vorübergehende Bleibe der wilden Malmots gewesen. Als diese sich mit den anderen Delegationen zum Rat der Welten zusammengefunden hatten, feierten sie hier ihre wilden Feste, was zu mancherlei Beschwerden geführt hatte. Die Krulls hatten aber jedes Mal mit Diplomatie die Wogen glätten können. Nachdem alle Teilnehmer die Heimreise angetreten hatten, waren sicherlich dreißig Gnome damit beschäftigt gewesen, in dem Gebäude wieder für Ordnung zu sorgen.

Jared hatte sich Zugang durch einen Seitenflügel verschafft, dessen Tür nur mit einem Vorhängeschloss gesichert gewesen war.

»Der Zweck heiligt die Mittel«, hatte er gemurmelt, als er es mit seinem Jagdmesser kurzerhand aufgebrochen hatte. *Sieht aus wie eine Schule,* dachte er nun, als er das Haus Raum für Raum durchschritt. *Hier muss vor Kurzem gründlich sauber gemacht worden sein. Sehr merkwürdig das alles hier. Kein Staub auf den Möbeln, kein Schmutz auf dem Boden ... genau wie beim Schiff.*

»Jesper, was hältst du davon?«, fragte er seinen Hund, der überall herumschnüffelte und ab und zu ein leises Knurren aus seiner breiten Brust von sich gab. In einem der Räume hingen exakte Zeichnungen von Waffen, die der Farmer aus Abenteuerbüchern kannte. Als Junge hatte er diese geradezu verschlungen. Piratengeschichten hatten es ihm neben Jagdliteratur besonders angetan gehabt.

Die Art der Waffen, die die Seeräuber in seinen Büchern benutzt hatten, waren hier sehr detailgetreu dargestellt.

»Schau, Jesper«, rief er begeistert aus, »hier sieht es aus wie in einem Museum ... sogar Wikingerwaffen ... Streitäxte, Schwerter und Speere ... und hier Waffen aus dem Mittelalter, Bootshaken und Messer.«

Für einen Moment blieb er völlig in der Betrachtung der zahlreichen Abbildungen versunken und sprach mit seinem Hund, als würde das diesen in irgendeiner Weise interessieren.

»Ha, und hier«, deutete er auf ein weiteres großes Bild, »ich glaube, seit dem siebzehnten Jahrhundert haben sie die benutzt ... Pistolen und Musketen. Ihre Schiffe waren sogar mit Kanonen ausgestattet! Hey, hey, hey, was soll das denn sein?«

Er war staunend mit offenem Mund vor der nächsten Darstellung stehen geblieben und betrachtete die skurrilen Gestalten, die dort allem Anschein nach den Gebrauch typischer

Piratenwaffen wie Entersäbel oder kurzschneidige Schwerter mit ihren extrem scharfen Schneiden demonstrierten. Ein nächstes Bild zeigte einige dieser merkwürdigen Wesen, wie sie sich mit Entermessern zwischen den Zähnen und Enterhaken an der Bordwand eines größeren Schiffes festkrallten und daran hochkletterten, um die Besatzung im Nahkampf anzugreifen. Andere schossen mit Musketen, Pistolen oder Büchsen und richteten ein Blutbad an, dessen Darstellung ebenfalls sehr detailverliebt ausgestaltet worden war. Die Opfer waren in diesem Fall Menschen, die dem Maler ebenfalls sehr gut gelungen waren. Jared war ins Grübeln gekommen.

Alles ist sehr detailliert und kunstvoll dargestellt, dann muss es diese Kreaturen doch auch gegeben haben. Dann wäre die Galionsfigur ebenfalls echt. Ich habe aber noch nie von solchen Geschöpfen gehört oder gelesen.

»Komm, Jesper«, meinte er schließlich, »wir machen uns wieder auf die Suche, sind ja nicht hier, um ein Museum zu besichtigen ... bin gespannt, ob die Äbtissin eine Erklärung für das alles hat.«

Die armseligen Verschläge, die er zuvor in einem kleinen Seitental entdeckt hatte, hatte er für die Ställe der Ziegen und Schafe gehalten, die überall im Tal und an den Hängen weideten. Er hatte sich gefragt, wo die Hirten waren, die von all dem hier lebten. Wenn ihm jemand erzählt hätte, dass dies die Behausungen der Schüler einer Schule gewesen waren, die er gerade besichtigt hatte, und dass sie dort nahezu dreihundert Jahre ihrer Verbannung verbracht hatten, hätte er es sicherlich nicht geglaubt.

In den zerfallenen Steinhäusern, die über das ganze Tal zerstreut waren, konnte Jared eine gewisse Ordnung erkennen, als er bemerkte, dass es früher zwischen ihnen befestigte Wege und sogar Gärten gegeben haben musste.

Fasziniert besichtigte er nun die Überreste der Burg, die sich an die steil aufragende Felswand zu schmiegen schienen. Er hatte sie gleich am ersten Tag seiner Ankunft aus der Ferne bestaunt. Aus der Nähe sah sie noch imposanter aus.

»Eine mächtige Burg haben sie errichtet«, murmelte er, »die müssen große Angst gehabt haben ... möchte zu gerne wissen, vor wem.«

In dem über und über mit Efeu und Klematis berankten Burghof entdeckte er schließlich die Reste einer Feuerstelle. Laut gackernd suchten die Hühner, die hier nach Futter gesucht hatten, das Weite, als sie den Hund bemerkten, der sich allerdings nicht für sie interessierte.

»Aha, hier haben wir ja etwas«, murmelte Jared, »vor gar nicht langer Zeit müssen Menschen hier gewesen sein ... jedenfalls war es in diesem Jahr ... und hier haben sie kampiert, sie hatten sogar ein Zelt.«

Weitere Spuren fand er allerdings nicht. Was er nicht wissen konnte war, dass er auf den Ort gestoßen war, an dem sich Nikita und Effel nach vielen Leben wiedergetroffen hatten.

Er hatte sich mehr als einmal gefragt, wieso ihm, der sich in diesem Gebirge auskannte wie kaum ein anderer, dieser Ort nicht bekannt war. Und ebenso oft hatte er seiner alten Kinderfrau Vrena, die ihm vor Kurzem noch in einem Albtraum – der nun im Wesentlichen schreckliche Realität geworden war – erschienen war, Abbitte geleistet. Vrena hatte seinem Sohn, als dieser noch klein gewesen war, mehr als einmal von einem geheimnisvollen Tal in den Agillen erzählt. Er hatte sich nicht erinnern können, ob sie ihm, als sie noch seine eigene Kinderfrau gewesen war, die gleichen Geschichten erzählt hatte. Wenn ja, so war er bestimmt nicht so empfänglich dafür gewesen wie sein Sohn, der in mancher Nacht vor Angst schlotternd in das elterliche Schlafzimmer geschlichen gekommen war, um den Rest der Nacht geborgen zwischen ihm und seiner Frau Elisabeth zu verbringen. Dort hatte er dann in unruhigen Träumen von Ungeheuern, Gnomen, irgendwelchen Schätzen, die bewacht würden, und anderen absonderlichen Phänomenen fantasiert.

Von den Gnomen, die laut Vrena hier einen Schatz bewachen sollten, hatte er allerdings noch keinen zu Gesicht bekommen und er fand es trotz aller Merkwürdigkeiten auch immer noch sehr unwahrscheinlich, dass dies noch geschehen würde.

Als er die Burg näher in Augenschein nahm, wobei er sehr vorsichtig vorging, fand er die Überreste der Treppe, die in die unteren Gewölbe führte. Dort betrat er einen Raum, in dem neben einer massiven geöffneten Eichentruhe ein schweres eisernes Schloss lag. Er hob es auf und betrachtete es im Schein seiner Lampe näher. Dabei stellte er fest, dass es erst vor Kurzem gewaltsam aufgebrochen worden sein musste, da die Bruchstelle im Gegensatz zum Rest des Schlosses keinerlei Rost aufwies.

»Da war aber jemand sehr kräftig«, flüsterte er, »das war mit Sicherheit kein Bär. Was ist hier vor sich gegangen? Zuerst diese blitzsaubere Schule und dieses Museum oder was auch immer … dann das hier.«

Er konnte nicht wissen, dass er gerade vor der Fundstelle der Myon-Pläne stand, die sich inzwischen in der Neuen Welt befanden.

Hätte er durch den dunklen Gang weitergehen können, der einmal als Fluchtweg gedacht gewesen war, wäre er unweigerlich zu dem großen Tor gelangt, durch das Nikita und Effel die Höhlen von Tench'alin betreten hatten. Doch ein massiver Felsbrocken, der dorthin bewegt worden war, versperrte nun den Zugang.

Als er später sein Zelt abbaute, stand für ihn endgültig fest, dass er sich nach Haldergrond aufmachen würde, um dort die sagenumwobene Äbtissin um Rat zu fragen. Für die Aufklärung des Verbrechens an seinem Sohn würde er auch über diesen Schatten springen.

Zum vorläufigen Abschied stieg Jared noch einmal zum Grab empor. Jesper folgte ihm mit hängenden Ohren. Am Grab kniete er nieder. »Ich finde deinen Mörder, Junge, das verspreche ich dir, und ich werde auch das Geheimnis dieses Tales lüften. Ich werde denjenigen finden, der dir das angetan hat.«

Er hatte die Worte leise gesprochen. Tränen rollten ihm die Wangen hinunter und verfingen sich in seinem Bart. Sein Weinen war diesmal ohne den lauten Schmerz, den er sich noch vor ein paar Tagen aus der Seele geschrien hatte. Jesper schaute ihn aus traurigen Augen an, doch die Banshee, die ihn aufmerksam beobachtete, sah er nicht.

Dann nahm er seinen Rucksack auf, rief seinen Hund bei Fuß und verließ das Tal auf dem gleichen Weg, auf dem er es betreten hatte.

»Es würde mich sehr interessieren, ob er etwas von Adegunde erfährt«, sagte Elliot zu Muchtna, nachdem Jared das Tal verlassen hatte. Die beiden Krulls hatten den Farmer während seines Aufenthaltes in *Angkar Wat* nicht einen Moment aus den Augen gelassen.

»Nun, ich denke mal, dass er so einiges erfährt«, antwortete sie, »aber kaum etwas davon wird er ihr glauben ... hihi ... ich wäre wahnsinnig gerne bei diesem Treffen dabei. Da prallen Welten aufeinander. Mir tut er aber auch ein wenig leid. Erst das Unglück mit seinem Sohn und jetzt gerät er hier vollkommen unschuldig in etwas hinein ... ich bin nur froh, dass wir den Kopf seines Sohnes schon beerdigt hatten. Dieser Anblick wäre selbst für einen Mann wie Jared zu viel gewesen. Ich verstehe auch nicht, warum er dem Freund seines Sohnes das erzählt hat ... musste das sein?«

»Sicher nicht, aber der wollte es ja beim Abschied noch unbedingt wissen. Was die Äbtissin betrifft ... nun, die wird ihren Spaß haben.«

»Da gebe ich dir recht. Ich wäre wirklich gerne dabei ... aber leider werden wir hier gebraucht ... ich habe da so eine Ahnung, mein Lieber.«

»Wenn du das sagst«, seufzte Elliot, »die Menschen werden wohl nie Ruhe geben.«

***

Kapitel 3

Kaum war Scotty aus den Agillen zurückgekehrt – er hatte die Strecke noch nie so schnell bewältigt –, war er von seinem Vater, dem Tuchhändler Harie Valeren, ins Gebet genommen worden. Da er das Amen nicht abwarten wollte, entschied er sich, gleich mit der Sprache herauszurücken, und berichtete von seiner abenteuerlichen Suche nach Vincent. Er ließ nichts aus. Nicht das verborgene Tal, nicht, dass er fast von Jared umgebracht worden wäre, und auch nicht die entsetzliche Art und Weise, wie sein bester Freund ums Leben gekommen war.

»Was? Vincent ist tot? Er wurde ... ermordet?«, hatte sein Vater sichtlich erschüttert gefragt. »Und Jared hat ihn gefunden? Mein Gott, das ist ja furchtbar! Wie hat er es verkraftet? Weiß es Elisabeth schon?«

Sein Gesicht war kreidebleich geworden und er hatte sich auf den nächsten Stuhl fallen lassen.

»Nein, noch weiß sie es nicht. Ich bin erst einmal nach Hause gekommen, um euch zu beruhigen und ... naja, um Mutter zu fragen, ob sie mich begleiten möchte.«

»Begleiten? Wohin willst du denn jetzt schon wieder? Davon wird sie nicht gerade begeistert sein.«

»Nach Raitjenland. Jared hat mir einen Brief an Elisabeth mitgegeben und ich möchte nicht mit ihr alleine sein, wenn sie ihn liest. Mein Bedarf an ... ach lassen wir das.«

»Kann er ihr das nicht persönlich sagen? Muss er einen Brief schreiben? Also ... so kenne ich ihn gar nicht.«

»Nein, er kann es ihr nicht sagen, weil er gar nicht mitgekommen ist. Normalerweise hätte er das gewiss selbst getan ... aber was wir in den letzten Tagen erlebt haben, war alles andere als normal, Vater. Da gibt es jede Menge Ungereimtheiten, einmal abgesehen von der Tatsache, dass bisher noch kein Mensch etwas von diesem Tal je erzählt hat. Findest du das nicht auch merkwürdig, dass es dort oben in den Bergen einen Ort gibt, den noch niemand von uns entdeckt hat? Wo wir doch schon tausendmal dort gewesen sind? Es müssen früher sogar ziemlich viele Leute da gelebt haben. Sie hatten eine kleine Siedlung errichtet ... sogar mit einer Burg!«

Er erwartete darauf keine Antwort.

»Das ist in der Tat unglaublich, Junge. Aber jetzt iss und trink erst mal was, du siehst ja aus ... geh in die Küche und lass dir was von Anna herrichten. Wann hast du eigentlich das letzte Mal etwas Vernünftiges zu dir genommen?«

»Vorgestern, in Reegas und von dort hatte ich mir Proviant mitgenommen. Ich bin nicht hungrig, Vater.« Dass er am Morgen nur ein sehr karges Frühstück gehabt hatte, verschwieg er.

Der Tuchhändler hatte den Ausführungen seines Sohnes nicht ganz folgen können. Er war nur froh, dass er wohlbehalten zurück war. Aber der war mit seinen Ausführungen noch nicht fertig und fuhr aufgeregt fort: »Und jetzt kommt noch etwas sehr Merkwürdiges – und das schlägt wirklich dem Fass den Boden aus. Dort oben gibt es ein Schiff! Kannst du dir das vorstellen? Ein voll ausgerüstetes Segelschiff, ich glaube es ist eine Brigg ... mitten in den Bergen! Ist das nicht absurd? Sie muss allerdings neueren Datums sein, viel jünger als die Ruinen. Sie ist in einem sehr guten Zustand ... man könnte sofort mit ihr lossegeln ... also wenn sie in einem Hafen liegen würde. Aber das war sicher noch lange nicht alles, das Tal ist groß. Jared wollte noch dort bleiben, um genauere Untersuchungen anzustellen. Er meinte, dass jeder Mörder einen Hinweis hinterlassen würde, und den wolle er finden. Danach hat er vor, nach Haldergrond zu gehen, um die Äbtissin um Rat zu fragen.«

»Adegunde? Er will wirklich Adegunde um Rat fragen, die Äbtissin von Haldergrond? Bist du dir da sicher? Das hat er tatsächlich vor?«

Hatten die Gesichtszüge des Tuchhändlers bis eben noch Besorgnis gezeigt, so schaute er jetzt erstaunt. Die Sache mit dem Schiff, das es dort in den Bergen geben sollte – und wenn es nicht sein Sohn gewesen wäre, der ihm das erzählt hatte, hätte er es nicht geglaubt –, war schon mehr als seltsam, aber dass Jared sich jetzt auch noch nach Haldergrond begeben wollte, übertraf selbst das noch.

Der Inhaber der größten Tuchweberei des Landes kannte den Farmer sehr gut. Er war sein Jagdfreund und saß seit Langem an seiner Seite im Gemeinderat von Winsget. Dass dieser Mann jetzt im Begriff war, eine Frau um Rat zu fragen, die zwar zugegebenermaßen überall einen hervorragenden Ruf genoss, von dem bodenständigen Jared allerdings mehr als einmal belächelt worden war, war schwer zu glauben. Des Öfteren hatte der in vertrauter Runde gesagt, wenn sie nach einer anstrengenden Ratssitzung noch im *Dorfkrug* oder in der *Alten Mühle* beisammensaßen, dass er nichts von diesen Dingen halte. Damit hatte er all das gemeint, wofür Haldergrond berühmt war, außer der Musik natürlich. Da musste also jetzt entweder über Nacht eine enorme Wandlung in Jared vorgegangen sein oder die Verzweiflung hatte ihn zu diesem Schritt veranlasst. Harie glaubte an das Zweite.

»Ja, das waren seine Worte«, ergänzte Scotty mit Nachdruck, »bevor wir uns getrennt haben. Ich hatte ihm noch angeboten, ihn zu begleiten, auch weil ich mir Haldergrond gerne einmal angeschaut hätte, doch er meinte, ich solle meinen Hintern nach Hause bewegen, weil ihr euch bestimmt Sorgen machen würdet. Na ja ... er hatte ja recht ... und irgendjemand muss schließlich die Nachricht überbringen. Mir wird ganz schlecht, wenn ich nur daran denke.«

»Und ob er recht hatte. Deine Mutter hat keine Nacht geschlafen, aber das wirst du wohl erst verstehen, wenn du selbst einmal Kinder hast«, meinte sein Vater mit nur leichtem Vorwurf in der Stimme, denn seine Freude, dass Scotty wohlbehalten zurück war, war größer. Dass er sich ebensolche Sorgen gemacht hatte, verschwieg er.

»Selbstverständlich komme ich mit«, hatte Greta sofort zugestimmt. Darüber musste sie nicht nachdenken. Sie hatte sehr geweint, nachdem sie alles erfahren hatte. Sie hatte Vincent, den sie von Kindesbeinen an gekannt hatte, gemocht. Dessen betont lässige und arrogante Fassade, die er sich im Laufe der Jahre zugelegt hatte, hatte sie durchschaut. Schließlich war der Farmersohn im Hause Valeren ein- und ausgegangen, hatte sogar hin und wieder hier übernachtet, wenn es für den weiten Weg hinaus zur Farm wieder einmal zu spät geworden war.

Sie hatte immer die Meinung vertreten, dass es nicht gut für Vincent gewesen war, dermaßen verwöhnt zu werden. Diesen Vorwurf hatte sie mehr als einmal im Stillen gemacht, insbesondere in Richtung beider Großelternpaare, die – und das wusste hier jeder – eine Art skurrilen Wettstreit im Verwöhnen des einzigen Enkels ausgetragen hatten.

Als Vincent älter geworden war und dabei immer unliebsamere Seiten von ihm zum Vorschein gekommen waren, war sie nicht glücklich über Scottys Umgang gewesen. Sie hatte sich aber nicht eingemischt, weil sie wusste, dass sie damit eher das Gegenteil erreichen würde. Dazu kannte sie ihren Sohn zu gut. Als die beiden erwachsen waren, wollte und konnte sie ihm den Umgang mit Vincent nicht mehr verbieten. Nicht zuletzt auch, weil sie mitbekam, dass Scotty sich nicht verbiegen ließ, sondern eher er einen mäßigenden Einfluss auf Vincent zu nehmen schien.

Sie erreichten die Farm nach einer halben Stunde zügiger Fahrt. Greta Valeren war eine Frau der Tat und so war der Zweispänner schnell abfahrbereit gewesen. Als sie von der Hauptstraße abgebogen und durch das große Tor unter dem Schild mit der Aufschrift *Raitjenland* hindurchgefahren waren, bat sie ihren Sohn, er möge die Pferde die lange, schnurgerade, von alten Ulmen gesäumte Zufahrt zum Haupthaus im Schritt gehen lassen. Ein Beobachter sollte sich nicht jetzt schon unruhige Gedanken machen müssen und Scotty war das nur recht, denn auf das, was jetzt zwangsläufig kommen musste, war er wirklich nicht erpicht. Niemand hatte sie jedoch bemerkt, weil um diese Zeit alle auf den Feldern bei der Ernte oder in den Ställen bei der Arbeit waren. Die Hunde schlugen nicht an, weil sie sowohl die Kutsche als auch deren Insassen kannten.

Es war Scotty noch nie so schwergefallen, die drei Stufen bis zum Eingang emporzusteigen. Als er vor der mächtigen Eingangstür stand und an dem Seil ziehen sollte, das im Inneren des Hauses eine Glocke ertönen lassen würde, zögerte er, als ob die Quelle seiner Entschlossenheit mit einem Mal versiegt sei. Er musste ein paarmal läuten, bevor von drinnen schlurfende Schritte zu hören waren.

Inga, die alte Köchin, hatte endlich die schwere, mit Messing beschlagene Tür geöffnet.

»Oh, Frau Valeren, guten Tag, Scotty, welch eine Überraschung«, begrüßte sie die Besucher freundlich, »entschuldigt, dass es so lange gedauert hat, aber ihr wisst ja ... meine Knie.«

Die Freude über diesen Besuch war ihr deutlich anzusehen.

»Guten Morgen, Inga«, begrüßte Scotty die Frau, deren leckeres Essen er schon so oft hatte genießen dürfen.

Plötzlich umwölkten sich Ingas Augen. Eine dunkle Ahnung schlich sich in ihr Herz wie eine Schlange in einen Kaninchenbau. Sie kannte Scotty zu gut, als dass er etwas vor ihr verbergen konnte, und dass seine Mutter mitgekommen war – gewöhnlich stand sie um diese Zeit in ihrem Geschäft und beriet Kunden –, konnte eigentlich nichts Gutes bedeuten. Eingeladen waren die Valerens jedenfalls nicht, das hätte sie gewusst und wäre am Herd gestanden, um für sie und Elisabeth das Mittagessen zuzubereiten.

»Ist etwas passiert? Ist was mit unserem Jungen passiert? Sag schon, Scotty!«

Dann begann sie zu weinen.

»Ja, Inga, wir müssen mit Elisabeth sprechen. Kannst du sie bitte holen? Sie ist doch zu Hause?«

»Sie ist hinten im Garten ... ist Vincent verunglückt? Bitte sag es mir! Wo ist Jared?« Ihre Stimme klang flehend und weinerlich zugleich.

»Es gab einen Unfall, ich möchte es aber zuerst Elisabeth sagen ... bitte verstehe das.«

»Natürlich, selbstverständlich ... kommt bitte herein. Ihr kennt ja den Weg, macht es euch im Wohnzimmer bequem. Ich hole sie ... oh mein Gott.«

Sie humpelte durch die geräumige Eingangshalle davon. Scotty blickte ihr nach, bis sie durch die niedrige Holztür unter dem präparierten Kopf eines Steinbocks mit mächtigem Gehörn verschwunden war. Dahinter lag, wie Scotty wusste, ein Gang, der zu den Gewächshäusern und Gärten führte. Dann folgte er seiner Mutter in den Wohnraum der Farm.

»Ich hatte es geahnt«, schluchzte Elisabeth Swensson, »ich hatte es im Gefühl, als der Junge neulich so Hals über Kopf losgerannt ist ... ich habe es irgendwie gespürt! Eine Mutter spürt so etwas.«

In einer Hand hielt sie den Brief ihres Mannes, auf dem die Spuren ihrer Tränen zu sehen waren, die sich auf dem weißen Papier wie dunkle, Unheil verkündende Sterne ausnahmen. Mit der freien Hand hielt sie Gretas Hand. Inga saß weinend daneben. Scotty wurde fast von dem breiten Ledersessel verschluckt, in dem er saß, und er hätte in diesem Moment auch nichts dagegen gehabt, wäre der Fall eingetreten.

Gegen das, was sich gerade in seinem Inneren ankündigte, war er machtlos. Er hasste es, vor Frauen zu weinen, auch wenn die eine seine Mutter und die anderen beiden wirkliche Freundinnen waren, die ihn von Kindesbeinen an kannten. Es war sehr selten geschehen, dass er weinte, zumindest soweit er sich erinnern konnte. Die Zeit, in der er in Windeln gelegen hatte, zählte nicht. Einmal war er als kleiner Junge – er mochte fünf gewesen sein – um ein Haar in einen der Siedekessel im väterlichen Betrieb gefallen, in denen die Larven der Seidenraupen in ihren Kokons abgetötet wurden. So gewann man die kostbaren Fäden, die die Grundlage für das blühende Geschäft der Valerens bildeten.

Er war beim Ballspielen ausgerutscht, obwohl ihm mehr als einmal streng verboten worden war, sich in der Nähe der riesigen, fast ganz in die Erde eingelassenen Kessel aufzuhalten, unter denen die mächtigen Feuer loderten. In buchstäblich letzter Sekunde war er von einer resoluten Arbeiterin am Kragen gepackt und damit vor dem sicheren Tod bewahrt worden. Damals hatte er geheult, weil er sich so erschrocken hatte. Ihm hatte es das Leben gerettet und der Arbeiterin hatte ihr beherztes Eingreifen eine lebenslange Rente beschert.

Deutlich, und zwar sehr deutlich, erinnerte er sich an ein Ereignis, das ihm als Zehnjähriger auf dem Schulhof widerfahren war. Ein zwei Jahre älterer Mitschüler, fast zwei Köpfe größer und als Raufbold bekannt, hatte ihm, begleitet von einer obszönen Geste, mehrere Male »*Seidenraupe, Seidenraupe, Seidenraupe*« nachgerufen. Und das nicht zum ersten Mal. An diesem Tag aber hatte eine innere Stimme, die Scotty schon kannte, laut und unmissverständlich gefordert, dass es jetzt mit den Demütigungen ein Ende haben müsse. Er solle sich gefälligst wehren und hier und jetzt ein Exempel für alle Zeiten statuieren. Er hatte hinterher nicht mehr sagen können, woher er den Mut genommen hatte, der Stimme zu folgen, und im Nachhinein hatte er sie auch noch lange Zeit verflucht.

Jedenfalls war er mit ein paar schnellen Schritten auf den feixenden Quälgeist zugetreten gewesen, der mit in die Seite gestemmten Armen breitbeinig und siegessicher grinsend dagestanden hatte, und hatte ihm eine schallende Ohrfeige verpasst. Sein ganzes Gewicht hatte er in diesen Schlag gelegt. Der Ältere mochte zwar nicht damit gerechnet gehabt haben, doch zu Scottys Leidweisen war dessen Reaktionszeit nur sehr kurz gewesen und so hatte er sich mit einem Elefantengewicht auf seiner Brust auf dem Boden liegend wiedergefunden. Und dieser Elefant hatte auch noch mit beiden Fäusten auf ihn eingeschlagen. Hätte Vincent damals nicht beherzt eingegriffen, indem er den anderen am Kragen gepackt und zurückgezogen hatte, wäre alles sicher viel schlimmer ausgegangen als ohnehin schon. Peinlich für Scotty aber war gewesen, dass er Tränen vergossen hatte, nachdem er sich hochgerappelt hatte – was natürlich alle Umstehenden mitbekommen hatten. Dass auch Mädchen darunter waren, hatte die Sache nur noch schlimmer gemacht, und zwar weitaus schlimmer als die Schmerzen, oder das blaue Auge. Die äußerlichen Blessuren waren nach zwei Wochen vergangen gewesen, seine Schmach aber erwies sich als zäh und langlebig.

Jetzt, in diesem breiten Sessel, der ihm den Gefallen des Verschluckens nicht tat, wurde ihm bewusst, dass er selbst noch gar keine Zeit gefunden hatte, den Tod seines Freundes zu betrauern. In dem geheimnisvollen Tal hatte er Jared getröstet, oder es zumindest versucht, und auf dem Rückweg hatte er über die Erlebnisse und Rätsel der letzten beiden Tage nachgegrübelt. Normalerweise hatte er beim Wandern die besten Eingebungen. Aber obwohl sein Gehirn gearbeitet hatte wie ein Welpe, der mit spitzen Zähnen einen Lederschuh bearbeitet, war in diesem Fall der Erfolg ausgeblieben. Er wollte sich gegen das Schluchzen wehren, das aus ihm herauswollte, wollte es in seiner Brust einschließen. Es gelang ihm nicht. Hier, im Wohnraum der Farm, der noch größer war als der im Hause Valeren, war seine Mutter diejenige, die Trost spendete, und daher konnte er es sich jetzt erlauben, seinen Tränen freien Lauf zu lassen.

Scheiß drauf, dachte er noch und erinnerte sich im selben Moment wehmütig daran, dass dies einer der Lieblingssprüche Vincents gewesen war, was ihm durch seine Tränen hindurch ein gequältes Lächeln hervorlockte. Gefolgt wurde diese Erinnerung von dem Gedanken, was wohl jetzt aus der Clique werden würde. Die Unternehmungen würden zwar ruhiger verlaufen, aber auch wesentlich langweiliger, jetzt wo der Tonangeber mit seinen verrückten Ideen nicht mehr dabei sein konnte – sofern sie überhaupt noch stattfinden würden.

Im gleichen Moment schämte er sich auch schon für diesen Gedanken, weil er ihm so überaus egoistisch vorkam.

Elisabeth schaute zu ihm herüber und er sah durch den Schleier seiner Tränen, dass sie lächelte. Er erkannte, dass ihr Lächeln ein dankbares Lächeln war. Es sagte ihm so etwas wie: *Danke, dass du sein Freund warst.* Jedenfalls hoffte er das. Er hoffte auch, dass dies so bliebe und nicht jeden Moment umschlagen würde in ein: *Warum hast du nicht besser auf ihn aufgepasst, Scotty Valeren? Bist du nicht immer der Vernünftigere von euch beiden gewesen?* Aber das passierte nicht, jedenfalls nicht an diesem Tag.

»Er war unser Ein und Alles«, hörte er gerade Vincents Mutter schluchzen, »du weißt das.«

Das war an seine Mutter gerichtet, die mit einem mitfühlenden Kopfnicken und sanfter Stimme antwortete: »Ja, ich weiß das, wir alle wissen das.«

Dann reichte sie ihrer Freundin ein neues Taschentuch. Elisabeth weinte und schnäuzte gleichzeitig hinein. So ging das einige Minuten lang, in denen man nur leises Weinen und das unaufhaltsame Ticken der großen Standuhr hören konnte, welche Scotty noch nie so laut vorgekommen war und von der er sich wünschte, ihre Zeiger mögen sich an diesem Tage schneller drehen.

»Was soll ich bloß ohne ihn machen? Wie soll das alles hier weitergehen ... vor allem, wenn wir alt sind?«, fragte Elisabeth dann etwas gefasster.

Die Frage war an niemand Bestimmten gerichtet, wie Scotty erleichtert bemerkte. Er hätte sie jedenfalls nicht beantworten können und er war sich auch nicht sicher, ob seine Mutter, die sonst nicht so leicht um eine Antwort verlegen war, diesmal eine einigermaßen zufriedenstellende gehabt hätte. Er hätte sich auch eher die Zunge abgebissen, als der trauernden Mutter jetzt von den Zukunftsplänen ihres Sohnes zu erzählen, die dieser mehr als einmal im Kreise seiner Freunde geäußert hatte. Abgenommen hatte er diese Vincent sowieso nicht, da immer ein paar Krüge Bier oder Wein mit im Spiel gewesen waren.

Jetzt schaute sie ihn aus tränennassen Augen an und diesmal lag Besorgnis in ihrer Stimme:»Wie geht es Jared? Es muss doch schrecklich für ihn gewesen sein.«

»Es war schrecklich für ihn, Elisabeth ... und das ist es sicher immer noch«, erwiderte Scotty bestimmt und wischte sich seine Tränen mit dem Ende des Jackenärmels weg. Er konnte sich nicht vorstellen, dass der Farmer seiner Frau in dem Brief den genauen Zustand ihres Sohnes mitgeteilt hatte, und er bezweifelte stark, dass er das überhaupt jemals tun würde. So etwas schilderte man keiner Mutter. Er hatte sich schon selbst innerlich verflucht, dass er beim Abschied von Jared unbedingt hatte wissen wollen, was genau mit Vincent passiert war. Dieses Bild würde er wahrscheinlich sein Leben lang nicht mehr aus dem Kopf herausbekommen.

»Dein Mann verarbeitet das jetzt auf seine Weise«, fuhr er mit festerer Stimme fort und rutschte in seinem Sessel nach vorne.»Er wird seine ganze Kraft in die Aufklärung dieses schrecklichen Verbrechens stecken. Es wird ihm sicher gelingen, den Mörder zu finden, Elisabeth. Wenn nicht ihm, wem denn dann?«

Er hoffte inständig, dass das überzeugt geklungen hatte, denn in Wirklichkeit glaubte er selbst nicht so recht daran.

»Jared schreibt, dass er unseren Sohn in diesem Tal beerdigt hat und dass es dort wunderschön sei.«

»Das stimmt, Elisabeth, und von dort, wo er begraben liegt, hat man einen herrlichen Blick über das Tal.«

»Ich möchte so schnell wie möglich dorthin, Scotty. Verstehst du das?« Elisabeth blickte ihn aus großen fragenden Augen an.

Scotty verstand und er verstand auch, was das für ihn bedeuten würde.

»Wirst du mich hinführen?«, fragte sie auch prompt.»Ich meine, wenn Jared nicht bald zurückkommt und ich mit ihm gemeinsam das Grab unseres Sohnes besuchen kann?«

Das mache ich selbstverständlich, wollte er gerade versprechen, als ihm im selben Moment etwas bewusst wurde. Den Zugang zu dem Tal würde er nicht mehr finden. Alle anderen Erlebnisse hatte er deutlich vor Augen, aber wenn er sich an den Einstieg erinnern wollte, war sein letztes Bild ein Mufflon vor einer Felswand, das ihn neugierig anstarrte.

***

Kapitel 4

»Du vermisst Nikita sehr, nicht wahr?« Der Schmied brauchte die Antwort nicht zu hören, er konnte sie sehen. »Das kann ich verstehen«, fügte er einfühlsam hinzu.

Er rieb seine mächtigen Hände an der ledernen, im Laufe der Jahre speckig gewordenen Schürze ab. Dann hängte er das Kleidungsstück, das er stets während der Arbeit trug, an einem Wandhaken auf. Jetzt kamen eine alte Cordhose mit ausgebeulten Knien und ein rot-weiß kariertes Baumwollhemd zum Vorschein, das über der breiten Brust ein wenig spannte. Er hatte zuvor seine schweren Arbeitsschuhe im Flur gelassen und trug jetzt bequeme Hausschuhe. Der Schmied machte einen zufriedenen Eindruck. Da er selbst gerade bis über beide Ohren verliebt war, konnte er die Stimmung seines Freundes sogar sehr gut nachvollziehen.

Effel schaute Soko schweigend und gedankenverloren dabei zu, wie dieser begann, das Abendbrot zuzubereiten. Er selbst trug eine blaue Stoffhose und einen leichten Pullover. Hungrig war er nicht. Mit einer Hand streichelte er Sam, der neben ihm saß und die Schnauze auf seinen Schoß gelegt hatte.

Als er Soko vor Jahren zum ersten Mal besucht hatte, hatte er sich über den großen Tisch in der Wohnküche gewundert, weil der Schmied damals hier nur mit seiner Mutter gelebt hatte. Sein Vater, Matej Kovarik, der die Schmiede schon von seinem Großvater Jiri übernommen hatte, lebte damals schon nicht mehr. Er war beim Holzmachen von einem fallenden Baumstamm getroffen worden. Da war Soko, der Tierarzt hatte werden wollen, achtzehn Jahre alt gewesen und hatte kurz vor seinem Studium an der Universität in Onden gestanden. Schließlich hatte er aber auf Drängen seiner Mutter die Schmiede weiter betrieben und diesen Entschluss nicht einen einzigen Tag bereut. Inzwischen liebte er seinen Beruf, und zwar nicht nur, weil er von Mindevol einmal erfahren hatte, dass sein Familienname sogar *Schmied* bedeutete. Seiner Passion, dem Behandeln kranker Tiere, ging er dennoch nach und es hatte sich über die Jahre herumgesprochen, dass er heilende Hände besaß. Er hatte hinter der Werkstatt, nicht weit vom Waldrand, eine kleine Tierklinik eingerichtet. Dort behandelte er kranke Hunde und Katzen, einen kleinen Waschbären, den Kinder kürzlich verletzt im Wald gefunden hatten, und sogar einen Uhu mit einem gebrochenen Flügel.

Soko war weit über die Grenzen Seringats für seinen Pferdeverstand und seine heilenden Hände bekannt. Er wurde immer dann gerufen, wenn ein Tier krank und der örtliche Tierarzt an seine Grenzen gestoßen war. Aber auch manchem menschlichen Patienten hatte er schon den Rücken oder die Hüfte wieder eingerenkt.

Vor Kurzem war Agatha bei ihm eingezogen und es gab niemanden im Dorf, der sich darüber nicht mit den beiden gefreut hätte. Aber selbst für drei Personen war der Tisch noch sehr groß. Zur Zeit beschäftigten Effel allerdings vollkommen andere Gedanken, was Soko natürlich nicht entgangen war.

Die Sonne war bereits untergegangen. Vor Effel stand ein Glas, das fast bis zum Rand mit einem Rotwein gefüllt war, den Soko nur zu besonderen Anlässen kredenzte. Der Schmied schien gespürt zu haben, dass der heutige Besuch ein solcher Anlass war. Neben einem Krug mit Wasser, das er gerade eben noch aus dem Brunnen geholt hatte, hatte er einen Korb mit einigen Scheiben Schwarzbrot gefüllt. Butter, Käse und Schinken hatte er auf flachen, mit Jagdszenen verzierten Holzbrettern angerichtet.

Effel blickte auf.

»Ja, ich vermisse sie und es fällt mir im Augenblick wirklich schwer, im Hier und Jetzt zu leben. Das ist so ein Moment, in dem einem bewusst wird, dass manches leichter gesagt als getan ist.«

»Nun schau nicht wie ein geprügelter Hund, Nikita wird bestimmt zurückkommen. Sie hat es dir versprochen, nicht wahr?«, versuchte der Schmied ihn zu trösten, rückte einen Stuhl heran und setzte sich zu ihm an den Tisch. »Wir sollten mal wieder auf die Jagd gehen, mein Freund ... oder in die Agillen zum Fischen, dort kommen jetzt bald die Lachse zum Laichen. Was meinst du? Das haben wir lange nicht mehr getan. Da kommst du auf andere Gedanken. Ändern kannst du im Moment sowieso nichts.« Dann fügte er hinzu: »Nikita hat auf mich nicht den Eindruck einer Frau gemacht, die ihre Versprechen nicht hält, und meine Menschenkenntnis hat mich bisher selten getrogen. Ich muss nur sehen, wie jemand mit Pferden umgeht, das verrät mir viel über seinen Charakter. Da macht mir keiner etwas vor, weil niemand ein Pferd täuschen kann. Jedenfalls hat man ihr nicht angemerkt, dass sie noch nie etwas mit Pferden zu tun gehabt hat. Vielleicht hat sie das in einem früheren Leben, wer weiß das schon.«

»Doch, als Kind ist sie wohl ein paarmal geritten, bevor sie das Golfspielen entdeckt hat. Das kann aber auch sehr gut sein, dass sie in einem früheren Leben ebenfalls mit Pferden zu tun hatte. Schließlich kann sie sich an all ihre Inkarnationen erinnern.«

»Also das finde ich unglaublich. Aber eines sage ich dir, ich wollte das gar nicht können.«

»Mir gefällt das, wenn es für mich auch viel anstrengender ist als für sie und ich dabei Hilfe brauche. Jedenfalls habe ich nicht gemerkt, dass diese Fähigkeit sie in irgendeiner Art und Weise behindert hat, ganz im Gegenteil.«

»Sieh doch das Positive an dieser ganzen Geschichte. Gibt es nicht in allem auch etwas Positives? Das ist es doch, was uns Mindevol immer sagt. In jedem Schlechten liegt auch etwas Gutes. Das hat er mehr als einmal gesagt.«

»Ja, das stimmt schon. Ich versuche es ja. Aber was soll das in *diesem* Fall sein?«

»Na, das liegt doch wohl auf der Hand. Sie hat die Pläne, mit denen sie jetzt diese Maschine bauen können ... und wenn sie danach zurückkommt, hast du den Beweis, dass sie dich wirklich liebt.«

»Ich glaube nicht, dass ich solch einen Beweis brauche. Dass sie mich liebt, weiß ich. Die Frage ist doch, ob man sie dort wieder weglassen wird.«

»Wo ein Wille ist, ist auch ein Weg, mein Freund. Sie wird zurückkommen, glaube es mir. Wetten werden gerne noch angenommen.«

Soko grinste herausfordernd und streckte Effel die Hand entgegen. »Schlag ein, du darfst den Wetteinsatz bestimmen.« Sie wetteten oft und gerne miteinander, einfach zum Spaß und um alle möglichen Sachen. Aber auch dieser Versuch ging ins Leere.

»Lass gut sein, Soko, darum wette ich nicht. Ich finde es aber nett von dir, dass du mich aufheitern möchtest.«

»Da ist aber noch etwas ... ich sehe es dir doch an ... rück schon raus mit der Sprache«, forderte Soko ihn jetzt auf.

Er hatte Effel noch nie so niedergeschlagen erlebt, ausgenommen damals, als sein Großvater gestorben war, aber da war er noch ein Kind gewesen.

»Mir kannst du alles sagen ... das weißt du.«

Der Schmied trank sein Glas in einem Zug aus und wischte sich mit der Hand über den Mund. Ein paar Tropfen hatten sich in seinem Bart verfangen.

»Den solltest du probieren, mein Freund, der ist schon fünf Jahre alt, ein Spitzenwein. Erinnerst du dich an jenen Herbst? Bis in den November hinein hatten wir gutes Wetter gehabt. Bestimmt wird es in diesem Jahr wieder so – oder wann hatten wir den letzten Oktober, der so viel Sonne hatte? Aber trink nicht zu viel, damit Agatha auch noch etwas abbekommt.«

Er zwinkerte Effel aufmunternd zu und putzte sich die Hand an einem Küchentuch ab. Was als erneute Aufmunterung gedacht war, verfehlte auch jetzt seine Wirkung und verpuffte ins Leere.

»So, ich werde euch mal einen Moment alleine lassen, ich brauche unbedingt eine Dusche. Aber trink nicht alles weg, lass mir was übrig und pass auf Sam auf, der schnuppert schon bedenklich nach dem Käse.«

Er verließ lachend die Küche. Zwanzig Minuten später war er zurück und nahm wieder am Tisch Platz. Diesmal in einer neueren Hose und einem frischen Hemd.

»Hast du überhaupt etwas getrunken? Sitzt da, wie ich dich verlassen habe. So habe ich dich ja lange nicht erlebt.«

Effel sah Soko jetzt direkt an, beugte seinen Kopf nach vorne und nippte nur vorsichtig an seinem Glas, als wenn der Inhalt kochend heiß wäre oder vielleicht sogar verdorben.

»Hör mal, wenn du meinen Wein nicht würdigst, bekommst du Wasser, davon habe ich reichlich.«

Er grinste. Dieser Versuch verfehlte seine Wirkung nicht.

»Ja, da ist noch etwas, das mich beschäftigt ... du hast recht. Tut mir leid, wenn ich so abwesend war, aber ich musste nachdenken.«

»Und, magst du mir sagen, was bei deiner Nachdenkerei herausgekommen ist?« Sokos Neugier war erwacht. »Die Frauen sind im Dorf, du hast also alle Zeit der Welt. Meine Mutter wollte ein paar Freundinnen besuchen, die sie lange nicht gesehen hat. Ich habe Agatha gebeten, sie zu begleiten, weil sie doch noch etwas unsicher auf den Beinen ist. Noch solch ein Sturz würde gerade noch fehlen. Sie hat Glück gehabt, dass sie sich nicht den Oberschenkelhals gebrochen hatte. Nach so etwas stehen alte Leute fast nie mehr auf. Kannst also beruhigt sein, wir werden nicht gestört ... jedenfalls sicher nicht die nächsten zwei Stunden. Vielleicht auch drei. Wenn meine Mutter erst einmal Fahrt aufgenommen hat«, meinte Soko.

Effel blickte in sein Glas, als ob er erwarte, dort eine geheimnisvolle Botschaft oder vielleicht sogar die Lösung eines Problems entdecken zu können.

»Ich habe Nikita nicht alles gesagt«, erklärte er jetzt geradeheraus und schaute den Schmied direkt an, »ich habe ihr etwas Wichtiges verschwiegen. Ich wollte es sagen, aber es war mir nicht möglich.« Er machte seufzend eine Pause.

Soko hatte inzwischen sein eigenes Glas wieder gefüllt und erwiderte ruhig und erwartungsvoll den Blick des Freundes. Aus dem nahen Wald war der Ruf eines Hähers zu hören, aus der Werkstatt das leise Prasseln des Feuers und aus den Verschlägen dahinter manchmal das heisere Jaulen eines kranken Hundes. Der große Kachelofen, auf dessen Bank es sich zwei Katzen gemütlich gemacht hatten, verbreitete eine wohlige Wärme.

»Es war dir nicht möglich? Was hast du Nikita verschwiegen? Dass du mit Saskia ...?«

»Nein, das mit Sas weiß sie. Das habe ich ihr schon im Tal bei unserer ersten Begegnung gesagt. Ich glaube, in den zwei Tagen, in denen wir dort waren, haben wir uns alles erzählt. Nein, es geht um diese Pläne, die wir gefunden hatten. Sie wird damit Probleme bekommen.«

»Probleme? Inwiefern?« Der Schmied legte die Stirn in Falten.

»Nun, ich habe damals, als ich sie angefertigt hatte, eine wichtige Berechnung verschlüsselt. Ich habe bei dem Prozess, bei dem es um die Umwandlung der Ätherenergie in elektrische Energie geht, einen Rätselcode eingebaut. Vielleicht hatte ich Angst, dass meine Arbeit einmal in die falschen

Hände geraten könnte ... oder es war reine Spielerei, wer weiß. Ich hatte wohl früher schon ein Faible für Rätsel. Die Pläne bestehen nicht nur aus Zahlen und Berechnungen, sondern auch aus sehr viel Text, in dem alles erklärt wird, das meiste in lateinischer Sprache.«

»Ätherenergie in elektrische Energie umwandeln? So wie wir es mit Wasser und Sonne machen?«

»Ja, so ungefähr kann man sich den Prozess vorstellen, nur dass eben die Ätherenergie in unendlicher Menge und zu jeder Zeit zur Verfügung steht. Du musst dir das so vorstellen, dass man mit einer Art Staubsauger die Neutrinos aus dem Universum ansaugt, zur Erde leitet und dort in einem Transformator umwandelt. Also sehr vereinfacht gesprochen, aber anders kann ich es dir nicht schildern. Dieser Transformator muss allerdings ziemlich groß sein, na ja, vielleicht kann man das Ganze heute kleiner bauen. Vor tausend Jahren hätte ich es dir wahrscheinlich viel besser darlegen können.«

»Das hat mir vollkommen genügt.« Der Schmied grinste.

»Wenn Nikita und Professor Rhin es nicht schaffen, dieses Rätsel zu lösen, können sie nicht weitermachen. Ich kann mir wirklich nicht erklären, warum ich das getan habe, weil es damals ... ich meine früher ... eigentlich keinen Sinn gemacht hatte. Dieses *Myonprojekt* war reine Theorie. Ich habe mit dieser sicherlich guten Idee, mit der ich allerdings alleine dastand, einfach ein wenig herumgespielt. Es war zur damaligen Zeit für die Wissenschaft einfach unvorstellbar, dass man Energie aus dem Äther gewinnen könnte. Die meisten meiner Zeitgenossen hielten mich für einen überdrehten Spinner und lachten mich aus. Na ja, bis auf den König. Deswegen mussten wir ja auch fliehen. Aber davon habe ich dir ja schon erzählt.«

Effel blickte ernst drein. »Nikita wäre nicht hier gewesen, wenn man sich das in der Neuen Welt nicht vorstellen könnte. Damals jedenfalls gab es überhaupt keine technischen Möglichkeiten, solch eine Maschine zu bauen ... wahrscheinlich gab es die nirgendwo auf der Welt. Ich aber habe immer daran geglaubt, dass es eines fernen Tages möglich sein könnte. Deswegen brachten wir die Pläne in dem Tal ja auch in Sicherheit.«

Der Schmied sah Effel fragend an.

»Du hast deine Erfindung damals ... verschlüsselt? Hach ... lass mich raten, du weißt die Lösung des Rätsels nicht mehr, stimmt`s? Kennst du denn den Text des Rätsels noch?«

Effel nickte ohne aufzuschauen, dann schüttelte er verneinend den Kopf: »Nein, das alles weiß ich eben nicht mehr, es ist wie ... wie ... als wenn es jemand aus meinem Gedächtnis gelöscht hätte.«

Soko lachte plötzlich schallend auf.

»Was gibt es denn da zu lachen?«

»Ich kann nicht mehr ... was meinst du, was die da drüben für Augen machen werden ... wenn ... wenn sie das entdecken ... hahahaha!« Er schnappte nach Luft. Dabei klopfte er sich mit beiden Händen auf die Schenkel, dass es nur so klatschte. Er hielt sich den Bauch und hob sein Glas.

»Lass uns darauf trinken, Bruder, der ganze Aufwand für nichts und wieder nichts!«

Er hatte Tränen in den Augen und gleich darauf fügte er hinzu: »Oh, entschuldige, für nichts stimmt ja nicht, immerhin hast du ... also habt ihr euch ja dadurch kennengelernt. Haha, zwei gewinnen, alle anderen verlieren, das ist zu köstlich! Ein Grund mehr, einen darauf zu trinken ... also ich finde das ...«

»Natürlich werden sie das Rätsel entdecken, es steht ja ziemlich deutlich da«, unterbrach Effel ihn, »deswegen ist es auch gar nicht so witzig. Diesem Professor Rhin wird es sofort auffallen, da bin ich mir sicher ... bei allem was Nikita mir über ihn erzählt hat. Und wenn sie selber sich näher damit beschäftigt, wird sie es auch bemerken ... das ist mal so klar wie der Bach, der hinter deinem Haus vorbeifließt.«

»In lateinischer Sprache hast du die Texte verfasst? Hattest du mir nicht erzählt, dass du damals in Frankreich gelebt hast?«

»Vielleicht habe ich es in Latein verfasst, weil nur wenige Menschen diese Sprache beherrschten, wenn man einmal von Priestern, Ärzten und Mönchen absieht.«

»Na ja, wie auch immer, eine gewisse Komik hat es, das musst du zugeben. Ich finde es jedenfalls lustig. Aber mal Spaß beiseite. Wenn dieser Professor, oder wer auch immer, bemerkt, dass du damals dieses Rätsel verwendet hast, um eine Berechnung zu verschlüsseln ... meinst du nicht, dass sie es lösen können?«

Soko stellte sein leeres Glas ab.

»Vielleicht, aber was, wenn sie es nicht können? Es wird sicherlich sehr knifflig sein, so wie ich damals gedacht habe«, lächelte Effel jetzt zum ersten Mal.

Soko grinste.

»Lass sie doch ruhig ihr Hirnschmalz bemühen, sie bekommen den Hauptteil ja schließlich frei Haus geliefert. Wahrscheinlich schmücken sie sich noch damit ... werden garantiert drüben als Helden gefeiert. Ich meine, wenn man mit deiner Maschine wirklich Energie gewinnen kann. Na, und wenn sie es nicht schaffen, kommt sie ja in jedem Fall bald wieder. Etwas Besseres kann dir doch gar nicht passieren!«

»Nein, jemand anderer wird kommen«, erwiderte Effel, »glaubst du wirklich, sie schicken Nikita noch einmal hierher? Nein, die lassen sie nicht noch mal gehen. Vielleicht kommen sogar mehr von ihnen. Jetzt, wo man ihnen den kleinen Finger gereicht hat, könnten sie die ganze Hand haben wollen. Mir wird gerade übel, wenn ich an die Möglichkeiten denke, die sie haben. Aber letztlich wird es nichts nutzen, denn ich erinnere mich nicht an das Rätsel ... es sei denn ...«, Effel überlegte, »... Perchafta hilft mir noch einmal bei einer Rückführung.«

»Du meinst, er macht mit dir eine dieser Zeitreisen, von denen du mir erzählt hast? Du glaubst, das würde er tun? Und was dann? Willst du dann rüber und es ihnen erzählen? Hahaha!«

»Ja, das meine ich, warum denn nicht? ... Oh mein Gott«, Effel blickte seinen Freund erschrocken an, »*die Anderen* werden kommen und versuchen, es aus mir herauszuholen. Sie werden nicht viel Zeit damit verschwenden, das Rätsel selber zu lösen. Wenn dort drüben erst einmal bekannt wird, dass sie meine Pläne haben – und das werden sie veröffentlichen –, werden sie unter enormem Erfolgsdruck stehen. Viele Menschen wissen, dass damit der *Ewige Vertrag* gebrochen wurde. Nikitas Reise wird man nicht geheim halten können. Man wird bei der Bevölkerung aber mehr Verständnis bekommen, wenn sie das Ergebnis schnellstmöglich liefern.«

»Dann sollte Perchafta besser nicht helfen. Lass sie nur kommen. Damit werden wir schon fertig«, sagte Soko selbstbewusst und ballte eine Faust. Das Lachen war aus seinem Gesicht verschwunden und hatte einem grimmigen Ausdruck Platz gemacht.

»Außerdem haben wir immer noch die Krulls und deren Freunde an unserer Seite ... wie heißen die Burschen noch? Emurks? Ja genau, die Emurks. Die scheinen ja nicht gerade zimperlich zu sein, nach allem, was man so hört. Und vergiss nicht den Rat der Welten, den es ja auch noch gibt. Du glaubst doch nicht, dass sie sich das ein zweites Mal bieten lassen? Sie würden sich ja selbst vollkommen unglaubwürdig machen. Es wäre geradezu eine Einladung für alle, uns auf dem Kopf herumzutanzen! *Wir sind der Rat der Welten, kommt her, wir sind harmlos, wir tun nix, wir reden nur!* Das würden sie denen damit sagen«, endete er und schenkte sich ein weiteres Glas ein.

»Du hast recht, Soko, der Rat der Welten hat sich bisher weitgehend aus allem herausgehalten. Sie haben sogar Nikita erlaubt, die Pläne nach Hause zu nehmen, was mich, ehrlich gesagt, gewundert hat. Vielleicht haben sie dem nicht so viel Bedeutung beigemessen wie ganz offensichtlich Nikitas Bosse. Ich habe ihr alles gerne überlassen, weil sie dieses Projekt verwirklichen kann. Wenn es ihnen dort in der Neuen Welt gelingt, das Rätsel zu lösen, werden sie es schaffen, meine Maschine zu bauen. Dieser Professor Rhin scheint ja ein helles Köpfchen zu sein und dass Nikita viel von ihrem Handwerk versteht, steht außer Frage. Was die Emurks betrifft, mein Freund, vergiss sie! Auf die werden wir nicht zählen können. Die müssten inzwischen längst in ihrer Heimat angekommen und verdammt froh sein, nichts mehr mit der ganzen Sache zu tun zu haben. Die werden sich in gar nichts mehr einmischen. Freiwillig haben sie es das letzte Mal ja auch nicht getan.«

»Aber warum hast du Nikita nichts davon erzählt, als sie noch hier war? Seit wann weißt du das mit dem Rätselcode?«

»Das ist eine berechtigte Frage. Ich wollte es ihr als mein letztes Geschenk mitgeben. Sie mag doch Rätsel genauso wie ich … und das wertvollste wollte ich ihr eben zum Abschied schenken. Es sollte eine Überraschung sein. Es war schwer genug, so lange den Mund zu halten. Wie gesagt, kannte ich das Rätsel mit Lösung nach einer meiner Zeitreisen, die ich mit Perchafta unternommen hatte. Da hatte ich alles gesehen, ganz klar. So sicher, wie ich hier sitze. Ich wollte es ihr am Waldrand von Elaine verraten, bevor sie in dieses U-Boot gestiegen ist, bis dahin wusste ich es noch. Aber plötzlich war ich total blockiert! So als ob mir genau in diesem Moment jemand *verboten* hätte, es zu verraten. So verrückt das auch klingen mag. So sehr ich mich später auf dem Heimweg auch angestrengt habe, mich zu erinnern … es war weg und es blieb weg. Bis heute.«

»Warum sollte es jemanden geben, der das verbietet? Das macht doch keinen Sinn, dann hätten sie die Pläne nicht erst mitzugeben brauchen.«

»Du meinst, es sei jemand vom Rat der Welten gewesen? Ich habe keine Ahnung und irgendwie ist das ja auch, wie du schon sagst, ein Widerspruch. Ich habe mir mehr als einmal die Frage gestellt, warum sie es den Forschern drüben unnötig schwer machen sollten, wenn es für sie keine Bedeutung hat«,

Effel zuckte mit den Schultern und trank einen Schluck Rotwein.

»Was sagt denn Mindevol dazu?«

»Das weiß ich nicht. Ich konnte es ihm noch nicht erzählen. Er ist in Winsget und kommt erst morgen zurück. Jedenfalls bin ich letzte Nacht schweißgebadet aufgewacht, als ich von diesem blöden Rätsel geträumt habe und was das für Konsequenzen haben könnte, wenn sie es nicht lösen können.«

»Nun, dann bin ich auf Mindevols Meinung gespannt ... obwohl ... aus irgendeinem Grund glaube ich, dass er von allem bereits weiß. Vielleicht von Perchafta, diesem Schlaufuchs.«

Soko schnitt sich eine dicke Scheibe Käse ab. Er legte sie auf ein Stück Schwarzbrot und biss herzhaft hinein.

»Du solltest auch etwas essen«, meinte er dann undeutlich, »dann sieht die Welt gleich ganz anders aus. Falls Nikita doch zurückkommt, wäre sie sicher nicht erfreut, wenn du inzwischen verhungert wärest ... ich möchte jedenfalls daran nicht schuld sein.«

Er schob seinem Freund Käse und Brot hinüber.

»Vielleicht hast du recht«, meinte Effel lächelnd und griff zu.

Kauend fragte er dann: »Wie kommst du darauf, dass es Mindevol von Perchafta weiß?«

»Weil Perchafta ihn stets auf dem Laufenden hält, das hat er dir doch selbst gesagt.«

»Das macht Sinn, sie sind sehr gute Freunde ... warten wir also Mindevols Rückkehr ab, er wird sicher einen Rat zur Hand haben. Aber jetzt zu einem anderen Thema, mein Freund. Was ist mit dir und Agatha? Wie geht es euch Turteltäubchen? Entschuldige, ich habe nur von mir geredet.«

Der Schmied errötete leicht und nahm sein Glas. Er drehte es in seinen riesigen Händen hin und her, so als erwarte oder erhoffte er von dem Wein, dass er für ihn das Sprechen übernehmen würde.

»Was soll mit uns sein?«, fragte er dann mit Unschulds-
miene. Ihm war klar, dass Effel nicht locker lassen würde.
»Ach komm schon, lass dir die Würmer nicht einzeln aus
der Nase ziehen.«

Effel lächelte amüsiert.

»Was soll ich dazu schon sagen … ich hätte jedenfalls nie
gedacht, dass sie …«

»Sich für dich interessiert«, wurde er von Effel unterbrochen, »wolltest du das sagen? Mann, Mann, Soko, das ganze
Dorf hat es gemerkt, nur du nicht! Die Leute haben sich schon
lustig gemacht über dich. So krank war deine Mutter nun auch
wieder nicht, dass sie eine Dauerpflege gebraucht hätte. Agatha kam auch deinetwegen!«

»Sie ist so wunderschön …«, meinte der Schmied verson-
nen und schaute wie ein frisch verliebter Teenager.

»Ja klar … und du bist der hässlichste Mensch auf Erden,
nicht wahr? Die Schöne und das Biest. Dass ich nicht lache!
Unsere Theatergruppe kann das Stück ja beim nächsten Mal
gleich hier bei dir aufführen … hinter deinem Haus … auf der
Waldbühne!« Effel lachte, seine Stimmung hatte sich schlagartig gewandelt.

»Ja, lach du nur. Schau dir meine Hände an, alles voller
Schwielen … und …«

Der Schmied hielt Effel seine Hände hin. Der unterbrach
ihn. »Soko, jetzt hör aber auf, ich habe deine Hände schon
hundertmal gesehen. Agatha scheint jedenfalls kein Problem
mit ihnen zu haben«, grinste er, »schau dich doch an. Ich
kenne keinen stattlicheren Mann. Und was noch viel wichtiger ist, du hast ein großes Herz. Das sehe ich auch, wenn ich
hinter dein Haus gehe und all die kranken Tiere betrachte. Du
hast einen tollen Beruf, in dem du wunderschöne und nütz-
liche Dinge herstellst. Du bist ein angesehener Mitbürger und
die Leute mögen dich … und … ich bin wirklich stolz, dein
Freund zu sein. Das Einzige, was dir allerdings jetzt zur Voll-
kommenheit noch fehlt, ist ein passendes Hemd. Aber das
wird sich ja jetzt wohl ändern, wo eine Frau im Haus ist.«

Effel lachte auf und Soko schaute ihn dankbar an. »Danke für die Komplimente, mein Freund, es tut gut, das zu hören. Ich glaube, ich war zu lange alleine ... mit meiner alten Mutter und all den Tieren dort hinten. Ich bin zurzeit der glücklichste Mann auf Erden, das kann ich dir sagen ... und weißt du was? Wenn Agatha nicht den ersten Schritt getan hätte, säße ich wahrscheinlich heute noch allein in meiner Schmiede.«

»Machen die Frauen nicht immer den ersten Schritt?«

»Wahrscheinlich ist es so, jedenfalls ... wenn man sich so umhört. Nikita hat ja sogar einen Riesenschritt gemacht.«

Soko lächelte und bereute es sofort, als er sah, dass Effels Miene gerade wieder im Begriff war, sich zu verfinstern, allerdings nur für einen kurzen Moment.

»Ja, das kannst du laut sagen, einen gewaltigen Schritt hat sie getan, gleich über den großen Teich in eine andere Welt! Wenn sie sicher auch nicht damit hatte rechnen können, dass wir uns hier begegnen würden. Aber lenke nicht vom Thema ab ... wie war das mit Agatha?«

»Mann, das ist schnell erzählt ... zumindest der Teil, der dich etwas angeht«, grinste Soko.

»Als ich eines Abends von der Arbeit kam, war der Tisch, also dieser Tisch hier, festlich gedeckt ... mit allem, was so dazugehört ... sogar Blumen waren drauf und Agatha stand da, in einem Kleid ... Mann, Mann, Mann! Ich muss ziemlich bescheuert ausgesehen haben, wie ich so mit offenem Mund in der Tür gestanden bin. Ungefähr wie ein Kind, das den Niko- laus sieht, obwohl es nicht mehr an ihn glaubt. Und sie? Sie hat nur gelacht und gemeint, dies sei ihr letzter Abend bei uns, denn meine Mutter sei wieder vollkommen gesund, und das wolle sie mit uns gemeinsam feiern. Sie hatte sogar gekocht, mein Lieblingsessen ... meine Mutter hatte es ihr verraten. Zwei Stunden haben wir zusammengesessen und getafelt ... alles vom Feinsten, sag ich dir ... und als sich meine Mutter in ihr Zimmer zurückgezogen hatte, haben wir bestimmt noch- mals zwei Stunden drüben am Kamin gesessen und erzählt und erzählt. Danach wussten wir alles voneinander. Ich glaube, ich habe Agatha an diesem Abend zum ersten Mal richtig angesehen ... wenn du weißt, was ich meine ... nicht nur angeschaut. Wenn ich sie in der *Goldenen Gans* oder sonst wo getroffen habe, habe ich mich einfach nie getraut sie anzusprechen. Meistens war sie ja auch mit einer Freundin unterwegs. Eigentlich sollte ich meiner Mutter dafür danken, dass sie hingefallen ist.« Soko lachte. »Gut, dass sie das jetzt nicht gehört hat.«

»Wie gesagt, alles ist für irgendetwas gut«, meinte Effel. »Bin nur gespannt, wofür das mit diesem bescheuerten Rätsel gut sein soll. Aber erzähl mal weiter, da kommt doch noch was?«

Es war eher eine Feststellung als eine Frage.

»Sie hat so ein wunderschönes Lachen. Wusstest du, dass sie Grübchen hat? Nun ... ich kann dir wirklich nicht sagen, was mich beim Abschied – sie hatte schon ihren Mantel an – geritten hat. Jedenfalls habe ich sie spontan in den Arm genommen, um mich bei ihr für alles zu bedanken. Ich wüsste gar nicht, wie ich das alles alleine geschafft hätte ... hab ich ihr noch gesagt. Und dann, plötzlich, hat sie mich einfach geküsst ... und das war ... wie soll ich dir das erklären ... einfach unbeschreiblich! So ... und der Rest geht dich nichts an. Jedenfalls ist sie an diesem Abend nicht mehr heimgegangen. Auf Agathas Wohl, mein Freund.«

Der Schmied hob sein Glas, trank es in einem Zug aus und nickte Effel lachend zu.

Der leerte sein Glas ebenfalls. Seiner Erinnerung nach hatte Soko noch nie so viel an einem Stück geredet.

»Ich freue mich für euch«, sagte er, nachdem Soko nachgeschenkt hatte, »ihr habt es beide verdient und es gibt wohl niemanden hier, der euch euer Glück neidet.«

»Und ich hatte schon gedacht, dass ich mein Lebtag alleine bleiben werde. Dass ich das noch erleben darf, ist wirklich ein großes Wunder. Und weißt du was? Sie liebt Tiere. Ist das nicht großartig? Und wie du siehst, fühlen sich ihre Katzen hier auch schon zu Hause.«

»Ich habe immer darauf vertraut, dass eines Tages die Richtige kommt und dich aus deinem Einsiedlerdasein, oder sollte ich besser sagen *Dornröschenschlaf*, herausholt«, sagte Effel lächelnd, »aber dass sie bereits so nah war ... wer hätte das gedacht? Nun, das bestätigt mal wieder, was Mindevol mehr als einmal gesagt hat: *Warum denn in die Ferne schweifen, denn das Gute liegt so nah*. Das stimmt ganz offensichtlich – von wenigen Ausnahmen abgesehen«, ergänzte er und ein Hauch von Wehmut huschte über sein Gesicht. Dann aber fuhr er gut gelaunt fort: »Jetzt weiß ich auch, warum du einen solch großen Tisch hier hast. Es passen noch ein paar Kinder dran.«

»Nun mach aber mal halblang, gut Ding will schließlich Weile haben. Erst genießen wir mal die Zeit zu zweit. Für Kinder ist dann immer noch Zeit. Agatha ist noch jung.«

Effel gefiel es, wie sein Freund abermals rot geworden war.

»Hast du etwas von Saskia gehört? Weißt du, wie es ihr geht?«, fragte der Schmied jetzt und schalt sich sogleich innerlich dafür, in dieses Fettnäpfchen, wie er glaubte, getreten zu sein.

Aber Effel schien ihm die Frage nicht übel zu nehmen.

»Ich weiß zwar nicht, wie du gerade jetzt auf Saskia kommst ... nein, Soko du brauchst keine schlechtes Gewissen zu haben«, meinte Effel, dem die Mimik seines Freundes nicht entgangen war.

»Ihna ist gerade mit Brigit bei ihr in Haldergrond zu Besuch. Das hat mir ihre Mutter erzählt. Sie wird mir später bestimmt berichten, wie es Saskia geht ... und zwar in allen Details«, lächelte er und fuhr fort. »Wenn du mich fragst, es war die richtige Entscheidung von ihr, nach Haldergrond zu gehen. Da gehört sie einfach hin ... es war schon ihr Kindheitstraum. Sie hat so viele Talente und wie du weißt, hat sie sich seit Langem der Heilkunst verschrieben gehabt. Sie konnte gar nicht erwarten, ihren Schulabschluss zu machen, damit sie mit ihrer Ausbildung beginnen konnte. Mira sagte mir neulich erst, dass sie nie eine begabtere Schülerin gehabt hätte, und Petrov weint sich heute noch die Augen aus, weil sie nicht bei ihm Musik studiert. In Haldergrond hat sie jetzt beides, Heilkunst und Musik. Für unsere Ehe hätte sie diesen Traum geopfert und ich glaube, dass ich immer ein Schuldgefühl gehabt hätte. Wirklich eine tolle Voraussetzung für eine dauerhafte Ehe ... nein, es ist schon alles richtig, so wie es gekommen ist, glaub es mir. Aber ich werde mich ja sehr bald persönlich überzeugen können.«

»Persönlich?«

»Ja, ich werde zum Tag der offenen Tür hinfahren. Sie veranstalten zweimal im Jahr nach den Prüfungen solch einen Tag, mit verschiedenen Konzerten, einem Markt und Vorträgen. Wusstest du das nicht? Fährst du mit? Wir können die Räder nehmen. Kannst dein neues Fahrrad gleich einweihen. Du warst auch noch nie dort, stimmts?«

»Nein, ich war noch nie in Haldergrond, aber ich werde nicht mitfahren können. Neugierig bin ich schon, besonders weil Saskia dort ist. Aber ich habe sehr viel zu tun, nicht nur in der Schmiede. Ich werde mir wohl demnächst einen Mitarbeiter suchen. Agatha hat schon angedeutet, dass sie mehr Zeit mit mir verbringen möchte.«

»Was ich sehr gut verstehen kann.«

In diesem Moment klopfte es an der Tür. Sam hatte schon vor kurzer Zeit den Kopf gehoben und die Ohren gespitzt, sich dann aber wieder entspannt niedergelegt.

»Wer mag das sein ... um diese Zeit?«, fragte der Schmied mehr sich selbst und erhob sich langsam.

»Na, das werden wahrscheinlich deine Frauen sein«, meinte Effel, »oder hast du die schon vergessen? Sam hat sie eben schon gehört.«

»Du Spaßvogel ... die klopfen nicht an ... nein, ich geh mal schauen. Es will hoffentlich niemand dringend ein Pferd beschlagen haben, ich habe schon zwei Gläser getrunken – oder waren es drei?«

»Es waren eher vier, mein Freund.«

Kurz darauf kam Soko mit einem sehr verzweifelt dreinblickenden Jussup im Schlepptau wieder herein. Schweißnasse Haarsträhnen hingen ihm über der Stirn, als er seine Mütze abnahm und in seinen Händen unbeholfen knetete. Mit traurigen Augen begrüßte er Effel.

Der sprang auf und hatte sofort eine böse Ahnung.

»Was ist passiert? Was treibt dich zu solch später Stunde hierher? Ist etwas mit …«

»Ja,« wurde er von dem Mann unterbrochen, »Jelena ist plötzlich sehr schwach geworden, sie konnte nicht mehr aufstehen … ich bin so schnell gefahren, wie ich konnte. Ich war schon bei Mindevol, aber der ist nicht da. Mira meinte, er sei für ein paar Tage nach Winsget. Sie packt nur schnell ein paar Sachen zusammen. Ich soll dich, Soko, fragen, ob du mitkommst. Sie könne jede Unterstützung brauchen, meinte sie. Jelena weiß nicht, dass ich losgefahren bin. Sie sagte vor zwei Tagen noch, als es anfing schlechter zu werden, alles sei richtig so, wie es ist, wir sollten uns keine Sorgen machen … ob wir denn annähmen, dass sie ewig leben würde … na, ihr kennt sie ja.«

»Ich bin ebenfalls dabei … wenn du noch Platz in deiner Kutsche hast …«, bot sich Effel gleich an. Er verehrte die Vorsitzende des Ältestenrates, und zwar nicht nur, weil er es auch ihr indirekt zu verdanken hatte, dass er Nikita kennengelernt hatte.

»Ja, Platz habe ich genug«, meinte Jussup jetzt, »weil es so eilig ist, habe ich den Vierspänner genommen, er steht oben am Weg. Es war die schnellste Fahrt meines Lebens, kann ich euch sagen. Lieber wären mir noch sechs Pferde gewesen, aber mein Schwager hat sich vorgestern die beiden Schimmel für eine große Hochzeit in Sardi ausgeliehen. Die einzige Tochter des berühmten Dirigenten Claudio Abbado … er kutschiert die Braut zur Zeremonie.«

»Ich wusste gar nicht, dass Abbado eine Tochter hat«, sagte Soko und wandte sich an Effel.

»Ist dir bekannt, dass die Abbados seit vielen Generationen immer Dirigenten in ihrer Familie hatten?«

»Nein ist es nicht, aber ich bin ja auch nicht so bewandert in klassischer Musik wie du und Saskia.«

»Jetzt tu aber nicht so«, lachte der Schmied und wandte sich wieder an Jussup, der inzwischen das große Wasserglas, das er ihm eingeschenkt hatte, in einem Zug geleert hatte.

»Ich bin bereit, Jussup, eine Tasche ist für solche Fälle immer gepackt.«

»Mein Überfall zu solch später Stunde tut mir leid, Soko, ich wollte deine Mutter nicht erschrecken und hier mit Getöse vorfahren«, entschuldigte sich der Angesprochene. »Wie gesagt, Effel, du kannst auch gerne mitkommen. Jelena wird sich sicher freuen, dich zu sehen. Sie ist über dein Abenteuer immer informiert gewesen. Mein Gott, wir kommen hoffentlich nicht zu spät.«

»Dann werde ich schnell ein paar Sachen packen und Sam bei meinen Eltern abgeben ... wir treffen uns bei Mira, gib mir eine halbe Stunde ... höchstens! Länger brauche ich nicht«, erwiderte Effel und im Hinausgehen rief er noch: »Vielen Dank für alles, Soko, wir reden später weiter.«

Dann war er auch schon verschwunden und Sam sprang ihm hinterher.

»Komm, Jussup«, Soko machte eine einladende Geste, »setz dich, es ist noch Brot und Käse da ... und ein Schluck Wein kann jetzt auch nicht schaden, was meinst du? Nur von Wasser kann der Mensch schließlich nicht leben. Ich mache dir auch gerne einen Kaffee oder einen Tee?«

»Vielen Dank, mach dir bitte keine Mühe«, Jussup rutschte unruhig auf seinem Stuhl hin und her, die Jacke hatte er anbehalten. »Das ist sehr freundlich, ich nehme deine Einladung an. Das Wasser genügt mir und das Brot ... hm ... das riecht gut und sieht sehr gut aus, sicher selbst gebacken nicht wahr?«

»Ja, Agatha hat es gebacken«, sagte Soko stolz.

»Dann bin ich so frei und nehme mir eine Scheibe.«

»Warte, ich schneide dir noch etwas von dem Bergkäse ab und nimm auch von der Butter. Du musst hier kein trockenes Brot essen. Iss du mal in Ruhe, ich gehe schnell nach draußen und schaue nach deinen Pferden. Die dürften ebenfalls durstig und hungrig sein ... die Pause wird ihnen guttun. Gib uns allen eine halbe Stunde. Fühl dich bitte wie zu Hause, Jussup.«

Mit diesen Worten verließ der Schmied die Stube, griff sich einen Wassereimer, der neben dem Eingang stand, und lief zum Brunnen. Bald darauf waren Jussups Pferde trocken gerieben und mit Hafer und Wasser versorgt. Soko hatte darauf geachtet, nicht zu viel zu geben, da Jussup sie auch auf der Rückreise sicher nicht schonen würde. Nachdem er die Tiere versorgt hatte, verstaute er seine Tasche im Inneren der Kutsche. Ein paar Minuten später saßen die beiden Männer auf dem Bock, Jussup nahm die Zügel in die Hand und ließ die Pferde zunächst in einem leichten Trab den Weg nach Seringat nehmen. Soko hatte noch einen Zettel geschrieben, ihn auf den Küchentisch gelegt und zum Schluss, fast schon im Gehen, ein kleines, ungelenk gemaltes Herz hinzugefügt.

***

Kapitel 5

Chalsea Cromway hatte Nikitas MFB aufgesetzt und betrachtete kopfschüttelnd und staunend die Bilder aus der Alten Welt.

»Der sieht aber toll aus!«, rief sie auf einmal begeistert. »Ich glaube, ich lebe in der falschen Welt«, fuhr sie dann leiser fort, weil sich einige Gäste an den Nebentischen umgedreht hatten. Dann runzelte sie die Stirn und flüsterte: »Aber ... was um Himmels willen ... hat er da bloß an?«

»Das ist ein Wollpullover. Stell dir vor, ein Pullover aus echter Schafswolle! In der Alten Welt trägt jeder Kleidung aus natürlichen Stoffen. Vieles von dem wäre wahrscheinlich nicht ganz nach deinem Geschmack, einmal davon abgesehen, dass du allergisch reagieren und dir die Haut vom Leib kratzen würdest ... wie die meisten hier.«

Nach einem kleinen Moment fügte sie hinzu: »Weißt du, es war wie eine ... Zeitreise in die Vergangenheit oder in ein anderes Universum ... und doch war es fast nebenan. Außerdem habe ich einen Traum bestätigt bekommen, den ich immer wieder gehabt hatte ... noch lange bevor ich wusste, dass ich diese Reise antreten würde.«

Chalsea nahm die Brille ab.

»Einen Traum? Du hast mir nie davon erzählt.«

»Weil ich weiß, wie du dazu stehst. Aber ich hatte mehr als einmal von dem Tor in dem Tal von Angkar Wat geträumt ... und es sah wirklich genauso aus wie in meinem Traum ... einfach unglaublich! Nur Effel Eltringham ist dort nie aufgetaucht. Mir ist er in der Realität auch lieber«, lächelte sie.

»Und wie ist er so ...«, Chalsea zögerte einen Moment.

»Im Bett ... wolltest du doch fragen«, lachte Nikita. »Ich kann dich beruhigen, auch da gibt es keinen Grund zur Klage. Mehr wirst du aus mir aber nicht herausbekommen.«

»Brauchst nix mehr zu sagen«, zwinkerte Chal ihr zu, »ich kann verstehen, dass es dir schwergefallen ist zurückzukehren.«

Sie winkte den Kellner heran.

»Was darf ich den Damen bringen? Nikita, schön Sie zu sehen, ich hatte Sie schon vermisst. Mrs. Cromway hatte mir schon erzählt, dass Sie in den Südstaaten waren.«

Er lächelte freundlich.

»Für mich einen Eisbecher mit Früchten und einen Café, schwarz bitte.«

»Danke, Paul. Bringe mir bitte einen Café Crème ... ach, und eine Flasche Wasser.«

Paul tippte die Bestellungen in sein Tablet und ging zum nächsten Tisch.

»Du hast ihm *was* erzählt? Dass ich in den Südstaaten war?«

»Was sollte ich denn machen, ich wusste doch selbst nicht mehr und er hat ständig nach dir gefragt. Ich wollte schon gar nicht mehr herkommen, richtig nervig war das.«

Dann wandte sich Chalsea wieder den Fotografien zu. Sie betrachtete eingehend eines der letzten Bilder. Effel stand mit zwei Pferden an einem Waldrand und schien zu winken. Es war eine Nahaufnahme, obwohl Nikita zu diesem Zeitpunkt schon kurz davor gewesen war, das U-Boot zu besteigen. Es war ihr letzter Blick auf Effel gewesen.

»Was ist das denn?«, fragte Chalsea plötzlich.

»Was ist was?«

»Na das hier, gar nicht weit von deinem Freund ... steht da nicht jemand? Da ist doch eine Frau zu sehen! Zwar nur schemenhaft, aber ... schau selbst.«

Sie reichte Nikita die Brille.

Beide schwiegen einen Moment lang, während sich Nikita das Bild eingehend betrachtete.

»Hm«, meinte sie dann, »das war mir beim ersten Mal Anschauen gar nicht aufgefallen, aber ich glaube, du hast recht. Da ist noch jemand auf dem Bild. Eine Frau, glaube ich. So sieht es aus ... oder es ist der Schatten eines Baumes. Das könnte sein. Merkwürdig. Ich bin mir ziemlich sicher, dass uns niemand gefolgt war. Na ja, vielleicht waren wir auch nicht so aufmerksam ... kannst dir ja denken, warum.«

Nikita konnte sich gut vorstellen, dass jemand vom Rat der Welten beauftragt worden war, ihre Abreise zu überwachen, wollte dies aber im Moment nicht weiter kommentieren. Chal hatte schon genug Merkwürdigkeiten zu verdauen. Sie reichte ihr die Brille zurück.

»Machst du dir keine Sorgen?«

»Worüber?«

»Na, dass ihm etwas passiert sein könnte.«

»Er kann sehr gut auf sich aufpassen, meine Liebe.«

»Deinen Optimismus hätte ich auch gerne. Hier, du kannst deine Brille wiederhaben. Da kommen jetzt nur noch Bilder von Bushtown und deiner Rückkehr. Unsere Stadt kenne ich schon.«

Chalsea gab Nikita die Brille. Dann umarmte sie ihre beste Freundin. »Ich bin so froh, dass du wieder hier bist. Du hast mir sehr gefehlt.«

»Hey, ist dir etwa langweilig geworden? Was ist mit Pete, ist das mit euch etwa schon vorbei?«, fragte Nikita mit gerunzelter Stirn, weil es ihr merkwürdig vorgekommen war, dass Chal ihren neuen Freund, von dem sie noch vor einigen Wochen gar nicht genug hatte schwärmen können, bisher mit keinem Wort erwähnt hatte.

»Ach«, winkte Chalsea schnell ab und machte einen Schmollmund, »der hatte nur seinen Sport im Kopf, das ist mir zu wenig gewesen. Ich brauche einen Mann, der sich ab und zu um mich kümmert.«

Also ständig, behielt Nikita für sich und grinste.

Dass Chalsea Cromway gerade dabei war, sich alle romantischen Ideen über Männer abzugewöhnen, sagte sie Nikita nicht. Sie unterließ das aus zwei Gründen. Sie wollte deren Romanze nicht zerstören, und außerdem hätte sie ihr wahrscheinlich ohnehin nicht geglaubt. Schließlich war sie selbst noch bis vor Kurzem der Teil ihres Duos gewesen, der an einem Romantizismus litt, der unheilbar zu sein schien.

Sie saßen in ihrem Lieblingscafé, das in einer der mittleren Etagen des *Delice* lag, dort, wo die meisten Restaurants der Mall zu finden waren. Am frühen Mittag war das *Frozen*, auf dessen Spezialität schon sein Name hinwies, wohl wegen des schlechten Herbstwetters nicht einmal halb voll. Da die Medien bisher noch nichts berichtet hatten – das würde erst in ein paar Stunden geschehen – hatte Nikita diesen Treffpunkt gewählt.

Chalsea hatte ihr Wasser und den Kaffee bekommen.

Nikita rührte in ihrer Tasse und sah zu, wie sich die helle Creme an der Oberschicht langsam auflöste. Sie überlegte, ob sie ihrer Freundin die nächste Frage zumuten konnte. Irgendwann war sie mit dem Umrühren fertig und legte den Löffel auf der Untertasse ab.

»Glaubst du eigentlich an Reinkarnation, Chal?«

»An was soll ich glauben? An Re...in...kar...nation?«, fragte Chalsea gedehnt und mit zusammengekniffenen Augen. »Habe ich dich richtig verstanden, du meinst wirklich Wiedergeburt?«

»Ja, genau das meine ich ... also, glaubst du daran?« Spätestens jetzt sollte Chalsea wissen, dass ihre Frage ernst gemeint war.

»Nein, natürlich nicht! Das ist absoluter Humbug, das müsstest du als Wissenschaftlerin doch besser wissen. Wir sterben ... und aus ist es. Haben sie dir das etwa da drüben eingetrichtert? Wie kommst du denn jetzt auf so etwas?«, fragte sie vorsichtig.

Nikita konnte ihrer Freundin gar nicht böse sein. Vor einigen Monaten hätte sie auf diese Frage ähnlich entsetzt oder mit einem flotten Spruch reagiert. Und jetzt konnte sie sich sogar an all ihre früheren Leben erinnern, wenn sie das wollte. Sie amüsierte sich in diesem Moment innerlich über die Vorstellung, was die Nachricht, dass sie beide in einem früheren Leben sogar schon einmal Mutter und Tochter gewesen waren ... und Effel der Vater, bei Chalsea wohl auslösen würde.

»Was gibts denn da zu kichern?«

»Ich kichere doch gar nicht.«

»Doch, du kicherst ... innerlich ... ich habs genau gesehen, ich kenne dich.«

»Also gut, du hast recht, aber ich kann dir beim besten Willen nicht sagen, worüber. Du würdest mich auf der Stelle für verrückt erklären«, lachte Nikita jetzt laut.

»Wenn du so weitermachst, tue ich das auch«, lachte jetzt

auch Chalsea, »hast du nicht einmal Physik und Psychologie studiert? Müsstest du nicht am besten wissen, wie diese Welt funktioniert?«

»Ja, das habe ich«, sagte Nikita und fuhr fort, »und schon da habe ich gelernt, dass man in diesem Universum nichts vernichten kann ... nur verändern. Schau mal«, sie zeigte auf das Glas Wasser, das neben ihrem Kaffee stand, »auch Wasser kann man nicht so einfach verschwinden lassen. Wenn du es kälter werden lässt, gefriert es irgendwann, und wenn du es genügend erhitzt, verdampft es. Aber in beiden Fällen ist es nicht weg ... es existiert nach wie vor, nur in einem anderen Aggregatzustand.«

»Du meinst also allen Ernstes, dass wir ... verdampfen, wenn es uns in dieser Form«, sie berührte ihren eigenen Arm, »nicht mehr gibt? ... Das ist jetzt nicht dein Ernst! Bitte sag mir, dass du das nicht so meinst.«

»Doch, so ungefähr meine ich das, nur dass der Dampf aus meinem Wasser-Beispiel unser Geist oder unsere Seele ist«, lächelte Nikita, »aber lassen wir das jetzt und freuen uns darüber, dass ich wieder hier bin ... in dieser Form.«

Sie hielt es für besser, das Thema erst einmal ruhen zu lassen. Sie hatte ihrer Freundin schon genug zugemutet, indem sie sie ins Vertrauen gezogen hatte, was den Grund und das Ziel ihrer Reise anging. Sie konnte sich vorstellen, was passieren würde, wenn herauskam, dass sie Chalsea eingeweiht hatte, bevor alles von BOSST freigegeben und dann offiziell von den Medien ausgestrahlt wurde. Aber es ging nicht anders, sie brauchte jemanden ihres Vertrauens. Sie konnte das alles unmöglich für sich behalten.

Für dieses Gespräch hatten sie sich ganz bewusst ein öffentliches Café ausgesucht. Ihre eigenen Wohnungen waren Nikita zu unsicher vorgekommen. Sie konnte sich sehr gut vorstellen, dass sie dort in jedem Fall überwacht würde. Deswegen hatten sie sich vor zwei Tagen auch auf dem Golfplatz getroffen und eine halbe Runde gespielt, wobei das Spiel deutlich in den Hintergrund getreten gewesen war. Sie waren so in ihr Gespräch vertieft gewesen, dass sie sicherlich drei Flights hatten durchspielen lassen und sich jede Menge Kommentare hatten anhören müssen.

»Also ehrlich, Nik, ich finde dass Freude anders aussieht. Kann es sein, dass du zwar körperlich hier bist, der Rest aber noch ganz woanders ist?«, nahm Chalsea den Faden wieder auf.

»Mag sein, nein ... es ist sicher so«, erhielt sie zur Antwort, »ich weiß, dass ich dir nichts vormachen kann.«

Nikita lächelte schwach. Sie fühlte sich innerlich so zerrissen. Hier war ihre Arbeit an einem der größten Projekte der Menschheit und dort, in der anderen Welt, waren ihr Herz und das Leben, das sie wollte. Sie hatte sich noch nie so vollkommen wohl gefühlt wie in Seringat.

Das *Delice* war eine der größten Malls der Stadt im unteren Teil des *Donald-Crusst-Towers* und Nikita bewohnte ein paar hundert Yard weiter oben, im 80. Stockwerk, ein kleines Apartment, von dem aus man einen großartigen Blick auf die Stadt hatte, sofern die Wolken einem nicht gerade die Sicht versperrten. Sie war damals so stolz gewesen, als ihr die kleine Wohnung mit all den neuesten Errungenschaften von ihrer Firma angeboten worden war und sie diese ihren Eltern zeigen konnte. Gegen ihre Studentenbude war das der reinste Luxus. Im *Crusst-Tower* wohnen zu dürfen, war ein Privileg, das ansonsten nur bereits verdienten Mitarbeitern der Firma zuteil wurde. Dass sie die Wohnung bekommen hatte, hatte sie anfänglich dem Umstand zugeschrieben, dass ihr Vater Senator war. Später allerdings war ihr klar geworden, dass dies bereits ein Köder für den Auftrag gewesen war, den sie gerade so erfolgreich erledigt hatte.

Nach ihrer Rückkehr vor drei Tagen war ihr das Apartment, auf das sie einmal so stolz gewesen war, wie ein Gefängnis vorgekommen. *Ein Vogel in einem Luxuskäfig*, war ihr durch den Kopf gegangen, als sie es das erste Mal wieder betreten hatte.

Sie war mit großem Bahnhof empfangen worden. Professor Rhin hatte mit einem riesigen Blumenstrauß am Pier gestanden. Er hatte sie lange umarmt, eine für ihn äußerst ungewöhnliche Geste, und ihr ständig Dinge ins Ohr geschrien wie: »Ich kann gar nicht sagen, wie stolz ich auf Sie bin ... Sie werden in die Geschichte der Wissenschaft eingehen!«

Sechs weitere Personen, von denen Nikita allerdings nur zwei kannte, hatten ihn begleitet. Alma, seine Sekretärin, und der Leiter der Sicherheitsabteilung von BOSST. Später hatte sie erfahren, dass es sich bei den übrigen ebenfalls um Sicherheitsleute der Firma gehandelt hatte. Ihre ganz persönlichen Bodyguards sozusagen.

Dann waren sie in einem der Firmenhelikopter direkt nach Bushtown zum Firmensitz geflogen worden. Noch während des Flugs hatte Professor Rhin einen ersten Blick in die Pläne werfen wollen. Sie konnte das verstehen, ihr wäre es im umgekehrten Fall nicht anders gegangen.

»Erstaunlich, wie gut sie erhalten sind, wirklich sehr erstaunlich«, war sein erster verblüffter Kommentar gewesen. Er hatte Nikita die Pläne hingehalten.

»Können Sie sich erklären, warum der Text fast ausschließlich in Latein geschrieben wurde? Sagten Sie nicht, dass der Erfinder in Frankreich gelebt hatte?«

»Ja, das stimmt, bevor er hatte fliehen müssen. Ich hatte im Boot die Gelegenheit gehabt, kurz hineinzuschauen. Latein wurde damals von nur sehr wenigen Menschen verstanden, vielleicht war das der Grund.«

Sie hatte ihm noch gesagt, dass sie sich zunächst auch über den guten Zustand der Pläne gewundert hatte. Das hatte natürlich nur für den ersten Moment gegolten, an dem sie diese aus einer der Truhen der Gewölbe der Burg Gisor entnommen hatte. Später hatte sie ja dann eine Erklärung dafür bekommen. Sie hatte allerdings bezweifelt, ob ihr Chef in dem Moment etwas damit hätte anfangen gewusst, und so hatte sie für sich behalten, dass die Krulls dafür verantwortlich gewesen waren. Vielleicht würde sich ja später die Gelegenheit ergeben, mit ihm ausführlicher darüber zu reden. In der Empfangshalle der Firma war dann Mal Fisher, ihr oberster Boss, mit großem Begleiterstab und ausgebreiteten Armen auf sie zugekommen.

»Sehr verehrte Frau Ferrer, ich heiße Sie herzlich ... zu Hause willkommen. Wir sind alle dermaßen begeistert von Ihrem Mut und Ihrem Einsatz, dass man dies in Worten kaum ausdrücken kann. Sie haben im wahrsten Sinne des Wortes Geschichte geschrieben und der Menschheit unter Einsatz Ihres Lebens einen großen Dienst erwiesen. Wir sind Ihnen zu ewigem Dank verpflichtet und wir sind uns bewusst, wie ehrenvoll es ist, Sie in unseren Reihen zu haben.«

Dabei hatte er Nikitas Hand gehalten, als wolle er sie nie mehr loslassen, und ein Kamerateam der PR-Abteilung hatte alles gefilmt. Für einen kurzen Moment hatte Nikita überlegt, ob sie bei Mal Fischers Worten *zu Hause* nicht ein spöttisches Zucken in seinen Mundwinkeln gesehen hatte und ob sie nicht gleich einen Eimer brauchen würde, um den ganzen Schmalz auffangen zu können, der aus den Worten und Gesten ihres Chefs getroffen war. Jedenfalls hatte er es sich später nicht nehmen lassen, ihr persönlich die extra für dieses Projekt neu eingerichteten Räumlichkeiten zu präsentieren.

»Hier können Sie schalten und walten, Frau Ferrer. Sie haben alle Freiheiten, wenn Sie irgendetwas brauchen, wenden Sie sich bitte direkt an mich. Kosten spielen da keine Rolle. Was möglich ist, werden wir möglich machen, dafür verbürge ich mich. Ich möchte Sie aber jetzt nicht weiter aufhalten, Sie wollen sicher gleich an die Arbeit gehen. Ich kann Ihnen gar nicht sagen, wie gespannt ich auf das Ergebnis bin. Es wird unsere Welt verändern!«

Das hatte er laut gesagt. Dann beugte er sich zu Nikita und flüsterte: »Die Medien sind im Haus. Ich wäre Ihnen sehr verbunden, wenn Sie sich später für ein erstes Interview zur

Verfügung stellen könnten. Wir werden mit der ganzen Geschichte an die Öffentlichkeit gehen. Machen Sie sich auf einen gehörigen Rummel um Ihre Person gefasst. Sie werden als Heldin gefeiert werden.«

Er hatte gelacht und ihr auf die Schulter geklopft. Kurz darauf war er in einem der Aufzüge verschwunden und hatte eine Nikita zurückgelassen, die seine Begeisterung über den Medienrummel so gar nicht teilen konnte.

Professor Rhin war glücklich. Es hatte sich alles so gut gefügt. Nikita Ferrer war gesund und sogar sichtlich erholt aus der Alten Welt zurückgekehrt. Ausgeglichener, wie er fand ... und irgendwie strahlender. Alle Risiken hatten sich gelohnt. Jetzt besaß er einen wahren Schatz. Natürlich war ihm klar, dass er ihm nicht *gehörte,* nicht im üblichen Sinn des Wortes. Das Wertvolle für ihn war, dass er es sein würde, der diesen Schatz heben würde. Das *Myon–Neutrino-Projekt,* dieser Zauber, der die Energieprobleme für alle Zeiten lösen würde ... jetzt müsste man es nur noch realisieren. Anfangs hatte er, nach ersten flüchtigen Blicken auf die Zeichnungen, die Zahlen und die Textteile in lateinischer Sprache, auf Bögen, die in erstaunlich gutem Zustand waren, keinen Zweifel daran gehegt, dass sich die riskante Reise seiner jungen Mitarbeiterin gelohnt hatte. Noch in dem Firmenhelikopter, der sie nach Bushtown zurückgebracht hatte, hatte er seine Neugierde nicht zügeln können. So etwas hielt man nur einmal im Leben in Händen. Dass dadurch dem Unternehmen enormer Reichtum erwachsen würde, war für ihn zweitrangig. Er kam mit seinem Gehalt bestens aus und außerdem brauchte er nicht viel. Sein Leben bestand aus seiner Arbeit.

Er hatte seiner jungen Mitarbeiterin Nikita Ferrer nach deren Ankunft zwei oder drei Tage freigeben wollen, nicht zuletzt um sich selbst zunächst in Ruhe einen genaueren Überblick verschaffen zu können. Sie sollte sich erst einmal ausruhen. Aber sie hatte gemeint, sie hätte in dem U-Boot genügend Zeit zum Ausruhen gehabt und außerdem seien die letzten

Tage wirklich alles andere als anstrengend gewesen. Genau wie auf der Hinfahrt sei sie dermaßen verwöhnt worden, dass sie sich wie eine Prinzessin vorgekommen sei, hatte sie dann noch lachend hinzugefügt. Nein, jetzt wolle sie auch möglichst schnell mit der eigentlichen Arbeit beginnen. Sie würde ihre Eltern besuchen, eine Freundin treffen und nach ihrer Wohnung schauen. Danach wäre sie wieder voll einsatzbereit und selbstverständlich ebenfalls unendlich neugierig.

Natürlich hatte er nichts dagegen einzuwenden gehabt, er konnte einen klugen Kopf an seiner Seite immer gebrauchen, besonders jetzt. Vor allen Dingen war er auch an dem interessiert, was sie noch alles erlebt hatte. Die Kommunikation zwischen ihnen während Nikitas Reise war eher spärlich geblieben. Sie hatte nur ab und zu das Nötigste gemeldet, aber ihm war inzwischen klar geworden, dass seine Mitarbeiterin wesentlich mehr erlebt hatte.

In den folgenden Stunden hatten die weiteren Sichtungen der Myon-Neutrino-Pläne noch mehr Anlass zur Hoffnung gegeben. Der ganze Aufwand schien sich gelohnt zu haben und seine anfänglichen Befürchtungen wegen des Vertragsbruches waren in den Hintergrund gerückt.

Er hatte sich mehr als einmal gefragt, warum Wissenschaftler späterer Jahrhunderte auf der Suche nach Energieressourcen ihren Forschungen über die *ungeladenen kleinen Partner* der geladenen Leptonen den gleichen Namen gegeben hatten. Warum kam jemand bereits ein paar hundert Jahre davor genau auf diese Bezeichnung? Hatte dieser Jemand vielleicht eine Vision gehabt und diese mit seinen Ideen, der Energiegewinnung aus dem Äther, vermischt? Unbewusst natürlich. Solche Gedanken hatte sich der Professor nicht erst auf dem Rückflug von Southport gemacht.

Für dieses Projekt, das höchste Priorität besaß, hatte man ein neues Labor mit angrenzender Halle für den Bau der Maschine zur Verfügung gestellt. Abseits seiner anderen Räumlichkeiten und noch besser gesichert. Hier hatten zunächst nur er selbst, Nikita Ferrer und natürlich Mal Fisher Zutritt. In der Mitte des Raumes befand sich ein großer quadratischer Tisch, auf dem die Pläne fein säuberlich ausgebreitet von durchsichtigen Klebestreifen gehalten wurden.

»Haben Sie davon gewusst, Herr Professor?«, hatte Nikita auf einmal gefragt und dabei nicht aufgeschaut. Sie waren alleine gewesen.

»Gewusst? Was soll ich oder ... wovon soll ich gewusst haben, Nikita?«

Er hatte zu der Stelle der Zeichnungen geschaut, die Nikita offensichtlich im Auge hatte. Aber darum ging es ihr nicht.

»Dass ich eine *Walk In* bin und dass ich mich erinnern würde.«

Sie hatte ihn fragend angeschaut.

»Nein, das habe ich nicht«, hatte er ihr geantwortet und sich aufgerichtet. Das Gespräch drohte, in gefährliches Wasser zu driften.

»Ähm ... zunächst wusste ich es wirklich nicht.«

Und damit hatte er die Wahrheit gesagt.

»Mir war zwar bekannt, dass es so etwas geben soll ... also Menschen, die sich an ihre früheren Leben erinnern können ... aber offen gestanden ... geglaubt habe ich das nicht. Ich hatte das im Bereich Märchen oder esoterischer Spinnereien abgelegt. Bis ich dann eines Besseren belehrt worden bin. Als ich Ihnen den Auftrag erklärt hatte, wusste ich es ... aber so richtig überzeugt war ich selbst da noch nicht.«

Er hatte gesehen, dass Nikita fragend die Stirn gerunzelt hatte.

»Sagen Sie selbst, Nikita, hätten Sie es geglaubt, wenn ich Ihnen damals gesagt hätte, dass dies der wahre Grund gewesen ist, warum Sie ausgesucht worden sind?«

»Nein«, hatte Nikita ehrlicherweise zugegeben, »ich hätte es Ihnen nicht geglaubt ... nein, sicher nicht.«

»Sehen Sie, Nikita, genau deswegen musste ich mir eine andere Strategie ausdenken ... aber alles, was ich damals gesagt habe, habe ich auch so gemeint! Ich hoffe, Sie sind mir nicht böse.«

»Nein, bin ich nicht, und ich glaube Ihnen, Herr Professor ... und wissen Sie was? Ich bin Ihnen sogar dankbar, dass Sie damals die richtigen Knöpfe bei mir gedrückt haben. Sie kennen mich wirklich gut. Das, was ich in der anderen Welt erleben durfte, hat mich reicher gemacht ... unendlich reich. Ich erzähle es Ihnen, wenn es Sie interessiert.«

Uns alle hat Ihre Reise hoffentlich reicher gemacht, hatte Professor Rhin gedacht.

»Selbstverständlich interessiert es mich, Nikita, lassen Sie uns später in der Kantine essen gehen, dann können Sie in aller Ruhe erzählen ... auch, in wen Sie sich dort drüben verliebt haben.«

Nikita war rot geworden, obwohl ihr natürlich klar war, dass sie einer Koryphäe in Verhaltenspsychologie nichts vormachen konnte. Er konnte Menschen lesen wie kein anderer.

Später hatte Nikita ihre Eltern angerufen und ihnen versprochen, sie sehr bald zu besuchen. Dabei hatte sie erfahren, dass ihr Vater inzwischen über ihre Reise Bescheid wusste. Präsident Wizeman hatte den Senat persönlich informiert. Das war ihr nur recht gewesen und hatte ihr die einleuchtende Erklärung für das Interview, das sie bald führen sollte, geliefert. Sie hatte sowieso nie geglaubt, dass ihr Vater ihr abgekauft hätte, sie sei in den Südstaaten gewesen, um dort bei einem internen Firmenprojekt zu helfen. Sie war noch nie gut im Lügen gewesen und ihrem Vater hatte sie noch nie etwas vormachen können.

Abends hatte sie dann endlich Zeit gehabt, ihre Eltern zu besuchen. Sie war ihnen in die Arme gefallen und Manu hatte daneben gestanden und vor Glück geweint. Dann hatten auch sie sich umarmt.

»Niki, es ist so wunderbar, dass du wieder hier bist ... und wie gut du aussiehst!«, hatte Emanuela gestrahlt. »Du hast dich verliebt, nicht wahr?«

»Sieht man mir das so deutlich an?«

»Ich sehe so etwas, Nikita.«

»Ich werde dir später ein Soufflérezept geben, das mir seine Mutter zum Abschied geschenkt hat. Wenn du das kochst, wird dir mein Vater zu Füßen liegen, Manu. Erinnere mich daran.«

»Du musst uns alles haarklein berichten«, hatte ihr Vater zu ihr gesagt, als sie sich an den Tisch zum Abendessen gesetzt hatten, »du kannst dir gar nicht vorstellen, was in der Zeit deiner Abwesenheit hier alles passiert ist ... aber alles der Reihe nach. Erst bist du mal dran.«

Es war sehr spät geworden. Sie waren am Esstisch sitzen geblieben, auch nachdem Manu das Geschirr abgeräumt hatte. Als Nikita alles erzählt hatte, war es an ihr gewesen, staunend den Schilderungen ihres Vaters zuzuhören. Nur manchmal hatte sie ihn unterbrochen.

»Will Manders hat sich dir anvertraut?«, hatte sie ungläubig gefragt. »Er wollte ebenfalls Nachforschungen anstellen? Mein Gott, wenn er sich da mal nicht zu weit aus dem Fenster gelehnt hat ... ich habe nach ihm gefragt, weil es mich überrascht hatte, ihn nicht im Labor anzutreffen, normalerweise wäre er der Erste gewesen, der ...«

»Und was hat man dir gesagt?«, hatte der Senator gefragt.

»Man wisse es nicht. Also, da stimmt etwas nicht.«

»Das ist nicht das Einzige, das nicht stimmt«, hatte ihr Vater ernst erwidert. »Die gesamte Mannschaft des U-Bootes, das dich rübergebracht hat, ist verunglückt. Es gibt keine Überlebenden. Ich rate dir, nicht weiter nachzufragen, Kind. Überlasse das jetzt mal deinem Vater.«

In ihrer Abteilung war sie mit großem Hallo von ihren Kollegen empfangen worden, die noch vor den Medien über den wahren Grund ihrer Reise informiert worden waren. Sie hatte sofort Will Manders vermisst, hatte es merkwürdig gefunden, dass er nicht unter den Ersten gewesen war, um sie zu begrüßen. Sie wusste, dass Will ein besonderes Faible für sie hatte, und ihre Freundin Chal hatte ihr mehr als einmal empfohlen, ihm eine Chance zu geben. Hatte er etwa gespürt, dass sie inzwischen einen Mann getroffen hatte, der jetzt einen großen Platz in ihrem Leben einnahm? Oder war er eingeschnappt, weil man ihr für den großen Auftrag in den Südstaaten, so war die offizielle Verlautbarung gewesen, den Vorzug gegeben hatte? Nun, irgendetwas musste der Grund gewesen sein für Wills Nichterscheinen.

Als sie sich das erste Mal mit Chalsea auf dem Golfplatz getroffen hatte, hatte sie es ihrer Freundin erzählt.

»Ich wette, der ist eingeschnappt«, hatte Chal gemeint, »du weißt doch, wie ehrgeizig er ist, und er ist bestimmt enttäuscht, dass er diesen Auftrag nicht bekommen hat. Er ist doch schon viel länger im Unternehmen und in seinem Beruf scheint er ja echt gut zu sein ... hast du selbst immer gesagt.«

Dann hatte sie gekichert. »Stell dir ihn mal da drüben vor ... der hätte vielleicht Augen gemacht, wenn sie ihn geschickt hätten ... ich glaube nicht, dass er sich in der Alten Welt zurechtgefunden hätte.«

»Leise Chal, nicht dass dich jemand hört, mein Gott, ich glaube, ich bekomme noch eine Paranoia, überall wittere ich Agenten und Abhöranlagen, sogar hier in den Büschen des Golfplatzes.«

»Ja, aber stell dir Will doch mal da drüben vor«, hatte Chal nun geflüstert und immer noch leise gekichert, »ich glaube, er hätte nicht einen Tag überlebt, meinst du nicht auch?«

Sie hatte den nächsten Flight vorgelassen.

»Komm jetzt Chal, so ungeschickt ist er auch wieder nicht. Ich glaube, er ist intelligent genug, sich auf neue Situationen einzustellen. Ich denke, wir haben ihn immer ein wenig unterschätzt, weil er nur seine Karriere im Kopf hatte ... und dadurch irgendwie so lebensfremd schien.«

»Guten Tag, die Damen«, hatte einer der Spieler, ein hochgewachsener, gut aussehender Mann in rot karierten Golfhosen, herübergerufen, »im Clubhaus ist es doch viel gemütlicher für Ihre Unterhaltung, hahaha!«

»Sehr witzig, Tom«, hatte Chalsea gekontert, »konzentrieren Sie sich mal lieber auf Ihren Ball. Gleich kommt das Wasserhindernis, das Sie so lieben!«

»Blödmann«, hatte sie noch geraunt, als die Spieler außer Hörweite waren. Dann hatte sie den Gesprächsfaden wieder aufgenommen: »Ja, und Will hatte dich im Kopf ... Mensch, Nik, der ist doch zum Lachen in den Keller gegangen.«

»Mag ja sein, aber er hat für seinen Beruf gelebt ... und für seine Karriere. Weißt du was? Wenn er morgen auch nicht erscheint, rufe ich Matt an, der wird wissen wo er steckt.«

»Matt, du meinst diesen arroganten Nachrichtenfuzzi? Na, der wird dir sicher gerne Auskunft geben.«

»Warum denn nicht? Er ist sein bester Freund, Chal ... und«, jetzt hatte Nikita gelächelt, »gibt es hier nicht jemanden, der in der gleichen Branche arbeitet?«

»Ruf ihn an, ruf ihn ruhig an ... er wird nix sagen, denn wenn Will nicht möchte, dass du weißt, wo er ist oder was mit ihm los ist, wird er seinen besten Freund sicher eingeweiht haben. Der hält dicht. Da gebe ich dir Brief und Siegel.«

»Wir werden ja sehen. Und wer war das eben, dieser freundliche Herr in der karierten Hose? Irgendwoher kenne ich ihn, ich glaube, ich habe ihn einmal bei uns in der Firma gesehen. Da hatte er allerdings etwas anderes an.« Nikita grinste.

»Der? Das war Tom Glacy, Vorstand bei Sisko ESS. Die Firma, die den ICD herstellt.«

»Dass die den ICD herstellen, weiß ich. Bei der Entwicklung der Brille haben wir ja eng mit Sisko zusammengearbeitet.«

»Ich habe ihn im letzten Monat für unser neuestes Onlinemagazin fotografiert. Arrogantes Arschloch, wenn du mich fragst.«

Auch am folgenden Tag war Will nicht in der Firma erschienen und sehr seltsam wurde es dann, wie Nikita fand, als sie auch seinen Freund Matt nicht in der Redaktion erreichen konnte. Er sei in Urlaub, hatte es dort nur lapidar geheißen, und man wisse auch nicht, wo er sich aufhielte. Er habe seinen ganzen Jahresurlaub auf einmal genommen und man rechne in spätestens sechs bis acht Wochen mit seiner Rückkehr.

Inzwischen wusste Nikita mehr und sie wollte auf den Rat ihres Vaters hören, sich nicht weiter in diese Sache einzumischen. Sie würde also keine Nachforschungen wegen Will Manders anstellen. Dafür hatte ihr Vater die besseren Kontakte.

»Komm, lass uns gehen«, schlug Chal gerade vor und riss sie damit aus ihrem Tagtraum, »ich habe im VAL ein Wahnsinnskleid gesehen, das muss ich dir zeigen. Es ist allerdings nicht aus Schafswolle, hahaha. Ich hoffe, du hast noch einen Blick für unsere Mode. Die Rechnung hier geht auf mich«, knuffte sie Nikita liebevoll in die Seite und rief den Kellner.

Sie waren gerade ein paar Schritte gegangen, als sie angesprochen wurden. Ein gut aussehender Officer, dessen Uniform ihn als Mitglied des *Delice*-Wachpersonals auswies, baute sich vor den beiden Frauen auf. Eine dunkle Locke fiel ihm keck in die Stirn. Die MFB hatte er locker über dem Schirm seiner Mütze sitzen.

Das wird seinem Chef nicht gefallen, dachte Nikita sofort, als sie von Richard Pease auch schon aus ihren Gedanken gerissen wurde. »Ich kenne Sie, Ma'am«, grinste er Nikita an und blickte dann verstohlen zu Chalsea, die mit einem betont gelangweilten Blick antwortete.

»So, woher denn, Officer ... Pease?«, fragte Nikita freundlich. Sie hatte das Namensschild auf seiner Brusttasche gelesen.

»Na, Sie haben mich doch damals auf Pete Johnson angesprochen ... wissen Sie noch ... den neuen Star unseres Baseballteams! Ich hatte ein Magazin in der Hand mit seinem Foto drauf und Sie haben mich angehalten und sich nach ihm erkundigt. Sie sagten noch, dass Sie ihn kennen. So was vergisst Richie nicht.«

78

Er deutete mit dem Finger auf Nikita und zeigte dabei ein gewinnbringendes Lächeln. Jetzt fiel ihm ein, dass sie ihm damals gar nicht ihren Namen gesagt hatte.

»Jetzt, ja sicher, ich erinnere mich ... und? Hat er Ihre Erwartungen erfüllt?«, fragte Nikita mit einem schelmischen Seitenblick auf Chalsea, die daraufhin leicht errötete.

»Erfüllt? Machen Sie Scherze? Er ist eine Granate, sag ich Ihnen. Die beste Investition der Tiger seit ewigen Zeiten ... ich könnte heute noch dem Management die Füße küssen! Und die Summe, die sie für ihn ausgegeben haben, die ja wirklich nicht von schlechten Eltern war, haben sie alleine durch Trikotverkauf in den ersten drei Monaten locker wieder reingeholt!«

Dann hielt er abrupt inne und zeigte mit dem Finger auf Chalsea.

»Mann, Mann, Mann, bin ich blind! Entschuldigen Sie vielmals Mrs. Cromway, aber Sie sehen viel hübscher aus als auf den Fotos ... deswegen habe ich Sie nicht gleich erkannt. Schade, dass Sie nicht mehr mit ihm zusammen sind ... ich habs vor ein paar Tagen gelesen ... aber sorry, das geht mich ja nichts an.«

»Ist schon gut«, meinte Chal und zupfte Nikita am Ärmel, »komm jetzt, wir müssen los ... einen guten Tag noch, Officer.«

Sie hatte keine Lust, mit einem Mann vom Sicherheitspersonal über ihren Beziehungsstatus zu reden.

»Auf Wiedersehen, Officer Pease«, rief Nikita freundlich und eilte ihrer Freundin hinterher.

»Den wünsche ich Ihnen auch, Ladys«, erwiderte Richard fröhlich, der gegen ein Wiedersehen nichts einzuwenden hatte. Dann schaltete er die MFB ein. Er mochte dieses ungeliebte Teil nicht ... vielleicht auch einfach nur, weil der Chief befohlen hatte, sie zu tragen. Er richtete seinen Blick auf die beiden Freundinnen, die jetzt vor einem Schaufenster standen und Schuhe betrachteten. Er war neugierig und berührte einen Sensor an der Brille.

»Chalsea Chromway«, murmelte er leise und wartete ein paar Sekunden auf den Rest der Mitteilung. *Fotoreporterin ... das weiß ich ja inzwischen, aber so hat sie Pete bestimmt kennengelernt ... 65. Straße 67, App. 2001 ... das ist nicht weit von hier ... die wäre doch was für unseren Richie. Und die andere? Wer ist das?* Er richtete die Kamera auf Nikita und berührte den Sensor erneut, dann noch einmal und dann, leise fluchend, ein drittes Mal. Er nahm die MFB ab und betrachtete sie kopfschüttelnd von allen Seiten.

Scheißding, wieder mal defekt, dachte er und machte sich auf den Weg zurück in sein Office, denn in einer halben Stunde würde er ohnehin seine Schicht beenden, die mit einer defekten MFB keinen Sinn machte. Er würde eine gepfefferte Schadensmeldung loslassen und nach einem schnellen Imbiss zum öffentlichen Training der Tiger gehen. Die hatten am Wochenende ein wichtiges Heimspiel und konnten seine Unterstützung sicherlich gebrauchen. Da zählte jeder Fan.

Als der Morgen graute, lag Nikita immer noch mit offenen Augen auf ihrem Bett und fand keinen Schlaf, obwohl sie hundemüde war. Die Pillen, die sie in solchen Fällen früher genommen hätte, kamen für sie nicht mehr infrage. Sie dachte an Effel und an die Menschen in Seringat, die sie so in ihr Herz geschlossen hatte. Wie gut hatte sie in seinem Haus schlafen können. Der monotone Ruf des Nachtvogels hatte sie in einen tiefen und erholsamen Schlaf begleitet. Sie würde am nächsten Morgen auch nicht von ihm oder Sam geweckt werden. Sie vermisste einfach alles.

Unter ihrem Apartment pulsierte das Nachtleben, das sich in seiner Lautstärke in nichts von der des Tages unterschied. So weit oben kam dies lediglich als leises, ab- und anschwellendes Summen an, das sie an den Garten des Bienenfreundes Sendo erinnerte. Sie musste lächeln, als sie an den Korbmacher in Seringat dachte, der ihr so stolz seinen Garten gezeigt hatte. In diesem Moment kam ihr auch die Melodie wieder in den Sinn, die er gesummt hatte, als er mit seinen Bienen *gesprochen* hatte. Er hatte bei seiner Arbeit weder Netzhut noch Smoker gebraucht. Alleine sein Lied stimmte die Bienen ganz offensichtlich freundlich.

Sie war nach ihrem Treffen mit Chal – das Kleid hatte sie nicht gekauft – abends lange in der Firma geblieben. Sie wollte die Arbeiten unbedingt vorantreiben, wollte alles schnell zu Ende bringen. Nach dem Abschied von ihrer Freundin hatte sie zunächst bis in den späten Nachmittag an ihrem alten Arbeitsplatz verbracht und liegen gebliebene Dinge aufgearbeitet, bevor sie in die neuen Laborräume hinübergegangen war.

Als Professor Rhin in der Nacht alleine im Labor gewesen war, war er über etwas gestolpert, das ihm gehörig den Wind aus den Segeln genommen hatte. Er hatte Nikita erst einmal nichts davon erzählen wollen, hatte es dann aber doch getan. Eine halbe Stunde später hatte er sie zu sich gerufen. Er hatte kopfschüttelnd und murmelnd über einem der Pläne gestanden, die fein säuberlich vor ihm auf dem Kartentisch ausgebreitet lagen.

»Herr Professor ... stimmt etwas nicht?«, hatte sie mit einem plötzlichen unguten Gefühl in der Magengegend gefragt. Ihr inneres Warnsystem war angesprungen.

»Ich weiß es noch nicht«, hatte er gemurmelt, »es ist sehr kompliziert das alles ... viel komplizierter, als ich dachte. Damit meine ich nicht die lateinische Sprache, obwohl ich mich gefragt habe, warum der Entwickler die Pläne nicht in seiner Muttersprache verfasst hat. Aber ihre Erklärung hat mir eingeleuchtet.« Er hatte sich am Kinn gekratzt.

»Kann ich denn helfen?«

Sie hatte sich vor einer halben Stunde in den Nebenraum zurückgezogen und ein Modell des Myon-Neutrino-Projektes auf ihren Bildschirm projiziert. Es war ihr erster grober Entwurf, den sie nach Francis Zeichnungen angefertigt hatte. So ungefähr stellte sie sich das Endprodukt vor. Mit den Berechnungen würde sie sich später gemeinsam mit dem Professor beschäftigen. Man würde es wesentlich kleiner bauen können, als Francis es sich damals, vor vielen hundert Jahren, ausgedacht hatte, das war ihr allerdings bereits klar geworden.

Es sah aus wie ein kleiner Satellit mit einer endlos langen Nabelschnur, die bis zur Erde in einen Transformator hineinreichen würde. Dieser Transformator würde nach ihren Schätzungen mindestens die Größe des Baseball-Stadions von Bushtown haben müssen. Dort würde dann die endgültige Umwandlung der Ätherenergie in brauchbare elektrische Energie stattfinden. Tausende Male effizienter als sämtliche Solaranlagen oder Wasserkraftwerke, die in den Wüsten und Gebirgen des Kontinents installiert worden waren.

Sie hatte in sich hineingelächelt bei dem Gedanken, was Effel für Augen machen würde, wenn er eines Tages dies hier würde sehen können. Gleich darauf hatte sie diesen Gedanken allerdings wieder verworfen – er würde seine geniale Erfindung nie sehen. Es würde ihn allerdings heute auch nicht sonderlich interessieren, wie sie wusste.

»Schauen Sie bitte mal hier, Nikita«, er hatte auf einen der Pläne und dort auf eine bestimmte Stelle in den Berechnungen gezeigt.

»Ich komme hiermit nicht weiter, er hat mitten im Text ein paar merkwürdige Sätze stehen, nicht vollständig und mit einem Hinweis versehen ... es ist eine Verschlüsselung, vermute ich«, hatte der Professor mit einem Anflug von Verzweiflung in der Stimme gesagt.

Nach einer kurzen Pause war er fortgefahren: »Hier, an der entscheidenden Stelle, bei der Umwandlung der Neuronen auf der Erde ... da ist ein, ich nenne es mal, Rätselcode eingebaut. Ich weiß nicht, was das soll. Es hat damals doch überhaupt keinen Sinn gemacht. Er muss eine Vorliebe für Rätsel gehabt haben. Wenn wir das nicht lösen, können wir das ganze Projekt vergessen ... und das wäre gar nicht auszudenken, es wäre einfach tragisch! Aber das muss ich Ihnen nicht erklären. Sie haben es offensichtlich noch nicht gesehen. Schauen Sie hier.«Er zeigte auf eine Stelle in dem Originaltext.

Quis sum? Hieme e nubibus nigris leniter venio atque super ardua tecta domorum tarde cado, ut cadens asperum TEGAM ...(Reliquum et aenigma in Monastère Terre Sainte quaerens invenit.)

Professor Rhin blickte Nikita fragend an.»Sie haben das noch gar nicht gelesen, stimmts?«
»Nein, das sehe ich erst jetzt. Verstehe es aber nicht.«
»Nun, hier ist die Übersetzung.«
Er nahm das oberste Blatt von seinem Stapel handschriftlicher Unterlagen.

Im Winter komme ich aus dunklen Wolken und ich falle langsam auf die steilen Dächer der Häuser, sodass ich beim Fallen den schroffen Menschen bedecke ... (den Rest und die Lösung findet der Suchende im Kloster zum Heiligen Grund)

»Das heißt, dass dieser lateinische Text nicht vollständig ist und wir das Rätsel nicht lösen können, wenn wir nicht dieses Kloster finden?«
»Das Kloster oder Effel Eltringham«, meinte der Professor trocken.
Dann hätte er mir ja etwas verschwiegen oder er wusste es einfach selbst nicht mehr, dachte Nikita, sprach es aber nicht aus. Dennoch musste sie innerlich grinsen, denn sie kannte ja Effels Liebe zu Rätseln und ganz offensichtlich hatte er diese auch früher schon gehabt. Dieses hier war allerdings unvollständig und vielleicht sehr kompliziert. Jedenfalls hatte sie keine spontane Idee.

»Hm, so schnell fällt mir da auch nichts ein, aber das werden wir doch herausbekommen … das wäre doch gelacht.«

»Ihre Zuversicht in allen Ehren, Nikita. Wir haben nicht sehr viel Zeit dafür, die Menschen wollen Ergebnisse. Ich war ja dagegen, so schnell an die Öffentlichkeit zu gehen, aber nun ist es geschehen. Es wird im Fernsehen berichtet, mit allen Interviews. Wie stehen wir da, wenn das hier herauskommt? Alles andere hier ist mir inzwischen klar. Wie wir Neuronen einfangen können, wissen wir ja schon lange. Aber die Umwandlung! Gerade um die geht es doch. Früher galt das Atom noch als kleinster Baustein des Universums.«

Der Professor war dabei, in seinen Vorlesungsmodus zu verfallen, wie Nikita bemerkt hatte. Sie hatte ihn aber in diesem Moment ungern unterbrechen wollen. Sie hatte sich damals bei der Entdeckung der Pläne in der Burg Gisor auch schon gefragt, warum Francis diese in lateinischer Sprache verfasst hatte, dann aber von ihm selbst eine Erklärung dafür bekommen. Das Rätsel war ihr bislang nicht aufgefallen, da sie die Pläne zunächst einmal nur überflogen hatte.

»Später«, war Professor Rhin dozierend fortgefahren und dabei gestikulierend im Raum auf und ab gegangen, »wurden die Bestandteile der Atome, die Elektronen, Protonen und Neutronen gefunden. Dann sprachen die Physiker gar von einem *Zoo* der subatomaren Teilchen, als sie mit damals modernster Technik mehr als 200 winzige und teils sehr exotische Partikel entdeckt hatten. Die Neutrinos, um die es bei unserem Projekt hier geht, gehören zu den Leptonen, den sogenannten leichten Elementarteilchen, aber das wissen Sie ja, Nikita. Sie waren lange Zeit kaum nachweisbar und können mühelos die Erde durchqueren. Sie spielen bei radioaktiven Prozessen eine wichtige Rolle. Ihre Masse ist sehr gering. Für über ein halbes Jahrhundert hatten alle Wissenschaftler gedacht, dass Neutrinos keine Masse haben. Dabei passieren jede Sekunde Milliarden von Neutrinos unseren Körper.

Den Nobelpreis für Physik hatten im Jahr … lassen Sie mich nachdenken … es muss Anfang des 21. Jahrhunderts gewesen sein … genau, 2015, der Japaner Takaaki Kajita und der Kanadier Arthur B. McDonald erhalten. Die beiden Physiker hatten endlich den Nachweis erbracht, dass Neutrinos eine Masse besitzen.«

Nikita hatte wieder einmal, wie schon so oft, das enorme Gedächtnis des Professors bewundert, der für Jahreszahlen und Namen eine gesonderte Abteilung in seinem Gehirn haben musste.

Dann war sie zum eigentlichen Thema zurückgekommen. »Aber das Rätsel werden wir doch wohl lösen können. Wir werden alle möglichen Suchprogramme starten und dann können wir ja mit den Berechnungen weitermachen. Notfalls lassen wir sämtliche Rechner drüberlaufen, auch wenn dadurch alle anderen Arbeiten erst einmal liegen bleiben. Die werden aber dann auch nicht lange brauchen.«

»Das hoffe ich sehr, Nikita … wenn wir das aber nicht schaffen sollten, und zwar in absehbarer Zeit … ach, lassen Sie uns positiv denken. Bisher hat ja auch alles wunderbar geklappt. Machen wir weiter und vertrauen auf unseren Grips und die Technik.«

Wenn wir es nicht lösen können, wäre dieser Teil meiner Mission umsonst gewesen, hatte sie gedacht, und der nächste Gedanke, der sich ihr aufdrängte, hatte sie erschreckt.

***

Kapitel 6

»Sie kennen dieses Tal also doch. Dann war meine Vermutung ja richtig.«

Jared hatte recht gehabt. Wenn es einen Menschen gäbe, von dem er etwas über das geheimnisvolle Tal erfahren könnte, so hatte er vor ein paar Tagen zu Scotty gesagt, dann wäre das die Äbtissin von Haldergrond. Er hatte diesen letzten Strohhalm ergriffen und war vor Kurzem in der ehemaligen Klosteranlage eingetroffen, die seit einigen hundert Jahren die berühmteste Schule für Heilkunst und Musik war. Es wurden hier nur junge Frauen aufgenommen, die sich einem strengen Auswahlverfahren unterzogen hatten oder sich auf Empfehlung einer anerkannten Heilerin für einen Ausbildungsplatz bewarben.

Wenn ihm vor einer Woche jemand, ganz egal wer, diesen Schritt vorausgesagt hätte, hätte er dieser Person ans Herz gelegt, einen guten Arzt aufzusuchen.

Jetzt saß er im *Allerheiligsten* von Haldergrond in einem alten Ledersessel, in dem schon viele Menschen gesessen haben mussten, was an den abgewetzten Armlehnen und der tief nach innen gewölbten Sitzfläche deutlich zu erkennen gewesen war.

Fast die gleichen Sessel wie bei uns daheim, hatte er festgestellt, als er sich vorsichtig niedergelassen hatte, *wenn unsere auch in einem deutlich besseren Zustand sind.*

Ihm gegenüber hatte die Leiterin der Schule, die im Volksmund nur *die Äbtissin* genannt wurde, auf einem mächtigen, mit wertvollem Brokat bezogenen Stuhl Platz genommen. Dessen hohe kunstvoll geschnitzte Lehne war am oberen Ende mit zwei zu den Seiten ausladenden, stilisierten Engelsflügeln verziert. Sie sah klein darin aus, obwohl sie es nicht war. Wie er bei der Begrüßung hatte feststellen können, war sie nur etwa einen Kopf kleiner als er. Sie trug ein cremefarbenes Leinenkleid, das ihr bis zu den Knöcheln reichte. Ihre nackten Füße steckten in braunen Sandalen mit silbernen Schnallen. Die schwarzen Haare, er hatte nicht eine graue Strähne darin entdecken können, hatte sie zu einem imposanten Knoten geflochten, der von einer ebenfalls silbernen Spange gehalten wurde. Am Ringfinger ihrer rechten Hand trug sie einen schlichten Siegelring mit einem dunkelroten Stein. Ihr linkes Handgelenk zierte eine schmale silberne Armbanduhr. Neben seinem Sessel befand sich ein kleiner, runder, dreibeiniger Messingtisch. Dort stand ein Krug Wasser, dessen Boden mit Halbedelsteinen bedeckt war, daneben ein bunt verziertes Glas.

Die Nachmittagssonne, die durch das mit einem kunstvollen mandalaartigen Ornament versehene runde Fenster schien, das fast die gesamte Fläche der Wand einnahm, tauchte den Raum in mildes, fast unwirkliches Licht. In der Mitte des Mandalas war ein grüner Drache mit einem roten Hahnenkopf abgebildet.

Jared hatte beim Hereinkommen kurz die Gelegenheit gehabt, einen Blick aus einem der hohen schmalen Fenster zu werfen, die das Drachenfenster flankierten. Dabei hatte er festgestellt, dass man weit in das Tal über einen sich durch Wiesen und Felder schlängelnden Fluss bis hin zu den Wäldern sehen konnte, die, wie er wusste, ebenfalls zu Haldergrond gehörten. Dann war sein Blick für einen kurzen Moment an der Darstellung des Drachen haften geblieben.

»Unser Schutzpatron«, hatte die Äbtissin leise erklärt.

Mehr hatte sie dazu nicht gesagt, denn sie hatte Jareds gerunzelte Augenbrauen durchaus bemerkt.

Adegunde musterte den Farmer aus ihren klaren dunkelgrünen Augen, die ihn an einen ruhigen Waldsee erinnerten.

»Bitte bedienen Sie sich, das Wasser stammt aus einer unserer Heilquellen.«

Dabei hatte die Äbtissin auf den Krug gedeutet und Jared schenkte sich ein Glas voll ein und kostete. Es schmeckte ein wenig süßlich.

Er hatte zuvor in seinem Gästezimmer, dessen komfortable Ausstattung ihn überrascht hatte – von einem Kloster hätte er anderes erwartet – eine ausgiebige Dusche genommen und in seinem Rucksack sogar noch ein frisches Hemd gefunden.

Schon nach dem Überschreiten der alten Zugbrücke, die in das Innere Haldergronds führte, hatte er das Gefühl gehabt, eine völlig andere Welt zu betreten. Als er dann vor dem Gebäude gestanden hatte, in dem er die Äbtissin treffen sollte, war er aus dem Staunen fast nicht mehr herausgekommen.

Sieht aus wie ein Palast, die haben hier wirklich an nichts gespart, hatte er gedacht.

Adegunde schien über seinen Besuch nicht sonderlich überrascht zu sein und er hatte auch nicht lange warten müssen, um zu ihr vorgelassen zu werden. Sie hatte ihm auf seine Bitte hin absolute Vertraulichkeit zugesichert. Das Wesentliche war bald erzählt und sie hatte ihm gerade bestätigt, von der Existenz des Tals zu wissen. Für sie schien es das Normalste der Welt zu sein.

»Dann sind Sie wahrscheinlich der einzige Mensch in ganz Flaaland, der es kennt«, fuhr Jared, dem es zunehmend unbehaglich wurde, fort. Er fühlte sich von dieser Frau, deren Alter er auch nicht nur annähernd einschätzen konnte, auf einen Prüfstand gestellt, ohne zu wissen, was genau geprüft wurde. Sie sprach langsam, machte zwischen den Sätzen Pausen und beobachtete ihn währenddessen hinter halb geschlossenen Lidern durch ihre langen Wimpern hindurch. Sie schien vollkommen in sich zu ruhen. Diese Frau imponierte ihm, war ihm aber auch ein wenig unheimlich. Er konnte in diesem Moment nachvollziehen, dass sich so viele seltsame Geschichten um sie rankten.

Von dem, was er bisher von Haldergrond gesehen hatte, war er mehr als beeindruckt, denn so gewaltig hatte er es sich

nicht vorgestellt. Dagegen war Raitjenland ein kleiner Bau-
ernhof, wie er neidlos feststellen musste, obwohl die Farm mit
250 Hektar bei Weitem die größte in der Provinz Winsget und
weit darüber hinaus war.

»Nein, ich bin nicht der einzige Mensch, der von diesem
Tal Kenntnis hat. Viele meiner Mitschwestern waren ebenfalls schon dort, die meisten von ihnen leben bedauerlicher-
weise aber nicht mehr ... vielleicht gibt es auch noch mehr
Menschen, die es kennen. Ich weiß das nicht. Früher haben wir
dort unsere Heilkräuter gefunden und das Gelübde abgelegt,
den Weg als Geheimnis zu hüten.«

Die Äbtissin hielt für einen Moment inne, bevor sie erklärte: »Inzwischen bauen wir die meisten dieser Pflanzen in
unseren eigenen Gärten an, obwohl sie sicher nicht ganz die
Qualität erreichen. Der Weg in dieses Tal ist sehr lang und
beschwerlich ... natürlich nicht für einen Mann wie Sie.«

Sie machte erneut eine Pause. »Ich bewundere Ihren Mut,
Jared, ich darf Sie doch Jared nennen, Herr Swensson?«

»Ja, das dürfen Sie.«

»Es gibt ... *Geschichten* über dieses Tal ... sicher haben Sie
davon gehört«, fuhr die Äbtissin jetzt mit leiser Stimme fort,
wobei sie ihre Augenlider wieder halb geschlossen hatte.

Hat sie überhaupt ihren Mund bewegt?, fragte sich Jared.
Und wem gegenüber haben sie wohl dieses Gelübde abgelegt?
Er traute sich nicht, diese Frage laut zu stellen. Stattdessen
nickte er schwach und erwiderte: »Ich weiß, meine alte Kinderfrau hat sie meinem Sohn oft genug erzählt und ... und mir
wahrscheinlich früher auch. Bisher hielt ich solche Erzählungen für ... na ja, für Ammenmärchen ... inzwischen bin ich mir
da allerdings nicht mehr ganz so sicher«, räumte er ein und
lächelte verlegen.

»Sie hätten Vrena mehr vertrauen sollen, Jared.«

Hatte er den Namen seiner Kinderfrau erwähnt? Er war
sich sicher, dass er das nicht getan hatte. Woher kannte also
diese merkwürdige Frau den Namen seiner Amme?

»Es tut mir leid um Ihren Sohn, aber er hätte dieses Tal nicht betreten dürfen, Jared. Vrena hat ihm sicher erzählt, dass ... nun, dass es verboten ist«, sagte Adegunde jetzt, ohne ihm viel Zeit zum Nachdenken zu lassen. War da eine gewisse Strenge in ihrer Stimme aufgetaucht oder hatte er sich die bloß eingebildet? Und konnte es sein, dass ihre Augen für einen Moment, einen sehr kurzen Augenblick nur, rot aufgeleuchtet hatten? *Wahrscheinlich nur eine Lichtspiegelung*, beruhigte er sich sogleich.

»Hat er deswegen mit seinem Leben bezahlt? Er hat dieses Tal durch Zufall gefunden, so wie ich auch, da bin ich mir sicher. Kann man ihn dafür bestrafen? Wieso bin ich dann nicht getötet worden? Können Sie mir das sagen? Glauben Sie mir, als ich die Leiche meines Sohnes dort oben zwischen den Felsen gefunden hatte, hatte ich mir das sogar für einen Moment gewünscht.«

»Ich fürchte, deswegen musste er sterben, ja ... nein, ich bin mir sicher, dass das der Grund war. Das Tal wurde streng bewacht, seit Hunderten von Jahren. Sie hatten einfach Glück, dass die meisten der Wächter nicht mehr dort sind, Jared.«

Der Farmer beugte sich in seinem Sessel nach vorne.

»Das konnte mein Sohn nicht wissen ... da bin *ich* mir sicher. Vielleicht hat Vrena ihm früher einmal davon erzählt, aber inzwischen ist mein Sohn erwachsen und ...«, der Farmer hielt inne, weil das Bild des toten Vincent vor seinem geistigen Auge aufgetaucht war und sich seine Augen sofort mit Tränen füllten. Sie rannen ihm die Wangen herab. Er nahm ein Taschentuch aus der Jacke und wischte sie ab. Dann lehnte er sich wieder zurück und schnäuzte sich geräuschvoll.

»Verzeihen Sie ... aber ich glaube diesen ganzen ...«, hielt er inne, denn er wollte die Äbtissin nicht verärgern.

»Sie wollten *Unsinn* sagen, nicht wahr? Sie können es gerne als Unsinn betrachten, das steht Ihnen frei, Jared. Sie brauchen sich auch Ihrer Tränen nicht zu schämen. Niemand braucht sich dafür zu entschuldigen, dass er weint«, sagte sie jetzt in einem sanften Tonfall. »Männer, die weinen, beweisen Stärke. Unsere Tränen sind die Perlen der Seele.«

Das hatte er bisher anders gesehen. Das letzte Mal, dass er sich erinnern konnte geweint zu haben, war, als er seine geliebte *Akira* auf Geheiß seines Vaters wieder in die Freiheit hatte fliegen lassen. Er hatte das Adlerweibchen als Jungvogel in einer halsbrecherischen Aktion aus seinem Horst gestohlen, dann aber liebevoll großgezogen. Und da war er viel jünger gewesen. Nicht mehr ein Knabe, aber auch noch kein Mann. Die Narbe, die sich gut sichtbar über einen Teil seiner Stirn zog, zeugte noch immer von diesem waghalsigen Abenteuer. Hätten die Hunde sich nicht auf die verzweifelt angreifenden Altvögel gestürzt und sie damit vertrieben, hätte es wesentlich schlimmer ausgehen können.

»Aber warum ist uns dann nichts geschehen, wenn dieses Tal so gut bewacht wird, wie Sie behaupten ... ich meine, dem Freund meines Sohnes und mir?«

»Das weiß ich nicht, Jared, ... ich sagte schon, dass Sie vielleicht einfach Glück hatten und viele der Wächter nicht mehr dort sind.«

Die Äbtissin lächelte. Seltsam, aber er hatte für einen Moment den Eindruck gehabt, dass sie es sehr wohl hätte sagen können. Sie war offensichtlich sehr gut informiert.

»Wer, um Gottes willen, hat das getan? Können Sie sich vorstellen, mit welcher Brutalität mein Sohn getötet worden ist? Das war einfach ... unmenschlich!« Er schüttelte verzweifelt den Kopf und ahnte nicht, wie nah er mit dieser Aussage an der Wahrheit war. »Was soll so schlimm daran sein, dass ein unschuldiger junger Mann mit seinem Leben dafür bezahlen muss, nur weil er zufällig – und ich bin mir da absolut sicher, dass es Zufall war – in dieses Tal geraten ist?«

»Nun, ich glaube, dass es irgendeinen Hinweis gegeben hat, dem er hätte entnehmen können, dass es nicht nur verboten, sondern auch sehr gefährlich war weiterzugehen.«

Jared wollte gerade vehement widersprechen, als ihm die Inschrift auf der merkwürdigen Steintafel in der Höhle, in der sein Sohn übernachtet oder zumindest zu Abend gegessen haben musste, in den Sinn kam. Sicher hatte Vincent diese Tafel auch gesehen und dann hatte er natürlich ebenfalls den Gang gleich daneben entdeckt, der ihn schließlich direkt in dieses verfluchte Tal geführt hatte. Dass es verflucht war, davon war Jared inzwischen überzeugt. Das behielt er allerdings für sich. Er schüttelte nur den Kopf.

»Ja, ich habe eine Inschrift in einer der Höhlen gesehen, darauf wurde allerdings vor gar nichts gewarnt. Dort stand irgendetwas von einem Geheimnis, das von einer starken Macht bewacht werden würde. Ich erinnere mich, dass der Text nicht vollständig war. Wissen Sie, auch wir haben als Kinder in den Höhlen der Agillen gespielt und so manchen Schabernack getrieben ... auch mit uns ist die Fantasie während unserer Abenteuerspiele mehr als einmal durchgegangen.«

»Nur, dass diese Inschrift weder ein Schabernack noch das Produkt kindlicher Fantasien war«, wurde er unterbrochen.

»Na gut, aber dann frage ich Sie noch einmal, verehrte Äbtissin: Warum ist uns dann nichts geschehen? Wo sind die Wächter hin? Warum sind sie nicht mehr da?«

Er wollte nicht lockerlassen, aber Adegunde antwortete auf seine letzte Frage gar nicht, sondern schaute ihn nur durch fast geschlossene Augenlider hindurch aufmerksam an. Er brauchte auch keine Antwort, denn er glaubte nicht an diese Geschichten von Schätzen, Gnomen und irgendwelchen Wächtern.

»Es war niemand dort!«, beharrte er. »Ich war schließlich ein paar Tage da oben und mir wäre nicht entgangen, wenn in diesem Tal jemand leben würde, das können Sie mir glauben. Früher, ja sehr viel früher, haben dort Menschen gelebt. Aber jetzt gibt es außer Hühnern, Schafen und wilden Ziegen nichts Besonderes ... wenn man einmal von der unglaublichen Vegetation, den Ruinen und der mächtigen Burg absieht ... ach ja ... und von diesem Museum mit den merkwürdigen Bildern von noch merkwürdigeren Wesen ... und dem Segelschiff ... aber das wissen Sie ja sicher auch.« Jared lächelte gequält.

»Hätten Sie Ihrer Amme besser zugehört, wüssten Sie, dass es dort oben mehr gibt, Jared von Raitjenland«, sagte die Äbtissin mit mildem Tadel, ohne auf seine letzten Bemerkungen einzugehen. Es war lange her, dass ihn jemand getadelt hatte.

»Sie meinen die Geschichte mit den Gnomen und ihrem Schatz? Ist das Ihr Ernst? Sind das die Gestalten, die ich auf den Bildern in diesem Museum gesehen habe? In den Märchenbüchern unserer Kinder werden die aber anders dargestellt. Vrena hat so etwas meinem Sohn mehr als einmal erzählt ... und sie hat ihm damit jedes Mal eine Heidenangst eingejagt. Wissen Sie, wie oft er deswegen nachts zu uns ins Bett gekrochen kam? Am ganzen Körper hat er gezittert! Haben Sie eine ungefähre Vorstellung davon? Am nächsten Tag noch war er kaum zu irgendetwas zu gebrauchen.«

»Ja, genau diese Geschichten meine ich ...«

»Und diese Gnome bewachen einen sagenhaften Schatz ... das wollen Sie mir jetzt auch erzählen«, unterbrach er die Äbtissin. Es sollte hämisch klingen, aber es wollte ihm nicht so recht gelingen.

»So ist es wohl«, erwiderte Adegunde, ohne sich von dieser offensichtlichen Unhöflichkeit beeindruckt zu zeigen. »Sie bewachen dort oben etwas, das für sie einen unermesslichen Wert besitzt ... seit sehr langen Zeiten übrigens. Sie und Scotty dürften die ersten Menschen sein, die das Tal ohne Einladung betreten und wieder lebend verlassen haben.«

Da ... da war es wieder, dieses Aufblitzen in ihren Augen, länger diesmal – blutrot – und jetzt war sich Jared zweier Dinge sicher. Es war keine Lichtspiegelung gewesen und Scotty hatte er namentlich nicht erwähnt. Diese Frau wurde ihm immer unheimlicher. Es war merkwürdig, aber wie sie ihm dort so gelassen in dem hohen Stuhl gegenübersaß, war er fast geneigt, ihr diese Geschichten zu glauben.

»Dann bin ich einmal gespannt, wie man verhindern möchte, dass jetzt noch mehr Menschen kommen … nachdem zwei von uns den Weg kennen, die kein Gelübde abgelegt haben und auch nie eines ablegen werden«, gab er jetzt mit Spott in der Stimme zurück.

»Sind Sie sich da ganz sicher, Jared, dass Sie den Weg wiederfinden?«, fragte Adegunde unbeeindruckt und ruhig mit hochgezogener Augenbraue und bohrendem Blick aus jetzt wieder dunkelgrünen Augen.

»Na klar bin ich das«, wollte er gerade sagen, als ihm im gleichen Moment bewusst wurde, dass er es wirklich nicht könnte. So sehr er auch nachdachte, seine Erinnerung an den Zugang war, auf welche Weise auch immer, *gelöscht*.

Jesper hatte vor ein paar Tagen die Höhle gefunden, weil er die Reste von Vincents Abendessen gewittert hatte, die dort um die erkaltete Feuerstelle gelegen hatten. *Typisch Herr Sohn,* hatte der Farmer damals gedacht. Daran, dass er einen steilen Hang hatte erklimmen müssen um sie zu erreichen, erinnerte er sich noch. Auch diese Inschrift auf der steinernen Tafel hatte er, wenn auch nur bruchstückhaft, vor Augen … aber Steilhänge und Höhlen gab es in den Agillen viele. Wer wusste das besser als er. Alles Nachgrübeln half nichts, zumindest im Moment nicht, gerade als ob die letzten Strahlen der Sonne, die eben hinter den Wäldern Haldergronds verschwand, seine Erinnerungen einfach so mir nichts dir nichts mitgenommen hätten. Er konnte es nicht fassen. Er war geradezu berühmt für seinen Orientierungssinn. Einen einmal entdeckten ergiebigen Jagdgrund fand er betrunken im Schlaf wieder, mochte er auch noch so weit von seiner Heimat entfernt sein. Er erschrak.

Der Äbtissin war das nicht entgangen.

»Sie können sich nicht erinnern, nicht wahr?«, wollte sie jetzt von ihm wissen.

»Ja … na ja … es scheint zumindest so, als habe mich mein Gedächtnis für einen Moment im Stich gelassen«, gab er widerwillig zu. »Wenn ich später ein wenig zur Ruhe gekommen bin, wird es mir sicher wieder einfallen.« Er wollte sich keine Blöße geben.

»Es ist so, sie werden sich nicht mehr erinnern, das können Sie mir glauben.« Sie sah auf die Uhr. »Bitte entschuldigen Sie mich, Jared, aber meine Pflicht ruft.«

Die Äbtissin erhob sich und reichte dem Farmer, der ebenfalls aufgestanden war, die Hand. Es war ein sanfter Händedruck. Dabei sagte sie beiläufig: »Sie wissen wahrscheinlich, dass Saskia Lindström hier bei uns ist? Ein wunderbares Mädel … so begabt. War sie nicht mit ihrem Sohn … *befreundet*?« Es lag eine seltsame Betonung in dem letzten Wort. »Wenn Sie mit ihr sprechen möchten, lasse ich sie rufen. Es wäre doch schade, wenn Sie die Nachricht …« Sie ließ die Hand des Farmers los, als sie von ihm unterbrochen wurde.

»Vielen Dank, machen Sie sich bitte keine Mühe, ich werde erst einmal in mein Zimmer gehen und nach meinem Hund schauen. Dann werde ich in der Klosterschenke eine Kleinigkeit zu mir nehmen. Ich kenne den Wirt und möchte ihn begrüßen, wenn ich schon mal hier bin. Außerdem habe ich Hunger. Vielleicht ergibt sich ja später am Abend noch die Gelegenheit oder morgen. Es wird Zeit, dass ich nach Hause komme und meine Frau in die Arme nehme. Wir werden viel Kraft brauchen. Ich darf gar nicht daran denken, was passiert, wenn wir die Nachricht den Großeltern überbringen. Vielen Dank für Ihre Gastfreundschaft … und dafür, dass Sie mir Ihre wertvolle Zeit geschenkt haben.«

»Keine Ursache, Jared, fühlen Sie sich hier bitte wie zu Hause. Und wenn es Ihnen Ihre Zeit erlaubt … ich weiß, dass es auf einer Farm immer viel zu tun gibt … kommen Sie uns mal wieder besuchen und bringen Sie Ihre Frau mit … vielleicht zu einem unserer Konzertabende? Es würde mich sehr interessieren, was ein Mann mit Ihrer Erfahrung zu unseren landwirtschaftlichen Einrichtungen sagt. Es gibt ja immer etwas zu verbessern, nicht wahr? Ich wünsche Ihnen viel Kraft für all das, was jetzt vor Ihnen liegt.« Damit verschwand die Äbtissin und er bekam sie auch bis zu seiner Abreise nicht mehr zu Gesicht.

Das Letzte, was Jared wollte, war, Saskia zu begegnen. Sie war damals bei dem Trupp junger Leute gewesen, die mit ihren kläffenden Kötern den Spuren seines Sohnes gefolgt waren, nachdem er dieser komischen Seherin Brigit, einer Freundin Saskias, eine kräftige Beule verpasst hatte. Jared war sich nicht mehr so sicher, ob Vincent zu der Kundschaft dieser Frau gehört hatte, bei der man nicht erkennen konnte, ob sie überhaupt eine Frau war. Wahrscheinlich wäre die Nachricht vom Tod seines Sohnes Wasser auf die Mühlen des Mädchens und dann schon lange vor ihm in der Heimat angekommen. Bei Scotty konnte er sich sicher sein, dass der es nur Elisabeth und seiner Familie erzählt hatte.

Seines Wissens war Vincent zwar mit Saskia Lindström zur Schule gegangen, aber enger befreundet waren die beiden nicht gewesen. Sein Sohn hatte keine feste Freundin. Auf dem Weg in sein Zimmer dachte er darüber nach, wie die Äbtissin annehmen konnte, dass Vincent mit Saskia befreundet gewesen war. Jeder wusste doch, dass sie mit Effel Eltringham liiert gewesen war, und das schon seit langem.

Minuten später lag er auf seinem Bett in dem geschmackvoll eingerichteten Gästezimmer mit der Terrasse, auf die jetzt der eben aufgegangene Mond schien. Er wollte sich nur ein wenig ausruhen und über das gerade geführte Gespräch nachdenken, bevor er in der Schenke zu Abend essen würde, als ihm ein Gedanke kam. Vielleicht hatte Vincent *doch* heimlich von diesem Mädchen geschwärmt, weil er ... ja gerade, *weil* sie die Einzige war, über die er *nicht* in abfälliger Weise gesprochen hatte, jedenfalls nicht, soweit sich Jared erinnern konnte. Er hatte sich im Kreise seiner Freunde über sie auch nie lustig gemacht. Nicht dass der Farmer es gebilligt hätte, dass sein Sohn oder wer auch immer in dieser Weise über Frauen sprach, aber er rechnete das damals zu den Verhaltensweisen, die man einem heranwachsenden Mann, der sich seine Hörner noch abstoßen musste, gerade noch zubilligen konnte. Inzwischen hatte er erkannt, dass das falsch gewesen war. Dass Vincent viel zu sehr verwöhnt worden war, und zwar von allen Seiten, war ihm seit Langem klar und er hatte sich mehr als einmal vorgeworfen, sich nicht besser gegen alle Großeltern und in diesem Punkt auch gegen seine Frau durchgesetzt zu haben.

Bruder Jonas freute sich offensichtlich, als Jared die Klosterschenke betrat. Nach einem herzlichen Schulterklopfen und einer lauten Begrüßung:»Was führt denn den Herrn von Raitjenland hierher? Es geschehen ja noch Zeichen und Wunder!«, brachte der Wirt ihn an einen der Tische in der Nähe der Theke und empfahl ihm zunächst das Gericht des Tages. Das Rumpsteak mit Süßkartoffeln und heimischen Pilzen verspeiste der Farmer wenig später mit großem Appetit. Dazu brachte ihm die Kellnerin frisch gezapftes Bier in einem Glaskrug. Ihm wurde bewusst, dass er seit Tagen keine richtige Mahlzeit mehr zu sich genommen hatte. Jesper bekam einen großen Knochen, den er lautstark abnagte.

Als Jared mit dem Essen fertig war, setzte sich Bruder Jonas zu ihm an den Tisch. Er hatte Zeit, denn die meisten Gäste würden später kommen. Nachdem sie über den letzten Pferdemarkt in *Angwat* gefachsimpelt hatten und der Wirt ihm versichert hatte, nicht böse zu sein, weil er ihn damals bei diesem Prachtgaul überboten hatte, erzählte der Farmer nach dem zweiten Krug Bier vom Tod seines Sohnes. Dabei ließ er allerdings die näheren Umstände über das genaue Wo und Wie aus. Er erwähnte nur, dass er ihn in den Bergen gefunden habe und nun hier sei, um sich Rat von der Äbtissin einzuholen. Bruder Jonas bemerkte sehr wohl, dass der Farmer nicht darüber reden wollte, und so beließ er es dabei, sein Beileid zu bekunden. Er wunderte sich allerdings darüber, dass der Farmer ausgerechnet die Äbtissin von Haldergrond um Hilfe bei der Aufklärung gebeten hatte. So kam man bald darauf wieder auf Pferde zu sprechen. Jared müsse, jetzt wo er schon einmal hier war, unbedingt seine Stallungen besichtigen. Nachdem Jared ihm dies zugesichert hatte, trennte man sich unter Schulterklopfen kurz vor Mitternacht.

Bruder Jonas dachte nach. Der Farmer besuchte Haldergrond nicht, weil sein Sohn gestorben war. Der Grund konnte nur der Umstand des Todes sein, also all das, worüber Jared nicht hatte sprechen wollen. *Er hat ihn irgendwo im Gebirge gefunden. Warum hat er nicht gesagt, wo das war? Und warum kommt er dann hierher, anstatt sofort nach Haus zu seiner Frau zu gehen? Was hat die Äbtissin damit zu tun? Was hat er sich von seinem Besuch bei uns bloß erhofft?*, waren seine Gedanken. Seine Neugier war entfacht. Er würde in den nächsten Tagen Augen und Ohren noch weiter offen halten als sonst.

In der Nacht schlief Jared von Raitjenland tief und wachte um fünf Uhr auf. Er hatte nicht bemerkt, dass ein Phuka mitten in der Nacht in sein Zimmer geschlichen war, sich neben ihn gesetzt und ihm Dinge eingeflüstert hatte, die er im Wachbewusstsein für unmöglich gehalten hätte. Noch nicht einmal Jesper war aufgewacht.

Bereits vor Sonnenaufgang brach der Farmer mit neu gestärktem Willen auf. Es würde sich alles aufklären. An diesem Morgen hatte er eine Zuversicht gefunden, wie er sie selten in seinem Leben gespürt hatte. Er wusste nun, wonach er suchen musste. Er war sich sicher, auch allen anderen Geheimnissen auf die Spur kommen zu können. Die Stallungen des Bruder Jonas, nach denen ihm im Augenblick nicht der Sinn stand, würden bis zum nächsten Besuch warten müssen, wenn es einen solchen jemals geben sollte. Dieses ganze Haldergrond war ihm suspekt, mehr als jemals zuvor.

Kapitel 7

Perchafta bemerkte sofort, dass etwas nicht stimmte. Tief im Inneren des Berges regte sich etwas. Es war zunächst nur ein sehr leises Geräusch gewesen, das er aber dann als ein tiefes Ein- und Ausatmen erkannte. Der Krull wusste im gleichen Augenblick, dass das erste der *Siegel* im Begriff war, nach seinem sehr langen Schlaf zu erwachen. Im *Balgamon*, den die Krulls in den Höhlen von Tench'alin seit vielen Generationen pflegten, stand geschrieben, dass dieses Aufwachen lange dauern konnte.

Dann geschah etwas Merkwürdiges an diesem lauen Spätsommertag. Mit einem Mal waren alle Geräusche des Tales verstummt. Der Wind hatte aufgehört, die feinen Äste und Blätter der Bäume zu bewegen. Das Summen der Insekten war mit einem Schlag verstummt. Keines Vogels Flügelschlag teilte mehr die blaue Luft. Sogar die Glocken der Ziegen und Schafe hatten aufgehört zu läuten, so als ob deren Träger mitten in ihrer letzten grasenden Bewegung erstarrt wären. Das Erstaunlichste aber war, dass die Wasserfälle, die eben noch mit tosendem Geräusch den See speisten, nicht mehr flossen. Das geschah sonst nur in sehr kalten Wintern, wenn die Natur das Wasser zu wundervoll bizarren Kunstwerken erstarren ließ, zu denen nur sie imstande war. Aber solche Winter waren hier äußerst selten. Den letzten dieser Art hatte es vor 730 Jahren gegeben.

Der Gnom hatte zwar für sich selbst und sein Volk nichts zu befürchten, erschauerte aber dennoch in diesem Moment, den er wie in einem Zeitraffer erlebte. Den ersten fernen Atemzügen folgte ein seltsames dunkles, röchelndes Stöhnen und Perchafta erkannte, dass das, was dort allmählich an die Oberfläche des Seins gelangte, mit diesem Vorgang nicht einverstanden war. Elliot, der gerade mit ihm unter einem großen Walnussbaum zusammensaß, um sich über die neuesten Ereignisse auszutauschen – er hatte seinen Bericht über Scotty und Jared gerade beendet – wurde auf einmal blass und die Gnome wechselten einen vielsagenden Blick. Sie hatten gerade den Hauch des Todes erlebt. Es hatte nur Sekunden gedauert und nach wenigen Augenblicken war alles wie zuvor. Perchafta erahnte, dass nichts mehr so bleiben würde, wie es einmal gewesen war.

Ganz sicher hätten die Emurks all das ebenfalls wahrgenommen, aber sie waren nicht mehr im Tal von Angkar Wat, das sie mehr als 300 Jahre lang bewacht hatten, denn ihre Verbannung war inzwischen beendet. Der Dritte, der an diesem Tag etwas von diesem Ereignis bemerkte, war ein Mensch. Allerdings war Special Agent Steve Sisko weit davon entfernt, dessen Bedeutung zu erkennen. Die konnte ihm seine technische Ausrüstung nämlich nicht entschlüsseln. Er befand sich nur noch eine kurze Wegstrecke vor dem Zugang, den auch Scotty vor einigen Tagen gefunden hatte. Der Bildschirm seiner Brille leuchtete auf und das Gerät gab einen leise vibrierenden Ton von sich. Er blieb überrascht stehen. Dann erschien eine Meldung: *Warnung ... Unterirdische Aktivität ... Ursache unbekannt ... Warnung!*

Steve tippte ein paarmal an den Rand der MFB – wirkungslos – und auch das Display an seinem Handgelenk blinkte beharrlich weiter ... jetzt sogar noch eindringlicher warnend, wie ihm schien.

Das kann nicht sein, dachte er, *was soll hier unbekannt sein? Dass der Vulkan aktiv ist, wissen wir ... aber eine Fehlermeldung hatte ich bisher noch nie.*

Auch nach nochmaligem, diesmal etwas energischerem Klopfen auf das Display veränderte sich die Anzeige nicht. Genervt schaltete er die Meldung kurzerhand ab. Die Rauchsäule des mächtigen Gork hatte ihm auf seinem Marsch sogar als Orientierung gedient und die MFB hatte sie bisher stets normaler, aber ungefährlicher vulkanischer Aktivität zugeordnet.

»Wenn du mir keine nützlicheren Informationen liefern kannst«, murmelte er dabei. Dann nahm er die Brille für einen Moment ab und setzte sie nach dem Verschwinden der Meldung wieder auf.

Dennoch vorsichtiger geworden, setzte er seinen Weg fort. Kurz darauf entdeckte er die in den Fels gemeißelten Schriftzüge. Scotty hatte diese bei seinem Besuch vor einigen Tagen nicht deuten können, Steve Sisko aber las die Botschaft mithilfe seiner MFB, die wieder tadellos funktionierte.

Kommst du in Frieden, so tritt ein und fürchte dich nicht. Kommst du als Feind, wird dir keine Rettung sein.

Komische Formulierung ... und was passiert wohl, wenn die Mission nicht friedlich ist?, dachte Steve und grinste. Er war für alles gerüstet. Dann fuhr er behutsam mit einer Hand über die Worte.

»Unglaublich«, flüsterte er jetzt, »das ist weit mehr als tausend Jahre her. Wahrscheinlich hat man damals so gestelzt geredet.«

Kurz darauf stand er auf der gleichen Anhöhe, die auch Scotty schon in Erstaunen versetzt hatte. Ihm erging es nicht anders, obwohl er dank Nikitas Berichten, so spärlich sie auch gewesen sein mochten, darauf vorbereitet war. Vor ihm breitete sich das Tal von Angkar Wat aus. Über seine MFB ließ er die Männer, die jetzt in Bushtown in dunklen Räumen vor großen Bildschirmen hockten, an diesem Blick teilhaben, der sich ihm präsentierte: Üppige Vegetation, bis hoch in die Berghänge hinauf, umschloss das Tal. Er sah einen See, der von mehreren Wasserfällen gespeist wurde und auf dessen Oberfläche sich jetzt glitzernd die Sonne spiegelte. Überall im Tal standen Bäume, die man sonst nur in sehr fruchtbaren Ebenen finden konnte. Zahlreiche Obstsorten wie Äpfel, Kirschen und Birnen, ja sogar Mandelbäume und Weinstöcke konnte er am Südhang erkennen. *So hoch im Gebirge solch eine Vegetation, das ist schon mehr als merkwürdig*, dachte er.

Weit und breit war keine Menschenseele zu sehen.

Vor zwei Tagen wäre er unweigerlich auf Jared gestoßen und wäre er noch früher gekommen, hätte er sein Eindringen in dieses Tal genau wie Vincent sicher mit seinem Leben bezahlt.

Auch nach weiteren Minuten konnte er kein Anzeichen menschlichen Lebens erkennen. Tiere hingegen gab es jede Menge. An den Hängen suchten Ziegen nach Futter und im Tal erblickte er Schafe und Hühner. Er hakte seine Daumen unter die Riemen des Rucksackes und begann den Abstieg, der von zwei sehr besorgten Krulls beobachtet wurde.

Bald traf er auf die ersten Ruinen und schreckte dabei ein paar Hühner auf, die im warmen Sand gedöst hatten. Aufgeregt gackernd und feinen Staub aufwirbelnd liefen sie davon, um kurz darauf ihre Futtersuche fortzusetzen.

Richtige Häuser ... tatsächlich, durchfuhr es ihn, *massive Häuser ... aus Stein gebaut.*

Nikitas Informationen stimmten soweit.

Hier haben wirklich Menschen gelebt, und als er die Burg erblickte, dachte er weiter, *was immer sie hierher getrieben hat, sie sind lange geblieben ... oder hatten es zumindest vorgehabt.*

Als er den Burghof betrat, erschien erneut die Meldung auf dem Display seiner MFB und wieder schaltete er sie aus.

Bisher war alles gut gegangen, wenn man davon absah, dass es länger als geplant gedauert hatte, bis Dennis, der ihn in einem kleinen Boot an Land hatte bringen sollen, eine geeignete Stelle gefunden hatte. Schließlich hatten sie in der Nähe der Stadt *Sardi*, so besagten jedenfalls die Karten, die auch schon in Nikitas MFB gespeichert gewesen waren, einen geeigneten Platz gefunden. Der Marsch vom Strand bis hierher war denkbar einfach gewesen. Nur zu Beginn war er in einem leichten Trab, den er ohne große Mühe einige Stunden lang beibehalten konnte, unterwegs gewesen. Die MFB hatte ihn dabei sicher geführt. Da er sich nicht mit Nahrungssuche aufhalten musste – für die ersten Tage hatte er genügend dabei – war er schnell vorangekommen.

Von Nikita Ferrer, vielmehr deren Brille, war man über die Ansiedlungen von Menschen informiert, die auf dem Weg lagen. Irgendwann hatte sich Frau Ferrer dem Befehl ihres Vorgesetzten widersetzt gehabt und die Brille nur ab und zu getragen. Man hatte darüber die wildesten Spekulationen betrieben, wie er wusste. Wahrscheinlich würde sie bei einem Verhör in der Heimat irgendeine fantasievolle Geschichte zum Besten geben. Die Wahrheit würden sie nicht herausbekommen, davon ging er aus.

Damit, dass sie sich hier in diesem armseligen Teil der Erde verlieben würde, hatte man nicht gerechnet. Das war einfach absurd. Es war offensichtlich doch geschehen, wie man von Professor Rhin erfahren hatte, und schon aus diesem Grund würde er nicht alles glauben, was sie berichtet hatte. Er würde nicht nur dieses Tal genauestens unter die Lupe nehmen müssen. Sein Instinkt sagte ihm, dass Nikita Ferrer nicht alles erzählt hatte. Dass Liebe die Wahrnehmung gehörig verzerren kann, war ihm durchaus bekannt, und wer wusste schon, wie weit sie mit den Menschen in diesem Teil der Welt, die sie ganz offensichtlich um den Finger gewickelt hatten, bereits solidarisch war. Sie schwärmte in ihren knappen Berichten geradezu von dieser Welt. Demnach war sie hier sehr herzlich aufgenommen worden.

Steve kannte alle Tonprotokolle der Gespräche, die sie mit ihrem Vorgesetzten, Professor Rhin, geführt hatte, und er hatte ihre Emotionen genau herausgehört, obwohl sie diese sicher hatte verbergen wollen. Einer dafür programmierten Software hatte sie allerdings nichts vormachen können. Er hätte sie gerne an Bord kennengelernt, um ihr noch etwas auf den Zahn zu fühlen. Sein Befehl hatte aber gelautet, direkt an Land zu gehen – noch bevor man sie an Bord der U-57 aufnehmen würde.

Er war mehr als fünf Jahre intensiv vorbereitet worden und es war ihm inzwischen klar geworden, dass das nur für diesen Auftrag geschehen war. Eines hatte er neben vielem anderen gelernt: nur sich selbst zu vertrauen, denn selbst die ausgereifteste Technik konnte versagen, was ihm ja eben unter Beweis gestellt worden war. Die Sprache, die hier gesprochen wurde, sprach er wie ein Einheimischer.

Seinen Zwillingsbruder, der gerade dabei war, eine große politische Laufbahn einzuschlagen – er gehörte mit seinen 23 Jahren zu den jüngsten Senatoren – hatte er in den letzten Jahren so ziemlich aus den Augen verloren. Sie telefonierten zwar hin und wieder und trafen sich bei Familienfesten, aber die Nähe, die sie als Kinder gehabt hatten, war zwischen ihnen nie wieder entstanden. Sie hatten sich vollkommen unterschiedlich entwickelt. Damals hatte sie ihre Entführung nur für kurze Zeit noch zusammengeschweißt.

Der Entführer hatte während der drei Monate ihrer Gefangenschaft ein paarmal seine Maske abgelegt. Diese wenigen Momente hatten aber genügt, dass stahlblaue Augen und eine Raubvogelnase selbst heute noch hin und wieder in Steves seltenen Träumen auftauchten. Dass sie entführt worden waren, wussten sie lediglich aus Erzählungen. Man hatte den Brüdern gesagt, dass es wohl das Beste für sie gewesen sei, dass sie dieses traumatische Erlebnis vergessen hätten. Einer der Spezialisten, die seine Eltern konsultiert hatten, hatte damals einen weitschweifenden Vortrag über das Unterbewusstsein des Menschen, über Amnesie und Traumaverarbeitung gehalten. So würden sie ihre Zukunft unbeschwerter erleben und frei von Ängsten gestalten können, hatte er gemeint. Dass sie sich eines Tages daran erinnern würden, hielt er praktisch für ausgeschlossen.

»Sie könnten sich höchstens erinnern, wenn sie ihrem Entführer doch eines Tages gegenüberstehen sollten, aber das ist ja nicht möglich, da der sich umgebracht hat, wie man in den Nachrichten hören konnte«, hatte er die besorgten Eltern noch beruhigt.

Nur ein schmales ledernes, an den Rändern metallverziertes Armband mit einem eingefassten Diamanten, das er immer trug, erinnerte ihn stets daran. Seine Mutter hatte jedem ihrer Söhne ein solches Band als, wie sie es nannte, Schutzband geschenkt, kurz nachdem sie wieder zu Hause waren.

Er begann sofort mit der Erkundung, denn er wollte keine Zeit verlieren. Zunächst stellte er seine MFB auf eine starke Fernglasoption und das Auffinden von Hohlräumen ein, gab einen kurzen Befehl und begann, die Berghänge abzusuchen. Das Objekt sollte sich ja in einer Höhle befinden. Nach ein paar Minuten hatte er schon einige davon ausgemacht, obwohl mit der Brille irgendetwas nicht zu stimmen schien. Immer mal wieder hatte es kleine Aussetzer in der Übertragung gegeben. Schließlich wurde ihm der Eingang zu einer besonders großen Höhle gezeigt, die offensichtlich hinter einem der Wasserfälle lag, die den See speisten.

Wenn ich etwas in Sicherheit bringen wollte, würde ich es genau dort verstecken, dachte er. In dieser Höhle würde er gleich am nächsten Morgen die Suche beginnen.

Plötzlich stutzte er. Da war eine Bewegung gewesen, keine hastige, wie vielleicht von einem flüchtigen Tier, sondern eine langsame und ruhige. Er hatte etwas Grünes gesehen, das sich in dem Bereich, wo der bewachsene Teil in den felsigen Bereich überging, bewegt hatte. Das Objektiv der Brille war gut. Er war sich inzwischen sicher, dass es eine Frau in einem grünen Kleid gewesen war, obwohl seine MFB keine menschliche Anwesenheit registriert hatte, was ihn wunderte. Es war nur ein kurzer Moment gewesen und so sehr er sich jetzt auch anstrengte, die Frau war wie vom Erdboden verschluckt. Es war auch kein Busch dort oben in der Nähe, wo sich jemand hätte verstecken können, und dass sich Menschen einfach so in Luft auflösen können, das hatte er vielleicht als kleiner Junge einmal geglaubt. Die Entfernung bis dorthin gab seine Brille mit 250 Yards an. Sollte er sich doch getäuscht haben? *Also, auf gehts, wollen doch mal schauen, wer dort herumschleicht ... vielleicht ist es ja nur eine Hirtin, die ihre Tiere sucht.* Er nahm die Armbrust und vorsichtshalber auch seine Dienstwaffe an sich. Vorsichtig, jede Deckung nutzend, schlich er weiter und hatte kurz darauf die Stelle erreicht, wo die Frau in Grün gewesen sein musste. Weit und breit konnte er niemanden ausmachen. Sie blieb verschwunden. Plötzlich zuckte er zusammen, als eine große Eidechse vorüberhuschte, unter einem großen Felsen verschwand und dabei kleinere Steine lostrat.

Irgendetwas stimmt hier ganz und gar nicht.

Als er sich sicher war, niemanden mehr vorzufinden, richtete er sich auf und als er ein paar Schritte gegangen war, entdeckte er einen kleinen, frisch aufgeworfenen Erdhügel, der mit Steinen verziert worden war. Daneben sah er Spuren eines großen Hundes und mehrere Stiefelabdrücke. Die Brille zeigte an, dass es sich um zwei Männer gehandelt hatte, die vor Kurzem hier gewesen waren. Einer der Männer musste nach Angabe der Brille über 190 cm groß und knapp über 100 Kilo schwer gewesen sein, der andere dagegen kleiner und leichter.

»Also doch«, murmelte er, »es war jemand hier ... vor gar nicht langer Zeit ... sieht aus wie ein ... Grab. Lassen wir doch mal die MFB weiter ihre Arbeit machen.«

Es dauerte nicht lange, bis ihm angezeigt wurde, dass sich vor ihm in der Erde zwischen den Felsen ein menschlicher Torso im Stadium früher Verwesung befand. Steve Sisko hatte das Grab schnell freigelegt und zuckte dann doch zusammen, als er einen Leichnam ohne Kopf vorfand. Er hatte schon viele Tote gesehen, manchmal auch solche, die aufgrund von Waffengewalt entstellt gewesen waren, aber hier, in diesem so friedlichen Tal, hatte er nicht mit so etwas gerechnet. Er hatte das Grab geöffnet, weil er wissen wollte, wie dieser Mensch ums Leben gekommen war. Er musste alles über dieses Tal erfahren. Die Anzeichen von Verwesung waren auch mit bloßem Auge bereits deutlich zu erkennen. Dass es sich bei dem Toten um einen recht jungen Mann gehandelt haben musste, hatte Steve sofort erfasst. Er machte ein paar Fotos mit seiner MFB, aber auch das funktionierte nicht einwandfrei. Fast alle Aufnahmen waren verschwommen. Sollten sie sich drüben darum kümmern, sie sollten die Bilder ja nachbearbeiten können.

Wer immer den Körper bestattet hatte, musste eine besondere Beziehung zu ihm gehabt haben. Das zeigte sich Steve an den Blüten, die über den Leichnam gestreut waren. Diese Vermutung wurde bestätigt, als er einen Zettel fand, der in den über der Brust gefalteten Händen des Getöteten steckte. Steve nahm ihn vorsichtig und las: Mein Sohn, ich werde deinen Mörder finden. In Liebe, dein Vater.

Er untersuchte daraufhin die Stelle, an der der Kopf vom Rumpf abgetrennt worden war. Dass er mit einer unglaublichen Kraft abgerissen worden sein musste, war klar. Sorgsam brachte er danach das Grab in seinen ursprünglichen Zustand zurück. Während er das tat, dachte er darüber nach, wer zu einer solchen Tat imstande gewesen sein mochte. Die einzige logische Erklärung, die er fand, war eine Begegnung mit einem der großen Bären, denn er wusste, dass diese in dem Gebirge vorkamen. War wohl etwas unvorsichtig bei der Jagd gewesen, der junge Mann, und sein Vater hatte ihm auch nicht mehr helfen können.

Da er bis zum Einsetzen der Dunkelheit noch Zeit haben würde, beschloss er, seine Erkundung des Tales fortzusetzen. Die Banshee hatte ihn aus einer nahen Höhle heraus die ganze Zeit beobachtet. Sie wusste, dass er sie gesehen hatte, und ein Lächeln huschte über ihr Gesicht.

Die nächste Überraschung erlebte Steve Sisko, als er eine Stunde später eines alten Segelschiffes gewahr wurde. Er hatte zwar durch die Berichte Nikitas Kenntnis davon, doch so hatte er es sich doch nicht vorgestellt. Er umrundete das Schiff mehrere Male, laut MFB handelte es sich um eine Brigg von 35 Yard Länge und neun Yard Breite, und betrachtete sich dann genau die merkwürdige Figur am Bug.

Welchem irren Hirn ist denn die entsprungen?, dachte er bei sich. *Irgendwie alles ein wenig verrückt hier.*

Auch hier um den Segler herum waren die Spuren des Hundes und der beiden Männer noch deutlich zu sehen. Die Spur des größeren Mannes führte zu dem Haus. Steve umrundete das lang gestreckte Gebäude und entdeckte die aufgebrochene Tür.

Der war wohl sehr neugierig, dachte Steve und besichtigte, wie Jared vor ihm, die Schule der Emurks. Kopfschüttelnd verließ er sie nach einigen Minuten wieder.

Was hat hier stattgefunden? Wo sind diese merkwürdigen Leute, die solche Bilder malen? Wahrscheinlich verstecken sie sich irgendwo in den Bergen und bleiben hoffentlich auch dort.

***

Kapitel 8

Als der Jubel verhallt war, hatten alle Emurks staunend und voller Vorfreude an Deck gestanden. Die meisten waren noch aus einem anderen Grunde froh, bald an Land zu sein. Auf allen Schiffen gab es Seekranke.

»Auf die Widrigkeiten der See haben wir uns in unserer Schule leider nicht vorbereiten können«, hatte Urtsuka, der Kapitän, eines Tages auf See zu Vonzel gesagt, der zu seinem eigenen Erstaunen nicht unter Übelkeit zu leiden hatte.

»Widrigkeiten dürften anders aussehen«, entgegnete der, »wir hatten doch eine recht ruhige Überfahrt, wenn man einmal von dem Erlebnis mit dem fremden Schiff absieht. Was hatten wir sonst? Windstärken über fünf waren nicht dabei, wenn ich mich nicht täusche.«

»Die haben vielen aber gereicht«, grinste Urtsuka, »ich mag mir gar nicht vorstellen, wie es in den Herbst- oder Winterstürmen ausgesehen hätte. Endlich habe ich den Satz meines ersten Lehrers für Nautik in Angkar Wat begriffen, über den ich immer mal wieder nachgegrübelt habe.«

»Und, wie lautet der?«

»Dass der Unterschied zwischen Theorie und Praxis in der Praxis größer ist.« Urtsuka schmunzelte.

»Oh ja, das kann man wohl sagen. War aber vorher auch nicht zu verstehen.«

»Und jetzt grüble ich noch über dieses fremde Schiff nach, dem wir auf der Reise begegnet sind ... Wie die das wohl machen? Wie haben die so einfach abtauchen können? Du warst doch in der Neuen Welt, weißt du es?«

»Nein, leider nicht. Aber ich kann dir sagen, dass du dich dort so über einiges wundern würdest. Ich für meinen Teil bin jedenfalls froh, nicht in dieser Welt leben zu müssen. Na ja, das Essen ist in Ordnung.«

Er erinnerte sich gerade an die dicke Frau am Pfannkuchenstand, der er einen gehörigen Schrecken eingejagt hatte. Aber für diese Kuchen hatte sich das Risiko gelohnt. Außerdem war ja alles gut gegangen, obwohl er von diesem Uniformierten mit seiner komischen Brille, die Nikita ja auch gehabt hatte, entdeckt worden war.

»Wie wird es jetzt mit dir und Vachtna weitergehen?«

»Vachtna?«, fragte Vonzel mit gespieltem Erstaunen.

»Tu nicht so unschuldig«, lachte der Kapitän. »Jeder hier an Bord weiß, dass du ein Auge auf sie geworfen hast ... bei unserem Abschiedsfest mit den Krulls konnte es jeder sehen.«

»War das so deutlich?«

»Ja, das war es, mein Freund.«

»Da hatte ich zu viel getrunken, dieser Shabo hat mir ständig nachgeschenkt. Nein, ich will es langsam angehen lassen. Erst mal die Lage sondieren. Niemand weiß, wie es in unserer Heimat aussieht.«

Und jetzt endlich, an diesem milden Herbstmorgen, war die kleine Flotte der Emurks nach aufregender Reise mit vielen unvergesslichen Eindrücken endlich im Haupthafen ihrer Heimatinsel *Dego Garna* vor Anker gegangen. Die kleine Hafenstadt *Sambros* lag in einer palmenbewachsenen malerischen Bucht, die vom Meer her nicht zu sehen war. Eine vorgelagerte Ansammlung von großen Riffen versperrte dem unkundigen Seefahrer den Blick. Vonzel hatte vor einer Stunde noch neben Nornak am Bug gestanden und ständig die Faden gemessen. Laut hatten sie dem Steuermann die Tiefe angesagt, bis dieser die Einfahrt zur Bucht gefunden hatte und den sicheren Hafen ansteuern konnte. Wieder ertönten laute Freudenrufe auf allen Schiffen und einige der jungen Emurks waren von Bord gesprungen und hatten begonnen, um die Wette zu schwimmen.

»Wer zuerst an Land ist, wird König«, hatte einer gebrüllt und schallendes Gelächter geerntet.

»Das Schwimmen scheint uns wirklich angeboren zu sein«, hatte Vonzel freudig ausgerufen.

»Das habe ich dir doch schon gesagt«, hatte Nornak erwidert, »aber du wolltest es ja nicht glauben. Selbst dreihundert Jahre Verbannung in den Bergen konnte es uns nicht austreiben.«

Ein greller Pfiff ertönte plötzlich und der Kapitän der kleinen Flotte, Urtsuka der Neunte, stand an Deck der *Wandoo*. Augenblicklich wandten sich alle, auch die, die im Wasser waren, nach ihm um.

»Ihr kommt sofort zurück an Bord«, ertönte jetzt seine laute Stimme. »Zurück auf die Schiffe! Wir werden geordnet an Land gehen, in der angebrachten Würde und in Gedenken an unsere Vorfahren, die ihre Heimat verlassen mussten.«

Alle gehorchten.

Nachdem alle Schiffe fest vertäut worden waren, ertönte eine Fanfare und Kapitän Urtsuka der Neunte schritt würdevoll in der Uniform seines Vorfahren an Land. Dort kniete er nieder, breitete die Arme aus und rief so laut, dass alle es hören konnten:»Gegrüßet seist du, Heimat. Deine Töchter und Söhne sind zurückgekehrt!«

Dann erhob er sich wieder und schwenkte lachend seinen Hut. Jetzt waren die Emurks nicht mehr zu halten. Unter lauten Rufen liefen sie von den Schiffen herunter und die meisten taten es ihrem Kapitän nach. Sie fielen auf die Knie und viele weinten.

Nur Vonzel stand noch neben Nornak an Deck der *Wandoo*. Sie wollten die Letzten sein, die von Bord gingen.

»Er hat schon einen merkwürdigen Sinn fürs Theatralische, unser guter Urtsuka«, meinte Nornak grinsend.

»Von mir aus darf er das haben, solange er uns sicher ans Ziel bringt.«

»An welches Ziel denn? Wir sind angekommen, mein Freund.«

»Weißt du, was uns die Zukunft bringt?«

Nornak deutete auf den Hafen.»Jetzt hör bloß auf zu unken. Was soll sie uns schon bringen? Ein besseres Leben in jedem Fall. Von hier aus sieht alles sehr gut erhalten aus. Eine wundervolle kleine Stadt, dieses *Sambros,* das sieht man schon von hier aus.«

»Ja, so völlig anders als unsere erbärmlichen Behausungen in Angkar Wat«, lächelte Vonzel.

»Die Alten hatten recht«, überlegte Nornak,»wir sollten dort nicht erst heimisch werden. Wir hätten ja die alten Steinhäuser wieder herrichten können, aber selbst das wollten sie nicht erlauben. In der Burg hätte ich schon gerne gewohnt.«

»Das glaube ich dir sofort, mein Freund, aber dort wärst du verweichlicht, habe ich recht?«

»Mag sein … und ich hätte diesem Jungen nicht den … Ach, lassen wir das, wir sind jetzt hier.«

»Und der Rat der Welten hat Wort gehalten. Wir sollten nach der Verbannung alles wieder so vorfinden, wie es unsere Ahnen verlassen hatten. Sie haben alles erhalten. Jedenfalls, soweit man das von hier aus beurteilen kann.«

»Woher weißt du das?«

»Es stand in einem der Logbücher von Urtsuka dem Ersten. Der Kapitän hat es mir während der Fahrt gezeigt. Geglaubt habe ich es allerdings nicht.«

»Löscht die Ladung!«, rief Kapitän Urtsuka jetzt. »Zuerst die Tiere.«

»Vom Rest wird auch nicht mehr viel übrig sein«, grinste Nornak, »obwohl uns die kleinen Kerle gut versorgt hatten. Ich hätte nie gedacht, dass eine Seefahrt so hungrig macht.«

»Ja, sie waren wirklich sehr vorausschauend, diese Krulls.«

Nun wurden die Hühner, Schafe und Ziegen von Bord der Schiffe gebracht. Die Emurks hatten nicht alle ihre Tiere mitnehmen können. Im Laufe der Jahre hatten sie stattliche Herden gehütet. Die zurückgelassenen Tiere grasten jetzt an den Hängen von Angkar Wat oder suchten zwischen Ruinen nach Futter.

***

Kapitel 9

>> Gut, dass Sie gekommen sind, Ted. Können Sie Gedanken lesen? Ich war gerade im Begriff Sie anzurufen, weil ich etwas mit Ihnen besprechen wollte. Aber legen Sie erst einmal los. Was haben Sie auf dem Herzen? Sie haben schon besser ausgesehen, wenn ich mir diese Bemerkung erlauben darf.«

Mal Fisher war offensichtlich sehr guter Laune. Doch dann legte sich seine Stirn in Falten.

»Was ist los, Ted? Sie sehen ja aus, als hätte der Blitz in Ihr Labor eingeschlagen. Dabei sollten wir uns freuen. Ist doch alles prima gelaufen dort drüben in der anderen Welt. Was wir jetzt am wenigsten gebrauchen können, sind schlechte Nachrichten.«

»Ja, das sollten wir, Sir, gewiss, wir sollten uns freuen. Bis vor ein paar Stunden war das auch der Fall. Aber jetzt ist etwas ... aufgetaucht ... ach, was solls. Ich möchte nicht lange um den heißen Brei herumreden, Sir, wir brauchen ihn«, begann Professor Rhin ohne Umschweife, biss sich dann aber auf die Unterlippe.

Für Mal Fisher war das ein Warnsignal.

»Wir brauchen wen?«, fragte er vorsichtig.

Er saß tadellos gekleidet und braun gebrannt hinter einem wie immer aufgeräumten Schreibtisch in seinem weitläufigen Büro weit unter der Erde von Bushtown und vor ihm stand Professor Rhin, dem es sichtlich immer unbehaglicher zu Mute wurde.

Hinter den Fensterattrappen, die an einer der Längsseiten des Raumes angebracht waren, flogen holografische Wolkenformationen wie apokalyptische Reiter über einen Canyon, während ein traumhafter Sonnenuntergang ihre Unterseiten in tiefes Rot färbte. Die perfekte Illusion eines grandiosen Ausblickes.

Der Professor, der für dieses Schauspiel im Moment keine Augen hatte, hatte einen Stapel Unterlagen mitgebracht, in dem er jetzt nervös und umständlich blätterte. Es handelte sich dabei um seine handschriftlichen Aufzeichnungen über die Fortschritte des *Myon-Neutrino-Projektes* sowie einen Teil der Pläne, die Nikita mitgebracht hatte. Den Teil, um den es ihm im Augenblick ging.

Nichts davon war im Computersystem eingespeist und folglich konnte auch Mal Fisher noch keine Kenntnis davon haben. Was er in den letzten Stunden durchgesehen hatte, hatte ihm gehöriges Kopfzerbrechen bereitet. Selten hatte ihm etwas solche Rätsel aufgegeben, was erforderte, seinen Chef, der ihn aus stahlgrauen, klugen Augen musterte, auf der Stelle zu informieren. Es bestand dringender Handlungsbedarf.

»Also, Rhin, rücken Sie schon heraus mit der Sprache, wen oder was brauchen wir?«

So von seinem Boss angesprochen zu werden, war höchst ungewöhnlich und ließ den Professor eine Ahnung davon bekommen, wie verärgert dieser war. Deswegen kam er ohne Umschweife direkt zum Punkt.

»Wir brauchen den Entwickler ... den Erfinder des Myon-Projektes, wir ... kommen nicht weiter mit den Plänen. Er hat ein unvollständiges Rätsel in lateinischer Sprache mit einem Hinweis auf irgendein Kloster in eine der wichtigsten Stellen der Bauanleitung eingebaut und wir finden die Lösung nicht. Ich habe bereits alle uns zur Verfügung stehenden Computersysteme laufen lassen. Kein Ergebnis ... leider.«

Er legte seinem Chef den Zettel mit dem Rätsel im Original und der Übersetzung vor.

Mal Fisher las alles und meinte: »Sie wollen mir allen Ernstes sagen, dass es Ihnen mit unseren heutigen Möglichkeiten nicht gelingt, einen Rätselcode zu knacken, auch wenn der hier nur zur Hälfte vorliegt? Das hat jemand vor mehr als tausend Jahren geschrieben! Wer weiß noch davon?«

»Nur Frau Ferrer.«

Mal Fisher war aufgestanden, hatte sich auf seinen Schreibtisch gestützt und sein Gegenüber aus großen Augen erstaunt angeblickt.

»So ist es wohl, Sir«, antwortete Professor Rhin leise, »ich hoffe nicht, dass der ganze Aufwand jetzt umsonst war. Ich sehe, wie gesagt, nur eine Möglichkeit. Wir müssen denjenigen befragen, der diese Pläne entwickelt hat.«

Dem Professor war deutlich anzusehen, wie unangenehm ihm das Ganze war. Es war schon niederschmetternd genug gewesen zu erkennen, dass wichtige Teile der Berechnungen verschlüsselt waren. Dies jetzt auch noch Mal Fisher persönlich mitteilen zu müssen ... er wusste gerade nicht, was schlimmer war.

Immerhin war das ganze *Myon-Neutrino-Projekt* nicht nur schwierig, sondern überaus gefährlich gewesen, aber für seine wissenschaftliche Reputation von unermesslichem Wert ... wenn, ja, wenn man daraus auch etwas würde machen können.

»Also noch einmal, Ted, Sie wollen wirklich behaupten, dass Sie Berechnungen, die vor mehr als tausend Jahren angestellt wurden, nicht entschlüsseln können? Mit unseren heutigen Möglichkeiten, mit Ihrer Ausrüstung, die wir Ihnen zur Verfügung stellen, mit all den klugen Köpfen an Ihrer Seite? Brauchen Sie noch mehr Leute? Sagen Sie es ruhig, die bekommen Sie.«

Mal Fisher zog die rechte Augenbraue hoch und Professor Rhin kannte seinen Boss gut genug, um zu wissen, dass dies ein weiteres Alarmzeichen war.

»Nein, Sir, mehr Leute brauche ich nicht. Hier, sehen Sie selbst«, er wollte gerade die restlichen Unterlagen über den Tisch reichen, wurde aber mitten in der Bewegung unterbrochen.

»Ich glaube Ihnen auch so Ted, ich blicke da im Detail sowieso nicht durch ... und ... können Sie das wirklich nicht entschlüsseln? Es kann doch nicht so schwierig sein, einen Rätselcode zu verstehen, der vor mehr als tausend Jahren erstellt wurde.«

»Ich fürchte doch, Mr. Fisher.«

»Und jetzt, Ted«, er machte eine kleine Pause, »schlagen Sie also allen Ernstes vor, dass wir noch einmal dorthin gehen und diesen ... wie nennt er sich heute noch mal ... Effel Eltringham einfach so da rausholen?«

Dass schon längst wieder jemand in der Alten Welt war, wenn auch in einer ganz anderen Mission, brauchte der Professor ja nicht zu wissen.

»Wie stehen wir jetzt da, Ted? Morgen weiß es die ganze Welt, dass wir drüben waren«, und als er Professor Rhins erstaunten Blick wahrnahm, fuhr er fort: »Ja es ist alles mit der Regierung abgestimmt, deswegen wollte ich mit Ihnen sprechen, Ted. Es wird im Fernsehen kommen. Man wird uns zunächst dafür kritisieren, ganz sicher ... wegen des Vertragsbruchs ... aber wenn die Leute erfahren, warum wir dieses Risiko eingegangen sind und was jeder davon haben wird, werden alle begeistert sein, glauben Sie es mir.

Die Medien drehen jedenfalls vollkommen durch. Morgen Abend wird es eine einstündige Livesendung geben, die weltweit ausgestrahlt wird ... nun ja, was unseren Teil der Welt betrifft ... ich habe bereits alles arrangiert. Ich habe Frau Ferrer gebeten, in dieser Sendung aufzutreten. Sie hat bereits ein Interview gegeben und ich habe ihr empfohlen, sich auf die wissenschaftlichen Dinge zu beschränken. Sie hat zum Glück nichts von diesem Rätsel erwähnt und dasselbe möchte ich auch Ihnen dringend ans Herz legen. Kein Wort von diesem Rätsel. Man wird mit Ihnen, Ted, hier vor Ort einen Dreh machen und man wird Sie zu diesem Projekt ebenfalls befragen. Wir brauchen also Ergebnisse, Ted, und zwar schnell.«

»Dann sehe ich nur die eine Möglichkeit, Sir. Wir müssen ihn entweder herausholen oder es dort von ihm erfahren. Es wird also nötig sein, jemanden damit zu beauftragen ... keine Frau, wenn ich mir die Bemerkung erlauben darf. Es muss jemand sein, der sich mit verdeckten Operationen auskennt. Es wird beim Militär doch solche Leute geben. Lassen Sie Ihre Beziehungen spielen, Sir. Glücklicherweise haben wir genügend Erkenntnisse über die Alte Welt sammeln können.«

Der Professor versuchte ein Lächeln, was ihm aber nicht gelingen wollte. Schweißperlen hatten sich auf seiner Stirn gebildet.

Gar nicht mal so schlecht, der Professor, dachte Mal.

»Nun, Ted, dann möchte ich Ihnen mal was erzählen. Bitte nehmen Sie doch Platz.«

Professor Rhin setzte sich und Mal Fisher fuhr fort. »Die Pläne kamen nicht alleine zurück, es war ein Begleitschreiben dabei. Ein Schreiben von diesem Rat der Welten ... davon hat Frau Ferrer Ihnen sicherlich berichtet.«

Der Professor nickte.

»Präsident Wizeman hat es für erforderlich gehalten, mir den Inhalt dieses Briefes, zumindest sinngemäß, mitzuteilen, weil es unsere Firma ist, die das *Myon-Neutrino-Projekt* verwirklichen soll. Sie wissen, dass dies von hoher nationaler Bedeutung ist ... na ja, natürlich wissen Sie das, Ted. In diesem Schreiben werden massive Drohungen ausgesprochen für den Fall, dass wir den *Ewigen Vertrag* noch einmal brechen sollten. Wenn wir jetzt dort ›hineinspazieren‹, um diesen Eltringham zu schnappen, wird dies nicht unentdeckt bleiben. Man hat mit Konsequenzen gedroht. Ich sage es Ihnen noch mal. Davon werden die Medien nichts erfahren, das bleibt topsecret. Verstehen Sie mich?«

»Natürlich Sir, aber mit Verlaub, was sollen das für Konsequenzen sein? Gefährlich dürften sie uns kaum werden. Frau Ferrer hat berichtet, und das wussten wir ja eigentlich schon, dass dort drüben alles ... na ja, alles sehr, sagen wir mal *einfach* ist. Es gibt dort weder Militär noch Waffen in unserem Sinne, außer primitiven Gerätschaften zur Jagd. Damit wird man uns doch wohl kaum drohen können. Wir haben keine andere Möglichkeit, als ihn da rauszuholen oder es vor Ort von ihm zu erfahren.«

»Und dann? Was ist, wenn er sich nicht erinnert?«

»Mithilfe von Frau Ferrer wird er sich erinnern. Sie könnte mit ihm eine Zeitreise machen. Sie hat mir davon berichtet, dass er die Fähigkeit dazu hat, obwohl er selbst kein *Walk In* ist. Es ist doch auch in ihrem Interesse. Sie wird sicherlich genau so entsetzt sein, umsonst diese Gefahren auf sich genommen zu haben. Sie ist ehrgeizig und sie wird alles daransetzen, dieses Rätsel zu lösen. Ich glaube, dass er sich ihr zuliebe darauf einlassen wird. Noch glaubt sie allerdings, dass wir es hier schaffen. Die andere Möglichkeit wäre, dieses Kloster zu finden, wo ja die Lösung des Rätsels zu finden sein soll. Ich halte das aber für die schwierigere Variante. Wer weiß auch, ob es dieses Kloster noch gibt.«

»Sie wollen ihn also wirklich entführen lassen.«

»Ich fürchte«, gab Professor Rhin zurück, »dass wir darum nicht herumkommen. Dieses Projekt begraben zu müssen, wäre schlimmer, jetzt wo auch schon die Medien informiert sind.«

»Ted«, fuhr Mal Fisher jetzt versöhnlicher fort, »es tut mir leid, dass ich eben etwas unwirsch war, aber auch für mich war die Nachricht wie ein Schlag ins Gesicht ... hatten wir doch so viel Hoffnung in dieses Projekt gesetzt und immerhin auch viel investiert. Ich lasse mir etwas einfallen. Versuchen Sie bitte weiter alles, was Ihnen möglich ist.«

Mal Fisher hatte hinter seinem Schreibtisch Platz genommen. Er hatte sich wieder vollends im Griff.

»Wir werden alles versuchen, Sir«, versicherte Professor Rhin im Hinausgehen. Er verließ das Büro seines Chefs und war kurze Zeit darauf wieder in seinem Labor angekommen. Dort wartete Alma, seine Sekretärin auf ihn.

»Herr Professor, Nikita hat angerufen und gefragt, wie Sie vorankommen.«

»Und ... haben Sie ihr schon etwas gesagt?«

»Nein, Herr Professor, das wollte ich Ihnen überlassen ... soll ich Sie verbinden?«

»Ja, tun Sie das bitte ... Moment, ich gehe in mein Büro, stellen Sie das Gespräch dorthin durch.«

Einige Stockwerke tiefer berief Mal Fisher eine dringende Sitzung ein und kurz darauf erschienen seine sieben Gesprächspartner. Als alle sichtbar waren, setzte man sich gemeinsam um einen runden Tisch, der ebenfalls als Hologramm in den Raum projiziert wurde. Es war ein sehr realistisches Bild, obwohl die Teilnehmer dieser geheimen Konferenz in Wirklichkeit zu diesem Zeitpunkt räumlich weit voneinander entfernt waren.

Alle hatten eines gemeinsam: Sie waren *Walk Ins*.

Zunächst informierte Mal Fisher, die Nummer 1 der Runde, die anderen über das, was er soeben von Professor Rhin erfahren hatte. Die Mitglieder sprachen sich seit langem nur mit ihren Nummern an, was eine reine Vorsichtsmaßnahme war.

»Können wir das nicht vernachlässigen?«, fragte Nr. 5, die einzige weibliche Teilnehmerin der Runde. »Es geht doch wirklich um Wichtigeres … ist Sisko schon drüben?«

»Verehrte Freundin«, Mal Fishers Stimme war sanft, »wir können leider gar nichts vernachlässigen. Die Medien haben sich erwartungsgemäß auf das *Myon-Projekt* gestürzt wie die Geier auf ein Aas. Ein besseres Ablenkungsmanöver hätte es gar nicht geben können. Der Ruf meines Unternehmens steht auf dem Spiel und das können wir uns, auch im Hinblick auf unser größeres Projekt, nicht leisten. Und … ja, Steve Sisko ist bereits drüben. Er hat auch das Tal schon erreicht. Allerdings werden die Übertragungen offensichtlich gestört.«

»Was soll das heißen?«, fragte Nummer 7.

»Das soll heißen, dass wir zurzeit kein Bild empfangen und auch die Tonübertragung lässt zu wünschen übrig. Unsere besten Techniker sind schon dabei, das Problem zu lösen. Vielleicht findet Officer Sisko die Ursache aber auch selbst heraus.«

»Wir haben es mit mächtigen Gegnern zu tun, das wissen Sie alle. Wir sollten sie nicht unterschätzen«, ermahnte Nummer 4. »Ich gehe einmal davon aus, dass Ihnen der Inhalt des Schreibens des Rates der Welten bekannt ist.«

»Also wirklich«, ergriff Nummer 2 das Wort, »vor ein paar hundert Jahren hätte mir ein solches Schreiben einen gehörigen Schrecken eingejagt, das muss ich zugeben … aber heute? Müssen wir uns wirklich vor ein paar Gnomen, Feen und Ähnlichem fürchten? Sie haben sich immer herausgehalten und die Menschen ihre Dinge alleine regeln lassen. Warum sollten sie dieses Mal eine Ausnahme machen ... zumal, wie man hören kann, im Rat der Welten durchaus keine Einigkeit herrscht? Ich stufe die Gefahr jedenfalls nicht sehr hoch ein.«

»Immerhin hat es jemand von diesen Kreaturen geschafft, unbemerkt in dieses Land einzudringen, und damit hatte sich der Rat der Welten schon eingemischt. Und was noch schlimmer ist ... sie konnten es auch wieder verlassen«, gab Nummer 3 zu bedenken.

»Diese Emurks haben mit dem Rat der Welten nichts zu tun, die waren bis vor ein paar Wochen in Angkar Wat und haben es bewacht, sind jetzt aber wieder in ihrer Heimat. Das wird es für Sisko wesentlich einfacher machen. Die Emurks werden sich aus allem raushalten, die sind sicher längst in ihrer Heimat mit ihrem neuen Leben beschäftigt«, versicherte Nummer 6. »Sind diese ... wie heißt die Pfannkuchenfrau gleich noch mal ... und Officer Mayer zuverlässig? Werden sie schweigen?«

»Olga Wrenolwa heißt sie. Sie werden schweigen«, bestätigte Mal Fisher, »sie sind selbstverständlich unter Beobachtung.«

»Also, was schlagen Sie vor?«, fragte Nummer 2.

»Ich sehe zwei Möglichkeiten«, Mal Fisher hatte sich erhoben und projizierte mit einem Knopfdruck eine Karte von Flaaland in den Raum. Er zeigte auf die Agillen und fuhr fort: »Hier befindet sich neben einem unserer besten Männer, Special Agent Steve Sisko, das, wonach wir suchen und unbedingt haben müssen, und hier ...«, er deutete auf die Gegend, in der Effels Heimatort lag, »für einen trainierten Mann keine drei Tagesmärsche entfernt, lebt die Person, die wir jetzt offensichtlich brauchen, Effel Eltringham, der Erfinder der Myon-Neutrino-Maschine. Wenn wir das Myon-Projekt erfolgreich zu Ende bringen wollen, muss Mr. Sisko seiner habhaft werden, und seiner Erinnerung die benötigten Informationen entlocken – vor Ort oder eben hier. Laut Professor Rhin gibt es keine Alternative.«

»Heißt das, Sie schlagen vor, ihn entführen zu lassen?«

»Nur als zweite Option, sollte es Sisko, der ja Verhörspezialist ist, nicht gelingen, es vor Ort aus ihm herauszubekommen.«

»Und es gibt hier keine andere Möglichkeit, diesen rätselhaften Code zu knacken?«

»Professor Rhin meinte eben noch, er habe alles versucht. Das Rätsel bricht mitten im Text ab und der Rest der Lösung soll sich in einem Kloster befinden. Er wäre nicht zu mir gekommen, wenn er noch einen Funken Hoffnung gehabt hätte, dieses Problem hier an Ort und Stelle lösen zu können, glauben Sie mir.«

»Sie wollen uns wirklich sagen, dass …«

»Ich weiß«, wurde Nummer 6 von Mal Fisher unterbrochen, bevor er seine Frage ausformulieren konnte, »ich war ebenso erstaunt, dass wir mit unseren Hochleistungsrechnern keinen Code knacken können, der vor mehr als tausend Jahren entwickelt worden ist … aber so scheint es nun mal wirklich zu sein. Das ist traurige Realität.«

Nummer 7 schaltete sich ein.

»Es ist eine Sache, hinüberzugehen und etwas zu holen, das für uns sehr wichtig, für die da drüben aber bedeutungslos ist, und eine andere Sache, jemanden von dort zu entführen … das wird Konsequenzen haben! Denken Sie an den Brief.«

»Als wenn es darauf noch ankäme«, rief Nummer 2.

»Ich denke an den Brief und ich finde, wir sollten ihn den Medien zugänglich machen. Nicht in vollem Umfang vielleicht, aber gut gestreute Andeutungen werden einen großen Effekt bei der Bevölkerung erzielen. Wir hatten schon mehr als einmal Erfolg mit einer solchen Strategie. Ich bitte Sie, sich an die Terrorwellen des ausgehenden zwanzigsten Jahrhunderts zu erinnern oder an die in den Jahren nach 2012. Wir haben Gesetze durchgebracht, die vorher undenkbar gewesen wären, und nur, weil die Bevölkerung Angst hatte.«

»Sie haben durchaus recht, Nummer 6«, überlegte Mal Fisher laut, »es würde uns Gelegenheit geben, ein paar neue Gesetze zu installieren. Darüber sollten wir jedenfalls nachdenken. Deshalb finde ich die Idee gut, mit dem Brief an die Öffentlichkeit zu gehen.«

»Die Gefahr einer Entdeckung wird ungleich höher«, gab Nummer 4 zu bedenken. »Wir haben damit gerechnet, Mr. Sisko an Land zu bringen, damit er auf geradem Wege nach Angkar Wat geht und nach Erledigung seiner Mission sofort zurückkehrt. Wenn er jetzt noch längere Zeit dort herumläuft, um diesen Eltringham zu befragen oder ihn gar zu entführen, wird die Gefahr seiner Entdeckung ungleich höher sein. Und wenn er entdeckt wird, werden sie ihn gefangen nehmen. Sie werden nicht noch jemanden einfach so mir nichts dir nichts die Heimreise antreten lassen. Dann war alles umsonst. Wollen wir ein solches Risiko eingehen?«

»Nun«, meinte Mal Fisher, »wie es scheint, werden wir uns in diesem Punkt nicht einig ... deshalb schlage ich eine Abstimmung vor. Wir sind ja bereits drüben, um uns endlich die Lade zu holen, die wir so lange gesucht haben. Möchte jemand von Ihnen darauf verzichten? Lassen Sie uns morgen noch einmal zusammenkommen, so können wir alle noch einmal eine Nacht drüber schlafen. Auf Wiedersehen meine Dame, meine Herren.«

Er schaltete das Hologramm ab. Den Stab, der für ihn persönlich so wichtig war, hatte er mit keinem Wort erwähnt.

Dann ging er zu seinem Barschrank, nahm eine Flasche Whiskey, öffnete sie und schenkte sich ein Glas ein. Er nahm einen langen Schluck, setzte sich in einen der bequemen Sessel, schloss die Augen und versetzte sich in eine tiefe Trance.

Plötzlich tauchten Bilder vor seinem geistigen Auge auf. Und obwohl sie undeutlich waren, konnte er dennoch bruchstückhafte Szenen erkennen. Nicht wie sonst, wo er sich in aller Klarheit an seine Inkarnationen erinnern konnte.

Er sah sich in einem kleinen Boot liegen und es ging ihm schlecht, sehr schlecht. Er hatte hohes Fieber. Er war dem Tode nah. Neben ihm lagen zwei seiner Kameraden, beide waren am Tag zuvor gestorben. Einer davon war Aaron, sein geliebter Bruder. Er war der einzige Überlebende. Jetzt sah er, dass ihr Schiff im Sturm gesunken war. Nur neun von ihnen hatten es in der tobenden See in das einzige noch intakte Rettungsboot geschafft. Monatelang waren sie auf dem Meer getrieben – hilflos dem Wind und den Wellen ausgeliefert. Das kleine Segel, das sie anfangs noch vorwärtsgetrieben hatte, war vom ersten Sturm zerfetzt worden. Dann endlich Land. Starke Hände hoben ihn aus dem Boot und trugen ihn weg. Er war zu geschwächt, um genau zu erkennen, wer ihn gerettet hatte. Er klammerte sich an seinen Stab. Kurz darauf tat er im Hause des unbekannten Retters seinen letzten Atemzug.

Mal Fisher schlug die Augen auf.

Warum kann ich mich an diese Inkarnation nicht so genau erinnern wie an all die anderen?, überlegte er und spürte, wie sich seine Augen wieder schlossen, aber diesmal taten sie es von selbst. Und dann sah er es endlich deutlich. Auf dem Berg Sinai war ihm ewiges Leben prophezeit worden. Das hatte er nun verwirkt, weil er Menschen gegessen hatte, um zu überleben. Er brauchte unbedingt seinen Stab.

***

Kapitel 10

Nach ihrem Gespräch mit Jared Swensson überquerte die Äbtissin schnellen Schrittes den Innenhof und betrat die ehemalige Klosterkapelle, die den Bewohnern von Haldergrond als Refugium diente. Wenn man in Stille allein sein wollte, konnte man sich hierher zurückziehen. Sie schloss die Tür hinter sich und schaute sich um. Sie war alleine. Dann eilte sie den Mittelgang entlang. Hinter dem quadratisch behauenen Felsblock, der vor langer Zeit einmal als Altar gedient hatte, befand sich eine niedrige, eisenbeschlagene Eichentür. Adegunde nahm einen Schlüssel aus der Tasche ihres Kleides und schloss die schwere Tür auf. Diese öffnete sich mit einem leisen Geräusch, das sich wie das drohende Knurren eines Hundes anhörte. Dahinter befand sich eine Wendeltreppe, die sowohl nach unten als auch nach oben in den Turm führte. Es war vollkommen dunkel. Adegunde klatschte leise zweimal in die Hände, worauf augenblicklich mehrere Irrlichter erschienen und ihr den Weg leuchteten. Sie stieg die Treppe empor und stand nach genau 72 Stufen, die sie mit erstaunlicher Behändigkeit erklommen hatte, erneut vor einer Tür.

Sie öffnete auch diese und betrat ein rundes Turmzimmer mit einem Durchmesser von etwa sieben Schritten. Die Irrlichter verschwanden so schnell, wie sie gekommen waren.

Der Raum war ungefähr bis zur Hälfte mit Holz vertäfelt, ansonsten war er, einschließlich der kuppelartigen Decke, vollkommen verglast. Man hatte einen Blick über ganz Haldergrond, das sich jetzt unter einem silbernen Mond, der wie eine riesige ewige Laterne am wolkenlosen Himmel hing, vor ihr ausbreitete. Sogar noch darüber hinaus, bis dorthin, wo die sanft geschwungenen bewaldeten Berge, die am Tage noch in den schönsten Herbstfarben geleuchtet hatten, in das Agillengebirge übergingen.

»Guten Abend, Sankiria«, wurde sie freundlich begrüßt. Perchafta saß in einem der vier ausladenden, grünen Brokatsessel, die den Raum fast vollständig ausfüllten. Bis auf einen runden Tisch in der Mitte, dessen Mosaik eine religiöse Szene aus dem Christentum darstellte, und einem mit Intarsien versehenen alten, mannshohen Schrank, waren sie das einzige Mobiliar. Sowohl Tisch als auch Schrank waren Arbeiten eines berühmten Künstlers des Mittelalters und zählten zu den wenigen Stücken der ehemaligen Klosteranlage, die im ausgehenden 21. Jahrhundert nicht Plünderern zum Opfer gefallen waren. Wahrscheinlich hatte man in dem allgemeinen Tumult einer sich auflösenden Welt die kleine Tür hinter dem Altar einfach übersehen.

Der Schrank war halb geöffnet und man konnte Trinkgläser verschiedener Größen und Formen erkennen. Auch bunte langstielige waren darunter sowie ein paar Flaschen, die ganz offensichtlich mit unterschiedlichen Inhalten gefüllt waren.

Der Gnom hatte die Beine lässig übereinandergeschlagen und rauchte sein obligatorisches Pfeifchen, dem ein süßlicher Tabakgeruch entstieg. Er trug eine dunkle Hose und ein hellblaues Hemd, darüber einen grünen Wams mit silbernen Knöpfen. Seine Füße steckten in hellbraunen Wildlederstiefeln. Vor ihm auf dem Tisch stand ein kleines, halb gefülltes Glas mit einer gelblichen Flüssigkeit.

»Rauchen ist aber sehr ungesund«, lächelte die Fee ihn beim Hereinkommen an, »und vom Trinken möchte ich erst gar nicht reden, mein lieber Perchafta.«

»Ich mag deinen Humor, Sankiria, aber dieses kleine Laster genehmige ich mir hin und wieder. Ansonsten achte ich sehr auf eine gesunde Lebensführung, wie du weißt. Ich liebe diese Pfeife, es ist eine Elfenarbeit aus Elaine ... niemand fertigt schönere an. Und der Marillenlikör, den ihr hier herstellt, ist wirklich ausgezeichnet. Ich trinke auf dein Wohl, Sankiria, und auf unser ewiges Leben.«

Er trank genüsslich einen kleinen Schluck, lachte und seine klugen Augen blitzten schelmisch auf.

»Dass die Elfen im Walde von Elaine sich hervorragend auf das Schnitzhandwerk verstehen, weiß ich, aber dass sie auch Pfeifen herstellen, wusste ich bisher nicht«, schmunzelte die Fee wohlwollend und wedelte mit der Hand, um den Rauch zu verteilen.

»Ich glaube, ich genehmige mir jetzt auch einen Schluck. Dieser Farmer war wirklich hartnäckig.«

Sankiria trat an den Schrank, entnahm diesem ein Glas und eine noch geschlossene Flasche. Sie murmelte ein paar Worte in einer Sprache, die der Gnom nicht verstand. Der Korken drehte sich langsam aus dem Flaschenhals und gab kurz darauf den Inhalt frei. Sie schenkte sich ein halbes Glas voll ein.

»Einer der besten Rotweine ... Madmut schickt mir jedes Jahr ein paar Flaschen aus dem fürstlichen Anbau.«

Sie hielt das Glas hoch gegen den Mond, lächelte zufrieden und nickte ihrem Gast zu. Dieser hatte ebenfalls sein Glas erhoben. Beide tranken.

»Ich hoffe, der Qualm stört dich nicht«, sagte Perchafta, »warte einen Moment, ich öffne das Fenster, es ist ein solch milder Abend.«

Er war gerade im Begriff aufzustehen, aber Sankiria kam ihm zuvor, und kurz darauf strömte die immer noch erstaunlich warme Luft dieses Herbstabends in den Raum.

»Was veranlasst dich, lieber Freund, zu solch später Stunde zu einem Besuch, über den ich mich natürlich sehr freue? Ich konnte nicht sofort kommen, als ich deine Nachricht erhielt. Ich hatte noch ein längeres Gespräch mit dem Farmer Swensson aus Winsget, dessen Sohn ...«

»Ich weiß«, unterbrach Perchafta sie, »sein Tod wäre vielleicht nicht nötig gewesen, aber einer der Wächter war wohl etwas übereifrig in der Wahrnehmung seiner Pflichten. Es muss für den Vater ein grauenvoller Anblick gewesen sein.«

»Nun, vielleicht hat er es doch aus irgendeinem Grund verdient«, meinte Sankiria trocken,»na gut ... vielleicht nicht auf diese Weise. Er hält übrigens die Emurks für die Gnome, die Tench'alin bewachen. Ich habe ihn in dem Glauben gelassen. Er hat wohl die Bilder in ihrer Seefahrerschule gesehen.« Sie lächelte und nahm ebenfalls Platz.

»Haha, das muss ich unbedingt meiner Familie erzählen.« Perchafta war sichtlich amüsiert.

»Aber deswegen bist du nicht hier ... und auch nicht wegen unseres Marillenlikörs. Wie ich weiß, verstehen sich die Krulls ganz hervorragend auf das Herstellen exzellenter Liköre und Weine. An den Hängen von Angkar Wat wächst ja neben Aprikosen und Birnen auch eine gute Traube.«

»Das stimmt, deswegen bin ich nicht hier ... leider. Es droht Gefahr«, der Krull nahm die Pfeife aus dem Mund und schaute ernst.

»Sie haben wieder jemanden geschickt. Ein Agent aus der Neuen Welt hat das Tal bereits erreicht ... sie geben nicht auf, sie wollen haben, was die Siegel bewachen, liebe Sankiria.«

»Sie wissen von dem fehlenden Puzzleteil in ihrem Genmaterial? Sie wissen von der Blaupause Gottes in der Lade? Woher? Dann hatte Aumakul also recht mit seinem Gerede, dass die Lage sich zuspitzt. Weißt du noch? Er hat es auf unserer letzten Ratsversammlung in Angkar Wat gesagt.«

»Ich erinnere mich natürlich«, meinte Perchafta,»ich war mir nur nicht sicher, ob er sich bloß wichtig machen wollte oder ob seine Aussage auf gesicherten Informationen beruhte.«

»Wir Feen haben uns darüber ebenfalls Gedanken gemacht«, gab Sankiria zur Antwort.»Meinst du, dass jemand vom Rat Verbindungen in die Neue Welt hat? Wir hatten damals Aumakul in Verdacht gehabt. Er ist es aber nicht.«

Perchafta stopfte seine Pfeife mit einem kleinen Bernstein nach.

»Irgendwoher wissen die Anderen jedenfalls, was die Siegel in Tench'alin bewachen ... deswegen sind sie hier, denn die Pläne ihres Myon-Neutrino-Projektes haben sie ja bereits. Sie würden aus keinem anderen Grund nochmals ein solches Risiko eingehen. Ich möchte aber niemanden des Verrats verdächtigen. Es kann nämlich auch sein, und das halte ich eher für wahrscheinlich«, fuhr er nach einer kurzen Pause fort, »dass einer oder mehrere von ihnen ebenfalls *Walk Ins* sind, die die Informationen bereits hatten und niemanden brauchen, der sie ihnen verrät. Nikita ist sicherlich nicht die einzige *Walk In* der Neuen Welt.«

»Was ist, wenn Moses ebenfalls einer gewesen ist? Er war der Erste, der die Blaupause in Händen gehalten hat, damals zusammen mit den Zehn Geboten, die er angeblich von seinem Gott erhalten hat.«

»Was hätte er seinem Volk denn sonst sagen sollen? Dass er es von Außerirdischen bekommen hat? Vielleicht hat er ja auch selbst damals an Engel geglaubt. Nun, wenn er also wirklich ein *Walk In* ist, wird er immer noch danach suchen oder suchen lassen. Die Macht dazu wird er haben.«

»Wahrscheinlich wird er dort drüben in einem teuren Anzug herumlaufen, nicht in einem Beduinengewand.«

»Dass er ein *Walk In* ist, kann natürlich sein. Aber hätten sie dann nicht gleich beides von hier mitgenommen, die Pläne und die Lade?«

»Wenn sie gewusst hätten, dass sich alles am gleichen Ort befindet, hätten sie das sicher getan. Dann wäre aber Nikita nicht allein gekommen. Wie auch immer, sie hätten wegen des Myon-Projektes in jedem Fall noch einmal kommen müssen«, schmunzelte der Gnom jetzt. »Von Shabo wissen wir, dass sie dort inzwischen bemerkt haben, dass sie vor einer schwer lösbaren Aufgabe stehen.«

»Shabo ist wieder dort?«

»Ja, zu Nikitas Sicherheit.«

»Dann ahne ich schon, worum es geht.« Sankiria schien belustigt.

»Also weißt du, dass es in den Berechnungen dieser Maschine einen Rätselcode gibt, den sie nicht so schnell werden knacken können. Trotz all ihrer Möglichkeiten, die sie inzwischen haben? Es kann jedenfalls nicht lange dauern, bis sie erkennen, dass sie dazu nicht in der Lage sind. Auf einer seiner Zeitreisen hat Effel gesehen, dass er damals ein Rätsel eingebaut hatte, offensichtlich liebte er damals bereits Rätsel. Er hat sich sogar an die Lösung erinnert. Ich verstehe nicht, warum er Nikita davon nichts gesagt hat.«

»Das wollte er, Perchafta. Er wollte es ihr zum Abschied schenken.«

»Er wollte es ihr zum Abschied schenken?«

»Ja, als letzte Überraschung. Das große Rätsel. Ich fand diese Idee niedlich.«

»Woher weißt du das?«

»Einer meiner treuen Phukas hat es herausbekommen. Effel redet im Schlaf.« Sankiria lächelte.

»Aha, und du hast verhindert, dass er ihr sein Geschenk geben konnte.«

Es war eher eine Feststellung als eine Frage.

Sankiria nickte.

»Ich habe lange gezögert, es zu tun, erst im letzten Moment, am Waldrand von Elaine, hatte ich mich dazu entschlossen. Obwohl ich das Rätsel gar nicht kenne.«

»Warum hast du das getan?«

»Wenn sie das Rätsel nicht lösen, können sie diese Maschine nicht bauen. Das werden sie aber auf keinen Fall in Kauf nehmen. Der Agent, der schon da ist, wird dann zunächst auf Effel angesetzt werden und wir gewinnen etwas Zeit. Wer weiß, vielleicht kehrt er dann gar nicht mehr zurück.«

»Oder er kommt hierher.«

»Hierher, warum?«

»Weil sie in ihren Unterlagen nur die Hälfte des Rätsels haben, mit dem Hinweis, dass der Rest hier zu finden ist.«

»Hier? Du meinst hier bei uns in Haldergrond?«

»Ja, im ehemaligen Monastère Terre Sainte.« Perchafta
lächelte.

»Dann müssten sie aber erst einmal darauf kommen, dass
es jetzt Haldergrond heißt.«

»Das stimmt. Dieser Agent gehört einer besonderen Spezialeinheit an und ist wirklich nur wegen dem hier, was die
Siegel bewachen. Egal ob er das Problem mit Effel gelöst hat
oder nicht – er wird zurückkommen in unser Tal. Sie nehmen
jedes Risiko auf sich. Ich glaube, dass Nikita eine Späherin
war. Sie sollte die Lage hier sondieren ... natürlich wusste sie
das nicht und sie wird es bis heute nicht wissen.«

»Vielleicht nehmen sie an, dass es für sie keine Gefahr dar-
stellt, wenn sie wieder jemanden herschicken. Immerhin hat
es ja schon einmal funktioniert.«

»Du meinst, dass sie sich überlegen fühlen?«

Perchafta war aufgestanden und hatte damit begonnen, in
dem kleinen Raum auf und ab zu gehen.

»Wenn sie das glauben, täuschen sie sich aber gewaltig,
denn sie sind es nicht. Wenn ich etwas ganz sicher weiß, dann
ist es das! Die Macht der Siegel ist sehr groß! Hat die Regierung der Neuen Welt den Brief nicht gelesen, den wir Nikita
mitgegeben haben?«

Es war eine rhetorische Frage.

»Den werden sie gelesen haben. Aber es wäre nicht das
erste Mal, dass die Menschen sich überschätzen«, antwortete
Sankiria lapidar und Perchafta nickte zustimmend mit dem
Kopf.

»Ja, leider. Sie täten gut daran, sich zu erinnern. Aber mit
der Erinnerung an ihre Geschichte hatten sie ja meist Probleme. Oft haben sie die Geschichte im Nachhinein sogar einfach
verfälscht. Dabei hätten sie einiges aus ihr lernen können. Sie
waren ohnehin Meister der Fälschung und der Täuschung.«

»Und sind es wohl immer noch. Sie überschätzen sich auch
in der Neuen Welt, ihre Anmaßungen gehen weiter, so wie
früher. Ich erinnere mich an den Versuch einer Annektierung

des gesamten Weltraumes. Sie fand damals in drei Schritten statt: Innerhalb von 14 Tagen segnete zunächst der US-Senat und dann der Kongress einen Gesetzentwurf ab, der das Weltall zum amerikanischen Verwaltungsraum erklärte. Sechs Tage später unterzeichnete auch ihr Präsident das Schriftstück, mit dem seine Behörden quasi das Recht der Lizenzvergabe zur Ausbeutung des Sonnensystems für sich beanspruchten.

Damit stand aus ihrer Sicht weder der Errichtung von Kolonien auf dem Mars noch der kommerziellen Ausbeutung des Asteroidengürtels etwas im Wege. Diesem Gesetz zufolge brauchte jemand, der so weit gewesen wäre, sich auf den Weg zu machen, nur noch ein paar Genehmigungen dafür zu beantragen. Die USA hätten dann darüber befinden können.«

»So wie sie es mit dem Wilden Westen schon gemacht haben. Dieser Westen war aber nicht wild, wild wurde er erst nach der Vertreibung der Ureinwohner.«

»Das ist wohl wahr. Mit welchem Recht kann man etwas in Besitz nehmen und verwalten, was einem gar nicht gehört?« Sankiria schüttelte den Kopf.

»Der Weltraum birgt unendliche Schätze und viele waren schon damals für die Menschen interessant wie Uran, Gold, Erz und vieles mehr.«

»Eigentlich war das alles schon seit langer Zeit geregelt. Als die Vertreter von 94 Nationen sich als *Vereinte Nationen* zusammentaten, um miteinander den sogenannten Weltraumvertrag zu schließen, kam der Vertrag über die Nutzung des Weltraums zustande, obwohl damals selbst die größten Optimisten nicht wirklich daran glaubten, dass man in absehbarer Zeit irgendetwas Geldwertes würde teilen müssen. Allen war klar, dass die technischen Voraussetzungen nicht gegeben waren.«

»Nun ja, zweihundert Jahre später war es allerdings real. Da konnten sie sich in den Weltraum ausdehnen. Auch hierbei hatten sie nicht auf die Warnungen der Völker der Welten gehört oder sie verstanden.«

»Nein, die Abstürze ihrer Shuttles und die Zerstörung der Raumstationen und Satelliten haben sie technischen Mängeln zugeschrieben.«

»Weil sie nicht erkennen konnten, was diese Unfälle verursacht hatte. Sie haben angenommen, dass kosmische Völker, wenn es sie überhaupt geben würde, in riesigen Raumschiffen unterwegs seien. Nur das hat in ihr materialistisches Weltbild gepasst. In ihren Filmen haben sie es jahrzehntelang gezeigt. Diese Darstellungen waren einfach nur lächerlich.«

»Ein Grund mehr, alles dafür zu tun, damit sie nicht an das herankommen, was die Siegel beschützen.«

»Wir müssen verhindern, dass dieser Agent die Siegel zum Handeln zwingt. Auch wir werden schließlich mit den Folgen leben müssen. Es ist unser aller Erbe.«

Perchaftas Augen umwölkten sich für einen kurzen Moment.

»Die Siegel werden handeln. Es ist ihre Aufgabe ... ihr einziger heiliger Zweck, die Schöpfung zu schützen, und ich sehe nur eine Möglichkeit, dieses Handeln zu verhindern.«

Sankiria war ebenfalls aufgestanden und an das geöffnete Fenster getreten, um es zu schließen. Es war kühl geworden. Sie blickte auf das Agillengebirge.

»Welche Möglichkeit meinst du?«

»Wir dürfen die Siegel nicht erwachen lassen«, erwiderte Perchafta, »wir dürfen nicht tatenlos zusehen. Vielleicht haben wir zu lange dem Treiben der Menschen zugeschaut. Das erste Siegel erwacht gerade. Und wenn die restlichen zwei erwacht sind, dann kann dies das Ende der Welt bedeuten ... die auch unsere Welt ist, Sankiria. So ungefähr jedenfalls steht es in der Prophezeiung des Balgamon geschrieben. Bedenke, dass dann auch deine wertvolle Arbeit hier in Haldergrond vergebens war.«

»Ungefähr?«, Sankiria wandte sich um. »es steht bloß *ungefähr* dort geschrieben, was dann geschieht?«

»Es ist sehr rätselhaft, liebe Sankiria, seit vielen Jahren arbeiten wir fieberhaft an der Entschlüsselung dieser Prophezeiung. Es scheint sich in diesem Teil des Buches um eine Schrift zu handeln, die sonst in keinem anderen Teil auftaucht. Kein Clan vor uns hat es geschafft, aber wir sind ja auch erst seit ... warte einmal«, Perchafta rechnete, »seit genau 432 Jahren hier in den Höhlen.«

Er lächelte.

»Ich mag deinen Humor, Perchafta.«

»Etwas anderes haben wir allerdings in diesem Zusammenhang im Balgamon entdeckt.«

»Du machst es wirklich spannend.«

Perchafta holte ein Blatt Papier aus seiner Wamstasche.

»Ich habe es hier aufgeschrieben. Es stand auf der Steintafel mit der Nummer 365, die direkt neben der Prophezeiung aufgestellt ist.«

»Die habt ihr lesen können? Was steht da?«

»Ja, es war in hebräischer Sprache geschrieben. Also auf dieser Tafel – ich lese dir nur den Teil vor, der für uns wichtig ist – steht Folgendes: *Großes Unheil kommt über die Welt, wenn Drei Siegel in Tench'alin erwachen. Erwacht das erste Siegel vollständig, werden schreckliche Vorboten über die Länder kommen. Dies ist das erste Erbe von Tench'alin. Nur ein Volk kann die Siegel aufhalten. Es ist ein Volk, das eine dreihundertjährige Verbannung im Tal von Angkar Wat verbringen wird. Dies ist der Weg, denn sie haben den Stab. Das Geschlecht der Urtsukas hütet ihn. Stab und Lade gehören für immer zusammen. Das Volk wird beides schützen. Wenn sie aus der Verbannung in ihre Heimat zurückkehrt sind, werden sie das Zeichen finden und die Klugen werden es deuten. Aber auch dann ist die Gefahr nicht vorbei, denn der Feind aus der Tiefe ist mächtig.* Also, das ist der ungefähre Inhalt, vielleicht ist es nicht wörtlich übersetzt«, endete Perchafta und reichte Sankiria das Papier.

»Der einzige Weg? Dort steht wirklich, dass die Emurks die Siegel am Erwachen hindern können.«

»Es sieht ganz danach aus.«

»Na, im Wachehalten haben sie ja jetzt Erfahrung. Dreihundert Jahre lang haben sie das Erbe von Tench'alin bewacht, ohne es zu ahnen. Was soll das für ein Stab sein? Was hat es damit auf sich, was denkst du?«

»Das weiß ich nicht.«

»Du weißt etwas nicht?«

»Ich habe nie behauptet, allwissend zu sein«, lachte Perchafta.

Sankiria überlegte.

»Moses hatte einen Stab«, rief sie plötzlich aus. »Natürlich. Er soll damit das Meer geteilt und viele andere Wunder vollbracht haben.«

»Dann befindet sich dieser Stab irgendwo auf den Inseln von Kögliien. Das ist es. Das muss es sein.«

»Und wird bei einem Urtsuka zu finden sein.«

»Ihr Kapitän heißt so.«

»Dann geht es jetzt darum, beides zusammenzubringen, Stab und Lade.«

»Wenn das von Anfang an geplant war, von wem auch immer, waren die dreihundert Jahre hier bei uns ein Test.«

»Ein Test? Du meinst, man wollte testen, ob die Emurks in der Lage sind, das Erbe zu schützen?«

»Warum nicht, dreihundert Jahre sind kein langer Zeitraum.«

»Nach euren Maßstäben nicht, Perchafta.«

»Nach dem Maßstab des Universums nicht, Sankiria. Mit dem Feind aus der Tiefe werden die U-Boote aus der Neuen Welt gemeint sein.«

»Dann sollten wir keine Zeit verlieren.«

»Gut Ding will Weile haben, verehrte Sankiria. Das vermittelst du deinen Schülerinnen doch auch.«

»Nicht in jedem Kontext, lieber Perchafta. Manchmal ist sogar sehr schnelles Handeln angebracht. Da muss jeder Handgriff sitzen und das Wissen muss schnell abrufbar sein. Da kann eine Heilerin nicht erst in ihren Büchern nachschauen. Welche Situation haben wir hier? Was meinst du?«

Perchafta sah es der Fee nach, dass sie ihn gerade behandelte wie einen Schüler, der den Lernstoff nicht verstanden hat. Er lächelte sie an.

»Etwas Zeit haben wir vielleicht, weil das Erwachen der Siegel nicht so schnell vonstattengeht. Wir konnten schon einiges von dieser Prophezeiung entziffern. Was wir ja bereits verstanden haben, ist, dass wir das Schicksal immer noch in der Hand haben, solange nicht alle Siegel erwacht sind. Das heißt, wenn wir die Emurks dazu bringen, uns zu helfen. Wenn uns das nicht gelingen sollte, können wir allerdings nur noch tatenlos zusehen. Ich möchte diesen letzten Strohhalm ergreifen.«

Der Halbmond stand jetzt genau hinter der Fee, sodass es aussah, als hätte sie einen Heiligenschein.

Dann sagte sie: »Um unsere Arbeit hier wäre es in der Tat schade ... so viel Hoffnung an diesem Ort ... so viele Menschen, die den Weg erkannt haben. Ich bin mir sicher, dass aus dieser Schule auch in Zukunft wunderbare Persönlichkeiten hervorgehen, die es wert wären, im Rat der Welten zu sitzen und über unser aller Geschicke mitzubestimmen.«

»Mir ist bekannt, dass du dich dafür einsetzt, liebe Freundin, aber ich kenne auch die Gegner dieser Idee ... und die sind mächtig. Ihre Stimme hat im Rat ein hohes Gewicht. Die Reden, die sie hielten, klingen noch in meinen Ohren.«

»Ich weiß«, seufzte Sankiria, »aber wenn wir das Eisvolk mit seinem mächtigen König, die Aumakuls ... und wie die anderen alle heißen nicht für unsere Idee einer harmonischen Koexistenz gewinnen – und zwar mit *allen* Menschen –, werden wir nie zur Ruhe kommen und Frieden wird nie einkehren.«

Sankiria nahm wieder Platz und fuhr fort: »Eine der besten Schülerinnen, eine wirklich gute Freundin, Jelena Dekker aus Gorken, ist gerade gestorben. Sie bereiten in ihrer Heimat die Totenfeier vor. Ich werde ihr die letzte Ehre erweisen. Sie hätte das Zeug dazu gehabt, im Rat der Welten zu sitzen. Wir brauchen jetzt starke Verbündete, lieber Perchafta, wenn wir diese Idee durchsetzen wollen. Dauerhafter Friede wird nur *mit* den Menschen möglich sein.«

»Die mächtigen Meergeister dürften wir auf unserer Seite haben. Ngorien hat sich Nikita auf ihrer Herfahrt bereits zu Erkennen gegeben. Wie er mir sagte, habe er genau gespürt, dass sie jemand ist, der das Wissen in den anderen Teil der Welt tragen kann. Mehr Sorgen mache ich mir über das Eisvolk. Deren König ist nämlich überhaupt nicht gut auf die Menschen zu sprechen, wie man ja auf unserer Versammlung hören konnte.«

»Das stimmt wohl. Vermoldohout wird sich hoffentlich nicht als helfende Hand der Siegel verstehen. Ich weiß nämlich nicht, was die Menschen dann mehr zu fürchten hätten. Wir wissen alle, über welch furchterregende Waffen sie verfügen. Sie mussten sie damals zwar stilllegen, aber wer weiß, ob sie sie in einem Ernstfall nicht doch wieder einsetzen würden. Der neuerliche Vertragsbruch wird als ein solcher angesehen werden. Dagegen werden die Adaros auch nichts ausrichten können.«

»Sicher nicht.«

»Wenn deren König Ngorien Nikita geholfen hat, muss er sich materialisiert haben. Das muss für ihn sehr anstrengend gewesen sein.«

»Offensichtlich war es ihm das wert. Dass die Adaros auch anders können, wissen wir. Sie hätten das U-Boot sogar unschädlich machen können. Die Emurks haben auf ihrer Reise vor dreihundert Jahren auch zwei ihrer Schiffe verloren.«

»Davon wusste ich nichts«, sagte die Fee erstaunt, »kennst du den Grund?«

»Ja, den kenne ich. Nachdem sie damals Vertrauen zu uns gefasst hatten, haben sie erzählt, dass sich zu jener Zeit einige Rebellen aus ihren Reihen der Verbannung widersetzen wollten. Die Schiffe der Widerständler wurden ins Meer gezogen. Keiner hat überlebt.«

»Dann hatten die Adaros ja schon zugestimmt, dass Nikita zu uns kommen kann.«

»So ist es. Ngorien hat Nikita sogar mit wichtigen Hinweisen geholfen, wie sie mir erzählt hat.«

Dann fuhr der Gnom kichernd fort: »Einen Traum habe sie gehabt ... damals an Deck des U-Bootes. Das hat sie geglaubt.«

»Kann man es ihr verdenken?«

Sankiria hatte ihre schlanken Hände im Schoß gefaltet und meinte: »Sie ist in einer Welt aufgewachsen, in der man den Menschen das Träumen abgewöhnt hat, ja, man hat es rigoros unterdrückt. Nun, bei allen ist es allerdings nicht gelungen.«

»Zum Beispiel bei ihr nicht. Und die Menschen, die träumen, werden es nicht an die große Glocke hängen, sondern es für sich behalten. Dieser Chip, den sie seit Geburt tragen, kann es offensichtlich nicht messen. Warum er das nicht kann, verstehe ich nicht, weil doch gerade Träume von besonderen Hirnaktivitäten begleitet werden.«

»Die Schwingung der Traumaktivitäten im Gehirn ist vielleicht zu hoch für ihren Chip«, erwiderte Sankiria, »was wiederum ein Beweis dafür sein dürfte, dass sie das Gehirn immer noch nicht in seiner Gänze verstanden haben. Deswegen wollen sie das, was die Siegel bewachen, unbedingt besitzen. Was unter keinen Umständen geschehen darf. Stell dir einmal dieses Wissen in ihren Händen vor!«

»Das möchte ich mir gar nicht erst vorstellen. Die Siegel werden es verhindern, wenn wir es nicht schaffen. Wir sollten unsere Kräfte bündeln oder auch die Menschen in diesem Teil der Welt noch mehr unterstützen.«

»Wir Feen werden tun, was in unserer Macht steht. Wie es Nikita wohl geht? Was wird sie ihren Leuten berichten?«

»Jedenfalls ist sie als anderer Mensch zurückgekehrt«, stellte Perchafta fest, »und sie wird klug genug sein, nicht jedem zu erzählen, dass sie eine *Walk In* ist. Auch mit anderen Informationen wird sie sehr vorsichtig umgehen.«

»Ich glaube, die meisten würden sie auslachen und ihr Ruf als ernst zu nehmende Wissenschaftlerin wäre sicherlich ruiniert. Wie wird sie sich in ihrer Heimat wieder zurechtfinden ... mit all ihren Erinnerungen?«

»Nun«, Perchafta zündete sein Pfeifchen wieder an und nachdem er einige Male kräftig daran gezogen hatte, fuhr er fort: »Sie wird natürlich vieles mit anderen Augen betrachten, mit sehr viel wacheren Augen. Sie wird aber auch daran mitwirken wollen, dass die Baupläne verwirklicht werden können, und da wird sie ihre ganze Energie einsetzen. Dazu ist sie viel zu sehr Wissenschaftlerin und sie ist loyal Professor Rhin gegenüber. Ihre größte Prüfung steht ihr allerdings noch bevor, wenn sie sich entscheiden muss ... zwischen der Liebe und der Wissenschaft. Und das wird vielleicht geschehen. Obwohl der Mann, der sich in unserem Tal aufhält, aus anderen Gründen hier ist, werden sie das Myon-Projekt nicht aufgeben. Sie werden alles unternehmen, um an des Rätsels Lösung zu kommen, alles!«

»Also werden sie auch vor einer Entführung nicht zurückschrecken«, warf Sankiria ein.

»Vor nichts werden sie zurückschrecken, liebe Sankiria, vor gar nichts.«

»Dann sollten wir Effel warnen, was meinst du?«

»Er wird auf der Hut sein und er wird eins und eins zusammenzählen«, antwortete Perchafta gelassen.

»Meinst du, dass Nikita dort drüben in Gefahr ist, wenn sie...«

»Wenn sie entdecken, dass ihr ICD neutralisiert wurde, ist sie in Gefahr«, unterbrach Perchafta die Fee. »Für alle Fälle ist aber Shabo in Bushtown und hält ein Auge auf sie. Er wird den Chip reaktivieren, wenn es nötig sein sollte.«

»Ist Shabo der Richtige? Ich meine ...«

»Doch, da bin ich mir sicher, vor allem jetzt, wo er nicht noch zusätzlichen Ärger mit einem Emurk hat«, lächelte Perchafta und dachte an die vielen Streitereien zwischen den beiden. Inzwischen waren aber alle Meinungsverschiedenheiten beigelegt, wie er wusste. Vonzel und der Krull hatten auf dem Abschiedsfest, das die Gnome für die Emurks ausgerichtet hatten, Frieden geschlossen.

»Shabo ist sehr einfallsreich. Auch in brenzligsten Situationen behält er einen klaren Kopf, wie du weißt. Er kann sich helfen. Vielleicht wird ihm der gute Draht zu einem gewissen Emurk ja eines Tages noch von Nutzen sein. Niemand von uns kennt sich in der Neuen Welt besser aus als Shabo. Er wird Nikita nicht einen Moment aus den Augen lassen.«

»Ich glaube nicht, dass die Emurks helfen werden, selbst wenn sie erfahren, was auf deinem Zettel steht. Sie sind froh, wieder in der Heimat zu sein. Sie haben dort auch genug zu tun, wie man hören kann. Und unter uns gesagt, mein Freund, ich kann dieses Volk verstehen. Sie gehören ja nicht einmal dem Rat der Welten an, was ich persönlich sehr bedauere. Ihre Verbannung wurde zwar beendet und sie gelten als rehabilitiert, ich glaube aber nicht, dass sie ihre Strafe jemals wirklich akzeptiert hatten. Sie werden sich aus allem heraushalten. Allerdings habe ich eine Idee, wie wir das neue Problem aus der Welt schaffen können. Jared wird heute Nacht von einem Phuka Besuch bekommen und ab morgen wird er einen Todfeind haben.«

Perchafta hatte sich erhoben.

»Lösen wird es das Problem nicht, höchstens aufschieben, aber Zeit bringt oft Rat. Ich muss aufbrechen, Sankiria. Ich werde nach Tench'alin gehen und mich dort mit den Meinen beraten. Wir werden jemanden mit einem Hilfeersuchen nach Kögliien entsenden. Es wird sich dafür sicher niemand aufdrängen, denn wir wissen nicht, was wir dort vorfinden werden. Du wirst schon das Richtige tun.«

»Es war schön, dass du hier warst, komme ruhig öfter.« Die Fee blickte aus dem Fenster. »Oh, es ist schon spät, bald geht die Sonne auf, und ich habe den Mädchen versprochen, die Morgenmeditation anzuleiten. Sie sind sicher schon aufgeregt wegen ihrer Prüfungen. Wenn die vorbei sind, richten wir noch unseren Tag der offenen Tür aus, und dann geht es erst einmal in die verdienten Ferien. Wie in jedem Jahr werde ich am letzten Abend des Semesters eine Rede in der Aula halten. Ich denke, ich werde nicht darüber sprechen, was gerade geschieht, obwohl ich zunächst daran gedacht hatte, es zu tun.«

»Nun, Sankiria, du bist die Leiterin dieser Schule, du wirst wissen, was du tust ... obwohl die Frauen, die hier sind, sicherlich mit diesem Wissen sehr verantwortungsvoll umgehen würden.«

»Davon bin ich fest überzeugt, Perchafta. Nun werden diese Mädchen aber in ihre Heimatorte zurückkehren und niemand weiß, wie die Menschen dort reagieren, wenn sie jetzt schon von all dem erfahren. Ich wünsche dir eine gute Heimkehr. Möge das Schicksal gnädig mit uns allen sein.«

***

Kapitel 11

Na, schmeckt es Ihnen, Bob?«, fragte Olga Wrenolowa mit einem breiten Grinsen einen sichtlich gut gelaunten Officer Mayer. Seine Laune kam von dem reichlich mit Schinken, Käse und Rucola belegten *Bob Mayer Special*, den er zusammengerollt in beiden Händen halten musste. Olga hatte diese Köstlichkeit nach ihm benannt, weil sie es ihm zu verdanken hatte, dass sie wieder ihre beliebten Pfannkuchen backen konnte. Schließlich hatte er sie in ihrer, zugegebener-

maßen luxuriösen, Zelle im Hauptquartier der NSPO davon
überzeugen können, nicht *ihren alten russischen Dickschädel,* wie sie selber sagte, bis zu einem für sie vielleicht bitteren
Ende durchzusetzen. War sie zu Beginn ihrer Gefangenschaft
noch der Meinung gewesen, dass niemand sie jemals würde
mundtot machen können, egal welche Position er innehatte,
so hatte sie ihre Meinung nach einem längeren Gespräch mit
Officer Mayer geändert.

Der Angesprochene konnte kauend nur ziemlich undeutlich antworten:»Und wie das schmeckt, liebe Olga.«

Inzwischen prangte sein Name auf der großen, in Folie
eingeschweißten Menükarte, auf der die zahlreichen Pfann-
kuchenkreationen mit fantasievollen Namen wie *Blaubeer-
traum, Bauernliebe, Dreikäsehoch* oder *Apfelwunderland*
angepriesen wurden. Sie hing, mit großen schwarzen Buchstaben bedruckt und für jedermann weithin sichtbar, an der
Rückwand von Olgas Stand. Sie hatte die sonst hier übliche
Leuchtreklame abgelehnt und sehr zum Erstaunen anderer
Geschäftsinhaber hatte ihre Argumentation, dass Altmodi-
sches auch zu Altmodischem passe, Zustimmung gefunden.
Diese Olga musste sehr gute Beziehungen haben.

Es machte Bob Mayer nichts aus, dass sich einige seiner
Kollegen, besonders Richard Pease, darüber lustig gemacht
hatten. Richard machte sich allerdings über fast alles lustig.
Nur wenn es um seinen geliebten Sport ging, war er nicht zu
Scherzen aufgelegt.

Ihr Vorgesetzter, Chief Captain Don Wichewski, hatte
behauptet, Bob würde mit dieser *Pfannkuchen-Ehrung,* wie er
es spöttisch nannte, das gesamte *Bushtown Police & Security*
Department der Lächerlichkeit preisgeben, und, was vielleicht noch schlimmer sei, mit einer solchen Aktion deren
ohnehin schon beschädigte Autorität vollends untergraben.

»Ein Pfannkuchen wurde nach einem meiner Officer
benannt ... es ist nicht zu fassen«, hatte er geschimpft, »noch
ein Grund mehr, dieses ungesunde Zeug nicht mehr zu essen.«

Wenn er eine dienstliche Handhabe hätte, was noch zu überprüfen wäre, würde er diesen ganzen Spuk schneller verschwinden lassen, als er gekommen war, hatte er noch hämisch hinzugefügt. Das würde man dann auch gerne schriftlich von ihm haben können, sogar in Folie eingeschweißt.

Und von Richard wurde er seitdem stets mit den Worten begrüßt: »Guten Morgen Speziale«. Darüber konnte Bob nur müde lächeln, denn er wusste ja, von wem das kam und er konnte sich durchaus vorstellen, dass sein Kollege auch ein wenig neidisch war. Die beiden kabbelten sich ständig, und weil sie sich, bei aller Unterschiedlichkeit mochten, nahm keiner dem anderen etwas wirklich krumm.

Kurz nach ihrem Intermezzo bei der NSPO, wie sie ihre Gefangenschaft humorvoll bezeichnete, hatte Olga ihren Stand wiedereröffnen dürfen, und zwar an der gleichen Stelle wie zuvor. Darauf hatte sie energisch bestanden, ganz zum Leidwesen eines Schuhputzers, der mit seinem bereits fast etablierten Geschäft den Platz wieder räumen und mitsamt seinen Cremedosen, Tuben, Bürsten und sonstigen Utensilien umsiedeln musste.

Nachdem Olga dann ihrerseits wieder alles eingerichtet hatte, hatte sie zu Officer Mayer gesagt: »Ich habe lange darüber nachgedacht, wie ich mich bei Ihnen bedanken kann, Bob, und gestern Nacht hatte ich eine wunderbare Idee. Ich werde einen Pfannkuchen nach Ihnen benennen, Bob Mayer.« Und als sie seine gerunzelte Stirn bemerkt hatte, hatte sie mit gespielter Strenge hinzugefügt: »Nein, keine Widerworte. Das ist wohl das Mindeste, was ich Ihnen schuldig bin ... nicht *dass* sie mich da rausgeholt haben, sondern *womit*.«

Damit meinte sie die Eintrittskarten zur Premiere von Anatevka in der Albert Hall. Diese waren, was sie allerdings nicht wusste und auch besser nicht erfahren sollte, der Köder gewesen, um sie aus dem Arrest zu bewegen. Aufgrund der Liebe zur Musik, die Bob Mayer neben seiner Passion für Pfannkuchen mit Olga Wrenolowa teilte, hatte er seinen Teil zum Gelingen dieses von Mike Stunks, dem Leiter der NSPO, eingefädelten Plans beigetragen. Wenn es der Andrang an ihrem Stand erlaubte, hatte er nach seinem Dienst schon früher öfter als einmal bei ihr gestanden, einen Pfannkuchen gegessen und über Musik gefachsimpelt. Manchmal hatte er Karten für ein Musical oder eine Oper in der Albert Hall, und zwar von seiner Verlobten Mia Sandman, der persönlichen Assistentin Mal Fishers. Wenn die beiden aufgrund unterschiedlicher Dienstpläne nicht zusammen hingehen konnten, schenkte er Olga die Karten, die dann mit ihrer Tochter einen wunderbaren Abend verbrachte und danach noch tagelang davon schwärmte.

»Sogar in einer Loge!«, hatte Olga entzückt ausgerufen, als ihnen der Platzanweiser die Tür zu dem kleinen Raum mit den roten Polstersesseln geöffnet hatte.

»Die Karten müssen ein Vermögen gekostet haben! Bob, dass ich das auf meine alten Tage noch erleben darf! Olga Wrenolowa sitzt in einer Loge der Albert Hall zur Premiere von Anatevka neben einem feschen jungen Mann in einem schicken Anzug! Danke Bob, danke, danke, danke!«

Dabei hatte sie ihm lachend auf die Wange geküsst. Und dies mit einer solchen Geschwindigkeit, die nur Impulse, die aus dem Herzen kommen mit sich bringen. Jedenfalls war es ihm unmöglich gewesen, eine Reaktion zu zeigen, selbst wenn er es in diesem Moment gewollt hätte. Dazu waren seine eigene Freude und Aufregung auch viel zu groß gewesen. Der Kuss war eine Vertraulichkeit, die im Delice eine Unmöglichkeit gewesen wäre, weil er dort eine Uniform trug.

Anschließend hatte sie mit einem Opernglas, das sie ihrer kleinen silbernen Handtasche entnommen hatte, den bis auf den letzten Platz gefüllten Raum unter ihrem kleinen Balkon gründlich nach bekannten Menschen abgesucht. Zu fast jedem hatte sie irgendeinen Kommentar abgegeben. Und danach? Danach waren sie beide gefangen von einer wunderbaren Aufführung, die sie in ein armes kleines jüdisches Dorf irgendwo in Russland entführte.

»Sehen Sie, Bob«, war sie nach einer kleinen Weile fortgefahren, wobei sie nach Luft geschnappt hatte, wie ein Apnoetaucher vor einem Rekordversuch, »nie in meinem Leben wäre ich in die Albert Hall zur Premiere von Anatevka gekommen! Nicht unter normalen Umständen. Nein! Niemals! Nicht in diesem ... und auch nicht im nächsten Leben, wenn es so etwas wie ein nächstes Leben überhaupt geben sollte. Ach Bob, es war einfach herrlich! Da kann so ein Pfannkuchen doch gewiss nur ein sehr kleines Dankeschön sein! Bitte, Bob, stimmen Sie zu, geben Sie sich einen Ruck! Machen Sie einer alten Frau eine Freude!«

»Ich werde den Pfannkuchen Bob Mayer Spezial nennen, was meinen Sie? Ich dachte an den, den Sie am liebsten essen, den mit gekochtem Schinken und dem würzigen Bergkäse. Aber Sie müssen mir jetzt sagen, was ihn zum Spezial macht, es ist schließlich Ihrer. Haben Sie eine Idee, Bob? Irgendein außergewöhnliches Gewürz vielleicht? Oder doch etwas anderes?«

»Wie wäre es mit Rucola, das würde doch passen«, meinte Bob nach kurzem Überlegen.

»Rucola? Na ja, man müsste den Pfannkuchen dann rollen«, hatte sie überlegt, »sonst hält das Zeug nicht, flattert beim kleinsten Luftzug durch die Mall ... und ich bekomme Ärger mit der Verwaltung. Mein Bedarf daran ist aber für die nächsten Jahre gedeckt. Also gut, Sie müssen es wissen, Bob. Es ist schließlich ihrer. Wir rollen ihn.«

Damit hatte sie sich umgedreht, um den ersten Bob Mayer Spezial zu backen.

Bob Mayer hatte sich mit dem Rest seines gerollten Pfannkuchens an einen der kleinen Tische gesetzt. Drei davon hatte Olga nach der Wiedereröffnung aufstellen dürfen und so mussten ihre Kunden die Leckereien nicht mehr im Stehen oder Weitergehen verzehren, sondern konnten sich Zeit dafür nehmen – die Zeit, die diese Köstlichkeiten auch verdienten. Manch einer bestellte sich dann einen zweiten Pfannkuchen. Alle Tische waren mit zufriedenen Gästen besetzt. Die übliche Mittagspause war fast vorbei und so hatte Olga etwas Zeit.

Sie setzte sich leise stöhnend. Es tat gut, nach drei Stunden Arbeit im Stehen die Knie entlasten zu können, die ihr seit einiger Zeit Probleme bereiteten.

»Na, Sie haben es ja fast geschafft, Officer, tapfer! Ich dachte schon, er könnte doch etwas zu groß geraten sein«, sagte sie und wischte sich die Hände an ihrer Schürze ab, die ein Foto von ihr zierte. Ihre Tochter hatte sie ihr zur Wiedereröffnung geschenkt.

»Kind«, hatte sie gemeint, als sie den Stoff aus dem blauen Seidenpapier ausgewickelt und mit prüfendem Blick eingehend betrachtet hatte, »so etwas kann deine alte Mutter unmöglich anziehen. Die Leute werden mich auslachen ... oder schlimmer noch ... mich für übergeschnappt oder gar eingebildet halten!«

»Ganz im Gegenteil, Mama«, hatte ihre Tochter selbstbewusst entgegnet, »die Leute werden das mögen ... weil sie dich mögen, Mama ... und außerdem ist das Marketing. Bitte tu mir den Gefallen«, hatte sie schnell hinzugefügt, als sie die tiefen Falten in der Mitte der Stirn ihrer Mutter entdeckt hatte, »und ziehe sie mir zuliebe wenigstens einmal an und warte ab, wie die Leute reagieren. Wenn du recht haben solltest, bin ich dir nicht böse, wenn du die Schürze auf der Stelle verbrennst ... aber zieh sie einmal an ... bitte nur einmal!«

Noch nicht am Tag der Wiedereröffnung, aber drei Tage später hatte sie die Schürze mit ihrem Konterfei getragen und ihrer Tochter bereits nach einer Stunde innerlich Abbitte geleistet. Das Echo ihrer Kunden auf die Schürze war durchweg positiv gewesen. Fast jeder hatte sie darauf angesprochen und ein bekannter Anwalt, der mindestens einmal pro Woche bei ihr einen Blaubeerpfannkuchen aß, hatte sogar gemeint, das sei eine tolle Marketingidee und sie solle doch überlegen, ob sie solche Schürzen nicht sogar verkaufen wolle. Das hatte Olga dann restlos überzeugt und sie hatte sogar ihre Tochter gebeten, ihr noch zwei oder drei weitere Exemplare zu besorgen. In den Verkauf wollte sie allerdings nicht einsteigen, zumal sie dafür eine zusätzliche Genehmigung gebraucht hätte.

»Na, meinen *Bob Mayer Spezial* werde ich wohl aufessen, liebe Olga ... etwas davon übrig zu lassen, tue ich Ihnen nicht an«, erwiderte der Angesprochene jetzt. »Ich hatte allerdings auch richtig Appetit. Bin heute Morgen mal wieder ohne Frühstück aus dem Haus und nur von Kaffee wird man nun mal nicht satt.«

Er schob sich den letzten Bissen in den Mund und wischte sich, immer noch kauend, mit einer Papierserviette, die er einem kleinen Halter entnahm, zunächst die Finger sorgfältig sauber und dann den Mund.

»So, liebe Olga, das war mein erster *Speziale* und es wird nicht mein letzter gewesen sein ... einfach köstlich. Ich muss sagen, dass der Rucola ihm eine besondere Note verleiht und außerdem das Gewissen beruhigt, schließlich sorgt er für eine gewisse Vitaminzufuhr«, lacht er. »Auf Anrufe aus der Klinik, weil meine Blutwerte mal wieder nicht in Ordnung waren, kann ich gerne verzichten und auf Kürzungen meiner Bezüge ebenfalls.«

»Sie kürzen euer Gehalt, wenn ihr krank seid?«, fragte Olga erstaunt. »Das wusste ich noch gar nicht.«

»Na ja, allerdings nur bei selbst verschuldeter Krankheit, die zum Beispiel durch Fehlernährung zustande kommt«, erläuterte Bob. »Wird bei allen Staatsdienern so gehandhabt und viele Firmen machen es ebenso.«

»Eigentlich müsste ihr Stand hier auf der schwarzen Liste der Gesundheitsbehörden stehen, Olga«, lachte Bob.

»Vielleicht tut er das ja«, erwiderte sie mit einem Augenzwinkern.

Dann wechselte sie das Thema. »Durch dieses Ding da«, Olga zeigte auf die Brille, »haben Sie *Es* gesehen, stimmts, Bob? Ich kann es immer noch nicht glauben, dass so etwas möglich ist.«

Sie hatte das Wort *Es* auf eine besondere Weise betont, einer Mischung aus Abscheu und Verachtung.

»Ja, Olga, das habe ich. Ich sagte es Ihnen neulich bereits, allerdings kann man nicht wirklich von *sehen* sprechen. Ich hatte etwas im Infrarot, etwas ziemlich Großes ... und sehr, sehr Schnelles.«

Bob Mayer lächelte säuerlich. Er war immer so stolz auf seine körperliche Fitness gewesen und deswegen hatte es ihn besonders gefuchst, dass er gegen diesen Eindringling so ohne jede Chance gewesen war, als er ihn damals durch die Mall verfolgt hatte.

»Habe ich denen ja gleich gesagt, dass es unsichtbar war.«

»Deswegen haben sie ja auch gesessen, nicht wahr? Und jetzt behalten Sie es natürlich für sich, liebe Olga«, mahnte Bob mit erhobenem Zeigefinger.

»Versprochen ist versprochen, Officer. So toll war es in meiner Zelle nun auch wieder nicht«, war die lachende Antwort.

»Oh«, er sah auf die Uhr, »jetzt muss ich los, liebe Olga, meine Schicht beginnt bald und ich muss noch Berichte schreiben.«

»Wir sehen uns, Bob, machen Sie es gut.«

»Kannst deiner Mia sagen, dass das Ding nix taugt«, knurrte Richard Pease, als er das Büro betrat, in dem sich Bob für seinen Streifengang fertig machte. Vor Kurzem war eine Anordnung aus der Zentrale eingegangen, die nun wie ein Mantra ständig über alle Bildschirme lief und darauf hinwies, vor jedem Dienstantritt seine Ausrüstung, und im Besonderen die MFB und die Waffe, peinlichst genau zu überprüfen. Nichtbefolgung der Vorschriften würde unmittelbare empfindliche Konsequenzen nach sich ziehen.

Richard knallte die MFB auf den Schreibtisch seines Kollegen, der im Gegensatz zu seinem eigenen penibel aufgeräumt war.

»Was ist denn jetzt schon wieder?«, fragte Bob leicht genervt und blickte von seinem Tablet auf. Er kannte Richards Konflikt mit dem neuen Ausrüstungsteil nur zu gut. »Geh mal etwas sorgsamer damit um, vielleicht liegt es ja am Benutzer! Stell dir einfach vor, es wäre ein Baseball.« Bob grinste und überflog noch einmal seine Eintragungen.

»Und lass Mia bitte aus dem Spiel«, fügte er noch hinzu, »sie arbeitet nur als Assistentin des Vorstands bei BOSST, mit der Entwicklung der Brille hat sie nichts zu tun ... Aber das sagte ich dir bereits beim letzten Mal.«

Bob Mayer war besonders empfindlich, wenn es um Mia ging. Als er vor einiger Zeit von Mike Stunks, dem Leiter der NSPO, gebeten worden war, seine Verlobte auszuhorchen, hatte er ihm höflich aber bestimmt klargemacht, dass das unter keinen Umständen möglich sei. Er hatte seiner Freundin Olga Wrenolowa, die die Gastfreundschaft der NSPO genießen musste, gerne geholfen. Aber Mia auszuspionieren, auch wenn es angeblich um das Wohl des Staates ging, das war dann doch zu viel verlangt. Er hatte nicht wissen können, dass es genau diese Haltung war, die Mike Stunks beeindruckt hatte.

»Ist ja schon gut, ich will deiner heiligen Braut ja nix«, Richard erhob beide Hände wie ein ertappter Verbrecher, der in den Lauf einer Polizeiwaffe blickt, und riss Bob aus seinen Gedanken zurück, »aber das Ding funktioniert einfach nicht.«

Er zeigte auf die MFB.

»Ich habe eben zwei Ladys checken wollen, drüben beim *Frozen*, und die Brille hier hat mir nur eine der beiden angezeigt, Chalsea Chromway, die Ex von unserem Star. Hammertitten, sag ich dir ... alles nature.« Es war ein lang gedehntes *Natüüa*, untermalt von einer ausladenden Geste, um die Größe zu demonstrieren.

»Mann, Mann, Mann, Rich, es ist wirklich kein Wunder, dass du keine feste Freundin hast, wenn du die Frauen auf ihre Titten reduzierst.«

»Mache ich doch gar nicht, gehört aber dazu ... na ja, Baseball sollte sie allerdings mögen. Und tue du nicht so, als hättest du bei deiner Mia nicht aufs Äußere geachtet, so wie die aussieht.«

»Klar, am Anfang bestimmt, ich reduziere sie aber nicht darauf. Aber lassen wir das. Was war mit der anderen? Du sagtest, es seien zwei Frauen gewesen.«

»Ja, pass auf. Der ICD der anderen ... und jetzt kommt es.« Er machte eine theatralische Pause. »Blank ... nix ... nada ... keine Informationen ... nicht die kleinste Aufzeichnung!«

»Das kann ja gar nicht sein. Wenn die Brille bei der einen funktioniert hat, muss sie bei der anderen auch funktionieren. Wenn du mich fragst, es liegt am Benutzer.«

Bob machte eine wegwerfende Handbewegung. Er war sich ja immer sicher gewesen, dass die Brille funktionierte, auch als er damals dieses *Ding* in seinem Infrarot gesehen hatte und man ihm zunächst hatte einreden wollen, es hätte sich um einen Fehler in der Brille gehandelt. Inzwischen wusste er, dass *etwas* es geschafft hatte, unbemerkt ins Land zu kommen. Aber das durfte er ja hier nicht sagen. Er war von Mike Stunks zur höchsten Geheimhaltung verpflichtet worden – und seinen Job wollte er nicht verlieren. Er musste also weiterhin den Unwissenden spielen, auch wenn er seinen Kollegen gerne ins Gesicht gesagt hätte, dass er entgegen allen Behauptungen damals nicht gesponnen hatte.

Daher fragte er: »Was soll denn mit dem ICD der anderen Frau passiert sein? Rausoperiert und wieder eingesetzt, was! Dass ich nicht lache. Du weißt genau, dass das nicht geht.«

»Weiß man's?« Richard Pease setzte sich an seinen Schreibtisch, schaltete sein Tablet wieder an und suchte nach den neuesten Sportnachrichten. Für ihn war der Fall damit erst einmal erledigt. Sollte man sich an höherer Stelle darum kümmern.

»Rede nicht so einen Unsinn, Rich. Ich werde deine Brille mitnehmen und sie gleich ausprobieren, hier nimm du meine.« Er reichte sie über den Tisch und nahm die seines Kollegen.

»Wenn du meinst«, sagte der nur gelangweilt, »aber du wirst schon sehen, es stimmt was nicht mit dem Ding. Wenn ich recht behalte, gibst du mir einen aus.«

Plötzlich blieb Richard Pease Blick wie gebannt auf seinem Bildschirm haften, und er rief aus: »Mich laust der Affe ... das ist sie, das ist die Frau, über die ich eben gesprochen habe ... das musst du dir anschauen, Bob! Sie bringen es gerade in den Nachrichten, eine Sondersendung! Nikita Ferrer heißt sie. Schau dir das an ... mach schon ... Kanal 1!«

Beide Officer blickten die nächsten Minuten gebannt auf ihre Bildschirme und für Bob Mayer fügten sich seine Erlebnisse der letzten Wochen allmählich zu einem Puzzle zusammen. Es fehlten zwar noch Teile, aber das grobe Bild konnte er bereits erkennen. Er behielt es aber für sich, wie er es versprochen hatte.

»Sie haben diese Frau wirklich in die Alte Welt geschickt«, murmelte Richard Pease, »ich fasse es nicht. Stellt sich jetzt nur noch die Frage, ob das mutig oder verrückt war ... Und was hat sie da herausgeholt? Pläne von einer«, er sprach die nächsten Worte gedehnt, »*Myon-Neutrino-Maschine*? Damit wollen sie Energie aus dem *Äther* gewinnen ... drehen die jetzt vollkommen durch da oben?«

»Ja, und damit all unsere Energieprobleme lösen«, ergänzte Bob Mayer, »ist doch eine feine Sache, wenn es funktioniert.«

»Das glaubst du wohl selbst nicht! Sie bekommen die MFB nicht richtig zum Laufen, aber sie wollen die Energieprobleme lösen ... dass ich nicht lache ... mit einer Maschine aus der Alten Welt ... alles klar, träum weiter! Ist dir eigentlich bewusst, dass sie damit den Ewigen Vertrag gebrochen haben? Bin ja mal gespannt, was deine Mia dazu sagt. Immerhin ist es ihre ach so heilige Firma, der wir den Schlamassel, der jetzt über uns hereinbrechen wird, zu verdanken haben.«

»Jetzt atme mal locker durch die Hose, würde jetzt mein Schulfreund Mike Ferry sagen. Du musst richtig zuhören, Rich ... und mal den Teufel nicht an die Wand! Das Energieproblem beschäftigt die Menschheit seit Hunderten von Jahren. Hast ja gehört, was dieser Professor Rhin gesagt hat. Ganz offensichtlich gab es einen schlauen Mann, der dieses Problem schon vor langer Zeit gelöst hat ... rein theoretisch natürlich. Es fehlten nur die technischen Möglichkeiten, diese Maschine auch zu bauen. Heute haben wir die aber. Wäre doch wunderbar, Rich, überleg doch mal ... unbegrenzte Energie, und das umsonst ... das haben sie eben gesagt. Klar ist das ein Vertragsbruch, da gebe ich dir recht. Aber glaubst du nicht, dass die Verantwortlichen alle Risiken genau abgewägt haben? Der Vertrag wurde vor vielen hundert Jahren geschlossen ... und dagegen steht kostenlose unbegrenzte Energie. Wenn es ein Unternehmen gibt, das dieses Projekt erfolgreich umsetzen kann, dann sicherlich BOSST.«

»Kostenlose Energie für jedermann, pff.« Richard Pease tippte sich an die Stirn. »Das habe ich auch gehört ... aber das glaubst du ja nicht wirklich, oder? Und wenn doch, glaubst du sicher auch, dass der Klapperstorch die Kinder bringt. Nein, mein Lieber, der kleine Mann wird weiter schön brav seine Stromkosten berappen müssen, also du und ich.«

In diesem Moment ging die Tür des angrenzenden Büros auf und Chief Supervisor Don Wichewski erschien. Er räusperte sich laut.

»Was stimmt denn schon wieder nicht, meine Herren ... haben Sie nichts Besseres zu tun, als auf Ihre Tablets zu starren? Pease, wie oft habe ich Ihnen schon gesagt, dass es hier untersagt ist, Baseballspiele anzuschauen, egal wie viel Sie gewettet haben. Machen Sie das Ding aus. Und wieso sind Sie noch nicht auf Streife, Mayer?«

Bob hob genervt den Blick.

»Weil mein Dienst erst in einer Viertelstunde beginnt, Chief. Ich bin heute früher reingekommen, weil ich noch meine Berichte schreiben wollte. Außerdem schauen wir keine Spiele, sondern die Nachrichten. Haben Sie das denn eben nicht gesehen, das mit diesem Myon-Projekt?«

»Klar habe ich das, aber die Sendung ist schon vorbei.«

»Aber gerade eben erst ... wird sicher bald wiederholt werden.«

»Mit der MFB, diesem ach so hoch gelobten Wunderding, stimmt immer noch was nicht«, erklärte Richard Pease im Tonfall seines Vorgesetzten, ohne von den Nachrichten aufzublicken. »Es gibt schon wieder Ärger damit, was mich wirklich nicht überrascht. Ich glaube langsam, dass wir hier ein Versuchslabor für Ausrüstungsgegenstände sind. Aber hier lief gerade etwas wirklich Wichtigeres im Fernsehen.«

»Quatschen Sie nicht solch dummes Zeug, Pease. Drücken Sie sich gefälligst etwas genauer aus und schalten Ihren Bildschirm endlich aus, Sie können zu Hause fernsehen. Was ist mit der MFB?«, raunzte der Chief schlecht gelaunt.

Richard Pease schaltete sein Gerät aus.

Erneuten Ärger mit der NSPO wollte der Chief unbedingt vermeiden, das hätte ihm noch gefehlt. Die Brillen waren nach dem letzten Zwischenfall, bei dem Officer Mayer ein *Etwas* gesehen haben wollte, ausgetauscht worden. Er hatte seine Beamten zum wiederholten Mal an der MFB geschult, die seiner Meinung nach gar nicht so kompliziert zu bedienen war, und jetzt das. An dem Ding klebte Pech, das war nun sonnenklar. Man musste nur zusehen, dass man selber nicht daran hängen blieb. Dass dieser Pease ihn so offensichtlich veräppelte, wollte er ihm diesmal durchgehen lassen, allerdings würde er es sich merken. Das Rabattmarkenbuch, auf dem der Name *Richard Pease* stand, füllte sich und würde wohl schon in sehr naher Zukunft voll sein.

»Also, reden Sie schon, Pease, was ist mit der MFB!«, raunzte Don Wichewski verärgert, als er merkte, dass sein Untergebener ihn noch nicht einmal angeschaut hatte.

»Da gibt es nicht viel zu reden.«

Richard blickte jetzt doch zu seinem Vorgesetzten hoch, denn er kannte diesen Ton, den dieser gerade angeschlagen hatte, zu genau. In der Regel bedeutete er Ärger und er schalt sich innerlich dafür, dass er nicht seine Klappe gehalten hatte.

»Ich habe auf meiner letzten Streife zwei Ladys ... ich meine zwei Passantinnen kontrolliert ... mit dem Ding«, dabei zeigte er auf die Brille, die Bob Mayer noch in der Hand hielt, und fuhr fort: »Bei einer hat es alle Daten angezeigt, ganz so, wie es sein sollte, es war die Fotografin der PROM, Chalsea Chromway, mit Spitznamen CC, ... eine echte Zuckerschnecke, sag ich Ihnen ... dann bei der anderen nichts mehr, vollkommene Leere, na ja, zumindest laut dieser Brille. Aber inzwischen weiß ich ja, wer sie ist. Die ganze Welt dürfte es inzwischen wissen.«

»Sind Sie sicher, dass Sie die MFB richtig bedient haben, Pease?«

»Wollen Sie mich auf den Arm nehmen, Chief? In der Bedienung der Brille bin ich mir so sicher wie Pete beim nächsten Mal wieder mindestens einen Homerun schafft ... wenn Sie wissen, was ich meine. Immerhin haben Sie uns doch selbst geschult.«

Richard Pease grinste frech und fuhr schnell fort, bevor sein Chef etwas sagen konnte.

»Und dann kam die Dame eben in den Nachrichten. Da ist schon wieder ihr Bild im Fernsehen ... schauen Sie selbst. Sie heißt Nikita Ferrer.«

Er zeigte auf den großen Flatscreen, den man durch die Glasfront im gegenüberliegenden Geschäft für Elektronik sehen konnte und der dort Tag und Nacht lief.

»Das weiß ich, Mann, sie war drüben in der Alten Welt und hat ihr Leben für uns riskiert. Im Übrigen auch für Sie, Pease.«

»Ich habe sie nicht darum gebeten, Chief, für mich hätte sie keinen Vertragsbruch begehen müssen.«

»Hier ist sie schon wieder«, rief Bob Mayer und zeigte auf

sein Tablet, das noch angeschaltet war. »Sie wird gleich ein Interview geben.«

Wichewski trat an Bobs Schreibtisch und verfolgte nun ebenfalls die Nachrichten, die jetzt zum zweiten oder dritten Mal kamen, diesmal etwas ausführlicher, mit einem Interview Nikitas sowie einer Stellungnahme ihres Vorgesetzten, Professor Rhin.

»Das gibt Ärger«, prophezeite Richard nach kurzer Zeit. Er war aufgestanden und hatte den beiden über die Schulter geschaut.

Darauf wollte der Chief im Moment nicht eingehen.

»Waren Sie vorhin bei Ihrem Streifengang online ... wie es Vorschrift ist?«, fragte er nach der Sendung vorsichtig. Wenn das nicht der Fall gewesen sein sollte, hätte er die NSPO schneller auf dem Hals, als ihm lieb war. Es war zwar oberste Order, die Brille während des Dienstes zu tragen, doch manchmal *vergaß* einer der Officer, meist war es Richard Pease, die MFB auch einzuschalten. Im Grunde war das eine glatte Sabotage und er hätte solch ein Dienstvergehen eigentlich seinem Vorgesetzten melden müssen.

»Selbstverständlich war sie eingeschaltet ... in dem Fall wäre es wohl besser gewesen, wenn nicht, denn dann wäre ich ja schuld gewesen. So wird es jetzt für andere unangenehm.« Richard Pease grinste breit.

»Lassen Sie die Scherze, Officer«, blaffte Don Wichewski gereizt, »ich kenne Ihre Einstellung der MFB gegenüber. Ich verwette meine Eier, dass Sie die MFB falsch bedient haben oder sie nicht eingeschaltet war. Der Erste, für den das also unangenehm wird, sind Sie, das ist Ihnen doch klar?«

»Und wenn nicht? Dann wäre es wohl für die ganze Abteilung blöd, nicht wahr Chief?« *Und für dich besonders, denn dann hättest du uns nicht richtig geschult,* fügte er im Stillen hinzu.

Ihn würde das alles nicht mehr lange interessieren. Nach seiner felsenfesten Überzeugung würde er bald aus diesem

Laden raus sein. Er hatte vor einiger Zeit einen hübschen Betrag bei einer Sportwette gewonnen und er fühlte, dass er kurz davor war, den ganz großen Coup zu landen. Dann könnten ihn alle mal. Es berührte ihn auch nicht sonderlich, wenn ihm seine Kollegen die Wahrscheinlichkeit eines erneuten Gewinns hochrechneten und ihn dann auslachten. Sollten sie bloß ihre Scherze auf seine Kosten machen, er wäre derjenige, der zuletzt lachen würde. Nur einmal war er wirklich beleidigt gewesen, als einer seiner neuen Kollegen, die sie als Verstärkung erhalten hatten – er wusste bis heute nicht warum –, dieser dämliche Stuart Dod, die Bemerkung fallen gelassen hatte: »Narren und Geld bleiben nicht lange zusammen.«

Eine Bemerkung, die Dod eines Tages bereuen würde, so wahr, wie er Richard Pease hieß. Richard hatte auch ein Sprichwort auf Lager: *Gottes Mühlen mahlen langsam*. Mit Gott meinte er in diesem Fall sich selbst.

Als Bob Mayer zufällig nach draußen schaute, sah er Olga, die ihm heftig zuwinkte. Er nahm seine Dienstmütze, die MFB und seinen Waffengurt und verließ das Büro.

»Ich mach mich dann mal auf den Weg«, sagte er im Weggehen.

»Denken Sie daran, die Brille einzuschalten, wenn Sie auf Streife sind«, rief sein Chef ihm noch nach.

»Was gibt es Olga?«, fragte er kurz darauf die Pfannkuchenfrau, die vor Aufregung kaum atmen konnte.

»Ja, haben Sie das nicht mitbekommen? Es läuft ständig in den Nachrichten ... auf allen Kanälen«, sie schnappte nach Luft, »sie haben den Vertrag gebrochen! Sie haben eine junge Wissenschaftlerin, die Tochter von Senator Ferrer, in die Alte Welt geschickt, um ...«

»Ich weiß, liebe Olga, ich habe es eben selbst gesehen.«

So betroffen hatte er seine Freundin selten gesehen. Das letzte Mal hatte sie so entsetzt geschaut, als Mimi in der Oper La Bohème starb.

»Was meinen Sie genau, Olga, ich ... «

»Na, der Vertrag! Was sagen Sie dazu, Bob?«, unterbrach ihn Olga. »Finden Sie das nicht auch unglaublich? Ich sage Ihnen jetzt mal was ... das wird einen Riesenärger geben, wenn Sie mich fragen. Ich bin mir sicher, dass dieses *Ding* neulich nicht wegen meiner Pfannkuchen hier war, ha, es war von drüben.«

Die letzten Worte hatte Olga geflüstert und sie fügte hinzu: »Haben Sie nicht einen Moment Zeit, mit mir zu kommen? Da können wir uns setzen und ich habe meinen Stand im Blick. Fängt Ihre Schicht nicht sowieso bald an? Ja, die Olga kennt eure Dienstpläne«, schmunzelte sie.

»Ich glaube nicht, dass es Ärger gibt«, nahm Bob Mayer das Gespräch wieder auf, nachdem die beiden an einem der Tische Platz genommen hatten, »die Verantwortlichen werden sich genau überlegt haben, was sie tun. Und was dieses *Ding* betrifft, wie Sie es nennen ... es kann genauso gut von hier gewesen sein ... vielleicht Teil eines geheimen Projekts der Regierung oder des Militärs ... man kann es wirklich nicht wissen. In jedem Fall werden Sie nicht darüber reden, das haben Sie mir versprochen.«

Bob Mayer wusste es zwar auch besser, aber er wollte verhindern, dass sich seine Freundin noch mehr aufregte und vielleicht in ihrem Überschwang ihre Meinung an alle möglichen Leute kundtat. Dabei könnte sie leicht an den Falschen geraten.

»Ich schlage vor, liebe Olga, wir warten erst einmal ab«, fuhr er besänftigend fort, »ich habe vorhin schon zu Richard gesagt, dass dieser Vertrag vor so langer Zeit geschlossen wurde, dass ...«

Sie beugte sich näher zu Bob herüber, zeigte auf die MFB, die aus der Brusttasche seiner Uniform ragte und flüsterte.

»Haben Sie das Ding an, Bob?«

»Ich bin noch nicht im Dienst, liebe Olga, also nein.«

Sie sah auf die altmodische Uhr an ihrem Handgelenk.

»Stimmt, Ihr Dienst beginnt in ... genau zehn Minuten«,

lächelte sie. »Also tun Sie mir den Gefallen und lassen Sie Ihre merkwürdige Brille auch ausgeschaltet, Bob. Ich möchte Ihnen etwas erzählen, was ich bisher noch niemandem erzählt habe ... noch nicht einmal meiner Tochter.«

»Sie machen es aber spannend.«

»Ach Bob, ich mag Sie wirklich, das wissen Sie ... aber eben haben Sie dummes Zeug geredet ... entschuldigen Sie, wenn ich das so deutlich sage ... aber als Freundin darf ich das, nicht wahr? Dieses Geschöpf war nicht von hier, das wissen Sie auch, und dieser Vertrag ist ein *Ewiger Vertrag,* und seine Einhaltung wird mit Sicherheit überwacht ... sonst hätte man ihn gar nicht zu schließen brauchen.«

»Aha, und wer überwacht seine Einhaltung Ihrer Meinung nach?«

»Sicher keine der beiden Vertragsparteien, das wäre ja absurd, nicht wahr?« Olga Wrenelowa lächelte wissend und fuhr fort. »Ich gehe einmal davon aus, dass es diejenigen sind, die schon immer ein Auge auf die gefährlichen Experimente der Menschen geworfen und auch schon mehrfach eingegriffen haben, wenn wir es mal wieder übertrieben hatten. Ich erinnere Sie nur an die Zerstörung der HAARP-Anlage in ... wo stand die noch mal? Ich glaube im damaligen Alaska. Oder an das Erdbeben in Fukushima mit der Zerstörung der Atomkraftwerke mit den verheerenden Folgen. Das waren alles Warnschüsse ... und ich könnte noch mehr aufzählen ... eine ziemlich lange Liste ist das übrigens.

Die Wucht und die verheerenden Auswirkungen dieser Warnungen haben dann ständig zugenommen, weil die Menschen nicht darauf gehört hatten und mit ihren unverantwortlichen Experimenten weitermachten. Das alles war doch damals der Anfang vom Ende der alten Weltordnung ... Und noch etwas, Bob, die Menschen sind zu diesem Vertrag gezwungen worden, wenn Sie mich fragen ... sozusagen als letzte Chance. Und Sie kennen sicher auch das alte Sprichwort: Wer nicht hören will, muss fühlen.«

Olga nahm ein Tuch aus ihrer Schürze und wischte sich kleine Schweißperlen von der Stirn. Dabei beobachtete sie ihren Freund genau. Sie war sehr gespannt, wie er auf ihre Worte reagieren würde, denn über so etwas hatte sie noch nie mit ihm gesprochen.

Jetzt war es an Bob Mayer erstaunt zu sein.

»Woher wissen Sie das alles? Ich habe auch davon gelesen. Mia hat einige Bücher über solche unerklärlichen Phänomene.«

»Lieber Bob, diese Phänomene sind durchaus zu erklären. Wie Sie sicher schon bemerkt haben, ist Ihre alte Olga keine dumme Pfannkuchenbäckerin oder glauben Sie vielleicht, dass ich das mein Leben lang gemacht habe? Das mache ich, weil es mir Spaß macht und ich unter die Leute komme. Ich wollte nicht, wie die meisten älteren Menschen in einem der vornehmen Gettos, die es für Ruheständler gibt, auf meinen Tod warten. Schon bei dem Wort *Ruhestand* dreht sich mir der Magen um.«

»Jetzt machen Sie es aber spannend.«

»Ich mag Sie sehr, Bob, das wissen Sie. Sie haben Sinn für Schönes und haben mir schon viel Freude bereitet mit den Karten für die vielen Musicals. Mir gefällt auch, wie Sie von Ihrer Mia sprechen, das findet man nicht sehr oft ... leider. Ich verlange nicht, dass Sie mir alles glauben ... machen Sie sich selbst ein Bild, Sie sind intelligent genug, Bob. Ich bin schon lange der Meinung, dass Sie in Ihrem Job im *Delice* Ihr Talent vergeuden ... man könnte auch sagen, Sie werfen hier Perlen vor die Säue.« Den letzten Teil hatte Olga geflüstert.

»Ich mag meinen Job, Olga, das wissen Sie«, unterbrach Bob Mayer seine Freundin.

»Das weiß ich, Bob und wenn ich Ihnen zu nahe getreten bin, tut mir das leid.«

Olga hob beide Hände zur Entschuldigung und fuhr fort: »Sie glauben ja nicht, dass wir in gefährlichen Zeiten leben. Ich sage Ihnen, dass die Zukunft der Menschheit noch nie so auf dem Spiel gestanden hat wie jetzt. Es wird jede Vorstellungskraft sprengen. Ich weiß das, seitdem dieses *Etwas* meine Pfannkuchen gestohlen hat. Ich bin nach wie vor der festen Überzeugung, dass es nicht von dieser Welt war. Und die Tatsache, wie man mich behandelt hat, gibt mir recht. Glauben Sie, ich hätte all die Annehmlichkeiten gehabt, angefangen von meiner Zelle bis hierhin«, sie deutete auf ihren neu eingerichteten Stand, »wenn ich mich geirrt hätte?«

»Von welcher Welt soll es denn gewesen sein, Olga?«

»Von einer, die über alles wacht, Bob. Es gibt mehr zwischen Himmel und Erde als das, was man uns erzählt.«

»Ach, Olga, jetzt sagen Sie bloß, Sie sind Anhängerin von irgendwelchen abstrusen Verschwörungstheorien.«

»Nennen Sie es ruhig so«, wurde er von Olga unterbrochen, »ich bin Ihnen nicht böse. Das macht es in meinen Augen aber auch nicht weniger wahr und ich sage Ihnen auch, warum.«

»Da bin ich aber gespannt.«

»*Verschwörungstheoretiker* war immer ein Begriff, mit dem man Menschen, die die Dinge beim Namen nannten, schnell mundtot oder lächerlich machen konnte. Wussten Sie, dass die CIA den Begriff *Verschwörungstheorie* gezielt entwickeln ließ, weil die meisten der US-Amerikaner die Geschichte von einem Einzeltäter, nämlich Lee Harvey Oswald, bei der Ermordung von John F. Kennedy nicht glauben wollten? Dieser Begriff beschreibt also letztlich Menschen, denen bewusst ist, dass ihre Regierung sich gegen sie und ihre Interessen verschworen hat. Und dies wurde natürlich später bei den schrecklichen Ereignissen vom September 2011 noch viel deutlicher.«

»Olga, woher wissen Sie das alles, ich meine das mit der CIA und dem Anschlag auf das World Trade Center? So etwas ist heute ja gottlob nicht mehr möglich. Da die Flugzeuge ohne Piloten fliegen, kann man sie auch nicht mehr entführen.«

»Weil es viele Jahre später, nach dem Zusammenbruch der alten Weltordnung, publik gemacht wurde. Die Akten der CIA, der NSA, des MI6 und vieler anderer Geheimdienste, sofern sie nicht zerstört worden waren, wurden damals von unserer ersten Regierung veröffentlicht. Und dadurch wurden fast alle Theorien der sogenannten Verschwörungstheoretiker bestätigt. Mit der Veröffentlichung wollte die Regierung der Neuen Welt den Menschen vermitteln, dass es bei uns so etwas nie mehr geben würde.«

»Und woher wissen Sie das schon wieder?«

»Aus meinem Studium ... ja, da staunen Sie, Bob, nicht wahr? Ja, Ihre Freundin Olga hat studiert! Geschichte und Musik, ich wollte Lehrerin werden. Aber noch im Studium habe ich meinen Mann kennengelernt und dann kam bald unsere Tochter. Ich habe nie einen Abschluss gemacht. Mein Mann wollte nicht, dass ich arbeite. Ich wäre echt neugierig, was er für ein Gesicht machen würde, wenn er das hier sehen könnte.«

Sie zwinkerte Bob zu. Dann beugte sie sich noch näher zu ihm und sprach noch leiser.

»Bob, Sie glauben doch nicht, dass sich irgendetwas geändert hat?«

Darauf wollte Bob nicht antworten, immerhin war er ein Diener dieses Staates. So schüttelte er nur kaum merklich den Kopf.

»Diese Antwort genügt mir, Bob. Aber kommen wir zurück in die Gegenwart. Noch mal ... wir werden gehörigen Ärger bekommen.«

»Mag ja sein, Olga, aber warum haben Sie mir nie etwas von ihrem Studium erzählt? Ist doch nichts Schlimmes. Immerhin erklärt sich mir jetzt Ihre Liebe zur Musik und dass Sie mir alle Musicals und Opern so gut erklären konnten.«

»Weil ich nicht damit angeben wollte, Bob, und weil mich die Leute dann sicher anders behandelt hätten. Sie doch auch, oder?«

Bob überlegte einen kurzen Moment.

»Möglich … ja.«

»Sehen Sie, Bob, dann wären wir vielleicht keine Freunde geworden. So hat sich meine Verschwiegenheit alleine deswegen gelohnt. Und Musik habe ich schon als Kind geliebt, das hat mit dem Studium nichts zu tun, na ja, sie ist vielleicht dadurch verstärkt worden.«

***

Kapitel 12

Als die Kutsche mit Mira, Effel und Soko in Gorken, Jelenas Heimatort, eintraf, waren die Vorbereitungen für die Totenfeier bereits in vollem Gange. Jussup hatte weder sich noch die Pferde geschont. Effel hatte schon befürchtet, er würde während der Fahrt einfach entkräftet von seinem Kutschbock fallen, so oft hatte er die Peitsche geschwungen und seine Lieblinge mit lautem Schnalzen und ständigen *Hoho-* oder *Schneller*-Rufen angefeuert. Und das alles nach höchstens zwei Stunden Schlaf in den letzten beiden Tagen. Die Erschöpfung stand ihm deutlich ins Gesicht geschrieben.

Kurz vor ihrer Ankunft, der *Indrock* floss dunkel und träge zu ihrer Rechten und die Lichter von Gorken waren bereits in Sichtweite, hatte er sich zu seinen Fahrgästen umgedreht und mit trauriger Stimme gesagt: »Ich fürchte, wir kommen zu spät.«

Er sollte recht behalten.

Jelena Dekker, die langjährige Vorsitzende des Ältestenrats der Kuffer, war am Vorabend, ungefähr zu der Zeit, als Jussup in der Schmiede von Seringat völlig aufgelöst erschienen war, um Hilfe zu holen, im Kreise ihrer großen Familie friedlich eingeschlafen. Ihre letzten Worte waren, wie die Enkelin Seraphina später berichtete: »*Wenn es Zeit ist zu gehen, dann ist es Zeit zu gehen. Es war wunderschön.* Und als sie gesehen hat«, erzählte sie weiter, »dass einige der kleineren Kinder weinten, hat sie ganz ruhig gesagt, dass wir nicht traurig sein sollen und dass sie sich schon auf das nächste Leben freut. *Lebt euer Leben in Fülle und Dankbarkeit,* hat sie gemeint, und dass wir uns bestimmt wiedersehen würden. Dann hat sie der jüngsten Urenkeltochter, der kleinen Helena, die ganz nah an sie herangerückt war ... sie hatte fast auf ihrem Bett gelegen ... über den Kopf gestreichelt und ist mit einem Lächeln auf ihren schon blassen Lippen ganz still und friedlich hinübergegangen.«

Die feierliche Verbrennung der sterblichen Überreste sollte drei Tage nach ihrem Tod stattfinden, denn man wollte möglichst vielen Menschen Gelegenheit geben, dabei zu sein. Man hatte die Nachricht in alle Himmelsrichtungen entsandt. Es wurden zahlreiche Gäste erwartet.

Irgendjemand hatte die Vermutung geäußert, dass auch die Äbtissin von Haldergrond kommen würde, und diese Meldung hatte kurz darauf wie ein Lauffeuer die Runde gemacht. Auf Adegunde war man in Gorken besonders gespannt, da Jelena viel von ihrer Ausbildung in Haldergrond erzählt hatte und sich mit der Zeit zahlreiche geheimnisvolle bis verwegene Geschichten um die Frau gesponnen hatten, die diese Schule zu dem gemacht hatte, was sie war.

»Wie alt mag sie jetzt wohl sein, was meinst du? Großmutter war eine junge Frau, als sie in Haldergrond zur Ausbildung war«, hatte Ula, eine Enkeltochter Jelenas ihren Mann Paolo gefragt, nachdem sie vom Kommen der Äbtissin erfahren hatten.

»Sie muss alt sein ... uralt«, hatte dieser geantwortet, »deswegen glaube ich auch nicht, dass sie kommt ... wenn sie überhaupt noch lebt ... Unsinn«, er fasste sich an die Stirn, »sie kann ja gar nicht mehr leben. Jelena war fast hundert Jahre alt, also müsste die Äbtissin mindestens hundertundvierzig sein. Wir werden ja sehen, wer uns mit seinem Besuch beehrt. Jedenfalls nicht die Frau, die zu Großmutters Zeiten Äbtissin war. Darauf verwette ich mein bestes Pferd.«

»Angeblich lebt sie aber«, warf seine Frau ein. »Sira hat sie auf dem letzten Konzert in Haldergrond gesehen und berichtet, dass sie überhaupt nicht alt aussieht. Vielleicht ist sie ja auch gar kein Mensch ... es wird so viel geredet. Sei also nicht so leichtsinnig mit deinen Wetten, mein Lieber.« Mit gespieltem Vorwurf lächelte sie ihren Mann an.

»Ich weiß nicht«, hatte dieser daraufhin nur gemeint, »was soll sie denn sonst sein, eine Dschin? Jetzt hör aber auf, Ula! Du glaubst doch wohl nicht diese Märchen, die man sich in den Dörfern um Haldergrond erzählt? Ich kann es mir jedenfalls nicht vorstellen. War bestimmt ihre Nachfolgerin, die ähnlich aussieht ... vielleicht ihre Tochter ... oder eine Enkeltochter. Warten wir's ab.«

Damit war für ihn der Fall erledigt.

Nachts hatte es geregnet, aber an diesem Morgen kam die Sonne heraus und es versprach ein schöner Tag zu werden.

Der ganze Ort wurde auf Hochglanz poliert und es gab niemanden, der nicht seinen Beitrag leistete. Bei allem geschäftigen Treiben lagen doch Ruhe und Gelassenheit in der Luft, ganz so, als würde Jelenas Geist über allem wachen. Die Straßen waren mit Girlanden aus Herbstblumen und Weinblättern geschmückt und aus vielen Häusern wehte die weiße Fahne mit Jelenas Familienwappen. Es zeigte drei goldene Tauben, die einer roten Sonne entgegenflogen.

Effel und Soko hatten ein Zimmer im *Wilden Stier* bezogen. Alle anderen Gasthäuser waren entweder schon belegt oder von Einheimischen für Freunde reserviert worden. Soko hatte das Zimmer auch nur bekommen, weil er das Lieblingspferd des Wirtes, eines schmächtigen, dünnhaarigen Mannes namens Geraldo, vor einem halben Jahr hatte heilen können. Manch einer hatte sich schon über Geraldo lustig gemacht, weil der Name seines Gasthauses so gar nicht zu seiner Erscheinung passte. Es waren aber stets Reisende, die das taten, denn in Gorken selbst war Geraldo ein angesehener Bürger, der schon viel für das Gemeinwohl getan hatte. So ließ er es sich zum Beispiel nicht nehmen, das jährliche Erntedankfest für die Alten auszurichten, auf dem diese mit allem, was die Küche hergab, verwöhnt wurden. Außerdem hatte Geraldo mit seiner Frau Felida fünf wohlgeratene Söhne und eine bildschöne Tochter, die alle in den elterlichen Betrieben mitarbeiteten – zu dem Gasthaus gehörten noch eine Bäckerei und eine kleine Brauerei. Es war unverkennbar und ein glücklicher Umstand, dass die Tochter ganz nach der Mutter kam.

Mira hatte Verwandtschaft im Ort und war selbstverständlich dort untergekommen.

Der große Tag der Totenfeier hatte sich vor zwei Stunden mit einem rosaroten Sonnenaufgang angekündigt und inzwischen waren viele Menschen auf den Beinen. Mindevol war am Vorabend angekommen und mit ihm der gesamte Ältestenrat Seringats. Herzel Rudof hatte es sich nicht nehmen lassen, den größten Blumenstrauß an der Verbrennungsstätte niederzulegen. Auf der Schleife war zu lesen: *In ewiger Freundschaft, Herzel.*

Am Flussufer, in Sichtweite einer mächtigen Flatterulme von fast vierzig Metern Höhe, dem Lieblingsplatz Jelenas, waren ihre sterblichen Überreste auf einem mächtigen, mehr als mannshohen rechteckigen hölzernen Gestell aufgebahrt worden. Darunter hatte man den ganzen Raum mit Holzscheiten, Zweigen und wohlriechenden getrockneten Kräutern ausgefüllt.

Vier ihrer Enkelsöhne hatten sie aus dem Haus, in dem sie zeitlebens gewohnt hatte, hierher getragen. Vorher hatten zahlreiche Nachbarn und Bürger des Ortes wie auch angrenzender Gemeinden die Zeit genutzt, von ihr Abschied zu nehmen und sich in das im Hausflur unter einem Porträt Jelenas ausliegende Kondolenzbuch einzutragen. Sie mochte, als das

Gemälde entstanden war, um die 60 Jahre alt gewesen sein, und sie hatte damals, wenn der Künstler ehrlich gewesen war, nicht ein graues Haar gehabt. So hatte das Haus, das ihr Vater noch gebaut hatte – sie hatte lediglich die Terrasse vergrößern lassen – in den letzten beiden Tagen einem heiteren Bienenkorb geglichen. Hier wusste jeder, wie Jelena dem Sterben gegenüber eingestellt gewesen war.

Zu Lebzeiten hatte sie sich oft auf eine kleine Bank unter der Ulme, die so manchem Frühjahrshochwasser getrotzt hatte, zurückgezogen. Immer dann, wenn sie über etwas nachdenken wollte, oder einfach nur, um sich von den Strapazen einer ihrer Reisen zu erholen, die sie in letzter Zeit doch immer mehr angestrengt hatten. Sobald es warm wurde, konnte man sie fast täglich dort antreffen.

Jetzt war sie in ein weißes Leinengewand gekleidet, das über und über mit Blüten bedeckt war. Ihr Gesicht war frei geblieben, und man konnte den Eindruck gewinnen, sie würde weit über den Fluss hinausblicken in das Land, das einst ihre Heimat gewesen war.

Die Schaukel, auf der sie schon als Kind gespielt hatte, hing immer noch an einem starken Ast des alten Baumes. Lediglich das Seil, das das abgewetzte Brett hielt, war seither unzählige Male erneuert worden, denn immer noch spielten die Kinder von Gorken hier unten am Fluss die gleichen Spiele.

Um den Verbrennungsplatz herum waren fleißige Helfer gerade dabei, mehrere Stuhlreihen im Halbkreis aufzubauen. Dort würden später die Ältesten von Gorken, Jelenas Familie und die Ehrengäste Platz nehmen. Die Sonne ließ den Fluss glitzern, als würden tausend Diamanten auf seinen Wellen vorübergetragen.

Ein Mann in grauem Arbeitskittel war gerade dabei, eine Gedenktafel aus weißem Marmor unter Jelenas Ulme aufzustellen, direkt vor einer der mächtigen Brettwurzeln. Die letzten zwei Tage hatte er durchgearbeitet. Der Stein hatte nun die

Form eines Taubenflügels und die goldene, in kunstvollen Buchstaben angefertigte Inschrift zeigte einen Ausspruch Jelenas, den er oft von ihr gehört hatte und den er besonders mit ihr verband:

Nimm Dir Zeit für Träume,
das ist der Weg zu den Sternen.

Nimm Dir Zeit zum Nachdenken,
das ist die Quelle der Klarheit.

Nimm Dir Zeit zum Lachen,
das ist die Musik der Seele.

Nimm Dir Zeit zum Lieben,
das ist der Reichtum des Lebens.

Nimm Dir Zeit, um freundlich zu sein,
das ist das Tor zum Glück.

In ewigem freudigen Gedenken an dich, Jelena.

Zum Schluss entfernte er noch einige Erdkrumen mit einem weichen Tuch. Nach getaner Arbeit trat er ein paar Schritte zurück und betrachtete zufrieden sein Werk.

»Schön ist er geworden, dein Stein, Julio, wirklich wunderschön.«

Der Angesprochene drehte sich um.

»Ach du bist es, Sonja, hast mich ja fast erschreckt. Ich habe dich gar nicht kommen hören, ich war so in Gedanken.« Dann wandte er sich wieder seinem Werk zu, während Sonja neben ihn trat.

»Es war das Mindeste, was ich für sie tun konnte ... mein ganz privates Geschenk«, meinte der Steinmetz, »ich habe ...

ach was, wir alle haben ihr so viel zu verdanken. Ich werde sie sehr vermissen. Oft habe ich sie hier getroffen, wenn ich vom Angeln kam, und immer hatte sie ein paar nette Worte für mich ... vor allem, wenn ich nichts gefangen hatte«, lächelte er und blickte dann zur Verbrennungsstätte hinüber. »Sieh nur, die vielen Blumen ... ich glaube, die Gärten Gorkens dürften jetzt geplündert sein. Es werden viele Leute kommen, um sich von unserer Jelena zu verabschieden, du wirst sehen, dass wir nicht genügend Stühle herbringen können.«

»Das stimmt wohl«, lächelte Sonja, »die Blumen kommen wieder ... jemand wie Jelena wohl nicht so schnell. Wir werden sie sehr vermissen, Julio. Sie hatte ein erfülltes Leben und sie hat es verdient, genauso verabschiedet zu werden. Wir werden ihr ein würdiges Abschiedsfest geben. Oh, schau mal«, rief sie entzückt und zeigte zum anderen Flussufer, »auch dort werden Plätze hergerichtet. Und Geraldo und seine Leute stellen schon die Tische für das Festmahl auf! Ich bin gespannt, was er sich hat einfallen lassen. Er macht ja ein Riesengeheimnis daraus. Etwas ist aber bereits durchgesickert, es soll ein extra für diesen Anlass gebrautes Festbier geben.«

»Also darauf freue ich mich besonders«, grinste Julio, der gerade merkte, wie durstig er war.

»Wer sind denn die beiden Männer, die bei ihm und seinen Söhnen stehen?«, fragte er und schirmte seine Augen gegen die Sonne ab.

»Na, der eine ist doch Soko Kovarik, der Schmied aus Seringat ... also der Größere der beiden ... er hat Geraldos wertvollsten Zuchthengst geheilt. Geraldo war damals total verzweifelt gewesen, weil er damit gerechnet hatte, ihn einschläfern lassen zu müssen. Das arme Tier war richtig schlimm gestürzt. Es war zwar nichts gebrochen, aber es müssen wohl einige Wirbel ausgerenkt gewesen sein. Unser Doktor Hofer war jedenfalls mit seinem Latein am Ende. Da konnte nur noch der Schmied mit seinen Zauberhänden helfen. Der junge Mann neben ihm ist Effel Eltringham, auch aus Seringat, so eine Art Ziehsohn von Mindevol. Den hatte der Ältestenrat doch ausgewählt, die Frau aus der Neuen Welt zu finden. Wie ich gehört habe, hatte sich Jelena damals besonders für ihn eingesetzt. Er hat die Frau ja dann auch gefunden ... oder sie ihn, wer weiß das schon«, Sonja lachte, »aber sie ist wieder weg ... hat bekommen, wonach sie gesucht hatte, wie man hören konnte. Kann einem echt leidtun, der arme Kerl. Soll ja die große Liebe sein. Er hat bestimmt gedacht, dass sie bei ihm bleibt.«

Nach einer kurzen Pause fügte sie hinzu: »Das waren damals die letzten Reisen Jelenas, als Jussup sie im vorigen Jahr nach Seringat zu den Versammlungen gebracht hat ... durch dicksten Schnee und bei Eiseskälte im Pferdeschlitten ... ah, sieh an, er hat wohl gemerkt, dass wir über ihn gesprochen haben, er schaut gerade zu uns her.«

Sie winkten Effel freundlich zu, der den Gruß erwiderte.

»Woher weißt du das alles?«, fragte der Steinmetz erstaunt.

»Also wirklich«, meinte Sonja, »das pfeifen doch die Spatzen von den Dächern.«

»Dann ist dieses Pfeifen noch nicht zu mir durchgedrungen.«

»Vielleicht solltest du dich mal mit etwas anderem unterhalten als mit Steinen«, antwortete Sonja keck.

Darauf erwiderte Julio nichts. Er kratzte sich am Kopf und dachte nach.

»Kennst du die beiden unter der Ulme?«, fragte Effel.

Soko hatte gerade einen großen Stapel Stühle herangeschleppt und verteilte diese jetzt um die Tische. Der Schmied hielt in seiner Arbeit inne und blickte ebenfalls in die Richtung.

»Das ist Julio, der Steinmetz von Gorken ... ah, schau doch, er hat einen Gedenkstein unter dem Baum errichtet ... den muss ich mir nachher einmal anschauen. Von hier aus kann ich nämlich nicht lesen, was er geschrieben hat. Ich sehe nur, dass es goldene Buchstaben sind.«

Dann stellte er weiter Stühle auf und sagte: »Die Frau heißt Sonja, mehr weiß ich auch nicht, ich habe sie nur ein paarmal getroffen. Sie hilft manchmal im *Wilden Stier* aus, wenn viel Betrieb ist. Wenn du mich fragst, ist sie eine richtige Klatschbase. Hat immer die neuesten Nachrichten auf Lager. Woher sie die hat, weiß allerdings kein Mensch. Wahrscheinlich erfindet sie das meiste, um sich wichtig zu machen.«

Inzwischen versammelten sich immer mehr Menschen auf dem Platz. Ein Bauer hatte am Abend zuvor noch die Wiese gemäht, die zum Fluss hin leicht abfiel, sodass jetzt auch Decken hinter den bereits gestellten Stuhlreihen ausgebreitet werden konnten. Es war inzwischen warm geworden und der Himmel war wolkenlos. Auch der Hang am anderen Ufer füllte sich mit Menschen in bunten Gewändern.

»Schau mal, Soko, wenn man die Augen zusammenkneift, könnte man meinen, dort drüben am anderen Ufer tanzen Blumen. Ein herrliches Bild.«

»Stimmt. Weißt du was? Es würde mich nicht wundern, wenn heute wirklich die Blumen tanzen würden. Eine so fröhliche Stimmung habe ich noch bei keiner Totenfeier erlebt.«

»Es geht hier ja auch nicht um irgendjemanden.«

»Das ist allerdings wahr.«

»Oh, schau«, Effel deutete mit seinem Kopf in die Richtung des Dorfes, »dort kommen die ersten Ehrengäste! Haha, und rate mal, wer allen vorangeht? Marenko Barak – das ist ja mal wieder typisch.«

»Ja, ich sehe es. Trotzdem wird er es nicht in den Ältestenrat schaffen, wenn du mich fragst. Er hätte sein Bürgermeisteramt in Verinot nicht aufzugeben brauchen. Hat er abgenommen?«

»Es sieht ganz danach aus.«

»Der Gemeinderat von Winsget ist auch schon eingetroffen.« Soko deutete in die Richtung.

»Ja, den Tuchhändler kann ich erkennen … seine ganze Familie ist dabei. Scotty habe ich ja schon lange nicht mehr gesehen … aber wo ist Jared von Raitjenland?«

»Es wird erzählt, dass er seinen Sohn sucht«, bemerkte der Schmied, »vielleicht ist er noch unterwegs. Bin ja gespannt, ob er ihn findet. Wahrscheinlich kommt Vincent irgendwann von selbst nach Hause ... spätestens, wenn ihm das Geld ausgegangen ist. Ein besseres Schuldeingeständnis als durch seine Flucht hätte er gar nicht machen können. Brigit kann von Glück reden, dass sie solch einen Dickschädel hat«, lachte der Schmied und fuhr fort: »Schau an, wenn man vom Teufel redet ... da kommt sie gerade an, siehst du sie?«

»Sie ist wohl nicht zu übersehen«, lachte Effel.

Brigit überragte die Umstehenden um mindestens einen Kopf. Sie wurde herzlich begrüßt.

»Bestimmt alles Kunden von ihr. Ich möchte bloß wissen, was Vincent zu solch einer Tat getrieben hat.«

»Als Kunde war er sicher nicht bei ihr«, meinte Soko trocken.

»Da bin ich mir gar nicht so sicher.«

»Kommen deine Eltern nicht?«

»Nein, sie können nicht, leider. Mein Vater ist auf einer Geschäftsreise und meine Mutter hütet Sam. Außerdem ist sie gerade nicht so gut zu Fuß. Ich habe dir doch erzählt, dass sie gestürzt ist. Sie wird die Ruhe zu Hause genießen.«

Bald darauf waren alle Gäste versammelt und hatten ihre Plätze eingenommen. Ein Enkelsohn Jelenas trat hervor und schritt würdevoll mit einem Koffer in der Hand zu dem Holzstoß, auf dem die sterblichen Überreste seiner Großmutter lagen.

»Pass auf, was jetzt kommt«, flüsterte Soko und stieß Effel in die Seite, während der junge Mann den Koffer öffnete und sein Musikinstrument herausholte.

»Ah, jetzt weiß ich's«, schmunzelte Effel, »und ich hatte es mir auch schon gedacht ... ja sogar erhofft. Immerhin ist es Jelenas Lieblingslied gewesen. Auf einem Dudelsack gespielt ist es besonders schön anzuhören. Schau, der Chor von Onden ist auch bereit. Kannst du den Text, Soko?«

»Ob ich den Text kann? Natürlich kann ich den«, tat der Schmied entrüstet. »Bin nur gespannt, ob du auch mitsingen kannst.«

In diesem Moment erfüllten die ersten Töne von *Amazing Grace* die Luft. Alle standen auf und sangen mit dem Chor gemeinsam Jelenas Lieblingslied.

Erstaunliche Gnade, wie süß ist der Klang, der einen Verlorenen wie mich gerettet hat. Früher war ich verloren, jetzt weiß ich, wo ich bin, ich war blind, aber jetzt kann ich sehen.

Durch Deine Gnade hat mein Herz Dich ehren gelernt und durch Deine Gnade ist meine Angst weg. Wie wertvoll war Deine Gnade, in der ersten Stunde, in der ich zu glauben begann.

Viele Gefahren habe ich bis jetzt überstanden. Nur durch Deine Gnade sind wir so weit gekommen, und Deine Gnade wird uns auch nach Hause führen.

Wenn wir dann dort sind für zehntausend Jahre und scheinen werden wie die Sonne, werden wir genügend Zeit haben, Gottes Gnade zu preisen, wie wir es ganz am Anfang getan haben.

Mit den letzten Klängen des Liedes traten drei weitere von Jelenas Enkelsöhnen mit brennenden Fackeln heran und zündeten den Holzstoß an. Kurze Zeit später loderten mächtige Flammen gen Himmel. Die Menge spendete während der Verbrennungszeremonie lauten Beifall, viele sangen dazu und einige weinten auch.

»Ein wunderschönes Lied, dieses Amazing Grace, vor allem, wenn man bedenkt, dass es aus der Feder eines Mannes stammt, der einmal Kapitän auf einem Sklavenschiff war«, meinte Effel.

»Wieder einmal ein schöner Beweis dafür, dass man zu jeder Zeit umkehren kann«, gab Soko zur Antwort, »auch wenn es vielleicht sein Schlaganfall war, der ihn zur Besinnung gebracht hat.«

»Manche Nägel brauchen einen großen Hammer.«

Als alle ihre Plätze wieder eingenommen hatten, war nur noch das Prasseln des Feuers zu hören, dessen lodernde Flammen jetzt weithin sichtbar waren. Jeder erinnerte sich wohl in stillem Gedenken an die Frau, die ihr Leben bereichert hatte. Der Duft der Kräuter erfüllte die Luft und der Rauch, der der Verbrennungsstätte entstieg, war schneeweiß. In diesem Moment flogen drei weiße Tauben über den Platz, drehten eine Runde über dem Fluss und verschwanden im nahe gelegenen Wald. Ein leises Raunen ging durch die Menge.

»Ihre Wappentiere verabschieden sich ebenfalls«, flüsterte Effel.

Als das Feuer heruntergebrannt war, erhob sich Mindevol.

»Liebe Familie, liebe Gäste, verehrte Bürger Gorkens. Welch ein Glück, eine Frau wie Jelena in unserer Mitte gehabt zu haben. Jetzt kann sie ihre Reise fortsetzen. Ich wünsche ihr, dass sie vorher noch ein wenig Ruhe findet, bevor sie«, und jetzt lächelte Mindevol, »sich wieder, und da bin ich mir ganz sicher, großen Aufgaben zuwendet. In euch, liebe Kinder, Enkel und Urenkel lebt sie weiter und in unser aller Gedächtnis ebenfalls.

Ich erinnere mich noch sehr genau an meine erste Begegnung mit ihr. Sie hatte damals gerade ihre Ausbildung in Haldergrond beendet und war an diesem Tag in den Ältestenrat gewählt worden. Ich selbst war noch ein Knabe. Sie kam aus dem Versammlungshaus und jeder wusste bereits, dass sie gewählt worden war. Meine Mutter hatte mich mit einem Blumenstrauß zum Gratulieren geschickt. Ich lief auf Jelena zu und drückte ihr den Strauß in die Hand. Sie würde gar nicht alt aussehen, hatte ich vorlaut zu ihr gesagt. Sie hat nur herzlich gelacht – ihr alle kennt ihr Lachen –, mir über den Kopf gestrichen und gemeint, auch ich sei älter, als ich aussehe. Damals habe ich das nicht verstanden, sondern bin nur über beide Ohren rot geworden. Tja, und dreißig Jahre später saß ich in den Versammlungen, bei denen sie bereits den Vorsitz hatte.

Sie hat das Leben geliebt und sie war eine weise Vorsitzende. Auf ihren Rat konnte man sich stets verlassen. Sie war unermüdlich, sogar als ihre Kräfte schon schwanden, nahm sie die Strapazen langer Reisen auf sich. Ich erinnere hier nur an den letzten Winter, als sie durch tiefen Schnee zu uns nach Seringat kam. Heute allerdings«, Mindevol wies zum Himmel, »hat uns der Herbst noch einmal mit einem wunderbaren Tag beschenkt. So können wir das Fest im Freien fortsetzen. Ich glaube, lieber Geraldo, sogar dein Festsaal wäre für uns alle zu klein. Also, singt und tanzt! Habt Spaß und lasst es euch gut gehen, ganz im Sinne unserer geliebten und verehrten Jelena. Trinken wir gleich unser erstes Glas auf ihr Wohl. Ich danke euch.«

Mindevol nahm unter dem Applaus der Anwesenden wieder neben Mira Platz. Sie ergriff seine Hand und drückte ihm einen Kuss auf die Wange.

Er hatte so laut gesprochen, dass auch die Menschen am anderen Flussufer jedes Wort verstanden hatten. Jetzt begann eine Musikgruppe zu spielen und viele standen auf und fingen an zu tanzen. Es war eine fröhliche und ausgelassene Stimmung.

Das Essen war inzwischen aufgetragen worden und Getränke, wie das für diesen Anlass gebraute Bier, wurden ausgeschenkt. Vor dem großen Holzfass hatte sich schon eine beträchtliche Menschenmenge versammelt, wohl nicht zuletzt deshalb, weil die schöne Tochter des Wirts am Zapfhahn stand.

»Sie ist nicht gekommen«, meinte Paolo an seine Frau Ula gewandt. In einer Hand hielt er einen knusprigen Hühnerschenkel, von dem er ein Stück abbiss. »Ich habe überall geschaut, sie aber nicht gesehen. Sie wäre ja wohl auch aufgefallen. Hatte ich mir aber auch gleich gedacht, weil sie entweder uralt ist oder gar nicht mehr lebt.«

Er balancierte einen großen Teller mit Salat und Gegrilltem auf seinem Schoß, in der anderen Hand hielt er einen Bierkrug. An seiner Nasenspitze klebte weißer Schaum.

»Wer ist nicht gekommen? Mit vollem Mund verstehe ich dich schlecht. Ach so, du meinst die Äbtissin von Haldergrond ... nein, schade eigentlich, ich hätte sie so gerne gesehen. Aber wir können ja mal hinfahren. Sie geben dort jeden Monat ein Konzert ... es soll sehr schön sein.«

»Saskia, die Exfreundin von Effel soll ja dort eine große Nummer geworden sein«, kommentierte Sonja, die sich inzwischen zu den beiden gesellt hatte, »nicht nur am Klavier. Angeblich hat sie eine Mitschülerin geheilt, die eine Gehbehinderung hatte.«

Auch Sonja hielt einen Krug in der Hand, aus dem sie jetzt einen kräftigen Schluck nahm.

»Hallo Sonja«, wurde sie von Ula begrüßt, »ich habe dich vorhin schon dort drüben an der Ulme gesehen ... woher weißt du das mit Saskia?«

»Nun, man hört so einiges, wenn man die Ohren aufhält«, schmunzelte Sonja vielsagend und nahm den nächsten Schluck. »Ihr müsst euch unbedingt den Gedenkstein unter Jelenas Ulme anschauen, den Julio angefertigt hat. Er hat sich solche Mühe damit gegeben«, dabei deutete sie in die Richtung des Baumes. »Er hat sogar die Buchstaben der Inschrift vergoldet!«

»Das werden wir später sicher machen, nicht wahr, Paolo?« Ohne auf eine Antwort ihres Mannes zu warten, fuhr Ula fort: »Eigentlich eine Schande, dass ich noch nie in Haldergrond war, obwohl meine Großmutter einen so wichtigen Teil ihres Lebens dort verbracht hat. Mmh, Paolo, du solltest unbedingt später den Fisch probieren. Geraldos Leute haben sich mal wieder selbst übertroffen. Wie bekommen die nur diese leckere Kruste hin?«

Dann wischte sie mit einem Tuch den Schaum von der Nase ihres Mannes.

Im Schatten der Ulme, gleich neben Julios Gedenkstein, saß die Äbtissin von Haldergrond auf der Schaukel. Nachdem sie das ganze Geschehen aufmerksam mitverfolgt hatte, verbeugte sie sich lächelnd in Richtung der Verbrennungsstätte und verschwand kurz darauf im Wald. Niemand hatte sie gesehen.

Ein kleines blondes Mädchen, mit einer roten Schleife im Haar, kam angelaufen. »Ich soll dir diesen Brief geben. Du bist doch Effel Eltringham?«, sagte sie und hielt ihm einen Umschlag entgegen, der das Wappen Jelenas zeigte.

»Danke dir. Und du bist die kleine Helena, die Urenkelin von Jelena, stimmt es? Wie alt bist du denn schon?«

»Ja, die bin ich, und ich bin schon vier.« Sie hielt stolz vier Finger hoch. »Meine Mama hat gesagt, ich soll dir den Brief von Urgroßmutter geben, er ist nämlich für dich«, sagte sie mit einem bezaubernden Lächeln und zeigte dann mit ausgestrecktem Arm in Richtung einer kleinen Gruppe von Personen, die sich den Gedenkstein unter der Ulme anschauten.

Eine Frau sah herüber und winkte. Effel erwiderte den Gruß. Es war Tanja, eine Enkeltochter Jelenas, die er nur flüchtig kannte. Er wusste, dass sie vor ihrer Heirat einige Jahre in Massalia war, um dort an einer berühmten Kunstakademie zu studieren. Es gab eine Galerie in Onden, die auch ihre Werke ausstellte.

»Du bist aber groß geworden«, sagte Soko, »als ich das letzte Mal hier war, warst du noch *so* klein.« Er hielt ein Hand neben Helenas Schulter. Die Kleine strahlte ihn an.

Soko hielt ihr einen Teller hin. »Hier, nimm dir einen Keks zur Belohnung, dass du den Brief gebracht hast.«

»Danke sehr«, sagte Helena und machte einen schnellen Knicks.

Effel fingerte in seiner Hosentasche und holte ein paar kleine Münzen hervor. »Die sind für dich.«

»Oh, danke«, rief die Kleine entzückt und hüpfte davon. Man konnte aus der Entfernung sehen, wie sie ihrer Mutter stolz die Beute zeigte. Tanja winkte noch einmal lachend herüber und ihre Lippen formten ein *Danke*.

»Da bin ich aber mal gespannt, was drinsteht, mach schon auf«, forderte der Schmied.

»So neugierig kenne ich dich gar nicht«, lachte Effel, »zuerst lese ich ihn aber alleine, vielleicht steht ja etwas Schlimmes über dich drin.«

»Scherzbold«, war Sokos Kommentar.

Mein lieber Effel,
mein irdischer Weg ist beendet. Allenfalls bleibe ich noch eine kleine Weile zu Gast in deiner Erinnerung. Was ich dir als meine wichtigste Erkenntnis eines intensiven Lebens an dein Herz legen möchte, ist: Lebe, viel mehr noch als ich, bewusst im ›Hier und Jetzt‹. Ich sprach und schrieb viel darüber, aber die letzten Gedanken meines Abschieds sagen mir wohl doch, wie es hätte sein können. Noch mehr Freude, noch mehr Miteinander und sehr viel mehr Liebe.

Ich wünschte, ich hätte mehr Zeit mit meinen Enkeln und Urenkeln verbracht und jeden kostbaren Augenblick ihres Heranwachsens genossen, denn er kommt nie zurück. Nichts kann wichtiger sein. Bitte verstehe mich richtig, ich habe gerne im Rat gesessen, weil mir die Menschen hier wichtig sind, und vielleicht wirst du eines Tages ebenfalls dort ein weises Mitglied sein. Das wünsche ich dir von Herzen. Aber bis es soweit ist, solltest du die Zeit mit den Menschen genießen, die du liebst, mit deiner Familie und deinen Freunden. Ich freue mich, dass unsere Wahl damals auf dich fiel, und wie ich mitbekommen habe, hast du ja auch einen ganz persönlichen Gewinn davon. Ich weiß, dass deine Nikita fort ist, aber mein Gefühl sagt mir, dass du sie wiedersehen wirst.

Ich sage dir, es kommt jetzt eine andere Zeit, denn die Mächtigen der Neuen Welt werden nicht aufgeben. Wir sind aber gut beschützt. Vieles wird sich verändern und es braucht Menschen, die anderen mehr denn je Hoffnung geben können und ihnen die Angst zu nehmen vermögen. Gott hilft immer. Wir sehen uns in einem nächsten Leben – Deine Jelena

Effel hielt Soko den Brief hin, der ihn nahm und ebenfalls las. Nach ein paar Minuten gab er ihn zurück. Effel faltete ihn sorgfältig und steckte ihn in seine Jackentasche.

»Sie hat dich sehr gemocht, das steht mal fest.«

»Ja, und das beruht durchaus auf Gegenseitigkeit, wie du weißt.« Effel wischte sich eine Träne weg.

»Dass sogar *sie* so etwas schreibt«, sagte Soko nachdenklich, »ich hatte immer den Eindruck gehabt, dass sie sich für all diese Dinge Zeit genommen hat.«

»Mehr geht wohl immer.«

»Dann lass uns noch einen auf sie trinken, mein Freund.«

Sie blieben noch eine Stunde im Kreise ihrer Freunde, packten ihre Sachen im Gasthaus und machten sich dann auf den Heimweg. Mindevol und Mira nahmen sie in ihrer Kutsche mit.

»Gut, dass wir reden können, ich wollte euch vorhin beim Festessen nicht stören«, meinte Effel, nachdem sie ein Stück gefahren waren. »Ich brauche euren Rat.«

»Unseren Rat?« Mindevol zog eine Augenbraue hoch.

»Du weißt wahrscheinlich von meinem Rätsel, das ich in die Pläne des Myon-Projektes eingebaut hatte … damals. Ich habe mich auf einer meiner Zeitreisen mit Perchafta daran erinnert, auch an die Lösung. Jetzt aber ist alles aus meinem Gedächtnis gelöscht. Ich wollte es Nikita zum Abschied schenken, deswegen habe ich ihr nicht sofort davon erzählt. Heute weiß ich, dass das ein Fehler war. Ich frage mich allerdings, wer das aus meiner Erinnerung gelöscht haben könnte

... und warum. Nikita oder dieser Professor Rhin wird dieses Rätsel finden und wenn sie es nicht lösen können, dann ...«

»... kommen sie wieder«, fuhr Mindevol fort, »ich weiß. Perchafta meinte dasselbe und Marenko Barak ist sich sogar sicher, dass sie schon wieder jemanden an unserer Küste abgesetzt haben. Wir haben heute mit ihm zusammen am Tisch gesessen. Er hat euch beobachtet, als Nikita abgeholt wurde, und er ist der felsenfesten Überzeugung, dass zum gleichen Zeitpunkt jemand an Land gebracht worden ist. Das hat er zwar nicht wirklich gesehen, aber ... na ja du kennst ihn ja. Er war beim Angeln damals.«

»Aber das ist doch naheliegend«, schaltete sich Mira jetzt ein, »ich meine, dass sie wieder jemanden geschickt haben, um von dir des Rätsels Lösung zu erfahren. Dass du dich nicht erinnern kannst, können sie ja nicht wissen.«

»Wenn jemand an Land gebracht wurde, als Nikita abgeholt wurde, kann derjenige nicht wegen des Rätsels hier sein«, überlegte Effel.

»Das stimmt«, sagte Mindevol, »von Perchafta weiß ich, dass der Mann aus einem anderen Grund hier ist. Er meint, ihr hättet mit Nikita bereits über das gesprochen, was noch in Tench'alin verborgen ist und von den Siegeln bewacht wird.«

»Du meinst das, was sie die *Blaupause Gottes* nennen? Deswegen ist der Mann hier, natürlich! Sie wissen durch Nikita jetzt von Tench'alin.«

»Das ist es wohl, wonach sie suchen.«

»Dann muss ich mich daran erinnern, und zwar möglichst bald. Irgendwie muss dann diese Information zu Nikita gelangen. Das sollte doch möglich sein, immerhin war ja schon einmal jemand unbemerkt in der Neuen Welt. Meinst du, Perchafta wird mit mir noch einmal eine Zeitreise unternehmen?«

»Ich weiß nicht«, überlegte Mindevol laut. »Wenn jemand deine Erinnerung gelöscht hat, wird dieser Jemand einen triftigen Grund gehabt haben, und glaube mir, Perchafta weiß das dann. Deswegen wird er sich eher nicht zur Verfügung stellen.«

»Kannst du das nicht alleine machen?«, fragte Soko jetzt. »Immerhin hast du inzwischen Erfahrung damit.«

»Ich könnte das vielleicht, aber Perchafta meinte, es sei besser, jemanden als Begleitung dabei zu haben, falls ... also für den Fall, dass man an ein früheres Trauma gelangt und dann selbst nicht mehr aus der Trance zurückfindet.«

»Dann möchte ich nicht dieser Jemand sein«, grinste Soko. Nach nur kurzem Nachdenken, meinte er: »Wie ist es mit Saskia? Sie könnte das bestimmt, oder nicht?«

Diese Frage war eher an Mira gerichtet.

»Ich glaube schon, nein, ich bin mir sicher, dass sie das kann. Besuche sie doch, bald ist Tag der offenen Tür in Haldergrond, da dürfen die Schülerinnen Gäste empfangen. Du kannst auch noch etwas länger warten, sie kommt in den Ferien bestimmt nach Hause.«

»Ich hatte ohnehin vor, nach Haldergrond zu reisen, Mira, das ist eine gute Idee. Immerhin möchte ich den Ort kennenlernen, der jetzt zu ihrem Lebensmittelpunkt geworden ist und wohl auch noch länger sein wird. Ich werde sie fragen. Mehr als Nein sagen kann sie nicht.«

»Vielleicht sagt sie sogar Nein, wenn sie erfährt, dass du damit Nikita helfen möchtest«, gab Soko zu bedenken.

Mira lachte. »Also das glaube ich auf keinen Fall, frag sie nur. Ich kenne meine Saskia.«

»Stimmt, so schätze ich sie auch nicht ein, vor allem auch, weil sie bestimmt froh ist, jetzt in Haldergrond zu sein.«

Der Rest der Fahrt verlief in einem angenehmen Plauderton und sie sprachen über alle möglichen Themen, die die Leute in Seringat beschäftigten.

Zu Hause angekommen, holte Effel Sam bei seinen Eltern ab, die ihn gar nicht gerne hergeben wollten.

»Wir gewöhnen uns immer an ihn, wenn er einige Tage bei uns ist«, lachte Tonja. »Vor allem kommt dein Vater öfter vor die Tür, was ihm außerordentlich guttut.«

»Dann solltet ihr euch wieder einen Hund anschaffen, Mama. Ich gebe Sam jedenfalls nicht her. Wie ich gehört habe, hat die Hündin von Freya wieder Junge.«

»Das muss ich mit deinem Vater besprechen. Wie war die Totenfeier? Ich wäre so gerne hingefahren«, meinte Tonja jetzt.

»Ich habe selten ein so wunderschönes Fest erlebt«, sagte Effel, »da habt ihr wirklich etwas verpasst. Geht es dir wieder besser mit deinem Fuß?«

»Ja, wirklich schade, aber die Ruhe hat mir gutgetan, ich kann wieder ganz normal auftreten. Da dein Vater früher als gedacht zurück war, konnte er mit Sam spazieren gehen.«

»Für Sam wird es nicht mehr so gemütlich weitergehen, ich nehme ihn mit nach Haldergrond. Das wird für ihn anstrengender.«

»Du besuchst Saskia am Tag der offenen Tür?«

»Ja, das habe ich vor und ich werde reiten. Ich kann es Saskia nicht antun, ohne Fairytale zu kommen. Das würde sie mir nicht verzeihen.« Effel lachte.

»Dann wird es für Sam wirklich anstrengend, aber es wird ihm guttun, denn ich glaube, dass er ein wenig zugenommen hat, hier bei uns.«

»Was mich nicht wundert.«

»Du weißt doch, dass ich seinem Hundeblick nicht widerstehen kann.«

***

Kapitel 13

Ein leises Klopfen ließ Saskia von ihren Studienunterlagen aufblicken. Dreimal kurz und zweimal lang. Sie wusste, wer das war.

»Ja, ich bin da, komm herein!«, rief sie fröhlich.

Die Tür öffnete sich, und es erschien das lachende Gesicht ihrer besten Freundin auf Haldergrond.

»Astrid, was gibt's?« Saskia sah auf die Uhr, die auf ihrem Nachttisch stand. »Ist denn schon Zeit für die Abendmeditation? Ich war so vertieft in die Texte von Schwester Elfriede, dass...«

»Nein«, wurde sie von Astrid unterbrochen, »ich wollte dir sagen, dass du Besuch hast. Du kannst mit dem Lernen aufhören. Wenn du die Prüfungen nicht schaffst, wer denn dann?«

Saskia fiel das Lernen leicht. Sie lernte gut und schnell und für ihre Arbeiten erhielt sie stets Lob.

»Besuch? Jetzt um diese Zeit? Der Tag der offenen Tür ist doch erst in ein paar Tagen!« Sie war erstaunt, denn es hatte sich niemand angekündigt.

»Ja, sie warten unten. Sie haben nach dir gefragt und ich habe ihnen versprochen, dass ich dich gleich hole. Beeil dich, du wirst dich bestimmt freuen ... und eine Abwechslung tut dir mal gut«, lachte sie.

Astrid lief wenig später, immer zwei Stufen auf einmal nehmend, vor ihr her, als hätte es nie eine Gehbehinderung gegeben. Saskia, die das mit großer Freude zur Kenntnis nahm, konnte ihr kaum folgen, als es die breite Steintreppe hinunter in den Innenhof ging.

Die Abendsonne schien in den Garten der ehemaligen Klosteranlage und ließ einen roten Haarschopf wie eine Flamme aufleuchten.

»Ihna!«, rief Saskia, die sofort erkannt hatte, wer da zu Besuch gekommen war. Voller Freude lief sie auf die beiden Frauen zu, die gerade ein Rosenbeet bestaunt hatten und sich nun gleichzeitig umdrehten. Schon war Saskia herbeigeeilt, schloss ihre Freundin in die Arme und küsste sie auf beide Wangen. Ihnas rote Haare fielen ihr in lockeren Wellen über die Schultern.

»Wie gut, dich zu sehen«, sagte sie, noch etwas außer Atem zu Ihna, die ihre herzliche Begrüßung erwiderte und sie dabei fast erdrückte.

»Ihna! Ich bekomme keine Luft mehr«, lachte Saskia japsend.

Dann wandte sie sich der anderen Frau zu.

»Brigit, es ist so schön, euch zu sehen, du hast dein Versprechen wahr gemacht und sogar meine Ihna mitgebracht. Insgeheim hatte ich ja damit gerechnet, dass ihr zum Tag der offenen Tür kommt.«

Sie umarmte die große Frau und drückte auch ihr einen Kuss auf die Wange. Brigit ließ diese Geste etwas steif über sich ergehen und sagte dann lächelnd: »Saskia, wie schön, dass du dich freust. Ich dachte schon, wir stören dich hier in deinem Idyll vielleicht. Du siehst ja prächtig aus, viel besser als bei deinem letzten Besuch in meinem Haus«, fügte sie augenzwinkernd hinzu.

Saskia kannte die Seherin inzwischen so gut, dass sie wusste, dass die Frau, die ihr so viel Gastfreundschaft geschenkt hatte, ihre herzliche Art mochte. Sie konnte es bloß nicht zeigen.

»Aber versprochen ist eben versprochen«, meinte Brigit, »wenn Ihna nicht so gedrängt hätte und ich meiner Schwester nicht schon vor ein paar Wochen versprochen hätte zu kommen, hätte ich dich erst zum Tag der offenen Tür besucht. Du weißt ja, wie viele Termine ich nachholen muss.«

Wenn Ihna gedrängt hat, gibt es wichtige Neuigkeiten, dachte Saskia sofort. »Wie lange könnt ihr bleiben? Ich muss euch alles zeigen, ihr werdet staunen, was es hier zu sehen gibt. Und wie habt ihr es eigentlich geschafft, bis hierher vorzudringen? Dieser Garten ist normalerweise für Besucher nicht zugänglich.«

»Wir haben leider nur einen Tag Zeit. Das heißt also, dass wir über Nacht bleiben und morgen nach dem Mittagessen zurückfahren. Du hast ja auch Prüfungen. Jeroen hat uns seinen Zweispänner gegeben. Ich glaube, er möchte, dass wir schnell wieder zurück sind«, zwinkerte sie Saskia zu. »So sind es nur ein paar Tage, an denen wir nicht zu Hause sind. Ihna hat vorhin mit der Schwester am Empfang gesprochen. Was immer sie ihr gesagt hat, hat wohl ausgereicht, uns in euer Allerheiligstes zu lassen. Ich freue mich, dass es dir hier so gut geht«, bemerkte sie dann lächelnd, »aber ich wusste ja, dass du hierher gehörst ... da brauchte ich noch nicht einmal in meine Karten zu schauen.«

Eigentlich brauchte sie nie in ihre Karten zu schauen, aber das musste ja niemand wissen. Sie folgte stets ihrer Intuition. Kaum saß jemand vor ihr, tauchten vor ihrem inneren Auge Bilder auf, meist sogar bewegte Bilder, und diese teilte sie einfach mit. Wobei sie allerdings nicht immer alles sagte.

»Das, was ihr Garten nennt, ist ja wirklich bemerkenswert, eigentlich ist es mehr ein Park«, fuhr Brigit fort und blickte sich um. Dann zeigte sie auf die Bäume. »Hier stehen sieben Linden jeweils auf einer Ecke eines Achtecks. Durch die achte Ecke sind wir gekommen. In der christlichen Zahlensymbolik steht die Sieben für den Anfang und die Taufe, die Acht für die Unendlichkeit und das Wandern durch das Leben. Soweit leuchtet mir das hier ein. Was ich merkwürdig finde, sind die Stämme der Bäume. Die linken drei haben einen, die rechten zwei und der mittlere hat drei Stämme.«

»Was wiederum zwölf ergibt«, sagte Saskia, »und auch diese Zahl hat ja eine Bedeutung.«

»Dann frage ich mich, ob man die Linden damals ganz bewusst ausgewählt hat oder ob sie einem höheren Sinn gemäß von selbst so gewachsen sind.«

»Das kann ich dir nicht sagen, vielleicht haben sie sich ja untereinander verabredet. Adegunde hat uns neulich erst einen Vortrag über die Kommunikation von Pflanzen gehalten. Aber vielleicht sollte man es auch nur wahrnehmen und nicht interpretieren. Habt ihr schon euer Zimmer gesehen?«

»Ja, und das sieht sicher besser aus als deines, wie ich annehme. Eure sollen ja recht spartanisch sein. Wie ich vorhin am Empfang schon gehört habe, gibt es heute Abend leider kein Konzert, aber so haben wir einen guten Grund wiederzukommen. Ich habe meiner Schwester versprochen, sie auf der Rückfahrt in Angwat zu besuchen. Du weißt doch, dass sie immer einen kleinen Kreis von Leuten versammelt, die von mir beraten werden. Und Ihna möchte zu einer Cousine, die in einigen Tagen auf eine längere Reise geht. So war nur dieser Termin möglich.«

Sie deutete mit dem Kopf auf die junge Frau, die in einigen Metern Entfernung bereits mit Astrid in ein Gespräch vertieft war. Saskia wusste, dass ihre Freundin in Angwat Verwandtschaft hatte.

»Wenn wir auf der Herfahrt schon dort Station gemacht hätten, wären wir wahrscheinlich nie hier angekommen«, lachte Brigit. »Wir haben in der Herberge von Reegas gewohnt, sehr gemütlich ... und es gab ein hervorragendes Gulasch zum Abendessen!«

»Ich weiß«, antwortete Saskia, »dort habe ich auch übernachtet, ich habe allerdings acht Tage bis hierher gebraucht.«

»Ich wollte dich ja fahren«, meinte die Seherin augenzwinkernd.

»Das fand ich auch sehr nett, liebe Brigit, aber es war genau richtig, zu Fuß zu gehen ... ich habe diese Zeit für mich gebraucht. Wenn du ein Konzert erleben möchtest, so kannst du das an jedem ersten Sonntag eines Monats und bald haben wir ja unseren Tag der offenen Tür, wie jedes Jahr. An unserem Abschlussabend werde ich wohl auch spielen. Wenn ich das Stück, das ich zurzeit einübe, bis dahin kann. Also, ich bin froh, dass ich heute nicht spielen muss, denn so haben wir mehr Zeit zu reden.«

»Stimmt, der Tag ist ja bald. Nach den Prüfungen, nicht wahr?«

»Ja, und das ist sogar sehr bald. Ende der Woche schon.«

»Aber dann hätten wir dich nicht für uns allein, so wie heute ... du bekommst doch sicher Besuch.«

Brigit lächelte vielsagend und Saskia meinte: »Ja, meine Mutter wollte kommen. Leider ist mein Vater auf Geschäftsreise, gerne hätte ich beiden hier alles gezeigt.«

»Vielleicht kommt ja noch jemand«, fügte die Seherin hinzu.

Saskia legte ihre Stirn in Falten.

Inzwischen waren immer mehr Mitschülerinnen in den Innenhof gekommen, teils aus Neugierde – denn es kam nicht sehr oft vor, dass jemand so kurz vor anstehenden Prüfungen Besuch bekam und dass es dieser Jemand auch noch schaffte, in diesen Teil der Anlage zu gelangen –, aber auch, um die letzten Sonnenstrahlen vor der abendlichen Meditation zu genießen.

»Ich habe mir Haldergrond nicht so groß vorgestellt, alleine dieser Park hier«, staunte Ihna, die mit Astrid wieder dazugekommen war. »Wahrscheinlich dauert es Tage, bis man alles gesehen hat.«

»Wenn man zu Fuß geht, sicher. Dann lasse ich euch drei mal alleine«, meinte Astrid, »ihr habt euch bestimmt viel zu erzählen ... Sas, wir sehen uns morgen. Ich wünsche euch einen schönen Abend. Ich muss noch in die Bücher schauen ... nicht jeder tut sich so leicht wie eure Saskia ... und grüßt mir Bruder Jonas«, fügte sie noch lachend hinzu.

Sie winkte zum Abschied und gesellte sich zu den anderen jungen Frauen.

»Zuerst werde ich mit einer ganz kleinen Führung beginnen, wenn ihr Lust habt. Nur der Bereich, in dem ich mich gewöhnlich aufhalte. Also, mein kleines Zimmer, Klassen-

und Musikräume. Später vielleicht dann unsere Meditations-halle, die ja jetzt gleich besetzt ist. Ich schwänze die Abend-meditation ... und später essen wir gemeinsam zu Abend. Dann haben wir jede Menge Zeit für alle Neuigkeiten«, sagte Saskia zu den beiden Frauen, die sich schon bei ihr unterge-hakt hatten.

»Das hört sich prima an«, erwiderte Ihna, »denn Neuigkei-ten gibt es einige, das kann ich dir versichern. Aber bei dir ja wohl auch. Sag mal ... stimmt es, dass du Astrid geheilt hast? Die Geschichte, die sie mir eben erzählt hat, ist ja unglaub-lich.«

»Nein«, lachte Saskia, »ich war das sicher nicht ... es war ... die Musik ... und sie selbst. Aber das erzähle ich euch später. Kommt jetzt und erzähle du mir lieber, was du am Empfang gesagt hast, dass man euch bis hierher vorgelassen hat. Sie konnte gar nicht sagen, wie froh sie war, die beiden Frauen bei sich zu haben, die sie so in ihr Herz geschlossen hatte.

»Nur, dass wir deine besten Freundinnen seien und dass ich mich ebenfalls für eine Ausbildung hier interessieren würde. Ich war doch so neugierig, wie du hier lebst. Da wird doch eine kleine Notlüge gestattet sein.«

»Ich vergebe dir«, lachte Saskia, »also los jetzt, ihr zwei, die Führung beginnt.«

»Hier wohnst du? Ist das dein Ernst?«, fragte Ihna ungläu-big, als sie am Ende der fast einstündigen Privatführung in Saskias kleinem Zimmer standen.

»Da wohnt ja unser Hund luxuriöser!«

Sie hatte im letzten Jahr nach langem, zähen Feilschen einen jungen Jagdhund auf einem Markt erstanden – eigent-lich nur aus Mitleid mit dem Tier. Sie hatte den Welpen, den sie an einem sehr heißen Tag aus einer sehr engen Kiste befreit hatte, ihrem Mann geschenkt und der hatte sich gefreut wie ein Schneekönig. Inzwischen war aus dem Welpen ein zuverläs-siger Jagdgenosse geworden.

Saskia lachte. »Ihna, jeder weiß, wie sehr ihr euren Hund verwöhnt. Im nächsten Leben möchte ich bei euch Hund sein. Aber Spaß beiseite, eigentlich schlafe ich hier nur … manchmal ziehe ich mich auch hierher zurück, wenn ich vor oder nach dem Unterricht noch mal etwas nachlesen möchte. Und dafür ist es völlig ausreichend«, beruhigte sie ihre Freundin, die von zu Hause einen anderen Standard gewöhnt war.

»Ich hatte dir ja gesagt, dass es sehr einfach ist«, warf Brigit ein, »aber dass es so … schlicht ist, hätte auch ich nicht gedacht. Der Rest der Anlage macht mir dagegen eher einen großzügigen Eindruck … jedenfalls, was man bisher sehen konnte. Imponiert haben mir die Bibliothek und die Musikzimmer … und eure Adegunde scheint ja in einem Palast zu residieren. Ich hatte mir alles nicht so groß vorgestellt … und es ist alles so gut restauriert. Es soll ja nahezu vollkommen zerstört gewesen sein … damals.«

»Oh ja«, meinte Saskia begeistert, »es fehlt hier wirklich an nichts, das kann man wohl sagen. Ich kenne selbst immer noch nicht alles. Es gehören riesige Ländereien zu Haldergrond, eine Schule für die Kinder der Umgebung, ein Krankenhaus und vieles mehr. Sogar ein großes Waldgebiet und fischreiche Seen. Ihr müsst nachher mal die geräucherten Forellen probieren … einfach köstlich. Angeblich braucht man mehr als drei Tagesritte, um alles gesehen zu haben. Bis in die Agillen hinein reicht der Besitz von Haldergrond und ungefähr acht kleinere Dörfer gehören ebenfalls dazu.«

»So«, meinte Brigit bestimmt, als sie den Innenhof wieder erreicht hatten, »jetzt habe ich Hunger und Durst. Das hast du mit deiner Schwärmerei erreicht. Morgen ist ja auch noch etwas Zeit für weitere Besichtigungen. Meinst du, wir bekommen die Äbtissin auch mal zu Gesicht? Ihna, kommst du?«

Die Angesprochene hatte sich wieder dem Beet zugewandt und roch gerade an einer gelben Rose.

»Ich komme«, rief sie, »diese Rosen sind einfach unbeschreiblich. Wie bekommt ihr die so hin, Sas? Das muss ich wissen. Welchen Dünger nehmt ihr? Wir nehmen Pferdemist, aber den sehe ich hier nicht.«

»Da muss ich Schwester Adelheid fragen, die ist eine der Gärtnerinnen für diesen Teil der Anlage«, erwiderte Saskia. »Wenn du magst, frage ich sie gleich morgen.«

»Unbedingt, Sas, da wird Jeroen Augen machen, wenn ich seine geliebten Rosen auf Vordermann bringe, hahaha.«

»Also, so schlimm sind die auch wieder nicht. Lass ihn das bloß nicht hören.«

»War doch nur Spaß ... aber trotzdem, bitte frage Schwester Adelheid.«

»Ich zeige dir später noch einen anderen Teil des Parks, dort stehen mehr als achttausend Rosen. Sie sind die Grundlage für das Rosengelee, das hier hergestellt wird. Ich gebe euch ein paar Gläser davon mit, wenn ihr morgen abreist, erinnert mich daran.«

»Worauf du dich verlassen kannst«, frohlockte Ihna.

»Ist Adelheid nicht mit Effel verwandt?«, fragte Brigit, »heißt sie mit Nachnamen Eltringham?«

»Ja, so heißt sie, und sie ist in der Tat mit Effel verwandt«, gab Saskia zur Antwort.

»Dann ist eure Adelheid eine Großtante von Naron, Effels Vater.«

»Genauso ist es, Brigit. Effel hat mir nie erzählt, dass er hier Verwandtschaft hat, wahrscheinlich weiß er es selber nicht. Und ja, das kann gut sein, dass wir Adegunde noch sehen, Brigit, sie ist jedenfalls hier, wir hatten heute Morgen noch Unterricht bei ihr. Ich weiß aber nicht, ob sie heute noch Termine oder Besucher hat. Sie hat ein unglaubliches Arbeitspensum. Wir fragen uns oft, wie sie das alles schafft. Ich glaube fast, sie braucht keinen Schlaf. Mir ist niemand bekannt, der das über solch lange Zeit durchhalten würde – fast unmenschlich.«

»Wenn es sein soll, dass wir sie kennenlernen, wird es so sein, mach dir mal darum keine Gedanken«, meinte Brigit lakonisch. »Mein Magen sendet mir gerade ganz weltliche Signale.«

»Dann lasst uns jetzt in die Klosterschenke gehen«, gab Saskia zur Antwort und als sie sah, dass Ihna die Stirn runzelte, fügte sie hinzu: »Ja, stellt euch vor, sie heißt immer noch so und sie ist im ganzen Umland bekannt für ihr gutes Essen ... und natürlich«, und das sagte sie jetzt schmunzelnd an Brigit gewandt, »für ihr frisch gebrautes Bier.«

»Hey, du tust ja gerade so, als sei ich Alkoholikerin«, tat diese entrüstet und knuffte Saskia freundschaftlich in die Seite. »Wenn du durch die Prüfung fällst, will ich aber nicht hören, dass wir daran schuld sind!«

Lachend hakten sich die drei Frauen unter und verließen den Garten in Richtung Schenke.

***

Kapitel 14

Der Agent Steve Sisko schlug sein Zelt unter der weit ausladenden Krone einer mächtigen Buche auf. Das alte, halb zerfallene, mit wildem Efeu überwucherte Haus, in dessen ehemaligem Garten er sein Lager errichtete, schien ihm dabei aus dunklen Fensterhöhlen zuzuschauen. Der Wall und die Flanken zu den seitlichen Grundstücken waren früher mit blühenden Ziersträuchern bepflanzt worden, wahrscheinlich um den abgeschlossenen Eindruck des Gartens zu erhöhen. Dort war eine tropfenförmige Terrasse aus Klinkern und Natursteinen integriert worden, von denen die meisten allerdings überwuchert waren oder breite Risse aufwiesen. Von hier aus hatte man einen Blick auf Himbeer- und Brombeersträucher, die sich jetzt so ohne jeden Beschnitt über mehrere

Grundstücke hinweg ausgebreitet hatten und voller Beeren hingen. *Der perfekte Nachtisch*, hatte Steve gleich gedacht.

Im vorderen Teil des hinteren Gartens konnte man noch ein mit verschiedenen Obstbäumen und Feldsteinen umgrenztes Rund erkennen, dessen Mittelpunkt ein großer Haselstrauch war.

In dieser Nacht, so hoffte er, würde er trotz eben einsetzender leichter Kopfschmerzen sehr gut schlafen – begleitet von dem beruhigenden Geräusch der Wasserfälle, dem Ruf des Nachtvogels und dem Rauschen des Windes in den Zweigen uralter Bäume. Er war am Ziel, der Rest würde eine Kleinigkeit sein.

Ein idealer Ort, um Urlaub zu machen, waren seine Gedanken schon bald nach Betreten des Tales gewesen, *wenn der Anlass nicht so wichtig wäre und es bei uns einen solchen Platz geben würde. Was ich nicht glaube.*

Seit seiner Ankunft war er nicht mehr aus den Augen gelassen worden. Den Krulls war sehr bewusst, dass hier eine Bedrohung höchsten Ausmaßes in ihr Tal gekommen war, und sie wussten auch, dass das Ereignis, das Steve Sisko einem Fehler in der MFB zugeschrieben hatte, der Beginn einer Reihe von weiteren Ereignissen sein konnte, die alles ein für alle Mal auf sehr drastische Art und Weise verändern würde. Dieser Mann, der in ihr Tal vorgedrungen war, durfte unter keinen Umständen Zugang zu den Höhlen von Tench'alin bekommen. Es ging dieses Mal um mehr als um das Buch Balgamon oder um Pläne von harmlosen Maschinen. Sie würden jedenfalls alles tun, um das zu verhindern – sofern der Rat der Welten einem Eingreifen, das dann das bisherige Maß übersteigen würde, zustimmen würde.

»Jetzt bedaure ich doch, dass die Emurks nicht mehr hier sind«, raunte Elliot seiner Frau Muchtna zu, » die scheren sich nämlich nicht um die Beschlüsse des Rats der Welten.«

»Außer wenn es sie selbst betrifft«, lächelte Muchtna.

»Aber nur, nachdem ihnen damals höllische Angst eingejagt worden war. Zwei Schiffe und viele Leben hatte es sie gekostet, bevor sie sich gefügt hatten.«

»Manche brauchen eben drastische Maßnahmen.«

Elliot war Perchaftas Vetter dritten Grades. Er hatte dieses Tal schon lange nicht mehr verlassen. Mit den Emurks war er nicht immer gut ausgekommen, weil es zu Beginn von deren dreihundertjähriger Verbannung an diesem Ort verständlicherweise zu Spannungen gekommen war. Als aber dann ein Emurk und ein Krull gemeinsame Sache gemacht hatten, hatten sich sogar hier und da Freundschaften entwickelt. Das Abschiedsgeschenk der Krulls, ihre vollkommen restaurierte Flotte, war wohl der beste Beweis dafür gewesen. Man hatte inzwischen erfahren, dass die Emurks wohlbehalten in der Heimat angekommen waren.

»Ich finde es auch schade, dass sie nicht mehr hier sind. Es war lustig mit ihnen«, flüsterte Muchtna zurück, »obwohl das letztlich nicht viel ändern würde, wie ich denke. Die Menschen aus der Neuen Welt werden immer wieder jemanden schicken – wenn es sein muss eine ganze Armee mit schrecklichen Waffen. Das Gesuchte ist viel zu wertvoll für sie.«

Obwohl sie so weit entfernt von dem Eindringling saßen und er sie durch das Rauschen der Wasserfälle unmöglich hören konnte, selbst wenn sie sich in normaler Lautstärke unterhalten hätten, sprachen sie leise. Perchafta hatte ihnen das nahegelegt.

»Wir wissen nicht ganz genau, wie empfindlich die Instrumente sind, die er dabei hat«, hatte er gemahnt, »deswegen seid bitte auf der Hut. Vonzel ist in der Neuen Welt auch entdeckt worden, obwohl er sich unsichtbar gemacht hatte.«

Steve Sisko hatte mit seiner kleinen Armbrust eines der Hühner erlegt und dieses briet jetzt triefend über einem kleinen Feuer. Er war gut auf diese archaische Art der Jagd und der Zubereitung seiner Beute vorbereitet worden.

»Sie jagen dort drüben meistens mit Armbrüsten. Pfeil und Bogen sind eher selten ... also werden Sie ebenfalls diese

Waffe benutzen müssen, um an Ihr Essen zu kommen«, hatte sein Ausrüster, ein untersetzter Mann mit dünnem Oberlippenbart und eisgrauen Augen, gemeint. »Üben Sie ordentlich damit, es dürfte für Sie ja kein Problem sein. Nur im äußersten Notfall und zur Selbstverteidigung dürfen Sie Ihre konventionellen Waffen einsetzen.«

»Kann man sich dort nichts kaufen oder einfach in ein Restaurant gehen?«, hatte Steve den Mann gefragt, der ihm gleich unsympathisch gewesen war.

»Das kann man selbstverständlich und wenn man den Berichten von Frau Ferrer glauben kann, was ich, unter uns gesagt, allerdings nur bedingt tue, kann man das sogar ziemlich gut. Es wäre allerdings besser, wenn Sie selbst nur im Notfall Kontakt aufnehmen würden. Mit Ihren Qualifikationen dürfte das ja kein Problem sein.«

Steve Sisko hasste es, wenn ihm jemand Honig um den Bart schmieren wollte, was hier ganz offensichtlich der Fall gewesen war – und von diesem Burschen mochte er es noch weniger, zumal er den Auftrag längst angenommen hatte. Er hatte alle Ausbildungen mit den höchsten Bewertungen abgeschlossen und sogar eine Auszeichnungen erhalten. Es war eines der wenigen Male gewesen, bei dem er seine Eltern und seinen Bruder gesehen hatte, die zu den Abschlussfeierlichkeiten an der Akademie erschienen waren. Kai war damals bereits Abgeordneter und stand mitten in seinen juristischen Staatsexamen.

Innerhalb kurzer Zeit war Special Agent Steve Sisko ein Meister im Armbrustschießen geworden und hätte sicherlich Preise gewonnen, wenn es für so etwas in der Neuen Welt Wettkämpfe gegeben hätte. Er hatte sich vergewissert, dass er in dem Tal wirklich alleine war. Inzwischen glaubte er mit seiner Beobachtung der Frau in Grün doch einer Täuschung erlegen zu sein, denn den ganzen Tag über hatte er nichts Derartiges oder Vergleichbares mehr beobachten können. Die MFB hätte ihm ohnehin jede menschliche Anwesenheit sofort gemeldet.

Er hatte vor fünfzehn Minuten, nachdem er das Huhn gerupft und gekonnt ausgenommen hatte, einen kurzen Lagebericht an die Zentrale geschickt und dabei auch seinen schrecklichen Fund erwähnt. Seine Gesprächspartner hatten sich seiner Einschätzung, dass es sich um einen tragischen Jagdunfall gehandelt haben musste, angeschlossen. Inzwischen war er sich da nicht mehr sicher, da er im Verlauf eines weiteren Streifzuges keine Bärenspuren gefunden hatte.

Die Bildübertragung funktionierte nicht einwandfrei. Das hatte man ihm zurückgemeldet, aber es war ihm selbst auch schon aufgefallen. Anscheinend hatte es sich um eine Störung im Satellitensystem gehandelt. Man würde sie schnell beheben, war ihm versichert worden. Das Display, das noch beim Betreten des Tales eine Warnung gezeigt hatte, war indes ruhig geblieben. Die MFB hatte er neben sich abgelegt, er würde sie später wieder aufsetzen, wenn er nach dem suchen würde, weswegen er gekommen war. Weit konnte es ja nicht sein, das Tal war ziemlich überschaubar. Vor einer Stunde hatte ein leichter Nieselregen eingesetzt, und er hatte in seinem Zelt schon befürchtet, dass sein warmes Abendessen ausfallen würde. Jetzt aber schien der Mond von einem wieder nahezu klaren Himmel.

Er hatte gerade zu Ende gegessen – noch nie hatte er solch köstliche Brombeeren gehabt – und sich zur Nachtruhe zurückgezogen, als sich seine oberste Dienststelle in Bushtown erneut meldete. Er griff nach der MFB.

Was ist denn jetzt schon wieder, dachte er mürrisch. *Das Ding spielt wirklich verrückt, mal schauen. Die Zentrale. Was wollen die denn mitten in der Nacht. Ach nein, bei denen ist es ja nicht Nacht, na die haben Nerven … das geht ja gut los.*

Er setzte die Brille auf. Zunächst hörte er lediglich ein Rauschen und Knistern, dann sehr undeutlich eine Stimme. Dennoch erkannte er seinen obersten Vorgesetzten, General Ming sofort. Sein Körper straffte sich ganz automatisch. Wenn es der General persönlich war, musste es sich um etwas äußerst Wichtiges handeln. Der Bildschirm blieb allerdings tot.

Irgendetwas stört hier aber gewaltig den Empfang, wahrscheinlich die Berge, oder doch diese Aktivität im Vulkan, dachte er.

»Special Agent ... Sisko?« Wieder ein Rauschen. Es dauerte einige Sekunden. »Officer Sisko, können ... Sie mich hören? Die Verbindung ... was ist da los bei Ihnen?«

»Ich kann Sie hören, Sir, äh ... General, aber schlecht. Vielleicht liegt es daran, dass ich von hohen Bergen umgeben bin. Hier ist alles in Ordnung.«

»Wir wissen ...«, wieder gab es ein starkes Rauschen, »wovon Sie umgeben sind ... daran kann es aber nicht liegen ... wir haben es bei uns getestet ... ich kann Sie auch nicht sehen ... haben Sie Ihre Kamera eingeschaltet?«

»Ja Sir, der Bildschirm funktioniert aber nicht ... ich dachte vorhin schon, die MFB sei defekt. Es ging los, als ich das Tal betreten hatte. Seit ich hier bin, hat sie noch nicht zuverlässig funktioniert, irgendetwas ist immer ...«

»Reden Sie keinen Unsinn, Sisko, die MFB ist absolut zuverlässig, BOSST liefert keine fehlerhaften Ausrüstungen. Irgendetwas muss in Ihrer Nähe sein, das den Empfang stört ... finden Sie es heraus! Wir sind darauf angewiesen, dass die Verbindung einwandfrei funktioniert. Es gibt Neuigkeiten, Officer.«

»Vielleicht liegt es an dem Vulkan, Sir, ich habe mir ...«

»Nein«, wurde er von seinem Vorgesetzten unterbrochen, »das haben unsere ... (Rauschen und lautes Knistern in der Leitung) ... Techniker bereits gecheckt, daran ... liegt es nicht. Es gibt keine außergewöhnlichen vulkanischen Aktivitäten ... der Berg pafft ein wenig, aber das tut er ja immer mal wieder ... daran kann es nicht liegen.« Das Rauschen verstärkte sich. »Ich habe Ihnen wichtige Dinge zu sagen, Officer Sisko, dafür ist es aber notwendig, dass die MFB funktioniert, also sorgen Sie dafür. Es wäre fatal, wenn es zu Missverständnissen käme, nur weil bei Ihnen da drüben die Technik nicht funktioniert.«

Es knackte in der Leitung, der General hatte aufgelegt.

Sorgen Sie dafür, dass die MFB funktioniert ... der hat Nerven, wie soll ich das denn anstellen? Ich werde morgen früh das Tal verlassen, wenn es außerhalb funktioniert, befindet sich die Ursache hier in der Nähe, wenn nicht, ist das Teil defekt, und ich bin auf mich alleine gestellt. Nun ja, darauf bin ich ja vorbereitet.

In dem eigens für diesen Auftrag eingerichteten Trainingscamp hatte man das Gebiet, um das es ging, virtuell erschaffen. Als Vorlage hatten sowohl Nikitas Aufzeichnungen gedient, die sie mit Hilfe ihrer MFB geliefert hatte, als auch Aufnahmen von Satelliten und Drohnen, die diese in die Neue Welt geschickt hatten, bevor sie auf mysteriöse Weise vom Himmel verschwunden waren. Man hatte seit dem keine Drohnen mehr eingesetzt.

Früh am nächsten Morgen hatte Steve Sisko den Eingang, den er am Tag zuvor gefunden hatte, erreicht, und als er einige hundert Meter davon entfernt war, baute er die Verbindung nach Bushtown auf.

Drei Uhr nachts jetzt dort, wollen doch mal schauen, ob das mit der ständigen Erreichbarkeit stimmt. Lächelnd betätigte er eine Taste am Bügel der Brille. Seine Kopfschmerzen hatten sich inzwischen leicht verstärkt.

Die Verbindung wurde sofort hergestellt, und auf dem Bildschirm erschien das verschlafene Gesicht seines obersten Vorgesetzten.

»Was gibt es, Sisko, was ist so wichtig, dass ...«

»Oh, es tut mir leid, Sir, ich dachte ehrlich gesagt, dass es nicht funktioniert.«

»Was nicht funktioniert?«

»Die MFB, General. Aber sie scheint in Ordnung zu sein ... jedenfalls außerhalb dieses Tales. Die Störquelle muss also im Tal selbst sein.«

»Dann finden Sie sie ... dürfte ja nicht allzu schwer sein. Aber vorher habe ich eine wichtige Mitteilung für sie ... es gibt einen neuen Auftrag, der im Moment Priorität hat.«

»Einen neuen Auftrag? Jetzt auf einmal, was ist passiert? Ich wollte gleich mit der Suche beginnen, denn ich glaube schon entdeckt zu haben, wo ich suchen muss.«

»Das müssen wir jetzt leider verschieben. Hier ist in den Medien ein Riesenrummel entstanden wegen dieser Pläne, die Frau Ferrer gebracht hat, und jetzt sind Komplikationen aufgetaucht. Der Entwickler dieser Baupläne hat wohl eine Verschlüsselung in die Berechnungen eingebaut, eine Art Rätsel, das sie hier auf die Schnelle wohl nicht lösen können ... für mich unverständlich. Da haben sich unsere Wissenschaftler mal schön blamiert ... kurz gesagt, wir brauchen den Mann, von dem die Pläne ursprünglich stammen ... und zwar schnell. Dabei müssen Sie mit äußerster Vorsicht vorgehen, es gibt Warnungen aus der Alten Welt, die zumindest ich sehr ernst nehme. Meine Befürchtungen werden hier allerdings nicht von allen geteilt.«

»Wo finde ich ihn, und wer sagt mir, dass er sich an etwas erinnert, das er vor, Moment mal, weit mehr als tausend Jahren geschaffen hat ... und selbst wenn, ob er dann seine Erinnerungen auch preisgibt? Warum sollte er das tun? Dann hätte er den Code nicht erst einbauen müssen.«

»Also das muss ich Ihnen wohl nicht erklären, Officer, wenn nötig, bringen Sie ihn her. Wir haben hier ein hervorragendes Druckmittel in Händen.«

Steve Sisko war sich sicher, dass sein Gesprächspartner bei den letzten Worten gelächelt hatte. Natürlich wusste er, wen der General meinte.

»Ich soll ihn also entführen? Wird das nicht noch mehr unnötigen Staub aufwirbeln?«

»Sicher wird es das. Eine Entführung kommt auch nur in Frage, wenn es unbedingt nötig ist. Ich schicke Ihnen gleich die Karten rüber, er lebt in Seringat, einem kleinen Ort ... kaum mehr als vier Tagesmärsche von ihrem jetzigen Standort entfernt. Sie dürften in ihrer Ausrüstung niemandem auffallen. Wenn doch, wissen Sie ja, wie Sie sich verhalten müssen.

Besser, Sie meiden überflüssige Kontakte. Sie müssen unerkannt bleiben. Na ja, wenigstens sprechen Sie die Sprache. Prägen Sie sich die Karte genau ein ... man kann ja nie wissen.«

Er traut also der MFB und all unseren technischen Hilfsmitteln wohl doch nicht so sehr, dachte Steve, bevor er fragte: »Gefährdet das nicht meinen eigentlichen Auftrag?«

»Officer ... wenn das der Fall wäre, hätten wir den falschen Mann geschickt.«

»Keine Sorge, Sir, ich bin der richtige Mann.« Steve lächelte säuerlich und fasste sich plötzlich an den Kopf, weil ein greller schmerzhafter Stich seine Stirn durchzog, so als würde jemand sein Gehirn mit einer heißen Nadel durchbohren. Der Schmerz ließ langsam nach.

»Was ist denn los mit Ihnen? Geht es Ihnen nicht gut? Haben Sie Kopfschmerzen?«

»Nicht der Rede wert, Sir, das geht sicher bald vorüber.«

»Nehmen Sie eine Tablette, Officer, für das, was vor Ihnen liegt, brauchen Sie einen klaren Kopf.« Ungeduld schwang in der Stimme seines Vorgesetzten.

»Es geht schon, Sir, wenn es wieder schlimmer wird, nehme ich was. Ich gehe jetzt zurück, packe meine Sachen zusammen und mache mich unverzüglich auf den Weg. Dann werde ich spätestens in drei Tagen in Seringat sein. Wir bleiben in Verbindung.«

»Davon gehe ich aus, Officer. Viel Glück ... und für den Fall, dass Sie unseren Mann wirklich außer Landes bringen müssen ... die U-57 wird vor Ort sein, sie wird morgen wieder auslaufen. Noch etwas, Steve, es darf ihm kein Haar gekrümmt werden ... na ja Sie wissen schon, wie Sie das machen müssen, ich baue auf Sie, enttäuschen Sie mich nicht. Gehen Sie danach wieder zurück in dieses Tal. Das, was sie suchen sollen, läuft Ihnen ja nicht weg.«

»Ich werde Sie sicher nicht enttäuschen, Sir.«

Es war noch nicht oft vorgekommen, dass sein Vorgesetzter ihn beim Vornamen genannt hatte. Solch eine Vertraulichkeit passte eigentlich gar nicht zu ihm, zeigte aber, dass es für den General wohl auch um den eigenen Ruf ging.

Es knackte in der Leitung und die Verbindung war beendet.

Steve Sisko kehrte in das Tal zurück. Bei jedem Schritt auf den Stufen der steinernen Treppe, die fleißige Hände vor langer Zeit in die Felsen gehauen hatten, pochte der Schmerz in seinem Kopf. Noch bevor er die Packung mit den Medikamenten aus seinem Rucksack holen konnte, hatten die Kopfschmerzen fast schlagartig nachgelassen.

Na also, wer sagt es denn, war wohl nur Schlafmangel.

Ähnlich schlimme Kopfschmerzen hatte er seiner Erinnerung nach gehabt, als er acht Jahre alt gewesen war. Es war kurz nach der Entführung gewesen, und die Schmerzen hatten sicherlich mehr als eine Woche angehalten. Wie sein Bruder strotzte er seitdem vor Gesundheit. Kay war seiner Meinung nach allerdings durch eine so völlig andere Lebensführung dabei zu verweichlichen. Ständig in irgendwelchen Nachtclubs oder angesagten Partys herumzuhängen, gehörte wohl zu einer politischen Karriere dazu. Die Paparazzi wollten gefüttert werden. Das war vielleicht der Preis, den man zahlen musste, wenn man hoch hinaus wollte, und das wollte sein Bruder ganz offensichtlich.

Was ihre Zielstrebigkeit und ihren Fleiß anging, waren sie sich wiederum sehr ähnlich. Kay hatte sein Studium in einem Tempo absolviert, das seinesgleichen suchte. Konnte man die Zwillinge früher kaum auseinanderhalten, so war das inzwischen ein Leichtes. Steves Gesichtszüge waren härter als die seines Bruders. Man sah ihm seine asketische Lebensweise, aber auch die Entbehrungen an, die er während seiner Ausbildung zu erleiden gehabt hatte. Er war stolz darauf. Instinktiv fasste er sich an die Narbe hinter seinem Ohr. Von dort war der Schmerz ausgegangen. In der Kaserne, in der er seine Grundausbildung absolviert hatte, hatte er sich, wie fast alle seine Kameraden, den Schädel glatt rasiert. Ron, der stets vorlaute Ron, hatte lachend auf die Narbe gezeigt.

»Da war aber ein Pfuscher am Werk, oder hast du nachträglich selbst dran rumgedoktert? Hast dir den ICD ausgetauscht, was? Oder was ist da passiert?«

Ron konnte nicht wissen, wie nah er mit dieser Bemerkung der Wahrheit gekommen war. Ein paar Wochen später war die Narbe nicht mehr zu sehen gewesen. Normalerweise sah man später nichts mehr von diesem Eingriff, bei dem jedem Säugling eine hauchdünne Platine von einem Zentimeter, rechteckig und nicht dicker als ein Haar, auf dem Schädelknochen angebracht wurde, und außerdem wusste es ja jeder. So vieles war dadurch möglich geworden. Es war einfach äußerst praktisch und von der Notwendigkeit eines solchen Chips waren die Menschen damals schnell überzeugt worden. Seit mehr als dreißig Generationen war der ICD eine Selbstverständlichkeit. Jedem wurde er unmittelbar nach der Geburt eingepflanzt, noch bevor der Säugling seiner Mutter an die Brust gelegt wurde, zumindest denen, die ihre Kinder selber stillten, was sehr selten geschah. Ständig wurde in der Werbung für Säuglingsnahrung behauptet, wie schädlich das Stillen sei, wenn man einmal von der optischen Veränderung der Frau absah, die in sehr abschreckenden Bildern deutlich gemacht wurde.

»Habe wohl schlechtes Heilfleisch«, hatte Steve seinem Kameraden nur geantwortet. Mehr wollte er ihm nicht sagen. Nicht, dass sein Chip während der Entführung ausgetauscht worden war. Seinem Bruder Kai war das Gleiche widerfahren, dessen Narbe war allerdings deutlich besser verheilt.

Er hatte schnell gepackt und darauf verzichtet, seine Spuren zu verwischen. Der Regen, der bald einsetzen würde – dunkle Wolken waren über das Tal gezogen – würde das erledigen.

Als die Sonne nach einem kurzen aber kräftigen Schauer wieder hoch am Himmel stand, war Special Agent Steve Sisko bereits ein gutes Stück vorangekommen. Seine Schmerzen waren wie weggeblasen, und am Nachmittag hatte er gedacht, dass er noch nie einen solch klaren Kopf gehabt hatte.

Perchafta kehrte aus Haldergrond zurück und wurde sogleich von seiner Verwandtschaft über alles informiert.

»Er ist schon wieder weg?« fragte er erstaunt, »habt ihr seinen Chip ...?«

»Ja, das haben wir«, unterbrach ihn sein Vetter, »sicher ist sicher. Er hatte heute Morgen kurz das Tal verlassen, war nach einer halben Stunde wieder hier, hat seine Sachen in Windeseile gepackt ... und war wieder verschwunden ... sehr merkwürdig. Leider weiß ich nicht, was er dort draußen gemacht hat«, berichtete Muchtna.

»Dann kenne ich sein Ziel«, meinte Perchafta und berichtete nun seinerseits seinen Verwandten von dem Rätsel, das Effel vor langen Zeiten, als er noch Francis hieß, in die Konstruktionspläne des Myon Projektes eingebaut hatte und das man bisher in der Neuen Welt nicht hatte lösen können.

»Das war aber sehr vorausschauend von ihm ... damals«, meinte Elliot, »nun wird er allerdings in großer Gefahr sein. Dieser Mann, der hier war, ist sicher nicht zu unterschätzen. Sie haben nicht irgendjemanden geschickt, so viel ist schon mal klar.«

»Er wird ihn entführen, und dann wird Nikita als Druckmittel eingesetzt«, kombinierte Muchtna sofort.

»Entführen werden Sie ihn erst, wenn der Mann hier nichts aus ihm herausbekommt, was er zunächst mit ziemlich drastischen Mitteln auch versuchen wird.«

»Wie will er das anstellen? Effel wird sich mit ihm wohl auf keine Zeitreise einlassen ... er wird sich auf gar nichts einlassen«, kicherte Muchtna.

»Ich bin mir sehr sicher, dass er seine Methoden hat«, sinnierte Perchafta.

»Aber erst muss er seiner habhaft werden, und das wird nicht einfach sein. Sollte es zu einer Begegnung kommen, werden sich zwei ausgezeichnete Jäger gegenüberstehen.«

»Vielleicht kommt er ja auch gar nicht so weit, immerhin ist er fremd in diesem Land«, meinte Elliot.

»An der Ortskunde wird es aber nicht liegen«, erwiderte Perchafta, »er wird so gut vorbereitet sein, dass er sich hier in diesem Land besser zurechtfindet als manch Einheimischer. Er wird sogar auch ohne die hilfreiche Technik sein Ziel erreichen. Wir müssen hellwach sein und unsere Kräfte bündeln, wenn wir nicht in eine Katastrophe stürzen wollen, die nicht nur die Menschen, sondern auch wir schmerzlich spüren werden.«

»Solange dieser Mann mit Effel beschäftigt ist, droht doch hier keine Gefahr«, warf Elliot ein.

»Da bin ich mir nicht so sicher.«

Tiefe Sorgenfalten zeigten sich jetzt auf Perchaftas Stirn.

»Das erste Siegel erwacht, und ich sehe keine Möglichkeit, das zu verhindern.«

***

Kapitel 15

Gegen wen spielen denn deine *Tiger* am Wochenende? Müssen sich ja mächtig ins Zeug legen, wenn sie die Meisterschaft noch holen wollen«, sagte ein gut gelaunter, aber müder Bob Mayer mit schelmischem Grinsen. Die letzte Nacht war so ganz nach seinem Geschmack gewesen. Seit Wochen hatte Mia mal wieder einen freien Abend gehabt und es würde, wie sie gesagt hatte, auch für die nächste Zeit wohl der letzte gewesen sein. Mal Fisher verlangte, dass sie ständig Gewehr bei Fuß stand. Das waren genau seine Worte gewesen, hatte sie Bob erzählt. »Wegen des Myon-Projektes drehen die jetzt alle durch bei uns. Aber was soll ich machen, ich mag meinen Job.«

Immerhin schien sie mit ihren Gedanken an diesem Abend einmal nicht in der Firma gewesen zu sein. Er hatte seine Verlobte in ein kleines, von außen betrachtet eher unscheinbares Restaurant mit dem Namen *Puta Puta* eingeladen, das ein hervorragendes Huhn mit Mango Chutney serviert hatte. Den Tipp hatte er von Olga bekommen, deren Tochter dieses kulinarische Kleinod in einer kleinen Seitenstraße der 6th Avenue vor Kurzem entdeckt hatte. Nach dem zweiten Glas Wein, der nach seinem Geschmack viel zu süß gewesen war, den Mia allerdings mochte, waren beide entspannt. Sie hatten wie zwei verliebte Teenager Händchen gehalten und später hatte er sich von Mia auf dem Sofa nach allen Regeln der Kunst verführen lassen. Geschlafen hatten sie in dieser Nacht wenig.

Richard Pease schaute mit gespieltem Erstaunen von seinem Gerät auf, in das er gerade hastig sein Dienstprotokoll diktiert hatte. Bald würde er in ein spannendes Wochenende mit Wett- und Sportevents aufbrechen können und er hatte es eilig, aus der Muffbude, wie er die Dienststelle nannte, herauszukommen.

»Seit wann interessierst du dich denn für Baseball, Bob? Bist ja offensichtlich gut informiert. Aber keine Angst, wir holen uns den Pott schon wieder«, sagte er und wandte sich wieder seinem Protokoll zu. Viel hatte er nicht zu diktieren.

»Darf ich das nicht ... ich meine, mich für Sport interessieren?«

»Doch ... na klar ... scheinst ja endlich zur Vernunft zu kommen. War wohl die letzte Nacht schuld, überanstrenge dich bloß nicht, bist ja auch nicht mehr der Jüngste, haha. Die Tiger spielen im Sonntagsspiel gegen die *Sitting Bulls* ... falls du schon von denen gehört hast. Wird jedenfalls ein spannendes Derby. Eine gute Abwechslung zu dem Langweilerjob hier.«

Das wollte Bob lieber nicht kommentieren.

»Oh, sieht man mir meine letzte Nacht so deutlich an?«, fragte er stattdessen mit gespieltem Erstaunen und nahm dann den Faden wieder auf: »Da kann man ja nur hoffen, dass die

Gegner ihrem Namen alle Ehre machen und wirklich sitzen bleiben«, grinste er.

»Das werden sie sicher nicht ... leider ... aber sag mal, ich bin wirklich erstaunt, was eine Liebesnacht bei dir ausrichten kann, oder sollte ich besser *anrichten* sagen?«

»Wieso?«

»Na, zuerst dein Interesse für Sport und dann dieser merkwürdige Anfall von Humor.« Richard grinste. »Oder ist die Albert Hall in die Luft geflogen und du suchst nach einer neuen Freizeitbeschäftigung?«

»Wie kommst du eigentlich darauf, dass ich etwas gegen deinen Sport habe?«

»Weil du noch nie zu einem Spiel mitgekommen bist ... ganz einfach. Ich habe dich oft genug gefragt, aber inzwischen habe ich es aufgegeben. Wer nicht will, der hat schon.«

»Du weißt doch, dass die freien Wochenenden Mia gehören ... das heißt, wenn mal wieder etwas Ruhe eingekehrt ist. Auf das nächste werde ich allerdings warten müssen. Seit Tagen kommt sie gar nicht mehr raus aus der Firma, der Abend gestern war wirklich eine Ausnahme. Da geht es uns noch gut mit unseren zwei Sonderschichten pro Woche. Wenn das so weitergeht, werde ich wohl doch mal mitkommen zu deinen *Tigern*. Ich verstehe das auch nicht. Ihr Chef, Mal Fisher, scheint ein nimmermüdes Arbeitspferd zu sein. Mia meinte einmal, dass sie sich manchmal frage, ob er überhaupt schläft.«

»Mensch, Bob, der Grund liegt doch auf der Hand. In den Sondersendungen zeigen sie es doch unaufhörlich ... es wird wegen dieses *Myondings* sein ... wie nennen sie es noch? Ich habe es schon wieder vergessen ... das ist so ein elender Schwachsinn. Jeder, der sich für einen Wissenschaftler hält, gibt auf einmal seinen Senf dazu. Als ob wir keine anderen Probleme hätten. Deswegen schieben wir Sonderschichten.«

»Welche anderen Probleme denn? Dass deine *Tiger* andauernd verlieren? Aber mal Spaß beiseite, *Myon-Neutrino-*

Projekt, Rich, das hättest du dir wirklich merken können, gerade *weil* sie es ständig in den Nachrichten bringen. Mia ist keine Wissenschaftlerin, sie ist die Assistentin von Mr. Fisher. Der Bau der Maschine ist aber vor allem Aufgabe von Professor Rhin und Frau Ferrer ... und schwachsinnig ist es sicherlich nicht.«

»Interessiert dich dieser Scheiß etwa? Energie wollen sie damit aus dem *Äther* gewinnen! Also wirklich, Bob! Meine Meinung dazu kennst du bereits und die kann auch jeder andere gerne erfahren. Das ist absoluter Blödsinn.«

»Wieso? Glaubst du vielleicht, sie schicken jemanden rüber wegen nix und wieder nix? Wir haben damit den Ewigen Vertrag gebrochen und sind damit ein enormes Risiko eingegangen. Da muss also was dran sein. Du hast doch gehört, dass sich die namhaftesten Wissenschaftler seit vielen Jahren mit dieser Idee beschäftigen, seit vielen hundert Jahren sogar, meinte ein Kommentator in einer dieser Sondersendungen.«

»*Wir* haben den Vertrage gebrochen? Nein, Mann, *die* haben den Vertrag gebrochen – oder bist du etwa gefragt worden? Was für Wissenschaftler sollen das denn sein? Irgendwelche Spinner ... kann ja glauben, wer will. Und wegen dieses Vertragsbruchs sage ich dir jetzt etwas ... und ich habe es dir schon einmal gesagt. Wir werden gewaltig was auf die Mütze bekommen. Jetzt bringen sie es uns in den Nachrichten scheibchenweise näher. Einen Begleitbrief gibt es von drüben, in dem, wie sie sagen, unverhohlen Drohungen ausgesprochen werden. Sie sagen aber nicht, mit was uns gedroht wird ... auch nicht, wer der Absender ist. Aber das kommt noch. Die ganze Wahrheit auf einmal wäre wahrscheinlich zu viel für uns unterbelichtetes Fußvolk. Damit machen sie es aber viel schlimmer. Ein Nachbar von mir sitzt bereits auf gepackten Koffern. Will sich verpissen, sagt er. Als ich ihn gefragt habe, wohin er denn wolle, hatte er gemeint, auf jeden Fall weit weg aus der Hauptstadt, weil es hier zuerst krachen würde. Ich habe ihm versichert, dass es egal sei, wo man ist, wenn es wirklich so weit kommen sollte. Bin echt mal gespannt, was alles passieren wird. Also mir ist es das nicht wert. Energie hin oder her. Bisher ging es doch auch.«

»Es ging auch, klar ... aber wie viel Prozent deines Gehalts zahlst du denn für deinen Strom? Abwarten, Rich, ich nehme diesen Brief nicht ernst. Was wollen die aus der Alten Welt denn machen ... mit Steinen werfen? Hahaha ... also wirklich. Ich glaube jedenfalls, dass wir mit dieser Erfindung, die wir jetzt in Händen haben, eine Riesenchance erhalten haben.«

Er hoffte, dass das überzeugend geklungen hatte. In Wirklichkeit hatte er nämlich seit seinem Erlebnis, das er für sich behalten musste, eine ganz andere Meinung zu den Möglichkeiten der Alten Welt.

»Also Bob, denk doch mal nach. Du bist doch sonst nicht auf den Kopf gefallen«, fuhr Richard unbeirrt fort. »Angenommen es gäbe wirklich eine solche Möglichkeit ... ich meine, das mit der Energiegewinnung aus dem Äther. Glaubst du nicht, dass wir hier längst in der Lage wären, solche Maschinen zu bauen ... gäbe es die dann nicht schon? Sie haben doch berichtet, dass es drüben wie in der Steinzeit zugeht. Der Professor hat es immer wieder betont, wie primitiv die armen Menschen dort leben müssen. Und dann brauchen unsere Wissenschaftler auf einmal Pläne für diese ominöse Maschine von drüben, weil sie die hier nicht herstellen können? Also wenn du mich fragst, mein Lieber, ist da etwas oberfaul. Bisher dachte ich ja auch, unsere neue Ausrüstung hier«, er zeigte auf die Brille, »wäre unzuverlässig, wie du ja weißt ... aber inzwischen sehe ich das anders. Ich sage dir, hier geschehen merkwürdige Dinge ... ein Richard Pease riecht so etwas.

Fast glaube ich dir auch, dass du damals wirklich etwas gesehen hast, als du wie von der Tarantel gestochen hier durch die Mall gelaufen bist. Und deine Busenfreundin, diese Olga, die war auf einmal verschwunden ... angeblich wegen Drogengeschäften, ja? Hatte die nicht am gleichen Tag von einem *Etwas* gesprochen, das unsichtbar gewesen sei und ihre

Pfannkuchen gestohlen habe? Und jetzt ist sie wieder da, an ihrem alten Stand, obwohl der inzwischen anderweitig vergeben war ... auferstanden wie Phönix aus der Asche, was? Haha ... und hat man sie je wieder etwas von diesem Vorfall erzählen hören, von dem sie ja damals fast einen Herzinfarkt bekommen hatte, wie sie selber sagte? Also ich nicht ... kein Wort von ihr ... von Olga!!! Ich war vor ein paar Tagen noch bei ihr, und wir haben über dies und jenes geplaudert, aber von diesem *Ding*, wie sie es damals bezeichnet hat, kein Wort. Also, wenn du mich fragst, ist da etwas oberfaul im Staate. Irgendjemand zahlt für ihr Schweigen! Aber eines sage ich dir, ich hänge mich da nicht rein, soll Mister Wichewski mal seine Arbeit machen.«

Richard Pease deutete mit seinem Kopf in Richtung der Bürotür des Chiefs und fuhr fort: »Solange von da nix kommt, rührt Richie hier keinen Finger.«

»Ja klar, du riechst so etwas ... dann habe ich eine Frage zu deinem hervorragenden Geruchssinn, mein Lieber. Hast du nicht neulich gerochen, dass deine Tiger auswärts gewinnen werden?«, lachte Bob. »Wie hoch haben sie eigentlich verloren ... ich glaube gegen den Tabellenvorletzten? Und wie viel Punkte fehlen ihnen noch zum ersten Tabellenplatz? Haben wohl ein paar Zähne verloren, deine Tiger.«

Bob wollte jetzt weder auf das Thema MFB noch auf die Ereignisse zu sprechen kommen, die sein Kollege eben gemeint hatte. Er hatte sich Mike Stunks gegenüber zu höchster Geheimhaltung verpflichtet und konnte sich gut ausmalen, was das für ihn bedeuten würde, wenn er hier oder irgendwo berichten würde, was er wusste. Er wunderte sich indes, wie nah sein Kollege, der sonst nur einen Kopf für Sportereignisse hatte, an der Wahrheit war.

»Das war ein Ausrutscher ... unsere drei besten Spieler waren verletzt ... das konnte nun wirklich niemand ahnen«, schluckte der den Köder.

»Meine Herren, ich störe Sie nur ungern bei ihrer sicherlich unglaublich wichtigen Konversation.«

Der Chief war aus seinem Büro gekommen und hatte sich neben dem Schreibtisch der beiden aufgebaut, breitbeinig und die Daumen im Gürtel eingehakt. Für die Officer war das ein untrügliches Zeichen für sehr dicke Luft.

»Mayer, auf einmal auch an Baseball interessiert? Seit wann das denn? Hat Ihre Olga Ihnen etwa verbotene Substanzen in Ihren Pfannkuchen getan? Wurde sie nicht schon einmal wegen Drogendelikten verhaftet? Hahaha ... und Pease, wer hat Ihnen denn ins Gehirn geschissen? Seit wann sind Sie denn unter die Verschwörungstheoretiker gegangen? Habe Sie ja selten solch einen Unsinn reden hören. Aber jetzt mal im Ernst, vergessen Sie alle Ihre geplanten Wochenendaktivitäten ... fürs Erste sind sämtliche Freizeiten gestrichen ... es gibt in zehn Minuten neue Dienstpläne, schauen Sie auf Ihre Displays ... also die MFB immer schön am Mann, nicht wahr, Pease? Im ganzen Land ist außerdem Ausgangssperre für alle Kasernen und Polizeidienststellen.«

»Waaaas?«, riefen die beiden Officer wie aus einem Mund.

»Was ist passiert, Chief, ist das wirklich Ihr Ernst? Die Sonderschichten haben uns eigentlich gereicht! Und jetzt sind auch die Wochenenden dran?«, empörte sich Bob Mayer, der als Erster seine Sprache wiedergefunden hatte.

»Sehe ich so aus, als würde ich Scherze machen? Glauben Sie vielleicht, mir macht es Spaß, mein Wochenende hier mit Ihnen zu verbringen? Ich kann mir wahrlich Schöneres vorstellen. Sie kennen ja die Nachrichten über dieses Myon-Projekt und die Drohungen, die damit verbunden sind. Ich nehme an, dass es sich um einen Probealarm handelt.«

Bob Mayer war sich da nicht so sicher, behielt seine Meinung aber für sich.

»Dann war mein Gefühl also richtig. Männer, wir bekommen bald tüchtig ein paar in die Fresse, hab ich ja gleich gesagt«, triumphierte Richard Pease und strich sich mit einer affektierten Geste eine Locke aus der Stirn.

»Nun machen Sie mal halblang, Pease, machen Sie sich etwa in die Hose?«, blaffte der Chief. »Muss ich jetzt von der Hauptstelle Windeln anfordern? Es dürfte sich hier lediglich um eine reine Vorsichtsmaßnahme handeln. Was machen Sie eigentlich im Ernstfall, Pease? Die Beine in die Hand nehmen? Regen Sie sich bloß ab und stecken Sie die anderen nicht mit Ihrer Paranoia an! Was sollen die von der Alten Welt schon groß tun, Sie haben ja gehört, wie die da drüben leben ... mit Armbrüsten jagen sie ... mir schlottern die Knie vor Angst ... hahaha.«

Der Chief lachte zwar, aber Bob Mayer kam es recht gekünstelt vor.

***

Kapitel 16

Die Emurks hatten die Häuser, die alle in erstaunlich gutem Zustand waren, inzwischen bezogen. Es war ein Rat gewählt worden, dessen Vorsitz Urtsuka der Neunte innehatte. Dieser Rat, der aus zwölf weiteren Emurks bestand, hatte die Aufgabe, alle Wohnungen gerecht zu verteilen. Die Familien mit Kindern bekamen die größten Gebäude. In vielen Häusern fand man auch Hinweise auf die Familien, die dort einst gelebt hatten, und so war es eine Selbstverständlichkeit gewesen, dass deren Nachkommen jetzt dort einzogen.

Inzwischen war auch das geschäftliche Leben nach *Sambros* zurückgekehrt. Es gab wieder erste Marktstände, an denen frisches Gemüse, Obst, Käse und Fisch verkauft wurde. Endlich konnte man sich wieder mit allem selbst versorgen. Kögliien gehörte zu den fruchtbarsten Regionen der Erde. Zwischen den bunten Ständen spielten Kinder und rollten

unter den wohlwollenden Blicken der Alten, die auf schatti-
gen Bänken saßen, lachend und kreischend große Reifen oder
lederne Bälle vor sich her. Wenn die Kleinen es allzu bunt trie-
ben, brachte ein lautes Zischen sie schnell zur Raison. Sogar
eine Werkstatt, die Sisal und andere Produkte verarbeitete,
war am Rande der Stadt wieder in Betrieb genommen worden.

Vonzel hatte gemeinsam mit Nornak ein kleines Haus am
Ende der Mole bezogen. Sie wollten diesen neuen Blick auf
das Wasser und den herrlich salzigen Duft der Meeresbrise
jeden Tag genießen können. Von Bergen hatten sie erst einmal
genug, obwohl es auch auf der Hauptinsel ein Gebirge gab.
Den höchsten Gipfel, der sich immerhin 1.000 Meter über den
Meeresspiegel erhob, konnte man von vielen Stellen aus
sehen und wenn er auf das flache Dach seines Hauses stieg,
sogar auch von dort.

Mehrere kleine Schaluppen hatten vor Kurzem *Dego
Garna* verlassen. Die Emurks an Bord – es handelte sich meist
um junge Frauen und Männer ohne Familie – hatten beschlossen, sich auf einer der anderen Inseln anzusiedeln, die ebenfalls zu Kögliien gehörten. Man wusste, dass nicht alle
bewohnbar waren, weil sie hauptsächlich aus nacktem Lava-
gestein bestanden, aber den Aufzeichnungen der Alten nach
gab es mehr als zwanzig, die der Hauptinsel ähnlich sein sollten. Unter großem Hallo waren sie abgereist und man hatte
sich versprochen, später eine Fährverbindung einzurichten,
sodass man sich gegenseitig würde besuchen und Handel treiben können.

Ein Mann stach hervor, weil er mehr als einen Kopf größer
war als alle anderen. Forhur stand am Ruder eines der Schiffe,
genau wie sein Urahn, der auf der Fahrt in die Verbannung vor
mehr als dreihundert Jahren mit seinem Schiff gesunken war.
Nachdem Kapitän *Urtsuka der Erste* damals auf der Insel
Leiri von den Rebellen, deren Anführer eben dieser Forhur
gewesen war, gefangen genommen worden war, hatte sich
dessen Frau mit dem jüngsten Sohn von ihm losgesagt und die

beiden waren auf die *Wellenreiterin* umgestiegen. So waren sie dem Unglück entgangen und das Geschlecht der Forhurs konnte fortbestehen.

»Es gefällt mir nicht, dass Forhur unter den Aussiedlern ist, ich hätte ihn gerne hier im Auge behalten«, hatte Urtsuka zu Vonzel gesagt, als die Schaluppen außer Sicht gewesen waren.

»Was gefällt dir denn daran nicht?«

»Ich weiß nicht, ist so ein Bauchgefühl.«

»Du meinst, weil sein Urahn damals deinen Urahn ...«

»Mag sein«, unterbrach Urtsuka ihn, »vielleicht höre ich auch bloß die Flöhe husten, lassen wir das Thema ruhen.«

»Ob in den Bergen von Angkar Wat schon Schnee liegt?«, fragte Vonzel seinen Freund, als sie jetzt vor ihrem Haus beim Frühstück saßen. Neben ihnen lag ein Haufen aus Sisalfasern, mit denen sie sich später Hängematten flechten wollten. Das war zwar Frauenarbeit, aber ihre erste eigene Schlafstätte wollten sie sich selber anfertigen. Bisher hatten sie auf dem blanken Boden geschlafen, denn ihre alten Hängematten hatten sie in *Angkar Wat* zurückgelassen.

»Bestimmt kommt dort bald der Schnee«, antwortete Nornak, »normalerweise fiel der doch schon recht früh im Herbst, zumindest an den Hängen des Gork. Im Tal waren wir ja zum Glück geschützt. Ich brauche keinen Schnee, ich liebe die Wärme. Deswegen gefällt es mir ja so gut in der Heimat.«

Er schob sich eine großes Stück Schafskäse mit einer Peperoni in den Mund und kaute laut schmatzend.

»Nur aus diesem Grund?«

»Natürlich nicht«, war Nornaks undeutliche Antwort.

Er grinste und deutete mit dem Kopf in Richtung der Mole, wo einige Frauen ihre Angeln ausgeworfen und immer mal wieder lachend zu den beiden Männern geschaut hatten. Fisch war zur beliebtesten Speise geworden, denn in Angkar Wat hatte es den nicht gegeben.

»Was mir gerade einfällt«, fragte Nornak, »was ist eigentlich mit dir und Vachtna? Bist du da schon weiter?«

»Nein, bisher war einfach keine Zeit dazu. Sie hilft ihren Eltern beim Aufbau eines Geschäftes, da bleibt für anderes nicht viel übrig.«

»Na ja, andere Eltern haben ja auch Töchter.«

Plötzlich riss Vonzel die Augen so weit auf, dass Nornak einen Schreck bekam, denn er dachte sofort, sein Freund müsse ein Ungeheuer gesehen haben, das vielleicht gerade aus dem Meer auftauchte. Aber es war kein Ungeheuer.

»Ich glaube es ja nicht«, rief der jetzt mit einer Mischung aus Erstaunen und Freude aus, »schau mal wer da kommt!«

Nornak folgte dem Blick seines Freundes.

»Das … ist ein … Krull!«

»Ach, was du nicht sagst«, lachte Vonzel, »mach mal deinen Mund zu. Guten Morgen Elliot!«

Inzwischen war der Vetter Perchaftas herangekommen, der Größenunterschied zwischen den dreien war beträchtlich.

»Komm, setz dich zu uns und trinke erst einmal etwas. Ich hoffe, du kommst nur, um zu schauen, wie es uns geht.«

Das sagte er mehr, um sich selbst zu beruhigen, denn sein inneres Alarmsystem hatte bereits angeschlagen. Es war das gleiche System, das ihm in der Neuen Welt so manches Mal aus der Patsche geholfen hatte.

Elliot kletterte auf einen Stuhl, er sah winzig aus, obwohl er sicherlich die Größe eines Emurkarmes hatte. Er nahm das Glas, das Vonzel ihm reichte, mit beiden Händen.

»Ich hoffe, du magst Ziegenmilch, sie ist ganz frisch, eben erst vom Markt geholt, genau wie diese köstlichen Käse, greif nur zu.«

»Danke, das ist jetzt genau das, was ich brauche«, lachte Elliot. Er nahm einen Schluck, dann setzte er das Glas auf den Tisch zurück, wofür er aufstehen musste.

»Wie ich sehe – ich bin nämlich schon durch eure wunderschöne Stadt gelaufen – geht es euch gut in der Heimat.«

»Ja, das stimmt … aber irgendetwas sagt mir, dass du nicht nur aus diesem Grund hier bist.«

»Du hast ein gutes Gespür, Vonzel. Deswegen möchte ich auch gleich zur Sache kommen, die Zeit drängt.«

Elliot holte ein Blatt Papier aus seiner Umhängetasche und legte es vor die beiden auf den Tisch.

»Lest das«, forderte er die Emurks auf. »Ursprünglich war es in Hebräisch geschrieben, wir haben es in eure Sprache übersetzt.«

Beide lasen, was dort stand.

Großes Unheil kommt über die Welt, wenn Drei Siegel in Tench'alin erwachen. Erwacht das erste Siegel vollständig, werden schreckliche Vorboten über die Länder kommen. Dies ist das erste Erbe von Tench'alin. Nur ein Volk kann die Siegel aufhalten. Es ist ein Volk, das eine dreihundertjährige Verbannung im Tal von Angkar Wat verbringen wird. Dies ist der Weg, denn sie haben den Stab. Das Geschlecht der Urtsukas hütet ihn. Stab und Lade gehören für immer zusammen. Das Volk wird beides schützen. Wenn sie aus der Verbannung in ihre Heimat zurückgekehrt sind, werden sie das Zeichen finden und die Klugen werden es deuten. Aber auch dann ist die Gefahr nicht vorbei, denn der Feind aus der Tiefe ist mächtig.

Dann entstand eine längere Pause. Vonzel blickte zu den Frauen, die an der Mole standen und miteinander Scherze machten. Er sah, wie sie die Weidenkörbe mit ihrem Fang füllten und in Richtung Marktplatz gingen. Er sah einige Möwen, die sich um die Reste eines Fisches stritten. Er sah einen kleinen Schokker, einen jener einmastigen Segler, mit ihren ausschwenkbaren Schleppnetzen aufs Meer hinausfahren. Er sah Kinder mit einem Ball spielen. Aber all das nahm er wie in Zeitlupe durch einen dünnen Nebel wahr. Was er eben gelesen hatte, schockierte ihn und gleichzeitig wusste er, dass seine ruhige Zeit hier bald vorbei sein würde.

»Wir müssen das sofort dem Rat mitteilen«, rief Nornak aufgeregt. Er reagierte völlig anders und war so heftig aufgesprungen, dass er dabei fast den ganzen Tisch umgeworfen hätte.

»Das müssen wir ganz sicher«, sagte Vonzel, aus dem Nebel zurückgeholt durch die Reaktion seines Freundes.

»Ich hätte es euch gerne erspart«, erklärte Elliot, »aber wie ihr seht, hängt jetzt nicht nur die Sicherheit eines kleinen Tales von euch ab, sondern wahrscheinlich die der ganzen Welt, auch der euren.«

***

Kapitel 17

Saskia, Ihna und Brigit saßen in einer der gemütlichen Nischen der Klosterschenke und jede hatte ein Glas Dunkelbier vor sich stehen. Saskia hatte ihres ohne Alkohol bestellt.

Die Schenke hatte die Jahrhunderte überdauert. Sie gehörte zu den wenigen nahezu vollkommen erhaltenen Gebäuden von Haldergrond und hatte auch aus diesem Grunde ihren alten Namen behalten. Sie war der Mittelpunkt der Gastlichkeit. Es gab zwar noch ein paar größere Gasthäuser, die außerhalb lagen und ebenfalls zu Haldergrond gehörten, aber die Klosterschenke war das Herzstück. Lediglich das Dach hatte vor vielen Jahren neu gedeckt werden müssen, als Adegunde das ehemalige Kloster zu neuem Leben erweckt hatte – niemand konnte mehr sagen, wann genau das gewesen war.

Das Besondere an diesem Gebäude waren nicht etwa die kunstvollen Buntglasfenster, die den Gastraum bei Sonnenlicht in ein faszinierendes Lichtspiel tauchten. Es waren vielmehr ihre Mauern, die noch von Menschen errichtet worden waren, die die Kunst beherrschten, Felssteine so zu bearbeiten, dass sie ohne Mörtel oder Lehm nahtlos zueinander passten.

Das Innere der Schenke, das ein erwachsener Mann in gut zwanzig Schritten durchqueren konnte, bestand aus im Laufe der Jahrhunderte dunkel gewordenem Eichenholz. An den Wänden hingen gerahmte Fotografien von Äbten und Mönchen, die hier vor ewigen Zeiten ein- und ausgegangen sein mochten. Ihna war an eines der Bilder herangetreten, das einen streng blickenden, hageren Mann in brauner Kutte mit einem mächtigen Kreuz um den Hals und der typischen Mönchstonsur zeigte. Darunter stand in verblichenen, aber immer noch gut lesbaren Buchstaben: Frater Johannes primus abbas monasterii Sancti Fundi.

Dann war sie zu dem Tisch gelaufen, an dem ihre Freundinnen bereits Platz genommen hatten. Die Gäste saßen hier an Tischen aus dicken Holzplanken, auf denen sich manch einer mit teilweise gewagten Schnitzereien verewigt hatte. Man konnte sich hier durchaus wie ein Höhlenbewohner aus ferner Zeit vorkommen. Hin und wieder benahm sich der ein oder andere auch so, wenn er zu viel von dem starken Gerstensaft genossen hatte. Dann wurde er von Bruder Jonas rücksichtsvoll, aber bestimmt vor die Tür gesetzt.

Auf der Theke glänzten vier mächtige Zapfhähne aus Messing mit blau-weißen Keramikgriffen, aus denen die Biersorten flossen, die am Fuße des Berges in der Klosterbrauerei nach streng geheim gehaltenen Rezepturen gebraut wurden. Diese Zapfhähne waren der ganze Stolz von Bruder Jonas, der hier Gastwirt in siebter Generation war. Jeden Tag polierte er sie mit einer Hingabe, die ihresgleichen suchte. Er war allerdings weder ein Bruder im geistlichen Sinne, noch hieß er wirklich Jonas. Wegen seines Aussehens, das stark an einen Klosterbruder erinnerte, vielleicht aber auch wegen seines Bauches und seiner Frisur, war er vor vielen Jahren einmal von einem Stammgast so genannt worden. Seitdem hieß Reginald Stobbs, dessen Frau Ilka in der Küche das Zepter schwang, nur noch Bruder Jonas und ihm selbst gefiel das.

Aber er war nicht nur der Wirt, sondern auch die personifizierte Nachrichtenzentrale der Umgebung. Es gab kaum etwas, wovon er nicht Kenntnis hatte, und manche von Alkohol gelöste Zunge hatte dazu ihren Beitrag geleistet. Er hatte eine goldene Regel, die er sich selbst vor langer Zeit auferlegt hatte und die er so strikt einhielt, als wenn sie ihm der liebe Gott persönlich wie ein Gebot in sein Herz gemeißelt hätte, und die lautete: Trinke nie in deiner eigenen Schenke.

Zu oft hatte er davon gehört und es auch bereits miterlebt, wie Wirte selbst zu ihren besten Kunden geworden waren und als Schatten ihrer selbst traurig endeten. So trank er lediglich Wasser und hin und wieder einen der köstlichen Obstsäfte. Die Früchte dafür sowie für den Apfel-, Marillen- oder Pflaumenschnaps aus der Brennerei eines nahegelegenen Dorfes, die hier den Gästen nach dem Essen angeboten wurden, entstammten allesamt den Gärten Haldergronds.

Brigits Glas war bereits zur Hälfte geleert. Sie hatte einen langen Zug genommen, war sich dann mit dem Handrücken über den Mund gefahren und hatte ihren Schluck mit einem »War das köstlich«, kommentiert.

»Jetzt ist der Tag perfekt ... vor allem auch, weil wir deiner Äbtissin noch begegnet sind. Eine wirklich bemerkenswerte Frau, diese Adegunde«, hatte sie noch augenzwinkernd hinzugefügt.

»Ich habe sie mir allerdings viel älter vorgestellt.«

Sie waren Adegunde auf dem Weg zur Schenke begegnet. Diese war von einem Abendspaziergang zurückgekehrt, wie sie berichtet hatte. Sie hatte angehalten und die Freundinnen begrüßt. Es war nur ein kurzer Wortwechsel gewesen, bei dem Saskia ihre Freundinnen vorgestellt hatte.

»Sie haben eine lange Reise hinter sich und sind bestimmt hungrig, ich will Sie nicht aufhalten«, hatte sie freundlich gesagt und sich auch schon wieder verabschiedet. Sie schien es eilig gehabt zu haben.

»Ich habe sie mir auch wesentlich älter vorgestellt«, meinte Ihna, »sie hat ja kaum eine Falte. Wie macht sie das bloß? Bestimmt hat sie ein Geheimrezept! Das musst du unbedingt herausbekommen, Sas.«

Saskia lachte.

»Wenn es geheim wäre ... glaubst du, dass sie es jemandem sagen würde?«

»Wohl nicht«, gab Ihna kleinlaut zur Antwort, »aber sie ist sehr nett ... und sie mag dich, das konnte man sehen.«

»Ich mag sie auch. Man muss sie einfach gern haben. Sie gibt uns so viel von ihrem Wissen ab und ist stets freundlich. Resolut zwar, aber freundlich.«

Die Kellnerin, eine rundliche Frau mit einem sympathischen Lächeln und einem blonden Zopf, der kunstvoll um ihr Haupt drapiert war, kam nun an den Tisch und nahm die Essensbestellungen auf. Die Freundinnen wählten dreimal den Herbstsalat mit frischen Pfifferlingen, Brigit und Ihna auch mit der empfohlenen geräucherten Forelle. Brigit bestellte zum Nachtisch noch Apfelstrudel. Saskia hatte dabei die Gelegenheit ergriffen, ihr die beiden Freundinnen vorzustellen, und dabei aber unerwähnt gelassen, dass Brigit eine bekannte Seherin war. Schließlich wollte sie vermeiden, dass später der Tisch belagert werden würde, wofür Brigit sich dankbar zeigte. Als die Kellnerin gegangen war, ergriff Ihna das Wort.

»Willst du anfangen oder sollen wir beginnen?«

»Nein, fang du mal an, du platzt ja sonst«, lachte Saskia.

»Na gut, ganz wie du willst ... gut, dass du sitzt.« Dann lehnte sie sich nach vorne und sagte so theatralisch wie ihr das möglich war: »Sie ist weg!«

»Sie ist weg? Wer ist weg?«

Saskia wusste im ersten Moment wirklich nicht, wen ihre Freundin meinte.

»Na *sie* eben, Nikita ... die Frau aus der Neuen Welt! Sie hat diese Pläne mitnehmen dürfen, die sie ohne Effels Hilfe gar nicht gefunden hätte ... ich weiß das von Herzel. Kaum hatte sie die Erlaubnis gehabt, war sie auch schon weg. Von wegen große Liebe! Hab ich mir doch gleich gedacht ... war alles Berechnung ... diese Schlange!«

Sie machte eine Pause – zum einen des Effektes wegen, zum anderen, um Atem zu schöpfen.

»Als sie bei ihm eingezogen war, sah es aus, als wolle sie bleiben. Da hat sie uns wohl alle getäuscht.« Ihna lehnte sich zufrieden zurück und wartete die Wirkung ihrer Worte ab. Dabei faltete sie die Hände, als ob sie beten wollte.

Brigit sah gespannt über den Rand ihres Glases, wie Saskia wohl auf diese Mitteilung reagieren würde.

»Und wie geht es Effel damit?«, fragte diese nach einigen Sekunden leise und mitfühlend.

»Du schon wieder«, entrüstete sich Ihna und beugte sich nach vorne, »du denkst sofort wieder an ihn ... wie es ihm geht! Wie geht es dir denn damit? Freust du dich nicht?«

»Wie soll es mir damit gehen? Ich finde es schade für ihn. Als wir uns damals, als er loszog aus Seringat, voneinander verabschiedet hatten, wusste ich bereits, dass etwas Neues in unser Leben kommt. Es gab einige Zeichen, die darauf hindeuteten. Und zu deiner Beruhigung ... es ist inzwischen alles im Lot bei mir, glaube mir, Ihna. Wenn es Nikita nicht gegeben hätte, wäre ich nicht hier. Es ist eine Chance für mich, wie es keine größere hätte geben können. Ich kenne jetzt meine Bestimmung. In Seringat war ich immer zwischen Mira und Petrov hin- und hergerissen. Ohne Effels Abenteuer und ohne Nikita hätte ich diese Gelegenheit nie ergriffen. Und weißt du was? Hier habe ich alles, was ich mir jemals erträumt habe. Heilkunst und Musik! Ich habe die besten Lehrerinnen, wunderbare Mitschülerinnen und eine traumhafte Umgebung. Besser geht es doch nun wirklich nicht.«

»Da kann ich dir nur beipflichten«, bemerkte Brigit, die der Kellnerin eben durch Handzeichen bedeutet hatte, dass sie dringend Nachschub an Bier brauchte, »kein Mann ist es wert, dass man seinetwegen einen Traum aus den Augen verliert. Auf dein Wohl, meine Liebe«, fügte sie noch hinzu und trank den Rest ihres Glases in zwei Zügen aus.

Für einen ganz kleinen Moment schien Ihna zu schmollen, weil sie ihre Sas auch gerne wieder in Seringat um sich gehabt hätte. Aber sie kannte ihre Freundin nur zu gut und fand jetzt bestätigt, was diese ihr schon beim Abschied versucht hatte klarzumachen: Saskia war hier richtig. Punkt.

Aber sie hatte ja noch eine interessante Nachricht im Gepäck.

»Ja, ja, die einen trennen sich ... und die anderen kommen zusammen«, sagte sie jetzt und blickte dabei in ihr Glas, als habe sie dort gerade, wie eine in Trance versunkene Wahrsagerin, eine neue Paarkonstellation entdeckt.

Saskia kicherte.

»Nun rück schon raus mit der Sprache, mach es nicht so spannend.«

»Ich sage nur ... Soko ...«

»Und Agatha? Wirklich? Na endlich!«, fiel Saskia ihr ins Wort. Im gleichen Moment tat es ihr auch schon leid, dass sie Ihna etwas vermasselt hatte, aber sie freute sich so für den Schmied und auch für die viel zu früh verwitwete Agatha, dass es einfach so aus ihr herausgeplatzt war.

»Dich kann man auch mit nichts überraschen, was?« Ihna tat beleidigt und fuhr fort: »Ja, es ist Agatha. Du weißt doch, dass sie Sokos Mutter nach deren Sturz gepflegt hat. Sie war jeden Tag in der Schmiede, an manchen Tage sogar mehrmals, hihihi. Das ganze Dorf hatte schon Wetten abgeschlossen, wann es endgültig auch bei ihm funken würde. Ich glaube, der gute Soko hat als Letzter kapiert, was da eigentlich los war. Na ja, Männer!«

»Das freut mich sehr«, schaltete sich Brigit jetzt wieder in das Gespräch ein, nachdem sie den ersten Schluck ihres frischen Bieres genommen hatte. Sie hatte noch einen kleinen Schaumkranz um ihre Oberlippe, den sie mit der Zungenspitze entfernte.

»Beide waren unabhängig voneinander bei mir gewesen«, erklärte die Seherin, »der arme Soko hatte lange um den eigentlichen Grund seines Besuches herumgeredet. Offiziell war er ja damals nach dem Überfall in mein Haus gekommen, um stärkere Schlösser an den Türen anzubringen. Ich glaube, Mindevol hatte ihn darum gebeten, der schlaue Fuchs. Aber irgendwann konnte sich der arme Mann dann doch nicht zurückhalten und war mit seiner Frage nach Agatha herausgeplatzt. Ich erinnere mich genau daran, wie er rot geworden war. Ich sehe ihn noch mit irgendeinem Werkzeug in der Hand vor mir stehen. Obwohl er so groß ist, sah er aus wie ein Schuljunge, der bei einem Streich ertappt worden war.«

»Und«, hakte Ihna neugierig nach, »hast du ihm etwas gesagt?«

»Hätte ich tun können, aber ich hab's nicht getan. Auch Agatha habe ich nichts gesagt. Sie war nämlich vier Tage vor ihm bei mir gewesen. Es muss so ungefähr um den Zeitpunkt herum gewesen sein, an dem du mich konsultiert hattest.«

Damit hatte sie kein Geheimnis verraten, denn Saskia hatte Ihna damals begleitet. Ihna errötete sofort, weil sie dadurch daran erinnert wurde, wie schnell Brigit sie entlarvt hatte, auch wenn es harmlos gewesen war.

»Das musste jetzt aber nicht sein«, meinte sie mit gespieltem Vorwurf und grinste.

»Beiden habe ich das Gleiche geraten«, nahm die Seherin den Faden wieder auf, »dass sie auf ihr Herz hören, den Dingen ihren Lauf lassen und dem Schicksal vertrauen sollten. Na ja, und das haben sie dann ja wohl auch getan.«

»Stell dir vor«, sagte Ihna, »sie ist sogar schon bei ihm eingezogen.«

»Dann ging es aber schnell«, meinte Saskia.

»Warum zögern, wenn es klar ist?«

»Das stimmt auch wieder. Sie haben ja lange genug gewartet.« Saskia lachte.

»Wie geht es denn Mira und Mindevol?«

»Von beiden sollen wir dir natürlich herzliche Grüße ausrichten«, meinte Ihna, »es geht ihnen sehr gut. Zuletzt habe ich sie bei der Versammlung gesehen, bei der beraten wurde, was nun geschehen solle, nachdem Nikita abgereist war. Herzel war nicht davon abzubringen, dass das nicht das letzte Mal gewesen sei, dass wir von den Anderen *überfallen* worden seien. Er hat wirklich *überfallen* gesagt. Na ja, du kennst ihn ja. Die meisten haben ihn auch ausgelacht. Besonders Naron, der sagte, dass es für ihn nicht gerade nach einem Überfall ausgesehen habe. Schließlich hätten er und seine Frau mit Nikita und Effel ganz friedlich im Garten zu Abend gegessen und über Gott und die Welt geplaudert. Er hat sogar noch erwähnt, dass Nikita eine ganz gescheite Person sei. Und weißt du, wer in das gleiche Horn geblasen hat? Sendo! Der meinte sogar, dass *die Frau aus dem Westen,* so hat er sie genannt, sehr spirituell sei. Als Beweis führte er an, dass sie genau verstanden habe, wie er mit seinen Bienen kommuniziere, was ja in Seringat nicht so viele Leute interessieren würde. Hätte Balda ihm nicht beschwichtigend die Hand auf den Arm gelegt ... wer weiß, was noch alles gekommen wäre. Für all das hatte Herzel allerdings nur ein verächtliches ›Dann hat sie euch alle um den Finger gewickelt. Wenn sie geblieben wäre, wäre sie wahrscheinlich noch die nächste Vorsitzende des Ältestenrats geworden‹ übrig. Du hättest mal sein Gesicht dabei sehen sollen.«

Im nächsten Moment schalt sich Ihna innerlich für ihren Redefluss. Wieder einmal waren die Pferde mit ihr durchgegangen. Sie war sich unsicher, wie es bei Saskia angekommen war, dass sie so ausführlich von Nikita berichtet hatte. Doch schien alles in Ordnung zu sein, denn Saskia erwiderte: »Wir kennen doch Herzel. Er liebt seine Rolle als mahnende Stimme Seringats. War Effel auch bei der Versammlung?«

»Ja klar war er da, alle waren da. Aber er hat nicht viel gesagt ... er war wohl mit seinen Gedanken woanders. Es war ihm anzumerken, dass ihm der Abschied von ihr schwergefallen war ... Oh verdammt, das hätte ich jetzt vielleicht nicht sagen sollen, war dumm von mir.«

»Ist schon gut, Ihna«, lächelte Saskia, »das spricht doch für ihn, dass er nicht einfach zur Tagesordnung übergeht. So kenne ich ihn.«

»So kann man das natürlich auch sehen«, meinte Ihna trocken.

»Ich habe Effel vor ein paar Tagen in Gorken anlässlich der Totenfeier für Jelena getroffen«, warf Brigit jetzt dazwischen, »er war mit Soko dort. Natürlich war der gesamte Ältestenrat aus Seringat ebenfalls vertreten. Mindevol hat eine wunderbare kleine Rede gehalten. Nicht zu lang und nicht zu kurz, wenn du mich fragst. Es war eine sehr schöne Feier. Schade, dass du nicht auch da warst.«

»Ja, das finde ich auch. Wir hatten überlegt hinzugehen«, meinte Saskia daraufhin, »haben dann aber beschlossen, unser gerade erst begonnenes Fasten- und Schweigeretreat nicht zu unterbrechen. Außerdem war Erntezeit, da wurde hier jede Hand gebraucht. Adegunde hatte es uns freigestellt. Sie selbst wollte aber Jelena in jedem Fall die letzte Ehre erweisen. Sozusagen in Vertretung für uns alle. Sie meinte, dass Jelena eine ihrer besten Schülerinnen in Haldergrond gewesen sei. Wir haben aber noch nicht die Gelegenheit gehabt, sie zu fragen, wie es bei der Totenfeier in Gorken war.«

»Jelena war ihre Schülerin? Bist du dir da sicher? Dann muss Adegunde uralt sein! So sah sie aber nun wirklich nicht aus.« Ihna legte die Stirn in Falten und grübelte. »Dann muss sie wirklich ein Geheimrezept haben, ich dachte es mir vorhin schon.«

»Das stimmt, es kann nicht sein. Wahrscheinlich hat sie auch nicht gesagt, dass Jelena eine *ihrer* besten Schülerinnen hier war. Man kann es ja im Jahrbuch lesen.«

»Ich habe die Äbtissin in Gorken nicht gesehen«, bemerkte Brigit, »unter den Ehrengästen hat sie jedenfalls nicht gesessen. Es waren allerdings auch so viele Leute da … Marenko hockte natürlich in der ersten Reihe und tat mal wieder wichtig.«

»Und wieso Erntezeit? Heißt das, dass ihr hier körperlich arbeiten müsst? Und dabei fastet ihr auch noch?«, erkundigte sich Ihna erstaunt.

»Ja natürlich ... und was heißt denn *müsst*? Es ist eine wunderbare Abwechslung. Eigentlich ist es eine Ergänzung zu dem, was wir sonst hier machen. Für mich gehört es jedenfalls dazu. Außerdem reinigt man mit Schweigen und Fasten Körper und Seele.«

»Das sieht aber lecker aus«, kommentierte Brigit die Teller, die jetzt gebracht wurden. Eine bunte Salatmischung mit gebratenen Pfifferlingen über die die geräucherten Forellenfilets wie ein Fächer drapiert waren.

»Erzähle uns mehr von deinem Leben hier«, bat Ihna ihre Freundin, nachdem sie die erste Gabel probiert und mit einem »köstlich« kommentiert hatte.

»Astrid hat mir vorhin im Garten erzählt, du hättest sie geheilt ... auf dem Flügel, aber das ist doch nicht dein Ernst?!«

»Doch, meine Liebe, so war es. Aber nicht ich habe sie geheilt, sondern sie selbst und die Musik, wie ich schon sagte.«

Saskia erzählte den beiden Frauen von ihrem nächtlichen Erlebnis in der Meditationshalle und der daraus folgenden Heilung Astrids.

»Das ist wahrhaftig ein Geschenk«, meinte Brigit mit noch halb vollem Mund, während sie mit einem Stück Brot die Reste der Salatsoße vom Teller tunkte. Für sie schien der geschilderte Vorgang mehr Normalität zu besitzen als für Ihna, die vor lauter Staunen fast nicht zum Essen gekommen war.

»Aber jetzt habe ich noch etwas für euch, das ihr nie erraten werdet«, sagte Saskia geheimnistuerisch. Gerade war Brigits Nachtisch, ein warmer Apfelstrudel mit Vanillesoße, serviert worden. Die Seherin hatte dies mit einem Ausruf des Entzückens kommentiert.

»Die neueste Neuigkeit ist …«, Saskia machte eine theatralische Pause. »Ratet mal, wer hier war? Na? Aber ihr werdet nicht draufkommen, deswegen sage ich es euch gleich. Jared von Raijtenland war hier auf Haldergrond!«

Jetzt war es an Saskia, sich zurückzulehnen und auf die Wirkung ihrer Worte zu warten. Beide Frauen rissen erstaunt die Augen auf und Ihna war die Erste, die ihre Sprache wiederfand.

»Jared Swensson? Du meinst wirklich den Farmer aus Winsget, Vincents Vater?«

»Jared war in Haldergrond, deswegen habe ich ihn in Gorken bei der Totenfeier auch nicht gesehen! Ich hatte mich schon gewundert, weil der Rest des Gemeinderates von Winsget anwesend war«, kommentierte jetzt Brigit die Nachricht und fuhr fort: »Ich dachte immer, dass eher ein Kamel durch ein Nadelöhr geht, als dass der Farmer Haldergrond besucht.«

Dann hielt sie inne und erklärte mit veränderter Stimme: »Es ging um Vincent. Natürlich ging es um Vincent.«

»Ich weiß nicht, warum er hier war«, bemerkte Saskia, »ich konnte nicht mit ihm sprechen. Ich habe ihn nur von Weitem gesehen, als er aus einem der Gästezimmer kam und eilig über den Hof lief. Sicherlich zu seinem Gespräch mit der Äbtissin. Ich wollte noch rufen, aber da war er schon im Haupthaus verschwunden. Er ist am nächsten Morgen in aller Frühe wieder aufgebrochen … noch vor unserer Meditation. Schade eigentlich, ich hätte ihn gerne begrüßt. Er ist ein netter Mann … leider hat Vincent nicht viel davon abbekommen. Es war also ein sehr kurzer Besuch.«

Saskia mochte den Farmer, auch wenn dieser, wie sie wusste, nichts von den Dingen hielt, für die sie sich so begeisterte.

In diesem Moment trat Bruder Jonas an den Tisch.

»Hat es den Damen geschmeckt?«, fragte er freundlich und als alle drei diese Frage mit Kopfnicken und einem »sehr gut« beantwortet hatten, fuhr er fort: »Ich habe Sie noch nie hier bei uns in der Schenke gesehen … außer natürlich diese junge

Dame, die so außergewöhnlich gut Klavier spielt«, lächelte er, deutete auf Saskia und fuhr fort. »Ich freue mich schon auf dein Konzert bei der Abschlussfeier.«

»Ich freue mich auch darauf, Bruder Jonas, obwohl ich dafür noch üben muss. Das hier sind sehr gute Freundinnen aus meiner Heimat Seringat, Ihna Jensen und Brigit Molair«, stellte sie die beiden vor, »und sie sind schon heute hier, um mich für sich alleine zu haben.«

Es kam ihr seltsam vor, die Nachnamen der Freundinnen auszusprechen, denn in Seringat redeten sich die Menschen stets nur mit ihren Vornamen an. Hier aber hielt sie es für angemessen, denn Bruder Jonas war eine Autorität in Haldergrond.

»Inzwischen weiß ich, wer ihr seid und woher ihr kommt«, meinte der Wirt verschmitzt und wies mit einem Daumen in Richtung der Kellnerin, die gerade mit einem vollen Tablett vorbeikam.

»Das habt ihr richtig gemacht, früher zu kommen. In ein paar Tagen ist hier nämlich der Teufel los … oh, Verzeihung, den hätte ich vielleicht an diesem Ort nicht erwähnen sollen.«

Er lachte herzhaft.

»Darf ich mich zu euch setzen? … Anna!«, rief er der Kellnerin zu, ohne eine Antwort abzuwarten. »Bitte bringe den Damen doch einen Verdauungsschnaps. Ich wusste gar nicht, dass du aus Seringat bist, Saskia. Hat dort nicht die Versammlung stattgefunden wegen dieser … wie hieß sie doch gleich noch? Nikita, nicht wahr?«

Er tippte sich mit der Hand an die Stirn.

»Ja, die Versammlung war in unserem Dorf. Bitte keinen Schnaps für mich«, meinte Saskia.

»Für mich auch keinen, ich komme sonst nicht mehr heil hier raus«, lachte Ihna.

»Aber Sie werden doch hoffentlich einen probieren?«

»In jedem Fall«, meinte Brigit lächelnd.

»Das freut mich, Frau Molair. Marenko, der Bürgermeister von Verinot, war kurz nach dieser Versammlung hier gewesen. Es muss Anfang Mai gewesen sein. Ich weiß das so genau, weil er so versessen auf unsere Maibowle war. Er ist der felsenfesten Überzeugung, dass nirgendwo so guter Waldmeister wächst wie in den Wäldern von Haldergrond. Er wollte sich von den Heilerinnen wegen seiner Gicht behandeln lassen. Inzwischen isst er ja zu Hause nur noch rohen Fisch, wie man hört, hahaha. Er hatte mir von eurer Versammlung berichtet, als er zum Abendessen hier war. Wenn er mich wegen seiner Krankheit um Rat gefragt hätte, hätte ich ihm geraten, weniger Fleisch zu essen ... aber um meine Meinung hat er mich ja nicht gebeten«, lachte der Wirt.

»Den Waldmeister wird er von den Heilerinnen ebenfalls bekommen haben ... allerdings in anderer Form. Gegen Gicht gibt es kaum etwas Besseres«, meinte Saskia schmunzelnd und dann nahm Bruder Jonas wieder den Faden auf: »Muss ja hoch hergegangen sein bei eurer Versammlung.«

Dann fügte er noch leiser hinzu: »Sie ist wieder weg, stimmt's?«

Als er die erstaunten Blicke der Frauen sah, lachte er so laut, dass sich einige Gäste an den Nachbartischen umschauten: »Ja, ja, dem Bruder Jonas bleibt nichts verborgen.«

Er klopfte sich lachend mit beiden Händen auf den mächtigen Bauch.

»Es scheint wohl so zu sein«, kommentierte Brigit trocken.

»Ihr macht wohl eure nächste Gemeindeversammlung hier bei uns«, zwinkerte er dann den Frauen zu, »Jared Swensson war nämlich auch hier. Ach nein, er ist ja nicht aus Seringat. Seine Farm gehört zu Winsget, nicht wahr? Ihr habt sicher schon gehört, warum er hier war. Sehr schlimm das Ganze ... Vincent, sein einziger Sohn ... also das wünscht man seinem ärgsten Feind nicht.«

Bruder Jonas hatte sich inzwischen einen dreibeinigen Schemel herangezogen, auf dem er jetzt kopfschüttelnd saß und mitfühlend in die Runde blickte.

Vincent. Der Name schwebte wie eine dunkle Wolke im

Raum. Brigit und Ihna sahen sich vielsagend an und Saskia sagte mit Entsetzen in der Stimme: »Nein, wir haben nichts gehört ... was ist denn passiert?«

»Er ist tot«, antwortete der Wirt. Er machte eine kleine Pause, in der er die drei Frauen nacheinander anblickte.

»Kaum zu glauben ... es muss irgendwo im Gebirge passiert sein. Ich vermute mal, dass er abgestürzt ist. Jared wollte sich zu den näheren Umständen allerdings nicht äußern. Moment, die Damen, entschuldigt mich bitte, ich werde gebraucht, muss neues Bier zapfen.« Damit erhob er sich, um hinter seinen Tresen zu gehen, vor dem die Kellnerin schon wartete.

Eine Weile hing jede der drei Frauen ihren eigenen Gedanken nach.

»Das haben wir uns schon gedacht«, unterbrach Ihna das Schweigen.

»Ihr habt es euch ... gedacht? Dass Vincent tot ist?«, fragte Saskia. »Wie kommt ihr denn darauf?«

Dann erinnerte sie sich an die Sitzung, die sie bei Brigit hatte. Damals hatte die Seherin schon eine Aussage zu Vincents Schicksal gemacht.

»Du hattest es schon gesehen, oder? Als ich bei dir war, um mich über meine Zukunft zu erkundigen. Ich erinnere mich jetzt, dass du selbst erschrocken warst, und du sagtest auch noch, dass Vincent das nicht verdient habe. Weißt du das nicht mehr?«

»Natürlich, es gab sogar mehrere Zeichen«, sagte Brigit jetzt leise und die inneren Bilder der besagten Sitzung tauchten wieder vor ihr auf. Sie schilderte den Freundinnen, dass sie die Höhle gesehen hatte, in der Vincent an einem Feuer gesessen hatte, bevor er durch einen langen unterirdischen Gang seinem schrecklichen Schicksal entgegengegangen war.

»Ich konnte sogar sehen, was er dort gegessen hat. Aber das zu erklären, ist nicht ganz einfach. Manche meiner Visionen

sind glasklar, bis ins kleinste Detail, manche lediglich verschwommen, andere weisen beide Merkmale auf, so wie diese
über Vincent. Man weiß also nichts Näheres?«

Diese Frage galt jetzt Bruder Jonas, der wieder an ihrem
Tisch Platz genommen hatte. Der sah in die Luft, als schwebe
dort eine Antwort auf diese Frage.

»Nein, äh, zumindest ich nicht. Sein Vater hat ihn, wie
gesagt, gefunden ... oben in den Agillen ... er hat ihn gesucht,
nachdem Vincent, ohne etwas zu sagen, von zu Hause weg-
gegangen war. Bei Nacht und Nebel. Sehr ominös das Ganze,
wenn ihr mich fragt. Der Farmer hat es mir erzählt, als er zum
Abendessen hier war. Warum der Junge abgehauen ist, hat er
mir allerdings nicht gesagt. Er muss doch irgendetwas angestellt haben.«

Bruder Jonas flüsterte jetzt fast, weil er nicht wollte, dass
an den Nachbartischen die Leute mitbekamen, um was es hier
ging. Ein kurzer Blick zeigte ihm aber, dass alle Gäste mit
ihren eigenen Themen beschäftigt waren. Zumindest hatte es
den Anschein.

Saskia konnte es immer noch nicht glauben, was sie da
eben gehört hatte. Sie wollte hier nichts über die Gründe von
Vincents Flucht verlauten lassen. Wenn der Farmer es nicht
getan hatte, wollte sie nicht diejenige sein, die, wem auch
immer, Anlass für weitere Spekulationen gab.

»Mein Gott ... die armen Eltern«, sagte sie nur voller Mitgefühl.

»Ja, die können einem wirklich leid tun«, pflichtete Bruder
Jonas bei, »aber ich frage mich, warum Jared zuerst hierher
kam, anstatt sofort nach Hause zu seiner Frau zu gehen.
Warum hat er mir nicht erzählt, wie sein Sohn ums Leben
gekommen ist? Warum hat er ein Geheimnis daraus gemacht?
Na ja, warum auch immer er hier war ... sein Besuch wirft in
jedem Fall Fragen auf.«

»Er hatte wohl ein Gespräch mit der Äbtissin. Ich weiß
allerdings nicht, was er sich davon versprochen hat. Ich hätte

nie im Leben gedacht, dass es ihn einmal hierher verschlägt«, sagte Saskia nachdenklich.

»Er war noch nie in Haldergrond, das könnt ihr mir glauben. Ich wüsste es. Jedenfalls hat er ein ordentliches Abendessen verdrückt. War hungrig wie ein Wolf, kann ich euch sagen. Er muss seit Tagen nichts Vernünftiges gegessen gehabt haben ... vielleicht sogar überhaupt nichts. Ich glaube, beim Anblick des Essens war ihm der Speichel im Mund zusammengelaufen wie einem hungrigen Hund in einer Metzgerei. Solch einen Appetit habe ich selten erlebt ... und ich habe hier schon viel gesehen. Hahaha.«

Der Wirt war offensichtlich in Fahrt gekommen. »Das letzte Mal habe ich ihn im vergangenen Jahr auf dem großen Pferdemarkt in Angwat getroffen. Wir waren am gleichen Hengst interessiert. Ein Traum von einem Pferd, kann ich euch sagen. Bei dieser Gelegenheit waren wir auch ins Gespräch über seinen Sohn gekommen. Jared meinte damals, dass Vincent bald soweit sein würde, ihn auf der Farm zu unterstützen. Ich hatte mich ehrlich gesagt darüber gewundert, dass er das nicht schon längst tat. Das Pferd hat natürlich er ersteigert. Da kann ein armer Wirt nicht mithalten«, zwinkerte Bruder Jonas schelmisch und fuhr fort. »Gerne hätte ich ihm jetzt die Stallungen mit meinen beiden neuen Schätzen gezeigt. Zwei wunderbare Stuten, sage ich euch. Eine davon hat sogar schon Preise gewonnen. Nun, vielleicht kommt er ja noch mal wieder.«

»Vincent hat auf der Farm selten geholfen«, meinte Ihna, »gerade mal zur Erntezeit und das auch nur unter großem Druck seines Vaters. Er ist viel zu sehr verwöhnt worden, hauptsächlich von seinen Großeltern. Die haben ihm doch jeden Wunsch erfüllt.«

»Schlimm für ein Kind«, bemerkte Brigit nur.

»Aber jetzt zu einem anderen Thema«, wandte sie sich an Saskia, »dass du hier in Heilkunde ausgebildet wirst, ist ja klar, aber was macht die Musik? Das wird das Erste sein, was mich Petrov fragen wird, wenn ich ihn sehe.«

Saskia lachte. »Dann kannst du ihm ausrichten, dass die Musik hier nicht zu kurz kommt. Ich habe es dir vorhin schon im Garten erzählt, dass ich gerade an dem Prélude in g-Moll von Rachmaninoff übe. Das wird ihn sicher freuen. Ich möchte es am Abschlussabend nach den Prüfungen spielen. Es ist sehr schwierig, aber wunderschön.«

»Oh, das ist eines meiner Lieblingsstücke«, rief Brigit. »Schade, dass ich an eurem Abschlussfest nicht hier sein kann. Es ist doch immer wieder erstaunlich, was ein Mensch mit 88 Tasten auf einem Flügel anstellen kann.«

Zu vorgerückter Stunde, es war fast Mitternacht, saßen die drei Freundinnen noch immer in der Schenke bei Bruder Jonas. Inzwischen hatte sich auch seine Frau Ilka dazugesellt, denn die Küche hatte um diese Zeit geschlossen und etwas Kaltes war einem späten Gast immer schnell hergerichtet. Ihna und Brigit erzählten, was sie über das Verschwinden von Vincent wussten, wurden aber von Saskia durch Blicke ermahnt, nicht zu viel zu sagen. Bruder Jonas gab noch einige Anekdoten zum Besten und Saskia berichtete mehr von ihrem Leben in Haldergrond.

Bevor sie in ihre Zimmer gingen, nahmen sie im Innenhof voneinander Abschied. Es war eine milde, sternenklare Nacht und Saskia umarmte Ihna lange.

»Es hat mich so gefreut, dass ihr hier wart ... du musst bald wiederkommen, versprich es mir. Zu einem Konzert ... in jedem Fall noch vor dem Winter. Wenn Schnee liegt, kommst du ja doch nicht, wie ich dich kenne.«

»Ich verspreche es hoch und heilig«, sagte Ihna feierlich und hob zwei Finger zum Schwur hoch. »Ich werde Jeroen so lange von hier vorschwärmen, dass er gar nicht anders kann, als zuzustimmen. Du weißt doch, er hat immer etwas Wichtiges zu tun ... aber davor wird er sich nicht drücken können, diesmal nicht. Dafür sorge ich schon.«

Saskia war sich sicher, dass Ihna das gelingen würde. Dann wandte sie sich der Seherin zu. »Brigit, es freut mich, dass es dir wieder so gut geht und dass du trotz deiner vielen Termine die Zeit gefunden hast herzukommen ... und natürlich, dass du Ihna mitgebracht hast.«

»Ich hatte keine Chance, es nicht zu tun«, lachte Brigit auf, hielt sich aber sofort mit der Hand den Mund zu, um niemanden aufzuwecken. Hinter einem der vielen Fenster brannte noch Licht.

»Wer ist denn so spät noch wach?«, fragte Brigit.

»Oh, das ist das Zimmer von Adegunde. Sicher arbeitet sie noch. Manchmal glaube ich, dass sie gar keinen Schlaf braucht.«

Ihna zeigte auf das große runde Fenster.

»Ist das ein Drache? Das Bild in der Mitte? Mein Gott! Ein Drache mit einem Hahnenkopf! Der sieht aber seltsam aus. Richtig gruselig.«

»Es stellt einen Basilisken dar. Er gilt als oberster Schutzherr von Haldergrond. Laut einer Sage soll er irgendwo in einer der Höhlen des Agillengebirges leben. Sein Blick alleine soll bereits genügen, um jedes Leben in seiner Nähe zu töten. Seine Haut ist reines Gift und gegen jede Waffe immun. Wer mit ihr in Kontakt kommt, muss sterben. Irgendwo steht sogar, er könne Pflanzen verdorren und Steine bersten lassen. Sein Biss soll bei seinem Opfer tödliche Krämpfe erzeugen. Aufgrund seiner schrecklichen Fähigkeiten gilt er nahezu als unbesiegbar. Ein Basilisk kann nur durch seinen eigenen Blick getötet werden, beispielsweise durch Spiegelung in einem See.«

»Dann wird er hoffentlich nie aufgeweckt«, kommentierte Brigit trocken.

»Wo liest du nur so was?«, fragte Ihna entsetzt.

»In unserer Bibliothek. Du weißt doch, dass ich eine Schwäche für Sagen habe.«

»Ist ja furchtbar.«

»Das stimmt«, lachte Saskia. »Schlaft gut, ihr beiden.«

Sie wollte den Freundinnen nicht verraten, dass sie vorhatte, schon bald nach den Prüfungen Seringat zu besuchen. Das sollte eine Überraschung sein.

»Wir werden schlafen wie in Abrahams Schoß«, gab Brigit zurück, »die nötige Bettschwere haben wir ja jetzt. Es war ein ganz wunderbarer Abend, Saskia. Ich hoffe, dir fehlt der Schlaf bei deinen Prüfungen nicht.«

»Keine Sorge, dass schaffe ich schon. Ich bin es gewohnt, lange aufzubleiben.«

***

Kapitel 18

Jared wollte auf seiner Heimreise möglichst niemandem begegnen. Aus diesem Grund hatte er den Weg durch die Wolfsschlucht gewählt, die von den meisten Einheimischen gemieden wurde. Im Volksmund hieß sie Teufelsschlucht. Einige behaupteten hartnäckig, dass hier Geister, böse Kobolde, gemeine Trolle und sechsbeinige Dämonen ihr Unwesen treiben und Wanderer in die Irre führen würden. Manch einer, der diese Schlucht durchqueren wollte, war angeblich danach nie wieder gesehen worden.

Einmal soll es sich um eine Gruppe von fünf jungen Männern gehandelt haben, die nach einer Wette die Schlucht als eine Art Mutprobe durchqueren wollten. Nur einer soll überlebt haben, sei aber fortan stumm gewesen und jedes Mal, wenn man ihn aufgefordert habe, die Erlebnisse niederzuschreiben, sei er in einen Krampf verfallen, bei dem ihm sabbernd der Speichel aus dem Mund geflossen sei. Andere wiederum sollen danach wie Geisteskranke herumgelaufen sein, die einer Anstalt entflohen waren. Sie verbreiteten noch mehr

Gerüchte über die Geschehnisse in der Schlucht, nahmen sie nach ein paar Tagen wieder zurück und ersetzten sie durch neue, noch viel abstrusere Geschichten.

Natürlich hatte Jared solches und Ähnliches mehr als einmal gehört. Sein knapper Kommentar dazu war stets gewesen: »Da kann man mal sehen, was dabei herauskommt, wenn Leute zu viel Zeit haben und sich die Birne zusaufen, nämlich genau solch ein Schwachsinnsgerede.«

Er hatte diesen Weg aus zwei Gründen gewählt. Es war eine Abkürzung und er hatte kein Interesse daran, Fragen zu beantworten. Auf den üblichen Wegen, die Winsget mit Haldergrond verbanden, würde er vielleicht Bekannte treffen, mit denen er sich dann über belanglose Dinge würde unterhalten müssen. Außerdem schenkte er dem Gerede über Geister keine Aufmerksamkeit, nach seinem Besuch in Haldergrond weniger denn je. Über den Tod seines Sohnes würde er zunächst nur mit seiner Frau sprechen. Später dann natürlich mit den Großeltern, die ebenfalls das Recht hatten, alles zu erfahren. Vor diesen Momenten fürchtete er sich geradezu. Er würde weder dem Gefühlsausbruch Elisabeths noch dem der Großeltern etwas entgegensetzen können. Vielleicht würden sie ihm sogar Vorhaltungen machen. Immer wieder hatten sie ihm vorgeworfen, zu hart mit dem Jungen zu sein oder zu viel von ihm zu verlangen, und er hatte dann stets erwidert, dass es ja jemanden in der Familie geben müsse, der Vincent beibringe, dass das Leben kein Vergnügungsviertel sei. Er fand sich im Vergleich zu seinem eigenen Vater in der Erziehung seines Sohnes sehr nachgiebig.

Gerne wäre er in der Herberge von Reegas eingekehrt wie üblich, wenn er in dieser Gegend war. Deren Gulasch war es wirklich wert. Aber mit dem Durchqueren der Schlucht hatte er sicherlich sechs Stunden herausgeholt. Von Geistern hatte er weit und breit nichts gesehen.

Die Bodachs, die ihn durch die Schlucht begleitet hatten, hatten von Sankiria strikte Anweisungen erhalten, alles von dem Farmer fernzuhalten, was dessen Heimreise gefährden könnte, und sich ihm in keinem Fall zu zeigen, in welcher Gestalt auch immer. Sie waren diesmal nur zu seinem Schutz da. Zweimal mussten sie einen Galleytrot, einen jener schwarzen Geisterhunde, die einem Fenrir, dem riesenhaften Wolf aus germanischen Sagen ähnelten, mit allen Kräften daran hindern, sich dem Wanderer zu zeigen. Ohne es zu wissen, hatte Jared nämlich in der Nähe eines alten Friedhofes eine Rast eingelegt. Er hatte sich noch über Jespers Verhalten gewundert, der zunächst unruhig hin und her gelaufen war und sich dann winselnd an ihn gedrückt hatte. Er selbst hatte nichts Bedrohliches entdecken können. Er fand es sogar ausgesprochen erholsam an diesem besonders ruhigen Ort.

Auch als er die Schlucht hinter sich gelassen hatte, benutzte er keine öffentlichen Wege. Bald würde er zu Hause sein. Er hoffte inständig, dass es Scotty irgendwie gelungen war, dem ersten Schock seiner Frau in der angemessenen Art und Weise zu begegnen. Nun, wenn vielleicht auch nicht dem Jungen, sicherlich aber dessen Mutter, die er bestimmt als Schützenhilfe mitgenommen hatte. Die beiden Frauen waren seit Langem befreundet und wenn jemand in einer solchen Situation tröstende Worte finden konnte, dann war es Greta Valeren. Scotty war sicherlich klug genug gewesen, sie mitzunehmen.

Oft hatte Jared sich gewünscht, dass sein Sohn etwas von dessen Klugheit gehabt hätte, und er hatte im Stillen den Tuchhändler Valeren beneidet, einen so gescheiten und motivierten Nachfolger zu haben. In diesen Momenten hatte sich Jared gefragt, ob Vincent wohl jemals das Zeug dazu haben würde, eine solch große Farm zu leiten, wie Raitjenland es war.

An noch etwas musste er denken, als er auf Wegen, die nur wenigen Jägern bekannt waren, in Richtung Heimat wanderte, und diese Gedanken beherrschten ihn jetzt immer mehr. Erst wenn der Täter gefasst wäre, könnte man über diese Tragödie, die ihrer aller Leben verändern würde, reden. Bis dahin würde er nicht mehr darüber sprechen. Sogar der Rucksack, den er trug, schien ihm schwerer geworden zu sein, obwohl er jetzt weniger Inhalt hatte. An diesen Tagen hatte er kaum Augen für die Umgebung, die er sonst genau beobachtete, stets auf der Suche nach jagdbarem Wild. Auch Jesper schien von seiner Stimmung angesteckt zu sein, denn er lief mit hängender Rute neben ihm her.

Jared ließ nun die letzten Tage noch einmal Revue passieren, besonders das Gespräch mit der Äbtissin. Einerseits hatte sie ihn sehr beeindruckt, andererseits glaubte er noch nicht einmal die Hälfte von dem, was diese geheimnisvolle Frau gesagt hatte. Er hielt den Rest für baren Unsinn. Je weiter er sich vom Kloster entfernte, desto absurder fand er ihre Geschichten von dem Tal und dessen angeblichen Wächtern. Er hatte dort niemanden entdecken können. Er ärgerte sich bloß, dass er sich an den Zugang dorthin nicht mehr erinnern konnte, war sich aber sicher, dass der ihm wieder einfallen würde, wenn er etwas zur Ruhe gekommen war.

Mit den Märchen über das Tal hatte Vrena, die alte Amme, bereits ihm als Kind und später noch mehr seinem Sohn Angst eingejagt. Gerade jetzt war es aber wichtig, *auf dem Teppich zu bleiben,* wie sein Vater gesagt hätte. Der Mord an seinem Sohn konnte nur eine weltliche Erklärung haben. Ein Bär kam für ihn inzwischen nicht mehr infrage, Jesper hätte dessen Spuren mit Sicherheit gefunden und die Schafe und Ziegen hätten nicht so friedlich geweidet, wie sie es getan hatten.

Er fuhr fort zu kombinieren, und je weiter sich seine Gedanken einer möglichen Wahrheit annäherten, desto logischer erschien ihm jetzt alles zu sein. Dass sein Sohn etwas mit dem Überfall auf diese schrullige Seherin zu tun gehabt hatte, daran zweifelte er nicht mehr. Immerhin hatte man Vincents Spuren bis zur Farm verfolgt und dann war der sehr überhastet geflohen, was einem Schuldeingeständnis gleichkam. Wie dumm das von Vincent gewesen war, hatte er gleich gedacht. Wäre er doch bloß daheim geblieben. Jared war sich sicher, dass er ihm irgendwie aus dem Schlamassel herausgeholfen hätte. Außerdem war die Seherin ja nicht tot, sondern nur am Kopf verletzt gewesen. Sicher hatte Vincent vermutet – und das sprach wieder einmal für seine Art sich zu überschätzen –, sie sei bei dem Überfall gestorben. Dann wäre es allerdings Mord gewesen, das schlimmste aller Verbrechen.

Jared setzte sich in der Nähe eines kleinen Waldsees am Rande einer Lichtung auf einen umgestürzten Baumstamm und nahm einen großen Schluck aus seiner Feldflasche. Die Sonne schien und spiegelte sich glitzernd auf dem Wasser, an dem Jesper gerade laut schlabbernd seinen Durst löschte. Als er in dieses Glitzern schaute, erinnerte er sich plötzlich an einen Traum, den er in Haldergrond gehabt hatte. In diesem Moment sah er die Bilder klar vor sich, viel deutlicher als an dem Morgen seines Aufbruchs.

Ein Mann war in das Land gekommen, ein starker Mann ... und er war nicht von dieser Welt, nein, er war einer von den Anderen. In seinen Traumbildern sah er Nikita Ferrer an Bord eines U-Bootes steigen und mit dem gleichen Boot war der Fremde gekommen. Der Mann bewegte sich geschmeidig wie eine Katze und er war stark. Er war ein Jäger wie er. Aber der Andere jagte Menschen. Jared sah im Glitzern des Wassers, wie der Mann das Tal fand, das er nicht erst hatte suchen müssen. Ein Gerät an seinem Handgelenk schien ihm den Weg zu weisen, denn er schaute immer mal wieder dorthin. Dieses Gerät, das aussah wie eine große Armbanduhr, schien ihn direkt dorthin zu führen ... zu Vincent ... Dann verblasste das Traumbild ebenso schnell, wie es erschienen war.

»Du hast meinen Sohn auf dem Gewissen«, murmelte er, »mein Junge ist dir wohl in die Quere gekommen. Was hast du dort gesucht? Hat diese Nikita Ferrer etwas übersehen? Hat sie nicht alles gefunden? Warum haben sie dich geschickt? Ich werde es herausbekommen.«

Für Jared war damit der Fall gelöst. Jetzt würde er diesen Mann nur noch finden müssen. Und wenn er ihn aufgespürt haben würde, und daran, dass es ihm gelingen würde, hatte er nicht den geringsten Zweifel, würde er kurzen Prozess mit ihm machen. Er atmete tief durch, verschloss seine Feldflasche, nahm seinen Rucksack wieder auf, pfiff Jesper herbei und verschwand im Unterholz des Waldes. Ab jetzt galt es, besonders vorsichtig zu sein. Er würde nach Hause gehen, mit seiner Frau alles besprechen und dann gleich zurückkehren in dieses Tal. Sollte der Fremde nicht mehr dort sein, würde er in der ganzen Gegend jeden Stein umdrehen, und wenn er damit bis an sein Lebensende beschäftigt sein würde.

Steve Sisko war guter Dinge. In einem, höchstens zwei Tagen würde er Seringat erreicht haben. Er wusste den Überraschungsmoment auf seiner Seite. Aber auch so würde er sicher keine Probleme mit diesen Bauerntölpeln bekommen. Er hätte zwar lieber seinen Auftrag im Tal erledigt und wäre dann schnell wieder zu Hause gewesen, aber Befehl war Befehl und bei Lichte betrachtet kam es auf ein paar Tage auch wieder nicht an. Niemand erwartete ihn in der Heimat. Er würde erst einmal keine Kopfschmerzen mehr haben, denn deren verstärktes Auftreten brachte er mit dem Tal in Verbindung. Er konnte sich zwar keinen Reim darauf machen, aber seitdem er unterwegs war, hatte er keine Beschwerden mehr. Er hatte sich selten so gut gefühlt.

Die Luft war klar und rein und die Umgebung gefiel ihm immer besser. Er hatte sich entschlossen, kleinere Waldwege zu benutzen. Nicht dass er vor einer Begegnung mit Einheimischen Angst gehabt hätte, darauf war er bestens vorbereitet, aber sein Vorgesetzter hatte gemeint, es sei besser, wenn er möglichst nicht auffiele. Irgendwie hatte Steve geglaubt, aus der Stimme des Generals so etwas wie Angst herausgehört zu haben. Er schüttelte den Kopf, während er jetzt noch einmal darüber nachdachte. Sicher, er wusste ebenfalls von diesem *Ewigen Vertrag*, wer hatte noch nicht davon gehört? Aber wie die meisten glaubte auch er nicht, dass dieser nach so vielen Jahrhunderten noch eine Bedeutung hatte. Und wenn schon.

Die Entwicklungen in seiner Heimat waren seit jener Zeit so weit fortgeschritten, dass man sicher nichts zu befürchten hatte. Nach dem, was er bisher hier gesehen hatte, schien die Zeit in diesem Teil der Welt stehen geblieben zu sein. Er hatte den Berichten, die von Nikita Ferrer gekommen waren, zunächst keinen Glauben schenken wollen, weil er sich nicht hatte vorstellen können, dass es Menschen auf diesem Planeten geben sollte, die noch wie im finsteren Mittelalter lebten, wenn man davon absah, dass sie wohl elektrischen Strom hatten. So schien es zum Beispiel keine großen Städte zu geben oder sie befanden sich in einem anderen Teil des Landes. Auch hatte er als Fortbewegungsmittel lediglich Pferdekutschen, Ochsenkarren oder Fahrräder gesehen. Ihm war allerdings aufgefallen, dass es hier keinen Mangel zu geben schien, auch die Häuser mit ihren bunten Gärten machten einen gepflegten Eindruck.

Steve rastete am Ufer eines kleinen Waldsees. Die MFB hatte er neben sich abgelegt und aus seinem Rucksack hatte er die Reste von dem Huhn ausgepackt, das er in Angkar Wat gebraten hatte. Er hatte gerade in ein Stück Brustfleisch gebissen, als er ein lautes, hell surrendes Geräusch wahrnahm und unmittelbar darauf einen stechenden Schmerz in der linken Schulter verspürte. Fast im gleichen Augenblick fiel er wie von einem Hammer getroffen vornüber. Das Essen fiel ihm aus der Hand und er packte sich noch im Fallen an die Schulter. Irgendetwas steckte dort fest.

Ich bin von einem Pfeil getroffen, fuhr es ihm durch den Kopf, als er dessen Spitze gewahr wurde, die vorne aus seinem Fleisch herausragte. Jetzt erst kam der Schmerz und nahm schnell zu. Er spürte, wie Blut aus der Wunde drang. Er hatte sich schnell gefangen und noch im Aufsetzen lag sein Messer bereits in seiner Hand. Er schaute auf. Vor ihm stand ein wahrer Hüne und sah ihn grimmig an. In der rechten Hand hielt er eine Armbrust, in der bereits ein neuer Bolzen lag. Dieser zielte nun auf sein Herz. Neben dem Angreifer stand ein großer

Hund, der jetzt auch wild bellend mit aufgestellten Nacken-haaren die Zähne fletschte. Dies gab ihm ein noch mächtigeres Aussehen.

Für einen kurzen Moment wunderte sich Steve, dass er diese Szene in allen Einzelheiten wie in einem Zeitraffer aufnehmen konnte. Sogar die Farbe der Barthaare des Frem-den konnte er erkennen. Sein geschulter Instinkt sagte ihm, dass er zunächst einmal Ruhe bewahren musste. Der Schmerz wurde indes immer stärker. Dieser Mann, der sicher einen Kopf größer war als er selbst, machte durchaus den Eindruck, als würde er sich auch im Kampf Mann gegen Mann behaupten können. Der Schmerz nahm zu. Steve stöhnte auf.

»Was soll das, einen wehrlosen Mann von hinten zu er-schießen?«

»Hab dich nicht so, Bursche«, brummte Jared unwirsch. »Wenn ich dich hätte erschießen wollen, wärst du jetzt tot und deine Seele würde in der Hölle schmoren. Also stell dich nicht so an, ist nur eine Fleischwunde, habe unter dein Schlüssel-bein gezielt. Es wird noch Schlimmeres auf dich zukommen und vielleicht wirst du dir eines Tages sogar wünschen, dass es besser gewesen wäre, wenn dein erbärmliches Leben hier an Ort und Stelle beendet worden wäre. Und das wird es auch, wenn du nur eine Bewegung machst, die uns beiden nicht gefällt.« Er deutete auf seinen Hund und fuhr fort: »Ich hätte ja nicht geglaubt, dass ich dich so schnell finden würde. Wolltest dich wohl hier durchs Unterholz davonmachen ... das mit dem Messer würde ich an deiner Stelle mal sein lassen ... lass es sofort fallen, sonst wirst du Bekanntschaft mit Jesper machen ... oder ich erschieße dich doch noch ... Aber dann könntest du mir nicht mehr erzählen, wie und vor allem warum du es getan hast. Nettes Gerät übrigens, das du da am Handgelenk trägst. Wo sind deine anderen Waffen?«

Jared war nicht seinem ersten wütenden Impuls gefolgt, dem Mörder seines Sohnes hier an Ort und Stelle die gerechte Strafe zukommen zu lassen. Im Bruchteil einer Sekunde war ihm der Gedanke gekommen, dass es eine viel zu milde Strafe wäre, ihn hier an einem Schuss ins Herz sterben zu lassen, ohne dass er auch nur den Hauch einer Chance gehabt hatte zu verstehen, warum.

In dem Traum letzte Nacht und viel deutlicher noch an dem kleinen Moorsee hatte er genau gesehen, wer der Mörder seines Sohnes war. Im nächsten Moment, die Armbrust war immer noch bereit, hatte er dann eine Stimme gehört, die tief aus seinem Inneren gekommen war und die ihn davor gewarnt hatte, diesen Mann umzubringen. »*Willst du ebenfalls zum Mörder werden, Jared?*«, hatte sie ihm zugerufen. So hatte er ein klein wenig höher gezielt, denn mit einem Pfeil in der Schulter wäre der Gegner, der sich sicher zu wehren wusste, leichter gefangen zu nehmen. Sollte irgendein Ältestenrat oder das Gericht in Winsget entscheiden, was mit ihm geschehen sollte. Die nächste Stadt war zwar Verinot, aber er würde ihn nach Winsget bringen, wenngleich er diesen Verbrecher dann auch ein paar Stunden länger am Hals haben würde. Aus seinem Rucksack nahm er ein Seil und näherte sich dem am Boden kauernden Mann, ohne ihn auch nur einen Augenblick aus den Augen zu verlieren.

»Was soll ich denn angestellt haben?«, fragte Steve. »Sind Sie verrückt? Laufen hier rum und schießen auf wehrlose, unschuldige Bürger! Mein Name ist Ma …«

»Halts Maul, dein Name interessiert mich nicht«, wurde er unterbrochen.

»Nimm die Hände auf den Rücken … und die Fragen stelle ich hier … und später andere. Du bist weder wehrlos noch unschuldig … und ein Bürger von hier bist du schon mal gar nicht. Also sei still, außer wenn ich dich etwas frage, sonst überlege ich es mir doch noch mal anders.«

Blitzschnell hatte Jared die Armbrust geschultert und mit seinem großen Jagdmesser ausgetauscht, das er Steve jetzt an die Kehle hielt. Jesper war knurrend und zähnefletschend mit immer noch aufgestelltem Nackenhaar ebenfalls nähergekommen. Steve war klar, dass es zunächst einmal keinen Zweck haben würde, sich zu wehren. Er überlegte stattdessen fieberhaft, was der Mann ihm vorwarf. Es konnte sich nur um eine Verwechslung handeln und die ließe sich sicher schnell aufklären, wenn dadurch auch sein Zeitplan erheblich durcheinander kommen würde. Während er langsam die Hände hinter den Rücken nahm, was den Schmerz augenblicklich gefühlt um das Zehnfache verstärkte, fragte er den Riesen: »Hören Sie, was werfen Sie mir vor? ... Ich bin erst seit Kurzem in der Gegend und möchte Freunde in Seringat besuchen.«

»Freunde? ... In Seringat? Ist das wirklich dein Ernst? Willst du mich verarschen? Du willst mir weismachen, dass du Freunde bei uns hast? Wie heißen denn deine Freunde? Ich weiß genau, wo du herkommst, du kommst aus der Neuen Welt ... du bist einer von den Anderen. Willst mich wohl für dumm verkaufen, also erzähl hier keine Märchen, mein Bedarf an Fantasiegeschichten ist für lange Zeit gedeckt ... für sehr lange Zeit. Aber eins muss man dir lassen, unsere Sprache hast du gelernt. Wirst damit so manchen getäuscht haben. Bist wohl gut vorbereitet worden bei euch ... Halt still und zappel nicht herum!«

Jared wunderte sich darüber, wie gut der Eindringling seine Sprache sprach, während er blitzschnell die Hände des Mannes mit starken Lederriemen fesselte, die er immer mit sich führte. Normalerweise wurde daran das Rotwild aufgehängt, um es auszuweiden. Dann zog er seinen Gefangenen mit einem Ruck unsanft auf die Beine. Steve stöhnte vor Schmerz laut auf, als ihm dabei fast die Schulter auch noch ausgekugelt wurde.

»Es wird jetzt noch einmal wehtun«, meinte der Farmer grinsend, »oder soll ich mein Geschenk einfach stecken lassen?«

Er wartete nicht auf eine Antwort, sondern zog mit einem Ruck den Bolzen heraus. Steve schrie auf. Er konnte spüren, wie der Widerhaken des Pfeils an seinem Schulterblatt entlangschrammte und die Wunde vergrößerte. Ihm wurde übel und für einen Moment schwarz vor Augen. Er dachte, er müsste jeden Moment ohnmächtig werden.

»Stell dich nicht so an, willst du hier verbluten? Halt still, Mann, ich werde dir einen festen Verband anlegen. Der Schmerz ist nichts im Vergleich zu dem, was dich später noch erwartet, wenn die ganze Wahrheit herausgekommen ist.«

»Wovon reden Sie da? Von welcher Wahrheit faseln Sie da ständig?«, keuchte Steve. Er fragte sich, wie dieser Verrückte – denn davon, dass er es mit einem Wahnsinnigen zu tun hatte, war er allmählich überzeugt – ihm einen Verband anlegen wollte, während seine Hände auf dem Rücken zusammengebunden waren. Allmählich drohte der Schmerz in seiner Schulter ihm doch noch die Sinne zu rauben. *Jetzt nur nicht ohnmächtig werden*, dachte er bei sich und atmete ein paarmal tief in den Schmerz ein und aus, wie er es gelernt hatte. Der Schwindel ließ etwas nach.

»Wovon ich rede? Nun, zum Beispiel davon, was du in diesem Tal wolltest und warum du meinen Sohn umgebracht hast. Was hat der Junge dir getan? … Wirst ja ganz blass, kipp mir jetzt hier bloß nicht weg, ich habe keine Lust, dich den ganzen Weg bis nach Winsget zu tragen.«

Jared hatte mit der anderen Hand Verbandzeug aus seinem Rucksack geholt, Jesper hatte sich inzwischen dicht neben den Fremden gestellt und beobachtete ihn aufmerksam. Dabei gab er ein ständiges leises und tiefes Knurren von sich.

Steve spürte, wie ihm das Hemd auf dem Rücken aufgerissen wurde. Gleichzeitig bekam er eine Ahnung davon, worum es hier ging. Es war sicher das Grab seines Sohnes gewesen, das er dort in diesem merkwürdigen Tal gefunden hatte, und der Verrückte glaubte nun, dass er, Steve, der Mörder sei. Immerhin hatte der Verrückte es irgendwie geschafft, die Wunde einigermaßen zu verbinden, zumindest spürte er keinen Blutaustritt mehr und auch der Schmerz hatte nachgelassen.

»Ich habe dir etwas auf die Wunde gegeben, der Schmerz müsste gleich nachlassen«, sagte der Verrückte in diesem Moment, »verdient hast du das allerdings nicht.«

»Ich werde mich dafür nicht bedanken«, meinte Steve mit zusammengepressten Zähnen, »erst bringen Sie mich beinahe um und jetzt spielen Sie hier die barmherzige Krankenschwester. Das ist ja wohl das Mindeste, was Sie tun können. Bringen Sie mich ruhig vor Ihr Gericht. Ich bin gespannt, was Sie dann für versuchten Mord bekommen oder für schwere Körperverletzung. Bei uns würden Sie dafür mehrere Jahre in den Käfig wandern. Ich hoffe nur, dass Ihr hier auch so etwas wie Gerechtigkeit kennt.«

»Hör mit deinem Gejammer auf. Gerade du musst mir etwas von Gerechtigkeit erzählen ... brichst alle Verträge und kommst mir so! Ich kann dir sagen, was ich bekomme ... eine Auszeichnung werde ich erhalten, weil ich einen Feind unseres Landes dingfest gemacht habe, der obendrein auch noch ein Mörder ist.«

»Hören Sie, ich bin kein Mörder. Ich versichere Ihnen, dass ich Ihren Sohn nicht umgebracht habe. Ich glaube allerdings, dass ich sein Grab gefunden habe ... dort in diesem Tal. Das heißt, es war gar nicht in dem Tal, sondern ziemlich weit oben, da wo es schon felsig wird ... und als ich es fand, war Ihr Sohn, wenn er es war ... bereits seit mindestens drei Tagen tot.«

Jared stutzte für einen Moment. Die Angaben stimmten bisher, aber das hieß noch lange nicht, dass der Fremde Vincent nicht umgebracht hatte.

»Woher wollen Sie das wissen ... ich meine zum Beispiel, wie lange mein Sohn bereits tot war?«

»Hiermit habe ich es herausgefunden«, Steve zeigte auf die MFB, die oben auf seinem Rucksack lag. Er bereute, dass er sie nicht, wie befohlen, aufgesetzt hatte. Obendrein war sie auch noch ausgeschaltet. Jetzt konnte er auch zugeben, dass er nicht aus diesem Teil der Welt kam. Er beschloss, die Flucht nach vorne anzutreten.

»Mit dieser Brille?« Jared runzelte die Stirn.

»Ja, mit dieser Brille ... geben Sie sie mir, dann zeige ich es Ihnen.«

»So, so, also mit dieser Brille konntest du feststellen, wie lange mein Sohn bereits tot war? Was kann dein Wunderding denn noch alles?«

»Das würden Sie nicht verstehen, glauben Sie mir *das* wenigstens ... nun geben Sie schon her, damit ich es Ihnen zeigen kann.«

Der Farmer hielt die MFB in der Hand und meinte trocken: »Das muss ich auch gar nicht verstehen ... und ich will es auch gar nicht verstehen. Was immer diese Brille kann, wird sie gleich nicht mehr können.«

Mit diesen Worten hatte Jared die MFB auf den Boden geworfen und ein einziger Tritt mit seinen schweren Stiefeln genügte, sie in mehrere Teile brechen zu lassen. Dann trat er noch einmal zu, drehte seinen Fuß einmal hin und her und blickte dann zufrieden auf Steve herab.

»Ich denke, das genügt ... weißt du, wir sind lange nicht so blöde, wie du denkst. Vor Kurzem war eine von euch hier und die hatte auch solch eine *Wunderbrille*«, meinte er sarkastisch. »Wie ich gehört habe, konnte sie unter anderem dadurch mit ihren Leuten in Verbindung treten. Ich denke, mehr muss ich dazu nicht sagen.«

Damit war Steve die einzige Möglichkeit genommen, Kontakt mit seiner Dienststelle aufzunehmen.

»Das war sehr dumm von Ihnen«, sagte er an den Farmer gewandt, »wenn ich mich innerhalb der nächsten Stunde nicht melde, könnte es für Sie alle hier sehr unangenehm werden.« Das entsprach zwar nicht ganz der Wahrheit, aber es konnte nicht schaden, wenn der Verrückte das glaubte. Er hatte noch am Morgen mit General Ming vereinbart, sich einmal am Tag zu melden. Das hieß, dass man erst morgen wieder mit seinem Rapport rechnete.

»Na, darauf kann ich warten«, meinte der jetzt trocken und fuhr Steve an: »Los jetzt, steh auf, wir machen uns auf den Weg ... ich will dich so schnell wie möglich loswerden. Vorher gibst du mir noch das Ding, das du da am Handgelenk trägst ... es ist keine Uhr, wie ich annehme. Und solltest du irgendetwas unternehmen wollen, das mir nicht gefällt, wird sich mein Hund um dich kümmern ... und der hat nicht solch einen Gerechtigkeitssinn wie ich, hahaha.«

Jared lachte bitter und steckte das Armband, das sich Steve widerwillig abziehen ließ, in seine Jackentasche. Der Farmer überlegte kurz, ob er die restlichen Sachen des Fremden einfach liegen lassen sollte, besann sich dann aber doch anders.

»Eigentlich müsste ich dein Zeug einfach hier lassen, aber wer weiß, vielleicht finden unsere Leute da noch etwas Interessantes. Du selbst wirst es ja sowieso nicht mehr brauchen ... los, setz dich in Bewegung, ich habe keine Lust, länger als nötig in deiner Gesellschaft zu sein. Wir gehen da lang.« Jared wies mit seiner Armbrust in eine Richtung.

Steve, der sich im Verlauf des Gespräches wieder hingesetzt hatte, rappelte sich auf und setzte sich in Bewegung, Jesper auf den Fersen und Jared mit zwei Rucksäcken auf dem Rücken kurz dahinter mit der Armbrust im Anschlag. Mit jedem Schritt schmerzte die Wunde und die hinter dem Rücken gefesselten Hände machten das Gehen nicht eben leichter.

***

Kapitel 19

» Was um alles in der Welt … Perchafta? Was tust du hier?« Nikita schloss schnell die Wohnungstür hinter sich. Auf den zweiten Blick erkannte sie aber, dass sie sich geirrt hatte. Es war nicht Perchafta, der da zu Besuch gekommen war.

»Hm, du bist nicht Perchafta.«

»Das hast du richtig erkannt.«

Auf dem Tisch saß Shabo im Schneidersitz, knabberte an einem Stück Käse, das er sich aus ihrem Kühlschrank genommen hatte, und lächelte sie freundlich an. Nikita hatte sich schnell von ihrem Schrecken, dass da jemand in ihre Wohnung eingebrochen war, erholt. Krulls waren ihr immer willkommen.

»Nein, ich bin es nicht, Nikita. Mein Name ist Shabo … ein entfernter Verwandter von Perchafta, der mich gebeten hat, hier auf dich aufzupassen.«

»Auf mich aufpassen? Warum? Ist etwas passiert? … Oh, Shabo, entschuldige bitte, herzlich willkommen in meinem bescheidenen Reich, lass es dir schmecken«, lächelte sie jetzt und setzte sich auf einen Stuhl, deutete auf den Käse und meinte: »Wie gut, dass du dich hier offensichtlich schon auskennst.«

»Ja, ich war so frei«, erwiderte er, »ich dachte mir, dass du…«

»Nein, alles gut«, lächelte sie jetzt, »wenn *du* das nicht darfst, wer denn dann?«

»Vonzel vielleicht?«, fragte er, wobei er ihr Lächeln erwiderte. Er zwinkerte ihr zu.

»Ich weiß nicht, er wäre mir, glaube ich, zu unheimlich …

obwohl ich ihn ja noch nie gesehen habe. Ich habe gerade wieder das Bild der Galionsfigur ihres Schiffes vor Augen.«

»Glaube mir, er *wäre* dir unheimlich«, meinte der Krull trocken. »Ihr wäret euch damals genau hier fast begegnet. Mich hast du ja auch nicht sehen können. Wir waren nämlich beide schon in deiner Wohnung.«

»Ich bin sehr froh, dass ich euch sehen kann. Dieser Emurk … er war auch hier? In meiner Wohnung?«

»Ja, und er hat sogar etwas hinterlassen, nur ein paar Haare … aber die wurden sofort analysiert, und so hat man herausgefunden, dass etwas in eurer Welt war, das nicht von eurer Welt war«, kicherte Shabo.

»Das heißt …«, Nikitas Gesicht war ein einziges Fragezeichen, »… dass …?«

»Richtig«, bestätigte er. »Das heißt es. Bestimmte Stellen hier wissen Bescheid, ich meine, nicht erst jetzt, wo es ja laufend in den Nachrichten erscheint, dass du drüben warst. Sie wissen auch, dass jemand hier zu Besuch war. Um keine Panik zu verbreiten, haben sie es geheim gehalten.«

»Klar, das ist verständlich …«

Der Krull unterbrach sie. »Nikita, du musst sehr vorsichtig sein, es ist bereits aufgefallen, dass du sozusagen ohne deinen ICD herumläufst.«

»Was? Du meinst? …«

»Dein Chip wurde damals in dem Tal oder sogar noch kurz vor deiner Abreise neutralisiert, ich weiß das nicht so genau. Einem Officer vom Sicherheitsdienst hier unten in der Mall ist es aufgefallen, als er dich und deine Freundin kontrolliert hat. Bisher glaubt er noch, dass es sich um einen Fehler in seiner MFB handelt, aber wenn sie die Brille checken, werden sie merken, dass das nicht stimmen kann. Leider kam ich zu spät hier an, um das rückgängig zu machen, jetzt habe ich deinen Chip aber wieder reaktiviert … jedenfalls so weit, dass … na ja, jetzt besteht keine Gefahr mehr … zumindest nicht deswegen.«

»Was soll ich deiner Meinung nach tun?«, fragte Nikita.

»Am besten gehst du nach unten zu diesem Pfannkuchen-stand, da treiben sich die Officer oft herum ... zumindest einer von denen. Ist auch nicht weit von ihrer Dienststelle entfernt. Man wird dich sofort erkennen und dann werden sie ihre MFB noch mal testen und merken, dass alles stimmt. Der Officer wird einen Rüffel bekommen, weil er die Brille nicht einge-schaltet hatte, und gut ist's.«

»Das kann ich machen, gleich ... aber deswegen bist du nicht hier, Shabo! Rück schon heraus mit der Sprache.«

»Das stimmt, deswegen bin ich nicht hier ... es geht um dieses Rätsel.« Der Gnom kicherte.

»Das Rätsel in den Plänen von Francis? Äh ... ich meine Effel? Wir wissen es auch erst seit Kurzem und sind dabei, es zu lösen ... verstehen nur gerade nicht, warum er das über-haupt eingebaut hat ... damals, wo niemand etwas damit hätte anfangen können, selbst wenn man die Pläne gefunden hätte.«

»Das Warum wird euch auch nicht weiterbringen, liebe Nikita und unter uns gesagt, setzt man wohl hier kein großes Vertrauen in eure Künste, zumal ihr nur die Hälfte des Rätsels habt.«

»Ich weiß. Der Rest soll in einem Kloster liegen. Wenn wir das finden ...«

Im gleichen Moment wurde ihr klar, dass es in ihrer Welt kein Kloster geben könnte, das seit so langer Zeit existierte.

»Das soll heißen, dass sie wieder jemanden...? Was weißt du, Shabo?«

Nikita wurde plötzlich flau im Magen.

»Richtig. Das soll heißen, dass sie wieder jemanden in die Alte Welt geschickt haben, um ...«

»Um was?«, das Gefühl in der Magengegend verstärkte sich beängstigend.

»Na, um des Rätsels Lösung von dem zu holen, der es kennt, ... oder die Lösung dort zu finden, wo sie verborgen liegt.«

»Von Effel? Sie wollen die Lösung von Effel haben? Haben die noch alle Tassen im Schrank? Weißt du, was der Rat der Welten macht, wenn das herauskommt? Effel kennt die Lösung sicher nicht … ich meine er hat doch heute mit den Plänen überhaupt nichts zu tun! Er hätte mir sicher davon erzählt.«

»Hatte er aber, wie du weißt. Er hat sich doch auch sonst an alles erinnert … und jetzt gehen sie davon aus, dass er sich eben noch einmal erinnert.«

»Dann ist er in Gefahr! Wen haben sie geschickt? Und wann? Shabo … ich muss das wissen!«

»Er kam mit dem U-Boot, das dich zurückgebracht hat, Nikita. Sie haben ihn vorher an Land gebracht.«

»Das ist Unsinn, Shabo, das kann nicht sein, denn da wusste noch niemand etwas von einem Rätsel, das haben wir ja erst hier entdeckt.«

»Er kam auch nicht deswegen, sie suchen in Wirklichkeit etwas noch viel Wertvolleres … sie mussten aber kurzfristig umdisponieren. Das heißt aber nicht, dass sie das ursprüngliche Vorhaben aufgegeben haben. Durch deinen Besuch in Tench'alin und die dadurch nötig gewordene Zusammenkunft des Rates der Welten wussten sie, wo sie nun suchen müssen.«

»Etwas Wertvolleres? Oh mein Gott! Wisst ihr denn, wen man geschickt hat? Von unserer Firma sicherlich niemanden, sie hätten doch bestimmt mich geschickt … jetzt, wo ich mich so gut auskenne in der Alten Welt.«

»Sie werden dich nie mehr dorthin lassen, Nikita.«

»Stimmt, das werden sie nicht tun.« Im gleichen Moment war ihr klar geworden, was man aus der Alten Welt holen wollte – die Blaupause, den vollkommenen genetischen Code des Menschen. Darüber hatte sie vor gar nicht langer Zeit mit Perchafta und Effel gesprochen.

»Einmal angenommen, sie würden dich ein zweites Mal hinschicken, weil du dich dort schon zurechtfindest. Und weiter angenommen, dieses Rätsel wäre nicht zu entschlüsseln, also Effel würde sich nicht erinnern … auch nicht mit Perchaftas Hilfe … würdest du dann zurückkommen?«

»Wahrscheinlich nicht«, murmelte Nikita. »Das Myon-Projekt wäre dann sowieso gestorben. Du hast recht, das Risiko würden sie nie und nimmer eingehen.«

»Sie haben einen Spezialagenten geschickt, Nikita, einen von einer sehr geheimen Einheit, die hier kaum jemandem bekannt ist. Er heißt Steve Sisko.«

»Steve Sisko? Bist du dir da sicher? Woher hast du den Namen?«

Nikita wusste gleich, wer Steve Sisko war, wer wusste das nicht? Ihr war auch bekannt, dass dessen Zwillingsbruder Kay seit Kurzem bereits Senator war. Die Medien berichteten oft über ihn. Von Steve hatte man dagegen nie etwas gehört. Es hieß, er lebe vollkommen zurückgezogen, das sei eben seine Art, das Geschehene zu verarbeiten.

»Wir kennen seinen Namen, weil ein Farmer ihn gefangen genommen hat, während er wohl nach Seringat unterwegs war. Der Farmer war der Annahme, dass dieser Sisko seinen Sohn umgebracht hat … vielleicht denkt er das immer noch. Da täuscht er sich allerdings.«

»Was haben sie mit ihm gemacht … ich meine mit Sisko? Werden sie ihn umbringen?«

»Sie werden ihn vor Gericht stellen, wenn dieser Farmer ihn nicht vorher tötet.«

Nikita musste sich nicht fragen, woher der kleine Krull hier am anderen Ende der Welt das alles schon wusste. Ihr war bekannt, dass die Krulls telepathisch kommunizierten, und da spielt Entfernung keine Rolle.

»Ich muss Kay Sisko treffen«, meinte Nikita jetzt, »da läuft gerade etwas erheblich aus dem Ruder … wenn ich gewusst hätte, dass ich nur die Vorhut war, hätte ich den Auftrag abgelehnt. Ich war also eine Pfadfinderin, Shabo.«

»Die Idee, Kay Sisko aufzusuchen, ist gut, Nikita, aber geh erst mal hinunter in die Mall, damit die Officer dich noch einmal kontrollieren können. Sonst wirst du wahrscheinlich nirgendwo mehr hingehen können.«

Kurze Zeit später saß Nikita vor einem köstlichen Pfannkuchen, der dick mit Blaubeeren belegt war.

»Schätzchen«, hatte Olga sie angestrahlt, als Nikita an ihren Stand gekommen war, »Sie sind hier und heute eingeladen. Die ganze Welt spricht von Ihnen und Ihrer Leistung. Da wird Ihnen die alte Olga wohl einen Pfannkuchen spendieren dürfen. Setzen Sie sich nur schon ... dort ist ein freier Tisch.«

Wenig später war sie mit dem Pfannkuchen an den Tisch gekommen.

»Sie bauen wirklich eine Maschine, mit der man Energie aus dem Äther gewinnen kann? Ist das wahr?«

»Na ja, zumindest haben wir das vor. Es ist aber kompliziert und wird sicher noch eine Zeit lang dauern. Wir sollten die Erwartungen nicht allzu hoch schrauben ... Wissen Sie, wir stehen erst am Anfang des Projektes und die Pläne sind komplizierter, als wir dachten.« Sie steckte sich ein kleines Stück Pfannkuchen in den Mund.

»Ach, Sie schaffen das schon, Schätzchen, ich glaube fest an Sie ... außerdem haben Sie noch Professor Rhin an Ihrer Seite. Der ist doch sicherlich mächtig stolz auf Sie!«

»Ja, das ist er wohl, schätze ich mal ... das ist sehr nett von Ihnen, ich nehme Ihre Einladung gerne an, Olga – ich darf Sie doch so nennen?«

»Natürlich Schätzchen, immerhin ist das mein Name, nicht wahr, steht ja auch auf meiner Schürze.«

Olga lachte und ihr großer Busen wogte auf und nieder.

»Alle meine Kunden nennen mich Olga ... na ja, zumindest meine Stammkunden ... Ach sehen Sie nur, wer da kommt. Wenn man vom Teufel spricht ...«

Sie kicherte, beugte sich nach vorne und zwinkerte Nikita zu. Dann sprach sie etwas leiser weiter.

»Da kommt mein Lieblingskunde. Den stelle ich Ihnen jetzt vor, Sie müssen ihn einfach kennenlernen ... ein toller

Mann, sag ich Ihnen. Ist aber leider schon vergeben.« Sie zwinkerte Nikita belustigt zu.

Ich auch, hätte Nikita beinahe gesagt, verkniff es sich aber.

»Na ja, sowieso zu jung für die alte Olga … aber ich sage Ihnen, wenn ich … ach lassen wir das. Officer Mayer, schauen Sie mal, wer hier bei mir ist!«

Sie strahlte Bob, der inzwischen an den Tisch getreten war, wie ein verliebter Teenager an.

»Guten Tag, Frau Ferrer, es freut mich sehr Sie persönlich kennenzulernen. Sie haben da wirklich Großes vollbracht, alle Welt spricht über Sie.«

»Was ja kein Wunder ist, bei dem Rummel, den die Medien veranstalten«, gab sie zur Antwort.

Bob Mayer reichte ihr die Hand und ihr gefiel der feste, warme Händedruck des freundlichen Officers.

Natürlich hatte er die Frau, die ständig auf fast allen Kanälen gezeigt wurde, bereits aus der Entfernung durch Richards MFB gecheckt und ihm war nichts Verdächtiges aufgefallen. Alles war korrekt angezeigt worden.

»Richard, Richard«, hatte er gemurmelt, »bestimmt hattest du mal wieder vergessen, deine Brille einzuschalten. Wichewski wird ausrasten und wir werden das alle zu spüren bekommen. Seine Laune ist eh schon wieder auf dem Siedepunkt, das wird ihn zum Kochen bringen.«

Im Weitergehen hatte er eine Kurzmitteilung an Richard geschickt, dass mit der Brille alles in Ordnung sei und er sich schon einmal eine gute Ausrede für den Chief einfallen lassen solle.

Das kostet dich was, hatte er noch hinzugefügt.

»Die Freude ist ganz auf meiner Seite, Officer«, antwortete Nikita und deutete auf die MFB. »Sind Sie zufrieden damit?«

»Ja … danke der Nachfrage, ist wirklich ein gutes Produkt Ihrer Firma. Die Brille erleichtert uns die Arbeit wirklich.« *Wenn ein gewisser Kollege sie auch benutzen wür*de, fügte er im Stillen noch hinzu.

»Aber ich möchte Sie nicht von Ihrem Pfannkuchen abhalten, Frau Ferrer. Sonst wird Olga böse auf mich. Ich habe Sie noch nie hier gesehen. Wohnen Sie nicht sogar oben im Tower?«

»Ja, das stimmt, Officer. Bisher bin ich hier nur immer schnell vorbeigelaufen. Der Duft war einfach zu verführerisch. Sie wissen schon, die Linie. Und außerdem habe ich viel Arbeit, nicht erst, seitdem ich wieder zurück bin.«

»Ja, das glaube ich Ihnen gerne. Meine Verlobte Mia Sandman kennen Sie ja sicher, sie ist die Assistentin von Mr. Fisher.«

»Nein, tut mir leid, Ihre Verlobte kenne ich nicht persönlich. Selbst Mr. Fisher bekomme ich ja nur äußerst selten zu Gesicht. Manchmal begegnet man ihm im Foyer. Wenn allerdings die hübsche Dame, die ihn manchmal begleitet, Ihre Verlobte ist, dann gratuliere ich Ihnen aber, Officer.«

Bob Mayer konnte nicht verhindern, dass er leicht errötete, was Olga natürlich sofort mit den Worten kommentierte: »Sie brauchen gar nicht rot zu werden, Bob, ein gut aussehender Mann hat auch eine hübsche Frau an seiner Seite verdient«, und an Nikita gewandt setzte sie hinzu: »Sie ist wirklich ausnehmend hübsch, aber das scheint ja wohl üblich zu sein in Ihrer Firma.«

»Danke«, lächelte Nikita sie an. Die Bemerkung, dass es wohl kaum ein Verdienst sei, gut auszusehen, verkniff sie sich. Sie wollte diese nette Frau, die ihr Herz offensichtlich auf der Zunge trug, nicht verärgern, ebenso wenig den Officer, der, und das war unübersehbar, mit der Pfannkuchenfrau gut befreundet war.

»Und Sie sind ein Kollege von Richard Pease, stimmt's?«, richtete sie jetzt die Frage an Bob Mayer.

Der staunte. »Das stimmt, aber woher kennen Sie Richie, äh ... ich meine Officer Pease?«

»Ich bin ihm schon zweimal begegnet, also bewusst zumindest. Über den Weg gelaufen sind wir uns sicher des Öfteren hier. Das erste Mal habe ich ihn kurz vor meiner Abreise getroffen und das zweite Mal praktisch eben erst ... also kurz nach meiner Ankunft. Grüßen Sie ihn von mir. So, ich muss mich jetzt auf den Weg machen. Liebe Olga, der Pfannkuchen war einfach köstlich, vielen Dank. Am liebsten würde ich ja öfter kommen, aber Sie wissen ja«, sie zeigte auf ihre Körpermitte.

»Ach, jetzt muss ich aber lachen«, rief Olga aus, »als wenn Sie sich darum Sorgen machen müssten, schlank wie eine Gerte! Sie haben ihn ja noch nicht einmal aufgegessen. Kommen Sie mich mal wieder besuchen ... von mir aus auch einfach so. Ich bin doch neugierig, wie es mit Ihrem Projekt weitergeht. Wir erfahren das zwar sicherlich alles aus dem Fernsehen, aber aus erster Hand ist das noch etwas anderes. Werden Sie einer alten Frau diesen Gefallen tun?«

»Versprochen, Olga, das mache ich.«

Nikita gab beiden die Hand und wollte gerade gehen, als ihr Blick auf einen der riesigen Bildschirme fiel, von denen es in der Mall viele gab und die ständig Nachrichten oder Werbung zeigten. Gerade wurde ein Interview mit Mal Fisher gebracht und sie bekam mit, dass es um die neuesten Ereignisse rund um das vielversprechende Projekt von BOSST ging. Die Kamera zoomte das Gesicht ihres Chefs heran ... sie sah in seine Augen und wusste in diesem Moment, woher sie diesen Mann kannte. In einem anderen Leben war sie ihm schon einmal begegnet. Damals war ihr heutiger Chef der König von Frankreich gewesen, vor dem sie hatten fliehen müssen.

Olga musste ihren Gesichtsausdruck bemerkt haben: »Kindchen ... ist was? Geht es Ihnen nicht gut? Es war doch hoffentlich nichts mit meinem Kuchen?«

»N ..., nein«, stotterte Nikita, hatte sich aber gleich wieder gefangen, »danke liebe Olga, es ist nichts, mir geht es gut. Mir ist nur gerade etwas eingefallen, was ich auf keinen Fall vergessen darf.«

Kurz darauf war sie in der Menschenmenge untergetaucht.

»Chal, wo bist du? Können wir uns treffen?«, fragte sie kurze Zeit später ihre Freundin. Sie benutzte dazu nicht die MFB, sondern das Telefon in ihrer Wohnung. Immerhin war hier die Gefahr etwas geringer, dass jemand mithörte. Sie hatte eine doppelte Firewall eingerichtet.

»Wieso, was ist los, du klingst so komisch? Warum flüsterst du? Geht es dir nicht gut?«, wollte Chalsea wissen.

»Ach, geht schon, bloß eine kleine Magenverstimmung, ich habe den Pfannkuchen wohl nicht vertragen. Ich gehe ins Frozen und trinke einen Tee, kommst du? Ich muss am Abend aber noch einmal in die Firma, viel Zeit habe ich also nicht.«

Nikita war es gar nicht aufgefallen, dass sie ihre Stimme gesenkt hatte.

»Willst du da nicht lieber zu Hause bleiben? Ich komme zu dir.«

»Nein, das geht nicht«, gab Nikita schnell zur Antwort, »du weißt doch … dass das Projekt Vorrang hat. Professor Rhin lyncht mich, wenn ich ihn jetzt hängen lasse.«

Chalsea hörte der Stimme ihrer Freundin an, dass es um etwas anderes ging. Das war nie und nimmer eine Magenverstimmung.

Ausgerechnet du, die einen Magen wie ein Pferd hat, dachte sie, *mir machst du nichts vor.*

Nikita klang besorgt, ja, das war es, was sie herausgehört hatte, Besorgnis.

»Ich bin auch im Tower, bei der Kosmetik, Moment einmal … wie lange dauert es noch?« Die Frage war offensichtlich an die Kosmetikerin gerichtet.

»Schatz, ich bin in zehn Minuten da, bestell für mich bitte einen Milchkaffee … aber bloß kein Eis. Ich passe in kein Kleid mehr rein, und meine Klinik hat mich auch schon angemahnt, dass ich besser auf meine Werte achten müsse.«

Sie lachte.

Nikita hatte ihren Tee zur Hälfte ausgetrunken, als Chalsea auf ihren Tisch zusteuerte und sich, leicht außer Atem, zu ihr setzte. Es waren etwas mehr als zehn Minuten verstrichen. Sie zog ihren Mantel aus und warf ihn auf einen Sessel.

»Hältst mich ganz schön auf Trab, Süße, schau dir nur meine Nägel an. Linda hält mich jetzt bestimmt für verrückt, dass ich mittendrin ihre Behandlung verlasse. Wenn einer vom Sicherheitsdienst gesehen hätte, wie ich hier durchgerast bin, hätte der bestimmt die Verfolgung aufgenommen. Fraglich, ob ich überhaupt jemals einen neuen Termin bei Linda bekommen werde, bei dem Andrang. Das Bestechungsgeld zahlst du, meine Liebe«, zwinkerte sie Nikita schelmisch zu, »aber ich musste einfach sofort kommen, so wie du dich angehört hast. Also, was ist los? Warum hast du am Telefon so komisch geklungen ... Nun rede schon! Was soll eigentlich diese dunkle Brille und der alberne Hut? Ich hätte dich fast nicht erkannt.«

Nikita grinste.

»Dann habe ich ja alles richtig gemacht. Ich erzähle dir alles, wenn du mich zu Wort kommen lässt, Chal. Danke, dass du so schnell gekommen bist. Also das mit deinen Nägeln tut mir echt leid ... aber so schlimm sieht es doch gar nicht aus.«

Nikita hatte die Hand der Freundin ergriffen und sie betrachtet. Dann fuhr sie fort: »Ich musste mit jemandem reden, dem ich absolut vertrauen kann ... und das bist, außer meinen Eltern du, Chal.«

»Du machst es ja mächtig spannend ... stimmt mit Effel was nicht?«

»Bingo, Chal, da hast du fast ins Schwarze getroffen. Es geht um ihn, aber nicht so, wie du vielleicht denkst. Es geht um seine Erfindung, das Myon-Neutrino-Projekt, es geht um die Pläne, die ich aus der Alten Welt geholt habe. Chal, Effel ist in Gefahr!«

»Wieso? Woher weißt du das? Hast du Verbindung zu ihm? Mensch Niki, wenn das jemand herausbekommt! Ich dachte, es sei jetzt alles erledigt? Das sagen sie doch ständig in den Nachrichten.«

Der Kellner brachte den Milchkaffee. »Ihr Kaffee, Miss Cromway, darf es sonst noch etwas sein?«

»Nein, vielen Dank, vielleicht später«, gab Chalsea zur Antwort, dann wandte sie sich wieder Nikita zu, die jetzt sagte: »Ist es eben nicht, Chal, das ist es ganz und gar nicht. In den Plänen ist ein Rätsel eingebaut, in dem so etwas wie ein Zahlencode versteckt ist ... wenn wir das nicht lösen, war alles umsonst gewesen ...«

»Na und, dann löst es doch, ihr werdet es wohl schaffen, eine Aufgabe zu lösen, die euch vor ... was hast du gesagt ... über tausend Jahren gestellt wurde!«

»Eben nicht, so wie es aussieht, können wir ihn nicht entschlüsseln, jedenfalls nicht so schnell, wie es nötig ist. Wir haben hier nur einen Teil des Rätsels. Der Rest befindet sich offensichtlich in einem alten Kloster ... natürlich in der Alten Welt. Und jetzt kommt es ... das scheinen die da oben auch zu glauben ... oder vielleicht schon zu wissen ... und aus diesem Grund haben sie wieder jemanden losgeschickt.«

»Sie wollen das Kloster suchen? Und wenn es das gar nicht mehr gibt? Ich meine, in tausend Jahren kann viel passiert sein ... auch dort.«

»Ich glaube nicht, dass sie nach dem Kloster suchen, Chal, zumindest nicht als Erstes.«

»Wie wollen sie es denn sonst herausbekommen?«

»Na vom Erfinder selbst natürlich!«

»Von Effel? Hör mal, das ist mehr als tausend Jahre her! Glauben die wirklich, dass er sich da noch dran erinnert? Wie wollen sie das anstellen? Und wen haben sie überhaupt geschickt? Warum nicht dich? Wäre das nicht naheliegend? Ach nee ... klar schicken sie dich nicht.« Chalsea tippte sich an die Stirn. »Du würdest nicht mehr wiederkommen, stimmt's? Davor haben sie Angst.«

»Genau, das war auch meine Vermutung. Sie haben einen Agenten geschickt ... und weißt du wen? Du wirst es nicht glauben: Steve Sisko!«

Es dauerte ein paar Sekunden, dann rief Chalsea, lauter als sie es eigentlich wollte: »Steve Sisko? *Den* Steve Sisko? Den Zwillingsbruder von Kay Sisko?« Sie schnappte kurz nach Luft und fuhr dann – obwohl keiner der anderen Gäste sich nach ihr umgedreht hatte – mit gedämpfter Stimme fort: »Kay habe ich erst neulich bei einer Charity fotografiert ... sieht unglaublich gut aus, der Bursche. So jung und schon Senator ... wenn du mich fragst, hat er mächtige Sponsoren. Da will jemand unbedingt, dass er mehr wird als nur Senator, das schwör ich dir. Nur das Geld vom Vater wird dafür nicht reichen.«

Nikita sagte nichts dazu, obwohl sie im Inneren ihrer Freundin recht gab.

Chalsea kicherte und fuhr dann mit ernster Miene fort: »Von Steve hat man ja nie etwas gehört ... jetzt weiß ich auch warum. Er hat eine Agentenausbildung absolviert. Sieh an, sieh an, wenn es da mal keine Zusammenhänge gibt. Aber, Moment mal, du sagtest eben, dass, wer auch immer, Steve Sisko in die Alte Welt geschickt hat. Heißt das, dass er bereits dort ist?«

»Ja, so ist es wohl«, sagte Nikita vorsichtig. Sie sah, dass Chalsea auf einer Fährte war. Die hatte nämlich ihre Stirn in Falten gelegt und die Augen zusammengekniffen.

»Wie kann das sein? Wenn ihr erst seit ein paar Stunden wisst, dass ihr dieses Rätsel nicht lösen könnt, dann ist er nicht deswegen dort drüben. Das kann nicht sein. Weißt du, warum er dort ist?«

Nikita seufzte.

»Das stimmt, Chal, er ist ursprünglich wegen etwas anderem dort.«

»Aha, und? Jetzt mach es doch nicht so spannend! Ich glaube, ich brauche was anderes zum Trinken.«

Sie winkte den Kellner heran und bestellte ein Glas Wein.

»Möchtest du auch, Nik?«

»Nein, ich muss noch arbeiten, bringen Sie mir bitte ein Wasser ... oder lieber einen Fruchtsaft.«

»So, jetzt rück schon raus mit der Sprache, warum ist Steve Sisko in der Alten Welt?«

Nikita rückte näher an ihre Freundin heran und fragte mit leiser Stimme: »Hast du schon einmal das Alte Testament der christlichen Bibel gelesen, Chal?«

»Nein, warum sollte ich?«

»Ok. Was haben sie dir in der Schule über den genetischen Code der Menschen beigebracht?«

»Über den genetischen Code der Menschen? Schon wieder ein Code? Was soll das denn jetzt werden? Eine Biologieprüfung?«

»Nein«, lächelte Nikita, »nein, das ist es nicht. Also?«

»Moment, da muss ich nachdenken, aber viel weiß ich da auch nicht mehr, ist doch schon Jahrhunderte her … Nun komm schon und lass mich hier nicht so hängen!«

»Also gut, ich erklär's dir, aber dazu muss ich ein wenig ausholen. Die Menschen haben seit Langem versucht, Gott zu spielen. Was inzwischen durch die Erkenntnisse der Genforschung möglich ist, weißt du selbst. Vieles davon ist ja auch sinnvoll, wenn man bedenkt, dass dadurch viele Krankheiten wie Krebs, Alzheimer, Parkinson und so weiter ausgemerzt wurden. Die Zelle ist die fantastischste Entwicklung der Schöpfung, denn sie bildet die Grundlage allen Lebens. Bei der neuen Mission in die Alte Welt geht es um das Riesenmolekül DNA. Die Einzelteile dieses Moleküls liegen verstreut in der Zelle. Bevor sich eine Zelle teilt, ordnen sich die Teile dieses Moleküls in Form einer gewundenen Strickleiter, die bei der Teilung wie ein Reißverschluss aufreißt …«

»Die Doppelhelix, ja, das weiß ich auch noch, bisher sagst du mir nix Neues.«

»Also gut, dann kommt jetzt das Neue. Was bisher bekannt ist, ist, dass die Doppelhelix bestimmt, in welcher Reihenfolge die Aminosäuren, aus denen die Eiweiße gebildet werden, zusammengesetzt wird. Es sind 64 Befehle. Bisher war unsere Wissenschaft der Meinung, dass ein Drittel davon genügen würde, weil es eben nur 20 Aminosäuren sind. Zwei Drittel wurden als Schrott bezeichnet, stell dir das mal vor. Was bisher nicht bekannt war, ist, dass die DNA reduziert wurde. Diejenigen, die das taten, und frage mich jetzt nicht, wer das war, befürchteten, dass die Menschen ihre kriegerischen Auseinandersetzungen bis weit in das Weltall ausdehnen und damit das gesamte kosmische Gleichgewicht zerstören könnten. Das menschliche Gehirn wurde auf ein Zehntel dessen reduziert, zu dem es eigentlich in der Lage sein könnte. Das Bewusstsein wurde getrübt, die Hellsichtigkeit und die Fähigkeit, mit der geistigen Welt Kontakt aufzunehmen, und … die Fähigkeit, selbstständig den Alterungsprozess aufzuhalten. Bisher ist das uns ja immer noch nicht so gelungen, wie sich viele das wünschen, aber es scheint demnach möglich zu sein.«

»Der Heilige Gral, du meinst, es wäre damit möglich, Hellseher zu werden oder ein ewiges Leben zu haben? Ist das dein Ernst? Das will ich gar nicht … glaube ich jedenfalls.«

»Es gibt aber Menschen, die das unbedingt wollen, Chal. Dieses Wissen in ihren Händen, würde ihnen unendliche Macht verleihen … und unermesslichen Reichtum bescheren. Sie wissen nun, wo sie suchen müssen, und sie haben Steve Sisko dorthin geschickt. Jetzt weißt du, warum ich mir Sorgen mache, Chal.«

Nikita trank den Rest ihres Tees aus.

»Und was hat das alles jetzt mit diesem Alten Testament zu tun? Kannst du mir das erklären?«

»Weil dort von einem Mann namens Moses berichtet wird, der angeblich von seinem Gott dieses Wissen zusammen mit zehn Geboten erhalten hat, in einer Art Truhe – und die suchen sie.«

»Na gut, aber was willst du machen – und woher weißt du das alles?«

»Ich habe das von Perchafta erfahren, von dem ich dir schon erzählt habe. Er gehört dem Rat der Welten an, lebt in diesem Tal und kennt den Ort genau, wo das, was auch als *Blaupause Gottes* bekannt geworden ist, verborgen liegt ... Und was ich machen werde? Ich werde zunächst einmal mit Kay Sisko reden. Ich weiß zwar noch nicht genau, was der Senator tun soll, aber ich finde, er sollte es in jedem Fall wissen. Sein Bruder ist gefangen genommen worden, wohl als er nach Seringat unterwegs war, um von Effel des Rätsels Lösung herauszubekommen. Wahrscheinlich sollte er ihn sogar entführen. Das konnte ja nicht unentdeckt bleiben, glaube es mir. Hier unterschätzt man die Alte Welt. Wenn er nicht vorher umgebracht wird, wird ihm der Prozess gemacht werden.«

»Vielleicht weiß Kay ja alles und billigt es.«

»Das kann ich mir nicht vorstellen. Wenn er erfährt, dass sein Bruder in Gefahr ist, wird er helfen. Blut ist dicker als Wasser und bei Zwillingen trifft das in besonderem Maße zu. Ich werde mit ihm sprechen. Möglichst bald.«

»Das stimmt wohl ... aber woher weißt du es denn? Ich meine das mit Steves Gefangenschaft. Jetzt sag bloß nicht, dass du das *gespürt* hast.«

»Nein, Chal, ich habe es nicht gespürt. Ich weiß es ... von einem Krull.«

»Etwa auch von ... diesem *Perchafta*? Sind diese Gnome etwa hier bei uns?!«, wurde sie von Chalsea unterbrochen.

»Einer ist in jedem Fall hier... er hat mich heute besucht ... er heißt Shabo. Mensch, Chal, du solltest jetzt dein Gesicht sehen.« Nikita lachte schallend und jetzt drehten sich doch ein paar Gäste zu ihnen um, aber niemand schien sie erkannt zu haben.

»Sei vorsichtig, Chal, das war ziemlich laut. Jetzt hat das ganze Frozen gehört, dass du von Gnomen gesprochen hast.«

»Ach das macht doch nichts, die meisten hier halten mich sowieso für durchgeknallt«, meinte Chalsea und lachte dann mit Absicht noch lauter als Nikita zuvor.

»Schau mal, der neue Kellner hat nur ein Kopfschütteln für mich übrig. Ist der Ruf erst ruiniert ... haha.«

Sie bekam recht. Niemand achtete mehr auf die beiden Freundinnen.

»Siehste wohl«, meinte sie nur trocken. »Aber wie willst du an Kay Sisko herankommen? Vor allem so schnell?«

»Dass ich heute noch in die Firma gehe, habe ich nur so gesagt, vorhin am Telefon. Ich werde meinen Vater bitten, mir seine Durchwahl zu geben. Dann werde ich Kontakt zu ihm aufnehmen. Ich glaube, ich werde mit ihm essen gehen.«

»Du möchtest dich mit ihm verabreden? Was willst du ihm als Grund nennen? Oder glaubst du er geht einfach so mit dir zum Essen? Er kennt dich doch gar nicht.«

»Naja, jetzt schon. Mir wird da schon etwas einfallen. Vielleicht hilft mir ja mein Prominentenstatus dabei, haha«, lachte Nikita bitter.

***

Kapitel 20

Auf dem Deck des Bugkastells hatten der Kapitän und Nornak gestanden, als sie Vonzel herbeiwinkten, der gerade aus der Kombüse kam. Unter ihnen auf dem Deck, zwischen Großmast und Vormast, hatte sich die Mannschaft der *Wandoo* gedrängt. Dann hatte Urtsuka zu ihnen gesprochen.

»Wir bekommen schlechtes Wetter, Leute. Wir segeln jetzt in ein Gebiet, das für seine Stürme bekannt ist. So manches Schiff ist hier schon gesunken. Jetzt ist besondere Wachsamkeit gefordert, Männer. Ab sofort bewegt sich jeder nur noch angeleint an Deck. Wenn alles gut geht, sehen wir in ein bis zwei Tagen die Küste Flaalands.«

Das war vor zwei Stunden gewesen.

Vonzel lag in seiner Hängematte und starrte gedankenversunken an die Decke. Die *Wandoo* neigte sich mit langen Bewegungen erst zur linken und dann zur rechten Seite. Seit einer Stunde wiederholte das Schiff diesen Vorgang mit unendlicher Ausdauer. Auf dem Meer musste man zwar zu jeder Jahreszeit mit heftigem Wellengang rechnen, wie Urtsuka bereits vor Beginn der Reise gesagt hatte, aber so wie heute hatte es wohl noch niemand an Bord erlebt. Bis an die Scheiben der Bullaugen schlugen die Wellen und machten Schlaf so gut wie unmöglich. Nur Nornak schlief tief und fest, ihm schien dieses ständige Auf und Ab überhaupt nichts auszumachen. Vonzel teilte die kleine Koje mit ihm und zwei anderen. Zwei von ihnen waren immer auf Wache, während die beiden anderen sich ausruhen konnten.

Kurz zuvor hatte der Kapitän ihn in den Ruderraum am Bug geschickt, um neue Taue zu holen. Unter dem Ruderraum befand sich die Bilge. Dieser unterste Bugraum war ein dunkles Loch, feucht, muffig und mit Gerüchen angefüllt, die ihm augenblicklich den Magen umdrehten. Hier unten schwappte stinkendes Bilgewasser und folgte in übel riechendem Rhythmus den Bewegungen der *Wandoo*. Immer wenn das Schiff durch ein neues Wellental stieß, rauschte das brackige Wasser schäumend und aufspritzend voraus und stieg bis in die Vorpiek. So wurde alles über dem Kiel ständig mit dieser stinkenden Brühe bewässert. Es roch fürchterlich und Vonzel hatte das Gefühl gehabt, sich jeden Moment übergeben zu müssen.

An das Leben auf hoher See und die hiermit verbundenen Entbehrungen würde er sich vielleicht doch nie gewöhnen. Er dachte an die Krulls, die er im Laufe der Jahre ins Herz geschlossen hatte. Immerhin war er in Angkar Wat geboren worden und von der Heimat seines Volkes, den Inseln von Kögliien, hatte er lediglich aus den Erzählungen der Alten erfahren. Zum Glück gefiel es ihm dort. Seine Gedanken gingen aber auch zu der blonden Frau aus der Neuen Welt. Irgendwie war sein Schicksal mit dem ihren verbunden, befand er. Hätte er sie nicht entdeckt, würde er jetzt kein Haus in Sambros haben, aber auch nicht in dieser Hängematte keinen Schlaf finden. Er würde an den Hängen des Tales Schafe und Ziegen hüten oder in der Schule für Nautik den Ausführungen seiner Lehrer lauschen. Er war sich allerdings in diesem Moment nicht sicher, was besser wäre.

Natürlich hatte er es genossen, von den Seinen als Held gefeiert zu werden, und er hatte sich auch von der Euphorie seiner Leute mitreißen lassen, als sie nach langer und nicht ganz ungefährlicher Wanderung am Strand gestanden und ihre Flotte zum ersten Mal in ihrer ganzen Pracht gesehen hatten. Im hellen Sonnenlicht waren sie damals herangesegelt, die *Farragout*, die *Schwarze Betty*, die *Wellenjägerin*, die *Brise* und die *Mirhana*. Die *Kloum*, die *Vaher* und die *Ploim* hatten die Vorfahren auf ihrer Fahrt in die Verbannung vor mehr als 300 Jahren verloren. Die geschickten Krulls hatten sich mit der Restaurierung der Schiffe selbst übertroffen. Er würde auch nie das Leuchten in den Augen Urtsukas des Neunten vergessen, als er in feierlichem Ritual im Namen aller Emurks und all ihrer Ahnen von den Schiffen Besitz ergriffen hatte.

Für diese neue Reise – die Schwarzseher unter ihnen hatten gemeint, es würde ihre letzte sein – hatten sie die *Wandoo* gewählt, das Schiff Urtsukas. Die Besatzung bestand lediglich aus 22 Männern. Mehr waren nicht zu überreden gewesen. Es hatte eine hitzige Versammlung stattgefunden, nachdem der Krull Elliot die Nachricht überbracht hatte, die sie wieder nach Angkar Wat zurückbringen sollte.

»Was soll denn ein Stab aus einfachem Olivenholz gegen die Siegel schon ausrichten?«, hatte bei der Versammlung, auf der über diese Reise abgestimmt werden sollte, einer spöttisch gefragt und nach vorne gezeigt. Dort lag der Holzstab mit seinem dicken Knauf auf einem Tisch. Er reichte einem männlichen Emurk bis zur Schulter, einen erwachsenen Mann aber hätte er überragt.

»Komm nach vorne, Srandrowan«, hatte Urtsuka den Spötter aufgefordert. »Versuche ihn aufzuheben.«

»Was soll der Unsinn, Urtsuka?«, hatte der Angesprochene erwidert und war schnellen Schrittes nach vorne geeilt. Er hatte nach dem Stab gegriffen, aber so sehr er sich auch bemühte, es wollte ihm nicht gelingen, diesen auch nur einen Zentimeter weit anzuheben. Und auch keinen der anderen, die es ebenfalls versucht hatten, war es gelungen. Dann hatte Urtsuka den Stab mit einer Hand so mühelos in die Höhe gehoben, als sei er aus Bambus. Er balancierte ihn zum Schluss sogar lächelnd auf seinem kleinen Finger.

»Unglaublich«, hatte Vonzel seinem Freund Nornak zugeraunt.

»Und dennoch«, hatte Srandrowan weitergewettert, »ein nettes Zauberkunststück, das du uns da vorführst, Urtsuka, das muss ich zugeben, aber ich sage euch ganz klar, dass diese Geschichte zum Himmel stinkt. Die Krulls wollen doch nur ihre eigene Haut retten und die der Menschen und wer weiß, wessen Haut oder Fell oder ... ach was weiß denn ich, noch alles. Ich bleibe jedenfalls hier und auch keiner meiner Söhne wird mitkommen. Wer noch einen Funken Verstand besitzt, tut es mir gleich. Wer soll dieser Moses überhaupt gewesen sein, von dem Elliot gesprochen hat? Ich habe nie von ihm gehört. Einer von uns war er gewiss nicht!« Fast alle lachten.

»Ruhe bitte«, hatte Urtsuka gedonnert, »ihr werdet eines Tages froh sein, dass alle meine Vorfahren ihre Logbücher so peinlich genau geführt haben. Einigen dieser Bücher haben wir es im Übrigen zu verdanken, dass wir hier heil angekommen sind, wenn ich euch daran erinnern darf. Dies hier«, und jetzt hielt er ein in braunes ledergebundenes Buch in die Höhe, »habe ich in meinem Haus gefunden. Dort schreibt mein Urahn Folgendes. Ich lese es euch gerne vor, es dauert auch nicht lange.« Ohne eine Antwort abzuwarten, hatte Urtsuka zu lesen begonnen.

»*Wir schreiben das Jahr 2666 der uns bekannten Zeitrechnung. Ein kleines Boot ist gestern an unserer Küste gestrandet. Es waren drei Menschen an Bord. Zwei waren tot, nur einer, den man kaum noch als Mensch bezeichnen konnte, war am Leben. Sie brachten ihn in mein Haus. Er umklammerte mit seinen knochigen Händen einen Stab. Es ist der Stab, den ich auf seinen ausdrücklichen Wunsch seitdem aufbewahre. Was er uns in seinen letzten Minuten noch mitteilen konnte, war nicht viel. Er erzählte, dass sein Schiff im Sturm gesunken sei. Nur wenige hatten sich in diesem kleinen Boot retten können. Ich glaube, er hat nur noch im Fieber fantasiert, denn er hat behauptet, 315 Jahre alt zu sein, was unmöglich sein kann. Sie seien viele Monate auf dem Meer getrieben, ohne Nahrung und Wasser, aber sein Stab habe ihn schließlich gerettet. Kurz darauf tat er dann auch seinen letzten Atemzug.«*

»Das sagt doch gar nichts«, hatte wieder einer aus dem Publikum gerufen. »Ein verwirrter Schiffbrüchiger mit einem Stab, warum liest du uns solch einen Schwachsinn vor, Urtsuka? Wenn du unbedingt wieder zurückwillst, dann nimm dir ein Boot und segle los. Muss dir ja mächtig gefallen haben in Angkar Wat. Meinen Segen hast du. Ich bringe dir sogar persönlich den Proviant an Bord.«

Wieder lachten viele. Einige applaudierten sogar.

»Warte ab, Slendokan, das war noch nicht alles, hier kommt es jetzt. Das von eben war nur die Einleitung. Und deine Ironie kannst du dir sonst wohin stecken.« Urtsuka hatte in dem Buch geblättert und weiter vorgelesen.

»Es ist zwölf Monate her, seit dieser Mann in meinen Armen gestorben ist. Heute haben wir endlich einen Sohn bekommen. Wir können unser Glück kaum fassen, hatten wir doch schon jede Hoffnung aufgegeben.

Und wieder ein Stück weiter steht: *Wir sind von der Seuche verschont geblieben, die mehr als die Hälfte der Unseren hinweggerafft hat. Der Stab hat mich zu einer Pflanze geführt, mit der wir die Kranken heilen konnten. Wäre ich doch bloß früher auf die Idee gekommen.*

Und hier, hört euch das an: *Nach der Feuersbrunst ist unser Haus das einzige, das unversehrt geblieben ist. Wir helfen den anderen beim Wiederaufbau. Wir glauben fest daran, dass dieser Stab uns beschützt und Wunder vollbringen kann.* Braucht ihr noch mehr Hinweise? Ich kann euch gerne noch ein paar vorlesen.«

»Nichts gegen deine Ahnen, aber das kann auch alles Zufall sein oder dein Urahn hatte eine rege Fantasie. Nichts für ungut, Urtsuka. Ob mit oder ohne diesen Stab, mich bekommt ihr nicht dazu, diese Reise zu unternehmen. Auch meine Stimme bekommt ihr nicht ... und das ist dazu mein letztes Wort«, hatte Srandrowan gepoltert.

Schließlich hatte man abgestimmt und die Mehrheit war dafür gewesen, der Bitte der Krulls nachzukommen. Das war man ihnen irgendwie schuldig. Srandrowan hatte kopfschüttelnd den Saal verlassen. Vorher aber hatte er Urtsuka versöhnlich die Hand gereicht.

»Ich hoffe, du nimmst es mir nicht übel, Kapitän, aber mein Bedarf an Abenteuern ist wirklich gedeckt.«

»Kein Problem«, hatte Urtsuka erwidert, »ich bin dir nicht böse. Jeder hat das Recht, seine Meinung zu sagen. Das war bei uns immer so und wird es hoffentlich auch immer bleiben.« Dann hatte er Srandrowan auf die Schulter geklopft und war zum Hafen gegangen.

Vonzel kletterte den Niedergang hoch und trat an Oberdeck. Geblendet schloss er die Augen. Der Sturm war vorüber. Das Wasser glitzerte und spiegelte Millionen Lichtreflexe. Eine sanfte Dünung wiegte sich unter einem beständigen Nordwest, der die *Wandoo* mit Backstagsbrise über Backbordbug liegend unaufhaltsam nach Norden schob. Die Sonne stand als flammender Ball im Südosten und bewegte sich jetzt auf Mittag zu.

Vonzel atmete tief durch, schnupperte in den Wind und reckte sich. Ja, das war die salzige See, die so zerstörerisch sein konnte. Eine Möwe segelte mit lautem Schrei über das Schiff, ließ sich mit ausgebreiteten Schwingen durch die blaue Luft treiben und äugte nach unten. Vonzel sah ihr mit zusammengekniffenen Augen nach und beneidete sie, wie sie in Richtung Sonne hochstieg, immer weiter, bis sie in der gelbflammenden Glut nicht mehr zu erkennen war. Dann überlegte er, wie sie wohl schmecken würde, wenn man sie mit Olivenöl und Knoblauch eingerieben über offenem Feuer langsam grillen würde. Er beschloss, das irgendwann einmal zu probieren.

Sie hatten alle Segel gesetzt. Vorn unter dem Bugspriet die Blinde, am Vormast Fock und Vormarssegel, am Großmast Großsegel und Großmarssegel und am Besanmast das fast dreieckig geschnittene Lateinersegel mit der riesigen Gaffel.

Auch wenn Vonzel sich wohl nie wirklich an ein Seefahrerleben gewöhnen würde, waren ihm das Knarren der Rahen und Blöcke inzwischen doch vertraut, genauso wie die rollenden und stampfenden Bewegungen des Schiffes, das Geräusch der Wellen, wenn sie gegen die Bordwand klatschten, das Trampeln nackter Füße über Deck, die lauten Kommandos des Kapitäns und schließlich Nornak, wie er mit wehenden Haaren am Ruder stand.

Alle Männer auf der *Wandoo* erkannten neidlos an, dass Nornak der beste Steuermann war, den es je geben würde. So, als wenn er sein Leben lang nie etwas anderes gemacht hätte. Wenn er das Ruder auf seiner Wache übernahm, lief die *Wandoo* wie auf einem Teppich. Er hatte ein absolutes Gespür für Wind und Welle und steuerte das Schiff, als sei es ein rohes Ei. Es musste ihm in die Wiege gelegt worden sein. Stand er am Ruder, ein Auge auf die Segel gerichtet, das andere auf Kurs und Kompass, dann blieb hinter dem breiten Heck ein Kielwasser zurück, als wenn es jemand mit einem Lineal gezogen hätte. Und dennoch konnte er nicht wissen, dass diesmal ein kleines Heer von Adaros unter Führung ihres Königs Ngorien das Schiff während der ganzen Zeit in einer Wassertiefe von zwanzig Faden begleitete.

Ebenso wenig wie die Besatzung der U-57 das wusste. Trotz ihrer ganzen Technik. Die *Wandoo* hatte man natürlich längst entdeckt.

»Käpt'n?«

»Ja, ich habe das Schiff gesehen. Es sind dieselben wie neulich, nicht wahr?«

»Es besteht kein Zweifel. Nur, dass sie diesmal Kurs auf Flaaland haben. Wenn die in dem Tempo weitersegeln, sind sie morgen, spätestens übermorgen, an der Küste. Was wollen die dort? Wir können keine Störenfriede gebrauchen, die unsere Mission gefährden könnten. Unsere Befehle sind da eindeutig.«

»Können Sie etwas entdecken an Bord? Zoomen Sie mal ran.«

»Mein Gott, was ist da denn los? Haben Sie so etwas schon einmal gesehen? Das sind jedenfalls keine Menschen, ist ja grässlich! Verbinden Sie mich mit dem General.«

»Feuer frei«, befahl Kapitän Stenson kurz darauf. »General Ming hat die Abschusserlaubnis erteilt. Wir sollen kein Risiko mehr eingehen. Das eine Mal hat ihm gereicht, meinte er.«

»Aye, aye, Sir!«

Fin Muller gab den Befehl in den Waffenraum weiter.

»Erster Laser abgefeuert, Sir, er wurde aber durch irgendetwas abgelenkt, nur leichter Schaden drüben.«

Plötzlich heulten die Alarmsirenen wie verrückt auf.

»Was ist los, Muller?«

»Keine Ahnung Kapitän, wir tauchen, glaube ich, vielleicht klemmt das Ruder.«

»Was heißt, glaube ich, was sagen die Instrumente?«

»Dass wir in den letzten zwei Minuten über 100 Yard tiefer getaucht sind ... 200 Yard!«

»Volle Kraft auftauchen! Machen Sie schon!«

»Geht nicht!«, rief Officer Muller aufgeregt. »Wir sinken weiter ... 350 Yard.«

»Setzen Sie einen Notruf ab!«

»Die Funkanlage streikt, Kapitän! 600 Yard, weiter schnell sinkend!«

Inzwischen war der Rest der Mannschaft in der Kommandozentrale eingetroffen, einige der Männer steckten noch in ihren Schlafanzügen, waren jetzt aber hellwach.

»Was ist los?«, fragte einer.

»Wir wissen es noch nicht«, erwiderte Dan Stenson, »wahrscheinlich ein Defekt am Ruder, jedenfalls tauchen wir, obwohl es dazu keinen Befehl gab. Schalten Sie die Motoren ab!«

»Geht nicht Käpt'n ... 1500 Yard jetzt!«

»Ich sehe das, Muller!« Jetzt war auch Stensons Stimme hektischer geworden.

»2300 Yard, mein Gott, was sollen wir bloß machen?«

»Bereiten Sie sich auf das Schlimmste vor, meine Herren«, sagte Dan Stenson jetzt mit erstaunlich ruhiger Stimme.

In diesem Moment tauchte aus seiner Erinnerung etwas auf, das er bisher verdrängt hatte. Sein Großvater hatte ihn einmal zu einer der verbotenen Messen eines Untergrundpriesters mitgenommen.

»Beten Sie«, waren die letzten Worte des Kapitäns an seine Mannschaft.

***

Kapitel 21

Emanuela Mendès hätte später nicht mehr sagen können, warum sie an diesem Abend hinter das Haus gegangen war. Eigentlich hielt sie sich selten dort auf, denn Ferrers hatten einen Gärtner und sie selbst hatte ihren eigenen Garten, der an ihr Apartment angrenzte und den sie liebevoll pflegte.

Neben einem Margeritenstrauch, der von Mai bis Juli blühte, und einem Beet mit gelben und roten Rosen hatte sie zwischen mehreren kleinen Buchsbäumen eine Kräuter-schnecke angelegt. Die Anleitung für dieses Beet, das nicht viel Platz brauchte, hatte sie aus einem alten Buch über Gartenbau, das sie beim Saubermachen im Bücherschrank des Senators gefunden hatte.

Nur wenige Menschen besaßen noch Bücher. Senator Ferrer allerdings pflegte eine kleine Bibliothek im Hause mit großer Hingabe und es war ein Zeichen seiner Anerkennung, dass er ihr dieses Buch ausgeliehen hatte. Sie hatte sich zunächst nicht zu fragen getraut. Ihr Wunsch, einen eigenen Garten anzulegen, war aber stärker gewesen. So hatte sie im Alter von fast 40 Jahren ihr erstes Buch in Händen gehalten. Wie ein rohes Ei hatte sie es behandelt, obwohl es keineswegs neu war. Sie hatte sich nicht getraut, es mit nach Hause zu nehmen, sondern nur in der Bibliothek darin gelesen. Dabei hatte sie stets dünne weiße Handschuhe getragen und beim Umblättern der Seiten war sie so vorsichtig gewesen, dass sogar der Flügel eines Schmetterlings keinen Schaden ge-nommen hätte. Einmal hatte der Senator lachend in der Tür gestanden – sie hatte ihn gar nicht hereinkommen hören, so vertieft war sie gewesen – und gemeint: »Liebe Manu, das sieht dir ähnlich, deswegen mögen wir dich. Du gehst so sorgsam mit den Dingen um, die dir anvertraut sind. Wann immer du dir ein anderes Buch anschauen möchtest, kannst du das gerne tun.«

Und sie hatte kurz darauf begonnen, andere Bücher zu lesen. Sie las alles, was sie in die Finger bekam. Sie entdeckte ihre Liebe zur Literatur und beneidete die Menschen in der Vergangenheit, für die es normal gewesen war, in Büchern aus Papier zu lesen. In der Schule hatte sie natürlich lesen müssen, aber dabei hatte es sich um kalte Buchstaben auf noch kälteren Bildschirmen gehandelt und sie hatte schnell die Lust verlo-ren gehabt. Es war ihr stets unbegreiflich geblieben, dass sie offensichtlich die Einzige ihrer Klasse war, der es so ergangen war. So war es ihr recht gewesen, dass ihre Eltern nicht so vermögend gewesen waren, um sie auf eine weiterführende Schule zu schicken.

Wann immer es ihre Zeit erlaubte, verschwand sie fortan in der gemütlichen Leseecke der Bibliothek des Senators und tauchte ein in die Welt von Leo Tolstoi, Charles Dickens, James Joyce, Jane Austin oder William Faulkner. Eines ihrer Lieblingsbücher wurde der Roman *Onkel Toms Hütte* von Harriet Beecher Stowe. Sie bewunderte den Sklaven Tom, der sich sogar durch brutale körperliche Gewalt nicht von seinem Glauben abbringen ließ und letztlich dafür mit seinem Leben bezahlte. Dieses Buch hatte sie an einem Wochenende geradezu verschlungen. Am meisten aber berührte sie Nicholas Sparks Roman *Wie ein einziger Tag.* Bei diesem Buch vergaß sie alles um sich herum. Allie und Noah waren ihr so nah, als lebten sie wirklich gleich nebenan. Sie konnte die tiefe Liebe der beiden förmlich spüren, erinnerte sie diese doch auch an ihre eigene schmerzliche Erfahrung. So schlimm die Erinnerung daran immer noch war, es war etwas wirklich Gutes dabei herausgekommen.

Jimmy, ihr geliebter Sohn, würde an diesem Abend zu Besuch kommen. Sie erwartete ihn gegen zehn Uhr, denn um neun war gewöhnlich seine Schicht an der Rezeption des *Vision Inn* beendet, wenn nicht etwas dazwischenkam. Sie freute sich schon auf das, was er ihr alles zu erzählen hatte, und sie hatte sich fest vorgenommen, das heikle Thema *Familiengründung* diesmal nicht anzusprechen. Es gab auch sonst genügend Gesprächsstoff, insbesondere nach all den Ereignissen, über die derzeit in allen Medien berichtet wurde. Sie war so stolz auf Nikita und sie hatte auch nie daran gezweifelt, dass die Tochter ihrer Dienstherren gesund zurückkehren würde. Da war sie mit Eva Ferrer immer einer Meinung gewesen.

»Mütter spüren so etwas einfach«, hatten beide mehr als einmal dem sorgenvollen Senator gegenüber bekräftigt. Zum Glück konnten jetzt auch dessen Nachforschungen aufhören, denn diese hatten ihn doch mehr mitgenommen, als er sich selber hatte eingestehen wollen. Nach Emanuelas Meinung war das außerdem gefährlich. Das hatte schon Eric Arthur Blair gewusst, der unter dem Pseudonym George Orwell bekannt geworden war. Aber das äußerte sie nicht. Im Grunde musste der Senator selber wissen, was er tat.

Sie nahm auf einem der bequemen Stühle unter der Markise Platz, stellte das Glas Wein, das noch vom Abendessen übrig war, neben sich auf den Tisch und dachte an ihren Sohn.

Den Ausbildungsplatz in dem noblen Hotel am Ufer des Potomac hatte er dank der Beziehungen Eva Ferrers bekommen und es sah ganz so aus, als hätte Jimmy dort seine Berufung gefunden. Im Geiste sah sie ihn schon als erfolgreichen Manager einer großen Hotelkette.

Manu, wie sie im Haus der Ferrers nur genannt wurde, war darüber sehr glücklich, denn jetzt konnte endlich das geschehen, wonach sie sich seit Langem so sehnte. Ihr Sohn würde ihr eines nicht so fernen Tages Enkelkinder schenken. Er hatte selbst gesagt, dass er nicht an eine Familie denken könne, bevor er nicht auch in der Lage wäre, für sie zu sorgen. Jetzt würde er es bald können. Emanuela war alles in allem zufrieden mit ihrem Leben. Sie hatte sich damit abgefunden, den Rest ihres Lebens ohne einen Mann an ihrer Seite zu verbringen.

Sie war nicht immer allein gewesen. Es hatte schöne und weniger schöne Tage gegeben. Schlimm war die Zeit gewesen, als sie sich nach viermonatiger Beziehung von ihrer ersten Liebe Donald getrennt hatte. Der hatte immer öfter eine Seite von sich gezeigt, die ihr Angst eingejagt hatte. In seiner Gegenwart war sie sich öfter wie neben einem Pulverfass vorgekommen, dessen Lunte bereits glomm. Sie hatte diesen Mann sehr geliebt, vielleicht auch, weil er so besonders war, so ganz anders als die anderen jungen Männer, die ihr den Hof gemacht hatten. Seither hatte sie ihn nicht mehr gesehen, außer bei der Verhandlung vor dem Militärgericht wegen gefährlicher Körperverletzung an dem Mann, der nach ihm in ihr Leben getreten war. Das würde sie nie vergessen und sie wollte ihn auch nie mehr wiedersehen. Obwohl das alles viele Jahre her war, wunderte sie sich darüber, dass diese Erinnerungen gerade jetzt in solcher Deutlichkeit auftauchten.

Als sie Donald Verhooven kennengelernt hatte, hatte er sie auf geheimnisvolle Weise fasziniert. Er schien einzig in ihrer Gegenwart etwas von seiner Härte und Unnahbarkeit zu verlieren, ja, sie hatte sogar das Gefühl gehabt, dass er sich bei ihr hatte fallen lassen können. Tief in seinem Inneren hatte sie einen Schmerz gesehen, den er mit seiner Distanziertheit, Kälte und Arroganz anderen gegenüber gut verschlossen gehalten hatte. Damals hatte sie geglaubt, mit ihm eine Zukunft aufbauen zu können.

Er war intelligent und hatte sich äußerst zielstrebig gezeigt. In seinen jungen Jahren hatte er bereits eine Erfolg versprechende Karriere beim Militär vorzuweisen gehabt und seine grundsätzliche Verschlossenheit anderen Menschen gegenüber hatte sie hauptsächlich seiner militärischen Position zugeschrieben. Über seine Vergangenheit hatte er praktisch nie gesprochen und wenn sie ihn einmal gefragt hatte, war er sofort ausgewichen und auf andere Themen zu sprechen gekommen. Das Einzige, was sie gewusst hatte, war, dass seine Eltern bei einem Autounfall ums Leben gekommen waren und dass er dadurch gezwungen gewesen war, früh selbstständig zu werden. Der Zufall hatte es gewollt, dass kurz nach ihrer Trennung von Donald Jim in ihr Leben getreten war. Er war ebenfalls beim Militär gewesen und sogar in Donalds Einheit. Ein Kamerad also.

Als Donald davon erfahren hatte, war das Schreckliche geschehen. Er war darüber dermaßen in Rage geraten, dass er Jim Decker in einer Prügelei so schwer verletzt hatte, dass dieser fortan auf einen Rollstuhl angewiesen war. Selbst Dr. Winfried Kollar, einer der berühmtesten Hirnchirurgen, hatte nichts mehr tun können. Jim war nach der Operation nicht davon abzubringen gewesen, sich von ihr zu trennen, weil er ihr ein Leben mit einem Mann im Rollstuhl nicht hatte zumuten wollen. All ihre aufrichtigen und unter Tränen hervorgebrachten Versicherungen, dass dies für sie kein Problem darstellen würde, hatten nicht geholfen. Kurz darauf hatte Jim sich das Leben genommen.

Dann hatte sie ihre Schwangerschaft bemerkt und gehofft, dass es Jims Kind war, das sie unter ihrem Herzen trug. So würde sie immer etwas von ihm bei sich haben. Als der Junge geboren war, hatte sie ihn Jim genannt. Sie hatte ihn alleine großgezogen und im Lauf der Zeit festgestellt, dass er sie mehr an Donald erinnerte, denn er hatte die gleichen Augen. Allerdings strahlten die Augen ihres Sohnes Wärme aus.

Es war ein recht sonniger Herbsttag gewesen, doch jetzt trieb der Wind dunkle Wolken über den Himmel. Sie mochte dieses Schauspiel und um es besser betrachten zu können, schaltete sie die Terrassenbeleuchtung aus. Nur eine kleine Lampe am Ende des Gartens bei den Rhododendren, um die ein paar große Falter flogen, verbreitete ein schwaches Licht. Emanuela zog fröstelnd ihren Schal fester um die Schultern. Sie war unendlich dankbar, bei den Ferrers eine so gute Anstellung gefunden zu haben. Inzwischen fühlte sie sich eher wie ein Familienmitglied, nicht wie eine Hausangestellte. Sie liebte ihre drei Ferrers.

Sie hatte die Reste vom frühen Abendessen im Kühlschrank verstaut – der Senator mochte kaltes Huhn zum Frühstück – und das Geschirr wurde bereits in der Maschine gespült. Vor ein paar Tagen hatte sie ihren Dienstherrn so glücklich wie lange nicht gesehen. Er hatte telefonisch die Nachricht erhalten, dass Nikita, seine geliebte Tochter, am Leben war. Inzwischen hatten sie Nikita wieder in die Arme schließen können und waren einhellig der Meinung, dass sie noch nie so gut ausgesehen hatte. Stundenlang hatte sie von ihrer aufregenden Reise erzählen müssen. Jetzt würde sie eine unglaubliche Karriere machen. Davon war Manu überzeugt.

Auf jedem Fernsehkanal wurde über ihre Reise berichtet. Aber viel mehr war sie von der romantischen Begegnung Nikitas begeistert, von der sie beim Abendessen mit der Familie berichtet hatte. Sie hatte zwar nicht viel von Effel erzählt, doch Manus durch zahlreiche Liebesromane geschulter Blick hatte ihr mehr verraten. Die Tochter der Ferrers war bis über beide Ohren verliebt.

Plötzlich setzte ein feiner Regen ein, der im schwachen Schein der Gartenlampe glänzte. Dahinter erblickte Manu das Schwarz der hohen Hecke, die bei Tageslicht noch ihre herbstliche Farbenpracht gezeigt hatte. Obwohl sie unter der Markise vor dem Regen geschützt war, wollte sie gerade zurück ins Trockene gehen, als der Regen so plötzlich aufhörte, wie er eingesetzt hatte. Sie beschloss, noch ein wenig draußen zu bleiben. Sie atmete tief die frische Luft ein. *Jetzt kommt bald der Winter,* dachte sie und blickte zum Himmel hinauf. In diesem Moment färbte der Mond sich rot. Emanuela erschrak für einen Moment, beruhigte sich aber gleich wieder, als sie sich an eine der verrücktesten Werbeideen eines Getränkeherstellers erinnerte, der mit einer Lasershow den Himmel hatte brennen lassen.

Dann fiel ihr ein, dass sie dem Senator vor lauter Aufregung um die Rückkehr Nikitas ganz vergessen hatte zu sagen, dass der Handwerker, der von der NSPO beauftragt worden war, alle im Haus befindlichen elektronischen Geräte auf Abhörsicherheit zu überprüfen, gemeint hatte, dass alles in Ordnung sei. Sie hatte sich selbstverständlich seinen Ausweis zeigen lassen, bevor sie ihm Zutritt gewährt hatte. Das hatte der Senator ihr noch vor ein paar Wochen besonders eingeschärft. Da der Senator und seine Frau sich wegen einer anstrengenden Senatssitzung am nächsten Tag früh zurückgezogen hatten, musste das jetzt bis zum nächsten Morgen warten, zumal ja alles in Ordnung war.

Als Carl Weyman kurz vor seinem Ziel war, setzte ein leichter Nieselregen ein. Die Scheibenwischer taten leise ihren Dienst.

Verdammt noch mal, dachte er, *das passt mir jetzt gar nicht, wenn ich durch den Garten gehe, gibt es Spuren, ich kann wohl kaum durch den Vordereingang hineinspazieren.*

Kaum hatte er diesen Gedanken zu Ende gedacht, hörte der Regen auch schon wieder auf.

Carl grinste. »Danke«, sagte er laut, »das war aber ein kurzes Intermezzo.«

Wenn man ihn gefragt hätte, bei wem er sich da bedankte, hätte er es sicher nicht sagen können … oder wollen.

Während der Fahrt, die er in dem kleinen unauffälligen Wagen zurückgelegt hatte, war er sein Vorhaben zum wiederholten Male in allen Einzelheiten durchgegangen. Präzise Planung war die halbe Miete. Er war mehrere Umwege gefahren, um es einem etwaigen Verfolger schwer zu machen. Er hielt das zwar für unnötig, sein Auftraggeber hatte es ihm aber nahegelegt. Dass wegen des Myon-Projektes alle Sicherheitsbehörden in erhöhter Alarmbereitschaft waren, hatte er sich vorstellen können. Er wusste, dass der GPS-Tracker aus diesem Fahrzeug entfernt worden war. Eine Ortung war auf diesem Wege also nicht möglich. Es würde alles sehr schnell gehen, wie immer – wie fast immer.

Er durfte gar nicht an diese leidige Entführungsgeschichte denken, die zwar eine halbe Ewigkeit her war, aber wenn er daran dachte, hatte er immer noch einen faden Geschmack im Mund, weil die Opfer noch am Leben waren. Das war gegen die oberste Regel gewesen, die er sich selbst zu Beginn seiner Laufbahn gegeben hatte und die er sicher auch eingehalten hätte, wenn das Honorar nicht so verdammt hoch gewesen wäre.

Die Tochter seines neuen Zielobjektes war inzwischen Mittelpunkt aller Medien und er hoffte, dass das Haus des Senators nicht von Kameras und Reportern umstellt sein würde. Sein Auftraggeber hatte ihm zwar versichert, dass dies nicht der Fall sein würde, weil Frau Ferrer genug Arbeit in ihrer Firma hätte, aber nur ein einziger dieser Nachrichtengeier würde alles vereiteln, und wer wusste schon, wann sich dann die nächste Gelegenheit bieten würde. Es musste heute klappen, denn er sehnte sich nach seinem ruhigen Heim zurück. Die hektische Stadt behagte ihm gar nicht.

Er würde durch die Rückseite in das Haus eindringen, das zurzeit keine funktionierende Alarmanlage besaß, was aber hier noch niemand wusste. Den Grundriss kannte er in- und auswendig. Dann würde er in das Schlafzimmer der Ferrers schleichen, die um diese Zeit schon zu Bett gegangen waren, wie er annahm. Andernfalls würde er im Garten in sicherer Deckung abwarten. Er würde den Senator ohne viel Aufhebens in die ewigen Jagdgründe schicken. Seine Frau gleich mit, falls sie aufwachen sollte. Dafür würde es zwar kein Honorar geben, aber das wäre seine ganz persönliche Zugabe. Die Haushälterin hatte, wie er ebenfalls wusste, ein eigenes Apartment im Anbau und würde um diese Zeit dort vor dem Fernseher sitzen.

Nach getaner Arbeit würde er auf direktem Weg zurückfahren und den Wagen dort lassen, wo er ihn abgeholt hatte. Er würde im Hotel auschecken und sich mit seinem Auftraggeber in dessen alberner silberfarbenen Limousine treffen, so wie immer. Die Adresse hatte er in seinem Kopf gespeichert, sie lag auf seinem Weg zum Bahnhof. Er würde das Beweisstück vorweisen, das restliche Geld bekommen und bereits mit dem nächsten Zug wieder abreisen. Ein paar Stunden später schon würde er sich in seiner *Burg,* wie er sein Heim nannte, ausruhen können und hätte für lange Zeit ausgesorgt, zumal er nicht sehr anspruchsvoll war.

Er parkte den Wagen zwei Straßen vor seinem Ziel, nahm seine Waffe, einen altmodischen, aber sehr zuverlässigen Revolver aus dem Koffer, steckte ihn nebst Schalldämpfer in das Schulterholster und stieg aus. Jacke und Hut ließ er im

Auto zurück, beides würde ihn jetzt nur behindern. Er überprüfte noch einmal gewissenhaft den Sitz des Messers unter seinem linken Hosenbein.

Kurz vor dem Haus der Ferrers setzte er seine schwarze dünne Kapuzenmaske auf, die nur die Augen freiließ, und ging weiter. Kein Mensch war zu sehen und er selbst verschmolz in seiner schwarzen Kleidung beinahe mit der Dunkelheit. Um diese Zeit saßen die reichen Bürger, die diesen Teil der Vorstadt bewohnten, entweder in ihren prunkvollen Villen vor den Fernsehgeräten oder waren in der Stadt bei einer der zahlreichen kulturellen Veranstaltungen ... oder aber schlichtweg noch im Büro. Von nichts kam schließlich nichts.

Carl bewegte sich geschickt im Schatten der Hecken, die hier fast alle Vorgärten umsäumten. So spießig wie er dieses Viertel auch fand, er hatte beim Militär gelernt, jedes Gelände zu seinem Vorteil zu nutzen, egal ob es seinem Geschmack entsprach oder nicht.

Jimmy Mendez war hundemüde. Er hatte anstrengende Arbeitstage hinter sich. Dazu kam, dass er von seinen Kollegen ständig nach Nikita gefragt wurde. Jedenfalls von denen, die wussten, dass seine Mutter im Hause Ferrer beschäftigt war. Es ging ihm allmählich auf die Nerven, obwohl er auch ein wenig stolz darauf war, dass er die neue Berühmtheit persönlich kannte. Innerhalb weniger Stunden war Nikita bekannter als ihr Vater.

Jimmy war gerne im *Vision Inn*, hatte er doch endlich eine Arbeit gefunden, die ihn zufrieden machte. Hotelfach war eindeutig seine Berufung. Er hatte Kontakt zu Menschen und der Job war unglaublich vielseitig. Er machte ihm einfach Freude. Lange genug gedauert hatte es ja. Er hatte schon gedacht, er würde es nie zu etwas bringen, weil er viel begonnen, aber immer wieder nach kurzer Zeit beendet hatte.

Im Alter von 13 Jahren, als ihn die Pubertät *voll am Schlafittchen* gehabt hatte, wie der Senator es einmal genannt hatte, war er in eine üble Schlägerei an seiner Schule hineingeraten. Mit Zorn, einem blauen Auge und einem abgebrochenen Schneidezahn war er heimgekommen. Seine Mutter war fast in Ohnmacht gefallen, als er sich wie ein geprügelter Hund zur Tür hereingeschlichen hatte. Sie hatte einen Schrei ausgestoßen, der die Ferrers veranlasst hatte, augenblicklich nach dem Rechten zu schauen, und so hatten die Erwachsenen in dem Apartment, das er mit seiner Mutter bewohnte, um ihn herumgestanden. Jeder hatte seinen Kommentar dazu abgegeben, was seine Schmerzen auch nicht gerade gelindert hatte. Nachdem ihn alle, besonders die beiden Frauen, ausreichend bedauert und mit Eisbeuteln versorgt hatten und er tapfer immer wieder versichert hatte, dass es gar nicht so wehtat, hatten sie sich allmählich beruhigt.

»Der Junge sollte Kampfsport betreiben, dann kann er seine Kräfte in die richtigen Kanäle leiten«, hatte Paul Ferrer, eigentlich im Scherz, gemeint und ihm dabei einen imaginären Schwinger verpasst, der ihn aufmuntern sollte. Aber bei Jimmy, wie seine Mutter ihn liebevoll nannte, war diese Bemerkung, die so beiläufig gefallen war, auf sehr fruchtbaren Boden gefallen.

Das Einzige, was ihn bis zur Aufnahme des Praktikums im Hotel wirklich erfüllt hatte, war sein Training in einer der bekanntesten Boxgyms Bushtowns gewesen, der *Impact Fight Academy*, in der neben dem klassischen Boxen auch Kickboxen, Bushido, Tae Bo, Kendo und Karate trainiert wurden. Seine Mutter hätte sich den Vereinsbeitrag und die Sportkleidung nie leisten können. Aber Senator Ferrer hatte gemeint, da er ihm den Floh ins Ohr gesetzt habe, müsse er nun auch das Futter zahlen. Mindesten dreimal in der Woche war er in den folgenden Jahren zum Training gegangen und wenn es die schulischen Pflichten erlaubt hatten, auch viermal. In den Ferien hatte er sogar täglich trainiert, denn seine Mutter hatte sich keine teuren Urlaube an der See oder in den Bergen leisten können.

Sie war, er wusste gar nicht warum, strikt dagegen gewesen, dass er irgendeinen Kampfsport betrieb. Wenn er sie nach einem Grund fragte, meinte sie lediglich, das habe etwas mit ihrer Vergangenheit zu tun, über die sie nicht sprechen wolle. Selbst wenn er sich im Fernsehen einen Boxkampf anschauen wollte, hatte es jedes Mal fast wortgleiche Diskussionen gegeben. Es gebe doch wirklich wertvollere Sendungen, hatte sie immer gesagt und auf ein anderes Programm umgeschaltet, meist irgendeine Dokumentation oder einen, wie er es spöttisch nannte, *Weiberfilm,* den sie sich dann, mit einer Packung Papiertücher bewaffnet, wie hypnotisiert angeschaut hatte.

Als er sich einmal bei den Ferrers beschwert hatte, dass er nie das schauen dürfe, was er wolle, hatte der Senator ihn eingeladen, sich mit ihm gemeinsam einen Boxkampf anzusehen, und seitdem gab es hin und wieder richtige *Männerabende* im Herrenzimmer des Senators. Emanuela Mendès' Freude darüber überwog ihre Angst, ihr Sohn könne durch das Anschauen solch brutaler Sendungen einem schädlichen Einfluss ausgesetzt sein. Bei ihrem Dienstherrn wusste sie Jimmy in besten Händen.

Sie war anfänglich entsetzt gewesen, aber hatte sich dann doch seinem Willen gebeugt, als sie gesehen hatte, wie viel Freude es ihm gemacht hatte, im Verein zu trainieren. Sie hatte ihrem Sohn noch nie etwas ausschlagen können. Und als Paul Ferrer gemeint hatte, es könne für einen jungen Mann nur gut sein, seine Aggressionen in solche Kanäle zu lenken, und sein Trainer ihm anschließend auch noch großes Talent bescheinigt hatte, war sie sogar ein bisschen stolz auf ihren Sohn gewesen. Sie hatte keinen seiner Amateurkämpfe, von denen er die meisten gewann, verpasst und hatte jedes Mal völlig aufgelöst am Ring gesessen. Die Veilchen oder aufgeplatzten Augenbrauen, die er hin und wieder nach Hause gebracht hatte, hatte sie mit zunehmender Routine behandelt – allerdings stets begleitet von verständnislosem Kopfschütteln darüber, wie man sich freiwillig verhauen lassen konnte.

Aber Sport war das Eine, und es sollte nur sein Hobby bleiben. Das hatte er seiner Mutter hoch und heilig versprechen müssen. Oft hatte er sich gewünscht, in einem Beruf mit dem gleichen Engagement und Erfolg ans Werk gehen zu können.

Schließlich hatte Tante Eva, wie er die Frau des Senators seit Kindesbeinen nannte, ihre Beziehungen spielen lassen und ihm eine Anstellung, zunächst auf Probe, in einem der besten Hotels *Bushtowns* besorgt. Er würde ihr ewig zu Dank verpflichtet sein, das wusste er bereits nach ein paar Tagen. Bald hatte er dort ein richtiges Praktikum begonnen, und die Chancen für eine spätere Übernahme standen nicht schlecht, wie ihm vom Hotelmanager schon angedeutet worden war. Seine Mutter war glücklich.

Das Einzige, was ihn jetzt noch hin und wieder nervte, war ihr Wunsch nach Enkelkindern. Dafür, fand er, hatte er noch eine Menge Zeit. Es war sogar bei seinem letzten Besuch deswegen zu einem kleinen Streit gekommen und er hatte Emanuela damit gedroht, sie nicht mehr zu besuchen, wenn sie nicht damit aufhören würde, ständig auf diesem Thema herumzureiten. Das hatte er natürlich nicht ernst gemeint, er hätte ihr nie wehtun können. Aber er war sehr gespannt, ob sie das Thema diesmal wieder auftischen würde.

Genau aus diesem Grunde hatte er ihr auch verschwiegen, dass er seit einiger Zeit eine Freundin hatte, die ebenfalls im *Vision Inn* als Restaurantleiterin arbeitete.

Er hatte nach seiner Schicht an der Rezeption des Hotels die Metro genommen, weil keines der Park-and-Ride-Autos, die sonst vor dem Hotel zur Verfügung standen, zu bekommen war. Vorher hatte er noch, wie es schon seit einigen Tagen gefordert war, eine Mail an die NSPO geschickt, in der er mitteilte, dass ein gewisser Carl Weyman soeben das Hotel verlassen hatte. Nach den neuesten Ereignissen rechnete Jimmy mit noch weitaus verschärfteren Sicherheitsvorkehrungen.

Da er seiner Mutter schon vor geraumer Zeit versprochen hatte, sie an diesem Abend zu besuchen, hatte er mit einem Kollegen seine Spätschicht getauscht. Diese Schicht mochte er besonders, weil die Gäste um diese Zeit meist gut gelaunt waren. Wenn sie von einer der Vergnügungen oder einem gelungenen Geschäftsabschluss aus der Stadt zurückkehrten, saß das Trinkgeld locker. Es kam selten vor, dass ein Gast noch spät am Abend das Hotel verließ, wo doch die meisten Gäste zu diesem Zeitpunkt an der Hotelbar noch ein oder zwei Absacker zu sich nahmen oder sich, nach ein paar freundlichen Worten, auf ihre Zimmer zurückzogen.

Aber dieser merkwürdige Mr. Weyman mit den eisgrauen kalten Augen, der ihn bei seiner Ankunft gefragt hatte, ob man sich kenne und ihn dabei in einer fast unheimlichen Art gemustert hatte, schien einen anderen Rhythmus zu haben. Er hatte an den beiden vorherigen Abenden das Haus noch spät am Abend verlassen und war, wie er wusste, immer weit nach Mitternacht zurückgekehrt. Mr. Weyman schien überhaupt keine Laune zu haben. Er war immer grußlos an ihm vorübergegangen, einen seltsamen Hut, wie man ihn aus alten Wildwestfilmen kannte, tief ins Gesicht gezogen.

Wirklich ein komischer Kauz, hatte Jim noch gedacht.

Jetzt war er froh, die U-Bahn genommen zu haben, denn so konnte er das letzte Stück zum Haus der Ferrers laufen. Er hoffte, dass der Einfluss eines Senators so groß war, dass keine Reporter das Haus der Ferrers belagerten. Dass eben ein leichter Regen eingesetzt hatte, machte ihm nichts aus. Er genoss die frische Luft, fiel in einen leichten Trab und machte ein paar Boxübungen.

***

Kapitel 22

Die letzten Klausuren waren geschrieben und auch die Kolloquien bei den Fachlehrerinnen waren überstanden. Nach dem Tag der offenen Tür würde es vier Wochen Ferien geben.

»Ich werde jeden Tag ausreiten«, strahlte Astrid, »meine Eltern werden staunen, sag ich dir. Das habe ich nur dir zu verdanken, ich bin so glücklich. Es gibt einfach nichts Schöneres, als bei uns daheim im Herbst über die Felder zu galoppieren.«

»Bedanke dich nicht bei mir, meine Liebe, ich war nur die Übermittlerin.«

Die Freundinnen saßen auf der Gartenbank vor dem Rosenbeet und genossen die warme Mittagssonne.

»Wirst du deine Leute in Seringat besuchen?«, fragte Astrid.

»Ja, ich habe vor, übermorgen aufzubrechen. Bruder Jonas nimmt mich bis nach Angwat mit, von dort will ich zu Fuß weiter, das wird mir gut tun.«

»Und wirst du dort auch Effel sehen?«

»Wenn er da ist, bestimmt.«

»Und, wie geht es dir damit?«

»Gut geht es mir damit, ich freue mich, ihn wiederzusehen. Wir haben uns sicher viel zu erzählen.«

»Na, dann ist's ja gut.«

»Wahrscheinlich werden vier Wochen gar nicht ausreichen. Ich habe mir schon eine Liste angelegt, wen ich alles treffen möchte.«

»Ich werde niemanden besuchen«, lachte Astrid. »Wer mich sehen will, kann gerne zu mir kommen. Ansonsten werde ich mich auf die faule Haut legen, viel lesen – auch mal etwas anderes als unsere Fachbücher – und reiten natürlich.«

Am Abend war die Aula bis auf den letzten Platz gefüllt. Nachdem eine Schülerin der Abschlussklasse eine kurze Dankesrede gehalten hatte, trat Adegunde an das Rednerpult. Von diesem Moment an hätte man eine Stecknadel fallen hören können. Die Äbtissin schenkte sich aus dem bereitgestellten Krug ein Glas Wasser ein und nahm einen Schluck. Dann räusperte sie sich.

»Wieder ist ein Semester hier bei uns in Haldergrond zu Ende gegangen. Gemäß unserer Tradition wird eine Schülerin aus einem der ersten Semester, dieses Mal ist es Saskia Lindström, eine Darbietung besonderer Art geben. Ihr alle wisst ja, wie wunderbar sie Klavier spielt. Heute Abend wird sie ein Stück von Rachmaninoff spielen, worauf ich mich besonders freue.«

Sie deutete auf den weißen Flügel nicht weit von ihr auf der Bühne. Daneben stand ein mächtiger silberner Kerzenleuchter, der mit zwölf schwarzen brennenden Kerzen bestückt war, deren Licht sich im Lack des Instrumentes spiegelte. Dann lächelte sie in Richtung der beiden Reihen, in denen Saskia, Astrid und ihre Mitschülerinnen saßen.

»Ich freue mich, dass ihr eure Prüfungen bestanden habt. Einige von euch werden nach Hause zu ihren Familien und Freunden reisen, andere bleiben hier und helfen in den Gärten, dem Hospital oder in den Dörfern bei der Ernte. Denkt aber auch daran, euch Ruhe zu gönnen. Dies ist mindestens ebenso wichtig für ein Leben im Einklang.

Andere werden diese Schule für immer verlassen, weil ihre Ausbildung hier beendet ist. Wirklich beendet wird sie allerdings nie sein, weil ihr mit jedem Tag eures Tuns hinzulernen werdet. Ihr sollt wissen, dass euch unsere Türen immer offen stehen. Zwölf neue Schülerinnen werden in einigen Wochen ihre Ausbildung bei uns beginnen. Heißt sie herzlich willkommen, zeigt ihnen alles und unterstützt sie, wo ihr könnt. Auf diejenigen unter euch, die diese Schule jetzt als Heilerinnen verlassen, kommen spannende Zeiten zu. Ich möchte euch jetzt zu mir bitten.«

Adegunde verlas die Namen der neuen Heilerinnen, die nacheinander zu ihr auf die Bühne kamen. Jede Absolventin umarmte sie mit ein paar persönlichen Worten und jeder überreichte sie eine Kette aus kleinen Bergkristallen.

»Die Kette«, flüsterte Astrid Saskia zu, »ach hätten wir die doch auch schon.«

»Da wirst du noch ein wenig warten müssen«, flüsterte Saskia zurück.

»Ja, leider.«

»Wieso, gefällt es dir hier nicht mehr?«

»War doch nur ein Scherz. Du weißt, dass es mir hier gefällt.«

»Ich wollte nur sicher gehen.« Sie knuffte Astrid liebevoll in die Seite.

Als alle Absolventinnen neben Adegunde auf der Bühne Platz genommen hatten, setzte die Äbtissin ihre Rede fort.

»Die Menschen in eurer Heimat werden große Erwartungen haben und ihr werdet euch über Mangel an Arbeit sicher nicht zu beklagen haben. Deshalb möchte ich euch Folgendes noch einmal ans Herz legen, obwohl es bereits gesagt wurde. Denkt auch an euch!«

Sie machte eine kleine Pause, trank einen Schluck und fuhr dann fort: »Seid euch immer über die Macht eurer Gedanken bewusst. Ihr könnt gar nicht groß genug denken. Begnügt euch nicht mit halben Sachen, fordert euer göttliches Geburtsrecht ein! Es ist Teil des göttlichen Plans, dass es keinem der Kinder Gottes an irgendetwas mangelt. Träumt von eurem ›inneren Haus‹, in dem es Flure gibt, an deren Wänden die vielen Millionen Namen all eurer Inkarnationen eingraviert sind. Jede Tür dieser Flure führt euch in die wunderschönsten Räumlichkeiten, die ihr euch vorstellen könnt.

Ihr werdet durch die Melodie begrüßt, welche im Moment eurer Erschaffung für euch kreiert wurde. Ihr wart lange fort, dennoch erinnert ihr euch daran, diese wundervolle Musik bereits viele Millionen Male gehört zu haben. Es ist die Erkennungsmelodie eurer Seele! Ihr werdet feststellen, dass an einigen Teilen eures ›inneren Hauses‹ noch gebaut wird. Es sind ewige Baustellen, denen immer wieder neue Räumlichkeiten hinzugefügt werden. Euer ›inneres Haus‹ wird immer größer und schöner! Habt eure Freude daran. Noch wird einige Zeit vergehen, bevor ihr vollständig zu Hause seid, dennoch lasst euch eure Träume nicht nehmen. Nicht von Zweiflern und auch nicht von den Neinsagern oder von denen, die nicht aufsteigen wollen oder können, und von denen, welche eure Aufmerksamkeit auf *sich* lenken wollen und euch immer wieder in ihre Dramen hineinziehen. Ihr benötigt ihre Dramen nicht.

Bedankt euch ein letztes Mal bei ihnen für ihre Teilnahme an dem größten Schauspiel im Universum. Jede Seele auf Erden hat ihren Beitrag zu eurem Lernprozess hinzugefügt. Die Mitmenschen, die weiterhin in ihren Dramen verhaftet bleiben möchten, verdienen unseren Respekt. Schicken wir ihnen zum Dank unsere Liebe und lassen sie in Frieden ziehen. Viele Seelen kamen von anderen Welten, sogar Universen zu unserer Hilfe. Bedanken wir uns aus tiefstem Herzen bei ihnen und bilden wir engere Beziehungen zu all denen, welche an einem neuen Zeitalter mitarbeiten wollen, das jetzt vor der Tür steht.

Andere Seelen kamen als Beobachter zur Erde, ohne an dem jetzigen Aufstieg persönlich teilzunehmen. Schicken wir auch ihnen unsere Liebe und unser Verständnis. Außerdem enden nun auch viele Seelenverträge. Seelen, welche uns bei unserem Aufstieg geholfen haben, werden in naher Zukunft diese Welt wieder verlassen. Die Seele fürchtet den Tod nicht, da sie ihn als den Beginn des eigentlichen Lebens ansieht! Wir werden vor Ende dieses Jahres vom plötzlichen, unerwarteten Tod von Menschen hören, die wir kannten und verehrten. Stellvertretend möchte ich die ehemalige Schülerin dieser Schule, Jelena Dekker aus Gorken, erwähnen, die vielen von euch persönlich bekannt ist. Sie war bis zuletzt Kämpferin für unsere Sache und weise Vorsitzende des Ältestenrats der

Kuffer. Viele andere Menschen zieht es nach Hause zu ihren Heimatwelten. Sie haben ihre Mission beendet. Danken wir auch ihnen aus tiefstem Herzen und lassen wir auch sie in Liebe ziehen!«

Adegunde griff nach dem Wasserglas.

»Also, ein bisschen Angst macht mir das schon, was sie da sagt«, raunte Astrid Saskia zu.

»Mir nicht«, flüsterte Saskia zurück, »das ist doch sehr ermutigend, dass wir von Leben zu Leben die Möglichkeit haben, uns weiterzuentwickeln. Es ist auch das, was Mindevol, unser wundervoller Lehrer in Seringat, uns immer wieder ans Herz legt. Psst, es geht weiter.«

»Lasst mich, liebe neue Heilerinnen, noch ein paar Worte zu eurer Berufung sagen. Gerade wir Heiler, die einem anderen Menschen mit dessen gesamter Seelen- und Leidensdynamik gegenüberstehen, übernehmen viel von ihm. Wir nehmen das zwar nicht emotional auf – diese Abgrenzung habt ihr gelernt –, aber physisch, über Blut und Lymphe, also über unseren Flüssigkeitshaushalt. Wasser kann bekanntlich Informationen speichern. Es ändert seine Kristallstruktur, je nachdem, ob es positiv oder negativ angesprochen wird, wie bereits vor vielen hundert Jahren der japanische Forscher Masaru Emoto herausgefunden hat. Warum sollte das bei uns anders sein? Wir bestehen ja zu siebzig Prozent aus Wasser.

Seht die Menschen, die zu euch kommen, um Heilung zu erfahren, nicht im Mangel, also darin, was ihnen fehlt, sondern in ihrer Fülle, in ihren Möglichkeiten … selbst in den schwierigsten Situationen. Wir sind alle an eine Grundquelle angeschlossen, die die Erfahrung sucht, die wir gerade machen. Durch dieses Angeschlossensein sind wir gerüstet für unsere Lebenserfahrungen. Alles, was uns geschieht, ist auf einer tiefen Ebene stimmig, so schwer es auch sein mag.

Mitleid, aber auch Mitgefühl stellen stets eine Hierarchie her. Der andere wird kleiner und du wirst größer. Wenn ihr den anderen mit eurem Mitgefühl begleitet, wird er dadurch unselbstständig gemacht. Dann nehmt ihr seinen ganz eigenen Weg nicht ernst. Wenn man das Mitgefühl aber herausnimmt, entsteht in der Verbindung ein Freiraum, in den eine klare, distanzierte Form von Liebe einfließen kann, die trotzdem nahe ist, weil sie ja aus derselben Quelle kommt. So kann man Menschen ganz anders begleiten. Es entsteht ein tiefer Respekt vor ihrem jeweiligen Schicksalsweg. Und damit wird auch eine Gleichrangigkeit hergestellt. Es heißt nicht: Ich gebe dir und du nimmst, sondern wir geben und nehmen voneinander.

Wenn jemand mit einer schlimmen Geschichte zu uns kommt, sagen wir natürlich nicht: Wunderbar, das ist genau das, was er jetzt braucht, sondern wir respektieren sein Schicksal. Das lässt ihn groß bleiben. Menschen in Not machen sich selbst sehr oft klein. In solchen Momenten tut dann genau diese respektvolle Haltung gut. Damit seid ihr auf Augenhöhe mit dem, der zu euch kommt. Und dann schaut ihr gemeinsam, wie derjenige aus der belastenden Situation herausfindet. Dafür sind wir Heilerinnen ja da. Aber diese Grundhaltung *frei von Mitgefühl* und nicht *ohne Mitgefühl* ist wichtig. Das Wort *ohne* meint einen Mangel, das Wort *frei* gibt Raum.

Das ist die nicht anhaftende Form von Mitgefühl, die übrigens auch für jeden selbst gilt: Wenn man die eigenen Probleme frei von Mitgefühl ansieht, klären sie sich viel rascher und grundlegender. Erweist euch auf diese Weise selbst Respekt und mutet euch alle Möglichkeiten der Schicksalsbewältigung zu. In dem Wort *zumuten* steckt nicht umsonst das Wort *Mut*. Es ist ein Lernprozess, der mit der Zeit zu einer Haltung wird. Und derer muss man sich immer wieder neu bewusst sein. Sagt also nicht zu dem, der zu euch kommt: *Du Armer, wie schrecklich ist das, was du mir alles berichtest'* sondern geht schnell auf die Ebene seiner Fähigkeiten und Kraftquellen. Das ist im Wesentlichen die Ebene der Eigenverantwortung für die Situation. Das gibt dem anderen Selbstvertrauen, macht ihn freier und ihr werdet erleben, dass sich die Menschen schon während dieses Gesprächs aufrichten, unabhängig davon, welches Mittel ihr ihnen gebt oder welche Behandlungen ihr an ihnen ausführt. Bedenkt bei allem Tun immer, dass es für alles einen Grund gibt, eine Ursache. Nehmt zum Beispiel dieses Pult hier«, sie klopfte auf das Rednerpult, sodass es jeder hören konnte, und fuhr fort: »Damit dieses Pult existieren kann, brauchte es Holz, einen Schreiner, Zeit, Geschicklichkeit und viele andere Ursachen. Und jede dieser Ursachen brauchte wiederum Ursachen, um das sein zu können, was es ist. Das Holz brauchte Regen und Sonne. Der Schreiner hat Eltern, er braucht etwas zu essen, Luft zum Atmen und so weiter und so weiter. Und all das hat wiederum Ursachen und bestimmte Bedingungen gebraucht, um das sein zu können, was es ist.

Wenn wir auf diese Weise auf die Welt schauen, wissen wir, dass alles für etwas gut ist. Alles in diesem Universum hat dazu beigetragen, dass ich jetzt an diesem Pult stehen oder Saskia später auf diesem herrlichen Flügel wunderbare Musik erklingen lassen kann. Wenn wir die Sonne betrachten oder die Blätter eines Baumes oder die Wolken am Himmel, dann sehen wir dieses Pult. Wir können in einem Ding alles sehen oder alles in einem. Eine Ursache reicht nie aus, um etwas zu erzeugen. Eine Ursache ist zur gleichen Zeit auch ein Ergebnis und jedes Ergebnis ist gleichzeitig die Ursache für etwas anderes. Ursache und Ergebnis interagieren auf eine bestimmte Weise. Bedenkt das immer, wenn ihr damit beginnt, Menschen dabei zu helfen, das Leben zu führen, das ihnen zugedacht ist.

Zum Schluss möchte ich mich bei euch für eure Aufrichtigkeit, euer Vertrauen, eure große Neugierde sowie eure Lernbereitschaft bedanken. Niemand weiß besser als ich, was wir euch hier manchmal abverlangt haben. Bei der einen oder anderen ist vielleicht zunächst einmal ein Weltbild zusammengebrochen, aber wenn dem so war, dann war es notwendig. Nur so konnte das in euch erblühen, dessen Same bereits angelegt war. Ihr geht jetzt hinaus in die Welt und helft, aus ihr das zu machen, was sie sein kann. Seid wie die Früchte des Löwenzahns. Lasst euch vom Wind dorthin treiben, wo ihr gebraucht werdet, und habt Vertrauen. Wir alle hier wünschen euch das Beste.«

Tosender Applaus brandete auf. Die Absolventinnen erhoben sich und verbeugten sich vor Adegunde und dann vor dem Publikum. Hier saßen alle anderen Lehrerinnen, Arbeiter und Arbeiterinnen der landwirtschaftlichen Betriebe Haldergronds, soweit es ihre Arbeit zuließ, die Bürgermeister der Dörfer, die zu Haldergrond gehörten, sowie deren Familien.

»Und jetzt, meine Lieben«, rief Adegunde, »bitte ich Saskia zu mir auf die Bühne.«

»Viel Erfolg«, sagte Astrid leise und drückte Saskias Hand.

»Danke dir, drück mir die Daumen.«

»Darauf kannst du dich verlassen, obwohl du das sicher gar nicht brauchst.«

Saskia brauchte es wirklich nicht. Sie spielte das schwierige Stück fehlerfrei und während des gesamten Spiels befand sie sich in einer Art Trance, ähnlich wie damals in der Meditationshalle, als sie die Heilungsmelodie erfahren hatte. Selbst den Applaus bekam sie nur wie durch einen Nebel mit. Erst als Adegunde sie umarmte und ihr Worte des Dankes ins Ohr flüsterte, war sie wieder vollkommen wach.

»Ihr Lieben«, rief Adegunde, »lasst uns nun gemeinsam in die Klosterschenke gehen. Bruder Jonas hat ein wunderbares Essen vorbereitet. Und für morgen wünsche ich uns allen einen segensreichen Tag mit unseren Gästen.«

Von Schwester Adelheid hatte Effel erfahren, dass Saskia noch in der Klosterschenke bei der Abschlussfeier war, sie aber sicher bald in ihr Zimmer kommen würde.

»Alle werden heute früher schlafen gehen, weil doch morgen der große Tag ist. Ich darf dich eigentlich nicht in ihr Zimmer lassen«, hatte seine Urgroßtante mit einem verschmitzten Gesichtsausdruck gemeint, »aber ich mache für dich einmal eine Ausnahme. Ich habe so viel Gutes über dich gehört, auch von deinem letzten Abenteuer. Ich bin mir außerdem sicher, dass sich unsere junge musikalische Heilerin sehr freuen wird, dich zu sehen. Du musst mir nur versprechen, nachher in dein eigenes Zimmer im Gästehaus zu gehen. Ich lasse dir ein besonders schönes herrichten. Keine Dummheiten, verstanden?«

Sie hatte mit dem Zeigefinger eine drohende Geste gemacht, dabei aber gelächelt.

»Versprochen, Tante Adelheid«, hatte Effel geantwortet und ebenfalls lächelnd zwei Finger zum Schwur gehoben. »Aber wieso sagtest du Heilerin? Ist Saskia schon eine Heilerin? Sie ist doch gerade erst mit dem zweiten Semester fertig, soviel ich weiß.«

»Sie hat eine Mitschülerin geheilt. Die hatte ein ziemliches Hüftproblem, seit der Kindheit glaube ich, und das hat Saskia geheilt. Du müsstest Astrid, so heißt ihre Freundin, jetzt mal laufen sehen. Unglaublich.«

Dann verließ Adelheid das Zimmer und Effel war mit Sam allein. Obwohl es schon spät am Abend war, hatte die Urgroßtante immer noch in ihrer Arbeitskleidung gesteckt, einer dunkelgrünen Schürze und schwarzen Gummistiefeln. Ihr schneeweißes Haar hatte sie zu einem dicken Zopf geflochten, der ihr über die Schulter fiel. Sie war noch im Garten gewesen und deshalb war sie die Erste, die den Besucher gesehen hatte. Fast alle anderen Bewohner Haldergronds waren zu diesem Zeitpunkt in der Aula gewesen. Sie hatte Effel nicht erkannt, weil sie ihn noch nie zuvor gesehen hatte, aber er hatte sie angesprochen und nach Schwester Adelheid und Saskia gefragt.

»Schwester Adelheid? Die steht vor Ihnen, junger Mann. Der Tag der offenen Tür ist aber erst morgen. Jetzt findet gerade die Abschlussfeier für die neuen Heilerinnen in der Aula statt.«

»Dass der Besuchstag erst morgen ist, weiß ich, Tante, ich möchte Saskia gerne überraschen. Morgen werden so viele andere Menschen hier sein, da haben wir vielleicht kaum Zeit füreinander. Ich bin Effel Eltringham, der Sohn von Naron Eltringham, einem deiner Großneffen.«

Adelheid hatte ihn aus großen Augen erstaunt angeschaut.

»So eine Überraschung! Ja … wenn man genau hinschaut, sieht man, dass du Narons Sohn bist. Du hast Glück, dass du mich hier antriffst. Ich werde dir helfen. Es ist zwar nicht gestattet, aber ich zeige dir, wo Saskia wohnt. Komm.«

»Darf mein Hund mitkommen?«

»Natürlich darf er das, wie heißt er denn?«

»Sam.«

Adelheid hatte Sams Kopf getätschelt.

»Willkommen in Haldergrond, Sam. Du bekommst gleich erst einmal Wasser. Dein Begleiter ist ja total fertig, Effel.«

»Ja, wir haben uns nicht geschont, das Pferd ist schon im Stall und wird gut versorgt. Ich glaube, es war der Wirt eurer Schenke, ein gewisser Bruder Jonas, der mir Fairytale abgenommen hat. Er meinte, das Pferd hätte es gut bei ihm.«

»Ganz sicher«, hatte Adelheid lachend gesagt, »er ist ein absoluter Pferdenarr.«

Sehr spartanisch, waren seine ersten Gedanken gewesen, als er Saskias Zimmer betreten hatte. Auf dem kleinen Tisch lag ein Buch.

Eine gute Gelegenheit, die Wartezeit zu überbrücken, dachte er, griff danach und schlug es auf. Sam legte sich neben Saskias Bett und war augenblicklich eingeschlafen.

Zauberpflanzen und deren Wirkung
Vom **roten Fingerhut** ist seit alters her bekannt, dass er dem Elfenvolk als Kopfbedeckung, Handschuhe oder eben auch als Fingerhut diente. Er enthält Digitalis, ein

starkes Gift, das einen Rauschzustand erzeugen, aber auch tödlich sein kann. Da reicht der Verzehr von zwei bis drei Blättern der Pflanze. Allerdings schmecken sie sehr bitter.

Fingerhut hilft gegen Herzinsuffizienz, bei Ödemen, Kopfschmerzen, Fieber, Gicht, Unterleibszysten, Wunden und Furunkeln. Die Blätter haben eine einzigartige und ganz besondere Eigenschaft: Sie machen Unsichtbares sichtbar.

Gelbe Schlüsselblumen haben zu allen Zeiten die Verbindung von Menschen zur Geisterwelt hergestellt. Sie werden vornehmlich von Elfen bewohnt, die Zugang zu geheimen Goldschätzen haben. Sie erschließen den Weg zu Glück und Reichtum – daher der Name ›Schlüsselblume‹. Als Heilpflanze wird die Schlüsselblume aufgrund ihrer entkrampfenden und schleimlösenden Wirkung vorwiegend bei verschleimtem Husten eingesetzt. Darüber hinaus wird sie bei Nervosität, Neuralgien und bei Migräne verwendet.

Knoblauch hilft gegen Vampire und andere blutsaugende Geschöpfe. Am besten hängt man immer eine frische Pflanze vor die Haustüre. Das schreckt solche Wesen ab und sie erzählen es weiter.

Der Knoblauch hat aber auch eine exzellente Heilwirkung. Man darf ihn allerdings nicht lange lagern, denn diese lange Lagerung mindert die Heilkraft bzw. die Stoffe, die für die Heilkraft verantwortlich sind. Sollte man sich verletzen, egal wo, ist es das Wichtigste, sofort zu reagieren. Keine Zeit zu verlieren, ist das oberste Gebot! Man zerquetscht ein paar Knoblauchzehen und gibt diese Masse dann ganz schnell auf die Wunde. Das verursacht ein starkes Brennen. Zerdrückter Knoblauch wirkt stark antiseptisch. Die Inhaltsstoffe des Knoblauchs reagieren und antibakterielle Bindungen bilden sich. Man hat nachgewiesen, dass Knoblauchsaft mehr als 20 Bakterienarten sowie Viren und Pilze hemmt oder tötet. Die Militärärzte, die in den beiden Weltkriegen des zwanzigsten Jahrhunderts zum Improvisieren gezwungen waren, schworen auf Knoblauchsaft gegen Blutvergiftung. Ihre Erfahrungen wurden von mehreren Wissenschaftlern bestätigt, die herausfanden, dass Knoblauchsaft innerhalb von drei Minuten eine ganze Bakterienkultur vernichten kann.

Die rundblättrige **Glockenblume** ist ebenso schön wie gefährlich. Bei den Schotten hieß sie ›Totenglocke‹, denn wer sie läuten hört, hört sein eigenes Grabgeläut. Sie ist die Blume mit der stärksten Zauberwirkung und ein Wald, in dem sie wächst, ist ein besonders unheilvoller Ort, durchwoben mit Spuk und Hexenzauber.

Das vierblättrige **Kleeblatt** hilft gegen Hexenspuk. Mit einem Mundwasser aus der Glockenblume kann man Angina behandeln.

Effel wollte gerade eine neue Seite aufschlagen, legte dann das Buch aber beiseite. Er hörte Schritte auf dem Korridor und wusste gleich, dass es Saskia war. Sam war schon aufgestanden und winselte leise vor Freude, heftig mit dem Schwanz wedelnd.

Saskia blieb mit vor Erstaunen weit geöffneten Augen in der Tür stehen.

»Ihr seid hier! Was für eine Überraschung!«, rief sie erfreut aus.

Sam sprang auf und begrüßte Saskia stürmisch.

»Sam, mein lieber Sam, nicht so wild«, rief sie lachend und umarmte den großen Hund, der sich auf die Hinterbeine gestellt hatte und Saskia jetzt ein ganzes Stück überragte.

»Hey, du wirfst mich ja gleich um, Sam!«

Der Hund setzte sich wieder auf seine Hinterläufe und schaute zu Effel hinüber, wobei er weiterhin heftig mit dem Schwanz wedelte.

Saskia lief auf Effel zu, der aufgestanden war, und beide umarmten sich lange.

»Sei gegrüßt, Heilerin«, sagte Effel freudestrahlend.

»Heilerin? Wie kommst du denn darauf?«

»Nun, ich habe erfahren, dass du jemanden geheilt hast.«

»Ach, das erzähle ich dir später, ich war das gar nicht. Dann hat Brigit also dich gemeint, als sie so geheimnistuerisch sagte, dass ich vielleicht noch einmal Besuch bekommen würde … aber, sag mal, wer hat dich denn hier hereingelassen? Normalerweise ist das streng verboten.«

Effel lachte: »Ich habe eine Verbündete hier bei euch.«

»Na klar«, Saskia tippte sich an die Stirn, »es ist Adelheid, nicht wahr?«

»Ja, das stimmt, aber woher weißt du das denn schon wieder? Ich weiß nämlich noch nicht lange, dass eine Verwandte von mir hier ist. Als ich meinen Eltern gesagt habe, dass ich dich besuchen werde, meinte mein Vater, dass eine seiner Großtanten hier sein müsse. Man habe allerdings nie mehr von ihr gehört, seit sie sich vor ewigen Zeiten entschieden hatte, nach Haldergrond zu gehen. Er glaubt, sie habe sich mit ihren Eltern überworfen wegen eines Mannes, den sie nicht heiraten sollte. So genau wusste er das allerdings auch nicht mehr.«

»Woher ich das weiß? Nun, der Name Eltringham kommt nicht so oft vor, nicht wahr. Deswegen habe ich sie gefragt, ob sie eure Familie kennt, was sie bejaht hat. Sie meinte, sie sei eine Großtante deines Vaters.«

»Genau so ist es.«

»Gut schaust du aus, Effel, das freut mich. Du musst mir später alles erzählen. Bisher habe ich Neuigkeiten nur von Dritten erfahren. Brigit und Saskia waren vor Kurzem hier, ganz überraschend. Sie müssten jetzt noch in Angwat sein.«

»Ihnas Mutter hat mir erzählt, dass sie hier bei dir war.«

»Ja, das war eine Riesenüberraschung. Wir haben bis tief in die Nacht in der Klosterschenke gesessen und erzählt und erzählt.«

»Das kann ich mir denken«, grinste Effel.

»Und wo ist Fairytale?«

»Ich wusste, dass du dich freuen wirst, ihn zu sehen, deswegen bin ich geritten und nicht mit dem Rad gekommen, wie ich es ursprünglich vorhatte. Er ist bei eurem Bruder Jonas im Stall.«

»Da hat er es sicher gut. Ich muss später Astrid dein Pferd zeigen. Sie wird begeistert sein. Sie liebt Pferde über alles. Du musst aufpassen, dass sie nicht mit ihm auf Nimmerwiedersehen davonreitet.«

Saskia freute sich so über den Besuch.

Effel zeigte auf das Buch.

»Ihr lernt hier spannende Dinge.«

»Allerdings. Und noch viel mehr als das. Dieses Buch habe ich mir vor zwei Tagen aus der Bibliothek geholt. Es gehört hier zwar zum Lernstoff des nächsten Semesters, aber ich finde es sehr interessant ... wie alles hier. Man weiß nie, wofür man dieses Wissen einmal brauchen kann. Die meisten Menschen halten das bestimmt für Humbug.«

»Aber nur den Teil mit den Geistern. Mira behandelt doch ihre Patienten auch mit Pflanzen ... na ja, wem erzähle ich das. Seitdem ich Perchafta kenne, halte ich es jedenfalls nicht für Humbug. Immerhin trage ich die Alraune, die er mir geschenkt hat, stets bei mir.«

Er holte die Wurzel aus seiner Jackentasche, in der er sie aufbewahrte.

»Eine Alraune«, rief Saskia aus. »Diese Pflanze war fast die berühmteste des Altertums, sie wurde auch Dollwurz oder Galgenmännchen genannt. Man kann ihre Blätter, die Wurzel und die Früchte verwenden. Sie galt als eines der besten Heilmittel, war aber noch mehr als Zaubermittel berühmt. Du weißt dann sicher auch, dass diese kleine Knolle magische Eigenschaften besitzt?«

»Ja«, lachte Effel, »das Gleiche hat mir Perchafta damals auch gesagt, als er sie mir geschenkt hat. Er meinte, dass sie mich bei Gefahr beschützen würde. Zum Glück kam ich noch in keine Situation, in der ich einen Beweis gebraucht hätte.«

»Perchafta?«

»Ich erzähle dir alles später, der Reihe nach.«

»Wie geht es dir? Ich habe gehört, dass Nikita wieder weg ist«, sagte Saskia und sah Effel aus blauen Augen fragend an und setzte sich auf ihr Bett. Mit einer Hand streichelte sie Sam, der sich an sie schmiegte und sie aus großen Hundeaugen anhimmelte.

»Im Grunde geht es mir gut, Sas, ja, Nikita ist wieder zurück in ihre Heimat. Sie hat dort eine wichtige Arbeit zu erledigen, ich erzähle dir nachher alles dazu. Ich freue mich, dass du es hier so angetroffen hast, wie du es dir vorgestellt hast, das hast du doch?«

Effel hatte wieder in dem einzigen Sessel Platz genommen.

»Ja, das habe ich«, lächelte sie, »mehr als das. Anfangs war es nicht leicht für mich, dass du eine andere Frau getroffen hast. Ich glaube, ich habe mich bei Brigit damals tüchtig ausgeweint. Aber letztendlich ist alles richtig so, wie es ist. Eigentlich wusste ich es schon bei unserem Abschied ... ich habe es gespürt. Weißt du, dass es ein Zeichen gab?«

»Ein Zeichen?«

»Ja, als wir uns am Waldrand von Elaine verabschiedet hatten, flogen zwei Tauben auf und dann in verschiedenen Richtungen davon.«

Effel antwortete darauf nicht. Er hatte damals gehofft, Saskia hätte die beiden Tauben nicht gesehen.

»Ich darf hier so viel lernen, Effel, mehr als ich mir jemals hätte vorstellen können, und es sind gerade mal erst zwei Semester um, stell dir das mal vor!«

»Ich brauche deine Hilfe, Sas«, sagte er geradeheraus.

»Mein Hilfe? Wobei? Du bist doch hoffentlich nicht krank?«

»Nein, ich bin nicht krank. Es sei denn, ein partieller Gedächtnisverlust ist eine Krankheit. Ich muss mich an etwas erinnern.«

»Erinnern? Woran?«

Effel erzählte es ihr. Er berichtete ihr auch, dass jemand unterwegs war, um ihn aufzuspüren, um dann die Lösung aus ihm herauszupressen, wobei er beim Einsatz seiner Methode sicherlich nicht zimperlich sein würde.

»Mein Gott, sie haben wirklich den Vertrag ein zweites Mal gebrochen?«

»So sieht es wohl aus, Sas, sie schrecken vor nichts zurück.«

»Und jetzt willst du eine dieser Zeitreisen machen, um dich an das Rätsel zu erinnern?«

»Genau, und je früher ich mich erinnere, desto schneller kann diese Information zu Nikita gelangen. Kannst du mir dabei helfen? Ich will nicht warten, bis dieser Mann mich findet. Das kannst du sicher verstehen.«

»Natürlich kann ich das. Ich habe zwar noch nie eine Rückführung begleitet, aber einen Versuch ist es wert. Wir können gleich in unseren Meditationsraum gehen. Da ist alles, was wir brauchen. Musik zum Entspannen, Ruhe und bequeme Liegemöglichkeiten ... du liegst doch sicher während der Reisen?«

»Bisher immer, ja, obwohl Perchafta meinte, dass es auch im Sitzen ginge.«

»Gut, dann lass uns gehen. Heute kommt dort niemand mehr hin. Sam kann ja hierbleiben.«

»Er wird es sich auf deinem Bett bequem machen, das weißt du.«

»Ausnahmsweise darf er das mal. Komm jetzt.«

Eine halbe Stunde später lag Effel auf einer weichen Matte und befand sich in einer tiefen Trance. Neben ihm saß Saskia mit Schreibblock und Stift, bereit, alles mitzuschreiben, was er während der Reise sagen würde. Sie hatte zu Beginn nur ein paar kleine Melodien auf dem Flügel gespielt, die ausgereicht hatten, Effel in die Trance zu begleiten. Er hatte inzwischen Übung darin.

»Die Bilder laufen schnell«, flüsterte er und die Falten auf seiner Stirn sagten Saskia, dass er sich sehr konzentrieren musste.

»Lass dir Zeit, Effel.«

»Es kommen zunächst Bilder aus diesem Leben, ich sehe, wie wir uns am Waldrand verabschieden ... ich sehe die Tauben ... jetzt habe ich Bilder von der Einweihung meines Hauses ... ziemlich verschwommen noch ...«, und nach einer kleinen Pause fuhr er fort. »Die Bilder werden klarer. Marenko ... ich sehe Marenko, wie er die Rede bei unserer Versammlung hält ... er schwitzt.« Effel lächelte und flüsterte dann so leise, dass sich Saskia zu ihm hinunterbeugen musste: »Ich glaube, jetzt bin ich in einem anderen Leben ... merkwürdig, ich sehe dich, Saskia ...«

»Mich?«

»Ja, nicht so, wie du heute aussiehst, und du heißt auch nicht Saskia, aber ich weiß, dass du es bist ... du bist eine Lehrerin ...«

»Eine Lehrerin?«

»Ja, du unterrichtest Jugendliche, ich glaube in Mathematik. Ich habe kurz auf die Tafel schauen können, da stehen Zahlenkolonnen. Komisch, der Klassenraum sieht ganz anders aus als in unseren Schulen ... du bist nicht glücklich.«

»Ich bin nicht glücklich? Weißt du, warum?«

»Moment ... du ... jetzt weiß ich es. Du magst diesen Beruf nicht ... jetzt laufen die Bilder weiter, ich hoffe, dass ...«

Ein Lächeln breitete sich auf seinem Gesicht aus.

»Jetzt, ich glaube, jetzt bin ich da, wo ich hinwollte. Ich bin in meinem Haus in Angkar Wat. Ich sitze an einem groben Holztisch und die Pläne des Myon-Projektes liegen vor mir ... Ich denke nach ... Ich schaue durch das geöffnete Fenster und sehe den Ahornbaum im Garten. Dort hängt eine Schaukel. Meine Tochter schaukelt dort ... sie lacht. Sie heißt ... Fran. Ich wende mich wieder meinen Plänen zu ... ich kann ... ich kann es lesen. Du kannst mitschreiben, Sas. Hier, in der Erklärung der Anlage, die auf der Erde gebaut werden muss, steht das Rätsel. Ich sehe alles genau vor mir. Die Anlage und wie sie gebaut werden muss, damit sie funktioniert. Bist du bereit?«

»Ja, ich schreibe, was du mir diktierst, du kannst loslegen.«

»Quis sum? Hieme e nubibus nigris leniter venio atque super ardua tecta domorum tarde cado, ut cadens asperum ... tegam. Duris tergis terrae me trado, ubi diu manendo ad terram stabilem adhaereo.«

Effel war aufgeregt und atmete schnell.

»Hast du alles?«

»Ja, ich denke schon.« Saskia hatte alles aufgeschrieben.

»Kannst du es übersetzen?«

»Moment«, Effel machte einen erschöpften Eindruck, »gib mir einen Moment. Es ist anstrengender, diese Reisen ohne Perchafta zu machen. Gleich geht es weiter. Du kannst wieder schreiben.

Wer bin ich? Im Winter komme ich behutsam aus dunklen Wolken und ich falle langsam auf die steilen Dächer der Häuser, sodass ich beim Fallen den schroffen Menschen bedecke. Ich gebe mich dem harten Rücken der Erde hin, wo ich, da ich lange verweile, an der Erde fest hängen bleibe.«

»So lautet das Rätsel? Du hattest also schon damals ein Faible für Rätsel!«

Er grinste.

»Ja, warte mal, ich sehe noch etwas. Ich habe es in einem weiteren Schritt verändert. Es gibt eine zweite Fassung, diese haben wir in den Truhen der Burg Gisor gefunden. Ich habe das Rätsel gekürzt. Jetzt steht hier: *Quis sum? Hieme e nubibus nigris leniter venio atque super ardua tecta domorum tarde cado, ut cadens asperum Tegam (... Reliquum et aenigma in Monastère Terre Sainte quaerens invenit.)«*

Saskia hatte auch diesen Teil aufgeschrieben. Sie überlegte einen Moment, dann rief sie erschrocken aus: »Reliquum et aenigma in *Monastère* ... Hier? Hier soll der Rest zu finden sein? *Monastère Terre Sainte* bedeutet *Monasterio Sancti Fundi*. In der Klosterschenke hängt sogar ein altes Foto von Bruder Johannes, dem ersten Abt des Klosters. Dann musst du damals, in dem Leben, als du Francis warst, schon einmal hier gewesen sein. Also lange vor mir.«

Saskia lächelte, was Effel nicht sehen konnte, da er die Augen geschlossen hatte.

»Das muss wohl so sein, obwohl ich es auf keiner meiner früheren Zeitreisen gesehen habe.«

»Kannst du sehen, wo in Haldergrond deine Aufzeichnungen liegen? Vielleicht findet man da noch mehr.«

»Nein, das sehe ich nicht«, kam die Antwort nach einigen Augenblicken.

»Wenn sie nur die Hälfte des Rätsels haben, wird es unmöglich sein, es zu lösen. Dann ist ja auch klar, warum sie wieder jemanden geschickt haben.«

Effel atmete einige Male tiefer ein und aus, dann streckte er sich und öffnete langsam die Augen. Er blickte Saskia an.

»Und wie lautet die Lösung des Rätsels, jetzt wo du es ganz kennst?«

Beide schwiegen für einige Minuten, in denen jeder nachdachte.

»Ich hab's, glaube ich«, rief Saskia. »Es handelt sich um eine Schneeflocke ... um Schnee!«

»Natürlich, das ist es. Du hast recht.«

Effel schloss für einen Moment die Augen und durchforstete angestrengt sein Gedächtnis. Saskia wartete geduldig. Dann endlich fuhr er begeistert fort: »Ich erinnere mich jetzt auch im Wachbewusstsein! Ich habe meine Idee von damals deutlich vor Augen. Es ist wirklich ein schönes Rätsel. Schnee entsteht, wenn sich in den Wolken feinste Tröpfchen unterkühlten Wassers zum Beispiel an Staubteilchen anlagern und dort gefrieren. Die Eiskristalle, die dabei entstehen, sind winzig. Sie fallen durch zunehmendes Gewicht nach unten und wachsen durch den Unterschied des Dampfdrucks zwischen

Eis und unterkühltem Wasser weiter an. Auch der in der Luft enthaltene Wasserdampf geht direkt in Eis über und trägt damit zum Kristallwachstum bei. Es bilden sich sechseckige Formen aus. Wegen der besonderen Struktur der Wassermoleküle sind dabei nur Winkel von exakt 60° bzw. 120° möglich. Der Transformator auf der Erde muss also exakt in dieser Anordnung gebaut werden, sonst funktioniert die Umwandlung der Ätherenergie nicht.«

»Dann ist es sogar ein Rätsel in einem Rätsel«, Saskia musste schmunzeln. »Wie kommt die Lösung jetzt zu Nikita?«

»Ich werde Perchafta bitten, sie ihr zu übermitteln. Die Krulls waren schon einmal in der Neuen Welt und wahrscheinlich ist immer noch oder wieder einer von ihnen dort drüben.«

»Es gibt noch etwas, das du wissen solltest, Saskia.«

»Noch etwas? Ist es schlimm?«

»Es kann schlimm werden, Sas. Aber ich bitte dich, es für dich zu behalten.«

»Versprochen.«

»Der Mann, der mich jetzt sucht, ist nicht meinetwegen gekommen.«

»Nicht deinetwegen? Ich dachte, deswegen machen wir das hier!«

»Nein, er wurde hier bei uns an Land gebracht, um aus dem Tal von Angkar Wat etwas viel Wertvolleres zu stehlen. Sagt dir der Name *Angkar Wat* etwas?«

»Ja, unsere Äbtissin hat einmal von diesem Tal in den Agillen gesprochen. Sie haben dort früher ihre Heilkräuter gesammelt. Inzwischen bauen wir in unseren Gärten alles selbst an.«

Effel erzählte, was er wusste. Er berichtete Saskia von der *Blaupause Gottes*, den Siegeln, die alles bewachen, und dass schreckliche Dinge geschehen würden, wenn diese Siegel erwacht seien.

»Was für schreckliche Dinge? Was weißt du darüber?«

Saskia hatte den letzten Ausführungen mit Entsetzen gelauscht.

»Niemand weiß genau, was geschehen wird, Sas. Wir können nur beten, dass es nicht dazu kommen wird. Dieser Mann darf Angkar Wat nie erreichen.«

»Wie viele Leben mit Nikita und dir hast du schon gesehen?«, fragte Saskia jetzt.

»Mindestens drei, warum fragst du?«

»Weil es mich interessieren würde, ob wir uns auch aus einem früheren Leben kennen.«

»Davon gehe ich aus, Saskia. Perchafta sagt, dass die wirklich wichtigen Beziehungen in unserem Leben alte Beziehungen sind, die wir aus früheren Inkarnationen mitbringen.«

»Es freut mich, dass du das sagst, Effel … ich meine, dass du unsere Beziehung für wichtig hältst.«

»Hör mal, natürlich ist sie das! Weißt du was, in jedem Fall denke ich, dass wir uns aus dem Leben kennen, in dem du diese unglückliche Lehrerin warst.«

»Sonst hättest du es nicht gesehen, stimmt's?«

»Genauso ist es.«

***

Kapitel 23

Jared hatte seinen Gefangenen gnadenlos vorwärtsgetrieben und auf dessen Verletzung keine Rücksicht genommen. Er wollte so schnell wie möglich in Winsget sein. Steve hatte mehr als einmal beteuert, dass er mit dem Tod Vincents nichts zu tun hatte. Irgendwann hatte er es aufgegeben und darauf gehofft, dass ihm später irgendjemand glauben würde. Für eine Tat, die er nicht begangen hatte, wollte er nun wirklich nicht bestraft werden. Aber nach allem, was er durch Nikita Ferrer über die Menschen in diesem Teil der Welt erfahren hatte, hielt er sich nicht für chancenlos. Vielleicht würde ihm ja die Flucht gelingen. Ob er allerdings an diesen Effel Eltringham herankommen würde, hielt er in diesem Moment noch für schwierig, da der Überraschungseffekt jetzt weggefallen war. Nach zwei anstrengenden Tagen hatten sie ihr Ziel erreicht.

»Hören Sie«, hatte er am Abend zuvor zum letzten Mal einen Versuch gestartet, »ich kann verstehen, dass Sie einen Schuldigen brauchen … aber ich habe Ihren Jungen nicht umgebracht. Sie haben doch gesehen, was passiert ist, trauen Sie mir solche Kräfte zu? Glauben Sie vielleicht, ich komme in Ihr Land, um jemanden umzubringen, den ich überhaupt nicht kenne? Denken Sie doch einmal logisch!«

Irgendwann hatte Steve erkannt, dass es sinnlos war, dem Verrückten – und das war dieser Hüne ganz sicher – mit vernünftigen Argumenten oder gar mit Logik zu kommen.

»Halte einfach deinen Mund«, hatte Jared darauf geantwortet und sich über die Kondition seines Gefangenen gewundert, dem dieser anstrengende Marsch, selbst gefesselt und verwundet, nicht das Geringste auszumachen schien. *Sind ja doch wohl nicht alle verweichlicht, dort drüben,* hatte er dann gedacht.

In der darauffolgenden Nacht hatte Steve gehofft, fliehen zu können. Der Verrückte hatte darauf verzichtet, ein Zelt aufzuschlagen. Lediglich ein Feuer hatte er angezündet und sich in dessen Nähe auf einer Decke niedergesetzt. Die Armbrust hatte er griffbereit neben sich gelegt. Steve hatte an einen Baum gelehnt nur ein paar Meter entfernt gesessen und seinen Häscher unter halb geschlossenen Augenlidern aufmerksam beobachtet. Irgendwann würde der Mann müde werden und einschlafen, hatte er gehofft.

Die Wunde hatte höllisch geschmerzt und die hinter dem Rücken gefesselten Arme waren immer wieder eingeschlafen gewesen. Wenn das Gefühl in ihnen ab und zu für ein paar Momente zurückgekehrt war, hatte er seine Schulter umso mehr gespürt. Der Hund des Verrückten hatte sich seit einiger

Zeit merkwürdig verhalten. Er schien Angst zu haben. Vielleicht war ein Bär in der Nähe. Wenn der hier auftauchen würde, könnte sich dadurch eine Möglichkeit zur Flucht bieten. Er wollte vorbereitet sein.

»Binden Sie mir wenigstens die Arme vor dem Körper zusammen, sie schlafen mir ständig ein, ich kann auch meine Finger nicht bewegen«, hatte er Jared gebeten.

Erstaunlicherweise war ihm dieser Wunsch erfüllt worden.

»Bin ja kein Unmensch«, hatte der Verrückte gemurmelt, »ich an deiner Stelle würde allerdings nicht einmal im Traum daran denken zu türmen. Mein Hund ist darauf abgerichtet, direkt an die Gurgel zu gehen ... verdammt, was ist das?«

Der Farmer hatte zufällig nach oben geblickt. Ein blutroter, fast halber Mond hatte durch die Zweige der uralten Bäume von Elaine geschienen. Auch Steve war dem Blick des Verrückten gefolgt.

Ganz in der Nähe hatte ein Vogel ängstlich aufgeschrien. Und dann hatten sich ihre Blicke getroffen und Steve hatte die Ratlosigkeit in den Augen des Jägers gesehen.

»Noch nie eine Mondfinsternis gesehen?«, hatte er hämisch gefragt.

»Rede nicht so einen Unsinn, das hier ist keine Mondfinsternis, die hatten wir neulich erst.«

Unweit davon hatten sich zwei Baumelfen in den Armen gelegen und geweint.

Dann hatte der Verrückte sich etwas von einem kalten Braten abgeschnitten und hatte es seinem Hund gegeben, bevor er sich das zweite kleinere Stück selber in den Mund geschoben hatte. Steve hatte keinen Hunger, nur Durst. Er war aber zu stolz gewesen, um um einen Schluck Wasser zu bitten. Er hatte gewusst, dass er das auch so durchstehen konnte, denn er hatte schon härtere Torturen erlebt. Im gleichen Moment war Jared aufgestanden, zu ihm gekommen und hatte ihn aus einer Feldflasche trinken lassen.

»Ich will dich ja lebendig abliefern«, hatte der dabei gebrummt, »aber bilde dir nicht ein, dass wir mit dir unser Essen teilen.«

Etwas später war Jared eingenickt und hätte Jesper, der sich keine zwei Meter von ihm niedergelegt hatte, nicht sein jetzt wieder wachsames Auge auf ihm gehabt, hätte Steve trotz seiner Wunde einen Fluchtversuch gewagt, denn der Verrückte hatte ihn nicht an dem Baum angebunden. Irgendetwas hatte der Hüne seinem Hund ins Ohr geflüstert, das ihn offensichtlich beruhigt hatte. Mit diesem großen Tier wollte er sich lieber nicht anlegen … nicht mit seiner Verletzung und unbewaffnet. Ein Bär hatte sich auch nicht gezeigt.

So war er froh gewesen, bald nicht mehr diesem wilden Duo ausgeliefert zu sein. Irgendeine Gelegenheit zur Flucht gab es immer, das hatte er in all den Jahren gelernt. Noch vor Morgengrauen wurde er von Jared geweckt, denn er war kurz zuvor trotz seiner Schmerzen doch noch in einen tiefen Schlaf gesunken.

»Steh auf, in ein paar Stunden sind wir da. Dann bin ich dich erst einmal los. Du bekommst dort ein nettes Einzelzimmer, haha, da kannst du dann bis zu deiner Verhandlung in dich gehen und entscheiden, doch noch mit der Wahrheit herauszurücken. Noch eins möchte ich dir sagen: Unterschätze uns nicht.«

In Winsget hatte Jared seinen Gefangenen im Rathaus abgeliefert. Nach einer kurzen Erklärung hatte er die Überreste der MFB und das Armband mit dem Display auf den Tisch des überraschten Gemeindevorstehers gelegt und nachdem dieser Steve Sisko von zwei staunenden Helfern hatte abführen lassen, war Jared nach Hause gegangen. Dies würde, wie er wusste, sein schwerster Gang werden.

Seine Frau erwartete ihn bereits an der Haustür, denn sie hatte ihn über die breite Zufahrt herankommen sehen. Die Hunde hatten sich wie verrückt gebärdet und somit seine Ankunft angekündigt. Beide fielen sich weinend in die Arme.

So standen sie einige Minuten da, bis sich Elisabeth von ihm löste und sagte: »Du Armer ... was hast du bloß durchmachen müssen ... komm setz dich und ruhe dich erst einmal aus. Scotty hat mir alles erzählt ... er war mit seiner Mutter hier, die beiden waren ein echter Trost für mich.«

Mit dieser Reaktion seiner Frau hatte Jared nicht gerechnet. »Ich möchte dir nur ...«

»Nein, du brauchst mir nichts zu erklären und wir müssen auch nicht darüber reden ... noch nicht. Lass uns unsere Trauer in der Stille ausdrücken.«

»Dann möchte ich dir nur kurz erzählen, was noch passiert ist«, bat Jared.

Zunächst verstaute er seine Armbrust nebst Köcher in dem großen Waffenschrank. Dann ließ er sich neben seiner Frau in einem der weichen Ledersessel nieder, die seit Generationen neben anderen antiken Möbelstücken die Halle mit den Jagdtrophäen schmückten. Der Farmer nahm die Hand seiner Frau und berichtete ihr in wenigen Sätzen von seinem Besuch in Haldergrond, seinem Gefangenen, den er für den Mörder ihres Sohnes hielt, und von dem geheimnisvollen Tal.

Elisabeth hörte sich alles in Ruhe an, dann meinte sie: »Also, dass du bei der Äbtissin warst, wundert mich sehr ... was hast du dir bloß davon versprochen? Da bist du aber gleich über mehrere Schatten gesprungen. Hast du geglaubt, sie könnte dir bei der Aufklärung des Mordes an unserem Sohn helfen? Was hat sie gesagt? Konnte sie dir denn helfen? Und wie konntest du dich nur in solche Gefahr begeben? Dieser Mann hätte dich umbringen können.«

»Keine Angst, ich wusste, was ich tat. Ich konnte ihn doch nicht ungeschoren davonkommen lassen. Wer weiß, was für eine Schweinerei er hier vorhatte. Aber das werden wir ja erfahren, verlass dich drauf. Bei Adegunde war ich wegen dieses Tals, Scotty hat dir sicher davon berichtet. Es ist etwas sehr Geheimnisvolles an diesem Ort, wenn man davon absieht, dass bisher noch niemand von uns dort war, und jetzt haben gleich zwei ... nein drei«, Trauer schwang jetzt in Jareds Stimme mit, »von uns den Zugang entdeckt ... welch ein Zufall ... Aber der Besuch in Haldergrond war vergebens. Nichts, was mich wirklich weitergebracht hat«, knurrte er dann. »Ich weiß wirklich nicht, was mich da geritten hat. Irgendetwas stimmt nicht in Haldergrond ... und am allerwenigsten stimmt mit dieser Äbtissin etwas nicht. Ich muss zwar zugeben, dass sie eine bemerkenswerte Frau ist, aber das größte Geheimnis ist sie selbst. Sie spricht meist in Rätseln. Fast so wie Vrena, unsere alte Kinderfrau. Na ja, mir soll es egal sein.«

»Du musst wissen, was du tust, aber eines möchte ich dir noch sagen ... ich glaube nicht, dass dieser Fremde unseren Sohn getötet hat, warum sollte er das getan haben?«

»Warum? Na, weil unser Sohn ihn in diesem Tal entdeckt hat, darum! Er wird uns schon noch erzählen, was er dort vorhatte. Ich bin mir sicher, dass das irgendetwas mit dieser Nikita zu tun hat. Von ihr hat er sicher alle wichtigen Informationen erhalten. Wer weiß, vielleicht liegt dort noch mehr verborgen als diese ominösen Pläne. Wir werden das in der Gerichtsverhandlung erfahren.«

»Glaubst du, dass er dort die Wahrheit sagen wird?«

»Wenn ich ihn verhören darf, bestimmt.«

»Ich bin froh, dass du das nicht darfst. Komm in die Küche, ich habe noch etwas vom Mittag übrig, danach musst du dich aber hinlegen und ausruhen.«

Kopfschüttelnd ging Elisabeth in die Küche voraus.

»Hast du dir schon überlegt, was wir mit der Totenfeier machen?«, fragte Elisabeth.

Jared war erstaunt, dass seine Frau jetzt schon auf dieses Thema zu sprechen kam.

»Ja, das habe ich in der Tat«, antwortete er.

»Und?«

»Mein Vorschlag ist, dass wir die Totenfeier für Vincent da abhalten, wo er begraben liegt.«

»In diesem Tal?« Elisabeth überlegte einen Moment. »Die Idee finde ich gut.«

»Wir laden unsere Freunde ein und alle, die mitkommen möchten. Das heißt, wenn ich mich bis dahin an den Zugang erinnert habe.« Jared legte die Stirn in Falten.

»Was soll das denn heißen? Du findest etwas nicht wieder, wo du schon einmal warst? Das kann ich gar nicht glauben.«

»Es ist aber so ... na ja, bis jetzt zumindest. Diese Adegunde hat es mir prophezeit.«

»Dass du den Zugang nicht wiederfinden wirst?«

»Ja, so etwas hat sie in der Tat gesagt. Ich werde Scotty fragen.«

Elisabeth dachte kurz nach. »Ich glaube, ihm geht es ähnlich. Als ich ihn bat, mich dorthin zu führen, hat er merkwürdig reagiert. Geradezu so, als könne er sich ebenfalls nicht erinnern.«

»Nun, wir werden sehen, wer recht behält. Diese Äbtissin oder wir.«

Jared ging in sein Arbeitszimmer, wo er sich auf sein bequemes Sofa legte. Jetzt fielen die Strapazen der letzten Tage von ihm ab und eine nie gekannte Müdigkeit überkam ihn. Er wollte nichts sehnlicher als viel schlafen und sich erholen. Ihm war bewusst, dass die nächste Zeit ebenfalls anstrengend werden würde.

Jesper schnarchte schon unüberhörbar draußen in seinem Korb, der in der Halle gleich neben der Eingangstür stand. Alle anderen Hunde der fünfzehn Tiere umfassenden Meute, ausschließlich English Pointer, hatten sich auch wieder beruhigt. Tagsüber hielten sich die Hunde in einem weitläufigen Zwinger hinter einer der Scheunen auf. Erst nach Einbruch der Dunkelheit wurden sie herausgelassen und beschützen dann das Vieh der Farm vor hungrigen Wolfsrudeln, die öfter, besonders aber im Winter, gefährlich nahekamen. Aber auch Bären konnten sich hierher verirren.

Inzwischen hatte man Steve Sisko in ein kleines Zimmer gebracht, das sehr einfach eingerichtet war. Neben einem schmalen Eisenbett gab es einen Tisch mit Stuhl und in einer Ecke des Raumes stand ein Sessel mit einem Stoffbezug, dessen ursprüngliche Farbe man bestenfalls erahnen konnte. Jareds lederne Fesseln hatte man inzwischen durch Handschellen ersetzt.

»Gute Arbeit unseres Schmieds«, hatte ein kleiner drahtiger Mann erklärt, während er sie ihm angelegt hatte.

»Sind unverwüstlich, diese Dinger«, hatte ein zweiter groß gewachsener Typ mit langen blonden Haaren hinzugefügt. Er hatte braune Augen und eine Narbe, die fast seine gesamte linke Wange bedeckte. Seine kurze, mit Eisen beschlagene Armbrust hielt der Narbenmann wie ein Kinderspielzeug. Steve war sich sicher, dass sie in seiner Hand kein Spielzeug war.

Er hatte mit einer kleinen, kalten und karg eingerichteten und vergitterten Zelle gerechnet, wie er sie von einem Militärgefängnis der Südstaaten her kannte – er hatte einmal eines besichtigen können –, und sein Erstaunen war ihm wohl anzusehen.

»Wir haben hier keine Gefängnisse«, sagte der Kleinere nun. Er war mindestens einen Kopf kleiner als Steve, hatte eine Glatze und roch nach Zwiebeln.

»Dies ist unser Gästezimmer, haha, … falls sich mal jemand … nun ja … ausschlafen muss, der zu tief ins Glas geschaut hat«, fügte er als Erklärung hinzu. »Sie wissen schon, was ich meine. Was Sie sicher noch feststellen werden … alle beweglichen Gegenstände in diesem Raum sind im Fußboden fest verschraubt, auch das Bett. Manchmal kommen die Leute, die hier eine Nacht verbringen müssen, auf die merkwürdigsten Ideen. Dennoch würde ich Ihnen davon abraten, auch nur einen Gedanken an Flucht zu verschwenden. Die Tür hat ein gutes Schloss und ich werde gleich auch die Fensterläden von außen verriegeln. Mit diesen Handschellen würden Sie sowieso nicht weit kommen, wenn ich mich nicht irre. Und damit wohl auch nicht.« Er deutete grinsend auf Steves verletzte Schulter.

»Dann können Sie mir die Handschellen ja auch abnehmen«, meinte Steve und versuchte, dabei so lässig wie möglich zu klingen.

»Wir haben das nicht zu entscheiden. Licht haben Sie hier.«

Er knipste eine Stehlampe an, die mit einem blassgrün gemusterten Stoffschirm verziert war. Die Art des Musters konnte man mit viel Fantasie erraten, denn der Stoff der Lampe war mindestens so alt wie der des Sessels.

»Falls Sie etwas lesen möchten ... wir haben aber nur das hier.«

Er nahm eine Zeitschrift auf, die dort lag. Das Titelbild zeigte zwei kämpfende Hirsche. Steve las den Titel des Journals: Hund und Jagd.

»Mehr haben wir hier im Moment leider nicht zu bieten, wir haben nicht mit längerem Besuch gerechnet. Vielleicht kann ich morgen mehr bringen, je nachdem, ob es vom Rat erlaubt wird. Alles in Papierform, nicht wie bei euch drüben.«

Er bemerkte Steves erstaunten Blick.

»Ja, das wissen wir alles von Nikita.« Sein Blick sagte: Das hättest du wohl nicht gedacht.

Du solltest die Bibliothek im Haus meiner Familie sehen, hätte Steve ihm am liebsten geantwortet, verkniff es sich aber. Plötzlich lüftete sich der Vorhang seiner Erinnerung, ohne dass er sich dagegen hätte wehren können. Es tauchten Bilder von genau dieser Bibliothek seines Elternhauses auf. Bis zu den vier Meter hohen Decken des Raumes standen dort die Bücher in massiven Eichenregalen so dicht, dass man die Wände dahinter nicht sehen konnte. Andere Regale trennten den 150 Quadratmeter großen Raum in kleinere Einheiten, in denen man in Ruhe und bequemen Sitzmöbeln lesen konnte. In drei Abteilen stand jeweils ein beleuchteter Glaskasten, in dem eine wertvolle Originalausgabe gezeigt wurde. Das wertvollste Exemplar war eine der ersten Bibeln des deutschen Buchdruckers Gutenberg in lateinischer Sprache. Das Buch lag aufgeschlagen und zeigte eine Seite der Genesis. Der Text war in zwei Spalten zu jeweils 42 Zeilen gedruckt und am linken Rand waren verschiedene bunte Symbole wie Blumen und Blütenranken abgebildet. Auf der rechten Seite, ebenfalls im Randbereich, waren ein Pfau und ein Storch gedruckt. Dass er sich sogar daran in aller Deutlichkeit erinnern konnte, wunderte ihn, da er seit vielen Jahren nicht mehr an diesen Ort, in dem er so viele Stunden verbracht hatte, gedacht hatte. Jetzt fiel ihm ein, dass sich neben der Bibel eine Handschrift seines Urahns befand, in der dieser erzählte, wie er in den Besitz dieser Bibel gekommen war.

Ein deutscher Einwanderer in schäbiger Kleidung war eines Tages in seinen Laden gekommen. Er habe kein Geld mehr, benötige aber dringend Waffen, da er eine Farm im Westen erworben habe. Er habe nur dieses Buch anzubieten, das sehr wertvoll sei. Conor Sisko, der nicht viel von Büchern verstand, hatte nicht gefragt, woher der Mann dieses Buch hatte. Er ließ sich auf den Handel ein, weil sein untrüglicher Instinkt ihm gesagt hatte, dass dieser Mann mit dem Wert des Tauschobjektes recht hatte. Er schloss es in seinem Tresor ein. Aus diesem wurde es erst dreißig Jahre später von Sean Sisko befreit, der ihm dann seinen Ehrenplatz in der gerade wachsenden Bibliothek gab.

Das Haus der Siskos hatte die Jahrhunderte fast unbeschadet überstanden. Lediglich ein Brand während des Bürgerkriegs hatte im Jahre 1864 einen Seitenflügel des Anwesens zerstört. Glücklicherweise hatte das Feuer nicht auf die Bibliothek übergegriffen. Ein Rebell aus den Südstaaten hatte das Attentat später gestanden. Der Anschlag hatte Sean Sisko, dem Sohn von Conor Sisko gegolten. Der war im Jahre 1805 als junger Mann aus Irland eingewandert und hatte aus einer kleinen Werkstatt für Metallwerkzeuge im Laufe seines langen Lebens eine Waffenfabrik gemacht, die, als er die Firma seinem ältesten Sohn Sean übergab, bereits mehr als hundert Menschen in Lohn und Brot gebracht hatte. Immer mehr Siedler kamen ins Land und sie brauchten Waffen. Genau wie die Soldaten in den zahlreichen Forts. Conor hatte damals die richtige Nase gehabt, Revolver und Gewehre herzustellen. Nur kurze Zeit später war die Produktion von Kanonen dazugekommen.

Sean, der an der im Jahre 1636 gegründeten und bereits namhaften Harvard University Pädagogik und Englische Literaturgeschichte studiert hatte, begann im Hause seines Vaters eine Bibliothek nach dem Vorbild seiner Universität einzurichten. Conor, dem ein Ingenieurstudium seines Sohnes lieber gewesen wäre, hatte zunächst nicht viel davon gehalten. Er wurde aber besänftigt, als er sah, wie Sean die Firma Sisko & Sohn ausbaute und später in den Kriegsjahren zwischen 1861 und 1865 einer der Hauptlieferanten der Union wurde. Er wurde ein enger Freund und politischer Weggefährte des 1860 zum Präsidenten gewählten Abraham Lincoln. Ein Jahr nach seiner Wahl hatte der Krieg begonnen. Die Basis ihrer Freundschaft waren aber nicht nur die Waffenlieferungen oder die gemeinsame Mitgliedschaft in der Freimaurerloge, sondern eher die gegründete Bibliothek im Hause Sisko. Schon in seinen jungen Jahren hatte Lincoln jedes Buch geradezu verschlungen und wahrscheinlich hätte er selbst Literaturwissenschaften studiert, wenn sein Vater, ein armer Farmer, ihm das hätte ermöglichen können. Seine umfassende Bildung hatte sich Lincoln, der später Anwalt und brillanter Redner wurde, als Autodidakt angeeignet und sicher bewunderte er den gebildeten Schöngeist und cleveren Geschäftsmann Sean Sisko.

Dean Sisko, ein Ururenkel Sean Siskos hatte im Jahre 1970 die Waffenfabrik, die durch den Ersten und Zweiten Weltkrieg, durch die gigantische Aufrüstung während des Kalten Krieges, durch die Kuba- und Koreakrise Gewinne wie nie zuvor gemacht hatte, vollkommen umstrukturiert und in Sisko ESS, Electronic System Services, umbenannt. Das hatte er seiner Frau Cathleen versprechen müssen, nachdem zwei ihrer Söhne in Särgen, die in eine amerikanische Flagge gehüllt gewesen waren, aus dem Vietnamkrieg zurückgekehrt waren. Und wieder hatte ein Sisko den richtigen Riecher gehabt. Seit 1972, nach umfangreichen Umbauten, produzierte man Elektronik und Computeranlagen und wurde innerhalb von zehn Jahren zum Marktführer. Sogar die NASA gehörte zu den Kunden von Sisko ESS.

Das Haus der Siskos mitsamt der Bibliothek war von Generation zu Generation erweitert und verschönert worden. Da fast alle Sisko-Nachkommen Literaturliebhaber gewesen waren, war die Sammlung an Büchern stetig gewachsen. Irgendwann im zwanzigsten Jahrhundert war eine Klimaanlage eingebaut und die Fenster waren zugemauert worden. So war gewährleistet, dass die Bücher auf konstanter Temperatur gehalten wurden.

Herb Sisko hatte die Bücher einmal zählen lassen und man war auf genau 755.333 Exemplare gekommen. Sogar die nahe gelegene Universität Bushtowns hatte sich hin und wieder eines der selteneren Bücher ausgeliehen. Als Knaben hatten die Zwillinge Steve und Kay dort in riesigen Ledersesseln vergraben die Werke von Dickens, May, Kipling, London, Hemingway und Melville gelesen, bis ihre Mutter kam und sie ins Bett schickte. Das war vor der Entführung gewesen.

»Mehr können wir Ihnen hier nicht bieten«, wurde er von dem Kahlköpfigen aus seinen Erinnerungen zurückgeholt, »… wir sind schließlich kein Hotel. Wenn Sie mal auf Toilette müssen, klingeln Sie hier«, er deutete auf einen Knopf über dem Nachttisch.

»Sie können nebenan duschen, wenn sie wollen … unter uns gesagt, ich würde es Ihnen empfehlen.« Er rümpfte die Nase. »Gleich wird noch ein Arzt vorbeikommen und nach Ihrer Schulter schauen … später gibt es etwas zu essen …

erwarten Sie nicht allzu viel. Wir behandeln Sie hier fair ... obwohl Sie das wahrscheinlich nicht verdient haben, nachdem was der Farmer uns berichtet hat. Ihren Rucksack bekommen Sie wieder, wenn wir ihn durchsucht haben, wir sind hier keine Unmenschen.«

Daraufhin verließ er das Zimmer.

Aha, Bauer ist er also, der Verrückte. Wie die sich hier angestellt haben, hat er wohl mächtigen Einfluss in dieser Gegend, dachte Steve.

Wenig später kam derselbe Mann mit seinen Sachen zurück.

»Die Waffe ... jedenfalls halten wir das Ding für eine Waffe, haben wir sicher verwahrt. Sie wird später im Prozess als Beweisstück gelten ... da werden Sie einiges zu erklären haben. Ihr Messer hatte uns Jared Swensson schon übergeben.«

Steve kramte ein starkes Schmerzmittel aus seinem Rucksack und nahm zwei Tabletten. Dann konnte er in dem anliegenden fensterlosen Badezimmer eine Dusche nehmen, die er genoss, auch weil die Schmerzen in seiner Schulter nachgelassen hatten und er keine Handschellen tragen musste. Der mit der Narbe hatte sie ihm abgenommen und sich in der offenen Tür mitsamt seiner Armbrust postiert. Unter der Dusche erinnerte er sich an das Buch von Daniel Defoe, das ihn als Junge so fasziniert hatte.

Irgendwie bin ich hier auch ein Robinson Crusoe, der in Freitags Heimat gestrandet ist. Nur mit dem Unterschied, dass die beiden Freunde geworden sind, dachte er.

Zurück in seiner Zelle – anders konnte er den Raum nicht nennen – stellte er fest, dass seine Kleidung auch noch einmal durchsucht worden war. Dass seine Zahnbürste ein starker Sender war, hatte man hier ebenso wenig entdeckt wie den Sprengstoff in der Tube mit der Aufschrift Zahnpasta. Steve schickte einen stillen Dank an seinen Ausrüster und musste grinsen, als er sich daran erinnerte, wie dieser damals zu ihm gesagt hatte: »Die Zahnbürste sendet ein Notsignal, wenn Sie hier am Bürstenkopf drehen ... und was Sie mit dem Sprengstoff anstellen können, wissen Sie ja. Sobald der die Tube verlassen hat, haben Sie exakt fünfzehn Minuten Zeit, sich in Sicherheit zu bringen. Dann sollten Sie mindestens 200 Yard zwischen sich und dem, was Sie in die Luft jagen wollen, gebracht haben. Aber das dürfte für Sie ja kein Problem sein. Diese beiden Dinge werden denen nicht sonderlich auffallen ... ich meine ... sollten Sie wider Erwarten in Schwierigkeiten kommen ... wovon ich allerdings nicht ausgehe, nach allem, was man so hört.«

Wenig später, Steve trug wieder die Handschellen und hatte sich gerade angezogen, betrat ein kleiner älterer Mann mit verschlafenen Augen, dessen einziges Ziel es war, die Sache mit möglichst geringem Aufwand hinter sich zu bringen, nach leisem Anklopfen das Zimmer. Es war unübersehbar, dass er chinesische Vorfahren gehabt haben musste. Er stellte sich ihm als Dr. Wron vor. Er wolle sich seine Wunde anschauen. Zwei Männer begleiteten ihn, der mit der Narbe und ein langer, dürrer Typ, den Steve bisher noch nicht gesehen hatte. Durch die geöffnete Tür hatte er für einen kurzen Moment einen dritten Mann wahrgenommen, der in einem Sessel mit einer Armbrust im Schoß auf dem Gang saß, die Augen geschlossen hatte und zu schlafen schien. Der Doc hatte nach einem sehr kurzen Blick auf die Wunde etwas Salbe aufgetragen und den Verband hastig erneuert. Dabei hatte er gemurmelt: »Hat Jared ja fast fachmännisch verbunden, hätte dennoch genäht werden müssen, aber das wird schon. Medikamente scheinen sie ja selbst zu haben.« Er zeigte auf die Schachtel mit den Tabletten. »Sie scheinen gutes Heilfleisch zu haben und Nähzeug hatte er sicher nicht dabei. Wollen mal hoffen, dass es keine Blutvergiftung gibt. Ihre Finger können Sie noch bewegen? Versuchen Sie es.«

Er gab ein leises meckerndes Lachen von sich, als er sah, dass sein Patient – wenn auch unter Schmerzen – sowohl den

Arm anheben als auch die Finger bewegen konnte. So hatte Steve auch den Namen des Verrückten erfahren.

»Sollten Sie mich nicht gründlicher untersuchen?«, versuchte es Steve in der Hoffnung, von den Handschellen befreit zu werden. »Behandeln Sie alle Ihre Patienten so nachlässig?«

»Sie sind nicht einer meiner Patienten, Sie sind Gefangener. Wir haben keine Erfahrung mit Verbrechern ... das mag ja in Ihrer Welt anders sein.«

Wieder ließ er sein merkwürdiges Lachen hören.

Dr. Wron schien froh zu sein, bald wieder gehen zu können, obwohl die ganze Zeit die beiden Männer mit im Raum waren, die nicht den Eindruck machten, zimperlich zu sein. Draußen auf dem Flur meinte Dr. Wron zu den beiden Wachen: »Er spricht unsere Sprache aber sehr gut, nahezu akzentfrei.«

»Ja, er ist gut vorbereitet«, erwiderte der Mann mit der Narbe. Er hieß Morris.

»Wird ihm allerdings nicht viel nutzen«, sagte Stan, der Dürre.

»Wollen Sie ihm seine Handschellen nicht abnehmen? Was soll er schon da drin anrichten?«

»Da muss ich erst mit dem Richter sprechen«, sagte das Narbengesicht.

»Tun Sie das. Er wird doch gut bewacht und wenn Sie mich fragen, wird ihn seine Wunde noch eine Weile daran hindern, einen Fluchtversuch zu unternehmen.«

Zum Abendessen brachte der Glatzköpfige auf einem Tablett einen Teller mit Kartoffelbrei, etwas Gemüse und Hähnchenbrust. Das Fleisch war in kleine Stücke geschnitten. Dazu gab es eine braune Soße mit geschmorten Zwiebeln in einer Schüssel und eine Flasche Wasser. Allem fehlte es an Salz. Das war Steve aber egal. Er aß nicht wegen des Geschmackserlebnisses, sondern um seinen Körper mit Energie zu versorgen. Das war ihm jetzt besonders wichtig. Außerdem hatte er Hunger, was nach den letzten strapaziösen Tagen kein Wunder war, und Hunger fragt nie nach Delikatessen.

»Die Reste von unserem Abendessen. Ich habe das Fleisch geschnitten«, hatte der Mann grinsend gemeint, der immer noch nach Zwiebeln roch. »Sie werden verstehen, dass wir Ihnen hier kein Messer bringen.«

Das Grinsen wird dir schon noch vergehen, hatte Steve gedacht. Die Flucht war vielleicht doch nicht unmöglich. Seine Ausrüstungsgegenstände könnte er sicherlich finden und wie es weitergehen würde, war eine Frage guter Planung. Er würde nachts marschieren oder ein Boot benutzen, dann könnten ihn auch die Hunde nicht verfolgen. Dass die Jagd mit Hunden hier ein Hobby war, hatte er ja lesen können.

Immerhin konnte er ungehindert essen, da man ihm die Handschellen inzwischen abgenommen hatte. Stattdessen trug er an seinem rechten Fuß eine Fessel aus Leder, die wiederum mit einer langen eisernen Kette an einem der Bettpfosten befestigt war. Er aß alles bis zum letzten Bissen auf.

Noch am gleichen Abend wurde ihm mitgeteilt, dass sein Prozess in drei, spätestens vier Tagen beginnen würde.

***

Kapitel 24

Was Emanuela Mendès erlebte, als sie gerade im Begriff war, ins Haus zurückzukehren, würde sie ihr Lebtag nicht mehr vergessen. Sie hatte soeben den Rest ihres Weines ausgetrunken und sich mit dem leeren Glas in der Hand wieder dem Eingang zugewandt, als sie eigentlich mehr spürte als sah, wie jemand, von dem eine unheimliche Bedrohung ausging, wie ein flüchtiger Schatten mit der Geschmeidigkeit einer Katze über das niedrige Gartentor sprang. Als sie sich erschrocken und der Gefahr sofort bewusst umdrehte, hörte sie eine laute Stimme rufen: »Halt, verdammt, bleiben Sie stehen! ... Was machen Sie da?« Für einen Moment glaubte sie, dass der Rufer sie gemeint hatte, dann aber wurde sie eines zweiten Mannes gewahr, der dem Schatten hinterher hechtete. Inzwischen hatte sie erkannt, dass es sich bei dem ersten Schatten ebenfalls um einen Menschen handelte. Der Schrei, den sie gerade ausstoßen wollte, blieb ihr im Halse stecken, als sie die Stimme ihres Sohnes erkannte.

Das Glas fiel ihr aus der Hand und zerschellte klirrend auf den Steinplatten der Terrasse. Im gleichen Moment drehte sich der erste Mann blitzschnell um. Er war wohl für einen kurzen Augenblick ebenso erschrocken gewesen wie sie, nur hatte er sich wesentlich schneller wieder im Griff. Noch im Umdrehen hielt er plötzlich etwas in der Hand, das im schwachen Licht metallisch schimmerte.

Und jetzt reagierte Emanuela. Sie stieß einen hohen hysterischen Schrei aus.

»Jimmy! Er hat eine Waffe!«

Dann setzte sie sich in Bewegung, um sich auf den Mann zu werfen, der ihren Sohn bedrohte. Sie dachte nicht eine Sekunde darüber nach, dass sie sich selbst damit in höchste Gefahr begab.

Aber Jimmy war schon herangewirbelt und hatte dem Eindringling mit einem gezielten Sidekick die Waffe aus der Hand getreten, die daraufhin in hohem Bogen in der Dunkelheit des Gartens verschwand. Noch im Sprung rief er: »Bleib wo du bist, Mama!«

Carl schrie vor Schmerz auf. Es fühlte sich an, als hätte der Kerl ihm das Handgelenk gebrochen. Doch so schnell gab er sich nicht geschlagen. Er bückte sich und zog mit der anderen Hand mit der Schnelligkeit einer zustoßenden Kobra sein Messer. Dann blieb er in geduckter Haltung stehen und im Sekundenbruchteil wurde ihm klar, dass dieser Auftrag gescheitert war. Jetzt musste er schnellstens zusehen, dass er von hier verschwand, bevor mehr Leute von den Schreien angelockt würden.

Noch ein paar Schritte, und die immer noch wie verrückt kreischende Frau wäre bei ihm, wenn sie nicht auf ihren Sohn gehört hatte. Er musste sich schnell entscheiden. Der Angreifer, der jetzt vor ihm stand, war offensichtlich ein erfahrener Kämpfer. Aber das war er selbst auch. Die Frau war in ihrer Hysterie allerdings mindestens ebenso unberechenbar. Beide waren offensichtlich unbewaffnet. Das war ein Vorteil. Aber er musste den Typen im Auge behalten. Der hatte gerade eine neue Position eingenommen. Allem Anschein nach war er Boxer. Carl streckte seinem Gegner das Messer entgegen, alle seine Muskeln waren aufs Äußerste angespannt. Er war zum Sprung bereit.

»Was fällt Ihnen ein«, schrie die Frau in diesem Moment. »Hilfe, Polizei!«

Er glaubte schon, ihren Atem im Nacken zu spüren, als er für den Bruchteil einer Sekunde erstarrte, weil er diese Stimme ... kannte. Wiedererkannte. In diesem Moment, als er sie zum zweiten Mal hörte, tauchte aus den Tiefen seines Unterbewusstseins das Bild einer jungen hübschen Frau auf.

Dieser Augenblick der Ablenkung aber genügte Jim, den Eindringling mit einem wuchtigen rechten Schwinger, in den er sein ganzes Gewicht gelegt hatte, zu Boden zu schlagen. Carl hörte ein beunruhigendes Geräusch aus seinem Kiefer und hatte kurz darauf den kupfernen Geschmack von Blut in seinem Mund. Dann wurde ihm schwindelig, die Welt drehte sich um ihn und er stürzte bewusstlos der Länge nach hin.

Sofort war Jim über ihm und kniete sich auf die Hand, die das Messer hielt. Mit dem anderen Knie drückte er auf seine Brust. Dann griff Jim nach seiner noch gesunden Hand und was jetzt folgte, nahm ihm, als er gerade aus seiner kurzen Benommenheit zurückkehrte, für einen Moment den Atem. Er keuchte und ließ vor Schmerz, der über die Schulter bis unter die Schädeldecke reichte und ihn fast zum zweiten Mal betäubte, das Messer fallen. Er kannte diesen Griff, denn er hatte ihn selbst während seiner Nahkampfausbildung beim Militär gelernt und mehr als einmal angewandt.

In diesem Moment erschien der Senator barfuß und im Morgenmantel mit einem Baseballschläger, einem Relikt aus seiner Studentenzeit, in der Terrassentür. Hinter ihm stand seine Frau mit vor Schreck weit aufgerissenen Augen. Das Licht ging an und der Terrassenbereich war nun hell erleuchtet. Geistesgegenwärtig und die Situation sofort überblickend stürzte Paul Ferrer herbei, drückte seiner Frau den Schläger in die Hand, bückte sich, ergriff das Messer und hielt es dem Eindringling an die Kehle.

»Was um alles in der Welt geht hier vor? Manu ... Jimmy, wer ist dieser Mann? Eva, bitte lauf schnell und hole das Klebeband aus der Garage.«

Eva verschwand und kam kurz darauf mit einer großen Rolle Paketband zurück.

Carl wand sich unter seinem Gegner, der ihn jetzt mit seinem ganzen Gewicht und diesem Griff, der keine Bewegung zuließ, zu Boden drückte. Dabei spürte er, wie sich die Spitze des Messers seitlich in seinen Hals drückte, und er hörte auf, sich zu wehren. Er würde auf einen günstigeren Moment warten müssen. Aufgeben würde er nicht. Er fragte sich, wieso er den Kerl nicht bemerkt hatte. Er hatte sich noch umgeschaut, bevor er über das Gartentor gesprungen war, und hatte niemanden gesehen.

Emanuela stand wie versteinert da, die Hände vor das Gesicht geschlagen, und blankes Entsetzen stand in ihren Augen. Dann, nach endlosen Sekunden, fand sie ihre Sprache wieder.

»Herr Senator, wie furchtbar, er hatte eine Pistole ... sie ... sie muss irgendwo da hinten liegen ... wenn Jimmy nicht gewesen wäre ...«

Dann wandte sie sich an ihren Sohn.

»Mein Gott, Junge, was für ein Glück ... ist dir auch nichts passiert, bist du verletzt Jimmy?«

»Ach was, Mum«, gab Jim zur Antwort, »hab schon Schlimmeres erlebt, wie du weißt.«

Carl wand sich erneut wütend unter seinem Griff. Dann hockte der Senator auch schon auf seinen Beinen, nachdem er Jim das Messer gegeben hatte.

»Halt still, wenn du weiterleben möchtest«, befahl er dem Eindringling.

Geschickt wickelte er das Klebeband in mehreren Lagen fest um Carls Fußgelenke.

»So«, sagte er dann, ein wenig außer Atem, »das wäre erledigt. Das Paket ist verschnürt, der läuft nicht mehr weg. Jetzt kannst du ihn auf den Bauch drehen, damit ich auch seine Hände fesseln kann. Wenn er sich wehrt, schneide ihm einfach die Kehle durch. Manu, geh bitte seine Waffe suchen. Was er damit vorhatte, ist mir jetzt schon klar. Das wird ihn teuer zu stehen kommen.«

»Kein Problem, Onkel Paul«, keuchte Jimmy und zu Carl sagte er zähneknirschend: »Es ist vorbei, dreh dich gefälligst um, wenn dir dein Leben lieb ist.«

Auch diese Stimme kannte Carl wieder und er wusste sofort, woher. Dieser Bursche, der ihn gerade überwältigt hatte, war der Praktikant aus dem Vision Inn. *Ich habe mich von einem kleinen Praktikantenbengel überrumpeln lassen,* dachte er verbittert, *kann man noch tiefer sinken?*

Ein paar Minuten später waren alle im Wohnzimmer versammelt. Carl mit hinter dem Rücken gefesselten Händen und zusammengebundenen Beinen. Zuletzt hatten ihn der Senator und Jimmy gemeinsam hineingetragen und unsanft auf einen Stuhl gesetzt. Dann wickelte Jimmy das Klebeband mehrfach um den Stuhl und seinen Körper, bis er aussah wie die Puppe eines monströsen Falters. Bis auf seinen Kopf war er absolut bewegungsunfähig.

Jim saß zwei Meter vor ihm in einem Sessel und hatte seine Waffe auf ihn gerichtet, die Emanuela nach kurzem Suchen auf dem Rasen gefunden hatte. Carl trug immer noch seine Maskenmütze und saß äußerlich vollkommen ruhig da. Seine Augen hatte er durch die Sehschlitze hindurch starr auf Emanuela Mendès gerichtet, die neben Eva Ferrer auf der Couch saß.

Innerlich arbeitete Carl angestrengt. Tausend verwirrende Gedanken schossen ihm durch den Kopf. Hatte ihm seine Wahrnehmung einen Streich gespielt oder war das da wirklich seine Emanuela, seine einzige Liebe, die ihn so maßlos enttäuscht hatte ... die ihn wegen dieses Weicheis, dessen Name ihm im Moment nicht einfallen wollte, verlassen hatte? Diese Augen, die ihn einst mit solcher Zärtlichkeit angeschaut hatten, hatte er nie vergessen. Emanuela hatte sich im Laufe der Jahre verändert. Sie war etwas fülliger geworden, was ihr aber gut stand, wie er jetzt fand. Sie wurde hier Manu genannt, auch das konnte passen. Und dieser Bursche war also ihr Sohn ... aber wo war dann der Vater? Der befand sich offensichtlich nicht im Haus. Jetzt fiel ihm der Name wieder ein ... Jim, ja genau Jim, so wie der Junge, der ihn jetzt mit seiner eigenen Waffe in Schach hielt. Jim Decker.

Und dann drängte sich noch ein Gedanke auf. Warum hatte er nicht sofort abgedrückt, als dieser Bursche vor ihm stand? Er war überrumpelt worden, das musste er sich eingestehen, aber Zeit dazu wäre gewesen, nicht sehr viel, aber für einen Schuss hätte sie allemal ausgereicht. Sein Kiefer schmerzte. Der Bruchteil einer Sekunde hatte ausgereicht, dieses so sorgfältig geplante Vorhaben zum Scheitern zu bringen. Aber in diesem einen Augenblick war es so gewesen, als wenn sein Finger seinem Willen nicht hatte gehorchen wollen, was ihm noch nie passiert war. Seiner sonst so berühmten Reaktionsschnelligkeit hatte er mehr als einmal sein Leben zu verdanken gehabt. Jetzt blieb ihm nur die Hoffnung, dass er eine zweite Chance bekommen würde, obwohl er gelernt hatte, dass das äußerst selten geschah.

Seine Gedanken wurden gerade vom Senator unterbrochen.

»Wir müssen jetzt genau überlegen, was zu tun ist. Ich hole uns erst einmal etwas zu trinken, das können wir sicher jetzt alle gebrauchen, und dann befreien wir unseren Gast von seiner Maske, vielleicht hat er uns ja etwas zu sagen.«

»Meinst du nicht, wir sollten die Polizei ...«

»Nein«, unterbrach der Senator seine Frau, »keine Polizei ... jedenfalls noch nicht.«

Er winkte seine Frau ein paar Schritte zur Seite und flüsterte: »Ich schlage vor, gleich den Richtigen zu informieren. Wir fangen oben an, nicht unten.«

»Du denkst an Mike?«, fragte seine Frau ebenso leise.

»Ja, genau an den denke ich.«

Dann ging er in die Küche und dabei fiel sein Blick auf einen blutroten Mond. Er öffnete das Fenster, aber es hatte sich nicht um eine Lichtspiegelung gehandelt, wie er zunächst angenommen hatte. Fasziniert schaute er zum Himmel.

»Schon wieder ein roter Mond«, murmelte er, »das kann nichts Gutes bedeuten.«

»Was ist, Paul?«

Eva war hinter ihn getreten und jetzt sah sie ebenfalls den Mond.

»Um Himmels willen«, rief sie erschrocken aus, »was ist denn mit dem Mond los? Ist das schon wieder eine Mondfinsternis? Das wäre aber seltsam, so kurz nacheinander.«

»Ich weiß es nicht, meine Liebe ... wahrscheinlich ist es wieder eine der Spielereien irgendwelcher Special-Effects-Leute, die den Mond mit Laser anstrahlen ... vielleicht für eine dieser verrückten Werbekampagnen. Weißt du noch, so wie damals, als sie für Schcool, dieses Erfrischungsgetränk, die ganze Skyline Bushtowns brennen ließen, was so echt aussah, dass sämtliche Feuerwehren ausrückten und viele Leute in Panik auf die Straße rannten? Kam die Jungs zwar teuer zu stehen, aber danach wollte jeder dieses Zeug haben.«

Paul Ferrer hoffte, damit seine Frau beruhigt zu haben. Er selbst war es durchaus nicht. Für ihn gab es einen Zusammenhang zwischen den Drohungen des Rates der Welten und diesem ominösen Mond.

Die beiden kamen mit zwei Flaschen Wasser und einem Tablett mit Gläsern zurück ins Wohnzimmer.

»Mein Gott, Herr Senator, Sie bluten ja, schauen Sie mal!«, Emanuela zeigte auf die Blutflecke, die ihr Dienstherr auf dem Parkett hinterlassen hatte.

Paul Ferrer hob seinen rechten Fuß und besah sich die Wunde.

»Ich muss mich irgendwo geschnitten haben ... das habe ich im Eifer des Gefechts gar nicht gemerkt. Es hätte heute Abend Schlimmeres passieren können, wenn ich mich nicht irre.« Der Senator lächelte gequält.

»Ich habe mein Weinglas draußen auf der Terrasse fallen lassen, das tut mir leid. Bestimmt haben Sie sich an einer der Scherben geschnitten. Bitte setzen Sie sich hin, Herr Senator, ich hole ...«

»Lass mal, Manu, ich mach das schon«, wurde sie von Eva Ferrer unterbrochen.

»Paul, halt mal den Fuß hoch, ich muss schauen, ob noch eine Scherbe drin steckt.«

Der Senator stützte sich am Tisch ab und hielt seiner Frau den Fuß entgegen.

»Was für ein Segen«, sagte er zu Jim gewandt, während Eva die Fußsohle inspizierte, »dass du uns heute besucht hast, Junge, und welch ein Glück, dass ich dir damals geraten habe, Kampfsport zu betreiben. Spätestens jetzt hat es sich ausgezahlt. War eine gute Investition.«

Er lächelte schwach.

»Und ich bin froh, dass ich euch etwas zurückgeben kann, Onkel Paul ... nach all dem, was ihr für mich getan habt ... schau mal, was der Typ für eine altmodische Waffe bei sich hatte«, er hielt den Revolver hoch, »mit Schalldämpfer! Nur dass sie im Wilden Westen wohl keine Schalldämpfer benutzt hatten, wenn ich mich nicht irre.«

»Du solltest die Waffe auf unseren Gast richten, mein Junge«, wurde er vom Senator ermahnt.

»Der ist gut verpackt, Onkel Paul, der rührt sich nur, wenn wir es ihm erlauben, glaube es mir. Die Waffe brauchen wir nicht.«

Jim lächelte stolz.

Emanuela kam mit einem Verbandskasten, schnitt ein Pflaster ab und reichte es Eva.

»Nichts drin, soviel ich sehen kann, Paul, warte einen Moment, du bekommst das hier noch drauf.« Sie kippte etwas Jod aus einer kleinen Flasche auf die Wunde.

»So, alles wieder gut. Das heilt von selbst. Die alten Hausmittel sind doch immer noch die besten.«

Dann humpelte der Senator zu seinem Gefangenen und sagte: »So, dann wollen mir mal schauen, mit wem wir es hier zu tun haben.«

Er zog Carl mit einem Ruck die Mütze vom Kopf.

Jetzt war es an Jim, überrascht zu sein. »Hey«, rief er, »den kenne ich, er wohnt bei uns im Hotel! Kam mir gleich so merkwürdig vor mit seinem komischen Hut ... so einen, wie sie ihn in alten Westernfilmen trugen. Er wohnt in der teuersten Suite, Onkel Paul, seit ... warte mal ... ich glaube seit drei Tagen, ich war beim Einchecken nicht dabei. Ich habe noch eine Mail an die NSPO geschickt, als er das Hotel verlassen hat, kurz danach habe auch ich mich auf den Weg gemacht ... Gott sei Dank.«

Carl sagte nichts. Erkannt hatte er seinen Widersacher ja bereits an der Stimme. Er würde jedenfalls den Mund halten. Abwarten war jetzt die Devise.

»Was? Er wohnt bei euch im Hotel?«, fragte der Senator überrascht. »Dann kennst du also seinen Namen?«

»Klar, Onkel Paul, klar«, gab Jim eifrig zur Antwort, »sein Name ist Weyman, Carl Weyman. Habe es ja eben noch der NSPO gemeldet. Es ist wirklich merkwürdig, aber ich hatte, wie gesagt, bei ihm gleich so ein komisches Gefühl ... und zwar schon bei unserer ersten Begegnung. Da hat er mich gefragt, ob wir uns kennen. Dann heute, als er so grußlos an mir vorüberging, schien er es eilig zu haben ... jetzt weiß ich auch, warum.«

»Du hast es der NSPO gemeldet? Warum das denn?«

»Anweisung vom Chef ... müssen wir seit ein paar Tagen machen ... ich meine, jede Bewegung von Fremden melden ... keine Ahnung, warum ... ich vermute mal, es ist wegen dieser Drohungen aus der Alten Welt ... bringen sie doch laufend in den Nachrichten. Nikita wird ja jetzt richtig berühmt. Ganz schön mutig, was sie da gemacht hat. Schade, dass ich nicht hier war, als sie euch besucht hat.«

»Das ist nicht sein Name, Herr Senator«, kam jetzt eine leise Stimme von der Couch. Es war Emanuela, die ganz blass geworden war und nach Evas Hand gegriffen hatte.

»Wie, das ist nicht sein Name?«, kam es von Jim und dem Senator wie aus einem Munde.

Der Senator drehte sich zu seiner Haushälterin um und Jim blickte seine Mutter voller Erstaunen an.

»Woher willst du das wissen, Manu?«, fragte der Senator.

Und jetzt konnte Emanuela ihre Tränen nicht mehr zurückhalten. Schluchzend sagte sie: »Weil ich ihn einmal sehr gut gekannt habe ... ich kenne diesen Mann.« Dann sprach sie leise weiter, sie flüsterte fast. »Wir waren mal zusammen ... ich meine als Paar ... er und ich.«

»Du warst was, Mama?«, jetzt war auch Jim blass geworden, du warst mit ihm ...«

»Zusammen, ja, Jimmy ... es ist lange her, weißt du.« Sehr leise, sodass nur Eva es hören konnte, fügte sie hinzu: »Er war meine erste Liebe.« Dann fuhr sie lauter fort: »Ich habe ihn im ersten Moment nicht erkannt, eigentlich habe ich ihn zunächst nur an den Augen erkannt. Augen, die man einmal geliebt hat, vergisst man nicht. Nun, er ist es ohne Zweifel ... jetzt wo ich auch seine Nase gesehen habe ... Jetzt sag du auch mal was, Donald«, wandte sie sich jetzt an Carl. »Hattest du wirklich vor, uns alle umzubringen?«

»Was denn nun«, rief der Senator aus, »Donald ... Carl ...
wie denn nun?«

Jim war in seinem Sessel zurückgesunken und schien nach-
zudenken. Der Revolver lag zwar noch in seiner Hand, die
ruhte aber entspannt auf der Armlehne.

»Suchen Sie es sich aus«, brummte Carl und das war das
Erste, was er an diesem Abend sagte.

»Er heißt in Wirklichkeit Donald Verhooven«, sagte Emanuela bestimmt. »Ich weiß es genau, auch weil ich damals bei
der Gerichtsverhandlung war, die gegen ihn geführt wurde ...
beim Militärgericht ... da werden sie sicher seinen richtigen
Namen genannt haben ... hätte ja sein können, dass er mich
damals belogen hat. Die Verhoovens waren aber seine Adoptiveltern gewesen ... ich weiß es nicht mehr genau, aber ich
glaube er war adoptiert. Sonst hat er mir nichts von zu Hause
erzählt, nur dass seine leiblichen Eltern bei einem Autounfall
ums Leben gekommen waren, als er noch ein kleines Kind
war. Das war dann bei der Verhandlung auch noch einmal
Thema ... ich glaube, sein Anwalt brachte das in der Verhandlung zur Sprache. Er wollte wohl damit erklären, warum aus
ihm das geworden war, was aus ihm geworden war. Ach, mein
Gott, ich weiß das alles wirklich nicht mehr so genau. Er
hat...«, jetzt schluchzte Emanuela wieder auf, »meinen damaligen Freund Jim Decker ... deinen Vater, Jimmy ... so schwer
verletzt, dass der im Rollstuhl gelandet war und sich ... und
sich deswegen später das Leben genommen hat. Aber er wusste nicht, dass ich schwanger war, er hätte sich sonst nie umgebracht ... ich wusste es ja selber nicht.«

Jetzt schluchzte sie laut auf und dicke Tränen kullerten
über ihre Wangen. Eva reichte ihr ein Taschentuch.

»Mein Gott, Manu, das ist ja entsetzlich, was du da sagst«,
sagte sie mitfühlend. »Davon hast du uns nie erzählt.«

»Ich wollte es einfach vergessen, Eva«, schluchzte Manu,
»bitte versteh das.«

»Ja, Manu, ich kann das verstehen«, gab Eva einfühlsam zur Antwort und legte einen Arm um Emanuelas Schulter.

Dann wanderte ihr Blick mehrmals zwischen den beiden Männern hin und her und sie dachte: *Merkwürdig, unser Jimmy sieht diesem Mann dort ähnlich, er hat in jedem Fall seine Augen und ein wenig auch seine Nase.* Ihre Gedanken behielt sie aber für sich.

»Ich wollte es vergessen, Eva, einfach vergessen, weil es so, so furchtbar war. Hier bei euch konnte ich ein neues Leben anfangen ... und jetzt hat mich mein altes Leben eingeholt ... ach, Eva.« Emanuela war völlig außer sich.

»Er hat ... was getan?«, Jim war aufgesprungen und stand nun, zitternd vor Wut, mit der Waffe auf seinen Gefangenen gerichtet, da. Er entsicherte den Revolver. Aber der Senator sagte ganz ruhig, indem er einen Schritt auf ihn zutrat und die Hand beschwichtigend hob: »Lass mal, Jimmy, er wird seine gerechte Strafe bekommen. Gib mir die Waffe, Junge. Ich verstehe ja, dass du ihm an die Gurgel willst, aber dadurch wird dein Vater auch nicht wieder lebendig.«

»Aber Onkel Paul, hast du nicht gehört, was Mutter da eben gesagt hat ... er hat meinen Vater ...«, und dann wandte er sich an seine Mutter: »Warum hast du mir das nicht erzählt, ich dachte immer, Vater sei eines natürlichen Todes gestorben.«

»Weil ... weil ich dich nicht unnötig belasten wollte, mein Junge. Es war schon schlimm genug, dass du ohne ihn aufwachsen musstest.«

Tränen kullerten über Manus Wangen.

»Wenn du ihn jetzt umbringst«, schaltete sich der Senator mit ruhiger Stimme wieder ein, »werden wir gar nichts erfahren. Wir sollten uns jetzt alle zusammenreißen. Es ist ein bisschen viel im Augenblick. Bitte lasst uns Ruhe bewahren ... wir brauchen einen klaren Kopf. Manu, bist du dir über die Identität unseres Gastes ganz sicher?«

»Ja, vollkommen sicher, Herr Senator«, konnte Emanuela nur leise sagen. Sie schnäuzte sich geräuschvoll in das Taschentuch, das ihr Eva gereicht hatte.

Die Gedanken Paul Ferrers kreisten für einen Moment wie ein außer Kontrolle geratenes Kirmeskarussell. Plötzlich schien es abrupt angehalten worden zu sein.

»Manu, du sagtest eben, der Name dieses Mannes sei Donald Verhooven … aber das ist der Name seiner Adoptiveltern, nicht wahr?« Er erwartete darauf keine Antwort.

»Ja, da bin ich mir ganz sicher, Herr Senator.«

Dann wandte Paul Ferrer sich an seine Frau.

»Komm doch mal bitte mit nach nebenan, ich möchte etwas nachschauen, da brauche ich deine Hilfe.«

Er gab Jimmy den gesicherten Revolver zurück.

»Du stellst keinen Unsinn an, versprochen?«

»Versprochen, Onkel Paul.«

In seinem Büro angekommen, loggte er sich in seinen Computer ein. Nach ein paar Berührungen auf dem Touchscreen seines Schreibtisches dauerte es nicht lange, bis der Name Verhooven in einer Datenbank zu finden war, zu der nur Regierungsangehörige Zugang hatten. Dann sagte er leise zu seiner Frau: »Schau hier, Eva, er heißt mit richtigem Namen Fuertos. Hier steht es. ›Donald Fuertos wurde nach einem tragischen Unfall seiner leiblichen Eltern im Alter von sechs Jahren von den Verhoovens adoptiert.‹

Tauchte dieser Name nicht im Zusammenhang mit der Entführungsgeschichte der Sisko-Zwillinge damals … du weißt schon … hatte uns Mike Stunks nicht von dem Konkurrenzkampf zweier Firmen um den ICD berichtet? Und war der Name der unterlegenen Firma nicht Fuertos gewesen? Doch so hieß die Firma, ich täusche mich nicht. Jetzt fällt es mir wieder ein … BOSST war an der Ausschreibung damals auch beteiligt. BOSST wollte Sisko ESS kurze Zeit später übernehmen, wäre ein Riesendeal gewesen damals … wurde nur knapp vom Kartellausschuss des Senats abgelehnt.«

»Nein, du täuschst dich nicht«, gab seine Frau zur Antwort, »eine der Firmen hieß Fuertos. Meines Wissens gibt es sie auch nicht mehr, weil … weil die Eigentümer bei einem Autounfall ums Leben gekommen waren ... genau wie Manu sagte ... und, mein Gott, jetzt fällt es mir ein ... sie hinterließen wirklich einen kleinen Sohn ... und von dem hörte man nichts mehr, nachdem er von einer befreundeten Familie adoptiert worden war! Der Name der Adoptiveltern wurde aus nachvollziehbaren Gründen vor der Öffentlichkeit geheim gehalten. Und dann ist dieser Junge später unserer Manu begegnet ... und hat ... und jetzt halte mich für verrückt, Paul, mit ihr einen Sohn gezeugt ... unseren Jimmy. Ich finde nämlich, dass er ihm sehr ähnlich sieht. Ist es dir nicht auch aufgefallen?«

»Jetzt, wo du es sagst ... es stimmt, er hat seine Augen«, Paul Ferrer fasste sich an die Stirn, »und ein bisschen auch seine Nase ... aber wenn das wirklich stimmt, wäre unser Jimmy der Enkel der Fuertos!«

»Was für ein Schicksal!«, sagte Eva. »Lass uns zurückgehen, ich möchte Manu jetzt nicht so lange alleine lassen.«

»Manchmal machen eben auch die cleversten Leute Fehler«, sinnierte der Senator.

»Wie meinst du das, Paul?«

»Weil man den richtigen Namen dieses Mannes, der in unserem Wohnzimmer sitzt, hätte löschen müssen. Für mich ergibt sich jetzt endlich ein schlüssiges Bild, Eva, die Puzzleteile fügen sich zusammen. Ich hatte immer Zweifel an der Version eines Autounfalles ... bei unseren Sicherheitsstandards! Ich glaubte nicht an das Gutachten, das einen technischen Defekt am Wagen der Fuertos bescheinigt hatte. Ich war mit meiner Meinung nicht alleine und hatte das damals im Untersuchungsausschuss geäußert ... als Einziger im Übrigen. Meine Kollegen hatten damals alle ihren Schwanz eingezogen, wohl weil Wizeman den Vorsitz der Kommission innehatte. Mein Gott, wenn er da mit drinstecken würde ... das wäre nicht auszudenken. Aber lass uns erst einmal zurückgehen, ich will den Jungen nicht mit seinem Vater alleine lassen. Wer weiß, was dieser Mann für Tricks auf Lager hat. Sie werden keinen Anfänger geschickt haben.«

Auf der Couch nahm Eva wieder Manus Hand. Die Haushälterin schluchzte immer noch ab und zu in ihr Taschentuch.

Evas Blick ging zu dem gefesselten Mann hinüber, der sich zuvor Manus Ausführungen scheinbar völlig teilnahmslos angehört hatte, jedenfalls hatte er sich durch keine Regung verraten. Aber das war dem jahrelangen Training zuzuschreiben. Innerlich arbeitete es in ihm. Das, was er gehört hatte, weckte schmerzhafte Erinnerungen, die er dachte, gut vergraben zu haben. Er beschloss abzuwarten.

Jimmy hatte den Revolver neben sich auf einem kleinen Tisch abgelegt. Es sah so aus, als habe der Mann, der bestimmt den Senator hatte töten wollen, die Ausweglosigkeit seiner Lage erkannt. Außerdem war er gut verpackt. Wenn es doch nötig sein sollte, würde er sie schnell erreichen. Er blieb auf der Hut.

Carl atmete erleichtert auf. Es hatte für einen Augenblick wirklich so ausgesehen, als wolle dieser Bengel ihn auf der Stelle erschießen. Er hatte in den Augen des jungen Mannes, die den seinen so ähnlich waren, etwas gesehen, das er selbst nur allzu gut kannte. Wut. Aber wieso hatte er seine Augen, wenn Jim Decker der Vater war? Bei ihrer ersten Begegnung im Hotel hatte er das Gefühl gehabt, ihn zu kennen.

Er überlegte, dann lächelte er in sich hinein und dachte: *Der Junge kommt ganz nach seinem Vater.*

»Hat er in der Zwischenzeit irgendetwas von sich gegeben?«, fragte der Senator.

»Nein, nichts, Onkel Paul, keinen Mucks hat er gemacht … hat uns nur ständig fixiert wie eine Schlange ihre Beute … nur dass es diesmal wohl andersherum ist«, gab Jimmy lächelnd zur Antwort.

Nachdem der Senator sich vergewissert hatte, dass der Attentäter weiterhin sicher verwahrt war, begab er sich abermals in sein Büro, das direkt an den Wohnraum angrenzte. Dort nannte er eine Nummer und brauchte nicht lange zu warten, bis sich jemand am anderen Ende der Leitung meldete.

»Guten Abend, Mike, ich hoffe ich störe Sie nicht. Ich wollte nur nachfragen, ob Sie unsere Einladung vergessen haben, wir haben bis eben mit dem Essen gewartet, aber jetzt haben wir begonnen ... kommen Sie denn noch? Ich habe natürlich Verständnis dafür, wenn Sie gerade nicht wegkommen wegen des ganzen Trubels, der zurzeit herrscht. Wenn Sie sich beeilen, bekommen Sie noch etwas vom Nachtisch ab, Eva würde sich freuen.«

Mike Stunks schaltete sofort.

»Ich bitte vielmals um Entschuldigung, Herr Senator, es stimmt, bei uns geht es gerade ziemlich hoch her ... jetzt habe ich aber etwas Luft und würde gerne noch vorbeikommen ... lassen Sie mir etwas vom Dessert übrig. So weit ist es ja Gott sei Dank nicht zu Ihnen. Ich setze mich sofort in Bewegung. Bitte sagen Sie Eva, dass es mir leidtut.«

»Das freut mich, dass Sie noch kommen, wir werden also warten.«

Es dauerte keine halbe Stunde, bis Mike Stunks eintraf. Der Senator, der sich inzwischen wieder angekleidet hatte, empfing ihn an der Haustür.

»Lassen Sie uns kurz in mein Arbeitszimmer gehen, dort kann ich Ihnen in Ruhe alles erzählen. Danke, dass Sie so schnell kommen konnten.«

Als die beiden Männer in den tiefen Sesseln Platz genommen hatten, fragte Mike: »Was ist hier passiert, Paul, wer ist der verpackte Mann in Ihrem Wohnzimmer?«

»Den haben Sie schon gesehen?«, fragte der Senator erstaunt.

»Nun, ich habe mir natürlich erst einmal ein Bild von der Lage hier gemacht und bin um Ihr Haus gegangen ... alte Polizeigewohnheit. Ich wusste ja, dass etwas im Busch war. Durch das Wohnzimmerfenster kann man alles gut sehen. Meine Leute sind auch schon an diesem Fall dran. Es wird bereits fleißig recherchiert. Wir gehen seit Tagen jedem verdächtigen Hinweis nach. Sie wissen schon, Kameraauswertungen, Telefonmitschnitte, Mietwagen, die ganze Palette. Seit Ihre Tochter zurück ist und es diesen Drohbrief gibt, ganz besonders.« Mike grinste.

»Genau kann ich es noch nicht sagen, Mike, nur so viel, dass er mich anscheinend umbringen wollte. Zum Glück hat der Sohn unserer Haushälterin das verhindern können. Inzwischen hat mir Manu erzählt, dass vorgestern wohl jemand von eurer Behörde hier war, um alle Sicherheitseinrichtungen des Hauses zu überprüfen. Jetzt ist wohl klar, dass er nicht von euch war, denn er hat alles abgeschaltet ... und das so gekonnt, dass es niemandem auffallen konnte. Der Überfall war also gut vorbereitet. Dass ich auf der Liste gewisser Leute stehe, ist mir nicht neu. Und jetzt komme ich zu dem Mann, den Sie so gut verschnürt gesehen haben. Er hat als Carl Weyman vor einigen Tagen im Vision Inn eingecheckt, die Meldung müsstet ihr bekommen haben ... aber jetzt kommt's ... er hat noch mindestens zwei andere Namen. Donald Verhooven ... und Donald Fuertos, was nach meinen Recherchen sein richtiger Name sein dürfte.«

Der Senator machte eine Pause und war gespannt, ob dieser Name bei Mike etwas auslösen würde.

»Fuertos ... Fuertos«, Mike Stunks dachte nach, »da klingelt bei mir etwas ... Moment mal, war das nicht eine Elektronik-Firma, die mit den Siskos und BOSST um den ICD konkurriert hatte? Ich erinnere mich jetzt ... als ich mit der Entführung der Sisko-Kinder beschäftigt war, fiel dieser Name einige Male.«

In seiner gesamten Laufbahn hatte ihn noch kein Fall dermaßen in Atem gehalten wie die Entführung der Sisko-Zwillinge. Vielleicht auch, weil es sein erster großer Fall als junger Ermittler bei der NSPO gewesen war. Das Attentat auf den Senator könnte ähnliche Ausmaße bekommen.

»Diese Entführungsgeschichte«, fuhr er fort, »war mein erster Fall bei der NSPO, so etwas vergisst man nicht ... egal, wie lange es her ist. Zumal ich nicht der Meinung bin, dass wir den Fall damals wirklich gelöst haben. Heute noch denke ich manchmal, dass wir wichtige Details übersehen haben. Aber mein damaliger Vorgesetzter hat darauf gedrängt, den Fall endlich abzuschließen, immerhin gab es ja einen geständigen Täter, wenn der inzwischen auch tot war. Mir war das von Anfang an viel zu sehr inszeniert, wenn Sie mich fragen. Der Druck der Öffentlichkeit war einfach riesengroß ... Immerhin waren da nicht irgendwelche Kinder entführt worden ... so traurig das vielleicht klingt ... aber Sie kennen das Spiel, Paul. Die Fuertos hatten einen Sohn, das weiß ich noch genau. Sie sind tödlich verunglückt, als dieser noch ein kleiner Junge war. Donald ... ja, Donald, so hieß er.«

»Verunglückt, ja, so mag man das nennen, aber ich bin mir fast sicher, dass es kein Unfall war. Es wäre nicht das erste Mal, dass man einen Mitbewerber auf diese Weise aus dem Weg räumt. Da muss man in der Geschichte gar nicht so weit zurückgehen. Aber vielleicht höre ich auch schon die Flöhe husten ... es ist zu viel Merkwürdiges geschehen.«

»Da haben Sie sicherlich recht, Paul, und der Sohn, dieser Donald Fuertos, soll nun ein Auftragskiller geworden sein?«

»Es sieht ganz danach aus, Mike. Immerhin sitzt er gerade gefesselt in meinem Wohnzimmer. Nach dem, was uns Manu erzählt hat, ist das gar nicht so abwegig. Durch Gewaltdelikte war er jedenfalls schon früher aufgefallen ... als er noch beim Militär war. Er hat das Militär zwar hochdekoriert, aber unehrenhaft verlassen. Nach Manus Erzählungen musste er nicht ins Gefängnis. Er hatte damals einen Kameraden in den Rollstuhl geprügelt, weil dieser ihm wohl sein Mädchen, eben unsere Manu, ausgespannt hatte. Danach hat sie ihn aus den Augen verloren. Aber die ganze Geschichte bekommt noch einen pikanten Zusatz, Mike. Der Mann im Wohnzimmer wird gerade von seinem eigenen Sohn in Schach gehalten, das ist jedenfalls unsere Vermutung. Und ich kann mich da auf das Gefühl meiner Frau verlassen.«

Das kleine Gerät, das Mike Stunks am Handgelenk trug, gab einen leisen Ton von sich. Mike schaute auf das Display. »Oh, das sind schon meine Leute, das ging aber schnell.« Er setzte einen kleinen Kopfhörer auf.

»Ja, Sie können reinkommen, Moment, ich gehe zur Tür«, dann wandte er sich an den Senator. »Draußen steht einer meiner Männer, sie haben schon etwas gefunden. Ich hole es gleich.«

»Kein Problem«, sagte Paul.

Nach zwei Minuten war Mike wieder da.

»Sie haben ein paar Blocks weiter einen Wagen gefunden, der hier nicht gemeldet ist. Sie haben ihn sichergestellt und untersuchen ihn. Wer damit gefahren ist, dürfte ja klar sein.«

»Ich bin gespannt, ob man etwas findet.«

»Aber wenn das so wäre«, nahm er den Faden wieder auf, »dann sitzen dort in Ihrem Wohnzimmer die beiden Nachkommen der Fuertos, Paul ... Und damit wären sie die rechtmäßigen Erben eines beträchtlichen Vermögens.«

»Was ist denn mit der Firma damals geschehen? Haben Sie eine Ahnung?«

»Meines Wissens nach wurde sie von einem Treuhänder geleitet, bis sie von BOSST übernommen wurde. Der Betrag, der dafür gezahlt wurde, müsste ja auf irgendeinem Konto liegen. Und jetzt soll wirklich der Sohn ein gedungener Mörder sein?«

»Ich finde das gar nicht abwegig. Nikita hat sich während ihres Studiums intensiv mit traumatisierten Kindern beschäftigt, daher weiß ich einiges darüber. Viele dieser Kinder, nicht alle, sind entweder auf die schiefe Bahn geraten oder Drogen verfallen. Sie fühlten sich vom Schicksal betrogen, haben sich verschlossen und wurden zu gefühllosen Erwachsenen, die glaubten, sich an allem und jedem für ihr erlittenes Leid rächen zu müssen.«

»Das stimmt allerdings. Redet er denn?«

»Nein, bisher nur ein paar Worte. Es ist nichts aus ihm herauszubekommen. Er wird sicher auch nichts erzählen ... jedenfalls nicht freiwillig.«

»Moment, ich versuche mal etwas«, sagte Mike Stunks, nahm seine MFB heraus und setzte sie auf.

»Haben jetzt alle Sicherheitskräfte diese Brille?«, fragte der Senator.

»Ja, inzwischen hat jeder, der im Außendienst eingesetzt ist, ob Polizisten, Wachleute oder Soldaten, eine MFB.«

Mike Stunks stellte eine Verbindung her.

»Also, unter Carl Weyman finde ich lediglich seinen letzten Aufenthaltsort im Vision Inn ... oh, er hat ja wahrlich fürstlich gewohnt. Hat schon ein paarmal dort residiert. Muss nicht schlecht verdienen oder spendable Sponsoren haben, der Mann. Ich schicke sofort jemanden hin, um sein Zimmer zu untersuchen ... einen festen Wohnsitz scheint er nicht zu haben, was ich sehr merkwürdig finde, weil normalerweise jeder Bürger registriert ist, wie Sie wissen. Es gibt auch sonst keine Daten über ihn ... irgendetwas stimmt mit seinem ICD nicht ... wir müssen das unbedingt überprüfen.«

»Können Sie bitte damit noch etwas warten, Mike? Man wird sofort wissen, dass wir ihn geschnappt haben, und ich fände es besser, das noch nicht an die große Glocke zu hängen. Können Sie auch herausfinden, wer damals der Treuhänder war?«

»Ich kann es versuchen ... und keine Angst, Paul, ich schicke meinen besten Mann rüber ... ganz unauffällig und auch nicht offiziell«, Mike Stunks grinste. »Wir können ihm vertrauen. Mehr können wir jetzt hier nicht tun, ich schlage vor, dass ich mir Ihren Gefangenen einmal anschaue ... vielleicht plaudert er ja, wenn ich ein wenig Druck mache. Um alles andere kümmere ich mich, wenn ich morgen wieder im Amt bin. Vor allem werde ich mir alle Vorgänge heraussuchen, die mit der Entführung der Sisko-Zwillinge im Zusammenhang stehen.«

»Wenn meine Theorie stimmt«, meinte Paul sarkastisch, »werden Sie da nichts mehr finden, aber ich lasse mich gerne überraschen. Man sollte ja immer an das Gute glauben, obwohl mir das in letzter Zeit zugegebenermaßen schwerfällt ... allerdings ... wo ein Fehler gemacht wurde, gibt es vielleicht auch einen zweiten. Da muss sich jemand sehr sicher gewesen sein.«

Die beiden Männer betraten das Wohnzimmer. Jimmy saß immer noch da und ließ seinen Gefangenen nicht aus den Augen. Manu hatte inzwischen die Scherben zusammengekehrt und Eva hatte sich Jeans und Pullover angezogen.

Carl hatte die Augen geschlossen und man hätte meinen können, er sei eingeschlafen.

Mike Stunks nahm sich einen Stuhl und setzte sich.

»Mein Name ist Mike Stunks. Ich bin der Leiter der NSPO in Bushtown. Ich hoffe, Sie verraten mir Ihren wirklichen Namen. Wie heißen Sie?«

Carl öffnete die Augen und musterte den Neuankömmling.

»Mein Name ist Carl Weyman«, entgegnete er mürrisch.

»Mich interessiert Ihr richtiger Name, hören Sie auf mit den Spielchen ... Wenn Sie hier nicht kooperieren, kann ich Sie auch sofort abholen lassen. Ich habe hervorragende Mitarbeiter, die auf Verhöre spezialisiert sind, wenn Sie wissen, was ich damit meine.«

Carl wusste, was das heißt, er war selbst in solchen Methoden ausgebildet worden und hatte sie mehr als einmal auch angewandt. So beschloss er, die Flucht nach vorne anzutreten. Wenn es ein Entkommen geben würde, dann von hier, sicher nicht mehr aus den Räumen der NSPO, einem der best gesicherten Gebäude der Welt.

»Also gut, Sie haben gewonnen. Mein Name ist Verhooven, Donald Verhooven. Das wird Ihnen Emanuela ja sicher schon gesagt haben.«

Das ist zumindest schon einmal ein Anfang, dachte Mike.

Kapitel 25

Nikita setzte die MFB auf und verließ ihre Wohnung. Sie betrat die kleine Parkbox neben ihrem Apartment im 80. Stockwerk und betätigte den Sensor an ihrer MFB. Kurz darauf kündigte ein zischendes Geräusch ihr neues Coupé an, auf das sie vor einigen Monaten noch so stolz gewesen war. Sie nahm darin Platz und innerhalb einer Minute befand sie sich auf einem der fünf Zubringer, die in unterschiedlichen Höhen am Crusst-Tower vorbeiführten. Sie nannte die Adresse und lehnte sich zurück.

Der Wagen reihte sich in den fließenden Verkehr auf einer der breiten Hauptstraßen ein, die durch die Stadt verliefen. Sie erinnerte sich, dass sie es früher geliebt hatte, weil sie sich während der Autofahrten entspannen konnte, ihre E-Mails beantwortete oder telefonierte, wozu sie während ihres meist anstrengenden Arbeitstages bei BOSST nicht kam. Jetzt musste sie über das Wort früher lächeln, denn es war ja noch nicht lange her, dass sie die Art und Weise der Fortbewegung in der Alten Welt kennengelernt hatte. Was hätte sie jetzt darum gegeben, in einer Kutsche zu fahren oder auf dem Rücken eines Pferdes durch Flaaland zu reiten.

Sie dachte an das Telefonat mit Kay Sisko, das sie vor ein paar Stunden geführt hatte.

»Ich verstehe nicht ganz, Frau Ferrer, warum Sie mich in einem Lokal treffen wollen, wir werden dort bestimmt keine Ruhe haben. Sie sind ja inzwischen bekannter als ich. Ich lade Sie zu mir in mein Büro ein, hier sind wir ungestört ... außerdem ist es für mich gerade schwierig wegzukommen. Den Weg in den Senat kennen Sie ja. Das Restaurant im Senat ist eigentlich ganz okay. Seitdem Sie aus der Alten Welt zurück sind, jagt ein Termin den anderen ... und dann gibt es ja auch noch diesen ominösen Drohbrief, den Sie mitgebracht haben.«

Er lachte und sie fand ihn sofort sympathisch. Daran, dass man in seinem Büro ungestört bleiben würde, hatte sie Zweifel. Während zahlreicher Besuche bei ihrem Vater hatte sie andere Erfahrungen gemacht.

»Vielen Dank für die Einladung, Herr Senator«, hatte sie geantwortet, »aber ich kenne ein kleines Restaurant in der Südstadt direkt am Flussufer. Sie machen dort ein hervorragendes italienisches Essen ... Ich esse seit langem hin und wieder dort mit meinen Eltern. Vielleicht kennen Sie die Trattoria da Tino? Der Inhaber ist für seine Diskretion bekannt. Meinem Vater ist das nämlich ebenfalls wichtig. Tun Sie mir den Gefallen? Sie werden es nicht bereuen ... versprochen. Sie werden doch wahrscheinlich sowieso zu Abend essen. Warum dann nicht das Angenehme mit dem Nützlichen verbinden?«

Sie hatte ihren ganzen Charme in die Frage gelegt. Nikita wollte in jedem Fall an einem Ort sein, an dem sie keine ungebetenen Zuhörer haben würden.

»Einverstanden, weil Sie es sind, Nikita«, hatte er nach einer kurzen Pause zurückgegeben. Dabei hatte er gelächelt und seine blauen Augen hatten geleuchtet. »Nein, ich kenne Ihr Restaurant nicht, aber ich kann erst später am Abend da sein, es wird sicher 22 Uhr werden.«

»Das ist kein Problem, Herr Senator, vielen Dank für Ihre Zusage, ich habe ebenfalls noch eine Menge zu tun.«

»Das glaube ich Ihnen gerne.«

Sie war bereits zehn Minuten vor dem vereinbarten Zeitpunkt vor der Trattoria. Sie stieg aus und ihr Wagen setzte sich wieder leise in Bewegung. Er würde nicht lange suchen müssen, denn sie hatte gerade noch einige Parklücken gesehen. Um noch ein wenig Luft zu schnappen, ging sie die paar Schritte zum Fluss hinunter. An der Uferpromenade waren in kurzen Abständen Bänke aufgestellt. Hier verbrachten an schönen Tagen meistens Studenten der nahe gelegenen Universität ihre Vorlesungspausen.

Ein kurzer Schauer war eben niedergegangen und der Himmel klarte auf. Sie blickte der Regenwolke nach, die in Richtung Westen weiterzog. Dann stutzte sie und erschrak. Der Mond war zunächst orange und färbte sich langsam rot, aus seiner Mitte heraus. Es war ein leuchtendes Blutrot.

Ein roter Mond, ich habe noch nie solch einen roten Mond gesehen, noch bei keiner Mondfinsternis hatte er dieses Farbenspiel und die letzte Finsternis ist erst vor Kurzem gewesen, es kann also keine sein. Sie schloss die Augen und versuchte sich zu erinnern. Und die Erinnerung flog sie an, nicht sanft und allmählich, sondern plötzlich und so mächtig, dass sie sich hinsetzen musste. Sie schaffte es gerade noch auf eine Bank.

Es sollte ein wunderschönes Weihnachtsfest werden, als sie mit ihrer Familie, Ben und ihren beiden Kindern nach Thailand geflogen waren. Einmal etwas anderes, als das Fest im Kreise ihrer großen Familie in New York zu verbringen, wie all die Jahre zuvor, zumindest seit Geburt der Kinder. Das Hotel in Khao Lak Beach hatte ihre Erwartungen bei Weitem übertroffen. Die Kinder waren den ganzen Tag am Strand mit all den anderen Kindern aus dem Hotel. Sie liebten ihre Betreuerin und Nikita – sie hieß damals Christine – und Ben hatten endlich Zeit miteinander. Es war merkwürdig gewesen, den Heiligen Abend unter Palmen und bei Temperaturen über 30 Grad zu verbringen.

Am ersten Feiertag hatten sie einen Ausflug in ein nahe gelegenes Kloster gemacht, ohne die Kinder, und sie hatten sich verbunden gefühlt wie lange nicht mehr. In der nächsten Nacht hatten sie alle staunend am Strand gestanden und einen roten Vollmond bewundert. Niemand hatte sich etwas dabei gedacht. Das Unglück begann am Morgen des 26. Dezember nahe der Insel Simeule. In dreißig Kilometern Tiefe gab es ein gewaltiges Erdbeben, bei dem unvorstellbare Wassermassen in Bewegung gerieten. Mit einer Geschwindigkeit von bis zu 800 Stundenkilometern schoss eine Zerstörung unvorstellbaren Ausmaßes auf die Küsten zu. Sechzehn Minuten nach dem Beben erreichte der Tsunami Banda Aceh und zermalmte die Stadt unter einer zwölf Meter hohen Flutwelle.

Von alledem hatten sie und Ben, die nach einem ausgiebigen Frühstück faul am Strand gelegen hatten, während die Kinder im Wasser planschten, nichts mitbekommen. Es versprach, wieder ein herrlicher Tag zu werden. Irgendwann rief jemand, dass sich das Wasser zurückziehen würde. Ben hatte sich aufgesetzt und zu Nikita gesagt, dass er sich wundere, wie stark die Gezeiten an diesem Tage seien, und er hatte das auf den besonderen Mond zurückgeführt. Während sie noch darüber rätselten, sahen sie eine mächtige Wasserwand auf den Strand zurollen. Sie riefen nach den Kindern, die davon noch nichts gemerkt hatten. Sie nahmen sich Zeit, aus dem Wasser zu kommen, zu viel Zeit. Die meisten Menschen flohen bereits in Panik auf das Hotel zu, das sich nur wenige Meter hinter ihnen befand. Christine hatte beide Kinder gepackt und war wie all die anderen schreiend losgerannt, in der sicheren Erkenntnis, dass das Hotel ihnen keinen Schutz bieten würde. Sie schafften es nicht mehr. Keiner der Gäste überlebte diesen Tag.

Nikita riss die Augen auf und dann flossen ihre Tränen. So saß sie einige Minuten still da. Das war vor mehr als 850 Jahren gewesen, wusste sie in diesem Moment. Dann atmete sie ein paarmal tief durch, nahm ein Taschentuch aus ihrer Manteltasche und trocknete sich das Gesicht. Sie stand langsam auf.

Der breite Strom, der im Dunkeln träge dahinfloss, trennte die beiden großen Stadtteile Bushtowns. Am gegenüberliegenden Ufer leuchteten die Lichter des Vision Inn, das mit seiner sicherlich dreißig Yard hohen Lichtreklame die anderen Hotels und mehrere Wohnkomplexe um einiges überragte. Die Mieten dort drüben waren horrend. Leise klatschten die kleinen Wellen ans steinige Ufer. Etwas weiter unterhalb legte gerade eine hell erleuchtete Fähre ab, um Menschen, die vielleicht lange im Büro gearbeitet hatten, an das andere Ufer zu bringen. Zurückkehren würde sie bald darauf mit gut gelaunten späten Partygängern, die sich dann in der City bis zum frühen Morgen vergnügen würden. Mächtige Lastkähne mit turmhoch aufgestapelten Containern schoben sich geräuschlos vorbei, was lediglich an den Positionslichtern der Schiffe zu erkennen war.

Wie riesige Wasserschildkröten, ging es Nikita gerade durch den Kopf, *früher waren dort auch Menschen an Bord, es muss ein interessantes Leben gewesen sein als Flussschiffer.*

Für einen kurzen Moment wurde sie an Flaaland erinnert und diese Erinnerung war deutlich angenehmer. Dort hatte sie manchmal die dickbauchigen Schiffe mit ihren bunten Segeln und fröhlichen Mannschaften betrachtet, wenn sie mit Effel unterwegs gewesen war. Sie hatten auf ihren langen Wanderungen durch seine Heimat stundenlang so am Ufer des Indrok im Gras sitzen können, ohne ein Wort zu sprechen. Fast immer hatten sie sich später an Ort und Stelle geliebt. Wehmut schlich sich in ihr Herz und sie sah Effel deutlich vor sich. Ungern holte sie sich in die Gegenwart zurück. Bis auf den Mond war alles so wie immer.

»Du hast dich an etwas erinnert, stimmt's?«

»Shabo, hast du mich erschreckt. Wie lange bist du schon da?«

»Lange genug, Nikita, ich soll dich eben nicht aus den Augen lassen, Befehl von ganz oben«, lachte der Gnom.

»Ja, du hast recht, Shabo, ich habe mich an ein früheres Leben erinnert, eben als ich den roten Mond sah. Es war furchtbar damals, so viele Menschen sind umgekommen.«

»Du meinst den Tsunami an Weihnachten Anfang des einundzwanzigsten Jahrhunderts?«

»Ja, den meine ich.«

»Das war wieder ein Warnschuss, den die Menschen nicht

verstanden haben. Sie haben aufgeräumt, getrauert und weitergemacht wie zuvor. Gelernt haben sie nichts daraus.«

»Ich weiß, Shabo.«

»Ich habe noch etwas für dich, das dich sehr freuen wird, Nikita.«

»Du hast etwas für mich? Was?«

»Ein Rätsel.« Shabo grinste listig.

»Ich glaube, ich habe genug von Rätseln. Danke Shabo, mein Bedarf ist hinreichend gedeckt.«

»Um dieses Rätsel geht es aber, Nikita. Er hat sich erinnert.«

»Effel hat sich erinnert?« Das Staunen stand ihr ins Gesicht geschrieben. »Und du weißt die Lösung? Du hast sie schon bekommen?«

»Ja, es handelt sich um Schnee. Die Lösung des Rätsels ist Schnee.«

»Schnee, was soll das denn?«

»Na ja, genauer gesagt geht es um die Form eines Schneekristalls ...«

»Er ist sechseckig, das weiß ich«, bemerkte Nikita.

»Und es gibt eine bestimmte Anordnung. Genau in dieser Anordnung müsst ihr eure Maschine bauen.«

»Dann hat er ein Rätsel in einem anderen versteckt. Wenn das stimmt, wird Professor Rhin vor Freude Luftsprünge machen.«

»Es stimmt, aber du sollst es noch für dich behalten, Nikita, bitte rede mit niemandem darüber. Darum bittet Perchafta dich. Er meinte, dass es auch nicht lange dauert, bis du mit dem Bau der Maschine fortfahren kannst.«

»Also gut, versprochen«, versprach Nikita schweren Herzens. Die Freude überwog aber im nächsten Moment schon wieder.

Sie atmete noch einmal tief durch und betrat das Lokal. Tino hatte es vor Kurzem erst renoviert. Die Einrichtung, früher eher gediegen und dunkel, bestand nun ausschließlich aus drei Farben. Die Wände waren in weißem Lack gestrichen und rote, sehr bequem aussehende Stühle standen um grüne Tische mit weißen Tischdecken. Gerade hatte der freundliche Wirt, der um die 60 Jahre war, Nikita wusste es nicht genau, die letzten Gäste mit Handschlag verabschiedet. Jetzt begrüßte er Nikita freudestrahlend. Tino hatte volles, pechschwarzes Haar, das er zurückgegelt hatte, und seine Oberlippe zierte ein mächtiger, akkurat geschnittener Schnurrbart. Er trug einen schwarzen Anzug und ein weißes Hemd mit roter Fliege. Mit beiden Händen ergriff er Nikitas Hand und hielt sie fest.

»Nikita, wie schön, dass Sie wohlbehalten zurück sind ... und dann gleich den alten Tino besuchen ... kommen Sie, geben Sie mir Ihren Mantel, ich hänge ihn dort auf. Donnerwetter«, rief er dann entzückt aus, »Nikita ... das Kleid steht Ihnen ja ausgezeichnet ... wenn Sie einem alten Mann diese Bemerkung erlauben.«

»Danke, Tino, ich erlaube es Ihnen«, gab Nikita lachend zur Antwort, »und so alt sind Sie nun auch wieder nicht.«

»Sie sind ja jetzt richtig berühmt! Haben Sie gesehen, wie meine Gäste Sie angeschaut haben? Jeder erkennt Sie, Nikita. Ihren Mut möchte ich auch mal haben. Einfach rüber in die Alte Welt ... Pläne raus ... und ruckzuck wieder zurück. Da wird Ihr Vater mächtig stolz sein, nicht wahr?«

Er begleitete sie zu der Nische, in der die Familie Ferrer gewöhnlich saß.

Nikita blieb stehen.

»Waren wir nicht längst beim Du, Tino? Lass mich erst einmal deine neue Einrichtung bewundern. Gefällt mir sehr gut, so frisch und ... nationalbewusst!«

Sie zwinkerte ihm mit erhobenem Zeigefinger schelmisch zu, dann zeigte sie auf ihr Kleid.

»Als wenn ich es geahnt hätte.«

»Oh ja, stimmt, passt farblich zu meiner neuen Einrichtung,« rief Tino freudig aus.

Sie sah sich um und zeigte auf eines der Bilder, die in roten und grünen Rahmen an den Wänden hingen.

»Der schiefe Turm von Pisa, nicht wahr?«

»Ja, das ist richtig ... den gibt es ja auch schon lange nicht mehr. Eine Schande ist das. All die historischen Bauten. Hinfahren könnten wir ja sowieso nicht mehr, selbst wenn wir es wollten. Hat ein paar hundert Jahre genauso schief dagestanden ... ich glaube von 1300 und etwas bis ... ja, bis dieses Erdbeben kommt und krawumm alles futsch ist ... und ...«, er zeigte auf zwei andere Bilder, »hier das Kolosseum, dort der Petersdom ... auch alles hinüber! Über 130 Yard hoch war der Dom! Viele Menschen aus der ganzen Welt sind dort hingepilgert ... Ach, lassen wir das, Nikita. Man mag wirklich nicht darüber nachdenken, was in jenen Zeiten alles passiert ist.« Dann fügte er hinzu: »Der liebe Gott muss mächtig sauer gewesen sein damals ... haha.«

Er lachte über seinen Witz.

Nikita ersparte sich einen Kommentar dazu, ihre Antwort hätte den guten Tino sicherlich überfordert.

»Also«, fuhr dieser unbekümmert fort, »nimm Platz und erzähle mir lieber von deinem Abenteuer.«

»Du hast recht, Tino, über unsere Geschichte zu philosophieren, wäre ein abendfüllendes Programm. Ich erwarte jeden Moment einen wichtigen Gast, wie du weißt. Der ist an solchen Themen vielleicht nicht interessiert. Im Übrigen«, sie legte dem Wirt eine Hand auf die Schulter und lächelte ihn an, »auch wenn ich jetzt ein paarmal in den Medien erschienen bin, kannst du mich weiterhin duzen ... und was Papas Stolz anbetrifft, fürchte ich, dass der sich in Grenzen hält. Er hat sich große Sorgen gemacht ... da war für väterlichen Stolz nicht mehr so viel Platz.«

»Ach, warte ab, das kommt schon noch ... kann man doch verstehen, den Herrn Senator ... da geht die einzige Tochter auf ein Himmelfahrtskommando ...«

»So schlimm war es dort gar nicht, wie alle denken«, unterbrach Nikita ihn.

»Hätte aber schlimm sein können … immerhin war noch niemand dort, um davon zu berichten. Nur keine falsche Bescheidenheit. Ach, Nikita, freuen wir uns einfach über deinen Erfolg … Energie aus dem Äther gewinnen, welch geniale Idee! Und du hast die Pläne! Professor Rhin war wahrscheinlich vollkommen aus dem Häuschen. Aber der Mann hat das verdient … genau wie du, Nikita. Was denkst du denn, wie lange ihr braucht, dieses Wunderding zu bauen?«

»Das kann ich leider noch nicht genau sagen, Tino, etwas wird es schon noch dauern … es ist kompliziert … sogar komplizierter, als es auf den ersten Blick aussah.«

»Na, das bekommt ihr schon hin, Nikita. Jetzt mit vereinten Kräften … und mit der Firma im Rücken. Wenn ihr das nicht schafft, wer denn dann? Außerdem ist das doch eine gute Sache.«

»Ich bin mir da gar nicht so sicher, ob das alle hier so sehen werden … wenn viele dieser Maschinen erst einmal ihre Arbeit aufgenommen haben, Tino.«

Tino lachte: »Die Energiekonzerne sicher nicht«, und hinter vorgehaltener Hand fügte er noch hinzu, »vielleicht kaufen sie euch die Pläne ja ab.«

»Tino, Tino, was für schlimme Gedanken du hast«, scherzte Nikita.

»Wieso? Soll doch schon öfter passiert sein. Ich meine früher … da haben doch die Ölscheichs zum Beispiel einem Ingenieur seine Erfindung eines solargetriebenen Motors abgekauft. Hätten ja kein Öl mehr für Benzin verkaufen können. Sie wollten wohl nicht mehr in ihre Zelte zurück … hatten sich an ihre goldenen Paläste gewöhnt. Kann man ihnen ja nicht verdenken. Aber du hast ja recht, das ist Schnee von gestern, Nikita, Asche auf mein Haupt, haha. Kann ich dir schon etwas kredenzen? Einen wunderbaren trockenen Roten hätte ich da … aus den Südstaaten, den du so gerne magst.«

»Nein Danke, Tino, mein Gast kommt wohl jeden Moment … falls er pünktlich ist. So lange kann ich warten, obwohl ich zugegebenermaßen einen Bärenhunger habe ... Aber einen Espresso könnte ich schon vertragen.«

Sie fragte sich, wo ihr Gastgeber all diese Informationen herhatte. Ihres Wissens nach war die Geschichte mit den Ölscheichs in keiner Schule erzählt worden.

»Deinen Espresso sollst du gleich bekommen«, sagte Tino. Er zog sich hinter seine Theke zurück, während Nikita aufmerksam die Schiefertafeln an der Wand betrachtete, auf denen die Tagesspezialitäten mit Kreide aufgeschrieben waren. Sie brauchte nicht lange, um zu wissen, was sie später bestellen würde. Sonst war niemand mehr in dem Gastraum, wenn man einmal von Shabo absah, der an einem der Nachbartische Platz genommen hatte und Nikita gerade zuzwinkerte. Tino hatte Nikita versichert, dass er an diesem Abend keinen anderen Gast mehr hereinlassen würde.

Kay Sisko betrat in diesem Moment das kleine Restaurant. Sie hätte ihn auch erkannt, wenn sie nicht erst kürzlich mit ihm telefoniert hätte. Er war pünktlich und ging schnellen Schrittes zielstrebig auf sie zu. Er war oft genug im Fernsehen, in allen möglichen Online-Foren und sozialen Netzwerken zu sehen. Er ließ es sich sogar nicht nehmen, seinen Internet-Blog selbst zu pflegen und nicht wie seine Kollegen einen ganzen Stab damit zu beschäftigen. Seine Fans rechneten ihm das hoch an und sogar politische Gegner waren der natürlich nicht laut geäußerten Ansicht, dass er irgendwann Präsident der Neuen Welt sein könnte.

Er würde sich zudem noch in einem Wahlkampf auf den unermesslichen Reichtum seines Vaters Herb Sisko verlassen können. Die Firma Sisko hatte durch die Produktion des ICD und einer Software für alle Regierungsbehörden, die als absolut sicher gegen Hackerangriffe galt, den in Jahrhunderten gewachsenen wirtschaftlichen Wohlstand der Familie vermehrt. Niemand wusste genau, an welchen Firmen Sisko ESS noch beteiligt war.

348

»Guten Abend, Frau Ferrer ... bleiben Sie doch bitte sitzen.«

Kay Sisko ergriff Nikitas Hand, der Händedruck war warm und fest. Er sah besser aus als im Fernsehen, fand sie, und um einiges älter als 23. Der Senator reichte Tino seinen Mantel, nachdem dieser ihn mit einer tiefen Verbeugung begrüßt hatte: »Es freut mich sehr, Herr Senator, dass Sie mein bescheidenes Etablissement beehren.«

»Bedanken Sie sich bei dieser Dame hier«, hatte Kay freundlich geantwortet und sich Nikita zugewandt.

»Es freut mich, Sie kennenzulernen, Sie sind ja inzwischen eine richtige Berühmtheit, Frau Ferrer. Ihren Vater kenne ich ja schon länger. Er ist für jeden jungen Politiker ein Vorbild. Haben Sie diesen Mond gesehen? Fantastisches Naturschauspiel diese Mondfinsternisse ... sicher gibt es dafür eine wissenschaftliche Erklärung, dass sie so schnell hintereinander auftreten, was meinen Sie?«

Es hatte nicht den Anschein, dass er in diesem Moment darauf eine Antwort erwartete, und so schwieg Nikita lieber. Kay Sisko nahm ihr gegenüber Platz, lockerte seine Krawatte und öffnete den obersten Knopf seines Hemdes.

»Ich hoffe, Sie haben nichts dagegen, wenn ich mein Jackett ausziehe.«

Ohne eine Antwort abzuwarten, hatte er das Kleidungsstück über die Lehne eines Stuhles gehängt.

»So, jetzt geht es mir gleich besser«, meinte er lächelnd und fügte hinzu: »Das Kleid steht Ihnen übrigens ausgezeichnet, wenn ich mir die Bemerkung erlauben darf.«

Nikita schickte ein stilles Dankeschön an ihre Freundin Chal, die ihr ein paar Stunden zuvor noch dringend ans Herz gelegt hatte, sich an diesem Abend sexy anzuziehen.

»Schatz«, hatte sie zu ihr gesagt und dabei den Zeigefinger erhoben, »du gehst mit einem Womanizer aus ... und du willst etwas von ihm. Lass also mal deine üblichen Sachen da, wo sie sind, und höre auf deine Chal.«

Dann hatte sie Nikitas Kleiderschrank geöffnet. Sie brauchte nicht lange zu suchen.

»Hier, das wirst du anziehen … wundert mich eh, dass du so etwas besitzt.«

Sie hatte ein rotes, tief ausgeschnittenes Kleid herausgeholt und prüfend vor Nikita gehalten. »Perfekt, sag ich dir, er wird dich auf der Stelle auffressen … hihihi … ach, komm schon, zieh nicht solch eine Grimasse und mach dich mal locker. Wenn nötig verpasst du ihm eine … weißt schon wohin.«

Chalsea kicherte.

»Du bringst mich doch immer wieder zum Lachen, dafür liebe ich dich! Ich bin mir nicht sicher, ob dieses Kleid noch passt«, Nikita fasste sich lachend an den Bauch.

»Nun mach aber mal 'nen Punkt, die zwei Kilo die du dort drüben bei deinem Effel zugenommen hast, übrigens an der richtigen Stelle, wenn ich mir die Bemerkung erlauben darf, stehen dir sehr gut. Und wenn das hier oben rum eng anliegt, umso besser.«

»Sagen Sie bitte Nikita zu mir, Senator.«

»Gerne, wenn Sie einfach Kay zu mir sagen, schließlich haben wir das gleiche Alter, wenn ich mich nicht irre.«

»Fast«, erwiderte Nikita, kommentierte das aber nicht weiter.

Tino kam an den Tisch.

»Darf ich Ihnen die Speisekarte bringen?« Die Frage war an den Senator gerichtet.

»Was? Sie haben hier Speisekarten?«, fragte der erstaunt.

»Das ist ja richtig nostalgisch bei Ihnen … ich hoffe, das Essen ist neueren Datums.« Er lachte über seinen Witz und Nikita und Tino stimmten ein.

»Keine Angst, Kay, mit dem Essen werden Sie sehr zufrieden sein, dafür lege ich meine Hand ins Feuer. An den Wandtafeln finden Sie auch noch einige Tagesspezialitäten«, meinte Nikita lächelnd. Tino errötete leicht.

»Das dürfte genug Ansporn sein, nicht wahr ... Tino? Ich nehme an, Sie heißen Tino?«

Er deutete auf das Hemd des Wirts, das am Kragen seinen Namenszug trug.

»Ja, Herr Senator, Sie haben richtig kombiniert.«

»Na gut, dann geben Sie uns die Karte ... oder können Sie etwas empfehlen, Nikita? Was essen Sie gerne?«

Kay Sisko studierte unterdessen die Wandtafeln.

»Ich denke, ich nehme die Pasta à la Tino.«

»Gut, die nehme ich auch ... ich liebe gegrillten Tintenfisch ... also Tino, zweimal bitte Ihr Chefgericht und dazu schlage ich einen Rotwein vor ... was meinen Sie, Nikita?«

»Damit bin ich einverstanden ... und eine große Flasche Wasser bitte, Tino.«

Nikita trank ihren Espresso aus.

Der Wirt entfernte sich nach einer kurzen Verbeugung, um die Bestellung an die Küche weiterzugeben, kurz darauf kehrte er mit einer großen Flasche Wasser und einer kleinen, schlanken Weinflasche mit silbernem Etikett zurück. Der Senator kostete den Geschmack einen Moment lang aus, dann nickte er zustimmend und Tino schenkte die dickbauchigen Gläser voll. Die geleerte Flasche nahm er wieder mit.

»Ich bin sehr gespannt, Nikita.« Der Senator nahm einen größeren Schluck und schaute Nikita aus blauen Augen an, »normalerweise treffe ich mich nicht mit jemandem, ohne zu wissen, worum es geht. In diesem Fall hatte ich aber das Gefühl, es sei wichtig. Es hat sicherlich etwas mit Ihrer ... Reise zu tun?«

»Ja, das hat es.«

»Ich bewundere Sie, Nikita. Es gibt nicht viele Menschen, die den Mut gehabt hätten, sich auf ein solches Abenteuer einzulassen ... da bin ich mir sicher. Ich muss zugeben, dass wir im Senat zunächst ziemlich empört waren, dass eine solche Mission ohne unsere Zustimmung stattgefunden hat ... sogar Ihr Boss, mein Patenonkel, hatte mir nichts davon gesagt.

Präsident Wizeman hat aber gleich nach Ihrer Rückkehr eine Erklärung im Parlament abgegeben, etwas ausführlicher als in den Medien. Seine Argumente waren sehr einleuchtend ... aber das wird Ihnen Ihr Vater ja bereits berichtet haben. Nun, es ist ja gut ausgegangen und sicher werden wir bald diese Wundermaschine präsentiert bekommen, nicht wahr? Ich bin jedenfalls sehr gespannt ... aber wer ist das nicht. Wenn es wirklich funktionieren sollte, wäre dies der schöpferischste Einfall.«

»Mein Chef? Sie meinen, Professor Rhin ist Ihr Patenonkel? Er hat das nie erzählt.«

»Nein, nicht Professor Rhin ... etwas darüber noch.« Kay Sisko deutete mit seinem Zeigefinger nach oben und schmunzelte.

»Sie meinen Mal Fisher?«

Der Senator nickte zustimmend mit einem belustigten Lächeln auf den Lippen.

Nikita wurde plötzlich unsicher. War es wirklich richtig, diesem Mann alles zu erzählen? Doch dann gab sie sich einen Ruck und trat die Flucht nach vorne an. Die Siskos waren Zwillinge und wie hieß es doch? Blut ist dicker als Wasser!

»Warum zögern Sie, Nikita? Haben Sie es sich noch mal anders überlegt? Ich verrate meinem Onkel nichts, Ehrenwort. Unser Treffen war Ihre Idee ... ich bin Ihnen aber auch nicht böse, wenn Sie es sich anders überlegen. Immerhin kam ich so zu einem Abendessen mit einer schönen Frau.«

Darin hat er sich jedenfalls nicht verändert, die Medienberichte über seine Frauengeschichten stimmen also, dachte Nikita und lächelte den Senator an.

»Nein, Kay, Sie haben recht, es war meine Idee, weil ich mir sicher war, dass Sie der richtige Mann für dieses brisante Thema sind ... also, um es auf den Punkt zu bringen, es geht um Ihren Bruder.«

Jetzt war es heraus.

»Um Steve? Es geht um meinen Bruder Steve?« Man konnte dem Senator sein Erstaunen ansehen.

»Ja, Sir … äh Kay, es geht um Steve.«

»Was ist mit ihm? Woher kennen Sie ihn?«

»Ich kenne Ihren Bruder gar nicht … ich weiß aber, wo er sich zur Zeit aufhält … und ich weiß auch, warum.«

Kay kniff die Augen zu kleinen Schlitzen zusammen. »Na, dann wissen Sie mehr als ich, ich habe ihn schon lange nicht mehr gesehen. Wir sind zwar Zwillinge, aber nach dieser, wie soll ich sagen, leidigen Geschichte damals – Sie werden sicher von unserer Entführung gehört haben – haben wir uns sehr unterschiedlich entwickelt.«

Nikita glaubte, für einen Moment einen kurzen Schmerz in seinen Augen gesehen zu haben. Aber er hatte sich schnell wieder im Griff und fuhr fort: »Steve wurde sehr introvertiert, völlig anders als zuvor. Meine Eltern hatten sich große Sorgen gemacht. Er zog sich einfach zurück, nicht nur innerlich. Er verbrachte Stunden alleine in seinem Zimmer, sogar das Essen ließ er sich meist von unserem Dienstmädchen bringen. Meine Eltern ließen ihn aber gewähren. Ich glaube, dass die Psychologen ihnen geraten hatten, jedem von uns die Zeit zu lassen, die er brauchte. Ich glaube im Übrigen auch, dass er bis heute noch nie eine Freundin hatte. Er ist nie ausgegangen und wenn wir zu Hause eine Party gegeben haben, hat er sich auch da meist schon nach wenigen Minuten in sein Zimmer zurückgezogen. Dort hat er gelesen oder am Tablet irgendwelche Ballerspiele gespielt.

In den letzten Jahren hat er ein großes Geheimnis um seinen Beruf gemacht … sogar mir gegenüber. Er ist wohl meist in den Südstaaten bei irgendeiner Spezialeinheit des Militärs … geheimer als geheim … das ist alles, was ich weiß. Ich war nur damals bei seiner Abschlussfeier auf der Militärakademie dabei. Vielleicht ist er da auch gut aufgehoben. Und Sie wissen wirklich über ihn mehr als ich? Dann hat er etwas mit Ihrer letzten Mission zu tun?«

Nikita nickte und erzählte während des Essens, das inzwischen von Tino serviert worden war – bis auf den Koch hatte er sein Personal nach Hause geschickt –, ihre Geschichte. Die privaten Details ließ sie allerdings aus. Kay Sisko hatte schweigend zugehört, ohne sie auch nur ein einziges Mal zu unterbrechen.

»... und da wir unbedingt die Lösung dieses Rätsels brauchen, hat man Ihren Bruder rübergeschickt.«

»In den Plänen ist ein Rätsel eingebaut und Sie können das nicht lösen? Das wollen Sie mir allen Ernstes erzählen? Damit sagen Sie, dass der Erfinder vor mehr als tausend Jahren cleverer war als Sie hier alle zusammen! Er hat offensichtlich nicht nur diese Maschine erfunden, sondern den Zugang dazu für Unbefugte auch noch gesperrt?«

»Es sieht ganz danach aus, Kay. Das Rätsel haben wir nur zur Hälfte. Die andere Hälfte befindet sich in einem Kloster oder beim Erfinder selbst. Deswegen sah man als einzige Möglichkeit, ihn ... nun ja, dazu zu befragen ... um es einmal vorsichtig auszudrücken. Und damit kam Ihr Bruder ins Spiel, Kay.«

»Das heißt, sie haben ihn wirklich in die Alte Welt geschickt? Das wollen Sie mir allen Ernstes sagen?« Kay Sisko schüttelte den Kopf. »Wer hat das veranlasst? Er ist in höchster Gefahr, Nikita, ich kenne das Schreiben, das Sie mitgebracht haben. Wir sind alle in Gefahr, wenn es stimmt, was dieser Rat der Welten androht. Unter uns gesagt, Nikita, es gibt nicht viele hier, die diese Drohungen wirklich ernst nehmen. Ich hingegen tue das.«

»Alle sollten es ernst nehmen, Kay, glauben Sie mir.«

»Nun ja, vielleicht, immerhin waren Sie dort und haben bestimmt mehr gesehen und erlebt, als Sie hier berichtet haben. Nein, Sie brauchen darauf nicht zu antworten, Nikita, ich habe es Ihnen angesehen ... ein wenig Menschenkenntnis besitze ich auch, obwohl ich nicht Ihre Studiengänge belegt hatte.«

»Wenn wir eines Tages mehr Zeit haben, erzähle ich Ihnen gerne mehr von meinen Erlebnissen in der Alten Welt.«

»Ich freue mich darauf, Nikita, und hoffe, dass dieser Tag sehr bald kommt. Das Essen ist wirklich hervorragend, da haben Sie nicht übertrieben. Tino, bitte bringen Sie uns noch etwas von dem Roten«, rief Kay Sisko dem Wirt zu, der in gebührendem Abstand hinter seiner Theke stand und die beiden Gäste aufmerksam beobachtete, ohne zu verstehen, worum es in deren Unterhaltung ging.

»Sofort, Sir«, rief er zurück und bückte sich, um eine weitere Flasche aus dem Schrank zu nehmen.

In diesem Moment bemerkte Nikita, dass Shabo ihr Blicke zuwarf, grinste und sich dabei an die Stelle hinter seinem Ohr tippte, an dem bei den Menschen der Neuen Welt der ICD saß. Kurz darauf verzog Kay Sisko das Gesicht und fasste sich an den Kopf. Dabei gab der Ärmel seines Hemdes ein schmales, abgegriffenes Lederband mit einem Diamanten frei, das so gar nicht zum Rest der Kleidung passen wollte, wie Nikita fand.

»Geht es Ihnen gut?«, fragte sie.

»Ach, es geht schon, war nur ein kurzes Stechen … hatte ich lange nicht mehr. Nach unserer Entführung hatte ich diese Schmerzen ziemlich oft, aber ein paar Wochen später schon war der Spuk vorbei. Unser Hausarzt diagnostizierte damals eine posttraumatische Belastungsstörung, die wieder verschwinden würde. Was sie ja auch getan hat. Und das hier«, er zeigte Nikita lächelnd sein Armband, »ist eine Erinnerung an meine Mutter. Sie hat es uns damals nach der Entführung geschenkt und war der felsenfesten Überzeugung, dass es uns vor weiteren Gefahren beschützen würde. Aberglaube stirbt wohl nie aus … aber aus irgendeinem Grund muss ich es einfach tragen. Ob mein Bruder seines noch hat, bezweifle ich allerdings.«

Der Senator beugte sich jetzt vor und sprach leiser. »Nikita, Steve soll den Erfinder dieses Myon-Projektes ausfindig machen und ihn so einfach nach dem Rätsel fragen … habe ich Sie da richtig verstanden?«

»Ja, das haben Sie, Kay. Wobei es sicher nicht einfach werden wird.«

»So meinte ich das auch nicht.«

Nikita musste schmunzeln, obwohl ihr nicht zum Lachen zumute war, denn sie konnte sich vorstellen, was jetzt kam. Und es kam. Kay Sisko lachte laut auf.

»Nikita, also jetzt mal im Ernst. Mein Bruder soll jemanden ausfindig machen, der … warten Sie … in den Medien haben Sie es ja ausgerechnet … viel älter als tausend Jahre ist? Also der Witz war gut, das muss ich sagen … warum ist Steve wirklich dort? Verraten Sie es mir!«

»Kay, es ist leider kein Witz. Bei dem Versuch, den Mann, um den es geht, ausfindig zu machen, wurde Ihr Bruder gefangen genommen und ziemlich schwer verletzt. Es wird einen Prozess geben. Um den Ausgang dieses Verfahrens mache ich mir ernsthaft Sorgen, und zwar nicht nur Ihres Bruders wegen, sondern um unser aller wegen. Der Ewige Vertrag wurde zum zweiten Mal gebrochen, das wird nicht ohne Folgen bleiben … sicher nicht.«

»Sie haben ihn verletzt und gefangen genommen? Woher wissen Sie das denn schon wieder?«

»Das … kann ich Ihnen nicht sagen, Kay, noch nicht, aber Sie können mir glauben.«

»Sie stehen immer noch in Kontakt mit der Alten Welt, stimmt's? Mein Gott, Nikita, Sie müssen mir alles erzählen, wenn ich Ihnen helfen soll … das soll ich doch, oder warum treffen wir uns hier? Ich glaube nicht, dass mein Bruder wegen dieses Rätsels dort drüben ist, Nikita. Ich kann rechnen und das habe ich sogar studiert. Selbst wenn er mit dem schnellsten U-Boot gebracht wurde, einem aus der Fünfzigerklasse, und dort schon vor Gericht sitzt, muss er seit mindestens, lassen Sie es mich kurz überschlagen, sieben Tagen weg sein. Aber das müsste ja herauszubekommen sein, wenn ich Nachforschungen anstelle.«

»Tun Sie das besser nicht. Sie haben ja recht. Er ist ursprünglich wegen etwas anderem dort, etwas, das für unsere Wissenschaft einen unermesslichen Wert besitzt. Er muss aber inzwischen einen neuen Befehl bekommen haben, nämlich den, von dem Erfinder des Myon-Projektes des Rätsels Lösung zu erfahren ... um es einmal vorsichtig auszudrücken.«

»Und was soll das sein, dieses so Wertvolle?«

Nikita erzählte dem Senator, was sie ihrer Freundin Chat auch schon berichtet hatte, und Kay Sisko hörte aufmerksam zu, ohne sie ein einziges Mal zu unterbrechen. Dann trank er sein Glas Rotwein in einem Zug aus.

»Die Blaupause Gottes«, flüsterte er.

»Wie bitte? Was sagten Sie gerade?«, fragte Nikita, die nicht sicher war, ob sie den Senator gerade richtig verstanden hatte.

»Die Blaupause Gottes«, wiederholte er lauter, »der vollständige Bauplan des Menschen. Ich habe davon gelesen. Ich erinnere mich genau, obwohl ich damals noch ein Knabe war.«

Der Senator winkte Tino heran, die Gläser nachzufüllen. Nikita wollte nicht widersprechen, obwohl sie den Wein schon spürte. Sie wollte jetzt einfach nur zuhören. Als Tino wieder hinter seinem Tresen verschwunden war, fuhr der Senator fort: »Es gibt ein Buch darüber, in der Bibliothek unseres Hauses. Das Buch handelt von den Schriftrollen, die ein Hirtenjunge in einer Höhle irgendwo am See Genezareth gefunden hatte. Sie gelangten nach Rom und wurden vom Vatikan viele Jahre unter Verschluss gehalten. Dort steht, dass Moses damals mit mehr als den Zehn Geboten vom Berg herabgestiegen war. Eben mit dieser Blaupause, die ihm, wie er viel später seinem Sohn erzählt hatte, von Gott, oder eben von dem, den er für Gott gehalten hatte, übergeben worden war. Zusammen mit den Zehn Geboten und der Thora wurde dieses Wissen in einer Lade aufbewahrt. Viele hatten danach gesucht, aber nie wurde diese Truhe gefunden.«

»Ich habe eine Ahnung, wo sie sich befindet.«

»Ja, in diesem Tal, von dem Sie mir erzählt haben, das ist mir jetzt auch klar. Deswegen ist Steve dort.«

»Etwas Wertvolleres wird es kaum geben.«

»Das ist in der Tat äußerst wertvoll und dennoch kann es nicht richtig sein, die Lade zu holen, Nikita. Das muss Folgen haben. Und ich soll Ihnen helfen?«

»Ich hoffe in der Tat auf Ihre Hilfe, Kay. Ich hatte bisher zwar keine Ahnung, wie die aussehen könnte, aber ich dachte mir, dass das Schicksal Ihres Bruders Ihnen nicht ganz gleichgültig sein kann ... Sie besitzen eine Jacht, nicht wahr? Eine sehr große, wie ich neulich gelesen habe ... und eine der schnellsten, richtig?«

»Es gibt größere, Nikita. Leider komme ich kaum dazu, sie zu nutzen. Das letzte Mal war vor einem halben Jahr. Wissen Sie, welche Tage die schönsten im Leben eines Bootsbesitzers sind?« Kay konnte sich beim besten Willen nicht vorstellen, worauf Nikita hinauswollte.

»Ja, ich habe davon gehört«, lachte sie, »der Tag, an dem er es kauft, und der, an dem er es wieder verkauft.«

»So ist es wohl.« Kay trank einen Schluck Rotwein.

»Dann trifft es sich doch gut, dass der zweite Tag noch nicht gekommen ist, Kay, Sie könnten ...«

»Moment mal«, wurde sie von dem Senator, der jetzt eine Ahnung bekam, unterbrochen. »Sie wollen hoffentlich nicht damit andeuten, dass ich ...«

»Doch, genau das will ich, Kay. Niemand wird Sie daran hindern, mit Ihrer Essex einen kleinen Ausflug zu machen ...«

»Kleiner Ausflug? Nikita, wissen Sie, was Sie da von mir verlangen? Es ist strengstens verboten, ohne GPS-Tracker herumzuschippern, und das müssten wir ja dann wohl tun. Wir würden noch nicht einmal zehn Seemeilen schaffen und würden schon von den Marines aufgehalten werden. Ohne das GPS kann ich Ihnen aber nicht garantieren, dass wir dort drüben an der richtigen Stelle ankommen.«

»Ja, ich weiß das, aber der kann doch kaputt gehen und die Route habe ich damals auf meiner MFB abgespeichert. Außerdem bin ich im Besitz guter Karten, die man mir damals für meine Reise mitgegeben hat. Ich bitte Sie um nicht mehr und nicht weniger, als Ihren Bruder zu retten und großes Unheil von uns allen abzuwenden. Außerdem sagt mir der Name Ihrer Jacht, dass Sie für Abenteuer durchaus offen sind.«

»Wir gehen aber nicht auf Walfang und ich bin auch nicht George Pollard. Bei einer solchen Fahrt würden wir uns in noch weit größere Gefahr begeben als dieser wagemutige Kapitän.«

»Immerhin hat er überlebt«, lächelte Nikita.

»Ja, aber nur, weil er seine halbe Mannschaft aufgegessen hat, nachdem das Schiff durch einen Walangriff gesunken war. 3500 Seemeilen in einem Rettungsboot sind auch kein Pappenstiel.«

»Immerhin wurde er durch Melville berühmt.«

»Ach, Nikita, wissen Sie, wie oft ich Moby Dick gelesen habe?«, schwärmte Kay.

»Ich kann es mir denken und ich bete zu allen Göttern, dass Ihrer Jacht nicht das gleiche Schicksal widerfährt wie ihrer Namensgeberin.«

In diesem Moment gab Nikitas Smartphone einen leisen Ton von sich. Sie sah auf das Display.

»Entschuldigen Sie, Kay, das ist mein Vater … wenn er so spät anruft, mein Gott, es ist fast Mitternacht … ist es etwas Wichtiges.«

»Dann gehen Sie ran, Nikita … und bestellen Sie Grüße.«

Schon nach den ersten Sätzen ihres Vaters war Nikita kreidebleich geworden, was dem Senator nicht entging. Kurze Zeit später beendete sie das Gespräch.

»Was ist passiert, Nikita, Sie sind ja weiß wie ein Leichentuch.«

»Heute Abend hat wohl jemand versucht, meinen Vater zu ermorden … es konnte zum Glück verhindert werden … den

Attentäter konnte Jimmy, der Sohn unserer Haushälterin, der zufällig anwesend war, überwältigen. Er sitzt jetzt gefesselt im Wohnzimmer meiner Eltern. Jimmy und jemand von der NSPO sind ebenfalls vor Ort.«

»Sie möchten sicher schnell dorthin, Nikita, ich kann Sie fahren.«

»Das Angebot nehme ich gerne an, Kay. Meinen Wagen kann ich später holen.«

Kay gab dem Wirt ein Zeichen. »Ich möchte zahlen, Tino, bitte bringen Sie uns die Rechnung.«

»Das geht aufs Haus, Herr Senator, lassen Sie mich auf diese Weise meinen Dank an Nikita ausdrücken. Ich hoffe, es war alles zu Ihrer Zufriedenheit. Ist etwas passiert, Nikita, du bist ja auf einmal ganz blass?«

»Äh ... nein danke, Tino, es ist alles in Ordnung, ich bin nur plötzlich sehr müde geworden.«

»Na, das ist ja auch kein Wunder, nach allem, was du hinter dir hast. Bitte richte deinen Eltern Grüße aus, wenn du sie siehst.«

»Das mache ich gerne, vielen Dank, Tino.«

Nikita nahm ihre Tasche und folgte dem Senator auf die Straße. Sie blickte sich noch einmal um, aber Shabo war nicht mehr zu sehen.

Nachdem der Senator die Adresse in das System eingegeben und der Wagen sich in Bewegung gesetzt hatte, meinte er: »Eins verstehe ich nicht, Nikita, warum sitzt der Attentäter immer noch im Haus Ihrer Eltern und wurde nicht längst von der Polizei abgeführt? Stattdessen wird er von der NSPO an Ort und Stelle verhört, ist das so?«

»Ja, Mike Stunks ist ein persönlicher Freund meiner Eltern und in ihrer Not haben sie wohl ihn zunächst einmal angerufen ... vielleicht war er ja zufällig auch anwesend ... hin und wieder laden sie ihn zum Essen ein.«

»Mike Stunks? Sie meinen den Mike Stunks, den Leiter der NSPO? Er hat damals bei unserer Entführung die Ermittlungen geleitet. Soviel ich weiß, war das sein erster Fall gewesen. Vorher hatte er sich bereits bei der Kriminalpolizei einen guten Namen gemacht, deswegen hatte mein Vater ihn angefordert.«

»Ja, Kay, *den* meine ich, aber Sie werden ihn ja gleich sehen.«

***

Kapitel 26

An einem trüben, regnerischen Vormittag wurde das Verfahren gegen Steve Sisko eröffnet. Wegen des großen Interesses war die Gerichtsverhandlung nach Onden verlegt worden. Der Saal in Winsget, in dem normalerweise der Ältestenrat der Stadt seine Entscheidungen traf, hatte sich schon kurz nach Bekanntwerden als viel zu klein herausgestellt. Das war den Verantwortlichen schnell klar gewesen. In der nahen Universitätsstadt Onden befand sich aber ein Konzert- und Opernhaus, das als einzige Örtlichkeit im weiteren Umkreis groß genug war. Wie sich später noch herausstellen sollte, reichte auch das nicht aus. Der Saal war nämlich fast bis auf den letzten Platz gefüllt, als immer noch mehr Besucher hineindrängten. Niemand konnte sich erinnern, dass es je etwas gegeben hatte, das auch nur annähernd so viele Menschen hatte mobilisieren können. Noch nicht einmal der Festakt anlässlich der Neueröffnung nach den umfangreichen Erweiterungs- und Renovierungsarbeiten vor ein paar Jahren.

Der Ältestenrat hatte beschlossen, die Verhandlung gegen Steve Sisko als einen Gerichtsprozess zu gestalten, wie er in der Neuen Welt üblich war. Man ging davon aus, dass der Angeklagte alles andere nicht ernst nehmen würde, und das wollte man verhindern.

Jared Swensson hatte gefordert, dass Hagen Goldman aus Winsget als Richter fungieren sollte. Immerhin habe ja er als Bürger dieser Gemeinde den Feind des Landes gefangen genommen und er trat in dem Fall mit seiner Frau als Nebenkläger auf.

Das Farmerehepaar würde später gegenüber der Anklagebank an einem separaten Tisch sitzen. Während der Verhandlung würde auch Herzel Rudof aus Seringat als Staatsanwalt neben ihnen seinen Platz einnehmen. Hagen Goldman war Professor für Geschichte an der Hochschule in Onden und sein Spezialgebiet war die Entwicklung der europäischen Rechtsprechung seit dem späten Mittelalter. Oben auf dem Podium würde er mit seinen vier Beisitzern, Reijssa Sokolow und Freya Todd, die beide dem Ältestenrat der Kuffer angehörten, Professor Andrej Petrov aus Onden sowie dem Tuchhändler Harie Valeren Platz nehmen. Die Anklage lautete in diesem spektakulären Fall: Mord an Vincent Swensson, schwerer Landfriedensbruch und Verletzung des Ewigen Vertrages.

Ihna saß neben ihrem Mann Jeroen bereits eine Stunde vor Prozessbeginn in einer der ersten Reihen und hatte neben sich einen Platz für Brigit freigehalten. Als diese fünfzehn Minuten vor Beginn der Verhandlung immer noch nicht erschienen war, raunte Jeroen seiner Frau zu: »Was ist nur los, sie wollte doch kommen ... lange kannst du den Platz nicht mehr freihalten, sieh dich mal um ... schon fast alles voll. Von überall kommen die Leute ... ach schau, da oben in der mittleren Loge sitzt Marenko mit seiner Frau ... hätte mich auch gewundert, wenn er sich das hier entgehen lassen würde.«

»Und ich würde mich wundern, wenn er woanders als in der Loge sitzen würde«, lachte Ihna. »Hat er abgenommen? Sieht ganz so aus. Was Brigit betrifft ... sie hat fest zugesagt, dann kommt sie auch. Glaubst du vielleicht, sie würde das hier verpassen wollen? Ah, da ist Effel mit seinen Eltern und Geschwistern ... und Soko und Agatha«, sie stand auf und winkte den Freunden zu, die ihren Gruß erwiderten. Sie bahnten sich einen Weg durch das Gedränge der Menschen, wobei Soko voranging, immer wieder nach allen Seiten grüßend und Hände schüttelnd.

»Schau nur, wie gut die beiden aussehen«, sagte Ihna an ihren Mann gewandt, »man kann erkennen, wie glücklich sie sind ... und das grüne Kleid steht Agatha wirklich, es passt so gut zu ihren braunen Haaren. Effel dagegen sah auch schon mal besser aus, aber er hat ja auch stressige Tage hinter sich. Zuerst der Abschied von seiner Nikita, dann Jelenas Totenfeier ... und schließlich noch der Tag der offenen Tür in Haldergrond. Also Ruhe hatte der die letzten Tage keine ...und wer weiß ... vielleicht hat er mit der ganzen Sache hier auch noch zu tun.«

»Also ich finde, Effel sieht aus wie immer ... wenn man einmal davon absieht, dass er heute seinen Sonntagsstaat trägt, aber das gilt ja für viele hier. Was du immer alles sehen willst. Und was soll er denn deiner Meinung nach hiermit zu tun haben? Wir werden die Wahrheit schon noch erfahren. Warte es ab.«

»Ihr Männer habt eben für so etwas kein Auge und was die Wahrheit anbetrifft, sage ich nur: Nikita ist kaum weg und da kommt schon der Nächste aus der Neuen Welt. Da gibt es einen Zusammenhang, du wirst schon sehen.«

»Ja klar, sie hat etwas vergessen und jetzt muss er es ihr hinterhertragen«, lachte Jeroen und knuffte seine Frau liebevoll in die Seite. »Dass wir Männer nicht alles sehen, erleichtert uns das Leben erheblich, so haben wir Platz für die wesentlichen Dinge ... ah, da kommt Brigit ja doch noch.«

Die beiden Frauen umarmten sich zur Begrüßung.

»Dass wir uns so schnell wiedersehen, hätte ich auch nicht gedacht ... Was für ein Anlass, sieh dir nur diese vielen Menschen an! Habt ihr auch neulich diesen blutroten Mond gesehen?«, meinte die Seherin und begrüßte auch Jeroen herzlich.

»Roter Mond?«, fragten Ihna und Jeroen wie aus einem Munde und Ihna ergänzte: »Letzte Nacht war er wie immer, ich habe da nichts Rotes entdecken können. Wir hatten doch erst vor ein paar Wochen eine Mondfinsternis. Dann stimmt es also doch, was Balda, Sendo und andere erzählten ... es gab schon wieder einen roten Mond?«

»Ja, als Halbmond, gestern hatte er auch wieder seine normale Farbe. Vor sechs Nächten aber war er zunächst orange und nach ein paar Minuten blutrot. Also das habe ich noch bei keiner Mondfinsternis so gesehen und ich sage euch, das bedeutet nichts Gutes. Habt ihr nichts davon mitbekommen?«

»Nein, leider nicht, die letzten Abende sind wir allerdings früh zu Bett gegangen, da hatten wir kein Auge für den Mond«, grinste Ihna mit einem kecken Seitenblick auf ihren Mann, »du weißt schon warum, Brigit.«

Natürlich kannte Brigit den Kinderwunsch der beiden, deswegen war Ihna vor einiger Zeit ja zu einer Sitzung bei ihr gewesen.

»Was glaubst du denn, was es bedeutet ... oder weißt du es schon?«, fragte Ihna.

»Nein, bisher hat sich mir in dieser Richtung nichts offenbart. Mein Bauchgefühl spricht da allerdings eine deutliche Sprache. Die Zeit der Beschaulichkeit wird vorüber sein. Warten wir es ab, aufhalten können wir das Schicksal ohnehin nicht, wir können es nur akzeptieren. Dieser Prozess ist der Anfang, sage ich euch.«

»Sendo hat erzählt, dass seine Bienen am nächsten Tag nicht geflogen, sondern in ihren Stöcken geblieben sind. So etwas habe er noch nie erlebt, hat er gesagt, und dass es nie und nimmer eine Mondfinsternis gewesen sei. Er war richtig besorgt, hat noch gemeint, dass die Bienen Boten der Götter wären oder so etwas in der Art. Ich habe all dem nicht so viel Bedeutung beigemessen, wir kennen unseren Bienenflüsterer ja«, gab Ihna jetzt zu, »aber inzwischen bekomme ich es doch mit der Angst zu tun, wenn du auch noch sagst, dass es nichts Gutes bedeuten kann.«

»Beruhige dich, Schatz«, Jeroen nahm die Hand seiner Frau und streichelte sie. »Der Mond war einmal rot und jetzt ist alles wieder normal. Es kann sich auch um eine Spiegelung der Sonne gehandelt haben, wenn es keine Mondfinsternis war. Warten wir es ab, unsere Welt hat schon Schlimmeres überstanden.«

»Sag ich ja, wir können nur abwarten«, sagte Brigit. Dann neigte sie sich zu Ihna. »Dieser Fremde soll Vincent umgebracht haben … behauptet jedenfalls Jared. Also … das hätte ich gesehen. Dieser Mann ist, was den Tod Vincents betrifft, unschuldig. Was ich gesehen habe ist, dass er erst nach Vincents Tod hier gelandet ist, mit einem U-Boot … genau wie Nikita. Es interessiert mich allerdings sehr, warum er hier ist. Obwohl ich nicht glaube, dass wir es von ihm erfahren werden. Ich habe lediglich eine ziemlich unklare Eingebung gehabt, dass er etwas viel Wertvolleres beschaffen soll als diese Pläne, wegen denen Nikita hier war. Leider hat sich mir nicht mehr gezeigt, so sehr ich mich auch bemüht habe. Aber Jared braucht ein Feindbild, sonst würde er den Schmerz nicht ertragen. So kann er jetzt alles auf diesen Mann projizieren.«

»Wirst du dem Gericht sagen, was du gesehen hast … ich meine, dass der Fremde nicht der Mörder sein kann?«

»Vielleicht, Ihna, aber du weißt ja, was einige hier von meinen seherischen Qualitäten halten … besonders diejenigen, die gleich dort oben sitzen werden«, sie deutete in die Richtung des Podiums, »und ganz besonders Herzel, der ja, weiß Gott warum, die Anklage vertreten wird.«

»Ich habe mich auch gewundert«, entgegnete Ihna, »vielleicht haben sie ihn zum Ankläger gemacht, weil sie wissen, was für ein harter Hund er ist.«

»Man darf jedenfalls gespannt sein«, meinte Jeroen, »er tritt als Staatsanwalt auf. Interessant, ein Staatsanwalt ganz ohne Staat … nicht, dass das Ganze hier zur Komödie verkommt.« Dann lachte Jeroen und Ihna und Brigit ließen sich davon anstecken.

»Wie der Typ wohl aussieht, der mich entführen wollte?«, sagte Effel gerade zu Soko. Die beiden hatten sich vor ein paar Minuten vor der Halle getroffen. Effel war mit seinen Eltern und Geschwistern Jobol und Dorith angekommen. Seit der Totenfeier bei Jelena hatten sich die Freunde nicht mehr gesehen.

»Das trifft sich gut«, hatte Soko gemeint, nachdem er auch Naron und Tonja begrüßt hatte, »dann können wir zusammen hineingehen und uns einen Platz suchen. Ich hoffe, wir sind früh genug.«

Sie saßen nur wenige Reihen hinter Ihna. Soko hielt Agathas Hand, die vollständig in der seinen verschwand.

»Entführen und ausquetschen«, meinte Soko lächelnd, »aber dazu wird es ja jetzt nicht mehr kommen. Eigentlich schade ... hätte gerne gesehen, was du mit ihm gemacht hättest, Bärentöter«, grinste der Schmied. »Bin nur gespannt, was die hier mit ihm anstellen wollen, nachdem sie ihn verurteilt haben ... und das werden sie. Manch Urteil ist ja längst beschlossen, ehe des Beklagten Wort geflossen, haha.«

»Also, erstens habe ich den Bären nicht getötet, sondern Sam hat ihn vertrieben, und zweitens werden sie keinen Anfänger geschickt haben ... also ich kann auf eine Auseinandersetzung mit diesem Mann sehr gut verzichten. Obwohl ich ihm jetzt sogar sehr detaillierte Auskunft geben könnte.«

»Wie kommt das denn? Neulich bei mir zu Hause sagtest du noch, du könntest dich an deinen Rätselcode nicht mehr erinnern.«

»Inzwischen kann ich es aber. Ich war doch in Haldergrond bei Saskia. Sie hat mir bei einer Zeitreise geholfen und da habe ich mich wieder an alles erinnert. Ich erzähle dir das Rätsel später, bin gespannt, ob du es lösen kannst.«

»Ha, du und deine Rätsel. Ich werde es versuchen. Kennst du den Richter Hagen Goldman?«

»Nur vom Hörensagen. Er soll ein harter Hund sein, sagen die einen, andere behaupten, dass er manchmal während der

Vorlesungen einschlafen würde. Na ja, wir werden es erleben. Es gibt ja auch noch den Ältestenrat, der Einfluss auf das Urteil hat. Welch ein Kontrastprogramm! Eben noch waren wir bei der wunderschönen Totenfeier für Jelena und jetzt müssen wir das hier erleben ... aber so ist das Leben.«

»Seht doch nur«, rief Agatha, die aufgestanden war und sich dabei nach allen Seiten umschaute, »habt ihr zu irgend einem anderen Zeitpunkt so viele Menschen hier gesehen? Das Haus ist bis auf den letzten Platz gefüllt, sogar auf den Gängen sitzen sie ... und auch auf den Treppenstufen!«

»Das wird man aus Sicherheitsgründen bestimmt nicht zulassen«, meinte Soko. »Neben Mindevol sind noch drei Plätze leer ... Für wen er die wohl frei hält?«

»Wisst ihr, wie viele Menschen hier hineinpassen?«, fragte Agatha.

»Seit der Renovierung vor fünf Jahren passen zweitausendfünfhundert rein ... haben sie jedenfalls geschrieben. Bei der Premiere der Zauberflöte war es fast genauso voll«, meinte Effel. »Ich war damals mit Sas hier. Sie hatte Karten von Professor Petrov bekommen, als er noch dachte, sie würde eines Tages bei ihm studieren. Ich sage euch ... so etwas Schönes habe ich lange nicht gehört ... und gesehen. Solch liebliche Flötentöne werden wir diesmal leider nicht hören, fürchte ich, was meinst du?«

»Die Töne, die sie diesem Mann beibringen, werden etwas anders klingen, ganz sicher«, grinste der Schmied.

Effel beugte sich zu Soko und flüsterte: »Perchafta ist auch hier, er hat mir gestern erzählt, dass er kommt. So etwas lässt er sich nicht entgehen.«

»Wirklich? Er ist da? Schade, dass ich ihn nicht sehen kann. Wie stellst du das bloß an? Wo ist er denn?«

»Irgendwann konnte ich ihn erkennen, ich weiß auch nicht, ob ich da irgendetwas gemacht habe, ich glaube aber nicht. Sam hatte ihn damals zuerst entdeckt. Perchafta bestimmt, wer ihn sehen kann. Er sitzt gleich hinter Mindevol und Mira auf dem breiten Geländer, das die Geschworenen, die auch bald kommen müssten, vom Zuschauerraum trennt ... ich glaube er unterhält sich gerade mit Mindevol.«

Effel deutete in die Richtung und Perchafta winkte ihm fröhlich zu.

»Weißt du, wer die Geschworenen ausgewählt hat?«, wollte Soko jetzt wissen.

»Die Räte von Onden, Winsget, Angwat, Verinot und Seringat, soviel ich weiß. Aus jedem Ort haben sie zwei benannt.«

»Aus Seringat sind es Sendo und Balda, wie ich gehört habe.«

»Sendo macht sich große Sorgen wegen des Mondes. Hast du sicher auch gesehen, dass er rot war.«

»Ja, aber ich glaube, dass diese seltsame Färbung etwas mit Vorgängen in der Sonne zu tun hatte ... vielleicht heftige Sonnenstürme ... kann doch sein. Gestern Nacht war der Mond jedenfalls gelb wie immer. Vielleicht war es auch eine besondere Sonnenfinsternis, wer weiß das schon. Das macht alle Tiere unruhig. Die Mondfinsternis hatten wir ja schließlich erst. Sendo sieht immer gleich großes Unheil auf uns zu kommen, wenn seine Bienen mal wieder schlecht geschlafen haben, haha.«

»Ich hingegen vermute, dass mehr dahinter steckt ... für mich sah es aus wie ein Omen, ein Zeichen, dass etwas passieren wird. Es war zwar erst ein Halbmond, aber die Tiere waren merkwürdig unruhig, anders als vor einem Sturm oder einem Gewitter. Sie waren sehr ängstlich. Ein ganzes Rudel Hirsche ist panisch mitten durch meinen Garten gestürmt, als wenn der Teufel hinter ihnen her wäre, und Sam hat das Haus den ganzen nächsten Tag nicht verlassen. War es bei deinen Tieren denn anders? Und weißt du, was in der Bibel der Christen dazu steht?«

»Nein, das weiß ich nicht, aber das wirst du mir sicher gleich sagen.«

»Die Sonne steht in Finsternis und der Mond in Blut, ehe der große und schreckliche Tag des Herrn kommt, so ungefähr jedenfalls heißt es dort. Aber erst, wenn der volle Mond sich kurz hintereinander viermal so gezeigt hat.«

»Na, dein Studium hat sich aber gelohnt, kennst dich wirklich gut aus«, schmunzelte Soko, »aber ich weiß nicht, solche Prophezeiungen hat es doch immer wieder mal gegeben. Danach müsste die Erde schon hundertmal aufgehört haben zu existieren. Und was heißt das, viermal kurz hintereinander?«

»Na ja, so innerhalb eines Jahres ... glaube ich jedenfalls.«

»Also hatten wir bis jetzt erst zweimal. Warten wir es ab. Aber die Tiere haben sich wirklich sehr merkwürdig verhalten. Einige meiner Patienten hatten blutige Schnauzen und aufgerissene Pfoten. Sie hatten versucht, sich durch den Draht ihrer Zwinger zu beißen. Das muss man sich einmal vorstellen! Sogar schwer kranke Hunde, denen ich morgens noch das Futter gekocht und mit der Hand als Brei reichen musste, weil sie zu schwach waren, um aus dem Napf zu fressen, entwickelten am Abend solche Kräfte! Sie müssen Todesangst gehabt haben. Wahrscheinlich waren Bären in der Nähe.«

»Das spricht aber eher für meine Theorie als für Bären. Dass die Tiere sich in außergewöhnlicher Weise bedroht fühlten, liegt ja wohl auf der Hand. Bären jagen denen nicht solche Angst sein. Sie wissen doch, dass sie bei dir sicher sind. Haben sie sich denn wieder beruhigt?«

»Ja, jetzt ist wieder alles beim Alten, wirklich merkwürdig. Vielleicht weiß dein Perchafta ja etwas ... hast du ihn nicht gefragt, als er bei dir war?«

»Dazu kam ich gar nicht. Ich habe ihm von meinem Besuch bei Saskia berichtet und danach hatte er es sehr eilig. Ah, schau, der Prozess beginnt wohl gleich.«

Effel hatte recht gehabt, denn Perchafta und Mindevol unterhielten sich wirklich.

»Er war bei Saskia und er hat sich an das Rätsel erinnert«, sagte Mindevol gerade.

»Ich weiß das. Ich hatte ihm bei unserem letzten Treffen, Nikita war noch dabei, gesagt, dass er mich dafür nicht mehr braucht. Ganz überzeugt war er da allerdings nicht gewesen. Ich freue mich, dass er es jetzt versucht hat. Ich war gestern kurz bei ihm, da hat er mir von seinem Besuch in Haldergrond erzählt.«

»Weißt du etwas von Nikita?«

»Ja, Shabo ist bei ihr. Er meint, sie würde bald wieder hier sein.«

»Wegen des Rätsels?«

»Nein, wegen ihm.« Perchafta deutete auf den Angeklagten. »Wegen des Rätsels müsste sie nicht mehr kommen, sie hat die Lösung bereits.«

»Von dir natürlich.« Mindevol lächelte. »Das freut mich für sie.«

Gerichtsdiener liefen durch den Saal und begannen damit, die Menschen, die auf den Treppen saßen, hinauszukomplimentieren und dann die Türen zu schließen.

»Es geht gleich los«, sagte Effel, »jeden Moment wird das Gericht hereinkommen. Schau, du hattest recht, niemand darf auf den Treppen sitzen.«

»Die Gerichtsdiener werden sich heute keine Freunde mehr machen ... aber Sicherheit geht eben vor.«

Soko grinste und warf Agatha verliebte Blicke zu.

Es wurde allmählich leiser im weiten Rund und man konnte die Spannung spüren. Auf einmal ging ein Raunen durch die Menge, das langsam anschwoll, und alle Köpfe drehten sich zu der einzigen noch offenen Tür um. Es war der Haupteingang.

»Ich fasse es nicht«, rief Ihna ihren Freunden zu, »schaut mal, wer dort hereinspaziert!«

Sie wies aufgeregt mit ausgestrecktem Arm in die Richtung. Und jetzt konnten alle sehen, wer dort auf die freien Plätze neben Mindevol zusteuerte. Die Äbtissin von Haldergrond, Saskia und eine unbekannte junge Frau mit kurz geschnittenem schwarzem Haar, nahmen dort Platz, nachdem sie nach allen Seiten freundlich gegrüßt hatten. Sie wurden von Mindevol empfangen, der aufgestanden war und der Äbtissin und Astrid die Hand reichte. Saskia umarmte er. Effel bemerkte in diesem Augenblick, eigentlich mehr aus dem Augenwinkel heraus, wie Perchafta der Äbtissin zunickte und diese den Gruß mit einem Lächeln erwiderte.

»Sie kann ihn sehen«, flüsterte er, aber dennoch so laut, dass Soko ihn hören konnte.

»Wer kann wen sehen?«

»Die Äbtissin von Haldergrond kann Perchafta sehen ... sie haben sich gerade begrüßt wie zwei alte Freunde ... ich glaube das ja nicht.«

In diesem Moment dämmerte es Effel, dass es sich bei der Äbtissin sehr wahrscheinlich nicht um einen Menschen handelte und dass an den Geschichten, die man sich in den Dörfern um Haldergrond erzählte, wohl mehr dran war, als er bisher angenommen hatte.

»Die junge Frau neben Saskia ist Astrid«, erklärte Ihna gerade ihrem Mann, »das Mädchen, das sie geheilt hat ... ich habe dir doch davon erzählt. «

»Saskia hat sich verändert, findest du nicht auch?« Soko hatte diese Frage an Effel gerichtet.

»Ja, sehr sogar, ich hatte sie ja länger nicht gesehen, dann vor ein paar Tagen in Haldergrond. Jared soll übrigens ein paar Tage zuvor ebenfalls dort gewesen sein, genau wie Ihna und Brigit. Saskia sieht sehr zufrieden aus ... und noch hübscher, finde ich.«

»Jared war in Haldergrond?«, fragte Soko erstaunt. »Was wollte er da? Das kann ich ja gar nicht glauben. Aber das erfahren wir ja vielleicht im Laufe der Verhandlung.«

Weitere Erklärungen würden warten müssen, denn ein lautes, dreimaliges Klopfen kündigte das hohe Gericht an ... und dann war es plötzlich mucksmäuschenstill im Saal. Man hätte eine Stecknadel fallen hören können. Aller Augen waren auf die große Flügeltür an der Frontseite gerichtet, die sich in diesem Moment öffnete.

»Du hattest recht, Saskia«, flüsterte Astrid, »das hier ist spannender als Reiten. Ich bin froh, dass ich mitgekommen bin. Nach Hause kann ich immer noch, die Ferien sind lang, aber ob ich so etwas noch einmal erlebe, wage ich zu bezweifeln.«

»Habe ich dir ja gesagt. Außerdem lernst du jetzt meine Heimat kennen.«

»Und wo ist jetzt dein Effel?«

»Du Neugiernase«, grinste Saskia. »Schau, dort sitzt er. In der fünften Reihe neben dem großen bärtigen Mann und der hübschen Frau in dem grünen Kleid und den kastanienbraunen Haaren, siehst du ihn?«

»Ja, ich sehe ihn, er sieht nett aus.«

»Das ist er auch ... und er ist nicht mein Effel.«

»Weiß ich doch«, sagte Astrid und machte einen Schmollmund.

»Bitte erheben Sie sich«, ertönte die laute Stimme eines Gerichtsdieners. Er hieß Paolo Lombard und war mit einer einheimischen Tracht bekleidet, die man hier sonst nur zu besonderen Festtagen trug. Er trug eine schwarze Hose, die bis zu den Knien reichte und seine Füße steckten in roten Strümpfen und schwarzen Schuhen. Über dem hellblauen Hemd, das am Kragen eine rote Fliege zierte, trug er eine dunkelgrüne Wildlederjacke mit silbernen Knöpfen. Darüber hatte er ein rotes Cape geworfen, das wiederum vorne von einer silbernen Spange zusammengehalten wurde. Der Hut, den er trug, war ebenfalls schwarz und dreieckig.

Alle standen auf und die Eheleute Swensson betraten den Saal, schritten zu einem seitlich angebrachten Podium und nahmen dort Platz. Elisabeth saß fast regungslos da, mit einem hellgrauen Kostüm bekleidet, das am Kragen mit einer Brosche verziert war, bei der es sich um einen in Silber eingefassten Topas handelte – Jareds Geschenk zu Vincents Geburt.

Jared, der in seinem dunklen Anzug recht grimmig drein-
schaute, konnte es offensichtlich nicht erwarten, dass das
Verfahren eröffnet wurde. Während der Farmer seine Blicke
schweifen ließ und hin und wieder jemanden im Publikum
grüßte, hatte Elisabeth die Augen niedergeschlagen. Es war
ihr deutlich anzusehen, wie unwohl sie sich fühlte.

»Schau nur, die arme Elisabeth ... sie sieht aber sehr
gefasst aus. Obwohl sie den Verlust ihres Sohnes wohl nie
verkraften wird«, raunte Brigit Ihna zu.

»Wenn das überhaupt jemand kann«, meinte Ihna, »sein
Kind zu verlieren, ist sicherlich das Schlimmste, was einem
passieren kann.«

Die zehn Geschworenen betraten den Saal und gingen zielstrebig zu ihren Plätzen. Soko hatte richtig gehört, aus Seringat waren Balda und Sendo darunter.

Dann hatte Herzel Rudof seinen Auftritt, den er sichtlich
genoss. Er trug einen dunkelblauen Anzug und ein weißes
Hemd mit einer großen weißen Fliege. Er setzte sich, nachdem
er nach allen Seiten gegrüßt und Elisabeth und Jared mit Handschlag begrüßt hatte. Er nahm einige Blatt Papier aus einer
braunen Ledermappe und breitete sie langsam vor sich aus.

»Er hat sich ja mächtig herausgeputzt, unser Herzel«, flüsterte Ihna gerade ihrem Mann zu.

»Sicher weiß er, dass er so mehr Autorität besitzt«, erwiderte dieser.

»Ob das auch die Geschworenen beeinflusst?«

»Das beeinflusst jeden, da kannst du sicher sein.«

»Setzen Sie sich bitte, meine Damen und Herren«, rief
einer der anderen Gerichtsdiener.

Die Akustik in diesem Raum war so gut, dass er nicht laut
sein musste, um dennoch bis in die hintersten Reihe gut verstanden zu werden.

»Das hat man hier noch nicht erlebt«, flüsterte Ihna Brigit
zu.

»Pssst«, wurde sie von ihrem Mann ermahnt.

Sie warf ihm einen strafenden Blick zu.

Die kleinere seitliche Flügeltür öffnete sich und Steve Sisko wurde von seinen Wächtern, Stan und Morris, in Handfesseln hereingeführt, was etwas grotesk aussah, da er einen Arm in einer Schlinge trug. Man wies ihn an, sich vor die Anklagebank zu stellen und abzuwarten, bis der Richter die Erlaubnis erteilt hatte, Platz zu nehmen. Die Handschellen wurden ihm abgenommen. An allen Türen hatten sich ernst dreinschauende Männer mit Armbrüsten platziert.

Hagen Goldmann betrat, flankiert von seinen vier Beisitzern, den Gerichtssaal. Der Richter war groß, trug eine schwarze Robe und sein weißes Haar hatte er streng zurückgekämmt. Reijssa war mit einer grauen Hose und blauem Blazer bekleidet, während Freya ein schlichtes schwarzes Kleid mit einem weißen Kragen trug. Die Männer kamen in dunklen Anzügen.

»Bitte erheben Sie sich«, ertönte jetzt wieder die Stimme Paolos. Der Richter grüßte mit einem kurzen Kopfnicken und dann nahmen die fünf auf dem großen Podium, das für sie errichtet worden war, Platz.

»Bitte setzen Sie sich.«

Hagen Goldman klopfte mit einem kleinen vergoldeten Hammer auf den Tisch.

»Sehr geehrte Damen und Herren, die Verhandlung gegen …«, er sah auf einen Zettel, »Steve Sisko aus Bushtown in der Neuen Welt ist hiermit eröffnet. Angeklagter, wo ist Ihr Verteidiger, hat man Ihnen keinen zur Verfügung gestellt? Sie haben das Recht auf einen Anwalt.«

»Ich kann mich sehr gut selbst verteidigen«, erwiderte Steve mit fester Stimme, obwohl seine Schulter schmerzte. Er war blass und hatte tiefe Ränder unter den Augen, was nicht verwunderlich war, da er in den letzten Tagen nur wenige Stunden geschlafen hatte. Einerseits wegen seiner Schmerzen, andererseits wegen der zahlreichen Verhöre, die immer wieder stattgefunden hatten. Meist war er von Herzel verhört worden.

Einen Tag vor der Verhandlung war ein Mann mit langen weißen Haaren und Bart in sein Zimmer gekommen und hatte sich ihm als Mindevol vorgestellt. Zunächst hatte er sich kurz seine Wunde angeschaut und gemeint, dass sie hoffentlich gut verheilen würde. In jedem Fall würde er seine Frau bitten, später danach zu schauen, sie sei Heilerin. Dann hatte er mit ruhiger Stimme gesagt: »Sie haben diesen Jungen nicht umgebracht, Herr Sisko, aber Sie haben sich eines viel größeren Vergehens schuldig gemacht. Sie haben den Ewigen Vertrag zum zweiten Mal gebrochen. Mir ist klar, dass Sie lediglich einen Befehl ausgeführt haben. Ich glaube auch nicht, dass Sie genau wissen, was Sie hier stehlen sollen. Ihnen mag hier alles vorsintflutlich erscheinen, aber bitte, unterschätzen Sie hier gar nichts. Sagen Sie, was Sie wissen, und sagen Sie später die Wahrheit.«

»Wie kommen Sie denn auf diesen Namen?«, hatte Steve den alten Mann gefragt und gehofft, dass der ihm seine Überraschung nicht angemerkt hatte.

»Nun, Herr Sisko, auch wir haben unsere Quellen. Wir waren seit Ihrem ersten Vertragsbruch nicht untätig. Ich wünsche Ihnen persönlich alles Gute.«

Damit hatte er ihn wieder allein gelassen und Steve hatte darüber nachgedacht, was dieser Mann wirklich von ihm gewollt hatte, denn er hatte nicht den Eindruck erweckt, dass er ihm hatte drohen wollen. Dazu sah er zu … gütig aus, das war das Wort, das Steve zu dem Alten eingefallen war. Woher wusste man, wer er war? Die abgegriffenen Papiere, die er bei sich getragen hatte, hatten ihn als Manuel Stinson ausgewiesen und waren sicherlich perfekte Fälschungen gewesen. Die angebliche Heilerin hatte er allerdings nicht zu Gesicht bekommen. Was er nicht wusste, war, dass man Mira gar nicht zu ihm gelassen hatte. Durch Dr. Wron sei der Angeklagte bestens versorgt, hatte man ihr höflich aber bestimmt mitgeteilt. So war sie unverrichteter Dinge nach Seringat zurückgekehrt.

»Sich selbst zu verteidigen, ist Ihr gutes Recht, Herr Sisko«, sagte der Richter in diesem Moment und fuhr fort:»Ich erbitte mir während der gesamten Verhandlung Ruhe im Saal. Herzel Rudof, bitte verlesen Sie die Anklage!«

»Der sieht aber gut aus, nur ein bisschen blass um die Nase«, flüsterte Ihna Brigit zu, die zur Bestätigung mit dem Kopf nickte und ebenso leise antwortete:»Und sehr selbstbewusst.«

Dann hielt sie einen Finger an die Lippen, um Ihna zum Schweigen aufzufordern.

Herzel Rudof hatte sich auf seine Rolle als Staatsanwalt vorbereitet. Wenn ihm auch nur ein paar Tage dafür geblieben waren, so hatte er doch einiges an Literatur zumindest überflogen. Die wichtigsten Stellen hatte er sich jeweils mit einem Rotstift markiert und war sie mehr als einmal durchgegangen.

Ein Staatsanwalt sollte nicht nur auf die Ratio einwirken, sondern im gleichen Maße auch an das Gefühl der Anwesenden appellieren. Gefühl ist alles! Auch in der Juristerei! Ein nur auf die sachliche Kompetenz gegründetes nüchternes und objektives Plädoyer verfehlt seine Überzeugungskraft, wenn in ihm nicht auch zugleich ein gewisses persönliches Engagement zum Ausdruck kommt. Wenn auch vom Staatsanwalt kein leidenschaftliches und etwa emotionelles Plädoyer gefordert wird, das schnell ins Irrationale abgleiten kann, so verfehlt doch ein mit gewisser Autorität und dem geforderten Engagement vorgetragenes Plädoyer seine anhaltende Wirkung nicht und hat bis zur Urteilsverkündung Bestand.

Das war die Essenz seiner Recherchen und daran wollte er sich halten.

Dass ein Plädoyer rhetorische Fähigkeiten erforderte, nun, dafür musste er keine Bücher lesen, das sollte eigentlich jedem vernünftig denkenden Menschen klar sein. Ebenso, dass Redegewandtheit eine Begabung war, die man hatte oder nicht, und er hatte sie seiner Meinung nach ganz gewiss. Er würde die plötzliche Stille im Gerichtssaal, die gespannte

Aufmerksamkeit aller Prozessbeteiligten, die ihm durch Augenkontakt offenbarte Erwartungshaltung und die Vielzahl der Zuhörer nicht nur genießen, sondern auch zu nutzen wissen. Diesen Mann, den er den Geschworenen zum Fraß vorwerfen würde, hatte der Himmel geschickt. Die Wahlen zum Vorsitz des Ältestenrats standen an, nachdem Jelena das Zeitliche gesegnet hatte. Bisher war jedem klar gewesen, dass es Mindevol werden würde, aber das blieb jetzt abzuwarten.

Herzel erhob sich, trat in den freien Raum zwischen Podium und Zuschauern und schaute sich im weiten Rund um. Er wartete so lange, bis er sicher sein konnte, dass nun alle Augen auf ihn und nur auf ihn gerichtet waren. Dann begann er lauter als nötig, die Anklage vorzutragen.

»Hohes Gericht, sehr verehrte Geschworene, verehrtes Publikum, wir haben es hier mit einem Verbrechen zu tun, das seinesgleichen sucht. Es hat den Anderen in der Neuen Welt nicht genügt, einmal den Ewigen Vertrag zu verletzen ... nein, sie brechen ihn ein zweites Mal. Sie schicken wieder jemanden, diesmal diesen Mann dort. Er hat ein Mitglied unserer Gemeinschaft ermordet, Vincent Swensson, einen unbescholtenen jungen Mann, der sich ihm mutig in den Weg gestellt hat. Wir werden hier später eine abenteuerliche Geschichte von dem Angeklagten hören, die er sich wirklich gut ausgedacht hat ... nur so viel noch«, und jetzt wandte er sich direkt an die Geschworenen: »Verehrte Geschworene, ich glaube ihm kein Wort davon und ich bin mir sicher, dass es Ihnen am Ende der Verhandlung genauso gehen wird.«

»Unbescholten, dass ich nicht lache«, raunte Ihna gerade Brigit zu, »zeig denen mal deine Narbe.«

»Nach unseren Erkenntnissen wurde dieser Agent«, Herzel zeigte verächtlich auf Steve Sisko, »an unserer Küste abgesetzt, um wieder etwas zu entwenden, das in unsere Welt gehört ... was das ist, wollte er uns bisher nicht mitteilen. Es muss sich in dem Tal befinden, das bisher niemandem von uns bekannt war ... zumindest bis vor kurzer Zeit nicht. Dabei wurde er von Vincent Swensson überrascht, woraufhin er den armen Jungen auf brutalste Art und Weise ermordet hat. Darin schließe ich mich der Ansicht seines Vaters an. Die Einzelheiten würde ich uns allen gerne ersparen, fürchte aber, dass wir nicht darum herumkommen werden.«

Mit traurigen Augen und einem mitfühlenden Nicken blickte Herzel in Richtung des Farmerehepaares. Elisabeth schnäuzte sich leise in ein Taschentuch. Tränen standen in ihren Augen.

Dann fuhr Herzel in seiner Rede fort.

»Sie alle haben von den Plänen gehört, die Nikita Ferrer, eine Wissenschaftlerin aus der Neuen Welt, hier gefunden und in ihre Heimat gebracht hat. Wie nun von dem Angeklagten behauptet wird, habe man in den Plänen eine Art Code gefunden. Es war den Wissenschaftlern nicht möglich weiterzuarbeiten. Aus diesem Grund habe man ihn hier zu uns gebracht, um des Rätsels Lösung zu finden, angeblich wollte er das von Effel Eltringham, dessen Name ja inzwischen allen Anwesenden ein Begriff sein dürfte, erfragen. Er hat mir gegenüber in der Tat dieses Wort benutzt. Wie diese Befragung ausgesehen hätte, wenn sie zustande gekommen wäre, möchte ich mir gar nicht ausmalen. Ich werde dazu später Scotty Valeren, Effel Eltringham und Marenko Barak in den Zeugenstand rufen. Ich bitte die genannten Personen, sich jetzt aus dem Zuschauerraum zu entfernen. Ein Gerichtsdiener wird sie zu den Räumlichkeiten führen, in denen sie sich aufhalten können, bis sie aufgerufen werden.

Der Angeklagte wurde einzig und alleine an unserer Küste abgesetzt, um Effel Eltringham zu entführen oder schlimmer noch, ebenfalls umzubringen. Das ist das, was ich für die Wahrheit halte, verehrte Damen und Herren, hohes Gericht, aber bitte, es gehört dazu, dass auch der Angeklagte sich äußern darf. Ich kann Ihnen allen jetzt schon eine höchst fantasievolle Geschichte versprechen. Vielen Dank für Ihre Aufmerksamkeit.«

Herzel nahm hinter seinem Tisch mit verschränkten Armen Platz, schaute siegessicher drein und nickte Jared zu, der den Gruß erwiderte und fast unbemerkt den Daumen der rechten Hand hob.

Die genannten Zeugen erhoben sich von ihren Plätzen und folgten dem Gerichtsdiener aus dem Saal.

»Schade, dass ich das hier nicht mitverfolgen kann«, hatte Effel noch zu Soko gesagt, »aber Herzel hat darauf bestanden, dass ich hier aussage.«

»Was mich, ehrlich gesagt, nicht wundert.«

»Natürlich nicht, also dann bis später. Treffen wir uns heute Abend in der Goldenen Gans?«

»Na klar, ich habe sogar schon einen Tisch reserviert. Da wird es heute recht zugehen.«

»Sehr vorausschauend. Also, Agatha, dann bis nachher.«

Scotty, Marenko und Effel trafen sich in einem Raum, der sonst den Schauspielern als Garderobe diente. Sie fanden einen gedeckten Tisch mit belegten Broten sowie warmen und kalten Getränken vor.

»Ich hoffe, das dauert hier nicht allzu lange«, sagte Marenko mürrisch, »ich wollte eigentlich der Verhandlung beiwohnen. Wann erlebt man hier schon einmal so etwas?«

»Wohl nie mehr«, meinte Scotty und fuhr dann fort: »Wir haben uns lange nicht mehr gesehen, Effel. Wenn wir hier schon einmal herumsitzen, können wir auch erzählen, was wir erlebt haben, bei dir ist es sicher viel mehr. Außerdem interessiert mich deine Meinung zu einigen Dingen. Ich glaube, wir steuern auf turbulente Zeiten zu.«

»Wir sind schon mittendrin, wenn ihr mich fragt«, sagte Marenko, der bereits in ein Wurstbrot gebissen hatte.

»Ich glaube nicht, dass wir hier lange herumhocken müssen, die werden das da drin schnell durchziehen.«

»Was haben Sie zu den Beschuldigungen zu sagen?«, richtete sich Hagen Goldman im Gerichtssaal an den Angeklagten.

Steve erhob sich und verzog das Gesicht, als ein greller Schmerz seine verletzte Schulter durchzog. Die Schmerzen hatten seit der gestrigen Nacht noch einmal zugenommen und seine Medikamente waren fast aufgebraucht. Er hatte sich gewundert, dass er von seinen Leuten noch nichts gehört oder gesehen hatte, denn das Notsignal hatte er bereits in der ersten Nacht aus seiner Zelle gesendet.

Er hatte die Ausführungen seines Anklägers genau verfolgt. Er musste sich keine Notizen machen, obwohl man ihm Schreibzeug hingelegt hatte. Er hatte alles in seinem Gedächtnis gespeichert. Eine Fähigkeit, die er sich während seiner jahrelangen Ausbildung angeeignet und in den letzten Jahren vervollkommnet hatte.

»Ich habe wohl das Recht, die Aussage zu verweigern, aber eines möchte ich doch sagen. Ich habe Ihren Sohn nicht ermordet. Ich bin bereit, das unter Eid auszusagen.« Er hatte direkt zu den Swenssons gesprochen. »Zunächst aber«, fuhr er fort, »verlange ich eine fachgerechte Untersuchung meiner Verletzung, die mir Jared Swensson zugefügt hat. Wenn wir mit diesem Schauspiel hier fertig sind, werde ich den Farmer wegen versuchten Mordes anklagen. Ich fordere Sie hiermit auf, die Sitzung zu unterbrechen, damit meine Verletzung behandelt werden kann. Dieser Dr. Wron war nicht gerade engagiert.«

»Unter Eid?«, brauste Herzel auf. »Hört euch das an, Freunde, hohes Gericht. Er bricht den Ewigen Vertrag und jetzt möchte er unter Eid aussagen. Was denkt ihr, wie glaubhaft das sein wird? Schon für das eine Vergehen, den Mord, verdient dieser Mann die Todesstrafe. Deswegen halte ich eine Behandlung seiner Schulter auch für verlorene Zeit. Darüber, dass er Jared Swensson anklagen möchte, der verhindert hat, dass dieser Mann«, er zeigte mit ausgestrecktem Arm auf Steve, »hier bei uns noch mehr Unheil anrichten kann, kann man wirklich nur lachen ... wenn es nicht so traurig wäre. Noch mal ... ich fordere die Todesstrafe!«

Ein Raunen ging durch die Menge.

»Ich weiß, dass eine solche Strafe hier bei uns undenkbar wäre, Freunde, aber dieser Prozess wird nach den Regeln der Neuen Welt durchgeführt und da gibt es diese Strafe durchaus. Ich möchte den ersten Zeugen aufrufen.«

»Einspruch, Euer Ehren«, rief Steve, »ich bestehe auf einem fairen Prozess ... und dazu gehört, dass Sie mich in einen Zustand versetzen, in dem ich der Verhandlung folgen kann ... mit dieser Verletzung kann ich das nämlich nicht!«

Er musste einfach Zeit gewinnen, lange konnte es doch nicht mehr dauern, bis seine Leute reagieren würden. Dass man ihn einfach aufgeben würde, war ihm zwar auch kurz in den Sinn gekommen, aber daran wollte er zuallerletzt glauben. Irgendwie würde er es schaffen, hier herauszukommen, und wenn er dazu alles in die Luft jagen müsste.

»Einspruch abgewiesen«, ertönte die Stimme Hagen Goldmans. Er hatte sich kurz mit seinen Beisitzern im Flüsterton beraten.

Herzel nahm grinsend wieder Platz, schaute in seinen Unterlagen nach und rief mit lauter Stimme: »Ich rufe Marenko Barak in den Zeugenstand.«

***

Kapitel 27

P aul Ferrer schaute sehr erstaunt, als er die Haustür öffnete und seine Tochter in Begleitung des jungen Senators Kay Sisko erblickte. Nikita hatte ihre Eltern an diesem Abend nicht noch einmal in Aufregung versetzen wollen und hatte deswegen, als sie vor dem Haus aus dem Auto stiegen, kurz durchgeläutet. Sie fiel ihrem Vater um den Hals.

»Wie geht es dir, Papa? Ist dir auch wirklich nichts passiert? Wie geht es Mama?«

»Uns geht es gut, Nicki, wir sind noch mal mit dem Schrecken davongekommen, dank Jimmy. Wenn er nicht zur rechten Zeit gekommen wäre, würdest du hier eine andere Situation vorfinden. Oh, entschuldigen Sie, Herr Kollege. Willkommen in unserem Heim, wenn ich Sie auch lieber unter anderen Umständen hier empfangen hätte. Kommen Sie doch bitte herein.«

»Mama!«, rief Nikita, als ihre Mutter jetzt hinter ihrem Mann auftauchte. Die beiden Frauen umarmten sich. Nikita kämpfte mit den Tränen.

»Alles gut, Kind, alles gut. Wir haben heute sehr viel Glück gehabt. Beruhige dich. Kommt bitte rein.«

»Ma', darf ich dir Senator Sisko vorstellen.«

»Guten Abend, Herr Sisko, es freut mich, Sie kennenzulernen.«

»Guten Abend, Frau Ferrer, das beruht durchaus auf Gegenseitigkeit. Ich glaube, ich gehe jetzt lieber, wie ich gehört habe, ist Mike Stunks bereits hier, Sie sind also in guten Händen«, sagte Kay und wandte sich um. »Sie können sich ja noch einmal melden, Nikita, ich meine wegen der anderen Sache, über die wir vorhin gesprochen haben.«

Er wollte nicht in etwas hineingeraten, das ihm vielleicht später schaden könnte. Dass man hier jemanden festhielt, anstatt ihn sofort der Polizei auszuliefern, war gesetzeswidrig und es wurde auch nicht dadurch besser, dass ein Senatskollege involviert war.

»Bitte bleiben Sie, Kay«, sagte Senator Ferrer mit fester Stimme, »es ist für Sie vielleicht auch von Interesse, was hier passiert. Ich kann verstehen, dass Ihnen dies alles sehr merkwürdig vorkommen muss, aber seien Sie versichert, dass Sie in einigen Augenblicken verstehen werden, warum wir so und nicht anders handeln.«

»Wenn Sie meinen, Herr Ferrer ...« Kay zögerte noch.

»Nein, nein, sagen Sie Paul zu mir, bitte, das wollte ich Ihnen schon lange anbieten. Wie ich gehört habe, sind wir ab dem nächsten Monat sowieso in einer Arbeitsgruppe und die Kollegen dort duzen sich alle.«

»Vielen Dank ... Paul.«

»Wollen Sie nicht Ihren Mantel ablegen?«, fragte jetzt Eva. »Geben Sie ihn mir, ich hänge ihn hier auf.«

Er gab ihr den Mantel.

»Vielen Dank, Frau Ferrer. Das ist sehr freundlich von Ihnen.«

»Wir gehen am besten zunächst in mein Büro, Kay. Da werde ich dir Mike Stunks vorstellen, sofern du ihn noch nicht kennst.«

»Ich kenne ihn sogar persönlich, obwohl das letzte Zusammentreffen sehr lange her ist. Ich freue mich, ihn wiederzusehen.«

»Natürlich kennen Sie ihn«, sagte Eva, »er hatte doch damals die Ermittlungen geleitet.«

»So ist es, Frau Ferrer.«

Jetzt war Kay endgültig entschlossen zu bleiben.

»Guten Abend, Sir, guten Abend Nikita«, wurden beide von Mike Stunks begrüßt. »Lassen Sie mich Ihnen gleich kurz die nötigen Details mitteilen, danach werden wir ins Wohnzimmer gehen, wo sich unser Gast aufhält.«

»Warum haben Sie ihn noch nicht weggebracht?«, fragte Kay Sisko.

»Das ist eine berechtigte Frage, Mr. ...« Mike stutzte, dann griff er sich an den Kopf. »Mein Gott, entschuldigen Sie, Mr. Sisko, aber mit Ihnen hatte ich in dieser Nacht sicher nicht gerechnet. Es ist aber schön, Sie nach so langer Zeit einmal persönlich wiederzusehen.«

»Wenn ich mich recht erinnere, haben Sie mich damals geduzt und beim Vornamen genannt, Mr. Stunks. Bitte behalten Sie das doch bei.« Kay lächelte.

»Von mir aus gerne, aber nur, wenn Sie Mike zu mir sagen. Also, der Mann ist noch hier, weil ich einen anderen Plan habe. Ich werde euch sofort sagen, warum wir ihn noch hierbehalten möchten. Bitte setzen wir uns doch.«

Mike Stunks brachte Nikita und Kay auf den neuesten Stand der Dinge.

»Da bin ich aber gespannt, was es mit den ganzen Namen auf sich hat«, sagte Nikita.

»Der Name Fuertos sagt mir natürlich etwas«, erklärte Kay. »Diese Firma war Mitbewerber von Sisko ESS, da bin ich mir sicher.«

»Das ist richtig, Kay«, pflichtete ihm Mike bei, »und ich glaube, dass er das selbst gar nicht weiß. Wenn wir ihn jetzt einsperren, werden wir nie an seine Auftraggeber herankommen, und ich bin mir sicher, dass er für diesen Anschlag angeheuert wurde. Ein Mann mit seiner Ausbildung und Vorgeschichte ist geradezu prädestiniert dafür, ein bezahlter Mörder zu werden. Wenn ich einen Killer engagieren wollte, würde ich genau nach so einem Mann suchen. Wenn ich recht behalte, wird das nicht die einzige Tat sein, für die er verantwortlich ist. Ich habe bereits meine Leute informiert – im Übrigen alles sehr vertrauenswürdige Männer –, die werden später an ihm dranbleiben, ihn nicht einen Moment aus den Augen lassen … wenn mein Plan funktioniert.«

»Wenn er kooperiert«, wandte Kay ein.

»Was er tun wird«, versicherte Paul und fuhr fort: »Die Alternative wäre für ihn denkbar schlecht. Ich glaube nämlich nicht, dass er gerne viele Jahre hinter Gittern verbringen würde. Wenn das stimmt, was wir bisher recherchiert haben, hat er ja sogar ein persönliches Interesse daran zu kooperieren. Wenn er nicht vollkommen abgestumpft ist. Also, machen Sie … äh, machst du mit bei unserem Plan, Kay?«

Paul Ferrer war offenbar sehr zuversichtlich.

»Ich bin dabei, keine Frage, Paul. Schon deiner Tochter zuliebe.« Er lächelte Nikita an.

»Dann sollten wir keine Zeit verlieren, meine Damen … meine Herren«, forderte Mike Stunks auf und ging voran.

»Jimmy«, rief Nikita, »was für ein Glück, dass du heute nach Hause gekommen bist!«

Nach einem kurzen Blick auf den gefesselten Mann lief sie auf Manus Sohn los, der aufgestanden war und Nikita umarmte.

»Ja, das kann man wohl sagen, Nikita, schön dich zu sehen, alle Welt spricht von dir.«

»Ja, und ich weiß nicht, ob ich mich darüber freuen soll, Jimmy, aber dazu später.«

Zufällig fiel ihr Blick auf eines der großen Fenster und sie sah Shabo, der zwischen den Blumentöpfen saß und ihr fröhlich zuwinkte. Irgendwie erleichterte sie das.

Emanuela war aufgestanden und umarmte Nikita jetzt ebenfalls.

Kay Sisko war herangetreten und fixierte den gefesselten Mann. Der hatte sofort die Augen niedergeschlagen, als er des neuen Besuchers gewahr wurde.

Das hat mir gerade noch gefehlt, dachte Carl erschrocken. Er wusste nämlich genau, wen er da vor sich hatte. Erst kürzlich hatte er in einem Restaurant, in dem er vorzüglich gespeist hatte, einen langen Bericht mit vielen Fotos über diesen Mann gelesen. Er war außerdem auf dem Titelblatt eines Magazins abgebildet, das er sich im Bahnhof gekauft hatte. Ein Irrtum war also ausgeschlossen. Vor ihm stand eines seiner Entführungsopfer.

»Dieser Mann, der ganz offensichtlich deinen Vater umbringen wollte, heißt Carl Weyman … also unter diesem Namen hat er jedenfalls im Vision Inn eingecheckt, wie uns Jimmy berichtet hat. Du kannst mir jetzt die Waffe geben, Junge. Er heißt mit richtigem Namen Verhooven«, fuhr Mike in seinem Bericht fort.

Jimmy reichte Mike den Revolver und nahm neben Eva Ferrer auf der Couch Platz. Emanuela kam mit einem Tablett aus der Küche.

»Mr. Sisko, bedienen Sie sich, Nikita, du auch.«

»Oh, vielen Dank, wir kommen gerade von Tino, aber ein Wasser nehme ich gerne.«

Emanuela schenkte die Gläser voll.

Mike Stunks räusperte sich.

»Ich würde gerne mit Mr. Verhooven alleine sprechen, was halten Sie davon?«

»Von mir aus«, antwortete Paul, »immerhin leiten Sie hier die Ermittlungen. Sie können mit ihm in mein Arbeitszimmer gehen. Jimmy, würdest du bitte unseren Gast losbinden, ihn in mein Büro bringen und dort wieder verschnüren?«

»Nimm die hier, das ist einfacher«, sagte Mike Stunks. Er griff in die Innenseite seines Jacketts und holte ein Paar glänzende Handschellen hervor.

»Danke, Mr. Stunks. Wird gemacht, Onkel Paul.«

Jimmy erhob sich und nach einem kurzen Blick auf Mike Stunks, der den Revolver im Anschlag auf Carl hielt, näherte er sich dem Gefangenen.

Kurz darauf fand sich Carl auf einem Bürostuhl des Senators wieder, diesmal in Handschellen. Er war mit Mike Stunks alleine.

»Sie sind so nachdenklich, Kay«, stellte Nikita fest, die den jungen Senator die ganze Zeit beobachtet hatte.

»Das haben Sie gut erkannt, Nikita.«

»Verraten Sie uns den Grund?«

»Ich bin mir noch nicht vollkommen sicher, Nikita, aber ich glaube, ich habe diesen Mann schon einmal gesehen.«

»Du hast ihn schon einmal gesehen?«, fragte Paul erstaunt. »Wo?«

»Ja, ich glaube schon, vielleicht komme ich noch drauf, jedenfalls muss es lange her sein.«

»Dann gehen Sie ins Büro und schauen Sie ihn sich noch einmal genauer an«, schaltete sich Eva ein, »ich hatte nämlich eben das Gefühl, dass er von Ihnen nicht erkannt werden wollte.«

»Dann werde ich das tun.«

Kay Sisko betrat kurz darauf das Arbeitszimmer, er kniff die Augen zusammen und betrachtete den gefesselten Mann, der ihn jetzt aus kalten Augen ansah. Mike Stunks hatte bereits hinter dem Schreibtisch Platz genommen.

»Kann ich noch etwas für dich tun, Kay?«, fragte er.

»Nein, danke Mike, ich möchte mir nur den Gefangenen noch einmal genauer anschauen, ich habe da so eine Ahnung, dass ich ihn kenne.«

Carl konnte förmlich spüren, wie sich plötzlich in seinem Nacken Schweißtropfen bildeten und dann langsam den Rücken hinabrannen.

»Und«, fragte Mike nach einer kurzen Weile, »kennst du ihn?«

»Man vergisst einen Mann mit solchen Augen und solch einer Nase nicht, wenn man einmal mit ihm ein paar Monate lang eingesperrt war, auch wenn das viele Jahre her ist und auch wenn er nur ein paarmal seine Maske abgenommen hatte, nicht wahr? Übrigens sind Sie ein miserabler Koch.« Diese Worte waren jetzt an Carl gerichtet. Im ersten Moment schien er peinlich berührt, doch er hatte sich schnell wieder unter Kontrolle.

»Reden Sie nicht so einen Unsinn«, blaffte er.

»Er ist euer Entführer?« Mike war aufgesprungen. »Bist du dir da ganz sicher?«

»So sicher, wie man sich nur sein kann. Frage ihn. Er war der Einzige damals, den wir je zu Gesicht bekommen hatten. Er war praktisch die ganze Zeit bei uns gewesen, hatte irgendwelche Computerspiele mit uns gespielt, die er meist verlor, und leider hatte er auch für uns das Essen zubereitet.«

»Wusste ich es doch«, triumphierte Mike jetzt, »ich habe damals schon nicht an die Version eines Selbstmordes des vermeintlichen Entführers geglaubt. Das war mir alles viel zu schnell gegangen. Wie auf einem Silbertablett ist der uns serviert worden. Maria Gonzales, eure damalige Köchin, hatte also recht, als sie in der Leichenhalle sehr überzeugend behauptet hatte, dass der Mann nicht der sein konnte, der sie im Supermarkt angerempelt und ihr den Erpresserbrief zugesteckt hatte. An der Nase hatte sie es erkannt.«Alle Einzelheiten seines ersten Falles bei der NSPO tauchten vor seinem geistigen Auge auf.

»Den Mann haben Sie auch auf dem Gewissen, nicht wahr? Sie hätten damals Ihre Nase verändern lassen sollen, das war ein Fehler. Würde Frau Gonzales noch leben, könnte sie Sie mit Sicherheit ebenfalls wiedererkennen.«

Carl blieb zunächst stumm, er musste nachdenken. Schließlich sagte er mit einem Blick auf Kay Sisko: »Ich habe das Recht auf einen Anwalt, vorher sage ich kein Wort.«

»Recht auf einen Anwalt?«, schnaubte Mike. »Haben Sie immer noch nicht kapiert, dass das hier keine offizielle Angelegenheit ist? Sie brauchen darauf keine Antwort zu geben, auf keine unserer Fragen müssen Sie irgendetwas sagen. Das, was wir bisher wissen, reicht aus, Sie für sehr lange Jahre wegzusperren, auch ohne Gerichtsverhandlung, falls Sie darauf hoffen. Sie sind bewaffnet auf das Grundstück eines Senators eingedrungen«, rief Mike wütend.

»Ich gehe dann mal wieder zu den anderen, ich war lange genug mit diesem Kerl in einem Raum«, sagte Kay und machte auf dem Absatz kehrt.

»So«, meinte Mike, als der Senator den Raum verlassen hatte, »jetzt können wir hoffentlich reden wie zwei vernünftige Männer, denen die Lage hier klar ist. Kann ich davon ausgehen?«

Seine Stimme hatte einen Tonfall angenommen, der Carl aufhorchen ließ.

»Kommt drauf an«, brummte er vorsichtig.

»Das stimmt, es kommt dabei vor allem auf Sie an.«

Hier war ein Spiel im Gange, bei dem er unvermittelt zur Hauptperson ernannt worden war. Allerdings anders, als es anfangs den Anschein gehabt hatte. Carl war lange genug im Geschäft, um die Witterung dieser vielversprechenden Spur nicht aufzunehmen. Er wollte sich darauf einlassen. Die Alternative war nämlich so unattraktiv wie ein Bad in einer

Schlangengrube, einer Grube mit äußerst giftigen Schlangen.
»Dann lassen Sie uns auch so reden wie zwei vernünftige
Männer, die alle Verhörpraktiken kennen. Sie müssen hier
nicht herumsäuseln«, sagte er und machte es sich auf seinem
Stuhl bequem.

Mike konnte sich ein knappes Lächeln nicht verkneifen.
Immerhin hatte der Fisch angebissen. Und dies hier war ein
großer Fisch, daran hatte er nicht mehr den geringsten Zweifel.

»Gut, dann beginne ich mal mit dem, was ich inzwischen
weiß.«

Carl hörte zu und mit jeder weiteren Minute lichtete sich
ein Vorhang in seinem Inneren und gab eine Bühne frei, auf der
er alles klar erkennen konnte. Auch die Rolle, die man ihm bei
diesem Spiel zugedacht hatte. Nachdem Mike alles erzählt
hatte, fragte er: »Es ist immer der gleiche Auftraggeber, nicht
wahr? Sie arbeiten nur für ihn. Wie nimmt man Kontakt zu
Ihnen auf? Erzählen Sie mir alles.«

»Ja, es ist immer derselbe. Sie garantieren mir Straffreiheit?«

»Wenn das stimmt, ich meine, dass Sie nur diesen einen
Auftraggeber haben, kann ich Ihnen zwar keine Straffreiheit
versprechen, aber auf das Strafmaß werde ich garantiert einwirken können. Also, wie geht das Ganze vonstatten, und um
wie viele Aufträge handelt es sich insgesamt?«

»Einschließlich der Entführung, bei der ja niemand zu
Schaden gekommen ist, waren es fünf Aufträge. Ich wurde
sehr gut bezahlt.«

»Und weiter? Wie läuft das mit dem Auftrag? Er wird Ihnen
sicher nicht telefonisch erteilt.«

»Durch einen Boten, der mir einen Brief gibt. Es ist jedes
Mal ein anderer Typ, der mit der Sache bestimmt nichts zu tun
hat. Irgendein armer Bengel, der Geld braucht. In dem Brief
steht dann ein Name. Alle weiteren Einzelheiten erhalte ich
mündlich, ich meine persönlich.«

»Persönlich?«, fragte Mike erstaunt. »Das heißt, Sie kennen Ihren Auftraggeber?«

»Kennen ist übertrieben, ich höre nur seine Stimme. Man gibt mir in dem Brief einen Treffpunkt an ... und dort steige ich dann in eine Limousine, immer um Punkt zwölf übrigens, ... in so eine große silberne. Ich steige hinten ein. Nach vorne kann ich nicht schauen, sie haben eine dunkle Trennscheibe in dem Wagen. So eine Karre, wie man sie aus alten Filmen kennt.«

»Mit Ihrem Hang zur Nostalgie scheinen Sie mit Ihrem Auftraggeber ja etwas gemein zu haben«, sagte Mike, griff neben sich und legte einen Westernhut und eine Jacke auf den Schreibtisch.

»Das sind doch Ihre Sachen. Sagen Sie mir, wenn ich mich irre. Wir haben Ihren Wagen ein paar Straßen weiter gefunden. Er war manipuliert. Der Tracker war ausgebaut. Was geschieht, nachdem Sie Ihren Auftrag erledigt haben? Wie geht es dann weiter?«

»Ich treffe mich wieder mit ihm.«

»Wieder in dieser Limousine?«

»Ja, wieder in dieser Karre.«

»Haben Sie ihn schon einmal gesehen?«

»Ja, einmal für einen kurzen Moment durch die Frontscheibe des Wagens, als ich am Treffpunkt gewartet habe. Er hat zwar sofort die Sonnenblende heruntergeklappt, aber ich habe dennoch sein Gesicht gesehen.«

»Würden Sie ihn wiedererkennen?«

»Ein Gesicht, das ich einmal gesehen habe, ist hier oben gespeichert.« Er tippte sich an die Stirn.

»Kommt er alleine?«

»Ja, nur manchmal ist ein Fahrer dabei, aber nach dem Auftrag ist es nur er ... immer nur er, das erkenne ich an der Stimme. Ihm zeige ich das Beweisstück und erhalte den Rest meines Honorars. Es geht immer alles sehr schnell.«

»Ein Beweisstück?«

»Ja … irgendeinen persönlichen Gegenstand des Opfers.«
Donald wunderte sich, dass es ihm in diesem Augenblick
schwerfiel zuzugeben, dass es sich bei dem Beweisstück meist
um einen Körperteil seines Opfers handelte, in der Regel war
es ein Finger.
»Sie meinen, sie schneiden Ihrem Opfer etwas ab.« Es war
keine Frage, die Mike stellte.
Donald zögerte. »Ja«, gestand er dann kleinlaut ein.
»Dann sollten wir uns beeilen.«
Mike tippte schnell ein paar Zeilen in das Tablet des Senators, das er vor sich liegen hatte.

»Und, kennen Sie den Mann?«, fragte Nikita, als Kay wieder
im Wohnzimmer war.
»Allerdings, Nikita. Wie ich sehe, sitzen Sie alle gut. Er ist
unser Entführer.«
»Euer Entführer?", riefen Eva und Paul unisono. Der Senator sprang auf.
»Sie meinen, er ist es, der Sie damals gekidnappt hat?«,
fragte Nikita.
»Ja, ganz sicher ist er das. Ich erinnerte mich eben sogar an
ziemlich viele Einzelheiten … zum ersten Mal übrigens. Es
muss wohl daran liegen, dass ich ihm gegenüberstand.«
»Es hieß doch, der Entführer habe sich umgebracht …«
»Das sollte man glauben«, unterbrach Paul seine Frau und
ging jetzt im Raum umher. So konnte er am besten nachdenken.
»Mein Gott«, schluchzte Manu jetzt, »was hat Donald
wohl noch alles angestellt?«
»Da fallen mir so einige Namen ein, Manu. Zum Beispiel
dein Kollege, Nikita, der ja auch seine eigenen Nachforschungen angestellt hat, wie ich dir erzählt habe.«
»Und Kapitän Franch mit seiner Mannschaft und Matt«,
flüsterte Nikita entsetzt.

»Wer ist Kapitän Franch und wer ist Matt?«, fragte Jimmy neugierig.

»Kapitän Franch hatte mich damals mit einem U-Boot in die Alte Welt gebracht. Es hieß, er sei auf der Rückfahrt verunglückt. Das kam mir gleich merkwürdig vor. Und Matt ist ein guter Freund von Will Manders gewesen. Hat bei einer Nachrichtenagentur gearbeitet, glaube ich, und wohl ebenfalls Nachforschungen angestellt, nachdem Will verschwunden war.«

»Mike Stunks wird das schon herausbekommen, Ma, nicht wahr, Onkel Paul?«

»Sicher, Junge, sicher. Wenn nicht er, wer dann? Wir müssen jetzt alle einen klaren Kopf behalten.«

»Hast du eine Ahnung, warum du umgebracht werden solltest, Paul?«, fragte Kay.

»Ja, die habe ich in der Tat. Ich habe zu viel geschnüffelt, genau wie Will Manders, Nikitas Kollege. Ich war damals nahe dran herauszubekommen, wo meine Tochter ist … und auch warum. Dadurch war die ganze Aktion in Gefahr. Wenn zu Beginn herausgekommen wäre, dass der Ewige Vertrag gebrochen wurde, hätte es sicherlich Proteste gegeben. Jetzt, nachdem man die Pläne hatte, konnte man damit in die Öffentlichkeit, weil es sich ja offensichtlich gelohnt hat und es auch keine Reaktionen auf den Vertragsbruch gegeben hat. Den Brief haben sie natürlich der Bevölkerung vorenthalten … was vielleicht auch besser ist.«

»Aber warum sollte man dich jetzt noch umbringen lassen? Ich meine, jeder weiß doch, wo Nikita war und aus welchem Grund.«

»Jetzt? Jetzt haben sie immer noch einen Grund. Ich habe über Senator Hennings damals einen Untersuchungsausschuss wegen des Verschwindens der U-52 gefordert. Wie mir Rudolf, also ich meine Senator Hennings, erst kürzlich noch mitgeteilt hat, wird dieser Ausschuss demnächst seine Arbeit aufnehmen. Ich hatte ihn gefragt, warum das so lange gedauert habe, und er meinte, dass die Zusammensetzung des Ausschusses erst von Wizeman hätte abgesegnet werden müssen. Deshalb wohl die Verzögerung. Wenn ich tot wäre, würde dieser Ausschuss nie zusammenkommen, da bin ich mir sicher.«

»Dann macht dieses Attentat Sinn«, sagte Kay.

»Ich bin gespannt, was wir noch alles erleben werden«, erwiderte Paul.»Was ist, Nikita? Du schaust so komisch.«

»Sie sind wieder in der Alten Welt, Pa.«

»Was sagst du da?«

»Sie haben wieder jemanden geschickt, Kays Bruder ist drüben«, antwortete sie emotionslos. Sie wusste es schon zu lange, als dass sie sich jetzt darüber aufregen konnte. Nicht hier und jetzt in dieser Situation, in der ihre Eltern beinahe ums Leben gekommen wären.

»Sie brechen den Vertrag ein zweites Mal, warum?« Der Senator war entsetzt.

»So ist es wohl, ich weiß es auch erst seit vorhin«, sagte Kay.

»Mein Gott, das ist ja fürchterlich!« Emanuela blickte mit angstvollen Augen zu ihrem Sohn, der merkwürdig ruhig geblieben war.

»Wir haben in den Plänen, die ich hergebracht habe, einen Rätselcode gefunden, den wir nicht lösen können ...«, erklärte Nikita mit ruhiger Stimme. Hinter dem Rücken ihres Vaters warf sie einen schnellen Blick zu Shabo hinüber, der immer noch auf der Fensterbank saß. Er nickte ihr kaum merklich zu und winkte in einer drängenden Geste zur Tür hin.

»Ihr habt was gefunden? Einen Rätselcode? Und warum könnt ihr das Rätsel nicht lösen? Das kann doch nicht so schwierig sein.«

»Doch, es ist schwierig ... das heißt, es war schwierig, weil das Rätsel nur zur Hälfte in unseren Plänen steht. Die andere Hälfte liegt in einem Kloster oder beim Entwickler selbst ... und aus diesem Grund ist Steve in die Neue Welt geschickt worden. Er sollte die Lösung vom Erfinder des Myon-

Projektes herausbekommen und auf dem Weg dorthin ist er in Gefangenschaft geraten.«

»Hör mal, das wird ja immer wilder, woher weißt du das alles?«

Der Senator hatte seine Wanderung durch das Wohnzimmer wieder aufgenommen, konnte aber keinen klaren Gedanken fassen. Im Moment fühlte er sich einfach hilflos.

»Das erkläre ich euch später. Wir müssen jedenfalls handeln, irgendetwas unternehmen, Papa, verstehst du das?«

Im Moment verstand sie nicht, warum es Shabo so eilig hatte. Hatte er neue Informationen aus der Alten Welt? Nur das konnte es sein. Im gleichen Moment wurde ihre Ahnung bestätigt, denn sie hörte eine Stimme und sie wusste, dass es Shabo war, der jetzt auf diese Weise mit ihr kommunizierte. Telepathie.

»Nikita, wir haben keine Zeit zu verlieren, der Prozess ist in vollem Gange und es sieht nicht gut aus. Egal wie er endet. Perchafta ist im Gerichtssaal. Sie verhören bereits die ersten Zeugen.«

Die Tür zum Arbeitszimmer öffnete sich und Mike Stunks rief: »Können wir bitte zwei Kaffee haben? Es wäre sehr nett, wenn Frau Mendès uns den bringen könnte.«

Die Tür schloss sich wieder.

»Will er jetzt dort ein Kaffeekränzchen mit diesem Verbrecher abhalten?«, fragte Jimmy spöttisch. »Ich denke, es ist keine gute Idee, wenn du da reingehst, Mam. Lass mich das machen. Onkel Paul, wo habt ihr euren Giftschrank?« Jimmy grinste: »War nicht ernst gemeint, Mam.«

»Wenn Mike das so will, ist es bestimmt eine gute Idee«, meinte Paul. »Manu, glaubst du, du schaffst das?«

»Ja, Herr Senator«, und an ihren Sohn gewandt, »Mr. Stunks wird sich schon etwas dabei gedacht haben.«

Sie verschwand in der Küche.

»Danke, Manu«, sagte Mike, als Emanuela den Kaffee und etwas Gebäck gebracht hatte. »Der wird uns guttun, nicht wahr, Donald? Stellen Sie ihn einfach hier auf den Schreibtisch, wir bedienen uns dann. Darf ich Sie bitten, einen Moment zu bleiben? Setzen Sie sich doch zu uns.«

Das hatte nicht wie eine Bitte geklungen und Manu kam der Aufforderung nach, obwohl sie sich gerade lieber in Luft aufgelöst hätte.

»Ich habe unseren Gast gerade aufgeklärt, dass sein richtiger Name Fuertos ist, Donald Fuertos und nicht Verhooven. Unter diesem Namen haben Sie ihn kennengelernt, nicht wahr?«

»Ja, das habe ich ... aber wieso jetzt auf einmal Fuertos?«

»Die Verhoovens waren seine Adoptiveltern. Die Firma der Fuertos war eines der einflussreichsten Unternehmen dieses Landes, bis die Eltern des einzigen Erben bei einem Autounfall ums Leben kamen. Besser gesagt ... bis sie ermordet wurden.«

»Und dieser Erbe bist du.« Emanuela schaute Donald aus großen Augen an.

»Und Ihr Sohn ist der Enkel der Fuertos und somit der Erbe eines nicht unbeträchtlichen Vermögens ... irgendwann«, fügte er mit einem Seitenblick auf Donald hinzu.

»Mein Sohn ist ein Fuertos?« Natürlich kannte sie diesen Namen.

»Hören Sie, Emanuela, das ist Ihnen doch sicher auch aufgefallen ... ich meine, diese Ähnlichkeit.«

»Ich habe es sofort geahnt, als ich in das Hotel eingecheckt habe, er war damals an der Rezeption, auch heute Abend war er dort«, waren die ersten Worte, die Donald jetzt an Emanuela richtete. »Und vorhin war es mir dann klar, als ich in seine Augen geblickt habe. Er ist unser Sohn, Manu.«

Es war diese vertraute Art, wie er ihren Namen ausgesprochen hatte, die Emanuela zum wiederholten Male die Tränen in die Augen trieb und einen inneren Kampf auslöste.

»Sie können Ihr Gespräch vielleicht zu einem späteren Zeitpunkt fortführen, Emanuela, jetzt haben wir keine Zeit zu verlieren. Wir müssen los.« Mike sah auf die Uhr. »Es ist vier Uhr. Sicher wird man sich an anderer Stelle bereits fragen, was los ist. Emanuela, bitte lassen Sie die beiden Herren herein, die draußen vor der Tür warten.«

Manu blickte noch einmal zu Donald und verließ das Büro in Richtung Haustür.

»Ich möchte Ihnen zwei meiner besten Mitarbeiter vorstellen«, sagte Mike. Alle hatten sich wieder im Wohnzimmer zusammengefunden. Donald in Handschellen.

»Eva, Paul, Nikita, Kay, das sind die Special Agents Bob Mayer und Richard Pease ...«

»Das gibt es doch nicht«, rief Nikita, »wir kennen uns doch. Aber ohne ihre Uniform hätte ich sie beinahe nicht wiedererkannt!«

»Guten Morgen, Frau Ferrer«, grüßten die beiden Officer freundlich.

Sie waren beide vollkommen in Schwarz gekleidet.

»Du kennst die beiden Herren bereits?« Paul Ferrer war verblüfft.

»Ja, aus dem Delice. Sie sind dort beim Wachpersonal ... dachte ich jedenfalls bis eben. Mit Ihnen habe ich vor ein paar Tagen erst Pfannkuchen gegessen«, deutete sie auf Bob, »und mit Ihnen habe ich mich über Pete unterhalten.«

Richard Pease und Bob Mayer grinsten breit.

»Sie sind ja auch beim Wachpersonal im Delice«, erklärte Mike Stunks lächelnd. »Sie haben aber noch einen Nebenjob, wenn man das so sagen möchte, nämlich bei der NSPO. Es gibt kaum einen besseren Ort, als das Delice, wenn man das Ohr am Volk haben möchte.«

»Jetzt sagen Sie bloß, dass Olga Wrenolowa auch eine von Ihnen ist?«

»Nein, das ist sie nicht, sie ist wirklich eine harmlose Pfannkuchenbäckerin, die in unseren Officer hier verliebt ist.« Er zeigte lächelnd auf Bob.

»Bis vor Kurzem wusste sogar ich nicht, dass dieser Bursche«, Bob Mayer deutete nun seinerseits auf Richard Pease, »ebenfalls für Mr. Stunks arbeitet. Er hat sich sehr gut getarnt hinter seiner Baseballmaske. Er hätte Schauspieler werden sollen.«

»Das brauchte ich gar nicht zu spielen«, lachte Richard, »ich bin nämlich wirklich Baseballfan und ganz besonders ein Fan von Pete, da habe ich Sie nicht angeschwindelt, Frau Ferrer.«

»Gut, vielleicht haben Sie ja ein andermal Gelegenheit zu plaudern, Sie wohnen ja nicht weit von der Dienststelle der beiden Herren. Wir müssen los.«

»Ich hole Ihren Mantel, Mr. Stunks.«

»Vielen Dank, Emanuela.«

Kurz darauf verließen die vier Männer das Haus der Ferrers und ließen eine staunende, aber erleichterte Familie zurück.

»Wie wäre es jetzt mit einem zünftigen Frühstück? Kay, du bleibst doch noch?«, fragte ein gut gelaunter Paul Ferrer.

»Also gegen ein anständiges Frühstück hätte ich nichts einzuwenden.«

»Ich laufe schon«, rief Emanuela und befand sich bereits auf dem Weg zur Küche.

»Ich glaube, ich brauche erst einmal einen Schnaps«, sagte Eva Ferrer, »das war einfach zu viel heute Nacht.«

»Was wird jetzt mit Donald geschehen?«, richtete Nikita die Frage an ihren Vater, als sie alle am Frühstückstisch saßen.

»Mr. Stunks meinte, dass er in ein Zeugenschutzprogramm aufgenommen wird bis zur Gerichtsverhandlung«, antwortete Emanuela. »Er hat es eben gesagt, als ich bei ihnen im Büro war.«

»Wird er straffrei ausgehen, weil er aussagt?«, fragte Jimmy.

»Das kommt auf das Gericht an«, sagte Paul, »ich glaube aber nicht. Wenn sie ihm wirklich all diese Morde nachweisen, wird er sicher einige Jahre kriegen. Und danach wird er unter seinem richtigen Namen weiterleben können. Aber vorher bringen sie ihn an einen sicheren Ort.«

»Wirst du ihn besuchen, Manu?«, fragte Nikita vorsichtig.

»Ich weiß es nicht, Nikita, ich muss …«

»Das wirst du nicht, Ma«, brauste Jimmy auf.

»Das entscheidet deine Mutter ganz alleine, mein Junge«, ermahnte Paul mit strenger Stimme, die jeden weiteren Protest des jungen Mannes im Keim erstickte.

»Ich denke«, schaltete sich Eva ein, »wir sollten jetzt erst einmal abwarten, wie sich alles entwickelt. Es war für uns alle etwas viel letzte Nacht. Wir sollten jetzt schlafen gehen.«

Eine halbe Stunde später verabschiedete sich Kay Sisko.

»Nikita, soll ich Sie mitnehmen? Ich kann Sie am Tower oder Ihrem Wagen absetzen.«

»Nein danke, Kay, ich bleibe die Nacht hier, ich kann morgen mit meinem Vater reinfahren.«

»Gut, dann wünsche ich Ihnen alles Gute, vielleicht sehen wir uns ja mal wieder.«

»Wir bestimmt«, sagte Paul. »Ich bringe dich noch zur Tür.«

»So, das war's für heute«, sagte Paul als er wieder zurück war. »Jetzt sind wir ganz unter uns. Danke noch mal, Jimmy.«

»Keine Ursache, Onkel Paul.«

»Das ist aber ein netter junger Mann«, meinte Eva mit einem belustigten Seitenblick auf ihre Tochter.

»Mama, lass das«, lachte sie.

»Wieso?«, schaltete sich ihr Vater ein. »Er scheint doch wirklich ganz nett zu sein und eine gute Partie wäre er auch.«

»Wenn ihr so weitermacht, fahre ich doch noch heim, ich habe euch doch von Effel erzählt.«

»Ja, Kind, das hast du«, beschwichtigte Eva, »es war auch nur Spaß. Papa wollte dich auf den Arm nehmen, du kennst ihn doch.«

Da war sich Nikita diesmal nicht so sicher.

Kapitel 28

Mal Fisher saß in seinem abgedunkelten Besprechungssaal und um ihn herum hatten sich seine Verbündeten versammelt. Jeder befand sich an einem geheimen Ort, den er nur im äußersten Notfall verlassen würde. »Wir müssen reagieren«, Mal Fisher verzichtete auf die übliche Begrüßung. Er wollte gleich zur Sache kommen. »Es tut mir leid, Sie zu dieser Zeit aus dem Schlaf reißen zu müssen. Wenn es nicht so wichtig wäre ... aber wir können es uns unter diesen Umständen nicht erlauben, bis zum Nachmittag zu warten. Wir verzeichnen einen Ausfall von drei Satelliten innerhalb weniger Stunden, der Mond ist rot ... und es handelt sich nicht um eine Mondfinsternis.

Unser Mann, Steve Sisko, ist wahrscheinlich in Gefangenschaft geraten. Wir haben sein Notsignal erhalten, das er nur für diesen Fall senden sollte. Mehr haben wir noch nicht von ihm. General Ming teilte mir mit, dass seit Tagen kein Kontakt zu Agent Sisko besteht. Das letzte Mal hatten sie Funkkontakt, als Sisko in dem Tal war, aber da war der Empfang schon sehr schwach, ständig gab es Unterbrechungen. Und es gibt noch eine schlechte Nachricht. General Ming glaubt, dass U-57 verloren ist. Der letzte Funkkontakt bestätigte ein viel zu schnelles Abtauchen des Schiffes. Der General vermutet einen Fehler in der Steuerung. Wir alle aber wissen, dass es etwas anderes war, das die U-57 in die Tiefe gezogen hat. Wir müssen einen neuen Weg finden, um an Sisko heranzukommen.

Ich denke mal, dass sie ihm seine MFB weggenommen oder vielleicht sogar zerstört haben. Von Frau Ferrer haben sie ja Kenntnis darüber, was man mit unserer Brille alles machen kann. Dass dies kein Zufall ist, muss ich hier niemandem erklären. Ich habe außerdem die Befürchtung, dass die Aktion hier in Bushtown ebenfalls gescheitert ist. Mr. Weyman sollte sich sofort melden, wenn er im Haus des Senators fertig ist. Das ist bisher nicht geschehen. Der Mann ist seit mindestens einer Stunde überfällig.«

»Wir sollten abwarten, bis er Kontakt aufnimmt«, meinte Nr. 2 verschlafen.

»Wenn er das noch kann«, wandte Nr. 5 ein.

»Der Hoteldirektor ist informiert. Er wird mich anrufen, wenn Mr. Weyman auscheckt. Er wird sich aber direkt nach Vollzug melden. Schließlich wird er sein Honorar möglichst bald haben wollen, bevor er sich wieder in den Zug setzt. Wir sollten uns dann später um ihn kümmern.«

»Wir sollten uns um Sisko kümmern, ist das nicht das Wichtigste jetzt?«, fragte Nr. 4.

»Nicht, bevor wir genau wissen, was da drüben los ist. Selbst wenn sie ihn gefangen genommen haben sollten, wird er sich zu helfen wissen. Er hat immer noch den Sprengstoff. Da werden sie Augen machen. Wir sollten jetzt nicht in Panik geraten und kopflos reagieren, Nummer 1. Das Projekt ist viel zu wichtig. Wir werden keinen dritten Versuch unternehmen können.«

»Wir könnten ihn auch ausschalten. Er hat damals schon den neuen ICD bekommen. Der hat sich doch bewährt. Noch nie war es so einfach, unliebsame Zeitgenossen aus dem Weg zu räumen. Schlecht für Leute wie Mr. Weyman. Sie werden bald nicht mehr gebraucht.«

Mal Fisher schüttelte den Kopf.

»Ohne funktionierende Satelliten ist das wohl kaum möglich auf diese Entfernung, Nr. 5. Ansonsten gebe ich Ihnen recht, es wäre das Klügste. Wer weiß, was er alles ausplaudert, wenn sie ihn in die Zange nehmen. Und das werden sie.«

In diesem Moment ertönte ein leises Signal und Mal Fisher blickte auf den kleinen Bildschirm, den er am Handgelenk trug.

»Wenn man vom Teufel spricht ... Meine Dame, meine Herren, ich muss los. Carl Weyman hat soeben Vollzug gemeldet. Wir treffen uns in zwei Stunden wieder.«

»Gott sei Dank«, rief Nr. 4, »das Problem Ferrer hätten wir also aus der Welt geschafft.«

Eine Viertelstunde später steuerte eine große silberfarbene Limousine auf eine Kreuzung zu, nicht weit vom Hauptbahnhof in Bushtown. An der Kreuzung Florida Avenue und Achte Straße herrschte an diesem frühen Morgen reger Verkehr. Auch waren viele Menschen zu Fuß unterwegs. Es handelte sich entweder um die letzten Partygänger, die aus der Stadt in Richtung der Wohnviertel liefen, oder schon um die Arbeiter einer nahe gelegenen Fabrik, die zur Frühschicht unterwegs waren.

Mal Fisher lenkte die schwere Limousine an den Straßenrand. Dort erkannte er den Mann, den er so dringend erwartete. Carl Weyman zog seinen albernen Hut, das vereinbarte Zeichen. Mal Fisher hatte nie verstanden, warum er sich so auffällig kleiden musste. In diesem Fall aber war es von Vorteil, weil er ihn sofort erkannte.

Er hielt an und betätigte einen Knopf, der den hinteren Wagenschlag öffnete. Carl stieg ein, schlug die Tür aber nicht sofort zu. Im gleichen Moment lösten sich drei Männer aus der Gruppe der Menschen, die gerade dabei waren, die Straße zu überqueren, und dann ging alles sehr schnell.

Die Beifahrertür wurde aufgerissen und ein Mann stieg ein. Er richtete eine Waffe auf Mal Fisher. Die anderen, beide in schwarzen Anzügen, nahmen im Fond bei Carl Platz.

»Lassen Sie die Trennscheibe herab«, befahl Mike in rauem Ton.

»Hören Sie, was soll das?! Sind Sie wahnsinnig geworden? Wissen Sie, wer ich bin?«

»Natürlich weiß ich das, Mr. Fisher. Das macht Ihre Lage aber nicht besser.« Mike betätigte einen Knopf und die Scheibe fuhr surrend nach unten.

»Ist er das?«, fragte Mike.

»Ja, das ist er«, antwortete Carl.

»Sicher?«

»Absolut.«

Inzwischen waren einige Schaulustige stehen geblieben und glotzten neugierig ins Wageninnere. Ein Kidnapping am helllichten Tag erlebte man schließlich nicht oft – und danach sah es hier verdammt noch mal aus. Richard Pease stieg wieder aus, hielt seine Dienstmarke in die Höhe und rief laut: »Weitergehen, hier gibt es nichts zu sehen ... gehen Sie bitte weiter!«

Murrend entfernten sich die Schaulustigen. Hier wollte niemand Ärger mit der Polizei haben.

»Und ich dachte, ich würde mal etwas Spannendes erleben«, sagte einer aus der Menge.

»Mr. Mal Fisher, hiermit verhafte ich Sie wegen Anstiftung zum Mord in mindestens einem Fall. Außerdem wegen Anstiftung zur Entführung der Sisko-Zwillinge. Ich lese Ihnen jetzt Ihre Rechte vor. Alles, was Sie jetzt sagen, kann gegen Sie verwendet werden. Bitte steigen Sie dann aus. Mein Kollege wird Sie in ein anderes Fahrzeug setzen.«

Mal Fisher verzog das Gesicht zu einer Grimasse.

»Hören Sie, was fällt Ihnen ein? Sie brauchen mir hier keine Rechte vorzulesen, die kenne ich besser als Sie. Das wird Sie teuer zu stehen kommen, Mike Stunks, Ihren Job sind Sie jedenfalls bald los. Ich möchte auf der Stelle telefonieren!« Mal Fisher war rot angelaufen.

Nr. 2 wird dir schon noch die Flötentöne beibringen, bin ja gespannt, ob du unserem Präsidenten auch so forsch entgegentrittst, dachte er und musste grinsen. Es war ein diabolisches Grinsen.

»Ob ich meinen Job loswerde, werden wir noch sehen, und telefonieren können Sie nachher in der Dienststelle. Also steigen Sie aus. Wir werden Ihren Wagen mitnehmen.«

Bob Mayer legte Mal Fisher Handschellen an und führte ihn zu dem Wagen, der eben hinter ihnen angehalten hatte. Dort wurde er in Empfang genommen und binnen Sekunden war das Auto im dichter werdenden Verkehr verschwunden. Bob nahm neben Mike Mal Fishers Platz hinter dem Steuer ein. Sie fuhren los.

»Was geschieht jetzt?«, fragte Donald von hinten.

»Wir bringen Sie an einen sicheren Ort, Donald. Wie schon gesagt, werden wir Sie jetzt in ein Zeugenschutzprogramm aufnehmen. Alles Weitere wird sich finden. Natürlich wird es auch gegen Sie eine Verhandlung geben. Ihre Kooperation wird sich aber sicherlich zu Ihren Gunsten auswirken. Wenn Sie dann aus dem Gefängnis kommen, sind Sie jedenfalls ein reicher Mann und können immer noch ein neues Leben beginnen. Vielleicht entdecken Sie ja sogar ein Verantwortungsgefühl für Ihren Sohn.«

***

Kapitel 29

Danke, dass Sie sich als Zeuge vor diesem Gericht zur Verfügung gestellt haben, Bürgermeister.« Herzel Rudof hatte sich von seinem Platz erhoben und war langsam auf Marenko zugegangen.

»Das ist doch selbstverständlich, Herr Staatsanwalt.«

Dabei hatte ein kleines Lächeln seine Lippen umspielt. Es belustigte ihn ein wenig, wie Herzel, den er ja gut kannte, die Rolle des Staatsanwalts ausfüllte. Außerdem war er froh, als Erster in den Zeugenstand gerufen worden zu sein, so würde er den Rest der Verhandlung aus seiner Loge neben seiner Frau verfolgen können.

»Erzählen Sie uns von dem bestimmten Tag, an dem Sie angeln waren. Wann war das und was haben Sie dort gesehen?«

»Es war am letzten Sonntag, am neunten Oktober. Nun, ich gehe ja des Öfteren zum Angeln ans Meer, wie man weiß. An diesem Morgen war ich besonders früh losgeritten, weil wir am Abend eine Versammlung im Gemeinderat hatten, zu der ich pünktlich sein wollte. Unsere Versammlungen sind immer an einem Sonntag, weil die meisten von uns ja während der Woche arbeiten. Ich saß schon eine ganze Weile an meinem Lieblingsplatz, ich glaube, es war schon kurz nach Mittag. Ich hatte noch nichts Vernünftiges gefangen und meine Laune war auch schon mal besser gewesen. Plötzlich nahm ich zwei Personen mit Pferden am Waldrand von Elaine wahr.«

»Haben Sie die beiden Personen erkannt?«

»Nicht gleich. Erst durch mein Glas.«

»Wer waren diese Personen?«

»Es waren Effel Eltringham und diese Frau aus der Neuen Welt, Nikita.«

»Was taten die beiden dort?«

»Sie nahmen Abschied voneinander.«

»Was geschah dann?«

»Nikita ist zum Strand hinabgelaufen, wo sie ein Boot bestiegen hat. Damit ist sie dann zu einem großen U-Boot gebracht worden und war kurz darauf verschwunden. Er hat mir leidgetan. Ich dachte noch, dass sie jetzt einfach so mir nichts, dir nichts geht, wo sie hat, was sie wollte, wäre irgendwie gemein.«

»Was haben Sie noch gesehen?«

»Na ja, der Mann, der sie abgeholt hat, muss vorher jemanden an Land gebracht haben, denn er kam aus einer anderen Richtung, nicht direkt vom U-Boot. Damals war es aber nur eine vage Vermutung. Er war sicher nicht zum Pissen dort.«

Lachen kam aus dem Publikum.

»Ruhe«, mahnte Hagen Goldman. »Fahren Sie bitte fort,

Bürgermeister. Beschränken Sie sich dabei aber auf Ihre Beobachtungen und verschonen Sie uns mit Ihren Vermutungen.«

»Jetzt bin ich mir aber sicher, dass es sich um den Angeklagten gehandelt hat. Was sollte das sonst gewesen sein, ein Sonntagsausflug?«

»War das alles, Marenko Barak?«, führte Herzel die Befragung fort.

»Na ja, es war noch etwas, aber da bin ich mir nicht so sicher ... ich möchte es aber trotzdem erzählen.«

Er schielte vorsichtig zum Richter hinauf.

»Nur heraus damit«, ermunterte Herzel seinen Zeugen, »hier ist jede Beobachtung wichtig.«

»Ich meine, noch jemanden dort oben gesehen zu haben, in der Nähe von Effel Eltringham. Ich meine, es sei noch eine Frau dort gewesen, es kann aber auch nur ein Schatten gewesen sein. Die Sonne spielt einem um diese Zeit so manchen Streich. Aber dazu können Sie ihn ja später selbst befragen.«

»Was ich sicher tun werde.«

»Du bist gesehen worden, Sankiria«, sagte Perchafta.

»Ich war wohl für einen Moment unvorsichtig, das macht aber doch nichts«, lächelte die Fee. Sie unterhielten sich telepathisch, so wie immer, wenn Menschen in der Nähe waren.

»Das ist jetzt Ihr Zeuge, Angeklagter, wenn Sie wollen.«

»Ich habe keine Fragen.« Steve fand diese ganze Show bisher einfach lächerlich. Jeder konnte sehen, dass er hier war.

»Marenko Barak, haben Sie vielen Dank, Sie können jetzt wieder neben Ihrer Frau Platz nehmen.«

Marenko verließ den Zeugenstand.

»Ich rufe den nächsten Zeugen, Scotty Valeren, auf.«

»Einspruch«, rief Steve jetzt.

»Warum?«, fragte Hagen Goldman.

»Weil sein Vater Beisitzer dieses Gerichts ist.«

Hagen Goldman tauschte einen kurzen Blick mit Scottys Vater aus.

»Einspruch abgewiesen. Der Zeuge kann aussagen.«

»Harter Knochen, dieser Hagen Goldman«, flüsterte Ihna ihrem Mann zu.

»Ja, das stimmt, ich bin gespannt, was da noch alles kommt.«

Inzwischen war Scotty in den Zeugenstand getreten und hatte auf dem Stuhl Platz genommen. Erwartungsvoll, aber auch ein wenig ängstlich, blickte er Herzel an. Immerhin hatte er eine solche Situation noch nie erlebt und er hasste es, im Mittelpunkt zu stehen. *Es gibt wohl niemanden hier, der eine solche Situation schon erlebt hat*, dachte er gerade, *außer dem Angeklagten vielleicht.*

»Scotty Valeren, danke dass du dir Zeit genommen hast, hier heute auszusagen.«

»Das ist doch selbstverständlich und das Mindeste, was ich für meinen besten Freund tun kann.«

»Erzähle bitte dem Gericht, was du in diesem Tal erlebt hast.«

»Gerne. Also ... ich war auf der Suche nach meinem Freund Vincent, weil wir ...«

»Dem Sohn des Nebenklägers«, unterbrach Herzel ihn. »Nicht alle in diesem Saal haben ihn gekannt.«

»Ähm, ja, Vincent Swensson. Wir waren in den Agillen zum Fliegenfischen verabredet, so wie wir das öfter tun. Die Forellen dort oben sind die besten, wie jeder weiß, der schon einmal dort oben war. An der vereinbarten Stelle fand ich ihn nicht, also begab ich mich auf die Suche nach ihm, in der Annahme, er habe weiter oberhalb eine bessere Stelle gefunden. Irgendwann im Verlaufe meiner Suche habe ich einen sehr lauten Schrei gehört. Mir läuft heute noch ein Schauer über den Rücken, wenn ich daran denke. Wie sich ja später herausstellen sollte, war es Jared gewesen. So gelangte ich also aus purem Zufall in dieses Tal, das mir bis dahin unbekannt gewesen war.«

»Es war dir unbekannt? Jemandem, der jedes Jahr mehrere Male im Gebirge ist, war ein Tal unbekannt?«

»Ja, so ist es. Meines Wissens kannte es bis dahin niemand, sogar Jared nicht, der sich dort oben ja auskennt wie kein anderer. Na, jedenfalls musste es Vincent ebenfalls gefunden gehabt haben, denn ...« Scotty stockte und musste mehrere Male schlucken.

»Ja?«, forderte Herzel ihn um Weitersprechen auf.

»Also, Jared hatte es ja ebenfalls entdeckt. Ich bin dann dort später auf ihn getroffen. Da hatte er Vincent bereits beerdigt. Mein Freund wurde dort ermordet.«

Scotty schluckte wieder heftig.

»Ermordet? Woher konntest du das wissen?«

»Weil sich niemand auf diese Art und Weise selbst töten kann, es gibt auch keine Krankheit, die so endet. Aber dazu fragen Sie lieber Jared selbst, er hat schließlich seinen Sohn gefunden. Ich möchte nichts mehr sagen. Es war schlimm genug, den besten Freund zu verlieren.«

»Was hast du dann gemacht?«

»Ich bin auf Wunsch Jareds heimgegangen, um die traurige Botschaft seiner Frau zu überbringen. Er selbst wollte noch weitere Untersuchungen dort oben anstellen.«

»Weißt du noch irgendetwas, das zur Aufklärung beitragen kann?«

»Nein, ich habe alles gesagt, was ich weiß.«

»Ihr Zeuge, Herr Sisko.«

Steve stand auf und wieder durchzuckte ein starker Schmerz seine Schulter. Er strahlte jetzt bis in die Fingerspitzen. Steve riss sich zusammen.

»Herr Valeren, erzählen Sie doch bitte dem Gericht, warum Sie Ihren Freund gesucht haben.«

»Einspruch«, rief Herzel, »das spielt in diesem Zusammenhang keine Rolle, außerdem hat es der Zeuge bereits gesagt.«

»Einspruch stattgegeben. Fahren Sie mit Ihrer Befragung fort, aber achten Sie auf Ihre Wortwahl.«

»Also gut. Als Sie den Farmer Swensson in diesem Tal

gefunden haben, hat er Ihnen erzählt, in welchem Zustand sich die Leiche seines Sohnes befunden hatte?«

»Nein.«

»Warum nicht?«

»Er hielt es wohl für zu grausam«, flüsterte Scotty.

»Ich habe Sie nicht verstanden.«

»Ich sagte, dass er es sicher für zu grausam hielt, mir nähere Einzelheiten mitzuteilen.«

Elisabeth schluchzte laut auf und auch aus dem Publikum war lautes Weinen zu hören. Besonders von dort, wo die Großeltern Vincents saßen. Jared hatte die Hand seiner Frau ergriffen und schickte wütende Blicke in Richtung des Angeklagten.

»Angeklagter, muss das sein?«, fragte Hagen Goldman mit strenger Stimme.

»In diesem Fall muss das sein, Herr Richter. Immerhin werde ich hier des Mordes an dem Jungen angeklagt. Wenn Sie erfahren, in welchem Zustand sich die Leiche befunden hat, werden Sie schnell erkennen, dass ich das nicht gewesen sein kann. Ich hoffe, dass Jared Swensson uns dazu später die Wahrheit sagt. Ich habe den Leichnam fotografiert, die Bilder kann ich aber leider nicht mehr zeigen, weil er das Gerät, mit dem ich die Aufnahmen gemacht habe, zerstört hat. Ich habe keine weiteren Fragen mehr an den Zeugen.«

Steve ging zu seinem Platz zurück und Scotty verließ den Zeugenstand. Er war froh, wieder im Publikum neben seiner Mutter und seiner Schwester sitzen zu können.

Der Hammer auf dem Richterpult ertönte.

»Ich unterbreche die Verhandlung für eine halbe Stunde. Bitte seien Sie pünktlich! Wenn die Verhandlung wieder beginnt, werden alle Türen geschlossen und wir können dann niemanden mehr einlassen.«

Er verließ den Gerichtssaal mit wehender Robe und seine vier Beisitzer folgten ihm.

»Glaubst du, dass Jared aussagen wird?«, fragte Ihna ihren Mann.

»Warum denn nicht?«

»Weil er Nebenkläger ist, ich weiß nicht, ob das erlaubt ist.«

»Hör mal, Hagen Goldman ist Professor für altes Recht, er wird es wohl wissen. Warten wir es ab. Ich gehe mal nach draußen. Soll ich dir etwas zum Trinken mitbringen?«

»Oh ja, gerne. Eine Flasche Wasser. Brigit, für dich auch?«

»Wenn es dir nicht zu viel wird, Jeroen, nehme ich auch eine Flasche.«

»Gerne, ich bin gleich zurück, wenn die Schlange am Kiosk nicht zu lang ist, was ich aber befürchte.«

Er schaffte es, auf die Minute pünktlich zu sein, und die Frauen bekamen ihr Wasser.

»Ich beantrage, Jared Swensson in den Zeugenstand zu rufen«, sagte Steve, nachdem der Richter die Sitzung wieder eröffnet hatte.

Herzel sprang auf. »Einspruch!«

»Warum diesmal Einspruch?«, fragte Hagen Goldman leicht genervt.

Jared legte die Hand auf Herzels Arm und erhob sich ebenfalls.

»Ich werde selbstverständlich aussagen, hohes Gericht, sehr geehrte Geschworene.«

»Dann lasse ich die Befragung Jared Swenssons zu«, richtete sich Hagen Goldman an die Geschworenen. »Bitte nehmen Sie im Zeugenstand Platz, Jared. Herr Sisko, das ist jetzt Ihr Zeuge.«

»Wegen meiner Verletzung beantrage ich, den Zeugen im Sitzen befragen zu dürfen.«

»Das ist kein Problem, fahren Sie fort.«

»Einspruch«, rief Herzel wieder, »das ist eine Missachtung des Gerichts und der Geschworenen.«

»Einspruch abgewiesen, Herzel Rudof. Es gibt in der Geschichte der Rechtsprechung genügend Beispiele von Anwälten, die im Rollstuhl saßen und sehr wohl ihre Zulassung als Strafverteidiger bekamen.« Jetzt konnte man hören, dass Hagen Goldmans Geduld strapaziert war. Innerlich freute sich Steve, wollte es sich aber nicht anmerken lassen. Dieser wichtigtuerische Möchtegernstaatsanwalt ging ihm allmählich gehörig auf die Nerven. Es wurde höchste Zeit, dass der einen Denkzettel bekam.

»Jared Swensson«, begann er, »nachdem Sie mich im Wald mit Ihrer Armbrust angeschossen hatten, haben Sie behauptet, ich hätte Ihren Sohn umgebracht. Während des gesamten Marsches waren Sie von dieser Idee nicht mehr abzubringen. Wie kamen Sie dazu?«

»Die Art der Verletzung hat mir gezeigt, dass es niemand aus diesem Teil der Welt gewesen sein konnte. Ich kenne die Waffen, die hier benutzt werden, Ihre hingegen kenne ich nicht.«

»In welchem Zustand fanden Sie Ihren Sohn?«

»Das möchte ich mit Rücksicht auf meine Frau hier nicht sagen.«

»Ich fürchte, dass Sie darum nicht herumkommen werden.«

Herzel sprang auf. »Ich beantrage, die Öffentlichkeit auszuschließen!«

Hagen Goldman benutzte den Hammer. Er beriet sich leise mit seinen Beisitzern.

»Die Öffentlichkeit bleibt bestehen, bitte fahren Sie fort.«

Jared blickte fragend zu seiner Frau. Die nickte ihm zu.

»Frau Swensson?«, fragte der Richter.

»Es geht schon«, erwiderte Elisabeth mit erstaunlich fester Stimme. »Unser Sohn ist tot, da spielt die Art der Verletzung wohl keine große Rolle mehr.«

»Also?«, forderte Steve den Farmer auf.

»Unserem Sohn wurde der Kopf abgerissen. Nicht abgetrennt, sondern abgerissen.«

Entsetztes Raunen ging durch das Publikum. Die Großeltern Vincents weinten wieder laut auf und wurden von den Nachbarn getröstet.

»Mörder!«, rief jemand laut.

»Hurensohn!«, ein anderer.

»Ruhe im Publikum, sonst lasse ich den Saal räumen!«

Dreimal war das laute Klopfen des Hammers zu hören.

»Haben Sie den Kopf Ihres Sohnes gefunden oder woher wissen Sie das so genau?«

»Nein, den habe ich nicht gefunden, aber die Verletzungen am Torso waren eindeutig. Zunächst dachte ich auch, dass es ein Grizzly gewesen sein müsste. Ich habe aber nie eine Bärenspur gefunden.«

»In welchem Zustand befand sich der Rest des Körpers?«

»Er muss schon zwei bis drei Tage dort gelegen haben.«

»Können Sie uns das Datum sagen, an dem Sie Ihren Sohn gefunden haben?«

»Nicht genau, ich habe da nicht so genau drauf geachtet. Vielleicht war es Ende September oder Anfang Oktober.«

»Geht das noch etwas genauer, Herr Swensson?«

»Na ja, es muss so um den 4. oder 5. Oktober gewesen sein.«

»Nun, Herr Swensson, von Marenko Barak haben wir vorhin erfahren, seit wann ich in Ihrem Land bin. Ich kann also gar nicht der Mörder sein. Als ich das Grab gefunden hatte, war nach meinen Untersuchungen Ihr Sohn bereits seit mehr als einer Woche tot.«

Wieder ging ein Raunen durch das Publikum.

»Habe ich doch gesagt, dass er ihn nicht auf dem Gewissen hat«, flüsterte Brigit Ihna zu.

»Aber wer war es dann?«

»Das werden wir wohl nie erfahren.« Da war Brigit sich sicher.

»Ich habe keine weiteren Fragen an den Zeugen«, sagte Steve.

»Herzel, dann ist das jetzt Ihr Zeuge.«

»Danke, Herr Richter, ich verzichte mit Rücksicht auf das Ehepaar Swensson. Sie haben genug Leid erfahren müssen.«

»Dann können Sie wieder neben Ihrer Frau Platz nehmen, Jared.«

»Ich möchte den Angeklagten befragen«, rief Herzel jetzt. »Steve Sisko, bitte kommen Sie nach vorne in den Zeugenstand.«

Nachdem Steve Platz genommen hatte, erhob sich Herzel.

»Sie sagten vorhin, dass Sie in diesem Tal gewesen sind, in dem Vincent Swensson sein tragisches Ende gefunden hat.«

»Das ist richtig. Ich habe das Grab entdeckt und es untersucht.«

»Warum?«

»Weil ich neugierig war.«

»Unglaublich!«, rief jemand aus dem Publikum.

»Ruhe!«, donnerte der Richter.

»Machen Sie sich nicht lächerlich«, fuhr Herzel mit seiner Befragung fort. »Warum waren Sie in diesem Tal?«

»Wegen der Pläne, die man Frau Ferrer erlaubt hatte mitzunehmen.«

»Wie bitte?«

»Es fehlte wohl ein wichtiges Element und man hat mich geschickt, dieses fehlende Teil zu finden.«

»Haben Sie es dort in diesem Tal gefunden?«

»Nein, sonst wäre ich nicht hier. Man hatte mich angewiesen, den Erfinder dieses Projektes ausfindig zu machen, um ihn dann zu befragen.«

»Befragen, ach ja, ich kann mir lebhaft vorstellen, wie diese Befragung ausgesehen hätte. Effel Eltringham kann sich glücklich schätzen, dass Jared Swensson das verhindert hat.«

»Für Ihre Fantasie kann ich nichts. Für uns war es ganz selbstverständlich, dass wir auch den Rest der Pläne erhalten sollten. Warum hätte man es sonst erlaubt, die Pläne mitzunehmen. Das ergibt keinen Sinn.«

»Ich habe zurzeit keine weiteren Fragen, behalte mir aber vor, den Zeugen noch einmal zu befragen.«

»Sie können wieder hinter Ihrem Tisch Platz nehmen,

Steve Sisko«, sagte Hagen Goldman und fuhr fort: »Dann rufe ich Effel Eltringham in den Zeugenstand. Gerichtsdiener, bitte holen Sie den Zeugen.«

»Hast du eine Vorstellung davon, warum der Angeklagte in unser Land eingedrungen ist, Effel Eltringham?«

Herzel hatte sich vor dem Zeugenstuhl, der neben dem Richterpult stand, so platziert, dass er auch die Geschworenen im Blick hatte. Er zupfte an seiner Fliege.

Ganz wohl war es Effel nicht, jetzt wo mehrere hundert Augenpaare auf ihn gerichtet waren.

»Ja, die habe ich. Ich kann bestätigen, was der Ankläger in seiner Rede gesagt hat«, richtete er jetzt das Wort an die Geschworenen. »Es gibt einen Rätselcode in den Plänen des Myon-Neutrino-Projektes.«

»Woher weißt du das, Effel? Bitte erkläre uns das, ich bin mir nämlich nicht sicher, ob alle Anwesenden von den Zusammenhängen Kenntnis haben.«

»Ich habe dieses Rätsel selbst eingefügt.«

Ein leises Raunen ging durch die Menge der Zuschauer.

»Selbst? Das musst du näher erläutern, Effel.«

»In einer meiner früheren Inkarnationen habe ich die Pläne für eine Art Maschine entwickelt. Es ist mehr als tausend Jahre her.«

»Um was geht es in diesen Plänen? Warum sind die für die Neue Welt so wertvoll? Was kann man mit dieser Maschine anstellen?«

»Es geht um die Umwandlung der Ätherenergie des Universums in elektrische Energie, also um die Erzeugung von Strom. Es gibt eine unendliche Energiequelle dort draußen, praktisch kostenlos. Man muss nur einmal eine solche Maschine bauen.« Effel deutete nach oben.

»Wäre solch ein Maschine für uns nicht ebenso interessant, Effel Eltringham?«

»Das wäre sie ganz sicher, aber bei uns könnte man diese Idee nicht verwirklichen.«

»Erkläre uns den Grund.«

»Man müsste dafür mehrere Satelliten ins All schießen, Herzel. Meines Wissens haben wir auf eine solche Technik verzichtet.«

»Ha, der war gut«, flüsterte Soko Agatha zu.

»Ich verstehe auch nicht, warum Herzel so auf den Plänen herumreitet«, erwiderte sie leise.

»Weil er von Anfang an dagegen war, dass Nikita sie bekommt. Das ist seine kleine Abrechnung mit den Befürwortern im Ältestenrat. Aber leise, es geht weiter.«

»Und vor ... warte mal ... tausend Jahren konnte man eine solche Maschine bauen?«

»Nein, natürlich nicht. Es war eine Fantasie damals, nur eine verrückte Erfindung.«

»Aber immerhin so realistisch, dass du einen Rätselcode eingebaut hattest ...«

»Ja, für den Fall, dass die Pläne eines fernen Tages in die falschen Hände geraten würden ...«

»Was sie ja ganz offensichtlich jetzt auch sind«, triumphierte Herzel.

»Der Rat der Welten war offensichtlich anderer Meinung.«

»Eins zu null für Effel«, sagte Mindevol leise zu Perchafta.

»Ja, er schlägt sich gut, unser Freund.«

»War aber auch nicht anders zu erwarten«, lächelte Mindevol.

»Ganz offensichtlich kannst du dich heute noch an dieses Rätsel erinnern, sonst wäre der Angeklagte nicht hier, stimmt das?«

»Das stimmt. Ich weiß aber nicht, ob der Angeklagte nur aus diesem Grund hier ist.«

»Darum geht es im Moment auch nicht. Kannst du dem Gericht den Inhalt des Rätsels mitteilen? Wie lautet es?«

»Das kann ich, in der ursprünglichen Form lautet es: Quis sum? Hieme e nubibus nigris leniter venio atque super ardua tecta domorum tarde cado, ut cadens asperum ... tegam. Duris tergis terrae me trado, ubi diu manendo ad terram stabilem adhaereo.«

»Hättest du die Freundlichkeit, uns diesen Text zu übersetzen? Ich bin mir nicht sicher, ob alle Anwesenden der lateinischen Sprache mächtig sind.«

Hagen Goldman schlug mit dem Hammer laut auf den Tisch.

»Herr Staatsanwalt, bitte mäßigen Sie Ihren Ton! Effel Eltringham ist hier nicht der Angeklagte.«

»Verzeihung, Euer Ehren, die Pferde sind wohl mit mir durchgegangen. Tut mir leid, Effel.« Er zupfte verlegen an seiner Fliege.

»Kein Problem, Herzel«, sagte Effel.

»Das wurde aber auch Zeit, dass der Richter unseren Herzel mal ein wenig bremst«, brummte Soko vor sich hin.

»Ich übersetze es gerne, es heißt: Wer bin ich? Im Winter komme ich behutsam aus dunklen Wolken und ich falle langsam auf die steilen Dächer der Häuser, sodass ich beim Fallen den schroffen Menschen bedecke. Ich gebe mich dem harten Rücken der Erde hin, wo ich, da ich lange verweile, an der Erde fest hängen bleibe.«

»Und verrätst du uns auch die Lösung, wir haben nämlich nicht so viel Zeit zum Rätselraten.«

Der Hammer ertönte einmal.

»Verzeihung«, sagte Herzel.

»Gerne«, erwiderte Effel, ohne sich von dieser erneuten Unhöflichkeit beeindruckt zu zeigen. »Es handelt sich um Schnee, besser gesagt, um die Form von Schneekristallen. Die Maschine muss in exakt dieser Anordnung gebaut werden, sonst funktioniert sie nicht.«

»Und das können die Wissenschaftler dort drüben nicht lösen?«

»Weil sie es in der ursprünglichen Form nicht haben. Bevor ich damals die Pläne versteckt habe, habe ich es auf die Hälfte gekürzt ... mit einem Hinweis, wo der Rest zu finden ist.«

»In diesem Tal?«

»Nein, ich habe den Ort in den Plänen erwähnt.«

»Das bedeutet, dass man das zumindest dort weiß und der Angeklagte aus einem anderen Grund in dem Tal war? Ist das so?«

»So muss es wohl sein. Wenn sie herausfinden, wo sich das Kloster Monastère Terre Sainte befindet, müssten sie dort suchen. Von dem Angeklagten werden sie es wohl nicht mehr erfahren.«

»Das stimmt, aber was soll das mit dem Kloster? Es gibt hier schon lange keine Klöster mehr und in der Neuen Welt wohl auch nicht.«

»Das stimmt... heute heißt es... Haldergrond.«

Jetzt wurde es laut im Zuschauerraum, sodass Hagen Goldman mehrmals mit dem Hammer auf den Tisch schlagen musste, um die Ruhe wieder herzustellen. Fast aller Augen richteten sich jetzt auf die Äbtissin, die scheinbar ungerührt den Aussagen Effels gefolgt war.

»Du weißt davon, Sankiria, stimmt das?«, fragte Perchafta.

»Ja, aber erst seit es Saskia mir erzählt hat, nach ihrer Begegnung mit Effel.«

»Und weißt du, wo in Haldergrond sich das Original befindet?«

»Inzwischen weiß ich es. Meine Pukhas haben es gefunden. Die finden einfach alles, die kleinen Biester. Es lag tief unten im Turm, säuberlich verpackt in Wachstüchern in einer Truhe aus Eichenholz. Sie werden es an einen anderen Ort bringen.«

»Das wird nicht nötig sein, Nikita hat die Lösung bereits erhalten.«

»Von wem?«

»Von Shabo.«

»Also von dir.« Die Fee musste lächeln. »Dennoch, sicher ist sicher.«

»Nun«, sagte Herzel jetzt, »dann haben wir ja Glück, dass die verehrte Äbtissin von Haldergrond heute anwesend ist.« Er grüßte Adegunde mit einem Kopfnicken, das diese mit einem Lächeln erwiderte. »Da ich das Rätsel inzwischen wieder weiß, brauchen wir es nicht dort zu suchen.«

»Es ist aber gut zu wissen, wo es außer in deinem Kopf auch noch gut aufgehoben ist.«

Die Äbtissin stand auf und rief: »Es befindet sich nicht mehr in Haldergrond, sondern an einem anderen sicheren Ort.«

»Auch gut. Der Angeklagte wird sowieso keine Gelegenheit mehr bekommen, seine Suche fortzusetzen.«

»Seht doch«, rief jemand aus dem Publikum und in diesem Moment brach Steve Sisko auch schon auf seinem Stuhl zusammen. Er kippte seitlich weg und lag zusammengekrümmt auf dem Boden. Einige Anwesende schrien entsetzt auf.

»Die Verhandlung ist unterbrochen«, rief Hagen Goldman laut. »Gerichtsdiener, bitte bringen Sie den Angeklagten in die Notaufnahme. Sicher ist ein Arzt hier anwesend, der sich um ihn kümmern kann. Wir setzen die Verhandlung in zwei Stunden fort, sofern der Angeklagte dann imstande ist, diesem Prozess zu folgen.«

***

Kapitel 30

Während seiner Wache war es Vonzel, der merkte, dass etwas passiert war. Er hatte Kapitän Urtsuka zwar versprochen, dass er Augen und Ohren besonders aufhalten werde, aber das war wohl doch etwas zu schwierig, wenn man am Ruder stand, Kurs zu halten hatte und auf den Stand der Segel aufpassen musste.

Jedenfalls spürte er, dass die Wandoo immer träger auf das Ruder reagierte. Zuerst registrierte er es mehr unbewusst. Die bisherigen Roll- und Stampfbewegungen der Wandoo veränderten sich. Sie brauchte zu viel Zeit, um sich aus der jeweiligen Krängungslage wieder aufzurichten.

Die Erkenntnis durchzuckte ihn wie ein Blitz: Wasser im Schiff!

»Nornak!«, brüllte Vonzel mit einer Stimme, die sämtliche Seeleute auf der Wandoo hochfahren ließ.

Der Freund war eine Minute später bei ihm, auch Kapitän Urtsuka kam herbeigelaufen.

»Was ist los, Vonzel?«

»Schnell, lasst die Pumpen besetzen!«, stieß Vonzel hervor. »Wir haben Wasser im Schiff. Kontrolliert die Räume unter der Wasserlinie. Da muss irgendwo ein Leck sein.«

Nornak erklomm geschwind die Reling und hielt sich an einem der Taue fest. Mit lauter Stimmt bellte er die Befehle und nur wenige Momente später quietschte die Pumpe, die auf der Backbordseite in Höhe des Großmastes stand. Ein hässlich saugendes Geräusch ertönte, dann plätscherte Wasser aufs Deck und floss durch die Speigatten ab.

»Voll in den Wind drehen!«, rief der Kapitän. »Wir haben es bald geschafft!«

Richtig, dachte Vonzel, jetzt hilft nur noch volle Kraft voraus.

Zwei Männer arbeiteten wie die Verrückten an der Pumpe. Der Pumpenschwengel, jeweils auf einer Seite bedient, ging auf und nieder. Und als die beiden Männer müde wurden, wurden sie von zwei anderen abgelöst, die mit frischen Kräften loslegten. Die Wandoo glitt weiter durch die See. Ein dicker Wasserstrahl schoss aus dem Pumpenrohr.

Es wurde ein harter Kampf gegen das steigende Wasser im Schiff. Es stand bereits über der Wasserlinie. Nornak und Vonzel wateten durch die unteren Decks auf der Suche nach dem Leck, schielten immer wieder nach dem Wasserstand und stellten fest, dass das Wasser zwar noch stieg, aber nicht mehr so schnell. Die Pumpe beförderte indes fleißig große Mengen von Wasser aus dem Rumpf, aber doch schien es irgendwie ein Kreislauf zu sein, der nicht enden wollte. An Deck schoss der Wasserstrahl in die See und irgendwo zwischen Kiel und Wasserlinie drang das Wasser wieder ein.

»Pumpt, Männer, pumpt was das Zeug hält!«, feuerte Urtsuka seine Mannschaft an. In diesem Augenblick hätte er sich gewünscht, mehr Männer zur Verfügung zu haben.

»Land in Sicht!«, schrie der Mann aus dem Ausguck plötzlich mit sich überschlagender Stimme.

Allen fiel ein Stein vom Herzen und die Männer an der Pumpe gönnten sich endlich eine Verschnaufpause.

Eine halbe Stunde später erreichte die Wandoo die Küste Flaalands.

»Bringt die Boote aus, wir schleppen die Wandoo an den Strand, da können wir sie später reparieren. Los, Männer, wir haben keine Zeit zu verlieren!«

Den Weg nach Angkar Wat legten die Männer in weniger als der Hälfte der Zeit zurück, die sie gebraucht hatten, als sie noch mit ihren Tieren, den Alten und Kindern unterwegs gewesen waren. Auch kannten sie jetzt die gefährlicheren Steige im Gebirge. So erreichten sie bereits nach zwei Tagen – sie waren meist in einem leichten Trab gelaufen – den Ort ihrer einstmaligen Verbannung. Sie waren mit leichtem Gepäck gereist, jeder hatte nur seine Schlafdecke dabei und einen Ziegenmagen, der mit Wasser gefüllt war. Schließlich hatten sie nicht vor, lange zu bleiben, und gegen den Hunger wären ein paar Schafe schnell geschlachtet.

Urtsuka trug den Stab, den sein Vorfahr von einem seltsamen Mann bekommen hatte. Jetzt lag das Tal, in dem sie so lange gelebt hatten, vor ihnen. Alles war wie immer. Die Steinhäuser, die Burg, der See, die Wasserfälle. An den Hängen grasten die Ziegen und Schafe. Langsam schritten sie in das Tal hinab, jeder mit seinen eigenen Gedanke und Erinnerungen beschäftigt. Vonzel kam es gerade vor, als sei es eine Ewigkeit her, dass sie alle hier gelebt hatten.

Plötzlich spürte Urtsuka eine Bewegung in dem Stab. Er erschrak dermaßen, dass er ihn beinahe fallen gelassen hätte. Vonzel, der direkt hinter ihm ging, war das nicht entgangen.

»Was ist los?«

»Der Stab ... ich glaube, er macht sich gerade selbstständig. Er zieht mich ... also, das ist absolut verrückt, sag ich dir. Ich kann ihn kaum mehr halten.«

Immer größere Ratlosigkeit spiegelte sich in seiner Miene wider.

»Dann sollten wir ihm folgen, Urtsuka, halte ihn gut fest.«

»Ich glaube, ich könnte ihn gar nicht loslassen, Himmel, Arsch und Zwirn, was geht hier denn ab? Ich habe das Gefühl, er ... nein, ich klebe an ihm fest. Bis eben war das noch ein harmloser Holzstecken.«

»Hey, du wusstest, dass er nicht harmlos ist, nicht wahr?«, lachte Vonzel.

Urtsuka wurde jetzt gnadenlos vorwärts gezogen und alle Männer folgten im Laufschritt ihrem Kapitän.

Auf einem Hügel saßen Muchtna und Elliot und schauten dem Treiben zu.

»Du hattest recht, Elliot, sie kommen, die Lade zu holen.«

»Bei den Emurks wird sie sicher sein, vielleicht sogar sicherer als hier, jetzt, wo die Anderen von diesem Ort wissen.«

»Wo laufen sie nur hin?«, fragte Muchtna aufgeregt.

»Sicherlich zu einer der Höhlen dort oben.« Elliot deutete auf einen schroffen Hang, nicht weit von den Wasserfällen.

Aus dem Berg war auf einmal ein tiefes Stöhnen zu hören. Es klang bedrohlich.

»Das erste Siegel«, flüsterte Elliot, »es ist gleich erwacht.«

»Habt ihr das gehört, Männer?«, rief Urtsuka. »Ich glaube, es kommt von dort aus dem Berg, nicht weit vom Wasserfall.«

»Was war das?«, rief Nornak. »Hat sich angehört wie Vonzel, wenn er schläft und von Vachtna träumt, nur lauter.«

Alle lachten.

»Seid ruhig«, rief Urtsuka.

Der Stab zog jetzt noch stärker.

»Die Wasserfälle, er will zu den Wasserfällen! Das kann gleich sehr nass werden, Leute!«

»Wenn es mehr nicht ist«, entgegnete Nornak. »Dann sollten wir unser Zeug aber hier liegen lassen. Ich würde gerne unter einer trockenen Decke schlafen.«

Tatsächlich zog der Stab die Emurks zum Wasserfall. Nach einem steilen Aufstieg fanden sie einen schmalen Pfad, dem sie folgten, gnadenlos gezogen von Urtsukas Stab.

»Jetzt haben wir so lange hier gelebt, aber diesen Weg haben wir noch nie gesehen«, meinte einer der Emurks.

»Wir hatten auch nie einen Grund nachzuschauen, was hinter diesem Wasserfall ist, aber gleich werden wir es wissen«, antwortete Vonzel.

»Hier ist der Eingang zu einer Höhle«, rief Urtsuka, der ein paar Meter voraus war.

»Jetzt wird es spannend, Leute«, ulkte Nornak.

»Du fürchtest dich auch vor gar nichts«, meinte Vonzel trocken.

»Warum sollte ich? Wenn deine Zeit gekommen ist, ist sie halt gekommen. Lieber sterbe ich mit offenen Augen mutig, als mit geschlossenen und zitternd vor Angst.«

Dann standen sie alle vor dem Eingang einer, und das konnte man schon erahnen, riesigen Höhle.

»Was machen wir jetzt?«, fragte einer der Männer. »Wir haben keine Fackeln dabei.«

»Moment«, rief Urtsuka, »ich glaube, hier tut sich wieder was!«

Er hatte die Worte kaum ausgesprochen, als der Stab in seiner Hand zu leuchten begann. Das heißt, er leuchtete nicht sofort, sondern begann zunächst, schwach zu glimmen. Aber kurz darauf wurde das Licht heller und heller, es war ein warmes, goldenes Licht, das jetzt von ihm ausging. Staunend betraten die Männer die Höhle. Sie war rund, maß sicherlich hundert Fuß im Durchmesser und war offensichtlich fast ausschließlich aus Kristall.

»Reiner Bergkristall«, flüsterte Vonzel ergriffen, denn er hatte so etwas Schönes noch nie gesehen. Tausendfach wurde das Licht von den Wänden zurückgeworfen.

Dann rief Urtsuka: »Dort vorne, seht mal, das muss sie sein, die Lade, ganz aus Gold.«

Aber sie war lediglich mit Gold überzogen. Dass es sich um eine Holztruhe mit zwei Tragebalken handelte, sahen sie erst, als sie staunend um sie herumstanden. Sie waren am Ziel ihrer Reise.

»Habt ihr so etwas Schönes schon einmal gesehen? Natürlich nicht, was für eine dumme Frage«, schalt sich Urtsuka, auf seinen Stab gestützt, gleich. »Wir sollten keine Zeit verlieren und von hier verschwinden.«

Plötzlich riefen mindestens drei aus der Mannschaft wie aus einem Munde: »Sieh doch, Kapitän, dein Stab!«

Ihm selbst war dessen Veränderung noch gar nicht aufgefallen, weil er nur Augen für die Lade gehabt hatte. Aber jetzt sah er mit weit aufgerissenen Augen auch, dass sein Stab aus purem Gold war, das im Licht der Höhle matt schimmerte.

»Ist das zu fassen …«, war alles, was er über die Lippen brachte. Dann kniete er nieder, senkte den Kopf und der Rest der Mannschaft stand staunend, leise murmelnd, um ihn herum.

Nornak war der Erste, der seine Sprache wiederfand. »Leute, was haltet ihr davon, wenn wir uns auf den Weg machen.« Vier Männer waren später nötig, die Lade zu tragen.

Als die Emurks mit ihren Schätzen die Höhle verließen, drang aus der Tiefe des Berges abermals ein Geräusch an ihr Ohr, nur diesmal war es ein tiefer, erleichterter Seufzer.

***

Kapitel 31

Effel war sofort aufgesprungen und half dem Gerichtsdiener, den ohnmächtigen Steve Sisko in die Notaufnahme zu bringen, einen Raum in der Nähe des Haupteingangs. Dort legten sie ihn auf eine Liege. Kurz darauf trat Dr. Wron ein. Er schaute sich den Patienten kurz an und diagnostizierte: »Kreislaufkollaps, ist ja auch kein Wunder, war wohl alles zu viel für ihn. Ich werde ihm etwas Cortison geben, dann ist er gleich wieder auf den Beinen.«

Er öffnete seine Tasche, nahm das Blutdruckmessgerät heraus und legte es Steve an. Er bereitete gerade die Injektion vor, als Hagen Goldman den Raum betrat.

»Was macht der Angeklagte, bekommen Sie ihn wieder hin? Ich möchte die Verhandlung möglichst bald fortsetzen, wir sind sowieso bald zu Ende. Noch einen Tag mehr möchte ich eigentlich nicht darauf verwenden. Die Leute kommen von weit her.«

»Ich denke, Sie werden Ihren Prozess in Kürze weiterführen können, Professor Goldman.« Dr. Wron deutete eine kleine Verbeugung an.

Aber einige Minuten nach der Injektion hatte sich der Zustand Steve Siskos nicht verbessert. Inzwischen waren auch Freya und Reijssa dazugekommen. Nachdem er Steve auf die Liege gelegt hatte, war Effel sofort wieder hinausgelaufen. In der Halle traf er Mindevol und Mira.

»Gut, dass ich dich so schnell finden konnte, Mira, hier laufen so viele Menschen herum. Bitte komm schnell mit, ich fürchte, dass der gute Doktor Wron nicht viel ausrichten kann.«

Kurz darauf standen Mira und Effel neben dem Patienten und einem Dr. Wron, in dessen Gesicht Ratlosigkeit stand.

»Er hat einen septischen Schock«, rief Mira aus, »er muss sofort beatmet werden! Effel, du weißt, was zu tun ist!« Mira legte eine Hand an Steves Stirn. »Er hat eine schwere Blutvergiftung mit hohem Fieber. Wie lange ist die Verletzung nicht behandelt worden? Haben Sie seinen Blutdruck gemessen?«

»Der Blutdruck ist niedrig. Ich … ich war vor vier Tagen bei ihm, da … da war alles in Ordnung«, stotterte der kleine Doktor. »Ich habe antibiotische Salbe aufgetragen und den Verband gewechselt. Er konnte die Finger bewegen und hatte keine Schmerzen.«

»Wahrscheinlich hatte er Schmerzmittel dabei«, meinte Mira.

»Er atmet wieder gleichmäßig, Mira«, sagte Effel nach zwei Minuten. Er selbst war etwas außer Atem geraten. Während seiner Beatmung hatte Freya Todd eine Herzmassage ausgeführt. Steve Sisko bewegte sich und schlug die Augen auf.

Mira trat näher. »Wie geht es Ihnen, können Sie sprechen?«

»Schlecht«, hauchte Steve und schloss mit schmerzverzerrtem Gesicht die Augen. Der kurze Blick in diese Augen hatten Mira aber genügt. »Ich befürchte, dass die ersten Organe versagen, die Nieren sind dabei zu kollabieren.«

»Dann wird er sterben?« Es war Hagen Goldman, der diese Frage stellte.

»Wenn kein Wunder geschieht.« Mira schaute traurig.

»Haben Sie Noradrenalin dabei?«

»Ich muss nachschauen«, gab Dr. Wron zur Antwort und kramte bereits nervös in seiner großen Tasche.

»Ja, habe ich«, rief er nach endlos lang erscheinenden Sekunden.

»Geben Sie ihm das. Ich brauche dringend frischen Knoblauch. Kann das jemand besorgen ... möglichst rasch?«

»Ich bin schon weg ...«, sagte Reijssa und lief in Richtung Tür.

»Und Ringelblumensalbe«, rief Mira noch hinterher. Dann war Reijssa verschwunden.

»Sieht so aus, als könne der Prozess heute nicht fortgesetzt werden«, konstatierte der Richter.

»Wenn überhaupt noch«, flüsterte Mira.

Der Patient sollte das nicht hören.

»Ich hole Saskia«, raunte Effel Mira zu.

»Das ist eine gute Idee, wir können hier jede helfende Hand gebrauchen.«

Effel verließ den Raum ein zweites Mal. Er brauchte diesmal etwas länger, fand Saskia dann aber, die mit Adegunde und Astrid in der Cafeteria des Opernhauses saß.

»Saskia«, rief er schon Weitem, »wir brauchen dich!«

»Das habe ich mir schon gedacht«, flüsterte Adegunde Saskia zu.

Inzwischen war Effel an den Tisch herangetreten. Er verbeugte sich und reichte der Äbtissin die Hand zum Gruß.

»Es freut mich, dich kennenzulernen, Effel Eltringham, ich habe viel von dir gehört.«

»Oh, ich auch von Ihnen. Es freut mich, dass es Saskia so gut geht in Haldergrond.«

Dann wandte er sich Astrid zu. »Und du bist sicherlich Astrid.«

»Ja«, strahlte diese ihn an. Sie hatte sich sofort in ihn verliebt.

»Ich muss euch Saskia leider entführen, dem Angeklagten geht es sehr schlecht. Mira meint, dass er durch die Blutvergiftung einen septischen Schock erlitten hat und dass seine Nieren bereits versagen.«

»Mein Gott«, stieß Saskia entsetzt hervor, »ist es so schlimm?«

»Beeil dich«, riet Adegunde, »du schaffst das. Vertraue.«

»Ich drücke dir die Daumen«, sagte Astrid.

Mira machte Platz, als Saskia und Effel hereinkamen.

»Sas, schön, dich wieder hier zu haben«, begrüßte sie ihre ehemalige Schülerin, »wenn mir auch andere Umstände lieber gewesen wären.«

»Mir auch, Mira. Was hat er?«

»Ich denke, dass er von der Schusswunde, die Jared ihm zugefügt hat, eine Blutvergiftung bekommen hat. Immerhin war er damit noch zwei Tage unterwegs und jetzt ist er auch schon einige Zeit hier – ohne eine wirklich gute Versorgung«, antwortete sie mit einem Seitenblick auf Dr. Wron, der jetzt sehr unbeholfen und verlegen dastand.

»Ich habe getan, was ich konnte in der kurzen Zeit, die ich zur Verfügung hatte«, versuchte er sich zu rechtfertigen. »Herzel hatte gemeint, ich solle nicht so viel Gewese um diesen Mann machen … weil er sowie zum Tode verurteilt werden würde.«

»Das hat er wirklich so gesagt?«, fragte der Richter und Freya schaute Reijssa vielsagend an.

»Ich glaube, dafür haben wir jetzt keine Zeit«, schaltete sich Saskia ein. »Es gibt doch sicher einen Flügel hier, wo ist er?«

»In einem Opernhaus sollte man das erwarten. Ich lasse den Hausmeister kommen«, meinte Hagen Goldman und verschwand.

»Hier, in diesem Raum steht der Flügel«, sagte der Hausmeister zu Saskia, nachdem er sie in den Bereich hinter die Bühne geführt hatte. Er hieß Jose Zapatero und trug einen gezwirbelten Schnurrbart wie einst der spanische Maler Salvador Dalí.

»Moment, ich schließe Ihnen die Tür auf. Das Instrument müsste noch gestimmt sein, denn wir hatten erst vor zwei Tagen ein Konzert.«

»Der ist perfekt. Effel, komm und lass uns Steve Sisko schnell hierher bringen.«

»Ich helfe euch«, sagte Jose.

Mira hatte dem Patienten inzwischen den Verband abgenommen und die Wunde gesäubert. Immerhin hatte Dr. Wron ein leichtes Narkosemittel gespritzt, sodass die Wundversorgung einigermaßen schmerzfrei verlief. Freya hatte den frischen Knoblauch zerdrückt und Mira strich den Brei jetzt auf die Wunde.

Steve sog laut die Luft ein. »Das brennt ja höllisch«, stöhnte er.

»Ich weiß nicht, ob das jetzt noch hilft«, flüsterte Mira, »aber ich kenne bei einer Blutvergiftung kein besseres Mittel. Andernfalls müssen wir ihm den Arm abnehmen. Das wäre dann ihre Sache, Doktor.«

Sofort bildeten sich kleine Schweißperlen auf der Stirn des Doktors.

»Wenn man die Wunde mit Knoblauch behandelt hat«, erklärte Mira in der Annahme, dass Dr. Wron vom Gericht für die weitere Behandlung engagiert werden würde, »sollte man zur Sicherheit während des ganzen Heilprozesses zwei bis drei Knoblauchzehen pressen und diese über den Tag verteilt oral zu sich nehmen mit hohen Dosen von Vitamin C. Leider gibt es keine Erdbeeren mehr. Dann wird er eben Paprika, Brokkoli und Rosenkohl essen müssen, egal ob ihm das schmeckt. Ich frage später Sendo, ob er noch schwarze Johannisbeeren im Garten hat. Die Inhaltsstoffe des Knoblauchs verzögern ohne Zugabe des Vitamins eine schnelle Heilung. Zusätzlich sollte man später eine heilungsfördernde Pflanze auftragen, zum Beispiel Ringelblume.«

Effel und Saskia kamen kaum wieder in die Notaufnahme hinein, weil sich vor der Tür eine große Menschentraube gebildet hatte. Alle wollten wissen, was mit dem Angeklagten passiert war.

»Der Prozess wird auf unbestimmte Zeit vertagt. Für heute ist die Sitzung geschlossen, bitte verlassen Sie geordnet und ruhig das Gebäude. Über den weiteren Verlauf werden Sie rechtzeitig informiert!«

Mit dieser Mitteilung liefen die Gerichtsdiener durch das Opernhaus. Nach und nach leerte sich die Halle, nur in der Cafeteria blieben die meisten Gäste noch sitzen.

»Ich warte hier in jedem Fall auf Saskia«, sagte Astrid zu Adegunde.

»Ich bleibe auch im Ort. Ich treffe mich noch mit einem guten Freund. Bestimmt sehen wir uns, bevor du nach Hause zu deinen Eltern und deinen Pferden abreist.«

Dann verschwand die Äbtissin. Sie wurde von Perchafta am Ausgang erwartet. Das allerdings blieb Astrids Augen verborgen.

»Legt ihn bitte vorsichtig auf den Flügel«, bat Saskia die beiden Männer, die Steve gerade hereingetragen hatten.

»Ich gehe dann mal wieder, ihr kommt jetzt alleine klar, oder? Ihr könnt mich ja rufen, wenn ich helfen soll«, sagte Jose.

»Ich komme mit«, pflichtete Effel ihm bei. »Ich glaube, wir stören hier nur. Ich bleibe in der Nähe, falls du mich brauchst, Sas.«

»Was hast du vor?«, fragte Mira, als sie jetzt mit Steve alleine waren, der in Seitenlage auf seiner gesunden Schulter auf dem Flügel lag.

»Ich werde Klavier spielen. Ich hoffe, dass es hilft. Ich habe es erst einmal anwenden können, bei Astrid, die vorhin neben mir gesessen hat. Bei ihr hat es geholfen. Es war zwar etwas völlig anderes, aber wer weiß. Probieren geht über studieren. Das hast du selbst immer gesagt.«

»Steve, liegen Sie einigermaßen bequem?«, fragte sie jetzt.

»Es geht«, antwortete Steve schwach.

»Können Sie sich auf den Rücken legen?«

»Ich kann es versuchen, die Betäubung scheint noch anzuhalten, es wird schon gehen.«

Er drehte sich stöhnend auf den Rücken. Mira schob ihm ein kleines Kissen unter den Kopf.

»So geht es, vielen Dank, Sie sind sehr freundlich.«

»Ich bin Mira, die Frau von Mindevol. Sie haben meinen Mann ja schon kennengelernt. Ich werde Ihnen nachher noch sagen, wie Sie Ihre Verletzung weiter behandeln müssen.«

»Danke, und darf ich auch erfahren, wer Sie sind?« Saskia war ihm im Gerichtssaal bereits aufgefallen.

»Mein Name ist Saskia Lindström und ich werde Sie heilen. Entspannen Sie sich bitte. Schließen Sie die Augen und lassen Sie alles geschehen, was geschehen will.«

Saskia war selbst überrascht von der Klarheit, mit der sie diese Aussage getroffen hatte, aber sie hatte auch gleichzeitig das Gefühl, dass da etwas aus ihr gesprochen hatte. Eine Energie, wie sie sie damals des Nachts in der Meditationshalle von Haldergrond verspürt hatte.

»Ich vertraue Ihnen«, sagte Steve und schloss die Augen.

Saskia setzte sich auf den Klavierhocker und klappte den Deckel über den Tasten nach oben. Sie schloss ebenfalls die Augen. Mira hatte es sich inzwischen in einem Sessel bequem gemacht und beobachtete mit gespannter Aufmerksamkeit das Geschehen. *Ich glaube, er hat sich gerade in Saskia verliebt*, dachte sie und lächelte.

Dann erklangen die ersten Töne einer wunderbaren Melodie, die sowohl Steve als auch Mira in einen tiefen Schlaf versetzte.

Der Richter und seine Beisitzer hatten in der Cafeteria sogar noch einen freien Tisch gefunden. Hier wollten sie warten. Nur Harie Valeren war mit Greta, Scotty und den Schwestern schon in die Goldene Gans vorausgegangen.

Hagen Goldman wollte gerade eine Runde Getränke bestellen.

»Nein, lassen Sie mich das mal machen, Herr Kollege«, sagte Andrej Petrov. Beide lehrten an der gleichen Universität in Onden.

»Was darf ich Ihnen kommen lassen?«

Alle bestellten Kaffee, Hagen Goldman ein Stück Käsekuchen dazu.

»Was meint ihr, wie wird die Sache ausgehen? Wird er wieder gesund? Und weiß irgendjemand, wo Herzel Rudof ist?«, fragte er, nachdem die Bestellung gekommen war.

»Ich weiß nicht, ich habe kein gutes Gefühl«, überlegte Reijssa laut. »Selbst wenn er überleben sollte, was machen wir dann mit ihm? Wir können ihn doch nicht einfach umbringen.«

»Die Anklage lautet auf Todesstrafe«, erwiderte Hagen Goldman kauend.

»Ja, wegen des Mordes an Vincent Swensson, den er nicht begangen haben kann. So viel ist doch wohl allen klar«, meinte Andrej Petrov, der jetzt viel lieber bei Saskia gewesen wäre, nachdem er gehört hatte, dass sie nach einem Flügel gefragt hatte.

»Wir können ihn aber auch nicht einsperren, überlegt doch mal«, gab Freya zu bedenken.

»Wieso nicht?«

»Also, Professor Goldman, dann sagen Sie mir mal, wo wir ihn einsperren sollen. Das Gemeindehaus in Winsget ist ja keine Dauerlösung. Außerdem gibt es dort nur einen Raum, den man dafür nutzen könnte. Der Mann müsste Tag und Nacht bewacht werden. Wer sollte das machen?«

»Wir könnten versuchen ihn umzudrehen«, meinte Andrej jetzt nach kurzer Überlegung.

»Wie meinen Sie das denn?«, fragte Reijssa.

»Das hat man früher oft mit Gefangenen gemacht, besonders mit Kriegsgefangenen. Als sie in ihre Heimat entlassen wurden, hatten sie dann ein völlig andere Einstellung ihren Regierungen gegenüber. Oft bekämpften sie sogar den eigenen Staat.«

»Ja, das stimmt zwar«, warf Hagen Goldman ein, »aber die Methoden, die dafür angewandt worden sind, möchte ich hier bei uns nicht sehen.«

Der Wirt der Goldenen Gans, Konstantinos Papadakis, von allen nur Kostas genannt, hatte nicht mit einem solch frühen Ansturm gerechnet. Gerne wäre er auch zum Prozess gegangen. Da aber für den Abend alle Tische reserviert waren, hatte er den ganzen Tag in der Küche geholfen. Die Freunde Ihna, Brigit, Jeroen, Agatha und Soko hatten sich an einem großen runden Tisch versammelt und unterhielten sich angeregt über den Prozess.

»Er wird wieder gesund«, ertönte auf einmal eine laute Frauenstimme im Gastraum.

Die Gespräche verstummten augenblicklich und alle Gäste drehten sich zum Eingang um. Dort stand Astrid mit hochrotem Kopf und einem Strahlen im Gesicht in der offenen Tür.

»Er wird wieder ganz gesund! Ein Wunder ist geschehen!«, rief sie noch einmal. »Saskia hat ihn geheilt, genauso wie mich!«

»Potzblitz«, es war Brigit, die als erste ihre Sprache wiedergefunden hatte, »dieses Mädel ist einfach unglaublich. Komm zu uns an den Tisch Astrid«, forderte sie mit einem Winken Saskias Freundin, die sie ja von ihrem Besuch in Haldergrond kannte, auf. Ihna war aufgestanden und Astrid entgegengelaufen. Jetzt kamen beide an den Tisch und Ihna stellte die Freunde vor.

»Was darf ich denn zum Trinken holen?«, fragte Soko, der schon aufgestanden war.

»Das, was ihr auch trinkt, ich habe einen unbändigen Durst.«

»Dann wirst du feststellen, dass wir hier auch ein gutes Bier haben«, meinte Brigit und schob Astrid ihr Glas hin.

»Probier mal.«

Astrid nahm einen Schluck.

»Köstlich! Du hast recht, Brigit. Es kann mit dem Bier von Bruder Jonas durchaus mithalten.«

»Kostas, bitte bringe unserem neuen Gast ein frisches Bier«, rief Soko und setzte sich wieder.

»Ich habe kein altes Bier«, entgegnete der Wirt fröhlich und alle lachten.

»Wie hat sie das angestellt, und vor allem so schnell?«, fragte einer der anderen Gäste, die jetzt um den Tisch herumstanden, um zu erfahren, was die Fremde zu berichten hatte.

»Es klingt bestimmt sehr merkwürdig«, erklärte Astrid. »Sie hat Klavier gespielt.«

»Sie hat was?«, fragte derselbe Mann.

»Saskia hat das in Haldergrond entdeckt. Eines Nachts kam sie zu mir und sagte, sie habe während der Meditation eine Art Erscheinung gehabt. Während dieser Erscheinung seien ihr verschiedene Abfolgen von Noten übermittelt worden, die sie spielen solle, um einen Heilungsprozess in Gang zu setzen. Wir haben es sofort an mir ausprobiert und ... ihr kennt mich nicht, wie ich vor dieser Behandlung gelaufen bin... Aber danach war ich das erste Mal seit Jahren schmerzfrei und konnte wieder ganz normal gehen. Sogar reiten kann ich jetzt wieder. Eines muss ich allerdings noch dazu sagen. Man muss sich als Patient vollkommen darauf einlassen. Man muss einfach vertrauen.«

»Wo ist Saskia jetzt?«, fragte Ihna.

»Sie ist noch bei Steve Sisko. Mira ist auch dort. Sie versorgen die Wunde noch mal. Mira meint, dass der Patient sogar bald wieder transportfähig ist. Ich glaube, er soll wieder nach Winsget gebracht werden. Bis zu seiner vollständigen Genesung wird es noch ein paar Tage dauern, aber die Krise ist überwunden, er ist geheilt. Den Rest erledigt jetzt seine Natur. Mira meint, er sei stark.«

Astrid nahm einen langen Schluck aus dem Bierglas, das Kostas inzwischen gebracht hatte.

»Genau das habe ich jetzt gebraucht«, lachte sie.

»Dann lasst uns die Gläser erheben und auf Saskia trinken«, rief Soko fröhlich und es gab niemanden, der dieser Aufforderung nicht Folge leistete.

Ein paar Häuser weiter saßen Herzel Rudof und das Ehepaar Swensson mit völlig anderen Gedanken in Herzels kleiner Wohnung. Diese hatte er wegen seiner häufigen geschäftlichen Angelegenheiten in Onden angemietet, denn er hasste es, in Gasthäusern oder Hotels zu übernachten. In Seringat bewohnte er mit seiner Frau ein geräumiges Haus. Diese Wohnung hier war einfach, aber zweckmäßig möbliert und bestand aus zwei Räumen, nebst Küche und Badezimmer.

»Wenn er an dieser Blutvergiftung stirbt, haben wir das Problem aus der Welt«, sagte er gerade, während er drei Gläser Wein einschenkte.

»Die Todesstrafe wird er jedenfalls nicht bekommen, so viel steht mal fest«, brummte Jared. »Die ist vom Tisch. Ich hätte ihn direkt umbringen sollen.«

»Versündige dich nicht, Jared. Ich habe dir gleich gesagt, dass er unseren Jungen nicht umgebracht hat«, sagte Elisabeth und nahm einen Schluck.

»Da muss ich Ihrer Frau recht geben, Jared. Wegen des Mordes an Ihrem Sohn können wir Sisko nicht mehr belangen. Was seinen Aufenthalt in diesem Tal dagegen angeht, da hat er gelogen. Da verwette ich meinen besten Gaul. Entschuldigen Sie bitte, wenn ich das jetzt sage, aber ich würde gerne wissen, wie Vincent umgekommen ist.«

Natürlich wusste er es, denn er hatte Kenntnis von den Ermurks und deren Rolle in dem Tal von Angkar Wat.

»Das werden wir wohl nie erfahren«, seufzte der Farmer.

»Ich will es auch gar nicht mehr wissen«, meinte Elisabeth.

Jetzt war Herzel beruhigt, denn die Swenssons würden keine weiteren Nachforschungen anstellen.

»Ich möchte mein Glas auf Ihren Sohn erheben, Elisabeth, Jared, möge Vincent in Frieden ruhen.«

Sie tranken und dann schwiegen sie eine Weile, jeder in seinen Gedanken versunken.

»Danke«, sagte Jared in die entstandene Stille hinein. »Wie wird es jetzt weitergehen? Ich meine das Gerichtsverfahren, falls er doch wieder gesund werden sollte.«

»Ich hoffe sehr, dass er wieder gesund wird«, sagte Elisabeth leise, »oder möchtest du damit leben, für den Tod eines Menschen verantwortlich zu sein?«

»Sicher nicht, Lisbeth.«

»Wie es weitergeht, wird der Ältestenrat entscheiden, denke ich. Wir werden erst einmal abwarten. Fahren Sie nach Hause und kümmern sich um Raitjenland. Ich werde morgen auch nach Seringat fahren. Bei mir ist wegen der ganzen Sache eine Menge Arbeit liegen geblieben. Sie werden die Ersten sein, die dann erfahren, was weiterhin geschieht. Versprochen.«

»Dann lass uns gleich aufbrechen, Elisabeth. Wir trinken aus und fahren heim. Die Pferde sind schnell angespannt und wenn wir uns sputen, sind wir in zwei Stunden daheim. Unsere Eltern übernachten hier in der Stadt, denen geben wir noch Bescheid. Danke Herzel für deine Gastfreundschaft ... und das muss ich dir noch sagen, du warst ein verdammt guter Staatsanwalt.«

»Das war mir eine Ehre, Jared. Ich wünsche euch eine gute Heimreise und Gottes Segen.«

Nach etwas mehr als zwei Stunden erreichten sie Raitjenland. Die Kutsche – ein Zweispänner mit offenem Verdeck – bog in die breite Allee ein, die zum Haupthaus der Farm führte. Jared ließ die Pferde, die ihr Bestes gegeben hatten, nun im Schritt gehen. Elisabeth, die, in eine Wolldecke gehüllt, unterwegs eingeschlafen war, wachte gerade auf.

»Wir sind ja schon da«, sagte sie erstaunt und rieb sich die Augen.

Laut bellend und winselnd waren die Hunde herbeigelaufen und sprangen jetzt freudig an der Kutsche hoch. In diesem Moment öffnete sich die schwere Eingangstür und die alte Inga stand auf der obersten Stufe der Treppe. »Willkommen zu Hause«, rief sie, nachdem die Eheleute ausgestiegen waren und die Hunde begrüßt hatten.

Jesper hatte sich vor Jared auf den Rücken gelegt und ließ sich das Fell kraulen.

»Inga, dass du noch auf bist. Warum schläfst du nicht?«, fragte Elisabeth.

»Ich hatte es im Gefühl, dass ihr heute Abend noch kommt … nein, ehrlich gesagt, habe ich es an Jesper gemerkt. Der spürt doch immer, wenn sein Herrchen heimkommt«, lachte sie. »Außerdem bin ich doch neugierig, wie der Prozess ausgegangen ist. Er wurde doch bestimmt verurteilt. Kommt schnell rein, es ist doch jetzt schon recht kühl, ich glaube, der Winter kommt bald. Ich spüre seit gestern wieder meine Knie. Ich mache noch etwas zum Essen warm, ihr müsst nicht mit leerem Magen ins Bett.«

»Das ist eine ausgezeichnete Idee, Inga«, stimmte Jared zu. »Ich habe einen Bärenhunger und beim Essen erzählen wir dir alles vom Prozess.«

Bevor er den beiden Frauen ins Haus folgte, blickte er zum Himmel empor, wo die Wolken gerade einen hell strahlenden Vollmond freigaben. Er war gelb.

***

Kapitel 32

Die Essex verließ den Hafen von Southport und durch-
pflügte bald darauf mit mehr als 40 Knoten kraftvoll die
raue See. Die Fahrt würde höchstens drei Tage dauern, hatte
Kay Sisko berechnet. Ganz vorne am Bug saß Shabo und hielt
sich an der Reling fest. Er liebte den Wind und das Meer. Er
war der Einzige, der sich traute, bei dieser rasanten Fahrt im
Freien zu sitzen. Alle anderen – Nikita, Chalsea, Bob Mayer,
Richard Pease, Mike Stunks und Kay Sisko – hatten sich im
Salon der Jacht versammelt und unterhielten sich über das,
was sie wohl demnächst erwarten würde.

Vor zwei Tagen hatte es im Büro der Delice-Wachmann-
schaft einen Anruf gegeben. Chief Don Wichewsky hatte die
Tür aufgerissen und gerufen:»Officer Mayer, Officer Pease,
aufgemerkt! Mike Stunks, der Leiter der NSPO hat eben angerufen, er möchte Sie beide sofort in seinem Büro sehen. Bin
gespannt, was Sie angestellt haben. Machen Sie mir bloß
keine Schande und schwingen Sie die Hufe!«

Die beiden Officer hatten sich nur angegrinst, ihre Dienst-
mützen genommen und sich zum Gehen gewandt, als Don
ihnen hinterherrief:»Setzen Sie verdammt noch mal Ihre Brillen auf!«

Ein paar Stockwerke weiter oben hatten Nikita und Chalsea im Frozen gesessen und jede hatte ein Glas Wein vor sich
stehen.

»Ich wundere mich, dass du am helllichten Tag Wein
trinkst«, hatte Chalsea bemerkt. »Gibt es dafür einen besonderen Grund? Komm mir bloß nicht wieder mit einer deiner
Überraschungen.«

»Einen besonderen Grund? Das kann man wohl sagen«,
hatte Nikita gelächelt,»ich fahre zurück in die Alte Welt.«

Chalsea war der Mund offen gestanden.

»Du fährst bitte wohin? In die Alte Welt? Habe ich das gerade richtig gehört?«

»Das hast du Chal, auf dein Wohl.« Nikita hatte ihr Glas erhoben und es in einem Zug ausgetrunken.

»Moment mal, und was ist mit deinem Projekt, dieser Maschine?«

»Die baut Professor Rhin jetzt mit seiner Mannschaft alleine. Das Rätsel ist gelöst. Du kannst dir gar nicht vorstellen, was er für Augen gemacht hat, als ich es ihm gezeigt habe. Effel hat sich wirklich daran erinnert.«

»Und wie kam die Lösung zu dir?«, hatte Chal gefragt, sich dann aber gleich an die Stirn gefasst. »Diese Gnome, stimmt's? Die haben es dir verraten.«

»Auch das ist richtig, Chal.«

»Und wie kommst du jetzt dorthin? Die werden dich nicht in einem U-Boot chauffieren.«

»Auf der Essex«, Nikita musste grinsen. Es hatte ein paar Augenblicke gedauert, in denen Chalsea ihre Augenbrauen zusammengekniffen hatte. Dann hatte sie um einiges lauter als beabsichtigt ausgerufen: »Auf der Jacht von Kay Sisko? Wie hast du das denn geschafft? Du hast nicht nur mit ihm gegessen, stimmt's?«

»Doch, ehrlich. Wir waren nur zum Essen. Der Rest ist eine lange Geschichte, hast du Zeit?«

»Bevor du mir die erzählst, lass mich dir etwas sagen.« Chalsea Cromway hatte tief Luft geholt. »Ich fahre mit. Noch einmal lasse ich dich nicht alleine zu den Wilden.«

Dann hatte sie herzlich gelacht und sich die Geschichte vom Attentat auf Nikitas Vater, der Verhaftung Mal Fishers und dem Plan Mike Stunks' und Senator Siskos angehört.

»Agent Mayer, Agent Pease, bitte nehmen Sie Platz«, hatte Mike die beiden Officer aufgefordert. Sie hatten sich im

Allerheiligsten der NSPO, dem grünen Büro des Leiters, mit einem traumhaften Blick über den Potomac befunden. Diesen Blick kannte Bob bereits von seinem letzten Besuch. Sie hatten gerade in den tiefen braunen Ledersesseln Platz genommen, als Senator Sisko den Raum betrat.

»Bleiben Sie bitte sitzen, meine Herren«, hatte Kay gesagt. »Wir kennen uns ja bereits, Agents.« Dann hatte er Mike Stunks zugenickt. »Kommen wir gleich zur Sache. Hast du die beiden schon eingeweiht?«

»Nein Kay, aber das können wir jetzt gemeinsam machen.«

Fünf Minuten später hatte Bob Mayer gefragt: »Wir fahren mit Ihrer Jacht in die Alte Welt und holen Ihren Bruder raus?«

»So ist es Officer Mayer. Wir können und wollen Ihnen nicht befehlen, uns dabei zu unterstützen ...«

»Das brauchen Sie nicht, Herr Senator.« Richard war aufgesprungen. »Nicht wahr, Bob? Sag doch etwas! Was für ein Abenteuer!«

Bob war ganz ruhig geblieben und hatte nur gesagt: »Was soll ich sagen, ich bin dabei.«

»Es wird nicht allzu lange dauern«, hatte Mike Stunks erklärt, »vielleicht sieben bis acht Tage. Sagen Sie Ihrer Verlobten, sie müssten auf einen Lehrgang.«

»Sie ist ziemlich durcheinander seit der Verhaftung ihres Chefs, vor allem ist sie entsetzt darüber, dass sie nie etwas von alledem mitbekommen hat.«

»Das glaube ich gerne, dennoch wird sie bei einem Prozess aussagen müssen ... aber dann sind Sie längst wieder zurück und können Händchen halten.«

Alle waren von der Essex vollkommen begeistert gewesen. Nikita hatte zusammen mit Chalsea die luxuriöse Suite des Senators bezogen. Er hatte darauf bestanden, dass die Freundinnen während der Überfahrt dort wohnten. Bob und Richard teilten sich eine nicht minder komfortable Kabine. Die beiden restlichen Kabinen, jede mit einem eigenen Badezimmer, waren Mike Stunks und dem Senator vorbehalten.

»Ich kann auf dieser Reise aus verständlichen Gründen kein Personal mitnehmen, ich hoffe wir bekommen das auch so hin«, hatte Kay gesagt und dann hatte er noch hinzugefügt: »Auf See sind im Übrigen alle per du.«

»Kein Problem«, hatte Richard gesagt, »ich bin ein Meister des Kochlöffels und Bob müsste in jedem Fall ein paar Pfannkuchen hinbekommen, stimmt's?« Er hatte herzlich gelacht.

»Ja klar, und wenn du kochst, gibt es eine Woche lang Pastagerichte.«

»Die euch schmecken werden.«

Gerade kam der Senator von der Brücke.

»Macht euch fertig, wir sind gleich da. Die Küste ist schon in Sicht. Wir werden genau dort an Land gehen, wo du gesagt hast, Nikita. Ich glaube es ist die gleiche Stelle, an der du vor gar nicht langer Zeit abgeholt worden bist.«

»Wir sind schon da?«, rief Nikita voller Freude. »Kann man schon etwas sehen?«

»Komm mit auf die Brücke«, erwiderte Kay.

Oben drückte er Nikita das Fernglas in die Hand.

»Sie sind da«, flüsterte sie und dann flossen ein paar Tränen. Sie reichte Kay das Glas.

»Ich sehe zwei Kutschen dort oben am Waldrand und zwei Männer. Ein ziemlich großer Mann, der andere ist etwas kleiner.«

»Das sind Effel Eltringham und Soko Kovarik, der Schmied. Sie holen uns ab.« Nikita konnte kaum sprechen.

»Na, dann wollen wir die Herren mal nicht so lange warten lassen«, meinte Kay und betätigte das Schiffshorn.

»Da kommen sie, Effel«, sagte Soko, als er das laute Signal gehört hatte. Jetzt blickten beide auf die See und sahen eine große weiße Jacht in die Bucht einlaufen.

»Nicht schlecht, das Schiffchen«, meinte Soko grinsend, »bist du aufgeregt?«

»Ich und aufgeregt? Wie kommst du denn darauf?«, lachte Effel und boxte Soko in die Seite.

»Komm, lass uns runter zum Strand gehen.«

»Geh du mal alleine«, meinte der Schmied, »ich bleibe bei den Pferden.«

Das hier war Effels Moment.

Als Erste hatte Nikita das kleine Beiboot verlassen. Dass sie nasse Füße bekam, weil sie zu früh aus dem Boot gesprungen war, störte sie überhaupt nicht. Sie fiel Effel in die Arme. So standen sie eine ganze Weile da, sich herzend und küssend, und beide weinten vor Glück. Der Rest der Mannschaft hatte respektvoll im Boot gewartet, erst dann kamen sie an Land und begrüßten Effel. Dabei stellte Nikita die Freunde nacheinander vor.

»Jetzt kann ich Niki verstehen«, strahlte Chalsea, die als Erste ihre Sprache wiedergefunden hatte.

»Lasst uns nach oben gehen, Soko wartet bei den Kutschen. Ich glaube, dass Sie Ihren Bruder schnell wiedersehen möchten«, sagte Effel zu Kay.

»Wie kam es zu dieser schnellen Entscheidung?«, wollte Kay wissen, als er wenig später neben Effel auf dem Bock saß.

»Nachdem klar war, dass er Vincent Swensson nicht umgebracht haben konnte, und das Rätsel inzwischen bei Nikita war, gab es keinen Grund mehr, ihn festzuhalten. Der Ältestenrat hat dann beschlossen, Ihrem Bruder die Heimreise zu genehmigen. Die Entscheidung war einstimmig, sogar der Staatsanwalt hat zugestimmt.«

Jetzt musste Effel lächeln, als er sich an die Debatte erinnerte, die am Tag nach der Verhandlung in Seringat stattgefunden hatte.

»Hier duftet es ja unglaublich gut«, sagte Chal in der anderen Kutsche zu dem neben ihr sitzenden Richard Pease, »eine Luft, klar wie Champagner.«

Sie fuhren jetzt auf einem breiten Waldweg und der Schmied ließ die Pferde im Galopp laufen.

»Das stimmt und der Kerl auf dem Bock«, er deutete auf Soko, »würde einen hervorragenden Batter abgeben, da bin ich mir sicher. Ob die hier Baseball spielen?«

Im gleichen Moment schalt er sich innerlich einen Narren. Chalsea an Pete zu erinnern, war das Letzte, was er gerade wollte.

Die zeigte sich allerdings unbeeindruckt.

»Du und dein Baseball! Kannst du eigentlich auch mal an etwas anderes denken?«

»Hin und wieder schon«, grinste Richard. »Wenn du magst, kannst du dich an mir festhalten ... nicht dass wir dich verlieren.«

»Wäre das denn so schlimm?«, fragte Chalsea schelmisch.

Sie erhielt darauf keine Antwort.

Shabo saß neben Nikita, was natürlich außer ihr und Effel niemand wusste. Vor der Abreise noch hatte der Gnom zu ihr gesagt: »Bitte verrate mich nicht, Nikita, wir wollen dieses Geheimnis für uns behalten.«

Nach drei Stunden schneller Fahrt, bei der die Gäste die herrliche Landschaft genossen, waren sie in Seringat vor dem Haus Mindevols angekommen.

Effel drehte sich zu Nikita um. »Hier hat damals alles angefangen. Es war kurz vor dem Vollmondfest im Winter. Ich war zu Besuch bei den Martys, als plötzlich, wie aus dem Nichts, Schtoll aufgetaucht war. Von diesem Zeitpunkt an war nichts mehr wie zuvor.«

Inzwischen waren Mira und Mindevol aus dem Haus gekommen und hinter ihnen erschienen Saskia und Steve. Die beiden hielten sich an der Hand und sahen glücklich aus.

Kay sprang aus der Kutsche, lief auf seinen Bruder zu und umarmte ihn.

»Vorsicht, Bruderherz, die Schulter tut noch etwas weh, wenn du zu arg drückst. Darf ich dir meine Heilerin vorstellen?«

Kay drückte Saskia dankbar die Hände. *Hat einen guten Geschmack, mein Bruder*, dachte er sofort.

Nikita war inzwischen auch dazugestoßen und sagte: »Es freut mich sehr, dich kennenzulernen, Saskia, ich habe schon viel von dir gehört ... und danke, dass du Steve gesund gemacht hast.«

»Das hat er ganz alleine geschafft«, lachte Saskia, »und auch ich habe schon viel von dir gehört.«

»Kommt bitte alle herein«, rief Mindevol, »wir haben einen kleinen Imbiss vorbereitet.«

Wenig später saßen sie alle um den Tisch, den noch Effels Großvater angefertigt hatte. Es gab Wasser, Tee, Wein, Kuchen, Sandwiches und selbst gemachte Pralinen, Miras Spezialität.

Mindevol stand auf.

»Herr Senator, liebe Gäste. Im Namen des Ältestenrats von Seringat und damit auch als Vertreter unseres Volkes begrüße ich Sie in unserer Welt. Vielleicht ist dieser Besuch der Beginn einer neuen Zeitrechnung. In jedem Fall ist es mir eine Ehre, Sie hier bei uns begrüßen zu dürfen. Wir sind alle froh, dass diese Geschichte noch ein gutes Ende gefunden hat. Wie ich gehört habe, ist das, wonach Sie, Steve, gesucht hatten, inzwischen auf dem Weg an einen sicheren Ort. Dort wacht dann ein starkes Volk über den größten Schatz der Menschheit.«

Mindevol nahm wieder Platz und nun erhob sich der Senator.

»Sehr geehrte Frau Marty, sehr geehrter Herr Marty. Zunächst möchte ich mich für Ihre Gastfreundschaft bedanken und ganz besonders danken möchte ich Ihnen, Frau Marty und Ihnen, junge Dame, für die Fürsorge, die Sie meinem Bruder haben angedeihen lassen. Wie er mir eben gesagt hat, würde er ohne Ihre Hilfe nicht mehr unter uns sein. Ich bin nicht als offizieller Vertreter unserer Welt hier, denn dies ist eine geheime Reise. Aber wer weiß, wie sich die Dinge entwickeln.«

Dann wurde gefeiert. Später kamen auch Agatha, Ihna, Jeroen und Effels Eltern dazu. Nikita und Tonja, Effels Mutter, umarmten sich lange. Irgendwann am späteren Abend holte Mindevol einen alten Plattenspieler hervor und die jungen Leute tanzten bis spät in die Nacht. Drei Paare waren dabei kaum voneinander zu trennen. Richard und Chalsea, Saskia und Steve sowie Nikita und Effel. Während einer kurzen Verschnaufpause gingen Ihna und Saskia vor die Tür, um frische Luft zu schnappen.

»Was wirst du jetzt machen?«, fragte Ihna neugierig.

»Was meinst du?«, spielte Saskia die Unschuldige.

»Ach, tu nicht so, ich bin schließlich nicht blind«, lachte Ihna.

»Ich werde natürlich nach Haldergrond zurückgehen, also wenn meine Ferien vorbei sind. Ich habe mir vor langer Zeit das Versprechen gegeben, dass ich diese Ausbildung in jedem Fall beenden werde, Ihna. Wir sind jung. Wer weiß, was noch alles geschieht. Wenn es sein soll, wird er eines Tages zurückkommen.«

Am Waldrand von Elaine standen Sankiria und Perchafta und schauten der Essex nach.

»Hättest du gedacht, dass Nikita hierbleibt?«, fragte die Fee den Krull.

»Ja, denn Liebe ist stärker als Wissenschaft, auch in ihrer Welt. Der Professor kann seine Maschine jetzt auch ohne sie bauen.«

»Nikita bleibt in der Alten Welt, was für eine Geschichte«, freute sich die Fee. »Wie wird der Rat wegen des neuerlichen Vertragbruches reagieren? Wird es wieder eine Versammlung geben? Was meinst du?«

»Die wird es sicher geben, Sankiria, und dann kannst du vielleicht sogar deinen Vorschlag durchbringen, auch Menschen in den Rat der Welten aufzunehmen. Nichts ist ewig, meine teure Freundin. Als Versammlungsort werde ich die Inseln von Kögliien vorschlagen. Vielleicht ist das ein guter Anfang«, schmunzelte Perchafta.

An Bord der Essex kam Kay mit einer Flasche Champagner in den luxuriösen Salon. Dort saßen Chalsea, immer noch mit verheulten Augen, und Richard Pease flüsternd und Händchen haltend, verliebt bis über beide Ohren.

»Ich wusste, dass sie dort bleibt«, schniefte Chalsea gerade, »aber es war so verdammt schwer, sie zurückzulassen. Ich glaube, wenn du nicht gewesen wärst, wäre ich auch geblieben…«

»Das glaube ich dir nicht«, flüsterte Richard, »dafür liebst du unser Leben doch viel zu sehr. Würdest du auf all das verzichten wollen? Sei ehrlich.«

»Nein, du hast ja recht … komm, reden wir über was anderes.«

»Über unseren Besuch bei den Ferrers?«

»Daran habe ich schon gedacht, aber wie ich Nikitas Eltern kenne, steht das Glück ihrer Tochter für sie an erster Stelle.«

Steve und Bob waren indes in ein angeregtes Gespräch über Musicals vertieft. Steve trug seinen Arm in einer Schlinge. Mike Stunks saß oben auf der Brücke und überwachte die Instrumente. Ihn faszinierte dieses wunderbare Schiff. Aus der Musikanlage drangen die Klänge einer bekannten Jazzband, die zurzeit durch die Nordstaaten tourte.

Kay öffnete mit einem lauten Knall die Flasche und goss die Gläser voll.

»Mike, kommst du auch?«, rief er nach oben.

»Natürlich, das lasse ich mir nicht entgehen. Ich habe gerade gehört, was ihr da unten vorhabt.«

»Lasst uns auf unsere Zukunft trinken, Freunde.«

Alle erhoben lachend ihre Gläser.

»Und du?«, fragte Kay seinen Bruder, »wirst du eines Tages zu ihr zurückkehren und sie holen?«

Steve errötete leicht.

»Ich glaube schon.«

***

Kapitel 33

Sven? Sven! Wach auf!« Sie schüttelte ihn mehrmals kräftig an der Schulter.

Er brauchte eine Weile, bis er seine Augen öffnen konnte und Katharina durch verklebte Augenlider wie durch einen zähen Nebel hindurch erkannte.

Sie saß aufrecht neben ihm im Bett und schaute besorgt und auch ein wenig ängstlich auf ihn herab.

Er rieb sich die Augen.

Das Nächste, was er wahrnahm, war sein schweißnasses T-Shirt und das ziemlich feuchte Kopfkissen. Dann den Gesang der Vögel. Er blickte zu dem geöffneten Fenster, durch das er jetzt einen blauen Sommerhimmel erblickte. Gott sei Dank, dachte er erleichtert.

»Was … was, was ist los?«, bekam er nur mühsam über die Lippen. Er sah zu seiner Frau hoch.

»Du hast schon wieder geträumt, Schatz. Seit ein paar Minuten schon versuche ich dich zu wecken. Du warst ganz weit weg … genauso wie in den letzten beiden Nächten. Vielleicht solltest du mir endlich einmal erzählen, was du da immer träumst. Geht es dir gut?«

»Ja, ja mir geht es gut … glaube ich jedenfalls.« Dicke Schweißperlen standen auf seiner Stirn. Er war immer noch nicht ganz wach. Halb im Traum, halb in der Realität seines Schlafzimmers, versuchte er sich zu orientieren. Er kniff die Augen zusammen.

»Vielleicht sollte ich weniger fernsehen«, murmelte er.

»Das habe ich dir schon oft gesagt, da kommt ohnehin nur Mist. Den ganzen Tag Horrornachrichten! Wir sollten den Kasten endlich aus dem Fenster schmeißen. Durch die ständigen Nachrichten wird sich die Welt auch nicht verändern, im Gegenteil. Glaub mir, dann wird es uns besser gehen.«

Katharina strich sich eine Locke aus der Stirn. Eigentlich war es diese ihm so vertraute Geste, die ihn vollends in die Realität zurückholte. Er setzte sich auf und zog das Shirt aus, griff neben das Bett und rieb sich mit einem Handtuch, das dort lag, Gesicht und Oberkörper trocken – so wie nach den letzten beiden Nächten.

»Am besten gehst du unter die Dusche«, riet Katharina, »und danach mache ich dir erst einmal einen Kaffee, was hältst du davon?«

»Gute Idee«, erwiderte er und stand auf. Er streifte seine Shorts ab, die ebenfalls durchgeschwitzt waren.

Kurz darauf hörte Katharina die Dusche aus dem Bad. Sie stand auf und lief barfuß in die Küche, wo sie die neue Kaffeemaschine in Gang setzte, ein Geschenk ihrer Eltern zu ihrem letzten Geburtstag. Dann ließ sie Wasser aus dem Hahn in der Spüle in ein Glas laufen und trank es in einem Zug aus.

Sven kam mit noch feuchten Haaren aus dem Bad, nur mit einem Handtuch bekleidet, das er sich um die Hüfte geschlungen hatte. Er setzte sich an den Tisch, ergriff eine angebrochene Wasserflasche, hob sie an die Lippen und trank den Rest aus. Einige Wassertropfen fielen von seinen Haaren auf die Tischplatte.

»So, jetzt geht es mir besser«, meinte er dann.

»Also, was träumst du da nur immer? Willst du es mir nicht endlich einmal erzählen? Das habe ich verdient. Immerhin liege ich die halbe Nacht wach, weil du laut redest, stöhnst, lachst, schreist, dich herumwälzt … einmal hast du was von einem Mord gefaselt, ein anderes Mal, dass der Mond sich rot färbt. Ab morgen lasse ich ein Band mitlaufen … hätte ich schon früher machen sollen. Übrigens … wer bitte ist Nikita?«

»Wieso?«

»Weil du mehr als einmal ihren Namen gerufen hast.«

»Sie ist eine Person, die in meinen Träumen vorkommt ...«

»Das ist mir klar, ich will wissen, wer sie ist. Man träumt nicht von Unbekannten, also heraus mit der Sprache.«

Sie drehte sich um und kam mit einer Tasse Kaffee zurück, die sie vor ihn hinstellte, lauter als nötig.

»Danke«, sagte er, auch lauter als nötig, und griff nach der Zuckerdose.

»Ich glaube, ich brauche jetzt auch einen«, seufzte sie. Katharina hatte es sich vor einiger Zeit abgewöhnt, Kaffee zu trinken. Sie hatte auf Tee umgestellt.

»Also?«, fragte sie, nachdem auch ihre Tasse vor ihr stand. Sie blickte Sven mit gerunzelter Stirn erwartungsvoll an, mit einem Blick der ihm sagte: *Wehe, wenn du lügst.*

Er grinste besänftigend.

»Schatz, ich kenne keine Nikita. Sie ist die Tochter eines Senators aus meinen Träumen, glaube mir.«

»Aha, und Saskia? Ist das auch eine Tochter dieses ... Senators?«

Jetzt lag ein Hauch von Spott in ihrer Stimme.

»Nein! Also hör mal auf damit! Ist das hier ein Verhör oder interessierst du dich wirklich für meine Träume?«

»Ich interessiere mich sogar sehr für deine Träume, mein Lieber«, meinte sie ironisch mit dem Anflug eines Lächelns.

»Also raus mit der Sprache, ich bin ganz Ohr. Oder soll ich mir selbst eine Geschichte zusammenreimen? Ist dir das lieber?«

»Schon gut, schon gut«, sagte er, als müsse er ein quengelndes Kind besänftigen, »dann erzähle ich dir mehr, wenn ich mich sortiert habe. Lass mich erst mal zu mir kommen. Ich merke, dass ich immer noch nicht ganz wieder da bin. Ich kann mich gar nicht erinnern, jemals so intensiv geträumt zu haben ... wenn man mal von den letzten beiden Nächten absieht. Heute Abend erzähle ich es dir. Ich muss mit dir darüber reden. Ich gehe mich anziehen, sonst komme ich wieder zu spät ins Büro – und du weißt, wie Schneider darauf reagiert.«

»Heute? Am Sonntag? Na, jetzt wird es ja ganz wild.« Sie zog die Augenbrauen hoch.

»Du meine Güte, stimmt. Da kannst du mal sehen, wie durcheinander ich bin.«

Er fasste sich an die Stirn, dann trank er seinen Kaffee in einem Zug aus.

»Und zum Thema Schneider habe ich dir meine Meinung schon gesagt«, nahm sie den Faden wieder auf, »der soll mal froh sein, dass er dich hat. Wer hat denn die letzte Ausschreibung an Land gezogen?«

»Er ist immer noch der Boss, Katharina. Außerdem haben wir vielleicht bald ganz andere Sorgen. Weißt du was? Ich gehe joggen, das ist wahrscheinlich im Moment genau das Richtige. Kommst du mit? Wir waren lange nicht mehr gemeinsam laufen.«

»Nein, geht leider nicht. Ich muss meinen Unterricht für Montag vorbereiten und die letzte Matheklausur habe ich auch noch nicht korrigiert. Sieh du mal zu, dass du deinen Kopf auslüftest. Vielleicht können wir ja am Abend in die Stadt zum Shoppen. Ich brauche dringend ein neues Kleid für die Abifeier, obwohl ich überhaupt keine Lust habe hinzugehen. Danach gehen wir irgendwo eine Kleinigkeit essen und du kannst mir in Ruhe alles erzählen.«

Sie schien, sich etwas beruhigt zu haben.

»Du hast schon länger keine Lust mehr auf die Schule, ist es nicht so?«

Sie zögerte mit der Antwort.

»Ja, mag sein … doch, du hast recht, ich hätte damals nicht auf meine Mutter hören, sondern Medizin studieren sollen. Das würde mir Spaß machen! Klassische Medizin und dann Naturheilkunde … die ganze Palette. Leider sind meine Schüler mathematisch nicht so begabt wie du. Du hättest Mathelehrer werden sollen, nicht ich.«

»Du weißt, dass mir mein Beruf Spaß macht. Ich mag Maschinenbau und zeichne eben gerne Pläne.«

»Ja, für einen Blödmann.«

»So schlimm ist er auch wieder nicht, er ist gut vernetzt. Vielleicht mache ich mich ja eines Tages selbstständig, wer weiß ... aber du kannst immer noch Medizin studieren, es ist nie zu spät, das zu tun, wofür sein Herz schlägt. Ich kenne einige Leute, die sogar mit 40 noch ein Studium begonnen haben.«

»Ach, ist das eine Erkenntnis aus deinen Träumen?« Es sollte spöttisch klingen und nach einem kleinen Moment des Nachdenkens meinte sie: »Vielleicht in einem nächsten Leben.«

Kurz darauf verließ Sven das Haus durch die hintere Terrassentür im lockeren Laufschritt. Am rechten Oberarm trug er sein Smartphone. Im Laufen setzte er sich den Bluetooth-Kopfhörer auf und bog in den Feldweg ein, der unmittelbar hinter dem Haus vorbei in einen nahe gelegenen Wald führte.

»Siri ... bitte die Nachrichten«, befahl er.

»Guten Morgen, meine Damen und Herren«, ertönte wenige Augenblicke später die vertraute Stimme der Sprecherin, »hier ist Ihr Lieblingssender auf FM zehn-fünf-neun, es ist genau acht Uhr. Sie hören die neuesten Nachrichten aus aller Welt.

Die Gewalt eskaliert. Bei einem erneuten Terroranschlag auf eine westliche Botschaft wurden am gestrigen Abend in der amerikanischen Vertretung in Ankara 123 Menschen getötet, darunter auch zwei Lehrer und 22 Schüler der elften Klasse einer internationalen Schule. Die Abiturienten waren einer Einladung des Botschafters zu seinem jährlichen Sommerfest gefolgt. Der Botschafter selbst erlitt schwere Verletzungen. Er wurde inzwischen mit einer Spezialmaschine in die USA ausgeflogen. Wie uns soeben von unserem Korrespondenten in Washington berichtet wurde, wurde er ins künstliche Koma versetzt, ist aber wohl außer Lebensgefahr. Es gab inzwischen mehrere Bekennerschreiben, die zurzeit von der NSA ausgewertet werden. Wie Augenzeugen berichteten, waren drei maskierte Männer und eine Frau unbemerkt über ein angrenzendes Grundstück eingedrungen. Sie hatten sich zwischen den Gästen verteilt und sich dann in die Luft gesprengt. Wir halten Sie auf dem Laufenden. Wieso die Wachen dies nicht verhindern konnten, ist noch nicht geklärt. Erste Vermutungen wurden allerdings dahingehend laut, dass sie zu dem weltweit agierenden Terrornetzwerk STW gehören.«

Sven hatte den Wald inzwischen erreicht. Die Luft war ungewohnt klar an diesem Morgen. Er blieb stehen und atmete einige Male tief ein und aus. Dann machte er ein paar Kniebeugen und trabte in einer etwas schnelleren Gangart weiter.

»Ein neues verheerendes Erdbeben hat weite Teile Japans, Sacharins sowie Nord- und Südkoreas zerstört und mehrere zehntausend Opfer gefordert«, fuhr die Sprecherin fort. »Die genaue Zahl ist schwer zu ermitteln, da große Gebiete für die Rettungskräfte noch immer unerreichbar sind. Ein gewaltiger Tsunami rollt auf die Küstengebiete Alaskas, Kanadas und der USA zu. Auch hier rechnet man mit großen Verlusten. Die Evakuierung ganzer Landstriche hat begonnen. Die Sprecher des Internationalen Roten Kreuzes sowie des Vereins Ärzte ohne Grenzen teilten inzwischen mit, dass man mit seinen Ressourcen fast am Ende sei. Noch nie hätte es so viele Naturkatastrophen zur gleichen Zeit gegeben. ›Wir fangen in einem Krisengebiet an und gleichzeitig kracht es an drei anderen Stellen‹, meinte Dr. Lan, der für die UNO die weltweiten Hilfsaktionen koordiniert. Hinzu käme, dass in vielen Ländern Bürgerkriege stattfänden, die jede Hilfe erschwerten, vielerorts sogar unmöglich machten.«

Sven hatte die erste Fitness-Station erreicht. Er machte erneut Dehnübungen und an einem Eisengerüst zehn Klimmzüge. Dann lief er weiter.

Das hört einfach nicht auf, dachte er.

»Soeben erreicht uns die Nachricht, dass amerikanische, chinesische und russische Bodentruppen in Algerien und Marokko einmarschiert sind. Die Allianz gegen den Terror hatte sich nach einem UN-Beschluss vor drei Jahren gebildet.

Unterstützt werden die Truppen von den Flugzeugträgern USS Nimiz, Charles De Gaulle und Lianoning. In der Nacht zuvor waren britische und deutsche Fallschirmjäger im Hinterland gelandet. Die nächsten Nachrichten hören Sie um Punkt neun.«

Auf dem Rückweg war Sven entschlossener denn je, mit seiner Frau über diese Träume zu sprechen. Bisher hatte er sie nicht verängstigen wollen, aber die Ereignisse der letzten Monate passten zu genau.

Am Nachmittag ging er mit Katharina zum Einkaufen und sie hatte bereits nach einer Stunde ein Kleid gefunden, das auch ihm gefiel.

»Ich hätte ja nicht gedacht, dass wir so schnell fündig werden. Aber ist ja auch nur für die Abifeier, dafür wird es allemal reichen.«

»Ich weiß gar nicht, was du hast, es sieht doch gut aus. Lass uns beim Italiener eine Kleinigkeit essen und dann ab nach Hause. Ich will heute Abend früh schlafen gehen, denn ich habe morgen einen anstrengenden Tag.«

»Aber bevor du schlafen gehst, erzählst du mir von deinen Träumen, das hast du versprochen. Da lasse ich keine Ausrede gelten.«

»Darauf kannst du dich verlassen. Ich glaube auch nicht mehr, dass es bloß Träume sind. Es kommt mir vor wie eine Vision. Es wird also Zeit.«

ENDE

Anhang

Die wichtigsten handelnden Personen

Nikita Ferrer	aus der Neuen Welt
Effel Eltringham	aus der Alten Welt

Personen der ALTEN WELT:

Saskia Lindström	Ehemalige Freundin Effels, die eine Ausbildung zur Heilerin absolviert.
Adegunde	Äbtissin von Haldergrond
Brigit Molair	Seherin und Freundin Saskias
Jared & Elisabeth Swensson	Farmerehepaar aus Winsget »Raitjenland«
Marenko Barak	Bürgermeister von Verinot
Mindevol & Mira Marty	Dorfältester und Heilerin aus Seringat
Soko Kovarik	Schmied aus Seringat und Freund Effels
Scotty Valeren	Freund von Vincent Swensson
Greta & Harie Valeren	Scottys Eltern
Jobol & Dorith	Effels Geschwister
Ihna Jensen	Saskias beste Freundin
Jeroen	Ihnas Mann
Hagen Goldberg	Professor und Richter
Herzel Rudof	Vertreter der Anklage
Reijssa Sokolow	Beisitzende Richterin
Freya Todd	Beisitzende Richterin
Sendo Alvarez	Korbmacher und Imker
Dr. Wron	Arzt in Winsget

Personen der NEUEN WELT:

Paul und Eva Ferrer	Eltern Nikitas
Chalsea Cromway	Nikitas Freundin
Professor Rhin	Nikitas Chef
Kay Sisko	Junger Senator
Steve Sisko	Zwillingsbruder und Special Agent
Mal Fisher	Oberster Boss Nikitas
Mike Stunks	Chef der NSPO
Olga Wrenolowa	Pfannkuchenfrau im Delice
Bob Mayer & Richard Pease	Officer Sicherheitsdienst
Don Wichewski	Chief-Officer Sicherheitsdienst
Mia Sandman	Verlobte von Bob Mayer und Assistentin Mal Fishers
Carl Weyman	Auftragskiller
Emanuela Mendès	Haushälterin der Ferrers
Jimmy	Emanuela Mendès' Sohn
Dan Stenson	Kapitän der U-57
Fin Muller	Erster Offizier auf der U-57

Die Krulls (gehören zur Gattung der Gnome):

Perchafta	Krull und Reisebegleiter Effels;
Elliot	Perchaftas Vetter
Muchtna	Elliots Frau
Shabo	Verbindungsmann der Krulls in die Neue Welt

Andere Wesen, Ortschaften und Begriffe:

Emurks	Wesen mit besonderen Kräften Sie können sich unsichtbar machen und im Ultraschallbereich hören.

Vonzel	Emurk, der Nikita gefunden und damit sein Volk aus der Verbannung gerettet hat.
Nornak	Emurk und Wächter von Angkar Wat. Er hat Vincent getötet.
Urtsuka der Neunte	Kapitän der Emurks
Phukas	Kobolde, die im Dienst der Feen stehen. Es sind Naturdämonen, die jede mögliche Gestalt annehmen können.
Banshees	Todesfeen in Gestalt einer totenbleichen Frau in einem grünen Kleid. Wenn man ihr Wehklagen vernimmt, steht einem der eigene Tod kurz bevor.
Basilisk	Der Basilisk ist ein naher Verwandter des Drachen. Dargestellt in den unterschiedlichsten Gestalten tritt er unter anderem als Drache mit Hahnenkopf auf.
Adaros	Meeresgeister, die in den Wolken wohnen und den Regenbogen als Brücke in die Träume der Menschen benutzen. Adaros können aber auch im Wasser leben und entwickeln dort zerstörerische Kräfte.
Ngorien	König der Adaros.
Galleytrot	Schwarzer Geisterhund und Todesbote, taucht meist in der Nähe von Friedhöfen und alten Schätzen auf. Der Sage nach ist man beim Erblicken des Hundes dem Tode geweiht.

Rückblick

Die Welt hatte sich verändert. Nach Regierungsumstürzen in fast allen Teilen der Welt, dem Zusammenbruch der Börsen sowie des Bankensystems, Terroranschlägen, verheerenden Kriegen sowie geologischen Katastrophen, die bis weit in das 22. Jahrhundert wirkten, war nichts mehr wie zuvor. Das kosmische Gleichgewicht war in einer gefährlichen Art und Weise aus den Fugen geraten.

Das hatte den Rat der Welten veranlasst einzugreifen. Als einen letzten verzweifelten Ausweg für das Fortbestehen der Menschheit sah man eine endgültige Teilung der Welt. Von den Überlebenden hatte jeder entscheiden können, in welchem Teil der Erde und nach welchen Prinzipien er und seine Nachkommen leben sollten. So besiegelten die Menschen – nicht ganz freiwillig – die Wahl ihrer unterschiedlichen Lebensformen in einem Ewigen Vertrag, der jegliche Einmischung oder Kontaktaufnahme mit dem jeweils anderen Teil strengstens untersagte.

Dadurch war eine Umsiedlungsaktion nötig geworden, die umfangreicher war als jede Völkerwanderung vergangener Zeiten. Ein Zurück sollte es nicht mehr geben. Die Organisation und logistische Umsetzung hatte noch in den Händen einer sich auflösenden UNO gelegen. Seit dem ersten Januar des Jahres 2167 dann war jeder Teil für sich selbst und für die Einhaltung des Vertrags verantwortlich.

Zu Beginn des 21. Jahrhunderts waren die Unterschiede zwischen Reich und Arm unüberbrückbar geworden. Nachdem viele Staaten zahlungsunfähig geworden und die Schulden anderer ins Unermessliche gestiegen waren, war das Fass schließlich übergelaufen.

Begonnen hatte es damit, dass Slumbewohner großer Städte Amerikas, Südamerikas und Asiens in den Bezirken der Wohlhabenden marodierend und plündernd durch die Straßen gezogen waren. Wenig später hatte in einem anderen Teil der Erde eine gewaltige Fluchtwelle eingesetzt.

Bewohner afrikanischer Staaten und des Mittleren Ostens waren über den Landweg oder in Schiffen, die ihren Namen kaum verdienten, an den Küsten Europas gelandet, um in einem der reichen Länder Asyl zu erlangen. Viele von ihnen waren politisch verfolgt, andere flohen vor Kriegen und wieder andere hatte der Hunger aus der Heimat vertrieben. Die mächtigen Nationen des Westens hatten die Herkunftsländer dieser Menschen unterjocht und ausgebeutet und später Entwicklungsländer genannt oder sie auch als Dritte Welt bezeichnet, obwohl jedem klar gewesen sein konnte, dass es nur eine Welt gab.

Von Polizei- und Militäraufgeboten, durch Mauern und Zäune wurde versucht, die Flüchtlinge aufzuhalten. Die Kapazität der Staaten, die sie bisher aufgenommen hatten, war erschöpft oder es hatten sich dort nationalistische und faschistische Kräfte an die Macht geputscht. Wenn die Zurückgewiesenen nicht durch Waffengewalt starben, wurden viele auf dem Rückweg Opfer des Hungers oder organisierter Banden, die ihnen ihre letzten Habseligkeiten auch noch wegnahmen.

Es hatte viele Mahner gegeben – Künstler, Schriftsteller, Philosophen, Historiker und auch einige Politiker. Später dann – viel zu spät jedoch – hatte es auch den eifrigsten Verfechtern eines kurzen Prozesses mit »Asylbetrügern« und »Wirtschaftsflüchtlingen« gedämmert, dass es nicht damit getan war, Ressentiments gegen Menschen in Not zu schüren. Denn was bald jeder beobachten konnte, war nichts weniger als eine Völkerwanderung. Die Hunderttausende, die zu Beginn des 21. Jahrhunderts über die Grenzen der reichen Nationen strömten, waren nur die Vorhut. Viele Millionen folgten ihnen.

Irgendwann hatte auch der letzte militante Gegner der Flüchtlingsströme sich mit dem Gedanken vertraut zu machen, dass niemand diesen Zug mehr würde aufhalten können, auch nicht die zum Ritual verkommenen Wir-haben-alles-im-Griff-Parolen der Politiker und deren gekaufter Medien. Tatsache war nämlich, dass es nichts mehr zum Aufhalten gab. Es sollte nie mehr ein Zurück in die Beschaulichkeit geben.

Menschen, die in ihrer Heimat tagtäglich um ihr Leben fürchten mussten, sei es wegen Hungersnot oder Krieg, hatten im Grunde keine Wahl. Entweder sie blieben in ihrer Heimat und nahmen in Kauf, erschossen zu werden, oder sie begaben sich auf einen langen und risikoreichen Weg mit höchst ungewissem Ende. Millionen hatten sich für letztere Variante entschieden. Sie nahmen Entbehrungen, Krankheiten und die Gefahr von Raubüberfällen auf sich, durchquerten zu Fuß Wüsten und feindliche Stammesgebiete. Sie wanderten nach Norden oder Westen, zumeist in Richtung Meer. Wenn sie dann mit viel Glück nach Monaten entkräftet und ausgelaugt an einer Küste angekommen waren, begann die nächste, nicht minder gefährliche Etappe ihrer Wanderung. Gut organisierte Schlepperbanden nahmen ihnen das Geld ab, das ihnen ihre Familien beim Abschied mit der dringenden Bitte anvertraut hatten, sie am Ziel ihrer Wanderung nicht zu vergessen.

Wenn sie dann irgendwann bei Nacht in überladene und seeuntüchtige Boote gepfercht wurden, konnten sie nur noch beten, lebend über das Meer zu kommen. Natürlich wussten sie um die Gefahren der Überfahrt, aber sie nahmen sie in Kauf, um dem fast sicheren Tod zu entgehen. Viele ertranken im Mittelmeer oder erstickten in den LKWs gewissenloser Schleuser, nicht zuletzt auch deswegen, weil manche Länder ihrer Sehnsucht nicht das geringste Interesse daran hatten, dass sie jemals dort ankamen. Es wäre nämlich ein Leichtes gewesen, die Flüchtlinge mit Fähren, Kreuzfahrtschiffen, Flugzeugen und Helikoptern sicher zu transportieren.

Die Verzweifelten wussten auch, dass sie, sollten sie es tatsächlich bis ans Ziel schaffen, nicht mit offenen Armen aufgenommen werden würden, sondern dass ein beschwerlicher Weg mit viel Bürokratie und Unsicherheit auf sie wartete und oftmals Demütigungen und Anfeindungen ihre Wegbegleiter sein würden.

Die Bewohner der wohlhabenden Länder Europas hatten sich dieser Entwicklung anpassen müssen. Nach mehr als hundertjähriger Ausbeutung war jetzt Teilen angesagt. Unabhängig von der Haltung der Gastländer hatten sich die Elenden und Verzweifelten der damaligen Welt nämlich einfach auf den Weg gemacht. Auf Gedeih und Verderb.

Ende 2013 gab es nach dem Jahresbericht des UN-Flüchtlingshilfswerks weltweit 50 Millionen Flüchtlinge, Asylsuchende und Vertriebene; ein Jahr später waren es 10 Millionen mehr. Die Hälfte dieser Flüchtlinge waren Kinder. Etwa 20 Millionen Menschen lebten damals im ausländischen Exil. Allein aus Afghanistan und Syrien flüchteten je rund 2,5 Millionen, aus Somalia rund 1,2 Millionen und aus dem Irak gut 400. 000. Die meisten dieser Flüchtlinge lebten zunächst in riesigen Lagern in der Türkei, in Pakistan, im Libanon und im Iran und somit in Ländern, die bereits vor Eintreffen der Flutwellen erhebliche wirtschaftliche und soziale Probleme hatten. Diese Aufnahmeländer hatten nicht annähernd den Wohlstand der entwickelten europäischen Staaten. Gleichwohl mussten sie versuchen, die erdrückende Flüchtlingslast zu bewältigen. Die Lage in den Flüchtlingslagern war oft katastrophal.

Der Flüchtlingsstrom folgte archaischen Verhaltensmustern. Man konnte zwar Mauern aufrichten, um seinen Reichtum zu verteidigen, aber diese hatten dem Andrang von Abermillionen auf Dauer nicht standhalten können. Auch die Rufe nach neuen und schärferen Gesetzen konnten die Probleme nicht lösen, denn sie verhallten in den Kriegs- und Armutsgebieten Afrikas, des Nahen und Mittleren Ostens ungehört. Die

Verzweifelten in Syrien, im Irak, in Afghanistan, Eritrea und Somalia und anderswo hatten ganz andere Sorgen, als die Asylgesetze der Europäer zu lesen. Noch weniger hatte es sie interessiert, ob das Taschengeld für Asylbewerber gekürzt oder durch Gutscheine ersetzt werden sollte. All das war den Kriegs- und Armutsflüchtlingen keinen Gedanken wert, denn sie hatten nur ein Ziel: ihr Leben zu retten.

Die europäische Wertegemeinschaft zeigte sich heillos überfordert. Europa zerfiel. Hinzu kam, dass die Ressourcen des Planeten fast erschöpft waren. Sogar um Wasser wurde Krieg geführt. Die Verschmutzung der Welt als Folge verantwortungsloser Industrialisierung und Ausbeutung hatte zu massiven klimatischen Veränderungen beigetragen. Aus all dem war ein Flächenbrand geworden, der sich auch über die Länder ausgedehnt hatte, die bis dahin von Naturkatastrophen weitgehend verschont geblieben waren.

Stürme, Überflutungen, Unfälle in Atomkraftwerken, Vulkanausbrüche, Erdbeben, enorme Verschiebungen der Erdplatten sowie Dürren hatten das Bild der Erde verändert. Kontinente waren ganz oder teilweise verschwunden. Auch das Schmelzen der polaren Eiskappen und der damit verbundene Anstieg der Meeresspiegel hatten dem Planeten ein neues Gesicht gegeben. Hurrikane und Regenfälle nie gekannten Ausmaßes waren die Folge gewesen. Länder wie die Philippinen, Bangladesch, die Niederlande, große Teile der USA, Japans und Indiens hatte sich das Meer zurückgeholt. Millionen Menschen hatten dabei ihr Leben verloren oder waren obdachlos geworden. Hitzeperioden und Trockenheiten hatten fruchtbare Gegenden für immer unbewohnbar gemacht.

Nach der Teilung lebten die Menschen der Neuen Welt in dem Gebiet, welches vom nord- und südamerikanischen Kontinent übrig geblieben war. Man setzte dort auf technologische Entwicklung, aber es hatte auch radikale Umstellungen der bisherigen politischen Systeme gegeben. Nur so, nahm man an, würde man den Fortbestand der Menschheit sichern können. Man passte sich den klimatischen Verhältnissen an und erfand immer mehr Möglichkeiten, das Wetter zu manipulieren.

Der andere Teil der Menschheit besann sich indes auf seine eigenen natürlichen sowie erneuerbaren Ressourcen, alten Werte und Traditionen und wurde Alte Welt genannt. Man lebte in dem Rest des europäischen Kontinents mit den Kräften der Natur im Einklang. Sonne, Wind und Erdwärme lieferten dort die Energie, die man zum Leben brauchte. Die Bewohner der Alten Welt hatten ihren Ländern und Orten die ursprünglichen Namen zurückgegeben.

Im Jahr 2870 hatte BOSST, eines der größten Unternehmen der Neuen Welt, einen geheimen Auftrag zu vergeben. Man wusste von Bauplänen des Myon-Neutrino-Projektes, mit dem man Energie aus dem Äther gewinnen könnte. Die Pläne dieser Erfindung befanden sich allerdings in der Alten Welt. Für das Unternehmen stellten sie einen unschätzbaren Wert dar.

Nikita Ferrer, eine junge, ehrgeizige und aufstrebende Wissenschaftlerin, hatte den Auftrag erhalten, diese Pläne zu beschaffen. Aus Abenteuerlust und weil sie wusste, dass dies eine Chance war, die so leicht nicht wiederkommen würde, willigte sie ein. Da man sich sicher war, alle nötigen Vorkehrungen getroffen zu haben, nahm man den Vertragsbruch und das Risiko einer Entdeckung in Kauf.

Nach offizieller Darstellung wurde Nikita Ferrer für ein paar Wochen in die Südstaaten geschickt, um bei einem kritischen Firmenprojekt den dortigen Wissenschaftlern zur Seite zu stehen. Das war auch das, was sie aus Loyalität gegenüber ihrem Vorgesetzten, Professor Rhin, ihren Freunden und Eltern erzählt hatte.

Sie hatte zu diesem Zeitpunkt selbst noch nicht gewusst, dass sie eine Walk In war. Dabei handelt es sich um Menschen, die bewusst inkarnieren können und denen es möglich ist, die Erinnerung aller früheren Leben zur Verfügung zu haben.

Sie selbst hatte nämlich die Unterlagen der Myon-Pläne in einem ihrer früheren Leben in den Gewölben der Burg Gisor in dem geheimnisvollen Tal von Angkar Wat im Agillengebirge versteckt. Nur ein kleiner Kreis von Eingeweihten, darunter der Firmenchef Mal Fisher, selbst ein Walk In, hatte davon Kenntnis.

Senator Ferrer, der an die Version eines Forschungsauftrages seiner Tochter im Süden nie geglaubt hatte, hatte es trotz seiner Verbindungen zum Geheimdienst nicht verhindern können, dass sie mit einem U-Boot unter dem Kommando von Kapitän Franch an der Küste Flaalands abgesetzt wurde. Ein Verehrer Nikitas, Dr. Will Manders, hatte seine Nachforschungen über ihren Verbleib inzwischen mit seinem Leben bezahlt, genauso wie Kapitän Franch und seine Besatzung, die daher niemandem von ihrer letzten Fahrt mit der U-52 erzählen konnten.

Senator Ferrer hatte inzwischen weitere Nachforschungen in der Heimat angestellt. Als er unbequemer wurde, war ein Auftragskiller auf ihn angesetzt worden, der auch schon an der Entführung der damals 12-jährigen Sisko-Zwillinge beteiligt gewesen war. Die Zwillinge waren inzwischen erwachsene Männer. Nur Herb Sisko und Mike Stunks, der inzwischen Leiter der NSPO geworden war, sowie die Auftraggeber der Entführung wussten, dass bei den Zwillingen der ICD ausgetauscht worden war.

In der Alten Welt wusste man inzwischen Bescheid. Der Emurk Vonzel, der unerkannt in die Neue Welt gereist war, hatte gemeinsam mit dem Gnom Shabo nach einigen brenzligen Zwischenfällen herausgefunden, dass es Nikita war, die die Pläne herausholen sollte. Er hatte damit sein Volk aus einer dreihundertjährigen Verbannung gerettet, das mit der alten Flotte, die von den Krulls liebevoll restauriert worden war, in ihre Heimat zurückgesegelt war.

Effel Eltringham, ein junger Mann aus Seringat, war indes vom Ältestenrat ausgewählt worden, den feindlichen Übergriff abzuwehren. Der Krull Perchafta hatte sich ihm zu erkennen gegeben und war sein Reisebegleiter, weiser Ratgeber und Lehrer geworden.

Im entscheidenden Moment aber waren Effel und Nikita auf sich allein gestellt. Erst kurz vor dem Ziel waren die Erinnerungen an ihr früheres Leben wie eine Sturzflut über sie hereingebrochen. Beide hatten fast zeitgleich den Eingang zu dem geheimnisvollen Tal Angkar Wat und die Pläne des Myon-Projektes gefunden. Darüber und über den Vertragsbruch aber sollte vom Rat der Welten entschieden werden. Dessen Versammlung hatte im Tal Angkar Wat stattgefunden. Nikita hatte schließlich die Erlaubnis erhalten, mit den Plänen in ihre Heimat zurückzukehren.

Während der Zeit des Wartens zeigte Effel Nikita seine Heimat. Nikita lebte sich schnell ein und fand mehr und mehr Gefallen an der Lebensweise der Alten Welt.

Vincent, der Sohn des reichen Farmers Jared Swensson, war nach einem missglückten Mordversuch an der Seherin Brigit Molair in die Berge geflohen und hatte ebenfalls den Zugang zum Tal Angkar Wat entdeckt. Er war aber von einem der Wächter getötet worden.

Auf der Suche nach ihm hatten Jared Swensson und Scotty Valeren das Tal von Angkar Wat entdeckt und dort eine grausige Entdeckung gemacht.

Die Krulls indes hegten die Befürchtung, dass die Neue Welt in Wirklichkeit an dem interessiert war, das die Siegel von Tench'alin bewachten. Dieser Schatz lag ebenfalls in dem weitläufigen Höhlensystem der Agillen verborgen. Käme dieses Wissen in den Besitz der Neuen Welt und dort in die falschen Hände, würde das Konsequenzen unvorstellbaren Ausmaßes haben. Nach Erkenntnissen der Krulls und ihrer Bundesgenossen verfügte man dort zwar inzwischen über die technischen Möglichkeiten, mit den Geheimnissen zu experimentieren, die von den Siegeln verschlossen wurden. Man war aber noch weit davon entfernt, die ganze Tragweite solcher Experimente zu erkennen.

Weitere Titel des Autors im EchnAton Verlag

Die Kunst des Seins
ISBN:978-3-937883-09-0

Ein umfassendes Arbeitsbuch für Ihren ganz persönlichen Weg der Erleuchtung!
Leicht verständlich erklärt der Autor, wie die geistigen Gesetze, die in Ihrem Leben wirken, aussehen und wie Sie Ihr Leben durch Anwendung der universellen Wahrheiten selbst in die Hand nehmen können.

Burn-In statt Burn-Out
ISBN:978-3-937883-79-3

Arbeitsüberlastung und Tempodruck allein führen nicht zwangsläufig zu einem Zusammenbruch. Vielmehr führen fehlende Sinnhaftigkeit und Fremdbestimmung im Berufs- und Privatleben, der Verlust an Werten verbunden mit der verlernten Fähigkeit, zu entspannen und sich positiv wahrzunehmen früher oder später zu einem Kollaps. Dieses Buch vereint grundlegende Gedanken zur Symptomatik *Burn-Out* mit konkreter Hilfestellung.

Tarot als innerer Spiegel
ISBN:978-3-937883-12-0

Außergewöhnlich intuitive, fundierte Deutungen der einzelnen Tarotkarten und spannende, ungewöhnliche Legebeispiele machen dieses Buch zu einem wertvollen Tarot-Ratgeber und bieten Ihnen hervorragend anwendbare Lebenshilfe.

EchnAton Verlag

Der EchnAton Verlag steht für transformierende Literatur.
Neben den Büchern von spirituellen Weisheitslehrern,
Schamanen und Coachs veröffentlichen wir tiefgehende
Romane und Meditations-CDs.

Fordern Sie unseren Gesamtkatalog an!

Aktuelle Neuerscheinungen und Informationen
zu geplanten Veranstaltungen der Autoren
finden Sie auch auf unserer Webseite:

www.echnaton-verlag.de